1q84

Boek een

Van Haruki Murakami verschenen eerder bij Uitgeverij Atlas:

Ten zuiden van de grens
De jacht op het verloren schaap
Hard-boiled Wonderland en het einde van de wereld
De opwindvogelkronieken
Spoetnikliefde
De olifant verdwijnt
After Dark
Kafka op het strand
Norwegian Wood
Na de aardbeving
Dans dans dans
Waarover ik praat als ik over hardlopen praat
Blinde wilg, slapende vrouw
Slaap

HARUKI MURAKAMI

1q84

[qutienvierentachtig]

Boek een

APRIL – JUNI

Vertaald uit het Japans door Jacques Westerhoven

Uitgeverij Atlas – Amsterdam/Antwerpen

Op p. 244 wordt gerefereerd aan Aristoteles op basis van de vertaling van Charles Hupperts en Bartel Poortman, *Aristoteles Ethica Nicomachea* (Budel: Damon, 2005).

Het fragment uit *Verhalen van de Taira* op p. 354-356 is gebaseerd op de prozavertaling van Jos Vos in *Eeuwige reizigers. Een bloemlezing uit de klassieke Japanse literatuur* (gekozen, vertaald en ingeleid door Jos Vos; Amsterdam: De Arbeiderspers, 2008), p. 303-304, maar aangepast aan de vereisten van Murakami's tekst.

De citaten uit *De reis naar Sachalin* van Anton Tsjechov op p. 361-365 en p. 386 zijn overgenomen uit de vertaling van Anita Roeland (Amsterdam: Atlas, 2004), p. 185-191 en 223-224, maar op één klein punt aangepast aan de vereisten van het verhaal. Sommige zinnen zijn weggelaten omdat dit ook in de Japanse tekst is gedaan.

Alle voetnoten zijn van de hand van de vertaler.

Eerste druk juni 2010
Zesde druk april 2012

© 2009 Haruki Murakami
© 2010 Nederlandse vertaling: Jacques Westerhoven
Oorspronkelijke titel: *1Q84*
Oorspronkelijke uitgave: Shinchōsha, Tokyo

Omslagontwerp: Zeno
Kaarten: Hester Schaap

ISBN 978 90 450 2027 3
D/2011/0108/586
NUR 302

www.harukimurakami.nl
www.uitgeverijatlas.nl

It's a Barnum and Bailey world,
Just as phony as it can be,
But it wouldn't be make-believe
If you believed in me.

'It's Only a Paper Moon'
(E.Y. Harburg en Harold Arlen)

Inhoud

1. Aomame: *Schijn bedriegt* 13
2. Tengo: *Een ander plannetje* 28
3. Aomame: *Een paar veranderingen* 50
4. Tengo: *Als je wilt* 66
5. Aomame: *Werk dat gespecialiseerde vaardigheid en training vereist* 84
6. Tengo: *Gaan we ver weg?* 99
7. Aomame: *Je moet geen slapende vlinders wakker maken* 114
8. Tengo: *Naar een onbekende plek voor een ontmoeting met een onbekende* 131
9. Aomame: *Ander landschap, andere regels* 149
10. Tengo: *Een echte revolutie waarin echt bloed wordt vergoten* 164
11. Aomame: *Het menselijk lichaam is een tempel* 186
12. Tengo: *Uw Koninkrijk kome* 204
13. Aomame: *Een geboren slachtoffer* 221
14. Tengo: *Waarin iets wordt geïntroduceerd dat de lezer waarschijnlijk nooit eerder heeft gezien* 241
15. Aomame: *Zo stevig als een verankerde luchtballon* 258
16. Tengo: *Ik ben blij dat je het mooi vindt* 279
17. Aomame: *Of wij gelukkig worden of ongelukkig* 296
18. Tengo: *Big Brother verschijnt niet meer ten tonele* 317
19. Aomame: *Vrouwen die een geheim met elkaar delen* 334
20. Tengo: *Wat zielig, die Giljaken!* 349
21. Aomame: *Al ga ik nog zo ver weg* 368
22. Tengo: *Hoe de tijd in een verwrongen vorm kan verstrijken* 383
23. Aomame: *Dit is nog maar het begin* 398
24. Tengo: *De zin van een wereld die deze niet is* 414

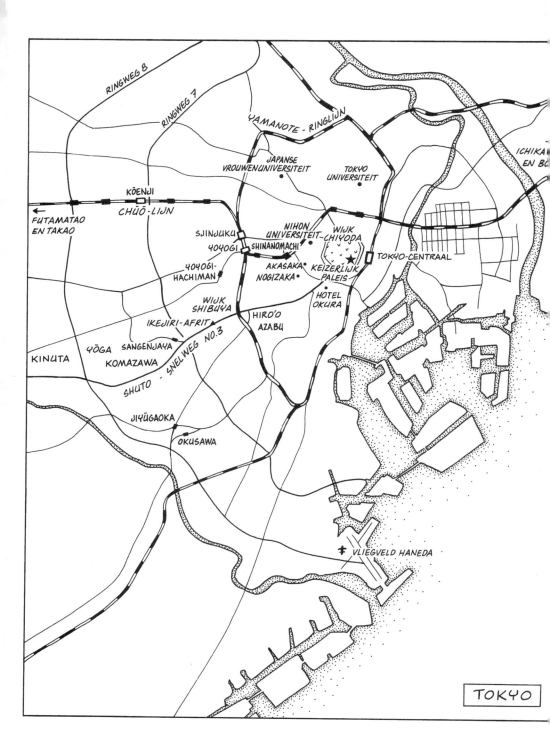

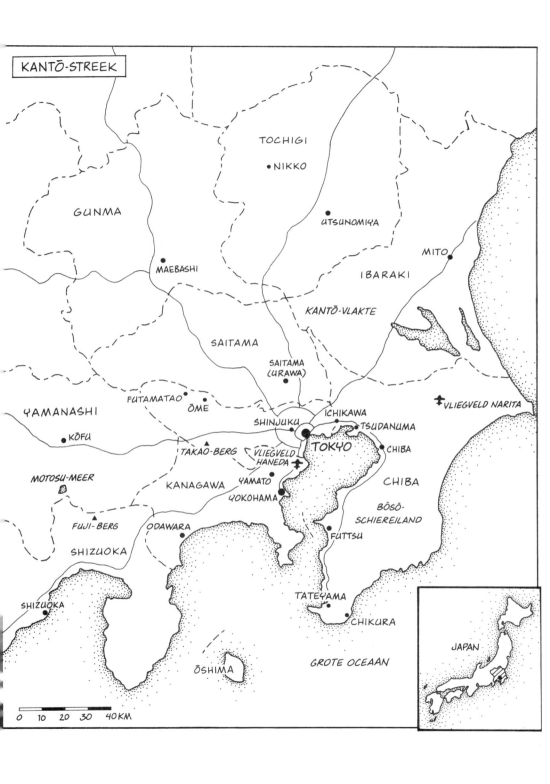

1q84

Boek een

APRIL – JUNI

1

Aomame: *Schijn bedriegt*

De radio in de taxi stond op een FM-station dat een klassiek concert uitzond. Janáčeks *Sinfonietta* – geen werk dat bij uitstek geschikt lijkt voor een taxi die vaststaat in een file. De chauffeur, een man van middelbare leeftijd, hield zijn oren dan ook niet gespitst. Zoals een in het vak vergrijsde vissersman op de boeg van zijn boot staat om te zien wat een niet veel goeds belovende getijdenstroom gaat doen, zo keek hij met misprijzend op elkaar geperste lippen naar de lange rij auto's die bumper aan bumper voor hem stond. Aomame zat diep weggezakt op de achterbank en luisterde met gesloten ogen naar de muziek.

Hoeveel mensen zouden er op deze wereld zijn die bij het horen van het eerste deel van Janáčeks *Sinfonietta* kunnen zeggen: 'Hé, dat is Janáčeks *Sinfonietta*?' Waarschijnlijk schommelt dat aantal ergens tussen 'heel weinig' en 'bijna niemand'. Maar om de een of andere reden kon Aomame het.

Janáček schreef deze kleinschalige symfonie in 1926 en gebruikte als openingsthema een fanfare die hij eigenlijk had gecomponeerd voor een sportevenement. Aomame probeerde zich voor te stellen hoe Tsjechoslowakije er in 1926 had uitgezien. Aan het langdurige bewind van de Habsburgers was tegelijk met de Eerste Wereldoorlog eindelijk een eind gekomen, en de mensen dronken er nu Pilsener bier, maakten coole, echte machinegeweren, en genoten van de plotselinge vrede die nu in Centraal-Europa heerste. Franz Kafka was twee jaar eerder in ongelukkige omstandigheden gestorven. Het zou niet lang duren voor Hitler opeens als vanuit het niets verscheen om dit mooie, gezellige land op te slokken, maar op dat moment wist nog niemand wat voor vreselijke dingen de toekomst brengen zou. Dit is misschien wel de gewichtigste les die de geschiedenis aan de mensheid kan leren: 'Op dat moment wist nog niemand wat de toekomst brengen zou.' Terwijl ze naar de muziek luisterde, hoorde Aomame de wind over de velden van Bohemen waaien en liet ze haar gedachten gaan over de manier waarop de geschiedenis in elkaar zit.

Negentienzesentwintig was het jaar waarin keizer Taishō stierf en de Shōwa-periode begon.* Ook in Japan stond een akelige, donkere tijd voor de deur. Het korte intermezzo van modernisme en democratie was al bijna achter de rug en het fascisme zou gaandeweg aan invloed winnen.

Naast sport was geschiedenis een van de dingen waar Aomame het meest van hield. Romans las ze maar zelden, maar van boeken over geschiedkundige onderwerpen kon ze geen genoeg krijgen. Wat haar zo aantrok in geschiedenis was dat alle feiten in wezen aan een bepaald jaar en een bepaalde plaats waren verbonden. Het kostte haar weinig moeite om jaartallen te onthouden. Als ze eenmaal doorhad wat een gebeurtenis te maken had met wat er daarvoor of daarna of terzelfder tijd plaatsvond, volgden de jaartallen vanzelf, ook zonder ze in het hoofd te stampen. Op de middelbare school had ze voor geschiedenisproefwerken dan ook altijd de beste cijfers van haar klas in de wacht gesleept. Elke keer dat ze iemand tegenkwam die problemen had met jaartallen, stond ze raar te kijken. Hoe kon iemand met zoiets eenvoudigs zoveel moeite hebben?

Aomame. Zo heette ze echt. Haar grootvader aan vaderskant was afkomstig uit de prefectuur Fukushima, ten noorden van Tokyo, en ergens in de bergen daar moest een stadje of een dorpje zijn waar meer mensen met die familienaam woonden, maar zijzelf was daar nooit geweest. Voor haar geboorte had haar vader alle banden met zijn ouderlijk huis verbroken, en haar moeder had hetzelfde gedaan. Om die reden had ze geen van haar grootouders van beide kanten ooit ontmoet. Ze ging zelden op reis, maar de enkele keer dat ze dat deed, verzuimde ze nooit om in het telefoonboek van het hotel te kijken of er mensen in stonden die ook Aomame heetten. Maar in geen van de ste-

---

* De moderne Japanse jaartelling begint opnieuw met elke keizerlijke regering. De regeringsperiode van keizer Yoshihito (1912-1926) stond tijdens diens leven al bekend als de Taishō-periode, en Yoshihito's postume naam was keizer Taishō. Na zijn dood werd hij opgevolgd door zijn zoon Hirohito (1926-1989), maar de naam van de regeringsperiode werd Shōwa. Na Hirohito's dood veranderde de naam van de regeringsperiode in Heisei.

den, groot of klein, die ze tot nu toe had bezocht, had ze ooit zo iemand gevonden. Het was haar dan telkens weer te moede, alsof ze een schipbreukeling was die moederziel alleen ronddobbert op de wijde oceaan.

Wanneer ze zich moest voorstellen, geneerde ze zich altijd. Elke keer dat ze haar naam zei, keek de ander haar vreemd of zelfs perplex aan. U heet Aomame? Inderdaad. Dat schrijf je met de karakters voor 'groen' en 'boon', en je spreekt het uit als 'Aomame'. Toen ze nog voor de zaak werkte, had ze altijd visitekaartjes bij zich, en daar had ze heel wat mee te stellen gehad. Wanneer ze haar kaartje overhandigde, bleef de ander vaak stokstijf staan kijken, alsof hij opeens nietsvermoedend een overlijdensbrief in handen gestopt had gekregen. Als ze aan de telefoon haar naam zei, hoorde ze soms onderdrukt gegrinnik aan de andere kant. Wanneer haar naam werd omgeroepen als ze op haar beurt wachtte bij de dokter of voor een loket in het stadhuis, keken alle hoofden op, naar haar, met blikken die duidelijk zeiden: 'Iemand die Aomame heet? Hoe ziet díé eruit!'

Af en toe waren er mensen die haar per abuis 'mevrouw Edamame' (Jongeboon) noemden – of 'Karamame' (Tuinboon), dat kwam ook wel eens voor. En dan moest ze dat altijd verbeteren: 'Nee, het is niet Edamame (of Karamame), maar Aomame – *Groene*boon. Het lijkt allemaal ook zo op elkaar, hè?' En dan bood de ander met een bedeesd lachje zijn verontschuldigingen aan, met de toevoeging: 'Maar het is ook zo'n zeldzame naam.' Hoeveel keer in haar dertigjarige leven had ze die woorden wel niet gehoord? Hoeveel keer had ze over haar naam dezelfde flauwe grapjes horen maken? Als ik met een andere familienaam was geboren, had mijn leven er misschien heel anders uitgezien. Als ik een afgezaagde naam had gehad als Satō, Tanaka of Suzuki, had ik een beetje meer ontspannen kunnen leven. Dan had ik een tolerantere kijk op de wereld gehad. Misschien.

Ze sloot haar ogen en concentreerde zich op de muziek, en terwijl ze het mooie, sonore geluid van het in unisono spelende koper tot zich door liet dringen, besefte ze opeens dat het geluid veel te fraai was voor een taxiradio. Hoewel de radio eerder zacht stond dan hard, was de klank diep en vol, en waren de boventonen prachtig te horen. Ze deed haar ogen open en ging naar voren zitten om de stereo die in het dashboard was ingebouwd eens goed te bekijken. Het was een trots fonkelend, gitzwart apparaat. De naam van de fabrikant kon ze niet onderscheiden, maar ze zag zo ook wel dat het van bijzonder hoge kwaliteit was, met talloze knopjes, en panelen met elegant verschijnende groene cijfertjes. Ze nam aan dat het bepaald niet goedkoop was geweest. Een gewoon taxibedrijf zou zijn auto's nooit uitrusten met zo'n schitterende geluidsinstallatie.

Ze keek de auto eens goed rond. Vanaf het ogenblik dat ze was ingestapt, was ze in gedachten verzonken geweest, en daarom was het haar niet eerder opgevallen, maar hoe je het ook bekeek, dit was geen normale taxi. De kwaliteit van het interieur was voortreffelijk en de achterbank zat buitengewoon comfortabel, maar wat haar nog het meest opviel, was de stilte. De auto leek te zijn uitgerust met geluidsisolatie, zodat het lawaai van buiten nauwelijks naar binnen drong. Je kon je in een opnamestudio wanen. Waarschijnlijk was dit een eenmansbedrijf. Er waren genoeg eigenaars van zulke bedrijven die niet op een paar centen keken als het om hun taxi ging. Haar ogen zochten naar de chauffeurspas die in elke taxi zichtbaar moet zijn en waarop ook de naam van het bedrijf vermeld moet staan, maar ze kon hem niet vinden. Toch wilde het er bij haar niet in dat dit een illegale taxi was. Hij had een standaardmeter die het verreden bedrag correct aangaf. Op dit ogenblik stond hij op 2150 yen. Toch was de chauffeurspas nergens te zien.

'Wat een mooie auto! Hij is zo heerlijk rustig,' zei ze tegen de rug van de chauffeur. 'Wat voor merk is dit?'

'Een Toyota Crown Royal Saloon,' antwoordde de chauffeur kortweg.

'Je kunt er de muziek zo goed in horen.'

'Het is een heel rustige auto, dat is een van de redenen waarom ik hem heb gekozen. Wat geluidsisolatie betreft zijn er in de hele wereld maar weinig auto's die aan Toyota kunnen tippen.'

Aomame knikte en zakte terug op de achterbank. Iets in de manier van spreken van de chauffeur zat haar dwars. Hij klonk alsof hij voortdurend naliet iets belangrijks te zeggen. Bijvoorbeeld (en het is nadrukkelijk maar een voorbeeld) toen hij zei dat er op de *geluidsisolatie* van Toyota-auto's niets aan te merken viel, liet hij doorschemeren dat ze op andere punten misschien wél tekortschoten. En dan die pregnante, voelbare, korte stilte die hij op zijn woorden liet volgen – die bleef als een denkbeeldig miniatuurwolkje in de beperkte ruimte van de auto hangen en zorgde ervoor dat ze zich op een onbestemde manier wat minder op haar gemak ging voelen.

'Hij is inderdaad heel rustig,' zei ze, om dat wolkje te verjagen. 'En de stereo – die is werkelijk klasse.'

'Het was een hele beslissing toen ik hem kocht,' zei de chauffeur, op de toon van een gepensioneerde stafofficier die over een strategische missie uit zijn carrière vertelt. 'Maar als je de hele dag in een auto zit, wil je een zo mooi mogelijk geluid horen. En bovendien...'

Ze wachtte tot hij zijn zin zou afmaken, maar dat deed hij niet. Ze sloot nogmaals haar ogen en concentreerde zich op de muziek. Wat voor mens Janáček was geweest wist ze niet, maar het was vrijwel zeker dat hij zich nooit had kunnen voorstellen dat een van zijn composities ooit zou worden beluisterd in het stille interieur van een Toyota Crown Royal Saloon die onwrikbaar vastzat in een file op een snelweg in het Tokyo van 1984.

Ze vond het echter vreemd dat ze de muziek op de radio meteen had herkend als Janáčeks *Sinfonietta*. En waarom wist ze dat die in 1926 was geschreven? Ze was geen uitgesproken fan van klassieke muziek. Ze had ook geen persoonlijke herinneringen aan de naam Janáček. En toch, zodra ze die eerste paar maten hoorde, was er in een reflex allerlei kennis bij haar opgekomen – alsof een hele zwerm vogels door het open raam haar kamer binnen was komen vliegen. Maar dat niet alleen. De muziek bezorgde haar ook de merkwaardige gewaarwording dat haar hele lichaam werd *verdraaid*. Niet dat ze pijn voelde, of ongemak. Het was alleen alsof alle componenten van haar lichaam fysiologisch werden verwrongen. Ze begreep er niets van. Werd deze mysterieuze sensatie door de *Sinfonietta* veroorzaakt?

'Janáček,' zei ze, half onbewust. Toen het woord eruit was, wilde ze dat ze het niet in de mond had genomen.

'Wat zegt u?'

'Janáček. De componist die deze muziek heeft geschreven.'

'Die ken ik niet.'

'Het is een Tsjechische componist,' legde ze uit.

'Nee toch!' zei de chauffeur, alsof hij diep onder de indruk was.

'Is dit een eenmansbedrijf?' vroeg ze, om het gesprek een andere wending te geven.

'Inderdaad,' zei de chauffeur. En toen, na een korte tussenpoos: 'Ik doe dit in mijn eentje. Het is mijn tweede auto al.'

'Ik moet zeggen: hij zit uiterst comfortabel.'

'Dank u wel. Maar tussen haakjes, mevrouw.' De chauffeur draaide zijn hoofd een heel klein stukje haar kant uit. 'Mag ik vragen of u haast hebt?'

'Ik heb een afspraak in Shibuya. Daarom heb ik u de snelweg op gestuurd.'

'En hoe laat is uw afspraak?'

'Om halfvijf,' zei ze.

'Het is nu kwart voor vier. Dat haalt u niet.'

'Duurt deze file dan zo lang?'

'Ik neem aan dat er ergens voor ons een zwaar ongeluk is gebeurd, want een gewone file is dit niet. We staan al een paar minuten zo goed als stil.'

Aomame vroeg zich bevreemd af waarom de chauffeur de verkeersinformatie niet aanzette. Dit was een catastrofale file op een snelweg, zo erg dat het verkeer niet eens stapvoets kon rijden. Normaal zet je dan als taxichauffeur je radio op de speciaal daarvoor bestemde golflengte, zodat je weet waar je aan toe bent.

'Weet u zoiets dan zonder dat u naar de verkeersinformatie luistert?' informeerde ze.

'Daar heb je niets aan,' zei de chauffeur met een stem die op een bepaalde manier hol klonk. 'Alles wat ze zeggen is voor de helft gelogen. De Snelwegcorporatie zendt alleen informatie uit die háár uitkomt. Voor wat er hier en nu werkelijk aan de hand is, kun je alleen vertrouwen op je eigen ogen en je eigen oordeel.'

'En úw oordeel is dat deze file zich voorlopig nog niet oplost?'

'Dat zit er voorlopig niet in,' zei de chauffeur, en hij schudde zachtjes zijn hoofd. 'Dat garandeer ik u. Als het verkeer zó vastzit, zijn de snelwegen in Tokyo een hel! Is uw afspraak belangrijk?'

Ze dacht na. 'Ja, héél belangrijk. Ik moet een cliënt ontmoeten.'

'Dan hebt u een probleem. Het spijt me verschrikkelijk, maar ik denk niet dat u op tijd komt.'

De chauffeur trok een paar keer met zijn nek, alsof hij daar spierpijn in had. De rimpels achter in zijn nek bewogen op en neer zoals bij een prehistorisch beest. Aomame lette er niet speciaal op, maar toen ze het zag, moest ze opeens denken aan het scherpe, spitse voorwerp onder in haar schoudertas. Haar handen begonnen lichtjes te zweten.

'Wat denkt u dat ik moet doen?'

'U kúnt niets doen. Dit is een snelweg, dus tot we bij de volgende afrit komen, kunnen we geen kant uit. Even een zijweggetje inslaan om u af te zetten bij het dichtstbijzijnde station, zoals bij een gewone weg, zal hier moeilijk gaan.'

'En waar is de volgende afrit?'

'Bij Ikejiri. Maar tegen de tijd dat we daar zijn, kon het wel eens avond zijn.'

Avond? Ze probeerde zich voor te stellen hoe het zou zijn om tot de avond in deze taxi opgesloten te zitten. Janáčeks *Sinfonietta* duurde nog steeds voort. Met sourdines gedempte strijkers klonken op de voorgrond om te hoog opgelopen emoties te kalmeren. Het onaangename, verdraaide gevoel van daarnet was al een heel stuk minder geworden. Wat kon dat in godsnaam geweest zijn?

Ze had de taxi in de buurt van Kinuta aangehouden en was bij Yōga de snelweg op gegaan. Aanvankelijk was het verkeer vlot doorgestroomd, maar vlak voor Sangenjaya waren de eerste opstoppingen gekomen, en nu zaten ze bijna muurvast. De andere rijbaan had nergens last van; alleen het verkeer richting centrum zat vast in een file van tragische proporties. Onder normale omstandigheden was drie uur 's middags geen tijdstip waarop zich op snelweg no. 3 files voordeden. Dat was ook de reden waarom ze de chauffeur had gevraagd hem te nemen.

'Op een snelweg wordt uw tijd niet in rekening gebracht,' zei de chauffeur in het spiegeltje. 'Daarover hoeft u zich geen zorgen te maken. Maar komt het niet ongelegen als u te laat bent voor uw afspraak?'

'Natuurlijk komt het ongelegen! Maar wat kan ik eraan doen?'

De chauffeur wierp een korte blik op Aomame in zijn spiegeltje. Hij droeg een lichtgetinte zonnebril. Vanwege de lichtval kon ze zijn gezichtsuitdrukking niet onderscheiden.

'Moet u horen, mevrouw. Er is wel een manier. Het is weliswaar een enigszins agressieve noodgreep, maar hij stelt u in staat om hiervandaan de trein naar Shibuya te nemen.'

'Een noodgreep?'

'Eigenlijk mag ik het niet aan de grote klok hangen...'

Aomame zei niets, maar wachtte met tot spleetjes geknepen ogen tot de chauffeur doorging.

'Kijk, daarginds. Ziet u daar die vluchthaven?' De chauffeur wees voor zich uit. 'Vlak bij die grote Esso-reclame.'

Als ze goed keek, kon ze links van de weg een ruimte zien die was aangelegd voor auto's met pech. De snelwegen van Tokyo zijn te smal voor vluchtstroken; vandaar dat er hier en daar zulke plekken zijn uitgespaard, voorzien van een gele telefoon vanwaar je in geval van nood contact kunt opnemen met het kantoor van de Snelwegcorporatie. De vluchthaven waar de chauffeur op doelde was op dit moment nog leeg. Aan de andere kant van de weg, naast de rijstroken voor tegemoetkomend verkeer, stond een kantoorgebouw met op het dak een enorm reclamebord voor Esso: een breed glimlachende tijger met een benzineslang in zijn hand.

'Die vluchthaven daar is via een trap met de begane grond verbonden. Het idee is dat in geval van brand of een aardbeving de automobilisten hun voertuigen op de weg laten staan en via de trap een goed heenkomen zoeken, maar normaal wordt hij alleen gebruikt door het personeel dat reparaties aan de weg uitvoert. Als u langs die trap naar beneden gaat, komt u uit in de buurt van een station, en als u daar de trein pakt, bent u in een wip in Shibuya.'

'Ik wist niet dat de snelwegen in Tokyo noodtrappen hebben!' zei ze.

'Het is ook niet algemeen bekend.'

'Maar mag je zo'n trap zomaar gebruiken, ook als er geen noodgeval is?'

De chauffeur wachtte even voor hij antwoord gaf. 'Ik durf het niet te zeggen, mevrouw. Hoe het precies in de regels van de Snelwegcorporatie staat weet ik natuurlijk niet, maar zolang u er niemand overlast mee bezorgt, denk ik dat ze het wel door de vingers zullen zien. En u dacht toch niet dat ze zo'n noodtrap de hele dag nauwlettend in de gaten hielden? De Snelwegcorporatie staat bekend om zijn vele personeel dat zo weinig uitvoert.'

'Wat is het voor trap?'

'Een gewone brandtrap, moet u maar denken. U weet wel: zo'n ijzeren geval dat je aan de achterkant van oude kantoorgebouwen nog veel ziet. Gevaarlijk is hij niet. Hij is ongeveer zo hoog als een gebouw van twee verdiepingen, en u kunt er gewoon over naar beneden lopen. De ingang is afgesloten met een hek, maar dat is niet erg hoog. U bent er zo overheen.'

'Hebt u hem zelf ooit gebruikt?'

Er kwam geen antwoord. De chauffeur glimlachte nauwelijks waarneembaar in zijn spiegeltje. Het was een glimlach die op allerlei manieren kon worden uitgelegd.

'Ik laat het helemaal aan u over,' zei hij uiteindelijk. Zijn vingers tikten tegen het stuur op de maat van de muziek. 'Als u lekker naar mooie muziek wilt blijven luisteren, heb ik daar geen enkel bezwaar tegen. Deze taxi gaat voorlopig nergens heen, daar dienen we ons allebei bij neer te leggen. Maar voor het geval dat u iets heel dringends omhanden hebt, wijs ik er alleen maar op dat die noodgreep bestaat.'

Met een lichte frons op haar gezicht keek Aomame op haar horloge en daarna uit het raam, naar de auto's om hen heen. Rechts van hen stond een Mitsubishi Pajero – zwart, maar overdekt met een dun laagje wit stof. De jongeman in de stoel naast de bestuurder had het raam opengedraaid en zat verveeld een sigaret te roken. Hij had lang haar en een gebruind gezicht, en hij droeg een bordeauxrood windjack. In de bagageruimte lag een stapel veelgebruikte vuile surfplanken. Voor de Pajero stond een grijze Saab 900. De zwartgetinte ramen waren hermetisch gesloten, zodat van buitenaf niet te zien was wie erin zat. De auto was zo keurig in de was gezet dat je hem als spiegel kon gebruiken.

Voor Aomames taxi stond een rode Suzuki Alto met een gedeukte kentekenplaat aan de achterbumper, die aangaf dat hij uit Nerima kwam. Een jonge moeder zat achter het stuur; het kleine meisje naast haar stond op de stoel en wist van verveling niet in hoeveel bochten ze zich moest wringen. Haar moeder zat dat met een gemelijk gezicht aan te kijken. Door twee ruiten heen kon Aomame uit de bewegingen van haar mond precies aflezen wat ze tegen haar dochtertje zei. Tien minuten eerder was het precies hetzelfde schouwspel geweest. In die tien minuten hadden de auto's misschien nog geen tien meter vooruitgang geboekt.

Aomame dacht even diep na. Ze woog allerlei factoren tegen elkaar af en probeerde ze te rangschikken naar volgorde van belangrijkheid. Het duurde niet lang voor ze haar conclusie had getrokken. Als om die kracht bij te zetten, begon Janáčeks *Sinfonietta* aan zijn laatste deel.

Uit haar schoudertas haalde ze een kleine Ray Ban-zonnebril tevoorschijn, en uit haar portemonnee drie briefjes van duizend yen, die ze de chauffeur toestak.

'Ik stap hier uit. Ik mag niet te laat komen,' zei ze.

De chauffeur knikte en nam het geld aan. 'Wilt u een bonnetje?'

'Nee, laat maar. En met het wisselgeld zit het wel goed.'

'Dank u wel,' zei de chauffeur. 'Er staat nogal wat wind, dus wees voorzichtig op de trap. Kijk goed uit waar u uw voeten neerzet.'

'Ik zal voorzichtig zijn,' zei ze.

'En dan nog iets,' zei de chauffeur in het spiegeltje. 'Onthoud dit vooral goed: schijn bedriegt.'

Schijn bedriegt, herhaalde ze bij zichzelf. En toen, met een lichte frons tussen haar wenkbrauwen: 'Wat bedoelt u daarmee?'

'Ik bedoel dit.' De chauffeur koos zijn woorden zorgvuldig. 'U gaat nu iets doen dat niet gewoon is. Vindt u niet? Gewone mensen lopen niet op klaarlichte dag de noodtrap van een snelweg af. Vooral dames niet.'

'Daar hebt u waarschijnlijk gelijk in,' beaamde ze.

'Dus als u zoiets doet, kan het gebeuren dat de dingen om u heen – hoe zal ik het zeggen? – er een tikkeltje anders gaan uitzien dan eerst. Iets dergelijks is mij ook ooit overkomen. Maar laat u door die schijn niet bedriegen. Er is altijd maar één realiteit.'

Aomame dacht na over wat de chauffeur zojuist gezegd had, en nog terwijl ze zat te denken, kwam Janáčeks *Sinfonietta* tot een eind en werd onmiddellijk gevolgd door een daverend applaus. De radio had blijkbaar een concertopname uitgezonden. Er leek geen eind aan het applaus te komen, zo geestdriftig was het publiek. Af en toe hoorden ze stemmen 'Bravo!' roepen. Ze kon gewoon zien hoe het eraan toe ging. De dirigent boog keer op keer glimlachend naar zijn gehoor, dat hem een staande ovatie gaf. Hij keek omhoog, stak een hand op, schudde de concertmeester de hand, keerde zich om om met beide handen geheven de leden van het orkest te complimenteren, en keerde zich nog eens naar het publiek voor een laatste, diepe buiging. Hoe langer ze naar dit applaus luisterde, hoe minder het haar als applaus in de oren klonk en hoe meer ze het gevoel kreeg dat ze met gespitste oren zat te luisteren naar een eindeloze zandstorm op de planeet Mars.

'Er is altijd maar één realiteit,' herhaalde de chauffeur langzaam, alsof hij een belangrijke zinsnede in een boek wilde benadrukken.

'Vanzelfsprekend,' zei ze. En het sprak ook vanzelf. Eén voorwerp kan maar op één plaats en tijd tegelijk zijn. Dat had Einstein bewezen. De realiteit was eindeloos koud, en eindeloos eenzaam.

Aomame wees naar de stereo. 'Een prachtig geluid.'

De chauffeur knikte. 'Hoe zei u ook weer dat die componist heette?'

'Janáček.'

'Janáček,' herhaalde de chauffeur, alsof hij zich een belangrijk wachtwoord wilde inprenten. Toen haalde hij het hendeltje over dat het achterportier opende. 'Wees voorzichtig, mevrouw. Ik hoop dat u uw afspraak haalt.'

Aomame stapte de taxi uit, haar grote leren schoudertas in haar hand. Toen ze buiten stond, klonk het applaus nog onverminderd voort. Behoedzaam begaf ze zich over het uiterste randje van de snelweg in de richting van de vluchthaven, ongeveer tien meter verderop. Telkens als er een zware vrachtwagen uit de andere richting voorbijdenderde, voelde ze het wegdek trillen onder haar hoge hakken. Of zeg maar golven, want dit was geen trillen meer. Het was of ze over het dek van een vliegdekschip liep dat door een ruwe zee ploegt.

Het kleine meisje in de Suzuki Alto stak haar hoofd uit het raam en staarde met open mond naar Aomame. Toen draaide ze zich om naar haar moeder en vroeg: 'Mammie, wat doet die mevrouw? Waar gaat ze naartoe? Ik wil ook naar buiten! Mag ik ook naar buiten, mammie? Mammie!' Op dit gezeur en gedrein gaf haar moeder niet eens antwoord. Ze schudde zwijgend haar hoofd en wierp Aomame een verwijtende blik toe. Maar dat was de enige stem die ze hoorde en de enige reactie die ze zag. Alle andere chauffeurs zaten alleen maar te roken of met licht gefronste wenkbrauwen toe te kijken hoe Aomame met vastberaden tred tussen de auto's en de buitenste muur van de snelweg liep, en volgden haar met hun ogen alsof ze een oogverblindend voorwerp was. Ze leken hun oordeel even te hebben opgeschort. Ook al staat het verkeer stil, het komt niet elke dag voor dat je iemand over Shuto-snelweg no. 3 ziet lopen, en er gaat een tijdje overheen voor je zo'n zintuiglijke waarneming als realiteit kunt aanvaarden – en nog meer als degene die daar loopt een jonge vrouw is in een minirokje en op hoge hakken.

Aomame voelde die blikken op haar huid. Ze trok haar kin in, richtte haar ogen recht naar voren, rechtte haar rug, en liep zonder aarzelen op haar doel af. Haar kastanjebruine naaldhakken (Charles Jourdan) klikten droog op het wegdek. De wind rukte aan de zoom van haar jas. Het was al april, maar de wind was nog koud en leek storm met zich mee te dragen. Ze droeg een mantelpakje van dunne groene wol (Junko Shimada) en een beige voorjaarsjas, en haar schoudertas was van zwart leer. Haar halflange haar was fraai gekapt en goed bijgehouden. Sieraden droeg ze niet. Ze mat een meter achtenzestig, met nauwelijks een grammetje overtollig vet aan haar lichaam, en haar spieren waren goed getraind, maar dat kon je door haar jas heen natuurlijk niet zien.

Als je haar gezicht zorgvuldig van voren bekeek, zag je een opmerkelijk verschil tussen haar oren: haar linkeroor was veel groter dan haar rechter, en enigszins misvormd. Maar omdat haar oren meestal verborgen gingen onder haar haren, viel dat niemand op. Haar lippen vormden een rechte streep en duidden op een onafhankelijk, weinig toeschietelijk karakter. Die indruk werd nog versterkt door een kleine, smalle neus, ietwat uitstekende jukbeenderen, een breed voorhoofd en lange, rechte wenkbrauwen. Maar haar ovale gezicht was regelmatig gevormd, en al is zoiets een kwestie van smaak, ze mocht best mooi worden genoemd. Alleen was haar gezicht zo ontzettend weinig expressief! Haar stijf gesloten lippen plooiden zich alleen in een glimlach als het echt niet anders kon. Haar ogen waren als die van een goed uitzicht op zee: voortdurend koel en gereserveerd. Daardoor kwam het dat ze nooit een bijzonder fleurige indruk maakte. Meestal zijn het namelijk niet de kwaliteiten van een gezicht in rust die de aandacht trekken of bewondering opwekken, maar de natuurlijkheid en gratie waarmee een bewegend gezicht emoties uitdrukt.

De meeste mensen konden dus als het ware geen vat op Aomames gezicht krijgen. Als ze even hun ogen afwendden, waren ze al niet meer in staat te beschrijven hoe het eruitzag. Hoewel je bij zulke individuele gelaatstrekken het tegendeel zou verwachten, lieten de details desalniettemin geen enkele indruk achter. In dat opzicht had ze veel gemeen met insecten die behendig gebruikmaken van mimicry. Opgaan in de omgeving door van kleur of gedaante te veranderen, zo weinig mogelijk opvallen, meteen weer uit de herinnering verdwijnen – dat was precies wat ze wilde. Al sinds ze een klein meisje was had ze zichzelf op deze manier weten te beschermen.

Als er echter iets gebeurde dat haar niet beviel, onderging haar altijd zo coole gezicht opeens een dramatische verandering. Elke spier verkrampte in een andere richting, de asymmetrie werd extreem geaccentueerd, overal verschenen er opeens diepe rimpels, haar ogen vielen terug in hun kassen, haar neus en mond trokken gewelddadig scheef, haar kaken verwrongen zich, en haar lippen krulden op tot haar grote witte tanden zichtbaar werden. Het was alsof het touwtje dat het masker voor haar gezicht hield opeens brak en er een totaal ander wezen achter tevoorschijn kwam. Iedereen die deze gedaanteverandering ooit had meegemaakt, was zich wild geschrokken, zo beangstigend was hij. Het was een verbijsterende sprong van absolute anonimiteit naar adembenemende afgrond. Daarom ook waakte ze er angstvallig voor dat ze in het bijzijn van onbekenden kwaad keek. Dat deed ze alleen wanneer er niemand om haar heen was, of wanneer ze een man die haar niet aanstond de stuipen op het lijf wilde jagen.

Bij de vluchthaven aangekomen, bleef ze staan en keek om zich heen naar de noodtrap. Ze zag hem meteen. Zoals de chauffeur haar had gezegd, was de ingang afgesloten met een ijzeren hek van iets hoger dan haar heup. Het was misschien een beetje gênant om eroverheen te klauteren met een strak minirokje aan, maar als je je niets aantrok van de ogen om je heen, was het een koud kunstje. Zonder een ogenblik te aarzelen trok ze haar schoenen uit en stopte die in haar schoudertas. Op blote voeten lopen zou haar panty ruïneren, maar panty's waren in elke winkel te koop.

De mensen in de auto's sloegen zwijgend gade hoe ze eerst haar schoenen uittrok en vervolgens haar jas. Uit het open raampje van de Toyota Celica vlak voor haar in de file klonk de hoge stem van Michael Jackson als achtergrondmuziek. 'Billy Jean.' Het lijkt wel of ik op het podium van een stripteaseclub sta, dacht ze. Nou, je kijkt maar, hoor! Jullie zullen je wel vervelen in die file. Maar stel je er niet te veel van voor, want meer trek ik niet uit. Vandaag blijft het bij hoge hakken en een jas. Het spijt me vreselijk.

Ze hing haar tas om haar nek, zodat hij niet van haar schouder gleed. In de verte zag ze de splinternieuwe zwarte Toyota Crown Royal Saloon waar ze net nog in had gezeten. In het licht van de middagzon blonk de voorruit als een spiegel. Het gezicht van de chauffeur kon ze niet onderscheiden, maar ze twijfelde er niet aan dat hij zat te kijken.

Laat u door die schijn niet bedriegen. Er is altijd maar één realiteit.

Aomame ademde een keer diep in en weer uit, en toen klauterde ze, op de klanken van 'Billy Jean', over het hek. Haar minirokje kroop omhoog tot aan haar heupen. Niks van aantrekken, dacht ze. Ze geven hun ogen maar de kost. Ze kunnen onder mijn rok kijken, maar daarom kijken ze nog niet door me heen! En wat haar mooie slanke benen betreft, dat waren de delen van haar lichaam waar ze het meest trots op was.

Aan de andere kant van het hek gekomen, trok ze haar rok weer recht, sloeg het stof van haar handen, trok haar jas weer aan, en gooide haar tas over haar schouder. Ze zette haar zonnebril stevig op haar neus. De noodtrap was vlak voor haar. Het was een grijsgeverfde ijzeren trap – een simpele, praktische trap van een uiterst functioneel ontwerp, waarbij niet was uitgegaan van de mogelijkheid dat een vrouw op kousenvoeten en in een strak minirokje erover naar beneden of naar boven zou lopen. Haar mantelpakje had Junko Shimada evenmin ontworpen met het idee dat het ooit zou worden gedragen op een noodtrap van Shuto-snelweg no. 3. Een grote vrachtauto kwam uit de tegenovergestelde richting, en de trap trilde als een riet. De wind floot door de stalen balken. In elk geval, daar was de trap. Nu hoefde ze er alleen nog maar over naar beneden, naar de begane grond.

Aomame keerde zich nog één keer om, en in de houding van een spreker die aan het eind van zijn voordracht vanaf de lessenaar zijn ogen over het publiek laat gaan om te zien of er misschien vragen zijn, liet ze haar blik nog eens van links naar rechts dwalen, en daarna van rechts naar links, over de twee dichte rijen auto's. De file was in al die tijd geen centimeter opgeschoten. De mensen konden nergens heen, en omdat ze niets anders te doen hadden, hadden ze de kleinste beweging die ze maakte met argusogen gadegeslagen. Wat is dát mens van plan, hadden ze zich afgevraagd. Hun blikken – een mengeling van interesse en onverschilligheid, afgunst en minachting – hadden over haar gespeeld toen ze aan de andere kant van het hek was beland. Hun emoties konden niet besluiten welke kant ze uit zouden vallen en bleven aarzelend in het midden hangen, trillend als een slecht uitgebalanceerde weegschaal. Een zware stilte daalde over de omgeving neer. Niemand stak zijn hand op om een vraag te stellen (en als dat wél het geval was geweest had ze het antwoord natuurlijk niet geweten). Iedereen zat woordeloos te wachten op een gelegenheid die zich in alle eeuwigheid niet zou voordoen. Ze trok haar kin een stukje in, beet op haar onderlip, en vanachter haar donkergroene zonnebril nam ze iedereen nog eens keurend op.

Wie ben ik? Waar ga ik heen, en wat ga ik daar doen? Dat kunnen jullie je vast niet voorstellen, hè? Haar lippen bewogen niet, maar zo sprak ze hen toe. Jullie zitten allemaal vastgekluisterd, jullie kunnen nergens heen. Jullie kunnen niet vooruit – en trouwens ook niet achteruit. Maar ik ben niet zo. Ik heb werk dat ik moet afmaken. Een missie die ik moet vervullen. En daarom ben ik zo vrij om vóór jullie weg te gaan.

Eigenlijk had ze al die mensen het liefst één keer heel boos aangekeken, maar ze beheerste zich, zij het met moeite. Het was nergens voor nodig, en haar tijd was haar te kostbaar. Als ze eenmaal zo'n lelijk gezicht had getrokken, duurde het een hele poos voor het weer normaal stond.

Aomame keerde haar zwijgende publiek de rug toe en begon voorzichtig aan de afdaling van de noodtrap. De brute kou van het staal beet in haar voetzolen. De kille wind, die nog niet zo lang geleden april had begroet, speelde met haar haren en onthulde nu en dan haar misvormde linkeroor.

2

Tengo: *Een ander plannetje*

Tengo's vroegste herinnering dateert van toen hij anderhalf jaar was. Zijn moeder heeft haar bloes uitgedaan en een bandje van haar witte onderjurk van haar schouder laten glijden, en laat een man die niet zijn vader is aan haar borst zuigen. In het ledikantje ligt een kindje – hijzelf waarschijnlijk. Hij kijkt naar zichzelf alsof hij iemand anders is. Zou het een tweelingbroer zijn? Nee, dat kan niet. Degene die daar ligt is hijzelf, Tengo, anderhalf jaar oud. Dat weet hij intuïtief. Het kindje heeft zijn oogjes toe en ademt zacht terwijl het slaapt. Dit is de eerste herinnering van Tengo's leven. De scène duurt misschien tien seconden, maar is scherp op de muur van zijn bewustzijn gebrand. Ervoor is niets, en erachter evenmin. Zoals de torenspits van een dorp na een overstroming, zo steekt deze ene herinnering eenzaam zijn hoofd boven de troebele wateren uit.

Wanneer hij de kans heeft, vraagt Tengo aan anderen: 'Tot hoever gaat jouw vroegste herinnering terug?' Bij de meeste mensen is dat de leeftijd van vier of vijf, en op z'n vroegst drie. Hij krijgt geen enkel voorbeeld van herinneringen vroeger dan dat. Het schijnt dat een kind minstens drie jaar oud moet zijn voor het de wereld om zich heen kan gadeslaan als een aaneenschakeling van dingen en gebeurtenissen waarin een logische samenhang zit. In vroegere stadia is alles wat een kind ziet een onbegrijpelijke chaos. Een dunne brij, zonder vaste punten, zonder iets wat je kunt beetpakken met je knuistjes. Iets wat buiten het raam voorbijgaat zonder enige herinnering in de hersenen achter te laten.

Natuurlijk is een peuter van anderhalf niet in staat om te begrijpen wat het betekent dat zijn moeder een man die niet zijn vader is aan een borst laat zuigen. Dat is duidelijk. Dus als deze herinnering van Tengo authentiek is, heeft hij, waarschijnlijk zonder er een oordeel over te vellen, het schouwspel waarvan hij getuige was op zijn netvlies gebrand zoals een fototoestel een voorwerp mechanisch op een film vastlegt als een combinatie van licht en schaduw, en meer niet. Naarmate Tengo's bewustzijn zich ontwikkelde, werden die opgeslagen, gefixeerde beelden geleidelijk geanalyseerd en van een betekenis voorzien. Maar komt zoiets in werkelijkheid ooit voor? Is het mogelijk dat de hersenen van zo'n jong kind zulke beelden kunnen vasthouden?

Zou het misschien niet meer zijn dan een valse herinnering? Iets wat zijn bewustzijn op een later tijdstip uit zichzelf heeft gefabriceerd met een bepaald doel of plan voor ogen? Een vervalste herinnering dus. Die mogelijkheid heeft Tengo ook zorgvuldig overwogen. En hij is tot de conclusie gekomen dat zoiets waarschijnlijk niet het geval is. Voor een gefabriceerde herinnering is hij veel te duidelijk, te overtuigend. Het licht, de geur, het kloppen van zijn hart – ze zijn overweldigend echt, te echt voor een geheugenvervalsing. En de hypothese dat die scène echt heeft plaatsgevonden is een uitstekende verklaring voor allerlei dingen. Logisch gesproken, en ook emotioneel.

Die levensechte herinnering duurt ongeveer tien seconden, en hij komt onverwacht. Zonder enige waarschuwing, zonder enig respijt. Zonder te kloppen. Terwijl hij in de trein zit, terwijl hij een wiskundeformule op het bord schrijft, tijdens de maaltijd, terwijl hij met iemand zit te praten (zoals nu, bijvoorbeeld) – plotseling overvalt hij hem. Overspoelt hem als een geluidloze tsunami. Als Tengo hem eindelijk in de gaten krijgt, torent hij al hoog boven hem uit. Zijn handen en voeten zijn verlamd. De tijd staat stil. De lucht wordt ijl, hij kan niet behoorlijk ademhalen. Alles en iedereen lijkt van hem vervreemd. Die vloeibare muur slokt hem helemaal op. De hele wereld om hem heen lijkt zwart te worden, maar hij verliest het bewustzijn niet. Het wissel wordt alleen omgezet. Een deel van zijn bewustzijn wordt juist scherper. Vrees voelt hij niet. Hij kan zijn ogen echter niet openhouden. Zijn oogleden vallen stijf dicht. De geluiden om hem heen worden steeds vager. En dan verschijnen de vertrouwde beelden op het scherm van zijn bewustzijn – niet één keer, maar meerdere malen. Het zweet breekt hem aan alle kanten uit. Hij voelt de oksels van zijn overhemd drijfnat worden. Zijn hele lichaam begint te trillen. Zijn hart klopt steeds sneller en luider.

Als er toevallig iemand bij hem is, doet hij net of hij duizelig is geworden. Het lijkt ook op duizeligheid. Als ze hem maar de tijd geven, komt alles weer goed. Hij pakt zijn zakdoek, houdt die voor zijn mond en blijft roerloos zitten. Met zijn ene hand maakt hij een afwerend gebaar. Het is niets, je hoeft je geen zorgen te maken. Soms duurt het dertig seconden, soms langer dan een minuut. Gedurende die tijd herhalen dezelfde beelden zich automatisch, zoals bij een videoband die talloze malen automatisch wordt herhaald. Zijn moeder laat een bandje van haar onderjurk van haar schouder glijden en een vreemde man zuigt aan haar harde tepel. Ze sluit haar ogen en slaakt een diepe zucht. Het ruikt vaag naar moedermelk, een geur die zoete herinneringen oproept. Bij een zuigeling is de reukzin het scherpste zintuig. De reukzin leert je veel dingen. Soms leert die je alles. Geluid hoort hij niet. De lucht is een kleverige vloeistof geworden. Het enige wat hij kan horen is het zachte kloppen van zijn eigen hart.

Kijk hiernaar, zeggen ze. Kijk alléén hiernaar, zeggen ze. Jij bent hier, je kunt nergens anders heen, zeggen ze. Dezelfde boodschap, keer op keer herhaald.

Deze keer duurde de 'aanval' lang. Tengo zat met zijn ogen dicht en met zijn zakdoek voor zijn mond, één hoek stevig tussen zijn tanden geklemd. Hij had geen idee hoelang het al had geduurd. Dat kon hij alleen opmaken uit de vermoeidheid die hij zou voelen als het helemaal voorbij was. En hij was uitgeput. Zo moe als nu had hij zich nog nooit gevoeld. Er ging vrij veel tijd overheen voor hij zijn ogen weer kon openen. Zijn bewustzijn wilde zo snel mogelijk weer bij zijn positieven komen, maar zijn spieren en andere organen werkten tegen, zoals bij een dier dat zich in het seizoen heeft vergist en te vroeg uit zijn winterslaap ontwaakt.

'Tengo! Hé, Tengo!'

Iemand stond te roepen, al een tijdje. De stem kwam van heel diep uit een tunnel. Hij luisterde er afwezig naar, tot hij besefte dat 'Tengo' zijn eigen naam was.

'Wat is er met je? Heb je er wéér last van? Gaat het een beetje?' riep de stem, nu van iets dichterbij.

Eindelijk kreeg hij zijn oogleden van elkaar. Toen zijn ogen weer scherp konden zien, keek hij naar zijn rechterhand, die vast om de tafelrand was geklemd. Hij verzekerde zich er eerst van dat de wereld niet uit elkaar was gevallen en hijzelf nog als zichzelf bestond. Hij had het gevoel er nog niet helemaal in terug, maar dit was zonder enige

Om onduidelijke redenen leek Komatsu persoonlijke belangstelling voor Tengo te hebben opgevat. Tengo was groot van stuk (hij was van de middelbare school tot zijn afstuderen aan de universiteit een van de belangrijkste leden van de judoclub geweest) en hij keek uit zijn ogen als een boer die altijd vroeg opstond. Met zijn gemillimeterde haar, zijn zongebruinde huid en zijn bloemkooloren leek hij net zomin op de typische jongeman met letterkundige belangstelling als op een wiskundeonderwijzer. Dat was blijkbaar een van de redenen waarom hij Komatsu was gaan interesseren. Wanneer Tengo een nieuw manuscript af had, bracht hij het naar Komatsu. Die las het dan en gaf er zijn mening over. Daarna herschreef Tengo het, trouw dat advies volgend. Wanneer hij het herziene manuscript weer aan Komatsu liet zien, gaf die weer nieuwe aanwijzingen, zoals een trainer die de lat telkens een stukje hoger legt. 'In jouw geval duurt het misschien iets langer,' zei Komatsu, 'maar je moet je vooral niet haasten. Je moet alleen bereid zijn om geen dag voorbij te laten gaan zonder dat je iets schrijft. En wat je hebt geschreven mag je nooit weggooien, want dat komt later misschien nog van pas.' Tengo beloofde dat te doen.

Van zijn kant bezorgde Komatsu hem een baantje in de literaire wereld: hij werd de anonieme medewerker van een damesblad dat Komatsu's uitgeverij publiceerde. Kopij bewerken, eenvoudige film- en boekbesprekingen schrijven, horoscopen bedenken – het kon niet schelen wat het was, Tengo nam het aan. De horoscopen die hij in een vloek en een zucht in elkaar draaide, kregen de reputatie dat ze regelmatig uitkwamen. Op een keer schreef hij: 'Pas op voor een zware aardbeving in de vroege ochtend', en laat er nu een paar dagen later in de vroege ochtend inderdaad een zware aardbeving plaatsvinden! Dit soort opdrachten werd per stuk betaald, en niet alleen kon hij dat zakcentje goed gebruiken, maar hij deed op deze manier ook praktische ervaring op. En als hij een stukje dat hijzelf had geschreven, hoe onbeduidend ook, in gedrukte vorm in de boekhandel zag liggen, werd hij daar toch wel blij van.

Uiteindelijk werd hij een van Komatsu's lezers voor de Debutantenprijs. Het klinkt vreemd dat iemand die zelf meedingt naar een prijs het werk van andere kandidaten beoordeelt, maar Tengo liet zich aan zijn merkwaardige positie niets gelegen liggen en gaf alle inzendingen zijn onbevooroordeelde aandacht. Door stapels slecht geschreven, saaie fictie te lezen, ervoer hij aan den lijve wat slecht geschreven, saaie

maal tot de laatste ronde geschopt. Komatsu had hem opgebeld en gevraagd of ze ergens konden afspreken, dus hadden ze elkaar ontmoet in een koffieshop in Shinjuku (dezelfde als waar ze nu zaten). Tengo's inzending zou waarschijnlijk de prijs niet krijgen, had Komatsu gezegd (en dat bleek ook zo), maar hijzelf had het manuscript met veel genoegen gelezen. 'Ik wil je geen stroop om de mond smeren, maar het komt maar heel zelden voor dat ik iemand dat zomaar recht in zijn gezicht zeg,' zei hij (en Tengo wist dat toen nog niet, maar ook dat bleek waar te zijn). Toen vroeg Komatsu of Tengo hem zijn volgende manuscript wilde laten lezen, voor hij het aan iemand anders liet zien, en Tengo had beloofd dat hij dat zou doen.

Komatsu leek ook graag te willen weten wat voor iemand Tengo was – hoe hij was grootgebracht, en wat voor soort leven hij nu leidde. Tengo legde alles zo eerlijk mogelijk uit, voor zover dat in zijn vermogen lag. Hij was geboren en getogen in de stad Ichikawa, in de prefectuur Chiba, ten oosten van Tokyo. Zijn moeder was niet lang na zijn geboorte aan een ziekte gestorven. Dat had hij tenminste van zijn vader gehoord. Broers en zussen had hij niet. Zijn vader was nooit hertrouwd en had Tengo helemaal zelf grootgebracht. Zijn vader was collecteur geweest voor de NHK, de nationale omroep waaraan iedereen met een televisietoestel moet meebetalen, maar nu zat hij met alzheimer in een verzorgingstehuis in het zuidelijkste puntje van het Bōsō-schiereiland, ongeveer anderhalf uur met de trein ten zuidoosten van Tokyo. Tengo was aan de universiteit van Tsukuba afgestudeerd aan een vakgroep met de merkwaardige naam 'Wiskunde, College van Natuurwetenschappen, Eerste Groep Colleges' en schreef nu verhalen en romans, terwijl hij in zijn levensonderhoud voorzag als wiskundeonderwijzer aan een bijlesinstituut in Yoyogi, in de binnenstad van Tokyo. Hij had na zijn afstuderen natuurlijk ook leraar kunnen worden aan een openbare middelbare school ergens in Chiba, maar had voor het bijlesinstituut gekozen omdat hij daar wat vrijer over zijn tijd kon beschikken. Hij woonde in z'n eentje, in een flatje in Kōenji in de westelijke buitenwijken.

Wilde hij werkelijk beroepsauteur worden? Dat wist hij zelf ook niet. Hij wist niet eens of hij wel genoeg talent had om te schrijven. Hij wist alleen dat hij geen dag kon leven zonder dat hij schreef. Schrijven was voor hem net zo onontbeerlijk als ademhalen. Komatsu had niet gezegd wat hij daarvan vond, maar hij had Tengo aangehoord zonder hem in de rede te vallen.

buurt en liep hij zelf ernstige verwondingen op.* Niemand wist hoeveel hiervan waar was, maar het klonk in elk geval aannemelijk.

Komatsu was lang en mager, met een akelig brede mond en een akelig kleine neus. Zijn armen en benen waren ook lang, en zijn vingertoppen zaten onder de nicotinevlekken. In sommige opzichten had hij wel iets weg van de mislukte revolutionaire intelligentsia, die zo vaak voorkomt in negentiende-eeuwse Russische literatuur. Hij glimlachte niet veel, maar als hij het deed, deed hij het ook met zijn hele gezicht. Maar zelfs dan maakte hij niet echt een vrolijke indruk. Hij leek dan nog het meest op een door het leven getekende tovenaar die gniffelend aan een onheilspellende toverspreuk werkt. Hij hield zichzelf schoon en was goed gesoigneerd, maar waarschijnlijk om iedereen te laten zien hoe bitter weinig belangstelling hij had voor kleren, was hij altijd op dezelfde manier uitgedost. Een tweedcolbert, een wit katoenen Oxford-shirt of een lichtgrijs poloshirt, geen stropdas, een grijze broek en suède schoenen – zo zag zijn uniform eruit. Je kon je voorstellen dat hij thuis in de kast een half dozijn zorgvuldig geborstelde tweedjasjes met drie knopen had hangen die qua kleur, stof en patroon slechts minimaal van elkaar verschilden. Misschien had hij ze zelfs voorzien van een nummertje om ze uit elkaar te kunnen houden.

Zijn haar was net dun ijzerdraad en begon van voren nauwelijks merkbaar te grijzen. Het hing over zijn oren en zat altijd in de war. Merkwaardig genoeg zag het er altijd uit alsof hij een week geleden naar de kapper had gemoeten. Hoe hij dat voor elkaar kreeg snapte Tengo niet. Hij had doordringende ogen, als sterren die op een winternacht koud aan de hemel glinsteren. Als iets hem niet zinde, bewaarde hij een stilzwijgen zo hardnekkig als dat van een rots aan de achterkant van de maan. Dan verloor zijn gezicht bijna elke uitdrukking, en je zou zweren dat zijn lichaamstemperatuur het nulpunt naderde.

Tengo kende Komatsu nu ongeveer vijf jaar. Hij had meegedongen naar de Debutantenprijs van Komatsu's tijdschrift en had het hele-

---

* Het veiligheidsverdrag tussen Japan en de Verenigde Staten, dat van 1951 dateerde, was in 1960 aan herziening toe. Premier Nobusuke Kishi wilde het herziene verdrag door het Japanse parlement jagen, maar werd geconfronteerd met sterke oppositie, zowel in het parlement als op straat. De demonstraties van protesterende studenten werden hardhandig uit elkaar geslagen, en op 15 juni kwam een studente daarbij om het leven.

nodig was, was hij heel goed in staat om schrander en rationeel zijn eigen mening te verdedigen. Als hij dat wilde, kon hij uiterst venijnig uit de hoek komen. Hij was in staat het zwakste punt van zijn tegenstander uit te zoeken en hem in één ogenblik met een paar woorden te vloeren. Zowel in mensen als in literatuur had hij een bijzondere persoonlijke voorkeur, maar zij die zijn voorkeur genoten, of het nu mensen of boeken waren, waren ver in de minderheid bij degenen die dat niet deden. En het natuurlijke gevolg daarvan was dat de mensen die hem wel mochten ver in de minderheid waren bij de mensen die hem niet uit konden staan. Dat wilde hij echter zelf. Voor zover Tengo het kon beoordelen, opereerde Komatsu het liefst in zijn eentje en schepte hij er een zeker genoegen in als anderen met een grote boog om hem heen liepen of zelfs ronduit vijandig waren. 'Geen scherpe geest zonder stenen om hem op te slijpen,' had zijn motto kunnen zijn.

Komatsu was vijfenveertig, zestien jaar ouder dan Tengo. Hij had zijn hele carrière gewijd aan de redactie van een literair tijdschrift, en in vakkringen genoot hij dan ook vrij grote bekendheid, maar over zijn privéleven was niets bekend. Op vergaderingen en zo praatte hij voluit, maar altijd over zijn werk, nooit over zichzelf. Tengo wist bijvoorbeeld niet waar hij was geboren en opgegroeid, en zelfs niet waar hij woonde. Hoelang ze samen ook zaten te praten, dit soort onderwerpen vermeed Komatsu altijd zorgvuldig. De mensen vroegen zich soms wel eens af hoe het mogelijk was dat zo'n afstandelijk iemand, die geen enkele poging deed om persoonlijke contacten te leggen en zijn minachting over het literaire establishment niet onder stoelen of banken stak, toch nog zoveel kopij voor zijn tijdschrift in de wacht wist te slepen, maar telkens als het nodig was ontving Komatsu bijdragen van bekende schrijvers zonder dat hij daar speciale moeite voor leek te hoeven doen. Aan hem was het herhaaldelijk te danken geweest dat zijn tijdschrift een goede beurt had gemaakt. Hij was daarom misschien niet populair, maar hij werd alom gerespecteerd.

Het gerucht ging dat Komatsu in 1960 aan de faculteit der Letteren van de universiteit van Tokyo had gestudeerd. Dat was het jaar van de onlusten, veroorzaakt door de voorgestelde herziening van het Japans-Amerikaanse veiligheidsverdrag, en Komatsu zou een van de kopstukken van de protesterende studenten zijn geweest. Toen een studente tijdens een demonstratie zo door de politie werd mishandeld dat ze eraan overleed (ging het verhaal), stond hij vlak bij haar in de

Tengo was even stil. 'En deze novelle van Fukaeri, heeft die iets wat u niet onmiddellijk begrijpt?'

'Ja. Vanzelfsprekend! Dit kind heeft iets heel bijzonders. Wat het is weet ik niet, maar ze heeft het. Dat zie je zo – jij net zo goed als ik. Het is als rook die opkringelt van een kampvuur op een windstille middag: iedereen met ogen in zijn hoofd ziet het meteen. Maar weet je, Tengo, de last die dit meisje draagt, is waarschijnlijk veel te zwaar voor haar.'

'Dus als u haar in het water gooit, is er geen kans dat ze ooit weer bovenkomt.'

'Precies,' zei Komatsu.

'En is dat de reden dat u dit manuscript niet naar de jury wilt sturen?'

'Daar zit 'm precies de kneep,' zei Komatsu. Hij krulde zijn lippen en bracht zijn handen bij elkaar boven het tafelblad. 'En nu we op dit punt zijn gekomen, moet ik ontzettend op mijn woorden gaan passen.'

Tengo pakte zijn koffiekopje en staarde naar wat daar nog in zat. Toen zette hij het terug op tafel. Komatsu zei nog steeds niets.

'Ik neem aan dat hier dat "andere plannetje" van u op de proppen komt.'

Komatsu wierp hem een stralende blik toe, alsof hij het slimste jongetje van de klas was, en knikte langzaam.

'Heel goed geraden,' zei hij.

Komatsu had iets ondoorgrondelijks. Je kon uit zijn gezichtsuitdrukking of uit zijn stem nooit precies opmaken wat er werkelijk door hem heen ging. Hijzelf leek er een groot genoegen in te scheppen om de mensen op deze manier zand in de ogen te strooien. Hij had ontegenzeggelijk een scherp verstand. Hij was het type dat zijn beslissingen baseert op zijn eigen ideeën, zonder zich erom te bekommeren wat anderen van hem verwachtten. Maar al liep hij er niet mee te koop, hij had talloze boeken gelezen en bezat een grondige kennis van allerlei onderwerpen. En niet alleen kennis. Hij had ook een intuïtief inzicht in mensen en in literatuur. Dat inzicht was weliswaar vermengd met een grote dosis vooroordeel, maar wat hem betreft waren vooroordelen ook een belangrijk aspect van de waarheid.

Hij praatte misschien wel veel, maar zei meestal erg weinig, want hij hield er niet van om overal tekst en uitleg bij te geven. Als het echter

beters uit de bus komt. Het is en blijft knudde, hoelang je ook wacht. En waarom? Omdat het haar ten enen male ontbreekt aan de ambitie om ooit een fatsoenlijke zin in elkaar te kunnen draaien. Om goed proza te kunnen schrijven moet je geboren zijn met literair talent, of je werkt je uit de naad tot je het kunt. Een andere manier is er niet. En dit meisje Fukaeri is noch het een, noch het ander. Je ziet het zelf! Ze heeft geen godgegeven talent, en ze is evenmin bereid om zich in te spannen. Waarom weet ik niet. Als je het mij vraagt, is ze van het begin af aan niet echt in schrijven als zodanig geïnteresseerd. Wél in verhalen vertellen, dat is zeker. Die wil heeft ze zelfs heel sterk, dat geef ik onmiddellijk toe. En in deze ongepolijste vorm maakt ze indruk op jou en laat ze mij tot het eind toe doorlezen. Goed beschouwd moet je er je petje voor afnemen. Maar als schrijfster heeft ze geen toekomst. Voor geen meter! Het spijt me dat ik je teleur moet stellen, maar dit is mijn eerlijke mening.'

Tengo dacht hier even over na. Er zat wel iets in in wat Komatsu zei. Je kon van hem denken wat je wilde, maar als redacteur had hij een bijzonder goede neus.

'Maar daarom kunt u haar toch nog wel een kans geven?' zei Tengo. 'Is daar zoveel op tegen?'

'Je bedoelt: gooi haar in het water en kijk of ze blijft drijven?'

'Zoiets ja.'

'Ik heb in mijn leven al heel wat nodeloze moorden gepleegd. Ik bedank er feestelijk voor om nog meer mensen te zien verdrinken.'

'En mijn geval dan?'

'Jij doet je best,' zei Komatsu. Hij koos zijn woorden zorgvuldig. 'Voor zover ik het kan beoordelen, doe jij alles wat nodig is. Als het om schrijven gaat, ben je de nederigheid zelve. En waarom? Omdat jij van schrijven houdt. En dat waardeer ik. Voor iemand die de ambitie heeft om schrijver te worden, is er niets zo belangrijk als dat hij van schrijven houdt.'

'Maar het is niet genoeg.'

'Natuurlijk niet. Dat alleen is niet genoeg. Er komt nog iets anders bij kijken. Iets speciaals, zullen we het maar noemen. Op z'n minst moet een werk iets ondoorgrondelijks hebben – wat mij betreft, tenminste. Vooral in verhalend proza waardeer ik dat meer dan wat ook. Als ik het allemaal begrijp, begin ik me onmiddellijk te vervelen. Nou ja, dat spreekt vanzelf. Zoiets hoef ik niet eens uit te leggen.'

Ze heeft nog niet genoeg ervaring met het lezen, laat staan met het schrijven van fictie. Dat is het enige probleem. De Debutantenprijs winnen – dat is inderdaad te veel gevraagd. Maar ze zou voorgedragen kunnen worden. Eén woordje van u is voldoende. Dat zal haar volgende werk beslist ten goede komen.'

'Hmmm,' bromde Komatsu nogmaals. Hij gaapte verveeld. Toen dronk hij zijn glas in één teug leeg. 'Denk nou eens even goed na, Tengo. Stel dat we zo'n ongepolijst werk tot de laatste ronde laten doordringen. De heren van de jury zullen van hun stoel vallen van afgrijzen. Misschien worden ze zelfs wel boos. Ze zullen het om te beginnen nooit uitlezen. Alle vier de juryleden zijn schrijvers, en ze hebben het allemaal even druk. Die bladeren even door de eerste twee bladzijden en keilen het manuscript meteen in een hoek. Dit kan een kind van de lagere school nog wel, zullen ze zeggen. En als ik ze er dan nederig van probeer te overtuigen dat we hier te maken hebben met een ruwe diamant, dacht je dat er dan iemand naar me luistert? Als dat ene woordje van mij echt tot zoveel in staat is, behoud ik het liever voor aan een werk dat een beetje meer belooft.'

'Dus u laat het gewoon afvallen?'

'Nee, dát zeg ik niet,' zei Komatsu, langs zijn neus wrijvend. 'Voor dit werk heb ik een ander plannetje.'

'Een ander plannetje,' herhaalde Tengo, wie deze woorden op een vage manier onheilspellend in de oren klonken.

'Jij zegt dat we van haar volgende werk wel wat kunnen verwachten,' zei Komatsu. 'Dat hoop ik natuurlijk ook. Langzaam en ongehaast een jonge auteur begeleiden tot hij zijn volle potentieel heeft bereikt – dat is voor elke redacteur het grootste geluk. Het is hetzelfde opwindende gevoel als wanneer je op een heldere nacht naar de lucht kijkt en je als allereerste een nieuwe ster ontdekt. Maar ik moet je eerlijk zeggen dat ik serieus betwijfel of dit meisje wel een toekomst heeft. Mijn eigen nederige persoontje verdient al meer dan twintig jaar zijn brood in deze branche, en in al die jaren heb ik heel wat auteurs zien komen – en weer gaan. Ik dacht dus dat ik er een aardige kijk op heb gekregen welke auteurs wel een toekomst hebben en welke niet. En naar mijn bescheiden mening zit er bij dit kind geen toekomst in. Ik vind het sneu voor haar, maar over één jaar niet, en over twee jaar niet, en over drie jaar ook niet. Om te beginnen heeft ze geen stijl die je met voldoende tijd en vlijt kunt oppoetsen tot er iets

Komatsu keek Tengo zwijgend aan. Hij wilde nog meer horen, dus Tengo ging door.

'Ik wil niet dat dit werk meteen al afvalt alleen omdat de stijl hier en daar nog wat ruw is. In al die jaren dat ik dit werk doe, heb ik bergen ingezonden manuscripten doorgelezen. Nou ja, "doorgebladerd" komt er waarschijnlijk dichterbij. Sommige waren vrij redelijk, maar het meeste – het overgrote deel – was brandhout. In elk geval, van alle manuscripten die ik onder ogen heb gekregen, is er maar één dat me het gevoel gaf dat ik iets behoorlijks in handen had, en dat is *Een pop van lucht*. Toen ik het uit had, wilde ik meteen weer opnieuw beginnen, en dat is de eerste keer dat me zoiets is overkomen.'

'Hmmm,' bromde Komatsu. Met een uiterst verveeld gezicht nam hij een trekje van zijn sigaret en trok een zuinig pruimenmondje. Maar Tengo kende Komatsu langer dan vandaag en liet zich niet zo makkelijk in de luren leggen. Heel vaak had de uitdrukking op Komatsu's gezicht niets te maken met wat hij werkelijk over iets dacht. Soms drukte het zelfs het tegenovergestelde uit. Tengo wachtte dus geduldig tot Komatsu zijn mond opendeed.

'Ik heb het ook gelezen,' begon hij na een aanzienlijke stilte. 'Na jouw telefoontje ben ik er meteen aan begonnen. En ik kan je niet vertellen hoe slecht ik het vond! Haar grammatica is belabberd, en ik kan er geen hoogte van krijgen wat ze precies wil zeggen. Voor ze aan schrijven begint, moet ze de basisbeginselen van woordvolgorde en zinsbouw nog maar eens bestuderen.'

'Maar u hebt het helemaal uitgelezen. Waar of niet?'

Komatsu glimlachte – het soort glimlach dat hij normaal diep in een zelden geopend laatje verborgen hield.

'Klopt! Ik heb het inderdaad helemaal uitgelezen. Ik stond er zelf van te kijken. Dit is de eerste keer dat ik een inzending voor de Prijs voor Literair Debutanten van a tot z heb doorgewerkt. Sterker nog: ik heb bepaalde gedeelten nog eens gelezen! En dat komt ongeveer net zo vaak voor als dat alle planeten in ons zonnestelsel in één rechte lijn staan. Ik geef het ruiterlijk toe.'

'Dat komt doordat het iets heeft. Heb ik ongelijk?'

Komatsu doofde zijn sigaret in de asbak en wreef met de middelste vinger van zijn rechterhand langs zijn neus. Op Tengo's vraag gaf hij echter geen antwoord.

'Dit meisje is nog maar zeventien,' zei Tengo. 'Ze zit nog op school.

maal geen smaak. Het was niet meer dan een lauwe vloeistof die door zijn keel naar binnen gleed.

'Wil je nog een beetje water?' vroeg Komatsu.

Tengo schudde zijn hoofd. 'Nee, het gaat wel weer. Ik voel me al stukken beter.'

Komatsu haalde een pakje Marlboro uit zijn jaszak, stak een sigaret in zijn mond en streek een lucifer af uit het doosje dat elke koffieshop als reclame aan zijn klanten geeft. Hij wierp een vlugge blik op zijn horloge.

'Waar hadden we het ook alweer over?' vroeg Tengo. Het was zaak om zo snel mogelijk weer tot zichzelf te komen.

'Ja, waarover ook alweer?' Komatsu richtte zijn blik op een punt in de verte en dacht even na. Of hij deed alsof, dat kon Tengo niet nagaan. Komatsu's manier van doen en van praten had altijd iets gemaakts. 'O ja, we hadden het over dat meisje Fukaeri. En over *Een pop van lucht*.'

Tengo knikte. Precies, over Fukaeri en *Een pop van lucht*. Net toen Tengo aan zijn uitleg wilde beginnen, had hij zijn zogenaamde aanval gekregen, dus hij was nooit verder gekomen. Hij pakte een exemplaar van het manuscript uit zijn tas en deponeerde het op tafel, met een hand erbovenop, om zich er nog eens van te vergewissen hoe het aanvoelde.

'Zoals ik aan de telefoon al probeerde uit te leggen, is het aantrekkelijkste punt van *Een pop van lucht* dat het niemand na-aapt. Er is niets wat suggereert dat het "zoals iets anders" wil worden,' (Tengo koos zijn woorden met grote zorg) 'en dat zie je bij beginnende auteurs hoogstzelden. De stijl is ongetwijfeld nog wat ruw en de woordkeus heeft iets kinderachtigs. Neem alleen de titel al: die verwart de pop van een vlinder met de cocon van de zijderups. Zo kan ik nog veel meer fouten op een rijtje zetten, maar het verhaal zelf is onweerstaanbaar fascinerend. Qua plot is dit een fantasyverhaal, maar de details zijn verbijsterend realistisch, en die balans houdt ze bijzonder mooi in evenwicht. Ik weet niet of woorden als "origineel" en "onvermijdelijk" hier op hun plaats zijn. Dat kan ik niet bekijken. Als u zegt dat dit werk dat niveau niet haalt, is dat waarschijnlijk zo. Maar als je het stukje bij beetje helemaal hebt doorgewerkt, zit je op het eind toch wel even stilletjes voor je uit te kijken. Ook al geeft het je een akelig, bizar gevoel dat heel lastig onder woorden is te brengen.'

twijfel zijn eigen rechterhand. Hij rook ook zweet – een vreemde, wilde lucht, alsof hij voor de kooi van een beest in de dierentuin stond. Maar het was de stank van zijn eigen zweet, ook daar bestond geen twijfel over.

Zijn keel was kurkdroog. Hij stak zijn hand uit naar het glas op de tafel en dronk – heel voorzichtig om niet te morsen – de helft van het water dat daarin zat. Na even te hebben gerust om zijn ademhaling aan te passen, dronk hij de andere helft. Zijn bewustzijn keerde langzaamaan terug naar de plaats waar het thuishoorde, en zijn zintuigen hadden zich bijna hersteld. Hij zette het lege glas terug en veegde zijn mond af met zijn zakdoek.

'Neem me niet kwalijk. Ik voel me alweer stukken beter,' zei hij. Hij stelde vast dat de man tegenover hem inderdaad Komatsu was. Ze zaten in een koffieshop in de buurt van het Shinjuku-station iets te bespreken. De pratende stemmen om hem heen klonken weer gewoon als pratende stemmen. Het stel aan de tafel naast hen wierp een bevreemde blik in zijn richting, alsof ze zich afvroegen of hij misschien onwel was geworden. De serveerster stond in de buurt, een verontruste uitdrukking op haar gezicht. Misschien was ze bang dat hij ging overgeven op een stoel. Tengo keek op en glimlachte haar knikkend toe. Niets aan de hand. Maak je geen zorgen.

'Dat was toch niet een soort aanval wat je daarnet had?' vroeg Komatsu.

'O nee, het is niks ernstigs. Ik werd alleen een beetje duizelig. Een beetje erg, bedoel ik.'

Tengo's stem klonk hem nog niet helemaal echt als de zijne in de oren, maar het kwam er in elk geval dichtbij.

'Je moet uitkijken dat je zoiets niet krijgt bij het autorijden,' zei Komatsu. Hij keek Tengo vorsend aan.

'Ik rij niet.'

'Dat is maar goed ook. Een kennis van me heeft last van hooikoorts, en die begon opeens te niezen achter het stuur en is regelrecht tegen een lantaarnpaal geknald. Maar wat jij hebt lijkt me wel wat erger dan een niesaanval, Tengo. De eerste keer dat ik het meemaakte schrok ik me een hoedje. Dit is de tweede keer, dus ik ben er een beetje aan gewend, maar toch...'

'Neem me niet kwalijk.'

Tengo pakte zijn koffiekopje en nam een slokje. De koffie had hele-

reld aan toe gaat weet ik niet, maar mijn eigen gezonde verstand zegt me dat dit een uiterst riskant plan is. Als je de mensen eenmaal iets voorliegt, mag je daar nooit meer op terugkomen. Er mogen absoluut geen discrepanties zijn, en zowel psychologisch als technisch is dat niet eenvoudig te realiseren. Als iemand ergens ook maar één keer zijn mond voorbijpraat, kan het iedereen de kop kosten. Vindt u zelf ook niet?'

Komatsu viste nog een sigaret uit het pakje en stak die op. 'Je hebt volkomen gelijk, Tengo. Alles wat je zegt is deugdelijk en terecht. Het is inderdaad een riskant plan. In dit stadium zijn er nog een tikkeltje te veel onzekere factoren. En als het mislukt, kon het voor alle betrokkenen wel eens heel onaangenaam worden. Dat begrijp ik allemaal heel goed, en ik heb het ook allemaal in overweging genomen. En toch, hè Tengo, toch zegt mijn instinct: "Doen!" Dit is de enige kans die we ooit zullen hebben. We hebben hem tot nu toe nooit gehad, en we krijgen hem waarschijnlijk nooit meer. Het is misschien niet juist om het met poker te vergelijken, maar we hebben alle troeven in handen en meer dan voldoende chips. Alle vooruitzichten zijn gunstig. Als we deze kans laten schieten, hebben we er de rest van ons leven spijt van.'

Tengo keek zwijgend naar de glimlach op Komatsu's gezicht. Die leek niets dan onheil te voorspellen.

'Maar het allerbelangrijkste is dat ik probeer om van *Een pop van lucht* een beter werk te maken. Dit is een verhaal dat het verdient om beter verteld te worden. Het heeft iets – iets heel belangrijks, iets wat iemand er op een bekwame manier uit moet zien te halen. Als je eerlijk bent, zul je moeten toegeven dat jij er diep in je hart ook zo over denkt. Zeg eens dat ik ongelijk heb! Daarom moeten wij onze krachten bundelen. We gaan met dit project van start en zetten allebei ons beste beentje voor. Onze beweegredenen kunnen we aan iedereen vertellen zonder dat we ons hoeven te schamen.'

'Meneer Komatsu, u kunt het met nog zulke kloppende logica verdedigen en zeggen dat het voor nog zo'n goede zaak is, maar het is en blijft bedrog, hoe je het ook bekijkt. We hoeven ons misschien niet te schamen over onze beweegredenen, maar in feite kunnen we ze nooit aan anderen vertellen. We moeten altijd achter de schermen werken. Als bedrog een te sterk woord is, mag u het voor mijn part een schending van vertrouwen noemen. Het mag dan niet wettelijk strafbaar zijn, maar het levert morele problemen op. Een redacteur die een in-

moet door Tengo worden herschreven. Sterker nog: dit verhaal is bij uitstek geschikt om door jou te worden herschreven. Het ligt erop te wáchten om door jou te worden herschreven. Vind je zelf ook niet?'

Tengo schudde slechts woordeloos zijn hoofd.

'Er is helemaal geen haast bij,' zei Komatsu kalm. 'Daarvoor is het te belangrijk. Denk er gerust twee of drie dagen over na. Lees het hele manuscript nog een keer door, en denk na over mijn voorstel. Dat is waar ook, laat ik je dit ook geven.'

Komatsu haalde een bruine envelop uit zijn jaszak en stak die Tengo toe. In de envelop zaten twee kleurenfoto's van standaardformaat. Het waren foto's van een meisje. Het ene was een portret genomen tot borsthoogte, het andere een snapshot waar ze helemaal op stond. Beide foto's leken min of meer op hetzelfde moment te zijn genomen. Ze stond voor een trap – een brede stenen trap. Een gezicht van klassieke schoonheid. Lang, sluik haar. Witte bloes. Klein van stuk, slank. Haar lippen deden hun best om te lachen, maar haar ogen werkten niet mee. Het waren bijzonder ernstige ogen. Ogen die naar iets zochten. Tengo bestudeerde de foto's om beurten. Waarom wist hij niet, maar bij het zien van deze foto's moest hij terugdenken aan zichzelf, toen hijzelf zo oud was, en hij voelde een heel lichte pijn in zijn hart. Het was een speciaal soort pijn, die hij in jaren niet had gevoeld. Er was iets in haar gedaante dat zulke pijn leek te kunnen opwekken.

'Dit is Fukaeri,' zei Komatsu. 'Een mooi kind, vind je niet? En een keurig meisje. Zeventien jaar. Om door een ringetje te halen. Echte naam: Eriko Fukada, alleen wil ze die geheimhouden. Ze wil beslist bekendstaan als Fukaeri – *Eriko Fuka*da, maar dan omgekeerd, snap je? Als die de Akutagawa-prijs wint, zul je eens wat zien. De media fladderen rond haar hoofd als vleermuizen in de schemering. De boeken vliegen de winkel uit nog voor de inkt droog is.'

Tengo vroeg zich bevreemd af waar Komatsu die foto's in handen had gekregen. Ingezonden manuscripten gingen nooit vergezeld van foto's. Hij besloot die vraag echter voor zich te houden. Hij kon zich niet voorstellen wat voor antwoord hij zou krijgen, en hij was er ook niet bijster in geïnteresseerd.

'Hou jij die maar. Ze komen vast van pas,' zei Komatsu.

Tengo stopte de foto's terug in de envelop en stak die bij het manuscript.

'Meneer Komatsu, hoe het er normaal gesproken in de literaire we-

'Wat ik voorstel is helemaal niet buitengewoon,' zei Komatsu met een frons op zijn gezicht. 'Die mangaverhalen waar de tijdschriften vol van staan – daar is voor minstens de helft door meer dan één persoon aan gewerkt. De staf komt met een idee en werkt het verhaal uit, de tekenaar maakt een eenvoudige lijntekening, en zijn assistent vult de details in en voegt de kleuren toe. Het is net een wekker die ergens op een fabriek in elkaar wordt gezet. En in de literaire wereld zijn er ook voorbeelden te over. Neem nou al die liefdesromannetjes. Die volgen voor het merendeel een patroon dat door de uitgeverij is uitgewerkt, en ze worden uitbesteed aan broodschrijvers. Met andere woorden, het is een systeem gebaseerd op arbeidsdeling. Dat moet ook wel, want anders kun je die dingen niet in zulke massa's op de markt gooien. Maar in het bekrompen wereldje van de serieuze literatuur kun je zoiets niet openlijk doen, dus onze strategie moet zijn om één persoon – Fukaeri – als auteur naar voren te schuiven. Als het uitlekt, tja, dan zal het misschien een klein schandaal veroorzaken, maar wettelijk strafbaar is het niet. Zo is onze tijd nu eenmaal. En we hebben het nu niet over Balzac of Murasaki Shikibu.* We hebben het over een onbekend meisje dat nog op de middelbare school zit en een manuscript produceert dat sterft van de gebreken, en het enige wat wij van plan zijn, is haar werk wat op te knappen. Wat is daar voor slechts aan? Zolang het resultaat maar van goede kwaliteit is en een heleboel lezers er plezier aan beleven, is er toch niks aan de hand?'

Tengo dacht hier over na. 'Ik zie twee problemen,' zei hij, zijn woorden met zorg kiezend. 'Er zijn er waarschijnlijk veel meer, maar laat ik het voorlopig bij deze twee houden. Probleem één is dat we niet weten of Fukaeri, de auteur, erin zal toestemmen om haar manuscript door iemand anders te laten bewerken. Als zij nee zegt, komen we natuurlijk geen stap verder. Maar stel dat ze ja zegt. Dan krijgen we te maken met het andere probleem: ben ik echt in staat om dat verhaal van haar góéd te bewerken? Met iemand samenwerken is altijd verdomde lastig. Het kon wel eens veel minder eenvoudig lopen dan u denkt.'

'Jij kunt het, Tengo!' antwoordde Komatsu, zo snel dat het leek of hij deze tegenwerping had voorzien. 'Jij kunt het beslist. Dat was het eerste dat bij me opkwam toen ik *Een pop van lucht* las: dit verhaal

---

* Murasaki Shikibu (ca. 973-1014/1025) is de auteur van *Het verhaal van Genji*.

ruimschoots binnen jullie bereik, neem dat maar van mij aan. Ik heb te lang in de uitgeverswereld meegedraaid om die niet van haver tot gort te kennen.'

Tengo staarde Komatsu enige tijd met licht geopende mond aan. Komatsu legde zijn lepeltje terug op het schoteltje. Het kletterde onnatuurlijk luid.

'En als we de Akutagawa-prijs winnen, wat gebeurt er dán?' vroeg Tengo toen hij zichzelf weer onder controle had.

'De Akutagawa-prijs betekent publiciteit. Het merendeel van de mensen kan nauwelijks beoordelen of een roman goed of slecht is, maar ze willen niet bij de buren achterblijven, dus als iedereen het over een boek heeft omdat het een prijs heeft gewonnen, kopen zij het ook – vooral als de auteur een meisje is dat nog naar de middelbare school gaat. Als het boek verkoopt, stroomt het geld binnen, en de winst verdelen we met z'n drieën. Laat dát maar aan mij over!'

'Op dit ogenblik laat de verdeling van de winst me volkomen koud,' zei Tengo, met een stem waaraan alle warmte ontbrak. 'U bent redacteur. Druist zoiets niet in tegen uw beroepscode? Als dit ooit uitlekt, wordt het een groot schandaal. U zult er waarschijnlijk uw baan door verliezen.'

'Zo makkelijk lekt het niet uit! Als ik dat wil, kan ik uiterst behoedzaam te werk gaan. En stel dat het uitlekt, dan neem ik met genoegen ontslag. De directeur mag me toch al niet, die behandelt me al een hele tijd heel kil. Ander werk heb ik zó gevonden! En om te beginnen doe ik dit helemaal niet vanwege de centen. Ik doe het om het literaire establishment beentje te lichten. Dat kruipt bij elkaar in krottige crypten om elkaar complimentjes te verkopen en elkaars wonden te likken of elkaar een hak te zetten, en dan durven ze nóg hun mond vol te hebben over de nobele rol die de literatuur in het maatschappelijk leven speelt! Ik wil dat zootje eens en voor al voor joker zetten. Het systeem een grondige loer draaien – dat is toch het mooiste dat er is?'

Tengo kon wel mooiere dingen bedenken. Om te beginnen had hij nog nooit één vertegenwoordiger van het literaire establishment ontmoet. Maar sterker nog: het idee dat zo'n begaafd iemand als Komatsu om zulke kinderachtige redenen zo'n groot risico wilde nemen! Hij was even sprakeloos.

'Wat u daar voorstelt, klinkt mij als een soort boerenbedrog in de oren.'

'Ja. Door jou,' zei Komatsu.

Tengo zocht even naar de juiste woorden, maar hij kon ze nergens vinden. Hij zuchtte diep.

'Maar moet u nu eens horen, meneer Komatsu: met hier en daar een kleine of zelfs grote correctie is dit manuscript niet te redden. Als je het niet radicaal bewerkt, van kop tot staart, lijkt het helemaal nergens op.'

'Natuurlijk moet het van kop tot staart worden bewerkt! De plot houden we zoals hij is, de sfeer van de stijl volgen we zo veel mogelijk, maar de woorden veranderen we bijna allemaal. We maken een adaptatie, zogezegd. Jij bent verantwoordelijk voor het herschrijven, en ik voor de productie.'

'Zou het zo makkelijk lukken?' vroeg Tengo, meer aan zichzelf dan aan Komatsu.

'Luister nou eens goed.' Komatsu pakte zijn koffielepeltje en wees daarmee in Tengo's richting, zoals een dirigent met zijn stokje naar een solist wijst. 'Dat meisje, Fukaeri, heeft iets speciaals. Dat snap je als je *Een pop van lucht* leest onmiddellijk. Ze heeft een buitengewone fantasie. Maar jammer genoeg kan ze helemaal niet schrijven. Haar stijl is belabberd. Jij daarentegen schrijft prachtig! Je zinnen vloeien, en ze hebben gevoel. Je ziet er wel grof en bonkig uit, maar je stijl is intelligent en subtiel. Je kunt ook de vaart in een verhaal houden. Maar in tegenstelling tot Fukaeri heb jij nog geen onderwerp gevonden om over te schrijven. Daarom missen jouw verhalen nog te vaak een harde kern. Het boek dat je zou moeten schrijven, heb je in je, dat weet ik heel zeker. Alleen is het als een diertje dat zich angstig in een diep gat verschuilt: het wil maar niet naar buiten. Je weet dat het er zit, maar zolang het er niet uit komt, kun je het niet grijpen. Dát bedoel ik als ik tegen je zeg dat je je niet moet haasten.'

Tengo verschoof onhandig over het vinyl van zijn stoel. Hij zei geen woord.

'Het is heel simpel,' vervolgde Komatsu, subtiel met zijn lepeltje zwaaiend. 'We maken van jullie twee gewoon één nieuwe auteur. De onbehouwen visie van Fukaeri's verhaal in het gepolijste proza van ene Tengo – een ideale combinatie. En jij kúnt het, dat weet ik. Zou ik je al die jaren persoonlijk hebben begeleid als ik dat gevoel niet had? Al het andere laat je maar aan mij over. Voor jullie vereende krachten is de Debutantenprijs veel te laag gegrepen. De Akutagawa-prijs ligt

'Ja. Ik zeg niet dat de Prijs voor Literair Debutanten iets kleins is, maar als we toch bezig zijn, moeten we hoger mikken.'

Tengo zei niets. Hij wist niet waar Komatsu op doelde, maar hij was er niet erg gerust op.

'De Akutagawa-prijs!' zei Komatsu, toen de stilte lang genoeg had geduurd.*

'De Akutagawa-prijs,' herhaalde Tengo, zo langzaam en nadrukkelijk alsof hij met een lange stok de karakters in nat zand stond te schrijven.

'Ja, de Akutagawa-prijs. Zelfs iemand die zo wereldvreemd is als jij, Tengo, heeft daar toch wel eens van gehoord? Vette krantenkoppen, het tv-journaal, je weet wel.'

'Neem me niet kwalijk, meneer Komatsu, maar ik vraag het even voor de zekerheid: we hebben het nu toch wel degelijk over Fukaeri?'

'Natuurlijk. We zitten nu te praten over *Een pop van lucht*, geschreven door Fukaeri. Iets anders hadden we volgens mij niet op de agenda vandaag.'

Tengo beet op zijn lip en probeerde het addertje te vinden dat hier beslist ergens onder het gras zat.

'Maar we zijn het er allebei over eens dat het de Debutantenprijs niet zal winnen. We hebben het over niets anders gehad. "Op deze manier wordt het niets," zeiden we.'

'En dat is waar. Op déze manier wordt het niets. Dat is zo klaar als een klontje.'

Tengo had even tijd nodig om na te denken. 'Dus u bedoelt... U wilt een manuscript dat is ingezonden voor een prijs toch niet gaan bewerken?'

'Weet jij een andere manier? Het komt vaak genoeg voor dat een kanshebber op advies van een redacteur zijn manuscript bewerkt. Dat is helemaal niets bijzonders. Alleen moet het in dit geval niet worden gedaan door de auteur, maar door iemand anders.'

'Iemand anders?'

Hij vroeg het, maar hij wist het antwoord al voor de vraag zijn mond uit was. Hij vroeg het alleen voor de zekerheid.

---

* De Akutagawa-prijs, een van de meest prestigieuze literaire prijzen in Japan, wordt tweemaal per jaar uitgereikt aan nieuwe auteurs. Murakami's eerste twee romans werden wel voorgedragen, maar niet bekroond.

en hoe hoger de waardering, hoe hoger ook de beloning. Dat kwam doordat het instituut bang was dat hun beste leerkrachten door andere scholen werden weggekaapt (en Tengo was inderdaad al verscheidene keren door een headhunter benaderd). Bij een gewone school hoefde je daar niet om te komen. Daar werd je salaris bepaald door je aantal dienstjaren en je privéleven door het hoofd van de school, en bekwaamheid en populariteit speelden geen enkele rol. Tengo genoot ook van zijn werk op het instituut. Het grootste deel van de leerlingen volgde zijn lessen om te kunnen slagen voor het toelatingsexamen van de universiteit en lette daarom goed op. En verder was de onderwijzer als hij klaar was in het klaslokaal ook meteen klaar met zijn werk, en dat stelde Tengo natuurlijk bijzonder op prijs. Als zijn leerlingen zich misdroegen of de regels van de school overtraden, hoefde hij zich daar het hoofd niet over te breken. Lesgeven en uitleggen hoe je wiskundeproblemen oplost – meer werd er niet van hem verwacht. En zuivere ideeën uitdrukken door middel van cijfers en getallen was iets waar Tengo van nature in uitblonk.

De dagen dat hij thuis was, stond hij normaal gesproken vroeg op, en dan schreef hij tot het avond werd. Zijn Montblanc-vulpen, blauwe inkt, en velletjes papier met vierhonderd hokjes voor evenzovele karakters – zolang hij die maar had, was Tengo dik tevreden. Eén keer per week kwam zijn vriendin (een getrouwde vrouw) op bezoek en dan brachten ze de middag samen door. Seks met een getrouwde vrouw die tien jaar ouder was dan hijzelf was bevredigend, en ook ongedwongen, want hun verhouding dreigde zich niet tot iets meer te ontwikkelen. 's Avonds maakte hij een lange wandeling, en als de zon onderging las hij in z'n eentje een boek bij wat mooie muziek. Televisiekijken deed hij niet. Als de NHK-collecteur kwam om zijn kijkgeld te innen, weigerde hij altijd beleefd. Het spijt me, maar ik heb geen tv. Nee, echt niet. U mag gerust binnenkomen om een kijkje te nemen. Maar dat deden ze niet. NHK-collecteurs mogen niet bij mensen het huis binnengaan.*

'Ik zit aan iets te denken wat een klein beetje groter is,' zei Komatsu.
   'Groter?'

---

* Het systeem dat mensen van huis tot huis gaan om kijkgeld te innen is wegens de vele kritiek op 1 oktober 2008 afgeschaft.

fictie is, en zo'n les kan nooit kwaad. Van de honderd en nog wat manuscripten die hij elke keer door moest werken, koos hij er tien uit waarin hij enige betekenis had weten te ontdekken, en die leverde hij in bij Komatsu, elk manuscript voorzien van een leesrapport. In de laatste ronde bleven er vijf werken over, en daaruit selecteerde een jury van vier de prijswinnaar.

Maar er waren nog meer lezers die de manuscripten doorwerkten, en Komatsu was niet de enige redacteur die aan de voorselectie deelnam, dus eigenlijk was al die moeite niet eens nodig geweest, al werd er van Tengo natuurlijk wel verwacht dat hij zijn werk zo onpartijdig mogelijk deed. Er waren hooguit maar twee of drie inzendingen in die hele berg die iets beloofden, en die had iedereen er zo uit kunnen pikken. Tengo's eigen werk had het drie keer tot de laatste ronde weten te brengen. Geen van die drie keer had hij het lef gehad om een stem op zichzelf uit te brengen, maar de andere twee lezers, en niet te vergeten Komatsu, als eindredacteur, hadden hem allemaal genomineerd. Tengo was niet eens teleurgesteld dat hij telkens buiten de prijzen viel. Om te beginnen had hij Komatsu's advies dat hij zich niet moest haasten goed in zijn oren geknoopt, en verder was het ook niet zo dat hij nou met alle geweld meteen schrijver wilde worden.

Door zijn lesrooster slim in te delen was hij vier dagen in de week vrij om thuis te doen en te laten wat hij wilde. Hij had nu zeven jaar op het bijlesinstituut gewerkt, en hij had een behoorlijk goede naam onder de leerlingen. Hij draaide nooit om de hoofdpunten heen, maar kwam onmiddellijk ter zake, en hij was in staat om alle vragen ogenblikkelijk te beantwoorden. Tot Tengo's eigen verbazing was hij een goed spreker. Hij legde alles duidelijk uit, hij had een heldere stem, en hij hield met zijn grapjes de stemming erin. Tot hij onderwijzer was geworden, had hij steeds gedacht dat hij niet goed uit zijn woorden kon komen. En nog was hij als hij met iemand privé zat te praten af en toe zo nerveus dat hij naar woorden moest zoeken. In kleine groepjes vervulde hij dan ook steevast de rol van luisteraar. Maar als hij voor de klas stond en al die gezichten voor zich zag, werd zijn geest helemaal helder en kon hij eindeloos doorpraten. Je wist het bij mensen maar nooit, vertelde Tengo zichzelf keer op keer.

Met zijn salaris was hij best tevreden. Hij verdiende weliswaar geen bakken met geld, maar het instituut betaalde hem wat hij waard was. De onderwijzers werden regelmatig door de leerlingen geëvalueerd,

zending voor de literaire prijs van zijn eigen tijdschrift opkalefatert... Als het aandelen waren, zouden ze het handelen met voorkennis noemen!'

'Je kunt literatuur niet met aandelen vergelijken. Dat zijn twee heel verschillende dingen.'

'Verschillend? In welk opzicht bijvoorbeeld?'

'Bijvoorbeeld... Jij ziet één belangrijk feit over het hoofd,' zei Komatsu. Zijn mond was vertrokken in de breedste grijns die Tengo ooit had gezien. 'Of liever gezegd: je keert het opzettelijk de rug toe. En dat feit is: *jij wilt het zelf ook doen*. In je hart ben je het er al helemaal mee eens dat *Een pop van lucht* moet worden herschreven. Je kunt mij niet belazeren, dus schei uit met dat gezeik over risico en moraal! Je popelt om aan dat manuscript te beginnen. Je kunt niet wachten tot jij in plaats van Fukaeri dat speciale, bijzondere, belangrijke "iets" aan het licht hebt gebracht. En dáár heb je het verschil tussen literatuur en aandelen. Goed of slecht, onze beweegredenen zijn van een hogere orde dan louter winstbejag. Ga naar huis en denk maar eens goed na over wat je eigenlijk wilt. En ga dan voor de spiegel staan en kijk maar eens goed naar je eigen gezicht. Want het staat er duidelijk op geschreven.'

Tengo kreeg een gevoel alsof de lucht in de koffieshop opeens dunner was geworden. Hij keek vlug om zich heen. Zouden die beelden hem wéér komen plagen? Nee, dat was het niet. De ijlheid van de lucht leek uit een ander domein te komen. Hij haalde zijn zakdoek tevoorschijn en veegde het zweet van zijn voorhoofd. Waarom wist hij niet, maar Komatsu had altijd gelijk.

3

Aomame: *Een paar veranderingen*

Op haar kousenvoeten daalde Aomame de smalle noodtrap af. De wind gierde door de onbeschutte stalen balken. Als hij van beneden kwam, blies hij soms haar minirokje, strak als het was, omhoog tot het bol stond als het zeil van een jacht en ze van haar voeten dreigde te worden gelicht. Ze klemde de ijzeren stang die als leuning diende stevig in haar blote handen en liep langzaam, tree voor tree, achteruit naar beneden. Af en toe stond ze stil om haar haar uit haar gezicht te strijken en haar schoudertas, die ze weer om haar nek had gehangen, recht te trekken.

Recht onder haar liep rijksweg 246. Getoeter, geronk van motoren, de noodkreten van een autoalarm, vooroorlogse krijgsliederen uitgezonden door een extreem rechtse geluidswagen, gebeuk van drilboren op beton – allerlei grootstedelijke geluiden stegen naar haar op. Het lawaai omgaf haar de volle driehonderdzestig graden. Gedragen door de wind kwam het van boven, van beneden, van alle kanten op haar af. Bij het horen van al dat geraas (ze wílde het niet horen, maar ze had haar handen te hard nodig om ze over haar oren te houden) begon ze zich langzaam maar zeker zeeziek te voelen.

Toen ze de trap een eindje was afgedaald, kwam ze bij een loopbrug die tot onder het midden van de snelweg leidde. Daarna ging het weer recht naar beneden.

Slechts door een weg gescheiden van de vrijstaande noodtrap stond een klein flatgebouw van vier verdiepingen. Het was een vrij nieuw gebouw met bruine tegelmuren. De appartementen die uitkeken op de noodtrap hadden allemaal een balkon, maar elk raam zat potdicht en de gordijnen of jaloezieën waren ook dicht. Welke architect was in godsnaam op het bezopen idee gekomen om die flats van een balkon te voorzien op een plaats waar je met je neus bijna tegen de Shuto-snelweg opbotste? Er was toch geen mens die hier zijn lakens te drogen hing of onder het genot van een gin-tonic het avondrood boven de file bewonderde? Toch zag je hier en daar op een balkon de standaard nylon waslijn gespannen. Eén balkon had zelfs een tuinstoel en een ficus in een pot. Het was maar een armetierige, fletse plant, met gehavende bladeren die overdekt waren met bruine, droge plekken. Aomame werd overspoeld met medelijden. Als ze ooit gereïncarneerd werd, wilde ze als alles herboren worden, maar niet als die ficus.

De noodtrap leek normaal nauwelijks te worden gebruikt, want overal hingen spinnenwebben. Kleine zwarte spinnetjes zaten daarin geduldig te wachten op een kleine prooi. Alleen hadden die spinnetjes natuurlijk niet van zichzelf het gevoel dat ze geduld oefenden. Behalve webben weven kunnen spinnen goed beschouwd niet veel, dus ze hebben weinig keus wat hun stijl van leven betreft. Wat kunnen ze anders dan roerloos zitten wachten? Op één plek blijven zitten, wachten tot er een prooi komt, en dan komt er algauw een eind aan hun natuurlijke levensduur en gaan ze dood en drogen ze uit. Alles is van tevoren in hun genen vastgelegd. Ze aarzelen niet, wanhopen niet, voelen geen spijt. Metafysische vragen hebben ze evenmin als morele conflicten. Denk ik. Maar ik ben niet zo. Ik heb een doel, en dat vereist dat ik me verplaats. Daarom ruïneer ik mijn panty door in mijn eentje in de buurt van het ellendige Sangenjaya over deze waardeloze noodtrap van Shuto-snelweg no. 3 naar beneden te lopen. Terwijl ik smerige spinnenwebben wegveeg. En naar die vieze ficus op dat achterlijke balkon kijk.

Ik verplaats me, dus ik besta.

Terwijl ze de trap af liep, moest ze aan Tamaki Ōtsuka denken. Ze was dat niet van plan geweest, maar toen ze Tamaki eenmaal in haar hoofd had, kreeg ze haar er niet meer uit. Op de middelbare school was Tamaki haar beste vriendin geweest. Ze hadden allebei in het schoolsoftbalteam gezeten, en als teamgenoten hadden ze allerlei plaatsen bezocht en allerlei dingen gedaan. Ze hadden samen één keer een lesbische ervaring gehad. Tijdens een reisje in de zomervakantie hadden ze een nacht in hetzelfde bed moeten slapen. Het hotel had maar één kamer vrij gehad, met een twijfelaar, en in die twijfelaar hadden ze elkaars lichaam op allerlei plaatsen betast. Niet dat ze echt lesbisch waren. Ze waren alleen bevangen door een typisch meisjesachtige nieuwsgierigheid en hadden die op stoutmoedige wijze bevredigd. Ze hadden toen nog geen van beiden een vaste vriend gehad, en ook geen enkele seksuele ervaring. Wat zich die nacht afspeelde, bleef in hun herinnering achter als een van die 'intrigerende episoden die slechts bij uitzondering in een mensenleven plaatsvinden', meer niet. Maar nu, terwijl ze de naakte stalen trap afdaalde, herinnerde ze zich weer hoe Tamaki en zij elkaar betastten, en ze voelde zich diep in haar lichaam enigszins warm worden. Tamaki's ovale tepels, haar lichte schaamhaar en mooi gevormde billen, de vorm van haar clitoris – ze stonden haar ook nu nog merkwaardig levendig voor de geest.

Terwijl ze deze grafische herinneringen terugvolgde, schalden de sonore, feestelijke unisono kopertonen van Janáčeks *Sinfonietta* als een soort achtergrondmuziek in haar hoofd. Met haar vlakke hand streelde ze Tamaki's slanke flanken. Eerst leek dat alleen maar te kietelen, maar algauw kwam er een eind aan haar gegiechel en veranderde haar ademhaling. De muziek was oorspronkelijk geschreven als fanfare voor een sportevenement. Op deze muziek woei de wind zachtjes over de groene velden van Bohemen. Opeens besefte ze dat Tamaki's tepels hard werden. Haar eigen tepels richtten zich ook op. De pauken sloegen een ingewikkeld thema.

Aomame bleef staan en schudde een paar keer fel met haar hoofd. Op zo'n plek niet aan zulke dingen denken! Opletten terwijl je de trap af gaat! Maar ze kon haar gedachten er niet van afhouden. De ene scène na de andere kwam onweerstaanbaar op in haar hoofd. Heel, heel realistisch. De zomeravond, het smalle bed, de geur van elkaars zweet. De woorden die ze tegen elkaar zeiden. Het gevoel dat ze niet onder woorden konden brengen. De belofte die vergeten was. De hoop die niet was gerealiseerd. Het verlangen dat geen uitweg had kunnen vinden. Een windvlaag lichtte haar haren op en sloeg ze weer terug tegen haar wangen. De pijn bracht een waas van tranen in haar ogen. De volgende windvlaag droogde ze weer.

Wanneer was dat ook alweer geweest, vroeg ze zich af. Maar de tijd is als een draad die in haar geheugen hopeloos met zichzelf in de knoop is geraakt. De rechte spoel is verloren gegaan en links en rechts en voor en achter zijn in de war. Alle laatjes zijn van plaats verwisseld. Dingen die ze zich zou moeten herinneren, willen haar maar niet te binnen schieten. Het is nu april 1984. Ik ben geboren in 1954. Tot zover weet ik het nog. Maar ook die praktisch gegraveerde tijd verdwijnt nu met razende snelheid uit haar bewustzijn. Het is of ze een heleboel met jaartallen bedrukte witte kaartjes door een rukwind in allerlei richtingen verstrooid ziet worden. Ze rent heen en weer om er zo veel mogelijk van op te rapen. Maar de wind is te sterk. Het aantal kaartjes dat ze verliest, is te groot. 1954, 1984, 1645, 1881, 2006, 771, 2041... Al die jaartallen vliegen het ene na het andere weg. Haar systeem gaat verloren, haar bewustzijn verdwijnt, de trap van haar denken zakt onder haar voeten in elkaar.

Aomame en Tamaki liggen in hetzelfde bed. Ze zijn zeventien jaar oud en genieten met volle teugen van de vrijheid die hun is gegeven. Dit is voor hen de eerste keer dat ze als vriendinnen op reis zijn, en daardoor zijn ze allebei bijzonder opgewonden. Ze hebben een bad genomen in de hete bron van het hotel en een blikje bier gedeeld uit de koelkast op hun kamer, en nu hebben ze het licht uitgedaan en zijn ze onder de dekens gekropen. Eerst geven ze elkaar alleen maar kleine plaagstootjes, uit pure gekkigheid. Maar dan steekt Tamaki haar hand uit, legt hem op het dunne T-shirt dat Aomame aanheeft in plaats van een pyjama, en knijpt zachtjes in een tepel. Het is of er een elektrische schok door Aomames lichaam gaat. Ze trekken hun T-shirt uit, en hun slipje, en dan zijn ze allebei naakt. Het is een zomernacht. Waar waren ze ook alweer heen gereisd? Ze weet het niet meer. Het doet er ook niet toe. Zonder dat een van hen erover begint, inspecteren ze elkaars lichaam tot in de kleinste details. Kijken, tasten, strelen, kussen, likken. Half voor de grap, half in ernst. Tamaki is aan de kleine en mollige kant. Ze heeft grote borsten. Aomame is eerder lang en mager. Ze is gespierd en haar borsten zijn niet zo groot. Tamaki heeft het er altijd over dat ze eigenlijk op dieet zou moeten. Aomame vindt dat ze er zo ook prachtig uitziet.

Tamaki heeft een zachte, glad aanvoelende huid. Haar tepels zijn mooi ovaal gezwollen. Ze doen denken aan olijven. Haar schaamhaar is fijn en licht, en zacht als een wilgenkatje. Aomame daarentegen heeft een harde, grove bos. Dat verschil bezorgt hun veel pret. Ze betasten elkaar op allerlei delicate plaatsen en vertellen elkaar waar ze het meest gevoelig zijn. Dat komt soms met elkaar overeen, soms niet. Dan steken ze hun vingers uit en voelen aan elkaars clitoris. Allebei hebben ze ervaring met zelfbevrediging. Een heleboel zelfs. Allebei vinden ze dat deze heel anders aanvoelt dan die van zichzelf. De wind waait over de groene velden van Bohemen.

Aomame staat weer stil, schudt weer met haar hoofd. Dan slaakt ze een diepe zucht en pakt de stang langs de trap nog steviger vast dan daarvoor. Niet langer daaraan denken! Concentreer je op de trap! Ze is al ruim over de helft, schat ze. Maar zelfs dan is het lawaai wel érg groot. Hoe zou dat komen? En waarom waait de wind zo hard? Is het omdat ze me iets verwijten? Is dit soms een soort straf?

Maar los van dat alles, als ik eenmaal beneden ben en daar staat iemand die me vraagt wie ik ben en wat ik op deze trap te maken heb, hoe moet ik daar dan op antwoorden? 'Er was een file op de snelweg, en omdat ik een dringende afspraak heb, heb ik de noodtrap maar genomen.' Zou dat voldoende zijn? Als ik pech heb, kom ik hiermee nog in de problemen. En Aomame wil absoluut geen problemen, van wat voor soort dan ook. Zeker niet vandaag.

Gelukkig stond er beneden niemand die haar lastige vragen stelde. Zodra ze voet op de begane grond zette, haalde ze haar schoenen uit haar schoudertas en trok ze aan. De trap kwam uit recht onder de snelweg, op een braakliggend stukje land tussen de linker- en rechterrijbaan van rijksweg 246. Het leek dienst te doen als opslagplaats voor bouwmateriaal en was omgeven door een schutting van metalen platen. Op de kale grond lagen een stuk of wat ijzeren palen, zeker overgebleven van een karwei en hier achtergelaten om weg te roesten. In één hoek was een plastic afdak, waaronder een stapel van drie jutezakken. Wat erin zat wist ze niet, maar ze waren afgedekt met een plastic dekzeil, zodat ze niet natregenden. Ook dit was waarschijnlijk overgebleven materiaal. Het was de wegwerkers zeker te veel moeite geweest om alles mee terug te nemen, dus hadden ze het hier maar gedeponeerd. Onder het afdakje lag ook een aantal grote, in elkaar gedeukte kartonnen dozen. Een stuk of wat petflessen en mangabladen waren gewoon op de grond gegooid. Verder was er niets, behalve een plastic boodschappentasje dat doelloos door de wind heen en weer werd geblazen.

De uitgang voerde door een hek van kippengaas, maar dat was afgesloten door een ketting die er ettelijke malen omheen was gewonden en was voorzien van een zwaar hangslot. Het was een hoog hek, en aan de bovenkant was het ook nog eens afgezet met prikkeldraad. Daar kon ze dus met geen mogelijkheid overheen. Als het haar al zou lukken, zouden al haar kleren aan flarden worden gescheurd. Ze duwde en trok een paar keer aan het hek om te kijken of het misschien toch openging, maar het gaf geen krimp. Er was zelfs niet genoeg ruimte

pen. Dit was ongetwijfeld de manier waarop de zwervers in het donker hun weg naar binnen vonden om onder het afdak van een onbezorgde nachtrust te kunnen genieten. Ze zouden er last mee krijgen als ze hier gevonden werden, dus overdag gingen ze de straat op om voedsel te zoeken of een zakcentje te verdienen door lege flessen te verzamelen. Aomame was die naamloze nachtelijke bewoners innig dankbaar. Anoniem en onopvallend moesten ze zich verplaatsen door de achterafstraten van de grote stad – in dat opzicht verschilden de zwervers weinig van haar.

Ze bukte zich en kroop door de nauwe opening, goed oppassend dat haar dure pakje niet ergens achter bleef haken, zodat er een scheur in zou komen. Dit was namelijk niet alleen haar favoriete mantelpakje, het was ook het enige mantelpakje dat ze had. Normaal droeg ze dit soort kleren niet. Normaal droeg ze ook geen hoge hakken. Maar voor dít werk had ze zich formeel moeten kleden. Dit mantelpakje was belangrijk! Ze mocht het niet bederven.

Gelukkig stond er niemand aan de andere kant van de schutting. Aomame inspecteerde haar kleding nog één keer en liep toen, met een gezicht alsof ze van de prins geen kwaad wist, naar een verkeerslicht, stak rijksweg 246 over, en stapte de eerste de beste drogisterij binnen om een nieuwe panty te kopen. Het meisje achter de toonbank gaf haar toestemming om even naar achteren door te lopen om hem aan te trekken, en daarna voelde ze zich stukken beter. Dat akelige, zeezieke gevoel in haar maagstreek trok al weg, maar nu verdween het helemaal. Ze bedankte het meisje en liep de winkel uit.

Het nieuws dat er op de Shuto-snelweg vanwege een ongeluk een lange file stond moest zich hebben verbreid, want rijksweg 246, die parallel aan de snelweg liep, was veel drukker dan anders. Daarom zag Aomame ervan af een taxi aan te houden en besloot ze op het dichtstbijzijnde station een trein te nemen. Dat was de zekerste manier. Als ze nu een taxi nam en ze kwam wéér vast te zitten, ging ze gillen.

Onderweg naar het Sangenjaya-station van de Tōkyū-lijn kwam ze een politieagent tegen – een jonge, lange agent die met vlugge stappen ergens heen op weg was. Eén ogenblik schrok ze, maar de agent leek haast te hebben, want hij liep rechtdoor en keurde haar geen blik waardig. Vlak voor ze elkaar passeerden, viel het haar op dat er iets ongewoons was aan zijn kleding. Dit was niet het politie-uniform waaraan ze gewend was. Het was hetzelfde marineblauwe jasje, maar

om een kat door te laten. Mijn hemel, moesten ze alles echt zo goed afsluiten? Er was toch niets wat ze zouden missen als het gestolen werd? Ze trok een nijdig gezicht, vloekte hartgrondig en spuwde zelfs op de grond. Wel verdomme! Had ze al die moeite gedaan om van die snelweg af te komen, en nu zat ze opgesloten in een opslagplaats! Ze keek op haar horloge. Ze had nog genoeg tijd, maar ze kon hier niet eeuwig blijven treuzelen. En teruggaan naar de snelweg, daar prakkiseerde ze niet over!

Haar panty was aan beide hielen doorgelopen. Na zich ervan te hebben vergewist dat er geen spiedende ogen waren, deed ze haar hoge hakken uit, trok haar rokje omhoog en haar panty naar beneden tot ze beide benen vrij had, en stapte toen weer in haar schoenen. De geruïneerde panty stopte ze in haar schoudertas. Nu voelde ze zich iets beter op haar gemak. Scherp om zich heen kijkend liep ze de opslagplaats een keer rond. Hij was ongeveer zo groot als het klaslokaal van een lagere school, dus ze was al snel met haar rondje klaar. Er was inderdaad maar één uitgang: het hek met het zware hangslot. De metalen platen van de schutting waren weliswaar dun, maar ze zaten stevig met bouten vastgeklonken. Zonder speciaal gereedschap kreeg je die niet los. Goed werk, jongens!

Ze onderwierp de kartonnen dozen onder het plastic afdak aan een nader onderzoek. Die hadden de vorm van menselijke lichamen, viel haar plotseling op. Daar vlakbij zag ze nu ook een aantal opgerolde haveloze dekens. Die waren nog niet zo oud. Waarschijnlijk was dit een plaats waar zwervers overnachtten. Vandaar ook de mangabladen en petflessen die hier rondslingerden. Nee, hier was geen vergissing mogelijk. Aomame dacht eens goed na. Als zwervers deze plek als slaapplaats gebruikten, moest er een opening zijn waardoor ze erin en eruit konden. Zulke mensen hebben een heel goede neus voor plaatsen waar ze ongezien voor weer en wind kunnen schuilen. En als ze zo'n plek eenmaal hebben gevonden, houden ze de weg erheen zo geheim als een pad dat alleen wordt gebruikt door wilde dieren.

Ze liep de platen in de schutting een voor een zorgvuldig na en wrikte eraan met haar handen. Ja hoor, precies zoals ze had gedacht! Op één plek was een bout losgekomen, zodat de metalen plaat een beetje meegaf. Ze keek of ze hem kon bewegen en ontdekte dat ze door de hoek iets te veranderen en de plaat een klein beetje naar binnen te trekken een opening maakte waar één mens net doorheen kon glip-

wenkbrauwen deed ze ook. Toen deed ze haar jasje uit, trok de bandjes van haar beha recht, streek de kreukels uit haar witte bloes en rook aan haar oksels. Nee, geen zweetlucht. Toen sloot ze, zoals altijd, haar ogen en zei haar gebed. De woorden zelf hadden niets te betekenen. Hun betekenis was niet belangrijk. Het feit dat ze bad, dát was belangrijk.

Toen ze klaar was met bidden, deed ze haar ogen weer open en inspecteerde zichzelf in de spiegel. Prima! Kaarsrechte rug, ferme mond – ze zag er van top tot teen uit als een uiterst competente zakenvrouw. Alleen haar schoudertas viel een beetje uit de toon; die was te groot en te breed. Een dunne aktetas was waarschijnlijk beter op zijn plaats geweest. Maar dit zag er misschien juist praktischer uit. Voor de zekerheid controleerde ze de inhoud van haar tas nog een keer. Dat was ook in orde. Alles zat precies waar het zitten moest. Alles wat ze nodig had, kon ze meteen op de tast vinden.

En nu rest haar niets anders dan te doen waarvoor ze gekomen is. Ze gaat recht op haar doel af, zonder aarzelen, zonder genade. Aomame maakt het bovenste knoopje van haar bloes los, zodat de bovenkant van haar borsten zichtbaar wordt als ze zich vooroverbuigt. Met enige spijt stelt ze vast dat als haar borsten iets groter waren, het effect ook groter zou zijn geweest.

Zonder dat iemand haar staande houdt om te vragen of ze zich kan identificeren, neemt ze de lift naar de derde verdieping en loopt de gang op. Kamer 326 – ze vindt hem meteen. Ze haalt het klembord dat ze voor dit doel heeft meegenomen uit haar schoudertas, drukt het tegen haar borst, en klopt op de deur – een kort, bescheiden klopje. Ze wacht even. Dan klopt ze weer – een beetje harder, een beetje nadrukkelijker dan de eerste keer. Van binnen klinkt een stem die iets bromt, en dan gaat de deur een heel klein stukje open. Een man kijkt om het hoekje. Leeftijd rond de veertig. Zeeblauw overhemd, grijze flanellen broek. Hij ademt de sfeer van een zakenman die voor het gemak even zijn jasje heeft uitgetrokken en zijn stropdas heeft afgedaan. Zijn gezicht staat nors en zijn ogen zijn rood. Hij heeft zeker niet genoeg geslapen. Als hij Aomame ziet staan, in haar mantelpakje, kijkt hij enigszins verbaasd. Hij had waarschijnlijk het kamermeisje verwacht dat zijn koelkast komt bijvullen.

'Het spijt me dat ik u moet storen,' zegt Aomame met een glimlach,

de snit was net iets anders. Hij was informeler, minder nauwsluitend dan normaal. Het materiaal was ook zachter. De boord was kleiner, en het blauw was minder diep. En verder droeg hij een ander wapen. Wat hij op zijn heup had hangen was een groot automatisch pistool. De politie in Japan is normaal gesproken uitgerust met revolvers. Misdaden met vuurwapens zijn in Japan hoogst ongebruikelijk, en de politie is maar uiterst zelden bij een vuurgevecht betrokken, dus aan een ouderwetse revolver met zes kamers hebben ze voldoende. Revolvers zijn eenvoudiger en goedkoper te maken; ze gaan minder gauw stuk en zijn ook makkelijker in het onderhoud. Deze agent droeg echter het allernieuwste semiautomatische model pistool, dat geladen kan worden met een stuk of zestien 9-mm-patronen. Waarschijnlijk een Glock of een Beretta. Was er iets gebeurd? Waren de specificaties van uniform en vuurwapens zonder dat ze het wist veranderd? Nee, dat bestond niet! Aomame las de kranten zorgvuldig. Zo'n verandering zou veel publiciteit hebben gekregen. Bovendien, ze hield de politie constant in de gaten. Vanochtend, maar een paar uur geleden, had die nog rondgelopen in hun oude stijve uniform en met hun oude logge revolver. Dat herinnerde ze zich heel goed. Vreemd was dat.

Maar ze had de tijd niet om er diep over na te denken. Ze had werk te doen.

Op het station in Shibuya aangekomen, stopte ze haar jas in een bagagekluis en liep in haar mantelpakje haastig de weg op die omhoogleidde naar het hotel. Het was een hotel zoals je er in een grote stad zoveel vindt: niet buitensporig luxueus, maar van alle gemakken voorzien, schoon, en gemeden door twijfelachtige cliëntèle. Op de begane grond bevonden zich een restaurant en een winkeltje dat dag en nacht open was. Het was niet ver van het station, een uitstekende locatie.

Toen ze het hotel binnenging, liep ze meteen door naar de toiletten. Daar was gelukkig niemand anders. Eerst ging ze zitten om een plas te doen – een heel lange plas. Met gesloten ogen en aan niets denkend, hoorde ze het geluid van haar eigen plas alsof ze naar het verre ruisen van de zee luisterde. Toen ze klaar was, ging ze naar de wastafel en waste haar handen zorgvuldig met zeep, haalde een borstel door haar haren en snoot haar neus. Daarna poetste ze vlug haar tanden, zonder tandpasta. Voor flossen had ze niet genoeg tijd, dus dat liet ze maar achterwege. Zoveel moeite hoefde ze nou ook weer niet te doen; dit was geen afspraakje. Ze stiftte haar lippen licht in de spiegel; haar

maar op koele, zakelijke toon. 'Mijn naam is Itō, van het management van dit hotel. Er heeft zich een probleem voorgedaan in de airconditioning. Zou u er bezwaar tegen hebben als ik deze kamer inspecteer? Het duurt nog geen vijf minuten.'

De man kijkt niet erg blij. 'Ik ben met iets ontzettend belangrijks bezig, en de tijd dringt. Over een uurtje ben ik weg. Kan het niet zolang wachten? Met de airconditioning van deze kamer is tot nu toe niets aan de hand.'

'Het spijt me verschrikkelijk, meneer, maar dit is een noodinspectie in verband met een storing in het aardlekbeveiligingssysteem, dus ik doe dit liefst zo snel mogelijk. Zoals u ziet, loop ik alle kamers een voor een af. Als u uw toestemming geeft, ben ik echt binnen vijf minuten weer weg.'

'Nou ja, als het niet anders kan...' De man klakt geïrriteerd met zijn tong. 'En ik had deze kamer nog wel speciaal gehuurd om ongestoord te kunnen werken.'

Hij wijst naar de papieren op het bureau. Daar ligt een hele stapel computeruitdraaien van pietepeuterige diagrammen. Hij is waarschijnlijk materiaal aan het voorbereiden voor een vergadering vanavond. Er ligt ook een rekenmachientje, en er liggen blocnotevellen boordevol cijfertjes.

Aomame weet dat de man voor de olie-industrie werkt. Hij is specialist in kapitaalbeleggingen in verscheidene Midden-Oosterse landen. Volgens haar informatie is hij bijzonder kundig op dat gebied. Dat zie je ook wel aan hem af. Hij heeft een goede opvoeding gehad, verdient een hoog salaris en rijdt in een nieuwe Jaguar. In zijn jeugd heeft hij alles gehad wat zijn hartje begeerde. Hij heeft in het buitenland gestudeerd en spreekt vloeiend Engels en Frans. Hij barst van het zelfvertrouwen. Maar hij is ook het type dat er een gruwelijke hekel aan heeft als anderen eisen aan hem stellen, van welke aard dan ook. Kritiek kan hij evenmin verdragen, vooral niet van vrouwen. Anderzijds zit hij er helemaal niet mee om eisen te stellen aan anderen. Hij heeft zijn vrouw met een golfclub een stuk of wat ribben gebroken, en daar zit hij nog minder mee. Hij denkt dat hij het middelpunt van de wereld is. Hij is van mening dat zonder hem de aarde minder soepel zal draaien. Als iemand hem hindert of tegenhoudt, wordt hij kwaad. Zo kwaad dat zijn thermostaat de lucht in vliegt.

'Dank u wel, meneer!' zegt Aomame met de opgewekte glimlach

die alle hotelpersoneel in zulke omstandigheden tot zijn beschikking heeft.

Om de man voor een voldongen feit te stellen, dringt ze zich half de kamer binnen. Terwijl ze de deur met haar rug tegenhoudt, pakt ze haar klembord en maakt daar met een balpen een notitie op.

'Uw naam is Miyama, is dat juist?' vraagt ze. Ze heeft zijn gezicht al honderden keren op een foto gezien, maar het kan nooit kwaad om je ervan te vergewissen dat je niet de verkeerde persoon voor je hebt. Een vergissing kan nooit meer ongedaan worden.

'Klopt,' zegt de man bruusk. Dan zucht hij, alsof hij zich schikt in het onvermijdelijke. Ja hoor, ga je gang, je doet maar wat je niet laten kan – zo'n zucht. Met zijn balpen in de hand loopt hij terug naar het bureau en pakt het papier weer op dat hij aan het lezen was toen hij gestoord werd.

Zijn jasje en een gestreepte stropdas liggen neergesmeten op het opgemaakte tweepersoonsbed. Allebei zien ze er heel duur uit. Met haar tas over haar schouder stevent Aomame recht op de hangkast af. Er is haar verteld dat het regelpaneel voor de airconditioning daarin te vinden is. In de kast hangen een trenchcoat van zacht materiaal en een donkergrijze kasjmieren sjaal. De enige bagage die hij bij zich heeft, is een leren aktetas. Geen schoon goed, geen toilettas. Hij lijkt niet van plan om te overnachten. Op het bureau staat een pot koffie die hij bij de roomservice heeft besteld. Na een halve minuut te hebben gedaan alsof ze het paneel inspecteert, keert ze zich om naar Miyama.

'Hartelijk dank voor uw medewerking, meneer Miyama. De airconditioning in deze kamer is piekfijn in orde.'

'Dat zei ik toch al?' zegt Miyama smalend. Hij neemt niet eens de moeite Aomame aan te kijken.

'Eh, meneer Miyama,' begint Aomame aarzelend. 'Neemt u me niet kwalijk dat ik het zeg, maar u hebt geloof ik iets in uw nek.'

'In mijn nek?'

Miyama brengt zijn hand naar achteren, wrijft even over zijn nek en inspecteert wantrouwend zijn handpalm.

'Nee hoor, volgens mij niet.'

'Als u het niet erg vindt,' zegt Aomame, op het bureau af lopend, 'zal ik het van dichterbij bekijken.'

'Ga je gang,' zegt Miyama, enigszins bevreemd. 'Wat is het?'

'Het lijkt wel verf. Het is heldergroen.'
'Verf?'
'Ik weet het ook niet precies. Als ik naar de kleur kijk, zou ik echt denken dat het verf is. Vindt u het erg als ik er met mijn hand aankom? Misschien kan ik het weghalen.'

Miyama bromt iets instemmends en buigt zijn hoofd om Aomame beter te laten kijken. Hij is net naar de kapper geweest, want in zijn nek zijn geen haren te zien. Aomame haalt diep adem, houdt hem in, concentreert zich, en tast vliegensvlug naar *dat punt*. Met haar vingertoppen drukt ze er licht tegenaan, alsof ze er een merkje wil zetten. Met gesloten ogen verzekert ze zich ervan dat dit de juiste plek is. Ja, hier is het! Eigenlijk wil ze meer tijd nemen om nóg zekerder te zijn, maar die luxe kan ze zich niet permitteren. Ze moet de omstandigheden accepteren zoals ze zijn en moet doen wat ze kan.

'Kunt u heel even zo blijven zitten, meneer Miyama? Dan pak ik een staaflampje uit mijn tas. Bij dit licht kan ik het niet zo goed zien.'

'Ik kan me niet voorstellen dat ik op zo'n plek verf heb zitten,' zegt Miyama.

'Ja, ik snap het ook niet. Maar ik ben er zo achter wat het is.'

Met één vinger lichtjes tegen zijn nek geduwd, pakt Aomame een bakje van hard plastic uit haar schoudertas, doet het dekseltje eraf en haalt er een voorwerp uit dat in een dun doekje is gewikkeld. Behendig pakt ze het met één hand uit, en dan komt er een voorwerp tevoorschijn dat eruitziet als een kleine ijspriem. Lengte ongeveer tien centimeter. Het korte, stevige heft is van hout. Maar een ijspriem is dit niet. Het lijkt er alleen maar op. Het is niet bedoeld om er ijsblokjes mee te breken. Aomame heeft dit instrument zelf ontworpen en gemaakt. De punt is zo scherp als een naald. Om te voorkomen dat de dunne, scherpe punt breekt, is hij in een stukje kurk gestoken. Kurk die speciaal is behandeld tot hij zo zacht is als zijde. Voorzichtig trekt ze de kurk eraf met haar nagels en steekt hem in haar zak. Dan zet ze de blote punt van de naald op *dat punt* in Miyama's nek. Kalm blijven, nu komt het eropaan, zegt Aomame tegen zichzelf. Een afwijking van een tiende millimeter is al te veel. De kleinste vergissing, en al haar moeite is voor niets geweest. Concentreren, concentreren, en nog eens concentreren!

'Duurt het nog lang? Ik kan hier niet eeuwen zo blijven zitten!' zegt hij ongeduldig.

'Neemt u me niet kwalijk. Ik ben zo klaar.'

Maak je geen zorgen, het is zó voorbij, zegt ze in haar hart tegen de man. Nog eventjes wachten. Daarna hoef je nergens meer aan te denken. Niet aan olieraffinaderijen, niet aan de trend van de oliemarkt, niet aan de kwartaalverslagen van de investeringsfondsen, niet aan de reservering van je volgende vlucht naar Bahrein, niet aan de steekpenningen voor deze of gene functionaris of aan het cadeautje voor je maîtresse – van al die problemen ben je nu af. Dat was toch verschrikkelijk, om aan al die dingen te moeten denken? Het spijt me, maar je moet nog een paar tellen wachten. Ik moet me kunnen concentreren om mijn werk goed te doen, dus val me nu even niet lastig, wil je? Alsjeblieft!

Als ze eenmaal de plaats heeft bepaald en haar besluit heeft genomen, gaat haar rechterhand de lucht in; ze houdt haar adem in, en nog geen fractie van een seconde later laat ze haar hand vallen, als een steen, de palm naar beneden. Op het houten heft. Ze zet niet eens zoveel kracht. Als ze te hard slaat, breekt de naald onder de huid. En ze mag de punt van de naald niet achterlaten. Lichtjes, liefdevol bijna, onder precies de juiste hoek, met precies de juiste kracht, laat ze haar handpalm naar beneden vallen. Met de zwaartekracht mee, als een steen. De scherpe punt van de naald moet door *dat punt* worden opgezogen, zo natuurlijk mogelijk. Diep, soepel, dodelijk. Het belangrijkst zijn de hoek en de manier waarop je kracht zet – of juist níét kracht zet. Als ze daar maar op let, is de rest zo eenvoudig alsof je een naald in een klomp tofu steekt. De naald boort door een spier en prikt in een specifieke plaats onder in de hersenen, en het hart stopt alsof je een kaars uitblaast. Alles is in een oogwenk voorbij. Het duurt eigenlijk bijna té kort. En alleen Aomame kan dit. Niemand anders is in staat om op de tast dit delicate punt te vinden. Maar zij wel. Haar vingertoppen bezitten een speciale gevoeligheid.

Ze hoorde de man scherp inademen. De spieren over zijn hele lichaam trokken zich samen. Zodra ze dat had vastgesteld, trok ze vliegensvlug de naald uit de nek. Bijna op hetzelfde moment haalde ze een klein stukje gaas uit haar jaszak en drukte dat op het wondje om te voorkomen dat het ging bloeden. Het was een heel dunne naald en hij had er maar een paar seconden in gezeten. Zelfs áls het bloedde, dan was het maar een heel klein beetje. Maar ze kon niet voorzichtig genoeg zijn. Ze mocht geen spoor van bloed achterlaten. Eén druppeltje kon haar al fataal zijn. Gelukkig was voorzichtigheid haar op het lijf geschreven.

Miyama's lichaam was helemaal verstijfd, maar na verloop van tijd ontspande het zich, zoals een basketbal die langzaam leegloopt. Met haar wijsvinger op dat ene punt in zijn nek gedrukt, boog ze zijn lichaam over het bureau, zodat zijn hoofd met het gezicht opzij op zijn papieren rustte. Zijn open ogen keken nog verbaasd, alsof ze op het laatste moment iets ontzettend vreemds hadden gezien. Ze drukten geen vrees uit. Ook geen pijn. Alleen pure verbazing. Dit was hem nog nooit overkomen! Maar wat hem overkwam, begreep hij niet. Hij begreep niet eens of het nu pijn was of jeuk, een plezierig gevoel of een visioen. Er zijn in deze wereld allerlei manieren om te sterven, maar waarschijnlijk niet een die zo makkelijk is als deze.

Het was te makkelijk voor je, dacht Aomame, en ze trok een kwaad gezicht. Véél te makkelijk. Als ik mijn zin had gekregen, had ik je golfclubs gepakt en je met een ijzer-5 twee of drie ribben gebroken, en pas nadat je een hele tijd had liggen creperen van de pijn had ik je de genadeslag gegeven. Dat was de dood die je eigenlijk verdiende, klootzak die je bent! Want dat heb je je eigen vrouw aangedaan. Jammer genoeg had ik die mogelijkheid niet. Jou snel en ongemerkt, maar met absolute zekerheid naar een andere wereld helpen verhuizen – dat was mijn opdracht. Die opdracht heb ik nu uitgevoerd. Deze vent verkeerde een paar minuten geleden nog in blakende gezondheid, en nu bestaat hij niet meer. Zonder dat hij er zelf erg in had, is hij over de drempel heen gestapt die leven en dood van elkaar scheidt.

Precies vijf minuten lang hield Aomame het stukje gaas op het wondje gedrukt – heel geduldig, en voorzichtig dat ze niet zo hard drukte dat ze vingersporen achterliet. Al die tijd weken haar ogen niet van de secondewijzer van haar horloge. Die vijf minuten duurden erg lang – wel eeuwen, kwam het haar voor. Als er op dit ogenblik iemand de kamer binnenkomt en haar zo ziet zitten, met een scherp, dun moordwapen in de ene hand en een vinger van de andere op de nek van haar slachtoffer gedrukt, is alles voorbij. Ze kan zich hier met geen mogelijkheid uit praten. Misschien komt er een kelner om de koffiepot af te ruimen. Misschien komt die klop op de deur nú. Maar deze vijf minuten zijn onvermijdelijk. Ze haalt kalm en diep adem om haar zenuwen tot bedaren te brengen. Ze mag niet in paniek raken. Ze mag haar tegenwoordigheid van geest niet verliezen. Ze moet dezelfde coole Aomame blijven als altijd.

Ze kan haar hart horen bonzen. En in haar hoofd, in hetzelfde bonzende ritme, hoort ze het schallen van Janáčeks openingsfanfare. Een zachte bries waait geluidloos over de groene velden van Bohemen. Ze is zich ervan bewust dat ze twee verschillende persoonlijkheden bezit. De ene is de uitzonderlijk coole vrouw die haar vinger op de nek van een dode gedrukt houdt. De andere is doodsbang, zou het liefst alles hebben neergegooid waar ze mee bezig is en de kamer uit zijn gerend. Ik ben hier, en tegelijkertijd ben ik niet hier. Ik ben op twee plaatsen tegelijk. Dat druist wel tegen Einstein in, maar daar is niets aan te doen. Dit is de zen van een moordenaar.

De vijf minuten zijn eindelijk voorbij, maar voor de zekerheid voegt ze er nog een minuut aan toe. Nog één minuut langer wachten. Met werk dat vlug gedaan moet worden, moet je dubbel voorzichtig zijn. Het is een zware minuut, waar geen eind aan lijkt te komen, maar ze wacht lijdzaam. Wanneer ook die minuut voorbij is, haalt ze ongehaast haar vinger weg en bekijkt het wondje onder haar staaflampje. Je ziet niets, zelfs geen opening zo klein als een muggenbeet.

De dood die veroorzaakt wordt door een dunne naald in dat speciale punt onder in de hersenen te steken, onderscheidt zich nauwelijks van een natuurlijke. In de ogen van een gewone dokter kan dit alleen maar het gevolg van een hartaanval zijn. De man zat aan het bureau te werken, kreeg opeens een hartaanval en is zo gestorven. Overwerk en stress. Geen spoor van eventuele onnatuurlijke oorzaken. Geen reden ook voor een autopsie.

De overledene was een harde werker, maar hij had het een beetje kalmer aan moeten doen. Hij verdiende weliswaar veel, maar nu hij dood is, heeft hij daar niets meer aan. Zijn pakken waren van Armani en hij reed in een Jaguar, maar eigenlijk was hij net een mier: werken en nog eens werken, en dan een zinloze dood sterven. Het feit dat hij ooit op deze wereld heeft bestaan, zal uiteindelijk vergeten worden. Wat jammer, hij was nog zo jong, zullen de mensen misschien zeggen. Misschien ook niet.

Aomame haalde de kurk uit haar jaszak en stak de punt van de naald er weer in. Daarna wikkelde ze het delicate instrument nog eens in het dunne doekje, stak het in het harde bakje en stopte dat onder in haar schoudertas. Met een handdoekje uit de badkamer veegde ze alle vingerafdrukken die ze had achtergelaten zorgvuldig weg. Die zaten alleen op het controlepaneel en de deurknop. Verder had ze niets aangeraakt. Toen hing ze het handdoekje weer terug op zijn plaats. Het dienblad met de koffiepot en het kopje zette ze op de gang. Op die manier hoefde de kelner die het kwam ophalen niet op de deur te kloppen, zodat het lichaam nog later zou worden ontdekt. Als het even meezat, vond de werkster het pas als ze morgen na vertrektijd de kamer kwam schoonmaken.

Als hij vanavond niet op zijn vergadering verscheen, belden ze waarschijnlijk naar deze kamer. Natuurlijk nam er niemand op. Als ze dat verdacht vonden, konden ze de manager vragen om de deur te openen. Of misschien vroegen ze dat ook niet. Dat was een kwestie van afwachten.

Aomame bekeek zichzelf in de spiegel van de badkamer en stelde vast dat haar kleding nergens in het ongerede was geraakt. Ze knoopte het bovenste knoopje van haar bloes weer dicht. Het was niet nodig geweest om hem een glimp van haar decolleté te gunnen. De klootzak had haar niet eens aangekeken! Kon je nagaan wat hij van andere mensen dacht! Ze keek kwaad, maar niet té kwaad. Daarna fatsoeneerde ze haar haar en gaf de spieren van haar gezicht een lichte massage om ze te ontspannen, tot er in de spiegel een vriendelijke glimlach verscheen. Ze ontblootte haar witte tanden, die haar tandarts net een paar dagen geleden had schoongemaakt. Goed, nu ga ik de kamer met deze dode kerel uit en stap de werkelijke wereld weer binnen. Ik moet even de luchtdruk bijstellen. Ik ben nu geen coole moordenaar meer, ik ben een vriendelijke, competente zakenvrouw in een modieus mantelpakje.

Ze opende de deur op een kier, keek of er niemand op de gang was, en glipte de kamer uit. Ze vermeed de lift en ging over de trap naar beneden. Zonder enige aandacht te trekken, liep ze door de lobby naar buiten. Ze hield haar rug recht en haar blik naar voren gericht, en ze liep snel, maar ook weer niet zo snel dat het opviel. Ze was een expert, een bijna perfecte expert. Als haar borsten een beetje groter waren, was ze helemaal perfect geweest, dacht ze spijtig. Haar gezicht vertrok weer even. Maar ze kon er niets aan doen. Ze moest roeien met de riemen die ze had.

4

Tengo: *Als je wilt*

Tengo werd uit zijn slaap gebeld. De lichtgevende wijzers van zijn klok stonden op even over enen. Het was pikdonker om hem heen, dat hoeft nauwelijks betoog. Zodra hij de telefoon hoorde, wist hij dat het Komatsu was. In zijn kennissenkring was er niemand anders die hem na één uur 's nachts opbelde. En niemand behalve Komatsu liet de telefoon zo hardnekkig overgaan dat de ander wel moest opnemen. Komatsu had geen besef van tijd. Als hem iets te binnen schoot, belde hij meteen op, zonder erbij te stil te staan hoe vroeg of hoe laat het was. Het kon midden in de nacht zijn of 's ochtends voor dag en dauw, je kon je huwelijksnacht aan het vieren zijn of op je sterfbed liggen, maar het prozaïsche idee dat zijn telefoontje wel eens ongelegen kon komen was een notie die in zijn ovale schedel niet leek op te komen.

Of nee. Komatsu deed dit niet bij iedereen. Hij werkte voor een organisatie, hij was in loondienst. Zelfs hij kon het zich niet veroorloven om iedereen zonder onderscheid des persoons op zo'n belachelijke manier achter de vodden te zitten. Hij kon het alleen doen omdat de ander Tengo was. Tengo was voor Komatsu min of meer een verlengstuk van zichzelf, net zoals zijn armen en benen. Waar de een begon en de ander ophield deed in dit geval niet ter zake. Vandaar dat bij hem het idee had postgevat dat als híj nog wakker was, de ander dat ook wel zou zijn. Normaal gesproken leidde Tengo een regelmatig leven: hij ging om tien uur naar bed en stond om zes uur op. Hij was een gezonde slaper, maar als hij eenmaal wakker was gemaakt, kon hij de slaap niet meer goed vatten. Op dat punt was hij bijzonder gevoelig, en hij had ettelijke malen geprobeerd om dat Komatsu aan zijn verstand te brengen: 'Belt u me alstublieft niet meer midden in de nacht op.' Hij klonk net zoals die boer die God smeekte om vlak voor de oogst geen zwermen sprinkhanen over zijn akker te laten vliegen. 'Begrepen. Ik bel 's nachts niet meer,' beloofde Komatsu dan. Maar zulke beloftes schoten nooit diep genoeg wortel in zijn bewustzijn en spoelden na het eerste buitje regen alweer weg.

Tengo kwam zijn bed uit en slaagde er ondanks enige botsingen in om de keuken te bereiken, waar de telefoon stond. Al die tijd bleef de bel genadeloos rinkelen.

'Ik heb met Fukaeri gepraat,' zei Komatsu. Zoals altijd zei hij niet wie hij was. Een verontschuldiging kon er ook niet af. 'Lag je al in bed?' 'Sorry dat ik zo laat nog bel?' Vergeet het maar. Je moest er bewondering voor hebben. Tengo had dat dan ook, telkens weer, en ondanks zichzelf.

In de duisternis fronste Tengo zijn voorhoofd. Hij zei niets. Wanneer hij in het holst van de nacht uit zijn slaap werd gehaald, duurde het altijd even voor zijn hersenen op gang kwamen.

'Hé, ben je er nog?'

'Ik ben er.'

'Het was maar over de telefoon, maar toch, ik heb met haar gepraat. Dat wil zeggen, ik praatte en zij luisterde alleen maar. Dat kun je met de beste wil van de wereld geen conversatie noemen. Het is dan ook een bijzonder zwijgzaam kind. Haar manier van praten is ook erg eigenaardig, dat begrijp je wel als je haar hoort. Maar in elk geval, ik heb dat plannetje van mij in grote lijnen uitgelegd: het manuscript laten bewerken door iemand anders om het nog beter te maken, en waarom mikten we daarna niet op de Debutantenprijs? Op die manier zo'n beetje. Nou ja, aan de telefoon kun je niet zo in details treden. Details konden we later wel regelen, in een persoonlijk gesprek, zei ik, en toen vroeg ik of ze voor zoiets belangstelling had. Via een omweg, welteverstaan. Ik bedoel, een project als dit... Als ik daar te openhartig over ben, in mijn positie, kon het me later wel eens opbreken.'

'En?'

'Geen antwoord.'

'Geen antwoord?'

Komatsu laste een effectieve pauze in. Hij stak een sigaret tussen zijn lippen en streek een lucifer aan. Alleen door de geluiden over de telefoon al kon Tengo precies voor zich zien wat er gaande was. Komatsu gebruikte geen aansteker.

'Weet je, Fukaeri zegt dat ze jou eerst een keer wil ontmoeten,' zei Komatsu, een wolk rook uitblazend. 'Geen stom woord over of ze mee wil doen of niet. Geen "Graag!" en ook geen "Nee, dank je!" Ze wil jou een keer persoonlijk treffen. Voorlopig lijkt ze dat het belangrijkst te vinden. Daarna geeft ze haar antwoord, zegt ze. Vind je dat geen zware verantwoordelijkheid?'

'Dus wat doen we?'

'Ben je morgenavond vrij?'

De lessen op Tengo's bijlesinstituut begonnen 's ochtends vroeg en hielden om vier uur 's middags op. Gelukkig (of niet) had hij daarna helemaal geen plannen.

'Ja,' zei hij.

'Goed, ga dan morgenavond om zes uur naar Nakamuraya in Shinjuku. Ik heb op mijn naam een vrij rustige tafel gereserveerd achter in het restaurant. De uitgeverij betaalt, dus jullie eten en drinken maar wat je lekker vindt. En praat het met z'n tweetjes eens goed door.'

'Betekent dat dat u er niet bij bent?'

'Fukaeri staat erop alleen met jou te spreken, het schattige kind. Voorlopig hoeft ze mij niet te ontmoeten, zegt ze.'

Tengo zei niets.

'Nou, dat is het wel zo'n beetje,' zei Komatsu opgewekt. 'Ik hoop dat het je lukt, Tengo. Je bent wel gebouwd als een vrachtauto, maar je maakt een onverwacht goede indruk. En als onderwijzer op een bijlesinstituut weet je natuurlijk precies hoe je met vroegrijpe tienermeisjes moet praten. Jij bent hiervoor de geschikte figuur – veel geschikter dan ik. Probeer haar vriendelijk over te halen en geef haar het gevoel dat ze je kan vertrouwen, dat is voldoende. Ik hoor wel hoe het gegaan is.'

'Wacht even, meneer Komatsu! Dit plannetje is van ú uitgegaan. Ik heb nog niet eens toegezegd dat ik meewerk. Ik heb u laatst al verteld dat ik het hele idee bijzonder riskant vind, en ik heb zo'n gevoel dat het allemaal veel meer voeten in de aarde zal hebben dan u denkt. Ik moet er niet aan denken wat de maatschappelijke gevolgen zijn als het ooit uitlekt. En als ik zelf nog niet weet of ik meedoe, hoe denkt u dan dat ik een wildvreemd meisje ertoe kan overhalen om met ons in zee te gaan?'

Het was even stil aan de andere kant van de lijn. 'Moet je eens luisteren, Tengo,' begon Komatsu ten slotte. 'Dit project is al helemaal van start. Je kunt de trein nu niet meer stoppen om uit te stappen. Ik heb mijn besluit genomen, en jij het jouwe al meer dan half. Jij en ik – we zijn wat je noemt samen uit, samen thuis.'

Tengo schudde zijn hoofd. Samen uit, samen thuis? Sinds wanneer?

'Maar u zei laatst toch dat ik er gerust een paar dagen over na kon denken?'

'Dat was vijf dagen geleden. En wat is je antwoord, na al dat rustige nadenken?'

Tengo zat even om woorden verlegen. 'Dat heb ik nog niet,' zei hij eerlijk.

'Maar er is toch niets op tegen om met Fukaeri te praten? Je antwoord hoor ik daarna wel.'

Tengo drukte met zijn wijsvinger hard tegen zijn slaap. Zijn hoofd was nog niet goed op dreef.

'Goed dan, ik zal haar ontmoeten. Morgenavond om zes uur, in Nakamuraya in Shinjuku. Ik zal haar het plan in grote lijnen uiteenzetten, maar meer kan ik niet beloven. En zelfs als ik het uitleg, kan ik niet garanderen dat ze ermee akkoord gaat.'

'Vanzelfsprekend. Dat is voldoende.'

'Hoeveel weet ze eigenlijk van me af?'

'Ik heb haar het belangrijkste verteld: je bent een jaar of negenentwintig, dertig, en ongetrouwd, je geeft wiskunde op een bijlesinstituut in Yoyogi, je ziet eruit als een vrachtauto maar je bent geen slecht mens, je verslindt geen jonge meisjes, je leidt een bescheiden leven, en je kijkt vriendelijk uit je ogen. Plus je bent helemaal weg van haar boek. Dat was het wel zo'n beetje.'

Tengo zuchtte. Hij probeerde iets te bedenken, maar de realiteit ontsnapte hem steeds.

'Kan ik nu weer naar bed, meneer Komatsu? Het is al bijna halftwee, en als het even kan wil ik nog wat slapen voor het licht wordt. Morgen heb ik drie lessen, en die beginnen 's ochtends al.'

'Goed hoor. Welterusten,' zei Komatsu. 'Droom maar fijn.' En hij hing pardoes op.

Tengo staarde een poosje naar de hoorn in zijn hand voor hij hem weer op de haak legde. Hij had meteen weer in slaap willen vallen, als dat mogelijk was geweest. Hij had fijn willen dromen, als hij dat had gekund. Maar hij wist dat zoiets niet eenvoudig zou zijn – niet nadat hij zo laat uit zijn slaap was gehaald en zo'n heikel gesprek had gevoerd. Hij zou natuurlijk iets kunnen drinken, maar daar stond zijn hoofd niet naar. Uiteindelijk dronk hij alleen een glaasje water. Toen stapte hij weer in bed, knipte de lamp aan en begon wat te lezen. Hij was van plan te blijven lezen tot hij in slaap viel, maar dat deed hij pas toen het al bijna licht was.

Na zijn derde les op het instituut te hebben beëindigd, nam Tengo de trein naar Shinjuku, waar hij eerst bij Kinokuniya langsliep om een paar boeken te kopen alvorens door te lopen naar Nakamuraya. Bij het noemen van de naam Komatsu werd hij meteen doorverwezen naar de rustige tafel achterin. Fukaeri was er nog niet. Hij zei tegen de kelner dat hij wilde wachten met bestellen tot zijn gast er was. Wilde meneer in de tussentijd iets drinken, vroeg de kelner, maar Tengo had niets nodig. De kelner zette een glas water neer en liet het menu achter. Tengo sloeg een van de boeken open die hij zojuist had gekocht en begon te lezen. Het was een boek over magische formules en ging met name over de functie die bezweringen in de loop der tijden in de Japanse samenleving hadden vervuld. Al sinds de Oudheid hadden bezweringen een belangrijke rol gespeeld in de gemeenschap. Ze compenseerden tekortkomingen en tegenstrijdigheden in het maatschappelijk systeem of functioneerden als aanvulling daarop. Een gezellige tijd moet dat zijn geweest.

Het werd kwart over zes, maar al wie er kwam, geen Fukaeri. Tengo trok zich daar weinig van aan en las gewoon door. Hij stond er helemaal niet van te kijken dat ze laat was. Het was van begin af aan een raar verhaal geweest, dus als het een rare afloop kreeg, kon hij zich tegenover niemand beklagen. Het zou hem niet eens verbazen als ze van gedachten was veranderd en helemaal niet verscheen. Dat wil zeggen: eigenlijk zou het hem liever zijn als ze wegbleef. Dat maakte alles stukken eenvoudiger. Dan hoefde hij alleen maar aan Komatsu te rapporteren dat hij een heel uur had zitten wachten zonder dat ze was komen opdagen, en dat was het eind van het liedje. Wat er daarna allemaal gebeurde, zou hem worst zijn. Hij at gewoon wat in z'n eentje en ging terug naar huis. Daarmee had hij zijn verplichtingen tegenover Komatsu vervuld.

Fukaeri verscheen om acht voor halfzeven. Voorafgegaan door de kelner kwam ze naar de tafel en ging tegenover Tengo zitten. Ze nam niet de moeite haar jas uit te trekken, maar legde haar kleine handen op de tafel en keek hem strak aan. 'Het spijt me dat ik zo laat ben' kon er blijkbaar niet af, evenmin als 'Ik hoop dat u niet lang hebt hoeven wachten'. Zelfs geen 'Hoe maakt u het' of 'Goedenavond'. Ze perste alleen haar lippen in een rechte lijn op elkaar en keek Tengo recht in het gezicht, alsof ze van verre naar een landschap zat te staren dat ze nog nooit eerder had gezien. Die heeft lef, dacht Tengo.

Fukaeri was klein van gestalte. Alles aan haar was eigenlijk klein, en haar gezicht was nog mooier dan op de foto. Maar wat nog het meest de aandacht trok in haar gezicht waren haar ogen. Het waren indrukwekkende ogen, ogen met diepgang. Onder de starende blik van die twee glanzende, gitzwarte kijkers voelde Tengo zich gaandeweg minder op zijn gemak. Ze knipperde nauwelijks met haar oogleden. Ze leek zelfs geen adem te halen. Haar haren hingen zo recht alsof elke haar een streep was die met een liniaal was getrokken, en de vorm van haar wenkbrauwen paste daar wonderwel bij. En zoals bij mooie tienermeisjes zo vaak het geval is, miste haar gelaatsuitdrukking elk vleugje leven. Je voelde dat het evenwicht ergens was verstoord. Misschien was de diepte in de ene pupil net even anders dan in de andere. Als je erop ging letten, gaf het je een onbehaaglijk gevoel. Je kon nooit helemaal begrijpen wat ze op dat moment dacht. In dat opzicht was ze niet het soort schoonheid dat later fotomodel wordt, of popzangeres. Maar dat maakte ze weer goed door de manier waarop ze mensen wist te provoceren en aan te trekken.

Tengo sloeg zijn boek dicht en legde het op de rand van de tafel. Hij rechtte zijn rug, ging rechter op zijn stoel zitten en nam een slok water. Komatsu had gelijk: als dit kind een letterkundige prijs won, zouden de media niet van haar weg zijn te slaan. Dit werd een kleine sensatie. Als je iets dergelijks deed, kon je niet verwachten dat het met een sisser afliep.

De kelner kwam met een glas water en een menukaart, en zette die voor haar neer. En nog verroerde Fukaeri zich niet. Ze raakte het menu met geen vinger aan en bleef Tengo maar aanstaren. Die wist niet wat hij moest doen, dus hij zei, bij gebrek aan beter: 'Goeienavond.' Met dit meisje tegenover zich voelde hij zijn lichaam nog groter worden dan het al was.

Fukaeri reageerde niet op die begroeting, maar staarde almaar door naar Tengo's gezicht.

'Ik ken jou,' zei ze eindelijk zachtjes.

'Ken je mij?' vroeg Tengo.

'Je geeft wiskunde.'

Tengo knikte. 'Dat klopt.'

'Ik heb je twee keer bezig gezien.'
'Bedoel je dat je mijn lessen hebt gevolgd?'
'Ja.'

Haar manier van praten was in sommige opzichten heel typisch: haar zinnen bevatten geen enkele bijvoeglijke bepaling; ze sprak zonder enige nadruk, en haar vocabulaire was uiterst beperkt (of ze gaf haar gesprekspartner op z'n minst die indruk). Komatsu had alweer gelijk: het was eigenaardig.

'Met andere woorden, je bent een van onze leerlingen?' vroeg Tengo.

Fukaeri schudde haar hoofd. 'Ik ben alleen wezen luisteren.'

'Maar zonder studentenkaart kom je het leslokaal niet in.'

Fukaeri schokte even met haar schouders, alsof ze wilde zeggen: 'Hoe kan een volwassen vent als jij nou zulke onzin verkopen?'

'Wat vond je van de les?' Weer zo'n zinloze vraag.

Zonder haar ogen af te wenden nam Fukaeri een slokje water. Antwoord gaf ze niet. Nou ja, ze is twee keer geweest, dus de eerste keer zal de indruk wel niet zó slecht zijn geweest, nam Tengo aan. Als het niet interessant was geweest, was het bij die ene keer gebleven.

'Je zit in de zesde klas van de middelbare school, hè?'

'Mm-mm.'

'En doe je dit jaar toelatingsexamen voor de universiteit?'

Ze schudde van nee.

Betekende dat: 'Ik wil het niet over dat toelatingsexamen hebben', of: 'Ik doe dat rotexamen niet'? Tengo kon het niet nagaan. Hij herinnerde zich dat Komatsu haar over de telefoon een bijzonder zwijgzaam kind had genoemd.

De kelner kwam om hun bestelling op te nemen. Fukaeri had haar jas nog aan. Ze bestelde een slaatje met brood. 'Meer niet,' zei ze terwijl ze de menukaart aan de kelner teruggaf. En toen, alsof het haar opeens te binnen schoot: 'En witte wijn.'

De jonge kelner keek alsof hij haar wilde vragen of ze al twintig was, maar onder Fukaeri's strakke, starende blik begon hij te blozen en slikte hij zijn woorden in. Die heeft lef, dacht Tengo opnieuw. Hijzelf bestelde linguine met fruits de mer, met daarbij een glas witte wijn om zijn gast gezelschap te houden.

'Ben je leraar en schrijver,' zei Fukaeri. Alles wees erop dat dit een vraag was, gericht aan Tengo. Vragen stellen zonder vraagtekens was blijkbaar een van de eigenaardigheden van haar taalgebruik.

'Ja, op het ogenblik wel,' bevestigde Tengo.

'Je ziet eruit als geen van beiden.'

'Daar kon je wel eens gelijk in hebben.' Tengo had het met een glimlach willen zeggen, maar dat lukte niet best. 'Ik heb een onderwijsbevoegdheid en ik geef les op een bijlesinstituut, maar officieel ben ik geen leraar, want die heb je alleen op echte scholen. En ik schrijf wel romans, maar er is nog nooit iets van me in druk verschenen, dus schrijver ben ik ook nog niet echt.'

'Je bent niks.'

'Precies,' knikte Tengo. 'Nu ben ik nog niks.'

'Vind je wiskunde leuk.'

Tengo voegde hier een vraagteken aan toe voor hij antwoord gaf: 'Ja, ik vind het leuk. Dat vond ik vroeger al, en ik vind het nu nog.'

'Welke punten.'

'Op welke punten ik wiskunde leuk vind?' vulde Tengo de ontbrekende woorden aan. 'Nou, als ik cijfers voor me heb, krijg ik een heel kalm gevoel vanbinnen, alsof alles wat opgeborgen moet worden nu op z'n juiste plaats ligt.'

'De integralen waren interessant.'

'Bedoel je mijn les op het instituut?'

Fukaeri knikte.

'En jij? Vind jij wiskunde leuk?'

Fukaeri schudde kort haar hoofd. Ze vond wiskunde niet leuk.

'Maar mijn verhaal over integralen vond je wel interessant?' vroeg Tengo.

Fukaeri schokte weer even met haar schouders. 'Je praatte erover alsof ze belangrijk voor je waren.'

'O ja?' vroeg Tengo. Dit was de eerste keer dat iemand zoiets tegen hem zei.

'Alsof je het had over iemand die belangrijk voor je was,' zei het meisje.

'Je moet me eens horen als ik begin over rijen en reeksen,' zei Tengo. 'Dan raak ik pas echt in vuur en vlam. Van alle wiskundeonderdelen die op de middelbare school worden gegeven, hou ik nog het meest van rijen.'

'Vind je rijen leuk,' vroeg Fukaeri, weer zonder vraagteken.

'Wat mij betreft zijn ze net zoiets als *Das wohltemperierte Klavier* van Bach: ik krijg er nooit genoeg van. Ik ontdek altijd weer iets nieuws.'

'Dat klavierding ken ik.'
'Hou je van Bach?'
Fukaeri knikte. 'De professor luistert er veel naar.'
'De professor?' zei Tengo. 'Je bedoelt een van de leraren bij jou op school?'
Fukaeri gaf geen antwoord. Het is nog te vroeg om het daarover te hebben, zei de uitdrukking die Tengo zich over haar gezicht zag verspreiden.

Opeens begon ze haar jas uit te trekken. Ze wurmde zich in allerlei bochten, zoals een insect dat aan het vervellen is, en gooide de jas over de stoel naast haar, zonder hem zelfs maar op te vouwen. Onder haar jas droeg ze een lichtgroene, dunne sweater met een ronde hals en een witte spijkerbroek. Sieraden had ze niet om, opgemaakt had ze zich evenmin, en toch viel ze op. Ze was slank gebouwd, maar haar borsten waren naar verhouding groot, en dat trok onvermijdelijk de aandacht. Maar ze waren dan ook buitengewoon mooi van vorm. Tengo moest zichzelf in bedwang houden om er niet naar te kijken; ondanks zijn goede voornemens dwaalde zijn blik er telkens weer naar af. Het was net als bij een grote draaikolk: je ogen worden steevast door het midden aangetrokken.

De kelner bracht twee glazen witte wijn. Fukaeri nam een slokje en na een bedachtzame blik op haar glas zette ze het terug op tafel. Tengo nipte alleen maar aan het zijne. Hij had vanavond iets heel belangrijks te bespreken.

Fukaeri legde haar hand op haar sluike haar en begon het te kammen met haar vingers. Het was een verrukkelijk gezicht. Het waren verrukkelijke vingers. Elke slanke vinger leek zijn eigen wil en beleid te hebben. Het had zowaar iets bezwerends.

Tengo moest zijn aandacht van die vingers en die borsten zien af te wenden.

'Waarom hou ik van wiskunde?' vroeg hij zich nogmaals af. 'Wiskunde is als stromend water. Er zijn natuurlijk allerlei ingewikkelde theorieën, maar in wezen is het allemaal heel simpel. Water zoekt de kortste weg van boven naar beneden, en met cijfers is het al net zo: er is maar één weg, en als je maar lang genoeg kijkt, ontdek je die vanzelf. Jij ook. Je hoeft alleen maar te kijken, je hoeft niets te doen. Als je je concentreert en goed uit je ogen kijkt, leggen de cijfers zichzelf uit. Zo vriendelijk ben ik op deze wijde wereld alleen door wiskunde behandeld.'

Fukaeri dacht daar even over na.

'Waarom romans,' vroeg ze weer met dezelfde toonloze stem.

Tengo vertaalde die vraag in een wat langere. 'Als ik zo van wiskunde hou, waarom doe ik dan zoveel moeite om romans te schrijven? Dan kan ik de rest van mijn leven toch veel beter alleen wiskunde blijven doen? Bedoelde je dat?'

Fukaeri knikte.

'Daar vraag je me wat. Het echte leven is niet zoals wiskunde, weet je. In het echte leven nemen de dingen niet altijd de kortste weg. Wiskunde is mij te... hoe zal ik het zeggen... te *natuurlijk*. Het is als een prachtig landschap: het *ís* er alleen maar, meer niet. Het hoeft zelfs nooit door iets anders te worden vervangen. Als ik met wiskunde bezig ben, krijg ik dan ook het gevoel alsof ik heel snel onzichtbaar aan het worden ben. En dat maakt me soms erg bang.'

Zonder haar blik af te wenden keek Fukaeri hem recht in de ogen. Het was alsof ze met haar neus tegen een ruit gedrukt een leeg huis binnenkeek.

'Als ik een verhaal schrijf,' zei Tengo, 'vervang ik, door middel van woorden, het landschap om me heen door iets wat mij natuurlijker voorkomt. Met andere woorden, ik reconstrueer het. Op die manier verzeker ik me ervan dat ik – de mens die Tengo heet – ontegenzeggelijk op deze wereld besta. Dat is heel ander werk dan wanneer je in de wereld van de wiskunde verkeert.'

'Je verzekert je ervan dat je bestaat,' zei Fukaeri.

'Niet dat het me ooit goed gelukt is,' zei Tengo.

Fukaeri keek niet alsof Tengo's uitleg haar had weten te overtuigen, maar ze vroeg niet verder. Ze bracht alleen haar glas wijn naar haar mond en zoog, zonder ook maar even te slurpen, de hele inhoud naar binnen alsof ze die door een rietje opdronk.

'Volgens mij komt wat jij doet in feite op hetzelfde neer,' zei Tengo. 'Je pakt het landschap dat je om je heen ziet en reconstrueert het in woorden. En dan verzeker je je van de plaats die jij daarin inneemt.'

De hand waarmee Fukaeri haar wijnglas vasthield stopte even terwijl ze hierover nadacht. Haar mening gaf ze echter nog steeds niet.

'En aan dat hele proces heb je een vaste vorm gegeven – in een boek,' zei Tengo. 'En als veel mensen zich met dat boek kunnen vereenzelvigen of zichzelf erin kunnen herkennen, is dat een bewijs dat het een objectieve literaire waarde heeft.'

Fukaeri schudde gedecideerd het hoofd. 'De vorm interesseert me niet.'
'De vorm interesseert me niet,' echode Tengo.
'De vorm betekent niets.'
'Maar waarom heb je dit verhaal dan geschreven en ingezonden voor de Debutantenprijs?'
Fukaeri zette haar wijnglas neer.
'Dat heb ik niet gedaan.'
Om zichzelf te kalmeren, reikte Tengo naar zijn glas met water en nam een slok.
'Bedoel je dat je nooit hebt willen meedingen?'
Fukaeri knikte. 'Ik heb het niet opgestuurd.'
'Maar wie dan wel? Want iemand heeft jouw manuscript naar de uitgeverij gestuurd als inzending voor de Prijs voor Literair Debutanten.'
Fukaeri schokte even met haar schouders en zweeg ongeveer vijftien seconden. 'Gewoon. Iemand.'
'Gewoon. Iemand,' herhaalde Tengo. Hij tuitte zijn lippen en blies langzaam zijn adem uit. Tjongejonge, dit beloofde inderdaad heel wat voeten in de aarde te hebben. Precies zoals hij had gedacht.

Tengo was meer dan eens uitgegaan met studentes van het bijlesinstituut – nadat ze naar de universiteit waren gegaan, welteverstaan. Het initiatief was telkens van hen uitgegaan. Ze vertelden hem dat ze hem graag nog eens wilden zien, en dan maakten ze een afspraakje om wat te kletsen of samen ergens heen te gaan. Tengo begreep niet wat die meisjes in hem zagen, maar hij was niet getrouwd en de meisjes waren zijn leerlingen niet meer, dus er was geen enkele reden om zo'n uitnodiging af te slaan.

Zo'n afspraakje was twee keer in bed geëindigd, maar die verhoudingen duurden nooit lang. Op een gegeven moment kwam er vanzelf een eind aan. In het gezelschap van zulke frisse jonge dingen, prille eerstejaars nog maar, voelde Tengo zich eigenlijk niet goed op zijn gemak – om niet te zeggen ronduit slecht. Het was net of hij met speelse jonge katjes in de weer was: eerst was alles nieuw en interessant, maar gaandeweg werd het vermoeiend. En voor de meisjes gold hetzelfde. Wanneer deze wiskundeonderwijzer voor de klas stond, deed hij ontzettend enthousiast, maar daarbuiten veranderde hij in een heel ander iemand, en die ontdekking leek een soort ontgoocheling. Tengo kon dat heel goed begrijpen.

Hij voelde zich pas echt op zijn gemak bij vrouwen die ouder waren dan hijzelf. Bij alles wat ze deden, hoefde hij alleen maar te volgen, nooit te leiden, en die gedachte nam een zware last van zijn schouders. Veel oudere vrouwen vonden hem bijzonder lief, en sinds hij ongeveer een jaar geleden zijn verhouding met die getrouwde vrouw van rond de veertig was aangegaan, had hij geen enkel afspraakje met een jong meisje meer gemaakt. Zijn vriendin kwam eens in de week naar zijn flat, en dat had zijn lust naar (en behoefte aan) levend vrouwenvlees grotendeels bevredigd. De rest van de tijd bleef hij in zijn flat om te schrijven, te lezen of naar muziek te luisteren, behalve af en toe als hij ging zwemmen in het overdekte bad in de buurt. Hij sprak plichtmatig met zijn collega's op het instituut, maar verder met bijna niemand. Deze manier van leven stemde hem niet speciaal ontevreden. Integendeel, hij beschouwde hem als bijna ideaal.

Maar nu hij dit zeventienjarige meisje tegenover zich had, voelde Tengo een navenant sterke beroering door zich heen gaan. Het was hetzelfde soort gevoel als toen hij voor het eerst haar foto's onder ogen had gekregen, maar nu hij haar in levenden lijve voor zich zag, nam die beroering alleen maar in hevigheid toe. Met liefde of seksuele begeerte had het niets te maken. Waarschijnlijk had 'iets' door een kiertje zijn hart binnen weten te glippen en probeerde het nu de leegte daar te vullen. Dat gevoel had Tengo tenminste. De leegte was niet door Fukaeri veroorzaakt. Tengo had hem altijd gehad. Ze had er alleen een speciaal schijnsel op geworpen, dat hem helemaal verlichtte.

'Dus je bent niet in schrijven geïnteresseerd en je hebt je manuscript ook niet ingezonden,' zei Tengo, om het helemaal zeker te weten.

Fukaeri wendde haar ogen niet van zijn gezicht af terwijl ze haar hoofd schudde. Ze schokte even met haar schouders, alsof ze zichzelf wilde beschermen tegen een koude windvlaag.

'En heb je er ook nooit over gedacht om schrijver te worden.' Tengo stelde tot zijn verbazing vast dat hij nu ook het vraagteken had weggelaten. Klaarblijkelijk was haar manier van spreken aanstekelijk.

'Nee,' zei Fukaeri.

Op dat moment werd het eten geserveerd: een grote schaal salade met een paar broodjes voor Fukaeri, en voor Tengo linguine met fruits de mer. Fukaeri keerde de slablaadjes om met haar vork, met ogen zo scherp alsof ze krantenkoppen aan een inspectie onderwierp.

'Maar even los daarvan, iemand heeft die *Pop van lucht* van jou naar de uitgeverij opgestuurd als inzending voor de Debutantenprijs. Ik ben een van de lezers voor de prijs, en ik pikte het er onmiddellijk uit.'

'Pop van lucht,' zei Fukaeri. Haar ogen vernauwden zich.

'Ja. *Een pop van lucht* – de titel van de novelle die je hebt geschreven,' zei Tengo.

Fukaeri zei niets, maar haar ogen bleven samengeknepen.

'Is dat niet de titel die jij eraan hebt gegeven?' vroeg Tengo, opeens ongerust.

Fukaeri schudde kort van nee.

Tengo snapte er niet veel van, maar hij besloot even niet over de titel door te gaan, want dan kwam hij geen stap verder.

'Nou ja, dat doet er ook niet toe. Het is in elk geval geen slechte titel. Er gaat iets van uit, en hij valt op. Hij zet mensen aan het denken: wat zou dát zijn? Wie hem ook verzonnen heeft, over de titel ben ik best tevreden. Ik weet niet goed wat het verschil is tussen een pop en een cocon, maar dat is niet zo'n probleem. Ik wil alleen maar zeggen: toen ik dat boek las, voelde ik me er ontzettend door aangetrokken. Daarom heb ik het ook meegenomen naar meneer Komatsu. Die vond het ook erg mooi, alleen was hij van mening dat het herschreven moet worden als je serieus naar de Debutantenprijs wilt meedingen. Vergeleken met het ijzersterke verhaal is de stijl iets te zwak. Alleen, hij wil dat herschrijven niet door jou laten doen, maar door mij. Ik ben het er echter met mezelf nog niet over eens of ik dat wel wil. Ik heb hem daarom nog geen antwoord gegeven. Ik weet namelijk niet of deze manier van handelen wel juist is.'

Na die woorden zweeg hij even om te zien hoe Fukaeri erop reageerde. Ze reageerde niet.

'Dus wat ik nu wil weten is: wat zou jij ervan vinden als ik in plaats van jou *Een pop van lucht* herschrijf? Ik kan wel honderd keer besluiten dat ik het doe, maar zonder jouw toestemming en medewerking is het onmogelijk.'

Fukaeri pikte een kerstomaatje op met haar vingers en stak het in haar mond. Tengo prikte een mossel aan zijn vork en deed hetzelfde.

'Je doet maar,' zei Fukaeri eenvoudig. Ze nam weer een tomaatje. 'Schrijf het maar net zoals je wilt.'

'Moet je er niet wat langer over nadenken?' vroeg Tengo. 'Dit is een heel belangrijke beslissing.'

Fukaeri schudde haar hoofd. Langer nadenken was niet nodig.

'Ik herschrijf jouw manuscript,' legde Tengo uit. 'Ik zorg ervoor dat het verhaal blijft zoals het is en dat alleen de stijl sterker wordt. Dat betekent waarschijnlijk dat er grote veranderingen in het boek worden aangebracht. Maar de auteur ben en blijft jij. Het boek is en blijft een novelle geschreven door Fukaeri, een meisje van zeventien. Daar verandert helemaal niets aan. Als dit werk de Debutantenprijs wint, neem jij die in ontvangst. In je eentje. Als het in druk verschijnt, ben jij de enige auteur. We vormen met z'n drieën een team: jij en ik, plus de redacteur, meneer Komatsu. Maar de naam op het omslag is die van jou alleen. Meneer Komatsu en ik blijven op de achtergrond en houden onze mond. Wij zijn niet meer dan toneelknechten. Begrijp je goed wat ik je nu zit te vertellen?'

Fukaeri bracht een selderijstengeltje naar haar mond met haar vork en knikte kort. 'Ja.'

'Het verhaal van *Een pop van lucht* is helemaal van jou alleen. Het is uit jezelf voortgekomen. Het zou niet passend zijn om me dat toe te eigenen. Ik geef je alleen wat technische bijstand. Maar je mag aan niemand vertellen dat ik je een handje help. Met andere woorden, we zweren samen om de wereld te bedriegen. Hoe je het ook bekijkt, het zal niet eenvoudig zijn – om voorgoed met een geheim opgescheept te zitten, bedoel ik.'

'Als jij het zegt,' zei Fukaeri.

Tengo legde de lege mosselschelp op de rand van zijn bord en wikkelde een paar draden linguine om zijn vork. Hij had ze al in zijn mond toen hij zich bedacht. Fukaeri beet behoedzaam in een schijfje komkommer, alsof het iets was dat ze nog nooit van haar leven had gezien.

'Ik vraag het nog één keer,' zei Tengo, met zijn vork in zijn hand. 'Jij hebt een verhaal geschreven. Heb je er enig bezwaar tegen dat ik dat verhaal herschrijf?'

'Geen enkel,' zei Fukaeri toen ze haar komkommer had doorgeslikt.

'Ik mag het bewerken op elke manier die ik maar wil?'

'Ja.'

'Hoe kun je zoiets zeggen? Je kent me helemaal niet.'

Fukaeri schokte zwijgend met haar schouders.

Daarna wijdden ze zich allebei in stilte aan hun maaltijd. Fukaeri concentreerde zich op haar slaatje. Af en toe smeerde ze een beetje boter op haar brood, stak dat in haar mond, en reikte naar haar wijnglas. Tengo werkte mechanisch zijn linguine naar binnen en liet zijn gedachten gaan over de mogelijkheden die hij zag. Uiteindelijk legde hij zijn vork neer.

'Toen meneer Komatsu voor het eerst over dit plan begon, dacht ik: hij maakt een grapje, dit kan hij nooit maken, zoiets is godsonmogelijk! Ik was dan ook vast van plan me er op de een of andere manier uit te draaien. Maar toen ik er thuis nog eens rustig over nadacht, begon ik er steeds meer voor te voelen. Even los van de vraag of het wel ethisch verantwoord is, wil ik graag jouw verhaal op mijn eigen manier opnieuw vormgeven. Hoe moet ik het zeggen? Het is een soort noodzaak – een heel natuurlijke, spontane noodzaak.'

Nee, geen noodzaak. Het is eerder een soort honger, voegde Tengo er in gedachten aan toe. Het was zoals Komatsu had voorspeld. En het viel hem steeds moeilijker om die honger te onderdrukken.

Vanuit een plaats diep in zichzelf nam Fukaeri hem met haar mooie, neutrale ogen zwijgend op. Ze leek haar uiterste best te doen om zijn woorden te begrijpen.

'Wil je het herschrijven,' vroeg ze.

Tengo keek haar recht aan. 'Ja.'

Fukaeri's gitzwarte pupillen blonken zacht, alsof ze iets weerspiegelden. Dat idee had Tengo tenminste.

Hij stak zijn handen op met een gebaar alsof ze een denkbeeldige doos vasthielden die in de lucht zweefde. Het gebaar zelf had niets te betekenen, maar hij voelde dat hij een denkbeeldige tussenpersoon nodig had aan wie hij zijn gevoelens kon vertellen.

'Ik kan het niet goed uitleggen, maar hoe verder ik kwam in *Een pop van lucht*, hoe meer ik het gevoel kreeg dat ik de dingen die jij ziet ook kon zien. Vooral het gedeelte waarin de Little People verschijnen. Wat heb jij een fantasie, zeg! Die is... hoe zal ik het zeggen... origineel en traditioneel tegelijk.'

Fukaeri legde haar lepel zachtjes neer op haar bord en veegde haar mond af met haar servet.

'De Little People bestaan echt,' zei ze kalm.

'Bestaan echt?'

Fukaeri wachtte even. Toen zei ze: 'Net zo echt als jij en ik.'

'Net zo echt als jij en ik,' echode Tengo.
'Als je ze wilt zien, kun jij dat ook.'

In Fukaeri's beperkte woordenschat klonk dit korte zinnetje merkwaardig overtuigend. Elk woord dat ze in haar mond nam, leek te passen met de precisie van een zwaluwstaartverbinding. Maar Tengo was het er nog niet met zichzelf over eens in hoeverre Fukaeri ze wel allemaal op een rijtje had. Dit meisje had iets buitenissigs, iets abnormaals. Misschien had ze echt een aangeboren gave. Misschien had Tengo nu een gegarandeerd echt genie in levenden lijve tegenover zich zitten. En misschien was het allemaal maar een spelletje – een act, zoals slimme tienermeisjes die af en toe instinctief ten beste geven. Oppervlakkig gezien een excentrieke indruk wekken en anderen van hun stuk brengen door hun uiterst suggestieve woordkeus. Daar had hij genoeg voorbeelden van gezien. En soms was het verdraaid lastig om echt van namaak te onderscheiden. Het was tijd om het gesprek terug te brengen naar de werkelijkheid – of naar een niveau dat een beetje werkelijker was dan dit.

'Goed, als jij het ermee eens bent, begin ik als het moet morgen al.'
'Als je wilt.'
'Ik wil het,' antwoordde Tengo kernachtig.
'Er is iemand die je moet zien,' zei Fukaeri.
'Oké, doe ik,' zei Tengo.
Fukaeri knikte.
'Wat voor iemand?' vroeg Tengo.
Die vraag werd genegeerd. 'Je moet het er met hem over hebben,' zei het meisje.
'Nou, als dat nodig is, heb ik daar geen bezwaar tegen,' zei Tengo.
'Zondagochtend vrij,' kwam weer zo'n vraagtekenloze vraag.
'Vrij,' antwoordde Tengo. Dit was geen gesprek, dacht hij. Dit was elkaar met vlaggetjes seinen.

Na het eten ging Fukaeri weer weg. Tengo gooide meteen een paar dubbeltjes in de roze openbare telefoon van het restaurant en belde naar Komatsu's uitgeverij. Komatsu was nog op kantoor, maar het duurde een poosje voor hij aan de telefoon kwam. Al die tijd stond Tengo te wachten met de hoorn aan zijn oor.

'En? Is het gelukt?' was het eerste wat Komatsu vroeg.
'Fukaeri gaat er in principe mee akkoord dat ik *Een pop van lucht*

herschrijf. Die indruk heb ik tenminste heel sterk.'

'Geweldig!' zei Komatsu. Hij klonk opgetogen. 'Fantastisch! Ik zat 'm eigenlijk een beetje te knijpen, kan ik je nu wel vertellen. Onderhandelen is... hoe zal ik dat diplomatiek zeggen... onderhandelen ligt jou nu eenmaal minder goed.'

'Ik hoefde ook niet speciaal te onderhandelen,' zei Tengo. 'Ik hoefde haar niet eens over te halen. Ik legde eerst alles zo'n beetje uit, en toen nam zij in haar eentje de beslissing.'

'Het kan me niet schelen hoe het gegaan is. Zolang het resultaat maar goed is, hoor je mij niet klagen. Nu kunnen we plannen maken.'

'Alleen moet ik eerst nog iemand zien.'

'Wat voor iemand?'

'Ja, dat weet ik ook niet. In elk geval, ze wil dat ik hem ontmoet om het er met hém over te hebben.'

Komatsu was een paar tellen stil.

'En wanneer vindt die ontmoeting plaats?'

'Aanstaande zondag. Ze neemt me mee naar hem toe.'

'Er is een belangrijke regel als je iets geheim wilt houden, Tengo.' Komatsu klonk bijzonder ernstig. 'Hoe minder mensen ervan weten, hoe beter. Op dit ogenblik zijn er op de hele wereld maar drie personen die van ons plan op de hoogte zijn: jij, ik en Fukaeri. Als het even kan, wil ik dat aantal niet vermeerderen. Dat begrijp je wel, hè?'

'In theorie,' zei Tengo.

'Maar goed,' zei Komatsu, wat meer ontspannen nu, 'Fukaeri heeft erin toegestemd dat jij haar manuscript bewerkt, en dat is het belangrijkste. Over de rest zit ik niet zo in. Dat komt wel in orde.'

Tengo pakte de hoorn over in zijn linkerhand en drukte de wijsvinger van zijn rechter langzaam tegen zijn slaap.

'Moet u horen, meneer Komatsu. Ik vertrouw het niet. Ik heb niets concreets waarop ik dat kan baseren, maar ik kan het gevoel niet van me af zetten dat ik verwikkeld dreig te raken in iets wat niet normaal is. Zolang ik Fukaeri tegenover me had zitten, was ik me er nauwelijks van bewust, maar nu ik bij haar vandaan ben, wordt dat gevoel steeds sterker. Noem het een voorgevoel, als u wilt, of intuïtie, maar hier is beslist iets vreemds aan de hand – iets wat niet gewoon is. Ik voel het niet met mijn hersens, maar met mijn lichaam.'

'Is dat niet het gevolg van je ontmoeting met Fukaeri?'

'Dat zou kunnen. Fukaeri is waarschijnlijk echt, weet u. Nou ja, het is maar een gevoel.'

'Hoe bedoel je, "echt"? Echt begaafd?'

'Of ze begaafd is kan ik nog niet beoordelen. Ik heb haar net voor het eerst ontmoet,' zei Tengo. 'Maar ik heb zo'n idee dat zij echt dingen ziet die voor ons onzichtbaar zijn. Zo'n speciale gave heeft ze misschien wel. En dat zit me niet lekker.'

'Bedoel je dat ze een beetje getikt is?'

'Nee. Ze is zonder meer excentriek, maar volgens mij heeft ze ze allemaal nog heel goed op een rijtje. Ik bedoel, tijdens ons gesprek sloeg ze geen wartaal uit of zo.' Tengo zweeg even. 'Er zit me alleen iets niet lekker.'

'In elk geval heeft ze belangstelling opgevat voor jou als mens,' zei Komatsu.

Tengo zocht naar een passend antwoord, maar hij kon het nergens vinden.

'Dat kan ik niet beoordelen,' zei hij ten slotte.

'Ze heeft je ontmoet, en ze heeft op z'n minst de indruk gekregen dat jij in staat bent om *Een pop van lucht* te bewerken. Met andere woorden, je hebt een goede indruk op haar gemaakt. Uitstekend gedaan, Tengo! Hoe het verdergaat weet ik ook niet. Natuurlijk lopen we risico, maar zonder risico is het leven maar een saaie boel. Je moet meteen aan het werk gaan. Er is geen tijd te verliezen. Ik wil het herschreven manuscript zo snel mogelijk in de stapel inzendingen stoppen, in plaats van het origineel. Denk je dat je het karwei in tien dagen kunt klaren?'

Tengo zuchtte. 'Het zal erom spannen.'

'Je hoeft helemaal nog geen definitieve versie in te leveren. Later krijg je nog wel gelegenheid om de nodige veranderingen aan te brengen. Zolang het maar ergens op lijkt. Dat is voorlopig voldoende.'

Tengo ging in gedachten even na hoeveel werk hij daarvoor moest verrichten.

'In dat geval lukt het misschien wel in tien dagen. Maar dat verandert niets aan het feit dat het afschuwelijk veel werk is.'

'Doe het nu maar,' zei Komatsu opgewekt. 'Kijk naar de wereld door háár ogen. Jij wordt de tussenpersoon die Fukaeri's wereld verbindt met de echte. Jij kúnt het, Tengo. Ik –'

Toen waren de dubbeltjes op.

5

Aomame: *Werk dat gespecialiseerde vaardigheid en training vereist*

Toen haar werk erop zat, liep Aomame een stukje over straat. Vervolgens hield ze een taxi aan en liet zich naar een hotel in Akasaka rijden. Ze kon wel naar huis gaan om te slapen, maar eerst moest ze haar gespannen zenuwen kalmeren met alcohol. Een paar minuten geleden had ze immers een man naar de andere wereld geholpen. Het was wel een klootzak die geen reden tot klagen kon hebben dat hij vermoord was, maar een mens is toch een mens. Ze voelde nóg hoe zijn leven onder haar handen uitdoofde, hoe hij de laatste adem uitblies en zijn ziel zijn lichaam verliet. Ze had de bar van dit hotel wel vaker bezocht. Hij bevond zich op de bovenste verdieping van een torenhoog gebouw. Je had er een schitterend uitzicht en je zat er gezellig.

Het was even na zevenen toen ze naar binnen stapte. Een jong duo met piano en gitaar gaf juist 'Sweet Lorraine' ten beste. Het was een cover van een oude opname van Nat King Cole, maar het klonk toch niet slecht. Zoals altijd ging ze aan de bar zitten en bestelde een gin-tonic met een schaaltje pistachenootjes. Het was nog niet druk aan de bar. Een jong stel dat met een cocktail van het nachtelijk uitzicht genoot, vier mannen in pak die een zakengesprek voerden, en een buitenlands echtpaar van middelbare leeftijd met een glas martini in hun handen. Ze nam de tijd voor haar gin-tonic. Ze wilde niet te vlug dronken worden. De avond was nog jong.

Ze haalde een boek uit haar schoudertas en begon te lezen. Het ging over de Zuid-Mantsjoerijse Spoorwegen in de jaren dertig. Een jaar na het eind van de Russisch-Japanse Oorlog – dus in 1906 – stond Rusland een spoorbaan en alle bijbehorende rechten af en werd de Zuid-Mantsjoerijse Spoorwegmaatschappij K.K. opgericht. Het bedrijf groeide razendsnel. Het fungeerde als een voorpost van het Japanse keizerrijk toen dat China binnenviel, en het werd in 1945 door het Rode Leger ontbonden. Tot in 1941 de oorlog tussen Duitsland en Rusland uitbrak, kon je door van deze spoorweg over te stappen op de Trans-Siberische Spoorlijn, de reis van Shimonoseki naar Parijs in dertien dagen volbrengen.*

Een vrouw in een mantelpakje en met een grote schoudertas naast zich die verdiept is in een boek (hardcover) over de Zuid-Mantsjoerijse Spoorwegen zal, zelfs als ze jong is en aan een hotelbar aan een drankje zit, nauwelijks worden aangezien voor een dure prostituee die op klanten uit is. Dat dacht Aomame tenminste. Maar als je haar had gevraagd hoe dure prostituees er in het algemeen uitzien, had ze het niet geweten. Stel dat Aomame een prostituee was die het op rijke zakenlui had voorzien, dan zou ze waarschijnlijk haar best doen om er niet als een prostituee uit te zien – zowel om haar potentiële klanten niet nerveus te maken als om niet uit de bar te worden verwijderd. Bijvoorbeeld door een witte bloes en een mantelpakje van Junko Shimada te dragen, zich onopvallend op te maken, een grote, zakelijk uitziende schoudertas bij zich te hebben, en een boek te lezen over de Zuid-Mantsjoerijse Spoorwegen. Als je het zo bekeek, gedroeg zij zich nu niet zo anders dan een prostituee die zit te wachten tot ze een klant aan de haak slaat.

Na verloop van tijd werd het drukker aan de bar. Voor ze er erg in had, klonk overal om haar heen het geroezemoes van stemmen. Maar het type klant waarin zij was geïnteresseerd, kwam maar niet opdagen. Ze bestelde nog een gin-tonic met een schaaltje *vegetable sticks* (ze had die avond nog niets gegeten) en las verder in haar boek. Een poosje later kwam er een man aan de bar zitten. Hij was alleen. Gezonde bruine kleur, blauw pak van goede kwaliteit. Stropdas ook niet slecht – niet te opzichtig, maar ook niet te stemmig. Leeftijd: een jaar of vijftig. Haar al redelijk dun. Geen bril. Waarschijnlijk was hij in Tokyo voor zaken en wilde hij, nu hij zijn werk gedaan had, nog iets drinken voor hij naar bed ging. Net als Aomame. Even met een bescheiden drankje de gespannen zenuwen tot bedaren brengen.

De gemiddelde zakenman die voor zijn werk naar Tokyo komt, overnacht niet in een luxehotel als dit, maar in iets veel goedkopers –

---

* Shimonoseki is de meest zuidwestelijke stad op het eiland Honshu en is door een zeestraat van honderd kilometer gescheiden van het Koreaanse schiereiland.

een hotelletje dicht bij het station, met een bed dat bijna de hele kamer in beslag neemt, een raam dat uitkijkt op de muur van het aangrenzende kantoorgebouw, en een douche die hij alleen kan gebruiken als hij bereid is een keer of twintig zijn ellebogen tegen de muur te stoten. Met automaten voor drankjes en toiletartikelen op de gang van elke verdieping. Dat is het enige wat hij zich kan veroorloven van het reisbudget dat de zaak hem uitbetaalt, of hij krijgt meer, maar steekt het verschil in eigen zak – het is een van de twee. Zijn biertje voor het slapengaan drinkt hij in een café in de buurt, en voor zijn ontbijt gaat hij naar de *beef bowl* naast de deur.

Maar iemand die in dit soort hotel overnacht, behoort tot een heel ander slag mensen. Als hij naar Tokyo moet, reist hij uitsluitend in de eerste klasse van de *shinkansen* en woont hij uitsluitend in hetzelfde luxehotel. Wanneer hij klaar is met zijn werk, gaat hij naar de bar van het hotel om te relaxen met een peperduur drankje. Veel van zulke mensen werken voor een topbedrijf, meestal in een leidinggevende functie, of het zijn entrepreneurs, of specialisten zoals artsen en advocaten. Ze staan op de drempel van de middelbare leeftijd en hoeven niet op een paar centen te kijken. En allemaal weten ze in meer of mindere mate wat ze moeten doen als ze een verzetje willen hebben. Dat was het type waar Aomame haar zinnen op had gezet.

Al sinds haar tienerjaren had Aomame zich, om redenen die haarzelf ook een raadsel waren, aangetrokken gevoeld door kalende mannen van middelbare leeftijd. Helemaal kaal vond ze niet leuk: er moest nog een beetje haar over zijn. Maar het was ook weer niet zo dat ze elke kalende man mooi vond. De vorm van het hoofd moest ook goed zijn. Haar ideaal was een man die kaalde zoals Sean Connery: die had een prachtig gevormd, sexy hoofd. Alleen al door naar hem te kijken ging haar hart sneller kloppen. De man die twee krukken van haar vandaan aan de bar zat, had ook een heel fraai hoofd. Natuurlijk had het niet zo'n perfecte vorm als dat van Sean Connery, maar er ging toch iets prettigs van uit. Zijn haarlijn was helemaal naar achteren verschoven, en het beetje haar dat hij nog had, deed haar denken aan een grasveld in het late najaar, overdekt met rijp. Af en toe keek ze op van haar boek om zijn hoofd te bewonderen. Zijn gezicht maakte vrij weinig indruk. Hij was niet dik, maar hij had het begin van een onderkin. Wallen onder zijn ogen ook. Eigenlijk een doodgewone man van middelbare leeftijd. Maar dat hoofd van hem mocht er zijn.

Een bartender bracht de drankenlijst en een vochtig, heet handdoekje, maar de man keek niet eens naar de lijst en bestelde een highball met scotch. 'Hebt u nog voorkeur voor een bepaald merk?' vroeg de bartender. 'Nee, eigenlijk niet. Doe er maar in wat je wilt,' zei de man. Hij had een kalme, rustige stem, met een licht Kansais accent.* Opeens bedacht hij zich en vroeg of ze Cutty Sark hadden. 'Jazeker, meneer,' zei de bartender. Niet slecht, dacht Aomame. De man vroeg niet om Chivas Regal of een exclusieve single malt whisky, en dat beviel haar wel. Naar haar persoonlijke oordeel waren mensen die in een bar moeilijk deden over hun drankje, in seksueel opzicht meestal vrij tam. Waarom dat zo was wist ze ook niet.

Aomame hield erg van dat Kansaise taaltje. Als iemand die in de Kansai is geboren en getogen naar Tokyo komt en zijn best doet om Tokyose woorden te gebruiken, lukt dat nooit helemaal. Woordkeus en intonatie passen niet precies bij elkaar, en die discrepantie deed haar een onzegbaar plezier. Het speciale timbre van de man zijn stem had een merkwaardig rustgevend effect op haar. Dit wordt hem, besloot ze. Ik wil met mijn vingers naar hartenlust door zijn overgebleven haren woelen. Toen de bartender de man zijn Cutty Sark-highball kwam brengen, hield ze hem even staande en bestelde, met opzet zo luid dat de man het kon horen, een Cutty Sark on the rocks. 'Uitstekend, mevrouw,' zei de bartender met een uitgestreken gezicht.

De man maakte het bovenste knoopje van zijn overhemd los en trok aan zijn stropdas – donkerblauw met een fijn ingeweven patroontje – tot hij wat minder strak zat. Zijn pak was ook blauw, zijn overhemd lichtblauw met een klassieke boord. Terwijl ze op haar Cutty Sark wachtte, las Aomame verder in haar boek. In de tussentijd maakte ze achteloos het bovenste knoopje van haar bloes los. Het duo speelde 'It's Only a Paper Moon'. De pianist zong slechts één couplet. Toen haar Cutty Sark werd geserveerd, bracht Aomame haar glas naar haar mond en nam een heel klein slokje. Ze wist dat de man af en toe haar kant op keek. Ze sloeg haar ogen op van haar boek en liet haar blik – nonchalant, toevallig – in zijn richting dwalen. Hun blikken ontmoetten elkaar. Ze glimlachte nauwelijks waarneembaar en keek onmid-

---

* De Kansai is het gebied rond Osaka en Kyoto, terwijl Tokyo in de Kantō ligt. Het Kansais dialect onderscheidt zich van het Tokyose zowel door zijn vocabulaire als door zijn typische intonatie.

dellijk weer recht voor zich uit, naar het nachtelijke vergezicht buiten het raam.

Dat was voor de man het beste moment om haar aan te spreken. Zij had hem de gelegenheid willens en wetens gegeven. Maar hij zei niets. Stommerd! Wat heb je toch, dacht Aomame. Je bent geen snotjongen meer, je voelt toch zeker wel aan wat er aan de hand is? Hij durft niet, dacht ze. Hij is vijftig en ik nog in de twintig, dus hij is bang dat ik hem zal negeren als hij iets tegen me zegt. Of dat ik hem zal uitlachen omdat hij zoveel ouder is en een kale knikker heeft. Nou moe, die snapt er ook geen biet van!

Ze deed haar boek dicht en stopte het terug in haar tas. Toen sprak zij hem aan.

'Houdt u van Cutty Sark?'

De man staarde haar verbaasd aan, met een uitdrukking alsof hij niet goed begreep wat ze hem vroeg. Toen werd zijn gezicht weer normaal.

'O, eh, Cutty Sark,' zei hij, op een manier alsof die naam hem net te binnen was geschoten. 'Ja, het etiket heb ik altijd mooi gevonden, dus ik drink het veel. Er staat een zeilschip op – vandaar.'

'U houdt van zeilschepen.'

'Inderdaad. Heel veel.'

Aomame hief haar glas, de man het zijne ook, maar minder hoog, alsof ze elkaar toedronken.

Toen pakte ze haar tas, hing hem over haar schouder, en verhuisde met haar Cutty Sark in de hand twee krukken verder, naar die naast de man. Die leek enigszins verbaasd, maar deed zijn best zijn verbazing niet te laten blijken.

'Ik had hier afgesproken met een oude vriendin van de middelbare school, maar ik heb het sterke vermoeden dat ze me laat zitten,' zei Aomame met een blik op haar horloge. 'Ze komt niet opdagen, en ze belt ook niet op.'

'Misschien heeft ze zich in de dag vergist.'

'Dat zal het zijn. Zo'n warhoofd was ze vroeger al,' zei Aomame. 'Ik geef haar nog een paar minuten, maar het is veel gezelliger om te wachten terwijl je een praatje maakt. Of wilt u liever niet gestoord worden?'

'O, nee hoor, helemaal niet,' zei de man, enigszins vaag. Hij fronste zijn wenkbrauwen en keek Aomame aan alsof ze een onderpand was dat hij op zijn waarde taxeerde. Hij leek zich af te vragen of ze een prostituee was die deed of ze in het hotel logeerde. Maar die indruk maakte ze niet. Nee, geen prostituee, dat in elk geval niet. De man leek iets van zijn nervositeit te verliezen.

'Logeert u ook in dit hotel?' vroeg hij.

Aomame schudde haar hoofd. 'Nee, ik woon in Tokyo. Ik had hier alleen afgesproken met mijn vriendin. En u?'

'Werk,' zei hij. 'Ik kom uit Osaka, ziet u. Ik had hier vandaag een vergadering. Het was maar een doodgewone vergadering, maar ons hoofdkantoor is in Osaka, en we moesten voor ons fatsoen wel iemand sturen.'

Aomame glimlachte beleefd. Hoor eens even, dacht ze, dat werk van jou kan me geen bal schelen. Ik geil op je hoofd, meer niet. Maar dat zei ze natuurlijk niet.

'Maar dat is allemaal achter de rug, dus ik dacht: laat ik even iets gaan drinken. Morgenochtend heb ik nog een vergadering, en dan ga ik weer gauw op huis aan.'

'Ik heb daarnet ook een belangrijke opdracht uitgevoerd,' zei Aomame.

'O ja? Wat voor werk doet u?'

'Over mijn werk heb ik het liever niet. Het is iets heel gespecialiseerds, moet u maar denken.'

'Iets gespecialiseerds,' herhaalde de man. 'Iets dat gewone mensen niet een-twee-drie kunnen. Werk dat gespecialiseerde vaardigheid en training vereist.'

Knap hoor! Je bent een wandelend woordenboek, dacht Aomame. Maar ook dat hield ze voor zich.

'Zo zou je het kunnen stellen,' zei ze met een glimlach.

De man nam weer een slokje van zijn highball en at een handjevol nootjes. 'Ik zou best meer over je werk willen weten, maar daar heb je het liever niet over.'

Ze knikte. 'Later misschien.'

'Ik wed dat het werk is waarbij je woorden gebruikt. Bijvoorbeeld, laat eens kijken... redacteur bij een uitgeverij, of docent aan een universiteit?'

'Waarom denk je dat?'

De man maakte het knoopje van zijn overhemd weer dicht en trok aan zijn das tot die weer goed strak zat. 'O, zomaar. Je was zo verdiept in dat dikke boek.'

Aomame tikte lichtjes met een nagel tegen de rand van haar glas. 'Dat boek las ik alleen omdat ik het interessant vind. Het heeft met mijn werk niets te maken.'

'Dan geef ik het op. Ik heb geen idee wat het zou kunnen zijn.'

'Dat geloof ik graag,' zei Aomame. En je zult er wel nooit achter komen ook, voegde ze er in gedachten aan toe.

De man wierp een terloopse blik op haar lichaam. Ze boog zich voorover alsof ze iets op de vloer had laten vallen en liet hem naar hartenlust bij haar naar binnen kijken. Zo moest hij haar borsten toch wel een beetje kunnen zien. En het kanten werkje van haar witte lingerie. Toen richtte ze zich weer op en nam een slokje Cutty Sark. De grote, ronde ijsblokjes in haar glas tinkelden vrolijk.

'Kan ik je een glaasje aanbieden?' vroeg de man. 'Ik neem er zelf ook nog een.'

'Ja, graag,' zei Aomame.

'Je kunt er goed tegen, hè?'

Aomame glimlachte vaag. Toen keek ze opeens serieus. 'O ja, ik weet weer wat het was. Ik wilde je iets vragen.'

'En wat dan wel?'

'Is het politie-uniform een tijdje terug soms veranderd? En de dienstrevolver?'

'Een tijdje terug? Hoelang bedoel je?'

'Ongeveer een week.'

De man trok een vreemd gezicht. 'Ze zijn allebei veranderd, ja, maar dat is alweer jaren geleden. Het oude nauwsluitende uniform is vervangen door een dat makkelijker zit, en de revolver door het nieuwste model automatisch pistool. Maar daarna zijn er voor zover ik weet geen grote veranderingen geweest.'

'Maar Japanse politieagenten droegen tot voor kort allemaal een ouderwetse revolver. Op z'n minst tot vorige week.'

De man schudde zijn hoofd. 'Nee, dat heb je toch bij het verkeerde eind. Ze zijn al een hele tijd geleden overgeschakeld op automatische pistolen.'

'Weet je dat heel zeker?'

Haar toon maakte dat hij even terugdeinsde. Met een frons tussen zijn wenkbrauwen groef hij in zijn geheugen.

'Ja, als je het op die manier vraagt, breng je me in de war. Maar ik weet zeker dat het in de krant heeft gestaan dat alle politieagenten een nieuw model wapen moesten gaan dragen. Dat heeft toentertijd nogal voor wat ophef gezorgd. De nieuwe wapens zouden té accuraat zijn. Dat zeiden de burgerorganisaties tenminste, die bij de regering de gebruikelijke protesten indienden.'

'Hoeveel jaar is dat geleden?'

De man riep een al wat oudere bartender en vroeg hem of híj wist wanneer het uniform en dienstwapen van de politie waren veranderd.

De bartender hoefde er niet eens over na te denken. 'Twee jaar geleden in het voorjaar,' zei hij prompt.

'Zie je wel? Bartenders in eersteklashotels weten alles,' zei de man lachend.

De bartender schoot ook in de lach. 'Nee, meneer, dat niet. Maar toevallig heb ik een jongere broer die bij de politie zit, vandaar dat ik het nog goed weet. Mijn broer klaagde vaak dat hij het nieuwe uniform maar niks vond, en het pistool was hem ook te zwaar. Daar klaagt hij nu trouwens nog steeds over. Het nieuwe model is een 9-mm Beretta, dat je met één druk op de knop op semiautomatisch kunt zetten. Ik geloof dat ze nu in Japan in licentie worden geproduceerd door Mitsubishi. Die verbeterde nieuwe modellen zijn eigenlijk nergens voor nodig, want zoveel vuurgevechten zijn er niet in dit land. Je moet je eerder zorgen maken dat ze niet gestolen worden. Maar ja, de regering wilde nu eenmaal een efficiëntere, sterkere politiemacht.'

'Wat is er dan met al die oude revolvers gebeurd?' vroeg Aomame, de opwinding in haar stem zo veel mogelijk onderdrukkend.

'Die moesten worden ingeleverd. Ik denk dat ze allemaal gedemonteerd zijn,' zei de bartender. 'Ik heb op het tv-journaal gezien hoe dat demonteren in z'n werk ging. Al die revolvers, en van de kogels moet je ook maar af zien te komen. Daar gaat geweldig veel tijd in zitten.'

'Ze hadden ze aan het buitenland kunnen verkopen,' zei de kalende zakenman.

'De uitvoer van wapens is onder de grondwet verboden,' wees de bartender hem zachtjes terecht.

'Zei ik het niet? Bartenders in eersteklashotels –'

'Met andere woorden, de Japanse politie gebruikt al twee jaar lang geen revolvers meer. Klopt dat?' vroeg Aomame aan de bartender, zonder de man te laten uitpraten.

'Voor zover ik weet.'

Aomame fronste even haar wenkbrauwen. Ben ik gek geworden, of hoe zit dat? Vanochtend heb ik nog een agent gezien in het oude uniform, mét een revolver. Dat verhaal dat alle revolvers zijn gedemonteerd hoor ik nu voor het eerst. Maar ik kan me niet voorstellen dat die vent naast me en de bartender zich allebei vergissen of me iets voor staan te liegen. En dat betekent dat ík me vergis.

'Dankjewel. Meer hoef ik niet te weten,' zei ze.

De bartender glimlachte professioneel, alsof hij op de juiste plaats een leesteken zette, en ging weer terug naar zijn werk.

'Ben je in de politie geïnteresseerd?' vroeg de man.

'Nee, dat niet. Mijn geheugen speelde me opeens parten,' zei Aomame ontwijkend.

Ze dronken van hun net geserveerde Cutty Sark – highball én on the rocks. De man begon over zeilboten. Hij had een kleine zeilboot liggen in de jachthaven van Nishinomiya. Op zijn vrije dagen ging hij daarmee de zee op. Hij legde enthousiast uit hoe heerlijk het is de wind tegen je lichaam te voelen als je alleen op zee bent. Aomame had niet de minste belangstelling voor die stomme zeilboot. Het was haar zelfs liever geweest als hij haar had onthaald op de geschiedenis van kogellagers, of op een uitleg over de distributie van minerale grondstoffen in de Oekraïne. Ze wierp een blik op haar horloge.

'Het is al laat, dus mag ik je een onbescheiden vraag stellen?'

'Ga gerust je gang.'

'Het is een eh... vrij persoonlijke.'

'Zolang het iets is waarop ik antwoord kan geven...'

'Heb jij een grote pik?'

De man zijn mond zakte open, zijn ogen vernauwden zich, en hij keek Aomame strak aan. Hij kon blijkbaar zijn oren niet geloven. Maar haar gezicht stond net zo ernstig als eerst. Ze maakte geen grapje. Toen hij in haar ogen keek, zag hij dat meteen.

'Daar vraag je me wat,' zei de man, bloedserieus. 'Ik ben geen expert op dat gebied, maar ik denk dat mijn lengte vrij normaal is. Je overvalt me een beetje, dus ik weet niet goed hoe ik moet antwoorden, maar –'

'Hoe oud ben je?' vroeg Aomame.

'Ik ben net eenenvijftig geworden,' zei hij, ietwat onzeker.

'Dus je bent met een gewoon stel hersens over de vijftig geworden, je hebt een redelijke baan, en een zeilboot nog maar liefst, en dan kun je nóg niet beoordelen of je pik groter of kleiner is dan die van de gemiddelde man?'

Hij dacht even na. 'Nou ja, misschien dat hij een tikkeltje groter is,' zei hij schroomvallig.

'Echt waar?'

'Waarom maak je je daar zulke zorgen over?'

'Zorgen maken? Wie zegt dat ik me daar zorgen over maak?'

'Niemand natuurlijk, maar...' Hij schoof een stukje bij haar vandaan op zijn kruk. 'Je schijnt er alleen opeens een probleem van te maken...'

'Ik? Er een probleem van maken? Niks hoor!' zei Aomame gedecideerd. 'Ik hou persoonlijk alleen meer van grote pikken. Om te zien dan, hè. Ik bedoel, het is niet zo dat ik alleen maar iets voel als hij groot is, en ook niet dat groot automatisch ook goed is. Het is puur gevoelsmatig. Ik ben gewoon meer gesteld op pikken die aan de grote kant zijn. Of mag dat soms niet? Iedereen heeft toch zijn eigen voorkeur? Maar zo'n heel grote kanjer hoeft van mij niet. Dat doet alleen maar pijn. Begrijp je?'

'Nou, met een beetje geluk bevalt de mijne je dan misschien wel. Ik geloof dat hij iets groter dan gemiddeld is, maar een kanjer is hij beslist niet. Ik bedoel, hij is precies goed. Denk ik...'

'Je zit me toch niet voor te liegen, hè?'

'Wat schiet ik ermee op om leugens te vertellen?'

'Nou, laat zien dan!'

'Wat? Hier?'

Aomame moest haar best doen om niet te kwaad te kijken. 'Hier? Is het je soms in je bol geslagen? Hoe kom je erbij, en dat op jouw leeftijd? Je hebt wel een duur pak aan en een nette stropdas om, maar gezond verstand, ho maar! Wat heb je eraan om hier je pik tevoorschijn te halen? Kijk eens naar de mensen om ons heen. Wat moeten die wel denken? We gaan samen naar je kamer, en daar trek je je broek uit en laat je hem zien. Dat lijkt me nogal wiedes.'

'En wat doen we dan?' vroeg de man bezorgd.

'En wat doen we dan?'

Haar adem stokte. Ze kon zich niet langer beheersen: nu keek ze echt kwaad, en niet zo'n beetje ook.

'Neuken, wat anders? Dacht je dat ik helemaal meeloop naar je kamer alleen om naar je pik te kijken? "O, dat is een mooie, zeg! Dankjewel dat je hem even hebt laten zien. Nou, ik ga er maar weer eens vandoor. Welterusten!" Zoiets? Ik geloof echt dat er een paar steekjes bij je loszitten!'

Toen hij de dramatische verandering in Aomames uiterlijk zag, stokte de adem de man in de keel. Als ze zo'n gezicht trok, zonk de meeste mannen de moed in de schoenen en kleine kinderen deden het misschien wel in hun broek – zo schokkend was de aanblik die ze dan bood. Ze had zich een beetje te veel laten gaan, besefte ze. Ze mocht hem niet te bang maken, of ze kreeg niet waar het haar om begonnen was. Haastig verzachtte ze haar gelaatsuitdrukking en toverde met moeite een glimlach tevoorschijn.

'Met andere woorden, we gaan naar je kamer, kruipen in bed en hebben daar seks,' legde ze geduldig uit. 'Je bent toch niet gay of impotent of zo?'

'Nee, dat niet. Ik heb twee kinderen en –'

'Niemand is erin geïnteresseerd hoeveel kinderen je hebt. Dit is geen volkstelling, dus dat hoef je me allemaal niet te vertellen. Het enige wat ik wil weten is of je 'm overeind krijgt als je met een vrouw naar bed gaat, meer niet.'

'Als het er echt op aankwam, heeft hij me nog nooit in de steek gelaten,' zei de man. 'Maar jíj bent beroeps... Ik bedoel, je doet het voor je werk.'

'Helemaal niet! Nou moet je even ophouden, zeg! Ik ben geen beroeps, en ook niet pervers. Ik ben een doodgewone burger, en deze doodgewone burger wil doodgewoon simpel, eerlijk seksueel contact hebben met iemand van het andere geslacht. Dat is helemaal niet bijzonder, dat is ook doodgewoon. Is daar soms iets op tegen? Ik heb een moeilijk karwei achter de rug, en ik wil op het eind van de dag even een glaasje drinken en stoom afblazen door seks met een onbekende. Om mijn zenuwen tot rust te brengen. Dat heb ik nodig. Jij bent een man, jij moet zoiets toch begrijpen!'

'Dat doe ik natuurlijk ook wel, maar –'

'Ik wil geen cent van je hebben. Juist andersom: als jij mij helemaal kunt bevredigen, betaal ik jou graag. En ik heb condooms bij me, dus je hoeft ook niet bang te zijn dat je ziek wordt. Snap je?'

'Ja, dat snap ik, maar –'

'Maar je lijkt er toch niet veel voor te voelen. Mankeert er soms iets aan me?'

'Nee, dat niet, maar ik begrijp het allemaal nog niet goed. Jij bent jong en mooi, en ik zou je vader wel kunnen zijn. En –'

'Schei toch uit met dat gezwam! Alsjeblieft! Al schelen we honderd jaar, ik ben jouw dochter niet, en jij bent al evenmin mijn vader, en dat zal gelukkig altijd zo blijven. Als je niet gauw ophoudt met dat stomme gebazel, krijg ik het op mijn zenuwen! Het enige in jou wat me aantrekt is die kale kop van je. De vorm vind ik mooi. Dat is alles. Snap je?'

'Maar ik bén nog helemaal niet kaal! Mijn haarlijn is een beetje naar ach –'

'Hou je mond!'

Aomame had het liefst zo kwaad mogelijk gekeken, maar ze beheerste zich. Ze mocht hem niet de stuipen op het lijf jagen.

'Dat doet er toch helemaal niet toe?' zei ze. Haar stem klonk nu zachter. 'Doe me alleen een lol en kraam niet meer van die onzin uit, hè?'

Wat je er zelf ook van denkt, je bent kaal – helemaal kaal. Als er op het formulier van de volkstelling een categorie 'kaal/niet kaal' is, kun jij met een gerust hart het vakje voor 'kaal' aanvinken. Als je naar de hemel gaat, ga je naar de hemel voor kale mensen, en als je naar de hel gaat, idem dito. Heb je dat in je kale kop geprent? Goed. Verlies dan voortaan de realiteit niet uit het oog. Kom, ga mee. Dan ga je rechtstreeks naar je kale hemel.

De man betaalde de barrekening, en ze gingen samen naar zijn kamer.

De man had gelijk: zijn penis was iets groter dan gemiddeld, maar te groot was hij niet. Hij had geen foute aangifte gedaan. Aomame speelde ermee tot hij groot en stijf was. Toen trok ze haar bloes uit en stapte uit haar rok.

'Je denkt zeker dat ik kleine borsten heb,' zei ze met koude stem terwijl ze op hem neerkeek. 'Je drijft de spot met me omdat ik kleine borsten heb, en jij een grote pik. Je denkt zeker dat je er bekaaid vanaf komt?'

'Nee, dat denk ik helemaal niet. Je borsten zijn heus niet te klein. En ze zijn heel mooi van vorm.'

'Dat weet ik zo net nog niet,' zei Aomame. 'En ik zeg het er maar even bij, maar je moet niet denken dat ik altijd een beha draag met zulke kanten tierelantijntjes. Die heb ik alleen aangedaan omdat mijn werk dat vereiste. Om ze een goede blik te gunnen.'

'Wat voor werk ís dat in godsnaam?'

'Heb ik het je daarnet niet duidelijk gezegd? Ik wil het nu niet over mijn werk hebben. Maar wat voor werk het ook is, vrouw zijn is niet makkelijk.'

'Nou, mannen hebben het anders ook niet makkelijk, hoor!'

'Maar jullie hoeven geen beha's met kant te dragen, al heb je daar een hekel aan.'

'Dat is waar, maar –'

'Nou, doe dan niet of je het allemaal zo goed begrijpt. Vrouwen hebben het in heel veel opzichten veel moeilijker dan mannen. Ben jij ooit op hoge hakken een steile trap af gelopen? Of in een strak minirokje over een hek geklommen?'

'Neem me niet kwalijk,' bood hij meteen zijn verontschuldigingen aan.

Ze reikte met beide handen naar haar rug, maakte haar beha los en gooide hem op de vloer. Ze rolde haar panty naar beneden en gooide die ook op de vloer. Toen kroop ze in bed en begon weer met zijn penis te spelen.

'Maar die pik van je is toch prachtig? Petje af, hoor! Mooi van vorm, precies de juiste maat, en zo hard als een boomwortel!'

'Het doet me genoegen dat te horen,' zei de man, enigszins gerustgesteld.

'Kom jij eens even hier! Zusje zal jou eens lekker verwennen! O, wat zul jij blij zijn!'

'Maar moeten we niet eerst even douchen? Even het zweet eraf wassen en zo?'

'Wil jij je grote mond wel eens houden?' zei Aomame, en bij wijze van waarschuwing tikte ze hem zachtjes met een vinger tegen zijn rechterbal. 'Moet je horen. Ik ben hier om te neuken, niet om te douchen. Gesnapt? Eerst neuken. Neuken dat de spetters eraf vliegen. Van een druppeltje zweet meer of minder trek ik me niks aan. Ik ben geen eerstejaars die het allemaal nog moet leren!'

'Ik snap het,' zei de man.

Na de seks streelde ze met haar vingers over de blote nek van de man, die uitgeput op zijn buik lag. Ze voelde een sterke drang om een scherpe naald in dat speciale punt te steken – zo sterk dat ze overwoog om het echt te doen. In haar tas heeft ze een in doek gewikkelde ijspriem, met een punt die ze met veel tijd en moeite vlijmscherp heeft geslepen, gestoken in een kurk die speciaal is behandeld om hem zacht te maken. Als ze het werkelijk van plan is, zou niets makkelijker zijn. Ze hoeft alleen maar de palm van haar rechterhand als een steen op het houten heft te laten vallen. Voor de man weet wat hem overkomt, is hij al dood. Pijn voelt hij absoluut niet. Het zal als een natuurlijke dood worden afgehandeld. Maar natuurlijk zet ze deze gedachte gauw uit haar hoofd. Er is geen enkele reden waarom deze man uit de samenleving zou moeten worden verwijderd. Afgezien dan van het feit dat Aomame geen reden ziet om zijn bestaan te verlengen. Ze schudt haar hoofd om dat gevaarlijke idee te verdrijven.

Hij is geen slecht mens, zei ze tegen zichzelf. Hij neukte best goed, en hij had gewacht tot zijzelf was klaargekomen. De vorm van zijn hoofd en het kale oppervlak daarvan bevielen haar uitstekend. Zijn pik was precies groot genoeg. Hij was beleefd en had een goede smaak qua kleding, en hij was niet opdringerig. Hij leek goed te zijn opgevoed. Hij was weliswaar een ontzettende zeurpiet, en zijn stomme praatjes hadden haar mateloos geïrriteerd, maar dat was geen misdrijf waarvoor hij de dood had verdiend. Dacht ze.

'Vind je het erg als ik de tv aanzet?' vroeg ze.

'Nee hoor,' zei de man, zijn gezicht in het kussen.

Naakt in bed liggend keek ze naar het journaal van elf uur, van begin tot eind. In het Midden-Oosten duurde de bloedige oorlog tussen Iran en Irak onverminderd voort. De partijen hadden een impasse bereikt, en een oplossing voor het conflict leek niet in zicht. Irak had een aantal jonge dienstweigeraars aan telegraafpalen opgehangen als afschrikwekkend voorbeeld. De regering van Iran had Saddam Hoessein bekritiseerd omdat hij zenuwgas en biologische wapens zou hebben gebruikt. In de VS streden Walter Mondale en Gary Hart om de nominatie van de Democratische Partij in de komende presidentsverkiezingen. Geen van beiden leek de meest intelligente persoon van de wereld te zijn. Intelligente presidenten worden meestal het doelwit van moordaanslagen, dus het kon zijn dat mensen met hersens die beter werken dan gemiddeld hun uiterste best doen om niet tot president te worden gekozen.

Op de maan werd vooruitgang geboekt met de bouw van een permanent observatiestation. Daar werkten de Verenigde Staten en de Sovjet-Unie voor de verandering eens samen, net zoals bij de basis op de Zuidpool. Een observatiestation op de maan? Daar keek Aomame toch wel even van op. Dat hoorde ze vanavond voor het eerst. Wat was er in vredesnaam aan de hand? Maar ze besloot er niet al te diep over na te denken. Er waren veel belangrijkere, veel actuelere problemen. Bij een brand in een kolenmijn op het eiland Kyushu waren veel doden gevallen, en de regering had een onderzoek naar de oorzaak ingesteld. Dus in een tijdperk waarin de mensheid in staat was om observatiestations op de maan te bouwen, werd er nog steeds steenkool uit de grond gehaald. Daar stond ze eerlijk gezegd veel meer van te kijken. De Verenigde Staten hadden er bij Japan op aangedrongen zijn kapitaalmarkt verder te openen. Morgan Stanley en Merrill Lynch hadden de regering onder druk gezet en zochten naar nieuwe wegen om winst te maken. In de prefectuur Shimane woonde een intelligente kat die niet alleen in staat was om het raam te openen als hij naar buiten wilde, maar ook om het achter zich dicht te doen. Dat had het baasje van de kat hem zo geleerd. Aomame keek bewonderend naar beelden van een magere zwarte kat die met een veelbetekenende blik over zijn schouder een poot uitstak en het raam weer vlug dichtschoof.

Er was allerlei nieuws, maar niets over een man die in een hotel in Shibuya dood op zijn kamer was aangetroffen. Toen het journaal was afgelopen, zette Aomame de tv uit met de afstandsbediening. Het werd doodstil om haar heen. De zachte ademhaling van de slapende man naast haar was het enige geluid dat ze hoorde.

Die andere vent zit waarschijnlijk nog steeds in dezelfde houding aan zijn bureau, met zijn hoofd op zijn papieren. Ogenschijnlijk in diepe slaap – net als de man naast me. Alleen hoor je hém niet ademen. Die klootzak doet zijn ogen met geen mogelijkheid meer open, en opstaan doet hij ook nooit meer. Aomame keek naar het plafond en stelde zich voor hoe het lijk erbij zat. Ze schudde met korte rukjes haar hoofd en trok eenzaam een boos gezicht. Toen stapte ze uit bed en raapte een voor een de kleren van de vloer die ze daar had neergegooid toen ze zich uitkleedde.

6

Tengo: *Gaan we ver weg?*

Toen Komatsu hem opbelde, was het vrijdagochtend, even na vijven. Tengo lag te dromen dat hij over een lange stenen brug liep om een belangrijk document op te halen dat hij aan de overkant was vergeten. Hij was de enige op de brug. Het was een mooie, brede rivier met hier en daar een zandplaat erin. Het water stroomde rustig voort, en op de zandplaten groeiden wilgenbomen. Hij kon de slanke vormen van forellen zien. De wilgen tipten met hun frisse groene bladeren in het water. Het was een landschap zoals je op Chinese sierborden kunt zien. Op dat ogenblik werd hij wakker. In het pikkedonker keek hij op de klok naast zijn kussen. Voor hij de hoorn van de haak pakte, had hij natuurlijk al geraden wie hem op zo'n onmogelijk uur opbelde.

'Heb jij een tekstverwerker, Tengo?' vroeg Komatsu. Geen 'Goeiemorgen'. Geen 'Was je al op?' Het feit dat Komatsu nu wakker was, betekende waarschijnlijk dat hij de hele nacht niet naar bed was geweest. Hij was echt niet vroeg opgestaan omdat hij zo graag de zon wilde zien opkomen. Er was hem alleen iets te binnen geschoten dat hij voor hij naar bed ging nog even aan Tengo kwijt moest.

'Natuurlijk niet,' zei Tengo. Het was donker om hem heen, en hij stond nog op het midden van een lange brug. Het kwam zelden voor dat hij zo'n levendige droom had. 'Het is niet iets waar ik trots op ben, maar ik kan me zo'n apparaat niet veroorloven.'

'Maar kun je ermee overweg?'

'Jazeker. Tekstverwerkers, computers – als ze voor mijn neus staan, gebruik ik ze. We hebben die dingen op het instituut, voor ons werk.'

'Goed. Kun je dan vandaag ergens zo'n ding kopen? Ik weet van machines niets af, dus merk en type en zo laat ik helemaal aan jou over. Het geld betaal ik je later wel terug. En met die tekstverwerker moet je zo gauw mogelijk aan jouw versie van het verhaal beginnen.'

'Dat kunt u wel zeggen, maar die dingen kosten op z'n minst 250 000 yen.'

'Dat hindert niet.'

Tengo kon zijn oren niet geloven. 'Met andere woorden, meneer Komatsu, u koopt voor mij een tekstverwerker?'

'Ja, en wel van mijn eigen schamele zakgeld. Voor dit werk is zo'n investering noodzakelijk. Als we elke cent eerst omdraaien, wordt het nooit wat. Zoals jij ook wel weet, is het oorspronkelijke manuscript op een tekstverwerker geschreven, en als de herziene versie dat niet is, krijgen we problemen. Doe dus je best om de opmaak van jouw versie zo veel mogelijk op die van het origineel te laten lijken. Kun je er vandaag nog mee beginnen?'

Tengo dacht even na. 'Mij best. Als ik wil, kan ik dat meteen. Maar Fukaeri heeft als voorwaarde gesteld dat ik eerst op zondag die figuur ontmoet aan wie ik dit project moet uitleggen, en dat is nog niet gebeurd. Als diegene zijn toestemming niet geeft, zijn alle moeite en onkosten voor niets geweest. Met die mogelijkheid dient u ook rekening te houden.'

'Dat hindert niet, daar vinden we wel een oplossing voor. In elk geval, maak je over de details maar geen zorgen, en ga meteen aan de slag. Het is een race tegen de klok.'

'Dus u hebt er vertrouwen in dat dat gesprek van zondag goed zal verlopen?'

'Dat zegt mijn intuïtie,' zei Komatsu. 'Die werkt bij mij heel goed. Ik mag dan misschien niet erg begaafd zijn, maar intuïtie heb ik meer dan genoeg. En daar heb ik het tot nu toe altijd mooi mee gered, dank u wel. Tengo, weet jij wat het grootste verschil is tussen een gave en intuïtie?'

'Nee.'

'Al ben je nog zo begaafd, het is niet gezegd dat je daarmee brood op de plank kunt verdienen, maar als je gezegend bent met een uitstekende intuïtie, hoef je niet bang te zijn dat je ooit een maaltijd moet overslaan.'

'Ik zal het onthouden,' zei Tengo.

'Ik zeg je dat je niets te vrezen hebt, dus ga vandaag meteen aan de slag.'

'Als u het zegt, heb ik er geen bezwaar tegen. Ik wilde alleen voorkomen dat we nu van start gaan om later te horen te krijgen dat de race is afgelast.'

'Wat dat betreft neem ik alle verantwoordelijkheid op me.'

'Prima. Vanmiddag heb ik een afspraak met iemand, maar daarna ben ik helemaal vrij. Ik ga vanochtend meteen kijken of ik ergens een tekstverwerker op de kop kan tikken.'

'Doe dat, Tengo. Ik heb alle vertrouwen in je. Met vereende krachten zullen we de wereld eens wat laten zien.'

Na negenen belde zijn getrouwde vriendin op. Ze had net haar man en kinderen naar het station gebracht, en die middag zou ze bij Tengo langskomen. Vrijdag was de dag waarop ze elkaar altijd zagen.

'Maar mijn conditie laat te wensen over,' zei ze. 'Het spijt me, maar vandaag wordt het niets. Ik zie je volgende week wel weer.'

'Mijn conditie laat te wensen over' was een indirecte manier om te zeggen dat ze ongesteld was. Ze gebruikte altijd zulke elegante eufemismen, zo was ze opgevoed. In bed was ze allesbehalve elegant en eufemistisch, maar dat was een andere zaak. Tengo vertelde haar dat hij het ook heel jammer vond, maar wat kon je anders, onder zulke omstandigheden?

Maar deze week vond hij het niet echt jammer dat ze niet langs kon komen. Seks met haar zou ongetwijfeld bijzonder aangenaam zijn geweest, maar Tengo had er waarschijnlijk zijn gedachten niet goed bij kunnen houden, want die waren al helemaal met herschrijven bezig. Allerlei ideeën kwamen in zijn hoofd op en verdwenen weer, als levenskiemen die elkaar verdringen in de oerzee. Nou doe ik precies hetzelfde als Komatsu, dacht hij. Ik ben op eigen houtje maar vast begonnen, zonder zelfs formele toestemming af te wachten!

Om tien uur stapte hij op de trein naar Shinjuku en kocht daar met zijn creditcard een Fujitsu-tekstverwerker. Het was het allernieuwste model, dus een heel stuk lichter vergeleken bij zijn voorgangers in dezelfde lijn. Hij kocht meteen ook extra inktlintcassettes en papier. Dat sjouwde hij allemaal mee terug naar zijn flat, waar hij de tekstverwerker op zijn bureau zette en de stekker in het stopcontact stak. Op het instituut gebruikten ze een groot model, en al was deze een heel stuk kleiner, hij was ook van Fujitsu, dus alles functioneerde op ongeveer dezelfde manier. Telkens even kijkend of hij het apparaat wel goed bediende, begon Tengo aan het herschrijven van *Een pop van lucht*.

Hij had niet wat je noemt een duidelijk plan hoe hij bij het redigeren van deze novelle te werk zou gaan, hij had alleen ideeën voor diverse afzonderlijke passages. Hij had ook niet van tevoren een consequente redactiemethode of -principe bedacht. Om te beginnen was hij er al niet zo van overtuigd dat het überhaupt mogelijk was om een tot de zinnen sprekend fantasyverhaal als *Een pop van lucht* op een logische manier te herschrijven. De stijl moest drastisch worden bijgeschaafd, zoals Komatsu zei – dat was duidelijk. Maar dan nog: kon je dat wel doen zonder dat de sfeer en de kwaliteit van het origineel verloren gingen? Zou dat niet hetzelfde zijn als een vlinder een skelet van botten te geven? Als hij zulke dingen dacht, begon hij te twijfelen en werd hij er steeds minder gerust op. Maar het proces was in werking gezet en de tijd was beperkt. Hij kon het zich niet veroorloven om rustig bij zichzelf te overleggen. Er zat niets anders op dan bij de details te beginnen en alles wat niet door de beugel kon op te ruimen. Misschien dat het totaalbeeld al doende vanzelf boven kwam drijven.

'Tengo, jij kúnt het, dat weet ik.' Toen Komatsu dat tegen hem zei, had hij heel overtuigd geklonken. En om redenen die hij zelf niet begreep, had Tengo die woorden zonder meer geaccepteerd. Komatsu was iemand van wie je nauwelijks op aankon, iemand die in principe alleen aan zichzelf dacht. Als de situatie dat vereiste, zou hij Tengo zonder meer laten vallen – zonder één keer om te kijken. Maar zoals hij zelf zei: als redacteur had hij een speciale intuïtie. Komatsu twijfelde nooit aan zichzelf. Hij stond altijd onmiddellijk klaar met een oordeel, een beslissing en een plan de campagne, en hij trok zich geen zier aan van wat andere mensen zeiden. Hij had, met andere woorden, de kwaliteiten van een goede frontcommandant. En dat waren precies de kwaliteiten die je Tengo met geen mogelijkheid kon toeschrijven.

Op vrijdagmiddag halftwaalf begon hij daadwerkelijk met herschrijven. Hij had de eerste paar bladzijden van *Een pop van lucht* ingevoerd op zijn tekstverwerker, precies zoals ze in het manuscript stonden. Het was een samenhangend fragment, en hij had zich voorgenomen om dit eerst onder handen te nemen, tot hij er helemaal tevreden over was. De inhoud zelf raakte hij niet aan, maar de stijl des te meer. Het was net als bij het opknappen van een flat: van de basisstructuur bleef je af, want daar was geen enkel probleem mee. In de waterleiding en de afvoer bracht je ook geen veranderingen aan. Maar al het andere dat vervangen kon worden – dingen als vloer, plafond, muren en tussenwanden – sloopte je eruit, en daar zette je iets nieuws voor in de plaats. Ik ben een goede timmerman aan wie ze alles hebben overgelaten, zei Tengo tegen zichzelf. Een duidelijke blauwdruk heb ik niet. Bij elk probleem dat ik tegenkom, kan ik me alleen verlaten op mijn intuïtie en ervaring.

Passages die bij een eerste lezing moeilijk te begrijpen waren, voorzag hij van een uitleg om het verloop van het verhaal duidelijk te maken. Passages die overbodig waren of elkaar overlapten, liet hij weg, maar waar te weinig stond geschreven, vulde hij dat aan. Hier en daar draaide hij de volgorde van alinea's of zinnen om. Omdat het origineel bijzonder weinig bijvoeglijke naamwoorden en bijwoorden bevatte, respecteerde hij dat als kenmerkend voor de stijl, maar waar het echt niet anders kon, voegde hij een paar zorgvuldig gekozen beschrijvende woorden toe. Fukaeri's manuscript als geheel was uitermate onbeholpen, maar er was een duidelijk verschil tussen de goede en slechte gedeelten, dus beslissen of hij iets zou laten staan of schrappen kostte hem minder tijd dan hij had gedacht. Omdat het zo onbeholpen was, bevatte het gedeelten die moeilijk te volgen waren, maar daar stond tegenover dat er ook gedeelten bij waren die de lezer juist door hun originele onbeholpenheid ontroerden. De eerste verbeterde hij zo goed mogelijk, de laatste liet hij precies zoals ze waren.

Naarmate het werk vorderde, kwam Tengo steeds meer tot het inzicht dat Fukaeri dit verhaal helemaal niet had geschreven om een letterkundig werk te scheppen. Ze had het verhaal dat ze in zich had – of 'met eigen ogen had gezien', om haar woorden te gebruiken – alleen *voorlopig* in woorden uitgedrukt. Het had helemaal niet per se in woorden gehoeven, maar ze had geen ander uitdrukkingsmiddel kunnen vinden. Dat was de enige reden waarom ze voor woorden had gekozen. Ze had dus van begin af aan al geen literaire ambities gehad. Omdat ze nooit van plan was geweest met het voltooide manuscript te gaan leuren, was het ook niet nodig geweest om veel aandacht aan stijl en woordkeus te besteden. Om het maar weer met een huis te vergelijken: zolang het muren en een dak had om regen en wind buiten te houden, voldeed het. Daarom had ze er ook geen bezwaar tegen gehad dat Tengo het helemaal herschreef: zij had haar doel al bereikt. 'Je doet maar,' had ze tegen hem gezegd, en die woorden drukten waarschijnlijk precies uit wat ze in haar hart voelde.

Toch was de tekst van *Een pop van lucht* bepaald niet van het soort dat de auteur alleen voor zichzelf heeft bedoeld. Als Fukaeri's enige opzet was geweest om voor zichzelf een verslag te schrijven van wat ze zelf had gezien of van de beelden die er in haar hoofd waren opgekomen, had ze aan een genummerd lijstje genoeg gehad. Dan was het nergens voor nodig geweest om ze ten koste van zoveel tijd en moeite in boekvorm op te schrijven. Deze tekst was, hoe je het ook bekeek, geschreven om door iemand anders ter hand te worden genomen en te worden gelezen. Dat verklaarde waarom *Een pop van lucht*, ook al was het niet als literair werk bedoeld en ook al was de stijl onbeholpen, niettemin de kracht bezat om de mensen aan te grijpen. Maar het had er alle schijn van dat die iemand anders niet de 'gemiddelde lezer' was voor wie de moderne literatuur in principe geschreven lijkt te zijn. Dat was een indruk waaraan Tengo zich niet kon onttrekken.

Maar wat voor lezer heeft ze dan voor ogen gehad?

Dat wist Tengo natuurlijk niet.

Maar dit wist hij wel: *Een pop van lucht* combineerde grote schoonheid met even grote gebreken; het was een uniek voorbeeld van verhalend proza, en het leek nog een ander, speciaal oogmerk te bezitten.

Het herschreven gedeelte zwol op tot ongeveer tweeënhalf keer zijn oorspronkelijke lengte. Er waren veel meer passages waar te weinig geschreven stond dan te veel, en als je dat allemaal methodisch herschreef, werd het totaal navenant langer. Maar dit was een eerste versie, en die zijn altijd een beetje sponzig. De tekst was nu logischer, de tegenstrijdigheden waren verwijderd, het gezichtspunt was consequenter, en het geheel was daarom ook makkelijker leesbaar geworden, maar het geheel maakte een loggere indruk. De logica was te duidelijk, en de scherpe impact van het origineel was verzwakt.

De volgende stap was het verwijderen van passages die gemist konden worden. Alle stukjes overtollig vet werden stelselmatig weggesneden. Dingen weghalen was veel eenvoudiger dan dingen toevoegen, en al doende slonk het manuscript weer tot zeventig procent. Het was een soort hersengymnastiek. Eerst bepaalde Tengo voor zichzelf een tijd waarbinnen hij zo veel mogelijk woorden toevoegde, en daarna een tijd waarbinnen hij zo veel mogelijk weghaalde. Als hij dit om beurten strak volhield, werd de baan van de slinger allengs kleiner en benaderde de tekst steeds meer zijn ideale lengte: het punt waarbij niets meer kon worden toegevoegd of weggehaald. Hij schaafde wat van het ego weg, plukte onnodige versieringen van de muren, en borg al te doorzichtige logica weg in een achterkamertje. Voor dit soort werk was Tengo in de wieg gelegd. Hij was een geboren technicus. Hij had het scherpe concentratievermogen van een vogel die in de lucht zweeft op zoek naar voedsel en het uithoudingsvermogen van een ezel die waterkruiken vervoert, en altijd nam hij getrouw de regels van het spel in acht.

Hij had met ingehouden adem en volledig geconcentreerd zitten werken, en toen hij even pauzeerde, stond de klok aan de muur al bijna op drie uur. Dat herinnerde hem eraan dat hij tussen de middag nog niets had gegeten. Hij liep naar de keuken en zette een ketel water op. Hij maalde koffie, at een paar crackers met kaas en beet in een appel. Toen het water kookte, maakte hij een grote mok koffie, en terwijl hij die opdronk, dacht hij voor de verandering uitsluitend aan seks met zijn oudere vriendin. Normaal gesproken hadden ze nu in bed gelegen, en dan had hij dit gedaan, en zij dat. En dan deed hij zus, en zij zo. Hij deed zijn ogen dicht, richtte zijn gezicht naar het plafond, en slaakte een diepe zucht die allerlei suggesties en mogelijkheden inhield.

Daarna ging hij terug naar zijn bureau, zette in zijn hersens een knop om, en las de herschreven opening van het manuscript nog eens door op het scherm van de tekstverwerker. Het was net als die scène aan het begin van Stanley Kubricks *Paths of Glory*, waarin een generaal de loopgraven komt inspecteren. Tengo knikte goedkeurend bij wat hij zag. Niet slecht. De tekst was er beter op geworden. Het geheel was erop vooruitgegaan. Maar perfect kon je het niet noemen. Er moesten nog te veel dingen worden gedaan. De loopgraven waren hier en daar verzakt. De mitrailleurs hadden niet genoeg munitie. Je kon zien waar er meer prikkeldraad moest worden aangebracht.

Hij maakte een uitdraai, sloeg het bestand op, zette de tekstverwerker uit en schoof hem opzij op zijn bureau. Toen las hij de uitdraai nog eens zorgvuldig door met een potlood in zijn hand. Waar hij meende dat de tekst nog steeds te lang was, kortte hij hem nog verder in; waar hij voelde dat hij niet genoeg had gezegd, vulde hij hem nog verder aan; en passages die niet goed in de context pasten, herschreef hij tot hij er helemaal tevreden over was. Zoals je een tegeltje uitkiest om in een hoekje van je badkamermuur te metselen, zo zorgvuldig koos hij het woord dat het best op déze plaats paste, en daarna draaide hij het nog eens verscheidene malen om het vanuit een andere hoek te bekijken. Als het dan nog niet paste, brak hij er heel voorzichtig een stukje af tot het dat wél deed. Het minste of geringste nuanceverschil kon de tekst maken of breken.

Het is een subtiel verschil of je een tekst op een scherm leest dan wel in een uitdraai, hoewel de woorden precies hetzelfde zijn. De gevoelswaarde van een woord verandert al naargelang je het met potlood op een stuk papier schrijft of met toetsen intikt in je tekstverwerker. Dat maakt het nodig om een tekst vanuit beide gezichtspunten te controleren. Tengo zette het apparaat weer aan, voerde de correcties die hij met potlood op de uitdraai had gemaakt een voor een in, en bekeek het nieuwe manuscript op het scherm. Niet slecht, dacht hij. Beide versies bezaten de juiste zwaarte en een natuurlijk ritme.

Zonder op te staan van zijn stoel rechtte hij zijn rug, keek omhoog naar het plafond en slaakte een diepe zucht. Natuurlijk was dit gedeelte nog niet perfect. Als hij het over een paar dagen nog een keer las, zou hij wel weer plaatsen vinden die verbeterd moesten worden, maar voor vandaag was het welletjes. Hij kon zijn hoofd er niet langer bij houden. Hij had ook een afkoelingsperiode nodig. De wijzers van de klok naderden vijf uur, en buiten begon het al aardig te schemeren. Morgen deed hij het volgende gedeelte. Het had hem bijna een hele dag gekost om deze paar pagina's aan het begin door te werken, en dat had veel meer tijd gevergd dan hij had verwacht. Maar nu hij de basis had gelegd en zijn ritme had gevonden, zou het werk wel sneller gaan. En bovendien, het moeilijkste en meest tijdrovende gedeelte was altijd het begin. Nu hij dat achter de rug had, ging de rest –

Toen zag hij opeens Fukaeri's gezicht voor zich. Wat zou zij voelen als ze dit herschreven gedeelte las? Tengo kon er geen hoogte van krijgen wat dat meisje dacht of voelde. Hij wist zo goed als niets van Fukaeri af: ze was zeventien jaar, zat in de zesde klas van de middelbare school maar had totaal geen belangstelling voor universitaire toelatingsexamens; ze praatte op een heel merkwaardige manier, hield van witte wijn, en had een gezicht van een schoonheid die iemand hoteldebotel kon maken. Dat was alles.

Tengo kreeg echter langzaam maar zeker het gevoel dat hij de wereld die Fukaeri in *Een pop van lucht* probeerde te beschrijven (of op te tekenen) in grote lijnen begreep, of daar in elk geval erg dichtbij kwam. Het landschap dat Fukaeri met haar typische, beperkte woordenschat had geprobeerd te schilderen, was dankzij Tengo's weloverwogen, zorgvuldige correcties duidelijker en helderder zichtbaar geworden dan ooit. Het verhaal was gaan vloeien, dat voelde hij. Hij had niets anders gedaan dan door zijn technische bijstand het manuscript verbeteren, maar het resultaat las zo natuurlijk en vlot alsof het van het begin af aan zijn eigen werk was geweest. Door Tengo's inspanningen rees *Een pop van lucht* op als een sterker, krachtiger verhaal.

Dat besef maakte hem ontzettend blij. Hij voelde zich helemaal afgepeigerd doordat hij zo lang en zo geconcentreerd aan het manuscript had zitten werken, maar desondanks was hij in de wolken. Hij zette zijn tekstverwerker uit, maar ook nadat hij van zijn bureau was opgestaan, kon hij een tijdlang het gevoel niet van zich afzetten dat hij gewoon nog een poosje door wilde schrijven. Hij genoot oprecht van dit werk. Als hij op deze voet voortging, zou hij Fukaeri misschien niet teleurstellen. Niet dat Tengo er een idee van had hoe een blije of teleurgestelde Fukaeri eruitzag. Sterker nog: hij kon haar zich niet eens voorstellen met een flauwe glimlach om haar lippen of een lichte frons tussen haar wenkbrauwen. Haar gezicht had geen enkele uitdrukking. Tengo wist niet of dat zo was omdat ze geen gevoelens had, of omdat ze wel gevoelens had maar niet wist hoe ze die op haar gezicht moest tonen. In elk geval was ze een eigenaardig kind, besloot hij opnieuw.

De hoofdpersoon van *Een pop van lucht* is waarschijnlijk Fukaeri zelf, zoals ze vroeger was.

Ze is tien jaar en woont in een commune (of in een gemeenschap die veel van een commune weg heeft). Daar zorgt ze voor een blinde geit. Dat is het dagelijks werk dat haar is toevertrouwd. Alle kinderen moeten elke dag het werk doen dat hun is toevertrouwd. De geit is oud, maar ze vervult een speciale rol in de gemeenschap, dus je moet voortdurend uitkijken dat haar niets overkomt. Je mag je ogen niet één seconde van haar af houden. Dat is het meisje op het hart gedrukt. Maar in een onbewaakt ogenblik wendt ze haar ogen éventjes af, en op dat moment sterft de geit. Het meisje wordt daarvoor gestraft. Ze wordt opgesloten in een oude stenen schuur, samen met de dode geit. Tien dagen lang blijft ze volledig afgezonderd. Het is haar niet toegestaan naar buiten te gaan. Het is haar ook niet toegestaan met iemand te praten.

De geit is het pad tussen de wereld van de Little People en deze wereld. Het meisje weet niet of de Little People goed of slecht zijn (en Tengo wist het natuurlijk evenmin). Wanneer het nacht wordt, komen de Little People door het lichaam van de dode geit naar deze wereld, en voor het licht wordt, keren ze weer naar hun wereld terug. Het meisje is in staat om met de Little People te praten. Ze leren haar hoe je een pop van lucht kunt maken.

Tengo was diep onder de indruk van de manier waarop Fukaeri de gewoontes en het gedrag van de blinde geit tot in de kleinste concrete details had beschreven. Al die kleine dingetjes droegen ertoe bij dat het hele werk springlevend overkwam. Zou Fukaeri ooit echt een blinde geit hebben verzorgd? Zou ze echt in een commune in de bergen hebben gewoond, zoals ze in haar verhaal had beschreven? Tengo vermoedde van wel. Als ze die ervaring niet had gehad, betekende dat dat ze was geboren met een werkelijk buitengewone gave als verteller.

Hij besloot om haar de volgende keer dat hij haar zag (waarschijnlijk zondag) een paar vragen te stellen over de geit en de commune. Of ze daarop zou antwoorden was natuurlijk een andere vraag. Als hij terugdacht aan hun gesprek van een paar dagen geleden, leek het hem waarschijnlijk dat ze alleen zou antwoorden op vragen waarvan zij dacht dat zoiets geen kwaad kon. Vragen waarop ze niet wilde antwoorden, of niet van plan was te reageren, zou ze gewoon negeren, alsof ze ze helemaal niet gehoord had. Komatsu deed precies hetzelfde; in dat opzicht leken die twee geweldig op elkaar. Bij Tengo lag dat anders. Als je hem iets vroeg, onverschillig wat, gaf hij altijd plichtsgetrouw antwoord. Die gewoonte was hem beslist aangeboren.

Om halfzes belde zijn oudere vriendin op.
'Wat heb je vandaag allemaal gedaan?' vroeg ze.
'Ik heb de hele dag aan een novelle zitten werken,' zei Tengo. Dat was maar voor de helft waar, want de novelle in kwestie was niet van hemzelf. Maar dat kon hij haar bezwaarlijk uit de doeken doen.
'Schiet je een beetje op?'
'Een beetje, ja.'
'Het spijt me dat ik vandaag opeens moest afbellen. Maar volgende week kunnen we elkaar weer zien.'
'Ik wou dat het al zover was,' zei Tengo.
'Ik ook,' zei zij.
Toen begon ze over haar kinderen. Dat deed ze vaak tegen Tengo. Ze had twee dochtertjes. Tengo had geen broers of zussen, en vanzelfspre-

kend had hij ook geen kinderen, dus hij wist niet wat kleine kinderen precies voor wezens waren, maar dat weerhield haar er blijkbaar niet van om erover te praten. Tengo praatte nooit zoveel. Hij hield er veel meer van om te luisteren, vandaar dat hij altijd een gewillig gehoor voor haar was. Het oudste meisje zat in de tweede klas van de lagere school, en naar het scheen werd ze daar gepest (vertelde de vriendin). Het kind zelf had er nooit iets over gezegd, maar de moeder van een van haar klasgenootjes had haar gewaarschuwd dat er wel eens zoiets aan de hand kon zijn. Natuurlijk had Tengo het dochtertje nooit ontmoet, hij had alleen één keer een foto van haar gezien. Ze leek niet erg op haar moeder.

'Waarom wordt ze gepest?' informeerde Tengo.

'Af en toe heeft ze last van astma, en daarom kan ze niet met alles meedoen. Ik denk dat het dat wel eens kon zijn. Het is een heel gehoorzaam kind, en haar cijfers op school zijn niet slecht.'

'Ik snap het niet,' zei Tengo. 'Kinderen die last hebben van astma moet je juist beschermen, niet pesten!'

'Zo eenvoudig ligt het niet bij kinderen onder elkaar,' verzuchtte ze. 'Alleen omdat je anders bent, kunnen ze je al links laten liggen. Onder volwassenen gaat het niet veel anders, maar bij kinderen uit het zich veel directer.'

'Hoe dan? Kun je een concreet voorbeeld geven?'

Dat kon ze, en dat deed ze. Op zich waren die pesterijtjes niets bijzonders, maar als ze dag in dag uit doorgingen, misten ze hun uitwerking op een kind niet. Ze zou eerlijk tegen hem zijn, zei de vriendin. Haar dochtertje luisterde niet meer naar haar en deed af en toe gemeen.

'Ben jij ooit gepest toen je nog klein was?'

Tengo dacht terug aan zijn kindertijd. 'Ik geloof het niet. Misschien wel, maar dan is het me nooit opgevallen.'

'Als het je nooit is opgevallen, wil dat zeggen dat je nooit gepest bent. De belangrijkste reden om iemand te pesten is immers om hem te laten wéten dat hij gepest wordt. Pesten zonder dat het slachtoffer het merkt – zoiets bestaat gewoon niet!'

Tengo was altijd al fors geweest, en bovendien was hij nog sterk ook. Dat wist iedereen. Dat was waarschijnlijk ook de reden waarom hij nooit gepest was. Maar toen Tengo klein was had hij met veel zwaardere problemen te kampen dan een beetje pesten.

'En jij? Ben jij wel eens gepest?' vroeg hij.

'Nee,' zei ze beslist. Toen voegde ze er aarzelend aan toe: 'Maar ik heb het zelf wel eens gedaan.'

'Samen met anderen?'

'Ja. In de vijfde klas van de lagere school. We hadden met z'n allen afgesproken één jongetje dood te zwijgen. Waarom, dat kan ik me echt niet meer herinneren. Er moet een directe reden voor zijn geweest, maar als ik die niet meer weet, kan het niets bijzonders geweest zijn. Maar dat heeft er niets mee te maken. Nu besef ik dat zoiets heel verkeerd was, en ik schaam me er nog steeds over. Waarom heb ik dat toen gedaan? Ik snap het zelf niet.'

Tengo herinnerde zich opeens een voorval dat zich in zijn eigen verleden had voorgedaan. Het was al een hele tijd geleden gebeurd, maar hij moest er nog vaak aan denken. Hij kon het niet vergeten. Maar hij begon er wijselijk niet over. Als hij dat deed, werd het een lang verhaal. En het was het soort voorval dat zijn belangrijkste nuances verloor als het in woorden werd uitgedrukt. Hij had het nog nooit aan iemand verteld, en hij zou dat waarschijnlijk ook nooit doen.

'Ik zie het als volgt,' zei Tengo's oudere vriendin. 'Iedereen voelt zich meer op z'n gemak als hij deel uitmaakt van de meerderheid die discrimineert, en niet van de minderheid die gediscrimineerd wordt. O, wat ben ik blij dat ik dáár niet bij hoor – zo'n gevoel. In elk tijdperk, in elke samenleving is het in wezen hetzelfde: als je aan de kant van de meerderheid staat, hoef je niet over allerlei vervelende dingen na te denken.'

'En als je tot de minderheid behoort, kún je alleen maar aan allerlei vervelende dingen denken.'

'Precies,' zei ze neerslachtig. 'Maar in zo'n omgeving leer je misschien je hersens te gebruiken.'

'Maar misschien gebruik je dan je hersens alleen om aan vervelende dingen te denken.'

'Dat is een probleem,' gaf ze toe.

'Ik zou het maar niet al te serieus nemen,' zei Tengo. 'Volgens mij loopt het allemaal zo'n vaart niet. In de klas van je dochtertje zitten ongetwijfeld ook een paar kinderen die hun hersens kunnen gebruiken.'

'Misschien wel,' zei ze.

Ze verzonk in gepeins. Met de hoorn aan zijn oor wachtte Tengo geduldig tot ze haar gedachten op een rijtje had.

'Dankjewel, Tengo. Nu ik met jou heb gepraat, voel ik me een stuk beter,' zei ze even later. Blijkbaar had ze een idee gekregen.

'Ik ook,' zei Tengo.

'Waarom?'

'Omdat ik met jou heb gepraat.'

'Tot vrijdag,' zei ze.

Na dit telefoongesprek ging Tengo naar de supermarkt om de hoek om eten te kopen. Terug in zijn flat haalde hij de groente en vis uit de papieren boodschappenzak en wikkelde ze een voor een in vershoudfolie voor hij ze in de koelkast legde. Hij zette de radio op een FM-station dat een muziekprogramma uitzond en was net met de voorbereidingen voor het avondeten begonnen toen de telefoon ging. Dit was de vierde keer op één dag. Zoiets kwam maar één of twee keer per jaar voor. Ditmaal was het Fukaeri.

'Over zondag,' begon ze abrupt.

Door de telefoon klonk het aanhoudende getoeter van een auto. De chauffeur was blijkbaar danig over iets gepikeerd. Ze belde waarschijnlijk uit een telefooncel ergens langs een grote weg.

Tengo probeerde deze twee woorden wat meer vlees op de botten te geven.

'Je wilt het hebben over zondagmorgen – dat wil zeggen, overmorgen –, wanneer we elkaar zien om samen naar iemand toe te gaan.'

'Zondagochtend negen uur, Shinjuku richting Tachikawa, voorste wagon,' zei ze. Dat waren drie mededelingen in één zin.

'Met andere woorden, we treffen elkaar op het perron van de Chūō-lijn, ongeveer waar de voorste wagon stopt. Begrijp ik dat goed?'

'Ja.'

'Maar ik moet een kaartje kopen. Waar gaan we naartoe?'

'Koop maar wat.'

'Dus ik moet gewoon maar een kaartje kopen, en op de plek waar we uitstappen betaal ik het verschil,' raadde hij en vulde hij aan. Dit leek verdacht veel op het werk dat hij die dag aan haar manuscript had zitten doen. 'Gaan we ver weg?'

'Wat was je aan het doen,' negeerde ze Tengo's vraag.

'Ik stond net eten te koken.'

'Wat voor eten.'

'Ik ben maar alleen, dus het is niets bijzonders. Een stukje gegrilde barracuda met geraspte daikon. Misosoep met reepjes prei en kokkeltjes, voor bij de tofu. Een slaatje van zeewier en komkommer. En dan rijst en ingelegde Chinese kool. Dat is alles.'

'Klinkt lekker.'

'Vind je?' zei Tengo. 'Echt wat je noemt lekker is het denk ik niet. Meestal maak ik ongeveer hetzelfde klaar.'

Fukaeri zweeg. Haar leek het niet te kunnen schelen als ze een tijdlang niets zei, maar Tengo wel.

'Dat is waar ook. Ik ben vandaag aan je manuscript begonnen,' zei hij. 'Je hebt me je definitieve toestemming nog niet gegeven, maar we hebben niet veel tijd, dus als ik nu niet begin, halen we het niet.'

'Dat zei meneer Komatsu.'

'Goed geraden. Meneer Komatsu heeft me aangeraden om maar vast met herschrijven te beginnen.'

'Ben je met hem bevriend.'

'Ik kan het redelijk goed met hem vinden, ja.'

Mensen die het redelijk goed met Komatsu konden vinden, kwamen op deze wereld waarschijnlijk nergens voor, maar als hij daarover begon, was hij voorlopig nog niet uitgepraat.

'Lukt het een beetje.'

'Voorlopig wel. In grote lijnen.'

'Mooi,' zei Fukaeri.

Het klonk alsof ze het werkelijk meende. Ze leek oprecht blij dat hij bij het herschrijven van haar manuscript vorderingen had gemaakt, maar haar beperkte emotionele woordenschat stond haar niet toe om dat in zoveel woorden uit te drukken.

'Ik hoop dat je er tevreden over bent,' zei Tengo.

Fukaeri antwoordde ogenblikkelijk. 'Maak je geen zorgen.'

'Waarom niet?' vroeg Tengo.

Fukaeri gaf geen antwoord. Ze bleef zwijgen aan de telefoon. Het was een opzettelijk soort zwijgen. Waarschijnlijk wilde ze Tengo daarmee aan het denken zetten. Maar hoe hij zijn hersens ook pijnigde, hij kon maar niet bedenken waarom ze zo van zijn succes overtuigd was.

Hij moest die stilte zien te doorbreken. 'Dat is waar ook, ik wilde je iets vragen. Heb jij echt in een soort commune gewoond waar je voor een geit moest zorgen? Je beschrijving klonk zo realistisch dat ik gewoon even wilde weten of dit op werkelijkheid berust.'

Fukaeri schraapte even haar keel. 'Over de geit praat ik niet.'

'Geeft niet, hoor,' zei Tengo. 'Als je het er niet over wilt hebben, hoeft dat niet. Ik wilde het alleen even weten. Zit er maar niet over in. Voor een schrijver is zijn werk het enige wat telt. Het is nergens voor nodig om overal tekst en uitleg bij te geven. Dus we zien elkaar zondag. Moet ik nog ergens op letten als ik die kennis van je ontmoet?'

'Ik begrijp je niet.'

'Ik bedoel, moet ik een stropdas om, moet ik een cadeautje meebrengen – dat soort dingen. Je hebt me geen enkele aanwijzing gegeven wat voor iemand het is.'

Fukaeri zweeg weer, maar dit keer had haar zwijgen niets opzettelijks. Ze had het doel van zijn vraag, en ook de reden waarom hij hem stelde, eenvoudig niet opgepikt. De vraag was nooit in het bereik van haar bewustzijn gearriveerd. Hij had de grenzen van betekenis overschreden en was waarschijnlijk voor eeuwig opgeslokt in het Niets, zoals een eenzame ruimtesonde die Pluto heeft gemist en nu ons zonnestelsel moet verlaten.

'Hindert niet. Zo belangrijk is het nou ook weer niet.'

Tengo had het opgegeven. Hij had Fukaeri zoiets nooit moeten vragen. Hij kon altijd ergens een mandje fruit kopen.

'Goed, tot zondag negen uur dan maar,' zei Tengo.

Fukaeri wachtte een paar seconden en hing op zonder verder iets te zeggen. Geen: 'Ik hang op hoor', en ook geen: 'Tot zondag.' Alleen de klik van een verbinding die werd verbroken.

Misschien had ze aan de andere kant van de lijn ten afscheid een knikje met haar hoofd gegeven toen ze de hoorn op de haak legde, maar jammer genoeg verliest lichaamstaal in de meeste gevallen veel van zijn oorspronkelijke effect als die aan de telefoon wordt gebruikt. Tengo legde de telefoon neer, haalde twee keer diep adem om zijn hoofd een stapje dichter bij de werkelijkheid te brengen, en ging verder met de voorbereidingen voor zijn schamele avondmaal.

7

Aomame: *Je moet geen slapende vlinders wakker maken*

Zaterdagmiddag na één uur bracht Aomame een bezoek aan Huize Terwilgen. In de tuin stond een aantal reusachtige oude treurwilgen, die met hun toppen boven de stenen muur uit kwamen en als het waaide geruisloos met hun takken heen en weer zwaaiden, zodat ze eruitzagen als een zwerm geesten die de weg kwijt waren.* Het is dus te begrijpen dat de omwonenden deze oude westerse villa al van oudsher zo hadden genoemd. Huize Terwilgen stond op de top van een steile heuvel in Azabu, in hartje Tokyo. Boven in de wilgentakken wiegden kleine vogeltjes, en op het dak lag een grote kat met zijn ogen tot spleetjes geknepen te genieten van de zon. Over de smalle, kronkelende straatjes reden bijna geen auto's. Vanwege de vele hoge bomen was deze buurt ook midden op de dag in schaduwen gehuld. Als je één voet in dit domein zette, kreeg je zelfs het gevoel dat de tijd er iets langzamer verstreek. Hoewel hier verscheidene ambassades stonden, kwamen er betrekkelijk weinig mensen. Normaal gesproken was het er doodstil, maar als het eenmaal zomer werd, kwam daar verandering in. Dan maakten de cicaden er een oorverdovende herrie.

Aomame drukte op de bel bij de poort, noemde haar naam in de intercom en keek vervolgens met een nauwelijks merkbare glimlach in de camera boven haar hoofd. De ijzeren poort zwaaide langzaam open, en toen Aomame eenmaal binnen was, sloot hij weer. Zoals altijd liep ze door de tuin naar het portiek. Omdat ze wist dat al haar bewegingen op de camera werden gevolgd, hield ze haar rug zo recht als een mannequin, trok haar kin in, en liep rechtdoor over het pad.

* In de Japanse mythologie worden geesten altijd afgebeeld met lang hangend haar. Dit verklaart waarom treurwilgen in het algemeen met geesten en spoken worden geassocieerd.

Vandaag was ze informeel gekleed: een blauwe spijkerbroek, daarboven een donkerblauw windjack, daar weer overheen een grijze zeiljekker. Witte honkbalschoenen. En haar schoudertas. Vandaag zat daar geen ijspriem in. Op tijden dat die niet nodig was, rustte hij stilletjes in een lade van haar klerenkast.

Voor het portiek stonden een stuk of wat teakhouten tuinstoelen, en in een daarvan, enigszins krap, zat een grote man. Hij was niet bijzonder lang, maar zijn ongelofelijk sterk ontwikkelde bovenlichaam viel onmiddellijk op. Hij zag eruit als rond de veertig, met haar zo kort als dat van een skinhead en onder zijn neus een goed bijgehouden snor. Grijs pak, breed gesneden bij de schouders. Spierwit overhemd, donkergrijze zijden das. Smetteloos glanzende gitzwarte schoenen van Corduaans leer. In beide oren een zilveren piercing. Hij zag er niet bepaald uit als een kassier op het stadhuis, en evenmin als de vertegenwoordiger van een autoverzekeringsbedrijf. Hij zag er op het eerste gezicht uit als een professionele lijfwacht, en dat was inderdaad zijn specialiteit, al deed hij af en toe ook dienst als chauffeur. Hij had een hoge dan in karate, en als het nodig was kon hij heel effectief met allerlei wapentuig overweg. Als hij zijn slagtanden ontblootte, overtrof hij iedereen in meedogenloosheid, maar normaal gesproken was hij kalm en onverstoorbaar, intellectueel zelfs. Als je hem lang en diep in de ogen keek – vooropgesteld dat hij zoiets toestond, natuurlijk – kon je daarin zelfs een warme gloed ontwaren.

Zijn hobby's waren sleutelen aan allerlei apparaten en het verzamelen van progressive-rock-grammofoonplaten uit het eind van de jaren zestig, begin jaren zeventig. Met zijn knappe jonge vriend, die schoonheidsspecialist was, woonde hij ook ergens in Azabu. Hij zei dat hij Tamaru heette. Het was niet duidelijk of dat zijn achternaam was of zijn voornaam, en evenmin met wat voor karakters hij werd geschreven, maar iedereen noemde hem gewoon Tamaru.

Tamaru kwam niet overeind uit zijn stoel, maar hij knikte toen hij Aomame zag.

'Goeiemiddag,' zei Aomame. Ze ging tegenover Tamaru in een stoel zitten.

'Blijkbaar is er in een hotel in Shibuya een man overleden,' zei Tamaru. Hij inspecteerde het leer van zijn schoenen om te zien of het wel voldoende glom.

'O? Dat wist ik niet,' zei Aomame.

'Het heeft ook niet in de krant gestaan. Daarvoor was het niet belangrijk genoeg. Hij schijnt een hartaanval te hebben gehad. Nog maar voor in de veertig. Veel te jong eigenlijk!'

'Ja, je hart moet je nooit verwaarlozen.'

Tamaru knikte. 'Regelmatig leven, dat is toch zo belangrijk!' zei hij. 'Onregelmatige werktijden, stress, slapeloosheid – daar ga je op den duur aan dood.'

'Vroeg of laat gaan we allemaal ergens aan dood.'

'Logisch gesproken wel.'

'Komt er een autopsie?' vroeg Aomame.

Tamaru boog zich voorover en sloeg een haast onwaarneembaar klein stofje van de wreef van zijn schoen. 'De politie heeft het erg druk, en hun budget is beperkt. Die kan moeilijk op elk lichaam waarop geen sporen van geweld zichtbaar zijn een autopsie uitvoeren. En de nabestaanden voelen er natuurlijk ook niets voor om iemand die zo vredig is gestorven zomaar zinloos open te snijden.'

'Zeker de weduwe niet. Je moet het vooral vanuit haar standpunt bekijken.'

Tamaru zweeg een poosje en stak toen zijn als een bokshandschoen zo dikke rechterhand naar haar uit. Aomame nam hem in de hare en schudde hem ferm.

'Je zult wel moe zijn. Je bent hard aan vakantie toe,' zei Tamaru.

Bij andere mensen zou er op dat moment een glimlach zijn verschenen, maar zover kwam het bij Aomame niet. Zij verbreedde haar mondhoeken maar een heel klein beetje. Het vermoeden van een glimlach was er, maar meer ook niet.

'En hoe is het met Boef?' vroeg ze.

'Die maakt het best,' antwoordde Tamaru.

Boef was de Duitse herder die in deze villa woonde. Ze was intelligent en zacht van aard, maar ze hield er een paar eigenaardige gewoontes op na.

'Eet ze nog steeds zoveel spinazie?' vroeg Aomame.

'Heel veel zelfs. En met de prijzen die je vandaag de dag voor spinazie moet neertellen, wordt dat een probleem. Maar ze eet dan ook zúlke hoeveelheden...'

'Ik heb nog nooit een Duitse herder gezien die van spinazie hield.'

'Ze beschouwt zichzelf niet als een hond.'

'Wat denkt ze dan dat ze is?'

'Ze denkt waarschijnlijk dat ze een bestaansvorm is die zulke nauwe grenzen heeft overschreden.'

'Een superdog?'

'Zoiets.'

'En is dat de reden waarom ze spinazie lust?'

'Dat staat daar helemaal los van. Spinazie is gewoon iets waar ze van houdt. Dat heeft ze altijd al gedaan, al sinds ze een pup was.'

'Misschien heeft ze daardoor al die gevaarlijke ideeën opgedaan.'

'Daar kon je wel eens gelijk in hebben,' zei Tamaru. Hij keek op zijn horloge. 'Je afspraak voor vandaag was geloof ik voor halftwee?'

Aomame knikte. 'We hebben nog even de tijd.'

Tamaru stond langzaam op uit zijn stoel. 'Kun je even hier blijven wachten? Ik zal eens kijken of ze je eerder kan spreken.'

Hij verdween in het portiek.

Terwijl ze zat te wachten, staarde Aomame naar de prachtige wilgen. Het was windstil, en de takken hingen stil en loodrecht tot bijna op de grond, als mensen die in dagdromen verzonken stonden.

Even later kwam Tamaru terug. 'Je moet achterom. Ze wil je vandaag in de kas ontvangen.'

Samen liepen ze door de tuin, langs de wilgenbomen, in de richting van de kas. Die stond achter het huis, op een open plek met veel zonlicht. Voorzichtig, om de vlinders niet te laten ontsnappen, deed Tamaru de glazen deur op een kiertje open en liet Aomame eerst naar binnen. Daarna glipte hijzelf ook door de opening en deed de deur onmiddellijk weer achter zich dicht. Het was geen handeling waar grote mannen normaal gesproken in uitblinken, maar Tamaru voerde hem snel en efficiënt uit. Het was alleen niet iets waar hij in *uitblonk*.

In de grote glazen kas was het volop en ontegenzeggelijk lente. Allerlei bloemen bloeiden er in een bonte kleurenpracht, maar het merendeel van de planten was eigenlijk maar doodgewoon. Gladiolen, anemonen, margrieten – de planken stonden vol potten bloemen die je overal tegenkomt. Voor zover Aomame het kon bekijken, stonden er zelfs dingen tussen die zij alleen maar als onkruid kon beschouwen. Van kostbare orchideeën, zeldzame rozen, Polynesische bloemen in primaire kleuren en al dat opzichtige gedoe viel geen spoor te bekennen. Aomame had nauwelijks belangstelling voor planten, maar ze hield wel van het gebrek aan pretentie dat er van deze kas uitging.

Daar stond tegenover dat dit de woonplaats was van talloze vlinders. In plaats van deze grote, door glas omgeven ruimte te gebruiken om zeldzame planten te kweken, leek de Oude Dame er veel meer in geïnteresseerd om er zeldzame vlinders in groot te brengen. De meeste bloemen die hier stonden waren dan ook gekozen omdat ze overvloedig de nectar gaven waar de vlinders zo van hielden. Je zou denken dat er ongebruikelijke hoeveelheden zorg, kennis en werk nodig waren om vlinders in een kas te kweken, maar Aomame kon nergens zien waar dat allemaal werd gedaan.

Behalve als het hartje zomer was nodigde de Oude Dame haar vaak uit in de kas om daar een gesprek onder vier ogen te hebben. Met al die glazen wanden om zich heen hoefden ze niet bang te zijn dat iemand hen zou afluisteren. Het onderwerp van hun gesprekken was namelijk niet van het soort dat je overal maar van de daken kon schreeuwen. En bovendien ging er iets kalmerends uit van al die bloemen en vlinders. Dat begreep ze als ze naar het gezicht van de Oude Dame keek. Het was Aomame weliswaar een beetje te warm in de kas, maar ondraaglijk was het beslist niet.

De Oude Dame was een klein vrouwtje van een jaar of vijfenzeventig met mooi, kortgeknipt wit haar. Ze droeg een werkhemd met lange mouwen, een roomkleurige katoenen broek en vuile tennisschoenen, en haar handen waren in dikke katoenen tuinhandschoenen gestoken. Ze stond net zorgvuldig elke bloempot water te geven uit een grote metalen gieter. Al de kleren die ze droeg leken een maat te groot voor haar, maar door het dragen waren ze haar precies goed komen te zitten. Elke keer dat Aomame haar zag, kon ze een gevoel van bewondering voor die onpretentieuze, natuurlijke waardigheid niet onderdrukken.

De Oude Dame was geboren in een beroemde familie van industrielen en was voor de oorlog met een lid van de toenmalige aristocratie getrouwd, maar ze maakte totaal geen gekunstelde of uitgebluste indruk. Kort na de oorlog, nadat ze haar man had verloren, was ze in de directie gekomen van een kleine beleggingsmaatschappij die in het bezit was van een familielid, en in die hoedanigheid had ze een uitgesproken talent aan den dag gelegd voor de handel in aandelen en effecten. Iedereen gaf toe dat dit een aangeboren gave was. Dankzij haar inspanningen groeide haar firma snel, net als het kapitaal dat haar man haar had nagelaten. Met dit geld kocht ze een aantal eersteklas percelen die het eigendom waren geweest van andere voormalige aristocraten of leden van de keizerlijke familie. Toen ze zich ongeveer tien jaar geleden uit het zakenleven terugtrok, had ze haar aandelen met feilloze timing duur verkocht en was zo nog rijker geworden. Omdat ze altijd haar best had gedaan om zo weinig mogelijk in de publiciteit te komen, was ze in de gewone wereld zo goed als onbekend, maar in financiële kringen was er niemand die haar naam niet kende, en het verhaal ging dat haar contacten in de politieke wereld ook uitstekend waren. Als mens was ze echter heel prettig in de omgang. Ze was schrander, en vrees kende ze absoluut niet. Ze had een ijzeren vertrouwen in haar eigen intuïtie, en als ze zich eenmaal iets had voorgenomen, gebeurde het ook.

Toen ze Aomame zag, zette ze de gieter neer en wees naar een kleine ijzeren tuinstoel bij de deur, met een gebaar dat Aomame daar moest gaan zitten. Aomame nam dus plaats, en de Oude Dame zette zich tegenover haar neer. Bij alles wat ze deed, maakte ze net zo weinig geluid als een wijze oude vos die haar weg door het woud kiest.

'Zal ik iets te drinken brengen?' vroeg Tamaru.

'Voor mij kruidenthee,' zei ze. En toen, met een blik naar Aomame: 'En voor jou?'

'Voor mij hetzelfde,' zei Aomame.

Tamaru knikte kort en ging de kas uit. Hij keek om zich heen of er geen vlinders in de buurt waren, deed de deur op een kiertje open, glipte naar buiten, en deed de deur weer dicht. Het leek net een serie danspassen.

De Oude Dame trok haar katoenen tuinhandschoenen uit en legde ze op elkaar op de tafel, met dezelfde zorg als was het een paar zijden balhandschoenen geweest. Toen richtte ze haar glanzende, koolzwarte ogen recht op Aomame. Die ogen waren tot nu toe van allerlei dingen getuige geweest. Aomame keek terug zolang dat fatsoenshalve mogelijk was.

'Het schijnt dat we een verschrikkelijk verlies hebben geleden,' zei de Oude Dame. 'Iemand die in oliekringen een uitstekende reputatie genoot. Hij was nog jong, maar ik hoor dat hij heel wat in zijn mars had.'

Ze praatte altijd zo zacht dat het leek of haar stem door het minste of geringste zuchtje wind zou worden weggevaagd. Degene met wie ze praatte moest daarom voortdurend zijn oren gespitst houden. Af en toe bekroop Aomame de drang haar hand uit te steken om het volumeknopje wat meer naar rechts te draaien. Maar een knopje was natuurlijk nergens te bekennen. Er zat dus niets anders op dan aandachtig te blijven luisteren.

'Maar al is hij onverwacht gestorven,' antwoordde Aomame, 'voor zover ik kan zien, heeft niemand er bijzonder last van. De wereld draait nog steeds door.'

De Oude Dame glimlachte. 'In deze maatschappij is niemand onvervangbaar. Hoeveel je ook weet en hoe bekwaam je ook bent, er is altijd ergens wel iemand die je plaats kan innemen. Als de wereld vol was met mensen die niet vervangen kunnen worden, zaten we met een geweldig probleem.

Natuurlijk,' voegde ze hieraan toe, en ze stak haar wijsvinger recht omhoog voor extra nadruk, 'natuurlijk zou het buitengewoon lastig zijn om iemand te vinden die jouw plaats kan innemen.'

'Een ander iemand vinden is misschien lastig, maar het lijkt me niet zo moeilijk om andere methodes te vinden,' wees Aomame haar terecht.

De Oude Dame keek haar stilletjes aan. Er speelde een voldane glimlach om haar lippen. 'Misschien,' zei ze. 'Maar zelfs als dat mogelijk is, kan ik waarschijnlijk toch nergens datgene vinden wat wij hier en nu, en op deze manier, met elkaar delen. Jij bent jij, en zoals jij is er maar één. Ik ben je heel, heel dankbaar. Meer dan ik je zeggen kan.'

De Oude Dame boog zich voorover en legde haar hand op die van Aomame. Ongeveer tien seconden hield ze hem daar. Toen haalde ze hem weg en ging met een voldaan gezicht weer rechtop zitten. Er kwam een vlinder aangefladderd, die neerstreek op de schouder van haar blauwe werkhemd – een kleine, witte vlinder met karmozijnen patroontjes op zijn vleugels. Alsof hij niets te vrezen had, viel hij in slaap.

'Ik geloof niet dat je deze vlinder ooit hier in de kas hebt gezien,' zei de Oude Dame met een vlugge blik naar haar schouder. Aan haar stem was vaag te horen hoe trots ze was. 'Zelfs in Okinawa zijn ze moeilijk te vinden. Deze vlinders zoeken hun voedsel bij maar één soort bloem, en die bloeit alleen in de bergen van Okinawa. Om deze vlinder te kunnen houden, moet je eerst die bloem uit Okinawa halen en dan zien of je hem kunt kweken. Het is een heel gedoe. En het kost natuurlijk een lieve duit.'

'Hij lijkt bijzonder op u gesteld.'
De Oude Dame glimlachte. 'Hij denkt dat ik zijn vriend ben.'
'Is het mogelijk om met vlinders bevriend te raken?'
'Daarvoor is het eerst nodig dat je deel van de natuur gaat uitmaken. Je moet alles uitschakelen wat het vermoeden wekt dat je een mens bent en over jezelf gaan denken als een boom, of een plant of bloem. Het duurt even, maar als de ander je eenmaal accepteert, word je vanzelf goede maatjes.'
'Geeft u de vlinders ook een naam?' vroeg Aomame nieuwsgierig. 'Ik bedoel individueel, zoals een hond of een kat?'
De Oude Dame schudde kort van nee. 'Vlinders geef ik geen naam. Ook zonder naam houd ik ze wel uit elkaar; daar zorgen hun tekening en vorm wel voor. En al geef ik ze een naam, dan gaan ze toch binnenkort dood. Vlinders zijn naamloze, kortlevende vriendjes. Ik kom hier elke dag om ze te groeten en over van alles en nog wat met ze te praten. Maar als hun tijd komt, verdwijnen ze zonder een woord – ik weet niet waarheen. Ik denk dat ze doodgaan, maar hoe ik ook zoek, dode vlinders vind ik nergens. Ze zijn opeens spoorloos verdwenen, alsof ze door de lucht zijn geabsorbeerd. Vlinders zijn de meest vergankelijke, gracieuze schepsels ter wereld. Ze worden als uit het niets geboren, verlangen stilletjes naar iets heel kleins en beperkts, om uiteindelijk weer als in het niets te verdwijnen. Waarschijnlijk naar een wereld die anders is dan deze.'
De lucht in de kas was warm en vochtig, en zwaar van plantengeur. Overal dwarrelden vlinders – nu eens zichtbaar, dan weer niet –, als leestekens die kortstondige pauzes aanbrengen in de beginloze en eindeloze stroom van het bewustzijn. Telkens als ze deze kas betrad was het voor Aomame alsof ze haar gevoel voor tijd verloor.
Tamaru kwam binnen met een zilveren dienblad. Daarop droeg hij een prachtige porseleinen theepot en twee paar bijbehorende kop-en-schotels, en ook linnen servetjes en een schaaltje koekjes. Het aroma van kruidenthee vermengde zich met de geur van de planten om hen heen.
'Dank je, Tamaru. De rest doe ik wel,' zei de Oude Dame.
Tamaru zette het blad neer op de tuintafel, boog, en liep weg. Zijn voetstappen maakten geen enkel geluid. Met dezelfde serie lichte danspassen als daarnet – deur open, deur dicht – stapte hij de kas uit. De Oude Dame lichtte het dekseltje van de pot, snoof de geur op, keek

of de blaadjes zich voldoende hadden opengevouwen en schonk in, waarbij ze er grote zorg voor droeg dat beide kopjes precies even sterk waren.

'Ik weet dat het me niets aangaat, maar waarom laat u geen hordeur aanbrengen?' vroeg Aomame.

De Oude Dame keek op. 'Een hordeur?'

'Ja. Met een hor aan de binnenkant hebt u in feite een dubbele deur, en dan hoeft u bij het binnenkomen en weggaan niet telkens op te letten dat er geen vlinders ontsnappen.'

De Oude Dame nam haar schoteltje in haar linkerhand, bracht haar kopje met haar rechter naar haar mond, en nam kalm een slokje kruidenthee. Ze proefde de geur en knikte even. Toen zette ze haar kopje terug op het schoteltje, en zette dát weer op het dienblad. Vervolgens drukte ze licht met haar servet tegen haar mondhoeken en legde het op haar schoot. Alles bij elkaar deed ze over deze serie handelingen behoudend geschat drie keer zo lang als normale mensen. Zoals een fee diep in het woud met kleine teugjes een paar druppeltjes voedzame ochtenddauw opzuigt, dacht Aomame.

Toen schraapte de Oude Dame zachtjes haar keel. 'Ik houd niet van horren,' zei ze.

Aomame wachtte tot ze verderging, maar het bleef stil. Hield de Oude Dame niet van horren omdat dit haar algehele instelling was ten opzichte van dingen die de vrijheid belemmeren? Druisten horren in tegen bepaalde esthetische beginselen, of had ze misschien geen bepaalde redenen en was het niet meer dan een puur lichamelijke hekel? Op geen van deze vragen kreeg ze antwoord. Voorlopig was dat echter niet zo'n probleem. Aomame had het zomaar in een opwelling gevraagd.

Net zoals de Oude Dame nam Aomame haar kop en schotel in haar ene hand en nam zonder geluid te maken een slokje thee. Ze hield eigenlijk niet zo van kruidenthee. Haar voorkeur ging uit naar koffie, zwart en heet als de duivel om middernacht. Maar dat was een drank die op de vroege namiddag niet in een broeikas leek te passen; daarom had ze om hetzelfde gevraagd als de Oude Dame. Die hield haar nu de schaal koekjes voor, en Aomame nam er een. Het was een pasgebakken koekje met stukjes verse gember. De Oude Dame had voor de oorlog een jaar of wat in Engeland gewoond, herinnerde Aomame zich. De Oude Dame nam nu zelf ook een koekje en at het met uiterst kleine hapjes op – heel stil, om de zeldzame vlinder die op haar schouder sliep niet wakker te maken.

'Tamaru zal je zoals altijd de sleutel geven als je weggaat,' zei ze. 'Als je klaar bent, stuur je hem maar weer met de post terug. Ook als altijd.'

'Vanzelfsprekend.'

Er heerste even een vredige stilte. In de hermetisch afgesloten kas drong geen enkel geluid uit de buitenwereld door. De vlinder sliep met een gerust hart verder.

'Je hoeft niet bang te zijn dat we een vergissing hebben gemaakt,' zei de Oude Dame terwijl ze Aomame recht aankeek.

Aomame beet even op haar lip. Toen knikte ze. 'Dat weet ik.'

'Maak die envelop daar maar eens open,' zei de Oude Dame.

Aomame pakte de envelop van de tafel en legde de zeven polaroidfoto's die erin zaten op een rij naast de elegante theepot, zoals een waarzegster die onheilspellende tarotkaarten legt. Het waren close-ups van de naakte lichaamsdelen van een jonge vrouw. Rug, borsten, billen, dijen – zelfs voetzolen. Haar gezicht stond niet op de foto's. Elk mishandeld lichaamsdeel vertoonde striemen of blauwe plekken. Alles wees erop dat dit met een riem was gedaan. Het afgeschoren schaamhaar onthulde ettelijke plekken waar een brandende sigaret was uitgedoofd. Aomame trok onbewust een kwaad gezicht. Ze had dit soort foto's wel eerder onder ogen gehad, maar nooit zulke erge als deze.

'Die zie je nu geloof ik voor het eerst, nietwaar?' zei de Oude Dame.

Aomame knikte woordeloos. 'Ik had het meeste al gehoord, maar dit is de eerste keer dat ik de foto's zie.'

'Dat heeft *die man* gedaan,' zei de Oude Dame. 'Haar drie gebroken ribben zijn geheeld, maar ze hoort nog steeds slecht aan één oor, en het is nog maar de vraag of dat ooit weer goed komt.' De Oude Dame sprak nog net zo zacht als eerst, maar haar stem klonk harder en kouder. Alsof hij schrok van de verandering in haar stem, werd de vlinder die op haar schouder zat te slapen wakker, spreidde zijn vleugels, en fladderde weg.

'Mensen die tot dergelijke dingen in staat zijn,' vervolgde ze, 'mogen we niet los laten lopen. Onder geen omstandigheden!'

Aomame schoof de foto's bij elkaar en stopte ze terug in de envelop.

'Vind je ook niet?'

'Dat vind ik ook,' beaamde Aomame.

'We hebben juist gehandeld,' zei de Oude Dame.

Ze stond op uit haar stoel. Waarschijnlijk om haar emoties tot bedaren te laten komen, pakte ze de gieter die naast haar stond beet en hield hem vast alsof hij een ingenieus wapen was. Haar gezicht was nu bleker, haar ogen waren scherp op één hoek van de kas gericht. Aomame volgde haar blik, maar kon niets ongewoons waarnemen. Niets dan een pot met een distel erin.

'Dankjewel voor je bezoek. En goed gedaan!' zei de Oude Dame, de lege gieter in haar handen. Het onderhoud was afgelopen.

Aomame stond ook op en pakte haar tas. 'Dank u wel voor het heerlijke kopje thee.'

'Ik moet jóú juist bedanken!'

Aomame glimlachte heel licht.

'Je hoeft je nergens zorgen over te maken,' zei de Oude Dame. Haar stem klonk opeens weer zacht en vriendelijk. Er blonk een warme gloed in haar ogen en ze legde haar hand even op Aomames arm. 'Want we hebben juist gehandeld.'

Aomame knikte. Het gesprek eindigde altijd met dezelfde woorden. Waarschijnlijk zei ze het tegen zichzelf, dacht Aomame. Het klonk als een gebed of een mantra: 'Je hoeft je nergens zorgen over te maken. Want we hebben juist gehandeld.'

Na zich ervan te hebben verzekerd dat er geen vlinders in de nabijheid waren, opende ze de deur op een kier, glipte naar buiten en deed hem weer dicht. De Oude Dame bleef achter, de gieter in haar hand. De lucht buiten de kas voelde koud en fris aan. Ze kon de bomen en het gazon ruiken. Dit was de werkelijke wereld. De tijd verstreek weer zoals altijd. Aomame zoog haar longen vol met de lucht van de werkelijkheid.

Voor het portiek zat Tamaru in dezelfde teakhouten stoel te wachten om haar de sleutel van de postbus te overhandigen.

'Is alles naar wens verlopen?' vroeg hij.

'Jazeker,' zei Aomame. Ze ging naast Tamaru in een stoel zitten, nam de sleutel in ontvangst en borg hem weg in een vakje van haar tas.

Ze bleven even zwijgend zitten kijken naar de vogels die de tuin bezochten. Er stond nog steeds geen zuchtje wind, en de takken van de wilgen hingen roerloos naar beneden. Een paar reikten net niet tot aan de grond.

'Maakt die vrouw het goed?' vroeg Aomame.

'Welke vrouw?'

'De vrouw van de man die in Shibuya een hartaanval heeft gehad.'

Tamaru fronste zijn wenkbrauwen. 'Gezien de omstandigheden had het beter gekund,' zei hij. 'Ze is nog niet over de schok heen. Praten kan ze nog niet goed. Daar gaat tijd overheen.'

'Wat is het voor iemand?'

'Ze is voor in de dertig. Kinderen heeft ze niet. Het is een heel mooie vrouw, en ook heel aardig. Haar figuur mag er ook zijn. Maar jammer genoeg zal ze deze zomer haar badpak nog wel niet aan kunnen. Volgend jaar zomer misschien ook nog niet. Heb je de foto's gezien?'

'Ja. Daarnet.'

'Zoiets is toch vreselijk?'

'Verschrikkelijk,' zei Aomame.

'Het is een heel vaak voorkomend patroon,' zei Tamaru. 'De man maakt op de buitenwereld een uitstekende indruk: hij is begaafd, wordt door anderen hoog aangeslagen, heeft een goede opleiding achter de rug op een aantal vooraanstaande scholen. Hij neemt een respectabele plaats in op de sociale ladder.'

'Maar als hij thuiskomt, verandert hij op slag,' nam Aomame het van hem over. 'Dan wordt hij gewelddadig, vooral als hij gedronken heeft. Althans, hij is het type dat zijn hand alleen tegen vrouwen opheft. Hij kan alleen zijn eigen vrouw slaan. Maar tegenover de buitenwereld laat hij zich uitsluitend van zijn goede kant zien. Iedereen denkt dat hij een aardige, zachtmoedige echtgenoot is. Zelfs als zijn vrouw probeert uit te leggen hoe schofterig hij haar behandelt, gelooft niemand haar. Dat weet de man zelf ook, dus wanneer hij geweld tegen haar gebruikt, doet hij dat enkel op plaatsen die moeilijk te zien zijn. Of op een manier die geen sporen achterlaat. Klopt dat een beetje?'

Tamaru knikte. 'In grote lijnen, ja. Maar deze man raakte geen druppel drank aan. Hij tuigde haar af op klaarlichte dag, terwijl hij broodnuchter was. Dat maakt het allemaal nog erger dan het al is. Zij wilde scheiden, maar hij weigerde faliekant. Misschien hield hij echt van haar. Misschien wilde hij zo'n makkelijk slachtoffer zo dicht bij huis niet verliezen. Misschien hield hij er wel van om zijn vrouw te verkrachten. Weet jij veel?'

Tamaru tilde zijn voeten even op om te zien of zijn schoenen wel voldoende glommen. Daarna ging hij door.

'Als je een bewijs van huiselijk geweld kunt tonen, krijg je natuurlijk een scheiding toegewezen, maar zo'n proces kost tijd en geld. Als de andere partij een goede advocaat in de arm neemt, kan die je leven tot een hel maken. De familierechtbank heeft het veel te druk, en er zijn veel te weinig rechters. Bovendien, als je eindelijk je scheiding hebt, zijn er maar weinig mannen die de alimentatie of het onderhoudsgeld dat ze krijgen opgelegd ook inderdaad betalen. Ze kunnen altijd wel een smoes verzinnen om eronderuit te komen. Het komt hier in Japan bijna nooit voor dat een man naar de gevangenis gaat omdat hij zijn voormalige vrouw haar alimentatie niet heeft betaald. Zolang hij haar maar een nominaal bedrag geeft om te laten zien dat het hem niet ontbreekt aan de wil om te betalen, zal de rechtbank hem heel coulant behandelen. De Japanse maatschappij is nog echt een paradijs voor mannen.'

'Maar wat gebeurt er?' zei Aomame. 'Laat deze gewelddadige echtgenoot nu een paar dagen geleden door een gelukkig toeval in een hotelkamer in Shibuya een hartaanval hebben gekregen!'

Tamaru klakte afkeurend met zijn tong. 'De uitdrukking "door een gelukkig toeval" is mij iets te direct,' zei hij. 'Ik zou het liever "door een ingreep van de hemel" willen noemen. In elk geval, de doodsoorzaak is niet verdacht, en zijn leven is niet zo hoog verzekerd dat het de aandacht trekt, dus de verzekeringsmaatschappij heeft ook geen argwaan en zal waarschijnlijk vlot tot betalen overgaan. Het is nog altijd een heel respectabel bedrag, dat zijn weduwe in staat stelt om de eerste stappen van haar nieuwe leven te zetten. Bovendien spaart ze op deze manier de tijd en het geld uit die ze anders nodig had gehad om een echtscheiding aan te vragen. En al die gecompliceerde juridische procedures en de emotionele trauma's die daarvan het gevolg kunnen zijn omzeilt ze zo ook.'

'En er bestaat nu ook niet meer het gevaar dat zo'n gevaarlijk kreng los rondloopt op zoek naar nieuwe slachtoffers.'

'Een ingreep van de hemel,' herhaalde Tamaru. 'Dankzij die hartaanval zijn alle problemen tot in de puntjes geregeld. Eind goed, al goed.'

'Als er tenminste een einde bestaat,' zei Aomame.

De kleine rimpeltjes die om Tamaru's mond verschenen, deden aan een glimlach denken. 'Aan alles komt ooit een eind,' zei hij. 'Het staat alleen niet overal aangegeven. Heb jij boven aan een ladder ooit een bordje gezien met: DIT IS HET EIND VAN DEZE LADDER. NIET HOGER KLIMMEN AUB?'

Aomame schudde haar hoofd.

'Dit is precies hetzelfde,' zei Tamaru.

'Als je je gezond verstand gebruikt en je ogen goed openhoudt,' zei Aomame, 'wordt het vanzelf duidelijk waar het einde is.'

Tamaru knikte. 'En zelfs als je het niet begrijpt' – hij maakte een vallende beweging met zijn vingers – 'maakt het niets uit. Want het is tóch het einde.'

Ze luisterden allebei zwijgend naar het gekwetter van de vogels. Het was een zachte aprilmiddag. Nergens viel een spoor van boosaardigheid of geweld te bespeuren.

'Hoeveel vrouwen wonen er nu?' vroeg Aomame.

'Vier,' antwoordde Tamaru prompt.

'En allemaal verkeren ze in dezelfde omstandigheden?'

'Ongevéér dezelfde,' zei Tamaru. Hij tuitte zijn lippen. 'Maar de andere drie zijn er niet zo erg aan toe. Hun mannen zijn het gebruikelijke zootje proleten, maar ze halen het in de verste verte niet bij het heerschap waar we het zojuist over hadden. Ze hebben wel een grote bek, maar niet veel meer. Niets waar jij je handen aan vuil hoeft te maken. Nee, voor die kerels vinden wij wel een oplossing.'

'Een legale?'

'Een grotendeels legale. Afgezien van een paar dreigementjes dan. Maar natuurlijk is een hartaanval ook een legale doodsoorzaak.'

'Natuurlijk!' stemde Aomame in.

Tamaru legde zijn handen op zijn knieën en staarde een poosje zwijgend naar de takken van de treurende wilgenbomen.

Aomame aarzelde even voor ze de stoute schoenen aantrok. 'Weet jij dat misschien, Tamaru?'

'Wat?'

'Hoeveel jaar is het geleden dat de politie nieuwe uniformen en nieuwe dienstwapens heeft gekregen?'

Er verscheen een lichte frons tussen Tamaru's wenkbrauwen. Iets in haar stem had hem waakzaam gemaakt. 'Hoe dat zo opeens?'

'O, geen speciale reden. Ik vroeg het me opeens af.'

Tamaru staarde haar recht in het gezicht. Zijn ogen waren volledig neutraal, maar ook volledig uitdrukkingsloos. Zijn oordeel kon elke kant uit gaan, daarvoor had hij voldoende ruimte opengelaten.

'De schietpartij bij het Motosu-meer tussen de politie van Yamanashi en de extremisten was half oktober 1981, en de grote hervorming van de politie kwam het jaar daarop, dus dat is twee jaar geleden gebeurd.'

Aomame knikte zonder een spier te vertrekken. Ze kon zich niets van zo'n incident herinneren, maar dat kon ze Tamaru niet vertellen.

'Het was een bloedbad. Vijf kalasjnikovs AK-47 tegen ouderwetse revolvers met maar zes patronen – dat kun je toch geen vuurgevecht meer noemen? Drie politieagenten werden aan flarden geschoten. De arme stakkers zagen eruit alsof er een naaimachine over ze heen was gegaan. De Speciale Gewapende Luchtbrigade van de Zelfverdedigingsstrijdkrachten klom meteen in hun helikopters om orde op zaken te stellen, en de politie stond helemaal in zijn hemd. Nakasone heeft daarna zijn uiterste best gedaan om de politie radicaal te versterken.* De hele organisatie werd van de grond af opnieuw opgebouwd, er werd een Speciale Gewapende Brigade opgericht, en gewone politieagenten werden uitgerust met een uiterst accuraat automatisch model – een Beretta 92. Heb je wel eens met zo'n ding geschoten?'

Aomame schudde haar hoofd. Hoe kon hij zoiets vragen? Ze had zelfs nooit een luchtbuks afgeschoten.

'Ik wel,' zei Tamaru. 'Het is geladen met een magazijn van vijftien patronen, van het type 9-mm parabellum. Het is een wapen met een gevestigde reputatie en het wordt ook gebruikt door het Amerikaanse leger. Ze zijn niet goedkoop, maar minder duur dan bijvoorbeeld een SIG of een Glock – dat is een voordeel. Maar het zijn geen wapens waarmee een amateur makkelijk overweg kan. De oude revolvers wogen maar 490 gram, maar een Beretta weegt maar liefst 850. En omdat de Japanse politie training tekortkomt, heb je er helemaal niets aan om ze met zulke wapens uit te rusten. Als je in een dichtbevolkte stad als Tokyo met zo'n ding gaat schieten, loop je een grote kans dat je er nietsvermoedende burgers mee raakt. En dat is hun grote nadeel.'

'Waar heb jij met zo'n pistool geschoten?'

'Ach, het gebruikelijke verhaal. Op een dag zat ik ergens bij een bron op mijn harp te tokkelen, toen er opeens een fee verscheen die me een Beretta 92 in de hand stopte met de suggestie dat ik daarmee op een wit konijn moest schieten dat daar rondhuppelde.'

'Wees nou eens serieus!'

* Yasuhiro Nakasone (geb. 1918), een bekende nationalistische politicus, was van 27 november 1982 tot 6 november 1987 eerste minister van Japan.

De rimpels om Tamaru's mondhoeken werden een klein beetje dieper. 'Ik ben altijd serieus!' zei hij. 'In elk geval, de nieuwe pistolen en uniformen dateren van de lente van twee jaar geleden, precies dezelfde tijd van het jaar als nu. Heb ik daarmee je vraag beantwoord?'

'Twee jaar geleden,' zei ze.

Tamaru keek Aomame nogmaals scherp aan. 'Als je iets op je hart hebt, kun je het beter tegen me zeggen. Is de politie soms ergens bij betrokken?'

'Zo bedoelde ik het niet,' zei ze, en ze wuifde afwerend met beide handen. 'Dat politie-uniform viel me opeens op, dus ik dacht: hé, wanneer is dát veranderd?'

Er viel weer een stilte, en dat bracht een natuurlijk einde aan hun gesprek. Tamaru stak nogmaals zijn rechterhand uit.

'Ik ben blij dat alles goed is gelopen,' zei hij.

Aomame schudde zijn hand. Deze man begrijpt het, dacht ze. Hij weet dat je na een zware opdracht waar een mensenleven mee gemoeid is warm en kalm lichamelijk contact nodig hebt om de moed niet te verliezen.

'Ga er even tussenuit!' zei Tamaru. 'Even stilstaan om diep adem te halen, even nergens aan denken, dat is op z'n tijd ook nodig. Ga met je vriend naar Guam of zo.'

Aomame stond op, sloeg haar tas om haar schouder, en trok haar zeiljekker recht. Tamaru stond ook op. Hij was beslist niet lang, maar als hij overeind kwam, was het of er opeens een stenen muur was verrezen. Ze was altijd weer verrast door de harde, compacte indruk die hij op haar maakte.

Tamaru keek haar de hele tijd na. Bij elke stap die ze zette, voelde ze zijn ogen op haar rug. Daarom trok ze haar kin in en liep met gestrekte rug in één rechte lijn door. Maar in haar hart, waar zijn ogen niet reikten, was ze behoorlijk in de war. Op de meest onverwachte plaatsen gebeurden achter elkaar de meest onverwachte dingen. Nog maar kortgeleden had ze de wereld in de palm van haar hand gehouden, zonder daarin noemenswaardige barsten of tegenstrijdigheden te zien. Maar die wereld was nu hard op weg uit elkaar te vallen.

Een vuurgevecht bij het Motosu-meer? Beretta's 92?

Wat was er in godsnaam aan de hand? Ze kon zich niet voorstellen dat ze zulk belangrijk nieuws volkomen over het hoofd had gezien. Het systeem van deze wereld was ernstig verstoord. Terwijl ze de tuin uit liep, vlogen haar allerlei gedachten door het hoofd. Wat er ook was gebeurd, ze moest alles op alles zetten om de wereld weer tot één geheel samen te voegen. Ze moest er logisch verband in aanbrengen, en wel zo snel mogelijk. Als ze dat niet deed, waren de gevolgen misschien niet te overzien.

Waarschijnlijk voelde Tamaru de verwarring waarin ze op dat ogenblik verkeerde heel goed aan. Hij had zijn ogen niet in zijn zak zitten, en hij had een uitstekende intuïtie. En gevaarlijk was hij ook. Tamaru koesterde een fanatieke loyaliteit jegens de Oude Dame en was bereid om alles voor haar te doen, vooral wanneer haar veiligheid op het spel stond. Aomame en Tamaru hadden groot respect voor elkaar en waren elkaar goedgezind – of iets wat daar bijzonder dicht bij kwam. Maar als Tamaru ooit tot de conclusie zou komen dat Aomames bestaan nadelig was voor de Oude Dame, zou hij geen ogenblik aarzelen om haar van het toneel te verwijderen. Uiterst zakelijk. Ze kon hem om die reden echter niet bekritiseren. Dat was nu eenmaal de aard van zijn werk.

Toen Aomame aan het eind van de tuin was gekomen, zwaaide de poort weer open. Ze glimlachte zo spontaan mogelijk in de veiligheidscamera en zwaaide nog een keer, alsof er helemaal niets aan de hand was. Toen ze aan de andere kant van de muur stond, ging de poort weer langzaam achter haar dicht. Terwijl ze het steile straatje in Azabu afdaalde, dacht ze na over wat haar allemaal te doen stond en maakte daar in gedachten een lijstje van – een uiterst zorgvuldig en efficiënt lijstje.

8

Tengo: *Naar een onbekende plek voor een ontmoeting met een onbekende*

Voor veel mensen is zondagochtend een symbool van lekker niksdoen, maar in alle jaren van zijn jeugd had Tengo de zondagochtend niet één keer met gejuich begroet. Zondagen maakten hem steevast neerslachtig. Tegen het weekend bewoog hij zich trager, verloor hij zijn eetlust en voelde hij overal pijn. Voor Tengo was zondag als een misvormde maan die alleen zijn in duisternis gehulde kant naar hem toegekeerd hield. Hij had als kleine jongen vaak gedacht hoe heerlijk het zou zijn als zondagen konden worden overgeslagen. Wat moest het fijn zijn om elke dag naar school te kunnen, zonder één enkele rustdag! Hij had zelfs gebeden dat het nooit zondag zou worden – niet dat zijn gebed ooit verhoord was, natuurlijk. Zelfs nu, nu hij volwassen was en de zondag zijn dreiging had verloren, voelde hij soms als hij op zondagochtend zijn ogen opsloeg een onbestemde somberheid over zich neerdalen. Dan kraakten zijn gewrichten en voelde hij zich misselijk. Zo diep zat die reactie bij hem ingebakken. Waarschijnlijk ging het zo diep als zijn onderbewustzijn.

Toen zijn vader nog voor de NHK werkte, nam hij de kleine Tengo elke zondagochtend mee als hij de deuren af liep om kijkgeld te innen. Dat was al begonnen voor Tengo op de kleuterschool zat en het ging elke zondagochtend zonder een enkele uitzondering door, tot hij overging naar de vijfde klas van de lagere school en op zondag soms naar school moest voor 'speciale activiteiten', zoals dat heet. Om zeven uur stond hij op. Dan waste zijn vader zijn gezicht zorgvuldig met zeep, inspecteerde zijn oren en nagels, trok hem schone (maar geen opzichtige) kleren aan, en beloofde hem dat hij hem naderhand op iets lekkers zou trakteren.

Tengo wist niet of andere NHK-collecteurs ook allemaal op vrije dagen werkten, maar zo lang als hij het zich kon herinneren was zijn vader er zondags steevast op uitgegaan. Hij deed zijn werk dan misschien zelfs met nog grotere ijver dan op weekdagen. Dat was omdat hij mensen die door de week niet thuis waren dan te pakken kon krijgen.

Er waren diverse redenen waarom Tengo's vader hem meenam om kijkgeld te innen. Om te beginnen kon hij een peuter als Tengo niet alleen thuislaten. Op weekdagen en zaterdagen kon hij hem achterlaten op de crèche, de kleuterschool, en later de lagere school, maar die waren op zondag allemaal gesloten. Een andere reden was dat hij het nodig vond zijn zoon te laten zien wat voor werk zijn vader deed. Hij wilde hem al jong bijbrengen op welke manier hij het geld verdiende dat hun dagelijks leven mogelijk maakte, en ook wat werk voor iets is. Hijzelf had sinds zijn vroegste jeugd op het veld moeten werken, zondag of geen zondag. Op tijden dat het druk was op de boerderij had hij niet eens naar school gekund. Voor Tengo's vader was deze manier van leven doodnormaal.

De derde en laatste reden was veel berekenender; daarom had hij ook zo'n diepe wond in Tengo's hart achtergelaten. Zijn vader wist drommels goed dat zijn kansen om geld te vangen groter waren als hij een kind bij zich had. Het is lastig om tegen iemand die met een kind aan de hand op de deur klopt te zeggen: 'Ga weg. Voor zoiets betaal ik niet!' Geconfronteerd met een paar starende kinderogen tasten heel veel mensen uiteindelijk in de beurs, al zijn ze dat aanvankelijk niet van plan. Dat verklaart waarom Tengo's vader op zondag een route langs de huizen van de hardnekkigste wanbetalers koos. Tengo had van het begin af aan wel begrepen welke rol er van hem werd verwacht, en hij had er een hartgrondige hekel aan. Anderzijds, om zijn vader gelukkig te maken, moest hij zijn jonge hersens pijnigen om manieren te vinden waarop hij die rol naar behoren kon vervullen. Hij was net een aap aan een touwtje. Als hij zijn vader tevredenstelde, was die de hele dag lief tegen hem.

Gelukkig lag de wijk waarvoor zijn vader verantwoordelijk was een redelijk eind van huis. Dat was de enige troost die Tengo had. Hun huis stond in een woonwijk aan de buitenkant van Ichikawa, en zijn vaders wijk lag in het hartje van de stad. Tengo's schooldistrict lag ook ergens anders, dus zolang hij naar de kleuterschool en de lagere school ging, hoefde hij tenminste niet bij zijn klasgenootjes langs om kijkgeld. Toch liep hij in de drukke winkelstraten van het centrum af en toe een kennis van school tegen het lijf, en op zulke momenten verschool hij zich vliegensvlug achter zijn vader om niet door de ander te worden opgemerkt.

De vaders van de andere kinderen in zijn klas hadden bijna allemaal een kantoorbaan in de binnenstad van Tokyo en beschouwden Ichikawa als een deel van Tokyo dat om mysterieuze redenen onder de prefectuur Chiba viel. Op maandagmorgen vertelden zijn klasgenootjes elkaar opgewonden waar ze die zondag heen waren geweest en wat ze daar hadden gedaan. Zij bezochten pretparken, dierentuinen en honkbalstadions. 's Zomers gingen ze naar het strand van Zuid-Bōsō om te zwemmen, en 's winters gingen ze skiën. Ze hadden autotochtjes gemaakt met hun vader achter het stuur, of ze hadden bergen beklommen. Enthousiast wisselden ze over allerlei plaatsen gegevens uit. Maar Tengo had niets om over te vertellen. Hij was nog nooit naar een pretpark of een dierentuin geweest. Op zondag liep hij met zijn vader van de vroege ochtend tot de late avond vreemde huizen af, waar ze op de bel drukten, beleefd bogen tegen degene die de deur opendeed, en geld in ontvangst namen. Mensen die niet wilden betalen, werden getrakteerd op een mengeling van dreigementen en overreding. Met mensen die om principiële redenen niet wilden betalen, hadden ze soms heftige woordenwisselingen. Soms kregen ze verwensingen naar het hoofd geslingerd die je een hond nog niet zou toesnauwen. Met dit soort ervaringen kon hij bezwaarlijk bij zijn klasgenoten aankomen.

In de derde klas van de lagere school werd het algemeen bekend dat zijn vader collecteur was voor de NHK. Iemand had hem waarschijnlijk gezien terwijl hij met zijn vader een route liep. Nou ja, hij sjouwde dan ook elke zondag achter zijn vader aan. Er was geen steegje in het centrum of hij was er wel eens geweest. Het was dus een kwestie van tijd geweest voor iemand hem had opgemerkt (tegen die tijd was hij al te groot om zich achter zijn vader te verschuilen). Het was eerder een wonder dat zijn geheim niet vroeger was uitgelekt.

Toen kreeg hij de bijnaam 'NHK'. In een gemeenschap die bijna uitsluitend bestond uit kinderen van de gegoede middenstand, was het onvermijdelijk dat hij als een soort buitenstaander werd beschouwd, want veel van de dingen die doodgewoon waren voor zijn klasgenootjes, waren dat niet voor Tengo. Tengo woonde in een wereld die anders was dan die van hen en leidde een ander soort leven. Hij had veel betere cijfers dan iedereen en blonk bovendien uit in sport. Hij was groot en sterk. De leraren hadden hem ook opgemerkt. Dus al was hij een buitenstaander, de paria van de klas werd hij niet. Integendeel, hij werd altijd met respect behandeld. Maar als een van zijn klasgenoten hem uitnodigde om de komende zondag ergens heen te gaan of bij hem thuis te komen spelen, kon hij daar niet op ingaan. Hij wist namelijk van tevoren al dat hij bij zijn vader niet aan hoefde te komen met: 'Mag ik op zondag naar mijn vriendje toe?' Hij sloeg zulke uitnodigingen daarom altijd beleefd af. Het speet hem, maar hij kon zondag niet. Het was dus niet zo raar dat hij na verloop van tijd niet meer werd uitgenodigd. Hij behoorde tot geen enkele groep en was altijd alleen.

Wat er ook gebeurde, zondagen waren heilig, want dan moest hij de hele dag met zijn vader mee, geld innen. Dat was een ijzeren regel, waarop geen veranderingen of uitzonderingen werden gemaakt. Verkoudheid, hoest, koorts, buikpijn – zijn vader was genadeloos. Terwijl hij op krachteloze benen achter zijn vader aan wankelde, stelde hij zich herhaaldelijk voor hoe fijn het zou zijn als hij nu neerviel en doodging. Dan zou zijn vader misschien eindelijk gaan beseffen hoe slecht hij Tengo had behandeld. Dan zou hij misschien inzien dat hij hem een beetje te hard had aangepakt. Maar gelukkig (of niet) was Tengo geboren met een kerngezond gestel. Hij kon koorts of buikpijn hebben, hij kon misselijk zijn, maar hij zakte nooit in elkaar en viel nooit flauw, en hij liep met zijn vader ook de langste route helemaal af, zonder ooit ook maar één keer te huilen.

Tengo's vader was in 1945, na het eind van de oorlog, zonder een rooie cent op zak teruggekomen uit Mantsjoerije. Hij was geboren als derde zoon in een boerengezin in het noordoosten van Honshu en had zich samen met wat andere jongens uit dezelfde streek aangemeld als een Mantsjoerijse en Mongoolse pionier.* Met z'n allen waren ze naar Mantsjoerije overgestoken. Niet dat ze de propaganda van de regering zomaar voor zoete koek hadden geslikt. Als je die moest geloven, was Mantsjoerije een 'wijs bestierd paradijs' van weidse, vruchtbare vlakten waar je gegarandeerd een goed bestaan kon opbouwen. Ze

* 'Mantsjoerijse en Mongoolse pioniers' was de algemene benaming voor de Japanse boeren die tussen 1936 en 1945 emigreerden naar Mantsjoerije, Binnen-Mongolië en Noord-China, allemaal landstreken die destijds onder Japans bewind stonden.

hadden van het begin af aan geweten dat dit 'wijs bestierde paradijs' nergens te vinden was. Maar ze waren arm en ze hadden honger. Zelfs op het platteland, waar zij woonden, waren ze er nooit in geslaagd om de hongerdood meer dan een paar stappen voor te blijven, en nu was de economische toestand overal zo slecht dat er grote werkloosheid heerste. Ook in de grote steden was er maar nauwelijks werk te vinden. Emigreren naar Mantsjoerije was daarom zo'n beetje de enige kans die ze hadden om in leven te blijven. Ze volgden de basistraining voor pioniers, die onder andere inhield dat ze in geval van nood met een geweer konden omgaan, en kregen net genoeg informatie over de agrarische toestand in Mantsjoerije om er iets aan te hebben, en toen, uitgezwaaid met drie hoeraatjes, verlieten ze hun geboortedorp. In Dairen (het tegenwoordige Dalian) werden ze op een trein gezet die hen tot vlak aan de grens tussen Mantsjoerije en Mongolië bracht. Daar kregen ze ieder een lapje grond, wat gereedschap en een geweer, en togen ze met z'n allen aan het werk om een boerenbedrijf op te zetten. Het was schrale, rotsachtige grond, die 's winters stijf bevroor, en omdat er niet genoeg voedsel was, aten ze wilde honden, maar met de ondersteuning die ze van de regering ontvingen slaagden ze erin de eerste jaren levend door te komen.

In augustus 1945, net toen ze eindelijk de vruchten van hun arbeid in zicht begonnen te krijgen, schond het Rode Leger het neutraliteitsverdrag tussen de Sovjet-Unie en Japan, en viel Mantsjoerije over de hele linie binnen.* Het Rode Leger had een einde gemaakt aan de oorlog in Europa, en nu bracht het via de Trans-Siberische Spoorlijn een geweldige troepenmacht naar het Verre Oosten en maakte het zich klaar om de grens over te trekken. Door een gelukje was Tengo's vader door een bevriende ambtenaar voor deze dreigende manoeuvres gewaarschuwd, dus wat hem betreft kwam de invasie niet onverwacht. Het Kwantung-leger was zo verzwakt dat het nauwelijks weerstand zou kunnen bieden, zo had de ambtenaar hem in vertrouwen verteld, dus hij moest erop voorbereid zijn om alleen het vege lijf te redden.** Hoe vlugger hij wegkwam, hoe beter. Zodra hij het nieuws hoorde dat

---

* De Sovjet-Unie had het neutraliteitsverdrag met Japan op 5 april opgezegd, maar formeel bleef het van kracht tot 13 april 1946.
** Het Kwantung-leger was een onafhankelijk onderdeel van het Keizerlijke Japanse Leger en had de eigenlijke macht in Mantsjoerije in handen.

het Rode Leger de grens over was, sprong Tengo's vader daarom op het paard dat hij had klaargezet, reed naar het station alsof de duivel hem op de hielen zat en haalde zo de op een na laatste trein die naar Dairen zou vertrekken. Van al zijn kameraden was hij de enige die dat jaar veilig naar Japan terugkeerde.

Toen de oorlog voorbij was, ging Tengo's vader naar Tokyo. Daar beproefde hij zijn geluk als zwarthandelaar, als timmermansknecht en nog veel meer, maar niets van wat hij ondernam werd een succes. Hij slaagde er maar ternauwernood in om in z'n eentje de eindjes aan elkaar te knopen. In de herfst van 1947 bracht hij bestellingen rond voor een slijterij in Asakusa toen hij op straat heel toevallig een bekende uit Mantsjoerije tegen het lijf liep: dezelfde ambtenaar die hem had gewaarschuwd tegen de ophanden zijnde Russische invasie. Hij was destijds tijdelijk naar Mantsjoerije overgeplaatst om daar te helpen met het organiseren van de posterijen, maar na zijn terugkeer naar Japan was hij weer zoals vanouds op het ministerie van Communicatie gaan werken. Omdat ze uit dezelfde streek afkomstig waren, en misschien ook omdat hij wist dat Tengo's vader een harde werker was, moet hij een vriendelijk gebaar hebben willen maken, want hij nodigde hem uit om samen iets te gaan eten.

Toen de ambtenaar hoorde dat Tengo's vader nog steeds geen vaste baan had kunnen vinden, vroeg hij hem of hij er iets voor voelde om luistergeld te innen voor de NHK. Hij kende iemand op de desbetreffende afdeling en wilde wel een goed woordje voor hem doen. Daarvoor zou hij hem bijzonder dankbaar zijn, zei Tengo's vader. Wat voor instelling de NHK was, wist hij niet precies, maar elke baan met een vast salaris was welkom. De ambtenaar schreef een aanbevelingsbrief en verklaarde zich zelfs bereid om voor hem garant te staan, en dankzij zijn goede diensten slaagde Tengo's vader erin om zonder al te veel moeilijkheden in dienst te worden genomen als collecteur van luistergeld voor de NHK. Hij moest een mondelinge cursus volgen, ontving een uniform, en kreeg een maandelijks bedrag toegewezen dat hij moest zien te innen. De Japanse bevolking begon zich eindelijk van de schok van de nederlaag te herstellen en verlangde naar een beetje vertier in hun armoedige bestaan. De radio met zijn muziek-, amusements- en sportprogramma's was de goedkoopste bron van vermaak die ze dicht bij huis konden vinden, en vergeleken met voor de oorlog werden er dan ook ontzettend veel radio's verkocht. De NHK had grote behoefte aan mensen die de huizen langsgingen om luistergeld te innen.

Tengo's vader toog enthousiast aan het werk. Zijn sterke punten waren zijn gezondheid en zijn volharding. Dat laatste was niet zo verwonderlijk, want hij had in zijn hele leven nauwelijks ooit de kans gehad om zijn buik vol te eten. Voor iemand als hij was geld innen voor de NHK niet wat je noemt zwaar werk. Het zou hem een rotzorg zijn hoe hard hij werd uitgescholden, en ook al stond hij nog maar aan de voet van de ladder, het vervulde hem met enorme tevredenheid dat hij nu deel uitmaakte van zo'n enorme organisatie. Na een jaartje als commissionair uitsluitend op provisie te hebben gewerkt, werd hij op grond van zijn uitstekende resultaten en arbeidsethos door de NHK in vaste dienst aangenomen. Voor de NHK was dit een ongehoord snelle promotie. Die had hij te danken aan zijn grote succes in een wijk die berucht was om zijn wanbetalers, al had de invloed van de ambtenaar op Communicatie, die voor hem garant stond, daar natuurlijk ook mee te maken. Nu ontving hij een vast salaris met de daartoe behorende toelagen, hij verhuisde naar een bedrijfswoning en kreeg een ziektekostenverzekering – vergeleken bij het bestaan van de commissionairs, die zo'n beetje als wegwerpartikelen werden behandeld, was het een verschil van dag en nacht. Het was het grootste geluk dat hem in zijn leven ten deel was gevallen. Eindelijk was hij erin geslaagd om een voet op de onderste sport van de ladder te zetten.

Dat was het verhaal dat Tengo tot vervelens toe van zijn vader te horen had gekregen. Zijn vader zong nooit wiegeliedjes en las ook geen sprookjes voor bij het slapengaan. In plaats daarvan vertelde hij almaar weer over de dingen die hij in zijn leven had meegemaakt: dat hij geboren was als zoon van een arm keuterboertje in het noordoosten, dat hij met hard werk en veel slaag een opvoeding had gehad die je een hond nog niet zou aandoen, dat hij als pionier naar Mantsjoerije was geëmigreerd, dat hij in dat land waar je pis in de lucht bevroor met zijn geweer bandieten en wolven had moeten wegjagen terwijl hij de wilde vlakte ontgon, dat hij op het nippertje aan de Russische invasie was ontsnapt en veilig naar Japan was teruggekeerd zonder naar een gevangenenkamp in Siberië te worden gezonden, dat hij op een lege maag de chaos van na de oorlog had overleefd, en dat hij door puur toeval een vaste baan had gekregen als collecteur voor de NHK. Dat hij deze baan had gevonden was het absolute hoogtepunt en happy end van zijn verhaal. En hij leefde nog lang en gelukkig.

Tengo's vader vertelde dat allemaal heel boeiend. Het was onmogelijk om na te gaan hoeveel er precies van waar was, maar het klonk in elk geval heel aannemelijk. Het gaat waarschijnlijk te ver om te zeggen dat het overliep van diepgaande implicaties, maar het zat vol levendige details en zijn woordkeus was zeer gevarieerd. Er waren blije gedeeltes, sombere gedeeltes, en ook gewelddadige gedeeltes. Er waren gedeeltes waarbij je met open mond zat te luisteren, zonder te weten waar het allemaal op uit zou draaien, en er waren gedeeltes die ongeloofwaardig klonken, hoe vaak je ze ook hoorde. Als het succes van een mensenleven kon worden afgemeten aan kleurrijkheid, zou je misschien zelfs kunnen stellen dat Tengo's vader een bijzonder geslaagd leven had geleid.

Maar zodra hij het punt bereikte waarop hij in vaste dienst bij de NHK werd aangenomen, verloor zijn verhaal om onnaspeurlijke redenen opeens zijn gloed en realisme. De details vielen weg en het eind was onbevredigend, alsof hij opeens geen tijd meer had en de rest een volgende keer wel zou vertellen. Hij had een vrouw leren kennen en was met haar getrouwd, en ze hadden een kind gekregen – met andere woorden, Tengo. Een paar maanden na Tengo's geboorte was ze ziek geworden en was ze vrij snel gestorven. Tengo's vader was nooit hertrouwd. Hij was vlijtig doorgegaan met gelden innen voor de NHK en hij had Tengo als man alleen grootgebracht. Tot aan de dag van vandaag. Verhaaltje uit.

Onder welke omstandigheden hij Tengo's moeder had leren kennen en met haar was getrouwd, wat voor iemand ze was geweest, waaraan ze was gestorven (of haar dood soms iets te maken had met Tengo's geboorte), of ze betrekkelijk vreedzaam was gestorven of dat ze erg had moeten lijden – op deze punten verschafte hij hoegenaamd geen informatie. Als Tengo hem ernaar vroeg, ging hij het antwoord uit de weg door over iets anders te beginnen. Meestal verviel hij in een nukkig stilzwijgen. Hij had geen enkele foto van Tengo's moeder overgehouden, zelfs geen trouwfoto. Ze waren te arm geweest om een bruiloft te vieren, legde hij uit, en ze hadden ook geen fototoestel gehad.

Maar in de grond van de zaak geloofde Tengo zijn vader niet. Zijn vader verdoezelde de feiten en had het verhaal verdraaid. Tengo's moeder was niet een paar maanden na zijn geboorte gestorven. In de herinnering die hem was bijgebleven, was ze nog in leven geweest toen hij een jaar of anderhalf was. En terwijl hij naast haar lag te slapen, had ze een man die niet zijn vader was omhelsd en geliefkoosd.

Zijn moeder heeft haar bloes uitgedaan en een bandje van haar witte onderjurk van haar schouder laten glijden, en laat een man die niet zijn vader is aan haar borst zuigen. Tengo ligt vredig te slapen. Maar tegelijkertijd slaapt hij niet. Hij kijkt naar zijn moeder.

Dit is Tengo's herinneringsfoto van zijn moeder. Die ongeveer tien seconden durende scène staat op zijn netvlies gebrand. Dit is de enige concrete informatie die hij over zijn moeder heeft. Via dit beeld is zijn bewustzijn nog net met zijn moeder verbonden als was het een navelstreng. Zijn bewustzijn drijft in het vruchtwater van zijn geheugen en vangt echo's van het verleden op. Maar zijn vader weet niet dat Tengo deze beelden zo helder ziet. Hij weet niet dat hij dit fragment eindeloos herkauwt, zoals een koe in de wei, en daar onontbeerlijke voeding aan ontleent. Vader en zoon koesteren elk een diep, donker geheim.

Het was een mooie, heldere zondagmorgen, maar ondanks het feit dat het al half april was, zat er een kou in de wind die aankondigde dat het seizoen zonder de minste moeite een paar stappen terug kon doen. Over een dunne zwarte sweater met een ronde hals droeg Tengo een visgraatjasje dat hij al sinds zijn studententijd had, en verder een beige katoenen broek en roodbruine Hush Puppies. De schoenen waren vrij nieuw. Dit waren de netste kleren die hij had kunnen vinden.

Op het Shinjuku-station ging hij meteen naar het perron van de Chūō-lijn, waar de trein naar Tachikawa vertrok, en liep door naar de plaats waar de voorste wagon zou stoppen. Fukaeri was er al. Ze zat doodstil in haar eentje op een bank en staarde door de spleetjes van haar ogen in de verte. Ze droeg een dik, winters grasgroene cardigan over een katoenen jurk die met de beste wil van de wereld echt alleen maar in de zomer gedragen kon worden, en haar blote voeten waren gestoken in vervaalde grijze gympies – een combinatie die in dit seizoen enigszins wonderlijk aandeed. Haar jurk was te dun en haar cardigan te dik. Toch maakte haar verschijning niet echt een storende indruk. Misschien dat ze door dit gebrek aan harmonie op haar eigen manier uitdrukking had willen geven aan haar kijk op de wereld. Daar leek het wel op. Maar het leek waarschijnlijker dat ze zomaar in het wilde weg wat kleren bij elkaar had gegraaid.

Ze las geen krant, ze las geen boek, ze luisterde niet naar haar walkman, ze zat alleen maar stilletjes op haar bank en staarde met haar grote zwarte ogen voor zich uit. Ze leek naar iets te kijken, en ze leek naar niets te kijken. Ze leek aan iets te denken, en ze leek aan niets te denken. Vanuit de verte gezien was ze net een realistisch standbeeld van een speciaal soort materiaal.

'Zat je al lang te wachten?' vroeg Tengo.

Fukaeri keek hem aan en bewoog haar hoofd een paar centimeter naar opzij. Haar zwarte ogen glansden als zijde, maar net als de eerste keer dat hij haar ontmoette, zag hij geen enkele uitdrukking op haar gezicht. Op dit ogenblik zag ze eruit alsof ze het liefst met niemand wilde praten. Tengo gaf daarom alle pogingen om een gesprek aan te knopen op en ging zwijgend naast haar op de bank zitten.

Toen de trein binnenreed, stond Fukaeri zonder een woord te zeggen op. Samen stapten ze in. Voor een zondagse intercity naar Takao was het niet druk. Tengo en Fukaeri gingen naast elkaar op een bank zitten en staarden zwijgend door het raam tegenover hen naar het voorbijschuivende stadsbeeld. Omdat Fukaeri nog steeds geen mond opendeed, zei Tengo ook niets. Alsof ze zich zat voor te bereiden op een vlaag strenge kou, had ze de kraag van haar cardigan helemaal dichtgetrokken en de lippen in haar naar voren gerichte gezicht stijf op elkaar geperst.

Tengo pakte de pocket die hij had meegenomen en begon te lezen, maar bedacht zich. Hij stopte hem terug in zijn zak en zette net als Fukaeri zijn handen op zijn knieën en keek vaag voor zich uit. Hij had wat willen nadenken, maar er wilde hem niets te binnen schieten. Doordat hij zo lang en zo geconcentreerd had zitten werken aan *Een pop van lucht* weigerde zijn hoofd om aan één bepaald onderwerp te denken. Het was of hij een kluwen garen in zijn schedel had.

Hij staarde naar het wisselende uitzicht buiten het raam en luisterde naar het monotone zoeven van de rails. De Chūō-lijn loopt in een kaarsrechte lijn in westelijke richting, alsof iemand met een liniaal een streep op een kaart heeft gezet. Nee, vergeet dat 'alsof' maar. Dit is ongetwijfeld de manier waarop deze spoorlijn destijds is ontworpen. In de hele Kantō-vlakte rond Tokyo is er niet één obstakel te vinden dat die naam waardig is. Daarom kon deze lijn zonder één brug of tunnel worden aangelegd, en zonder één bocht of helling die door menselijke zintuigen kan worden waargenomen. Het enige wat je nodig hebt is een liniaal, en de treinen snellen in één rechte lijn naar hun bestemming.

Zonder het zelf te merken viel Tengo op een gegeven moment in slaap, en toen hij door een verandering in het ritme van de trein zijn ogen weer opendeed, minderden ze juist vaart om het station van Ogikubo binnen te rijden. Het was maar een kort tukje geweest. Fukaeri zat nog steeds in dezelfde houding recht voor zich uit te staren. Tengo had er geen idee van wat ze werkelijk zag, maar uit het feit dat ze blijkbaar zo intens op iets geconcentreerd was, maakte hij op dat ze voorlopig niet van plan was om uit te stappen.

Ten slotte kon hij het niet meer aan van verveling.

'Wat voor boeken lees je zoal?' vroeg hij toen ze Mitaka voorbij waren. Het was een vraag die hij Fukaeri al lang had willen stellen.

Ze keek hem heel even aan en staarde toen weer voor zich uit.

'Ik lees niet,' antwoordde ze summier.

'Helemaal niets?'

Ze knikte.

'Ben je niet geïnteresseerd in boeken lezen?' vroeg Tengo.

'Lezen kost tijd,' zei Fukaeri.

'Dus je leest geen boeken omdat het te veel tijd kost?'

Tengo kon het niet goed volgen.

Fukaeri staarde voor zich uit en gaf geen antwoord, maar op de een of andere manier wekte ze de indruk dat ze, als het echt niet anders kon, dit feit niet wilde ontkennen.

Natuurlijk kost het normaal gesproken tijd om een boek helemaal door te lezen. In dat opzicht verschilt het van televisiekijken of stripverhalen lezen. Boeken lezen is een continue activiteit die in een betrekkelijk lang tijdsbestek wordt verricht. Maar Fukaeri's opmerking 'Lezen kost tijd' leek een nuance te bevatten die op iets anders duidde dan in het normale taalgebruik.

'Lezen kost tijd. Je bedoelt: heel véél tijd?' vroeg Tengo.

'Heel veel,' bevestigde Fukaeri.

'Veel meer dan bij andere mensen?'

Fukaeri knikte kort.

'Heb je er dan geen problemen mee op school? Je zult voor school wel de nodige boeken moeten lezen, stel ik me voor. Maar als het je zoveel tijd kost...'

'Ik doe alsof,' zei Fukaeri koelweg.

Ergens in Tengo's hoofd werd onheilspellend geklopt. Hij had er het liefst niet op gereageerd, maar dat ging niet. Hij moest weten wat hier aan de hand was.

Dus hij vroeg: 'Met andere woorden, je wilt zeggen dat je aan zoiets als dyslexie lijdt?'

'Disleksie,' was Fukaeri's wedervraag.

'Een aandoening die het moeilijk maakt om te lezen.'

'Dat is me ooit gezegd. Dis–'

'Door wie?'

Het meisje schokte met haar schouders.

'Met andere woorden...' Tengo tastte naar woorden. '... Je hebt dit altijd al gehad, van kleins af aan.'

Fukaeri knikte.

'Wat wil zeggen dat je bijna nooit een verhaal of een roman hebt gelezen.'

'Zelf,' verbeterde Fukaeri hem.

Dus dit was de verklaring waarom ze door geen enkele schrijver was beïnvloed. Een prachtige, overtuigende verklaring!

'Goed dan, je hebt zélf bijna nooit iets gelezen,' zei Tengo.

'Iemand las me voor,' zei Fukaeri.

'Las je vader of moeder je vroeger voor?'

Hierop antwoordde Fukaeri niet.

'Maar ook al kun je niet goed lezen, met schrijven heb je geen probleem, hè?' informeerde Tengo, met zijn hart in zijn keel.

Fukaeri schudde haar hoofd. 'Schrijven kost ook tijd.'

'Heel véél tijd?'

Fukaeri schokte weer met haar schouders. Dat betekende 'ja'.

Tengo moest even verzitten. 'Wil dat soms zeggen dat je *Een pop van lucht* niet zelf hebt geschreven?'

'Ja.'

Tengo wachtte een paar seconden voor hij verderging. Het waren heel zware seconden.

'Wie heeft het dan wél geschreven?'

'Azami,' zei Fukaeri.

'En wie is Azami?'

'Twee jaar jonger dan ik.'

Weer een korte stilte.

'Heeft dát meisje *Een pop van lucht* voor je geschreven?'

Fukaeri knikte, alsof ze dit doodgewoon vond.

Tengo dreef zijn hersens tot het uiterste.

'Met andere woorden, jij hebt het verhaal verteld, en Azami heeft het opgeschreven. Klopt dat?'

'En uitgetypt en uitgedraaid,' zei Fukaeri.

Tengo beet op zijn lip, zette de informatie die hij had gekregen op een rijtje en plaatste hem in de juiste volgorde, van links naar rechts en van voor naar achter.

'Met andere woorden, degene die het manuscript heeft ingezonden voor de Debutantenprijs, was Azami. En de titel *Een pop van lucht* heeft zíj eraan gegeven, zonder daarover iets tegen jou te zeggen.'

Fukaeri hield haar hoofd schuin op een manier die zowel 'ja' als 'nee' als geen van beide kon betekenen. Maar ze zei geen nee. In grote lijnen had hij het dus bij het rechte eind.

'Is Azami een vriendin van je?'

'We wonen samen.'

'Is ze dan je zusje?'

Fukaeri schudde haar hoofd. 'De dochter van de professor.'

'De professor,' zei Tengo. 'En de professor woont ook bij jou in huis?'

Fukaeri knikte, alsof ze wilde zeggen: 'Moet je dat nog vragen?'

'En degene die ik vanochtend ga ontmoeten, is de professor zeker?'

Fukaeri keerde zich naar Tengo en staarde hem aan alsof ze heel ver weg drijvende wolken observeerde – of alsof ze erover zat na te denken waar een hond met zo'n slecht geheugen nog voor te gebruiken was. Toen knikte ze.

'We gaan de professor ontmoeten,' zei ze met een stem waar elke uitdrukking aan ontbrak.

Dat was voorlopig het einde van het gesprek. Tengo en Fukaeri waren allebei weer een poosje stil en staarden naast elkaar zittend uit het raam. Op het eentonige, vlakke land stonden sfeerloze gebouwen in eindeloze rijen schouder aan schouder. Talloze antennes reikten naar de lucht, als voelsprieten van insecten. Zouden de mensen die hier woonden wel netjes hun kijkgeld aan de NHK betalen? Op zondag moest Tengo altijd bij het minste of geringste aan kijkgeld denken. Niet dat hij eraan denken wilde. Hij kon gewoon niet anders.

Op deze zonnige zondagochtend half april was Tengo een aantal weinig opbeurende feiten duidelijk geworden. In de eerste plaats had Fukaeri *Een pop van lucht* niet zelf geschreven. Als hij haar mocht geloven (en tot nu toe had hij geen reden kunnen bedenken waarom hij dat niet zou mogen doen), had Fukaeri het verhaal verteld en een ander meisje het opgeschreven. Dat was op zich niet zo uitzonderlijk. Bij mondeling overgeleverde literatuur als *Een kroniek van oude zaken* en *Verhalen van de Taira* was het precies eender gegaan.* Deze wetenschap maakte dat hij zich een beetje minder schuldig voelde over het herschrijven van *Een pop van lucht*, maar het maakte de situatie als geheel een stuk ingewikkelder – zo ingewikkeld, om precies te zijn, dat hij niet goed wist hoe hij er zich ooit nog aan kon onttrekken.

Nu bleek echter ook dat Fukaeri een leerstoornis had die het haar onmogelijk maakte om behoorlijk een boek te lezen. Tengo probeerde zich te herinneren wat hij over dyslexie wist. Toen hij pedagogiek moest doen voor zijn onderwijsbevoegdheid, had hij daar ooit een college over gevolgd. In principe zijn mensen met dyslexie best in staat om te lezen en te schrijven. Hun intelligentie is in alle opzichten normaal, alleen kost lezen hun erg veel tijd. Korte stukjes zijn nog wel te doen, maar naarmate de fragmenten langer worden, kunnen ze de hoeveelheid informatie niet langer verwerken. Zulke mensen hebben er moeite mee het verband te leggen tussen karakters en betekenis. Dat zijn de algemene symptomen van dyslexie. De oorzaak van deze aandoening is nog niet helemaal bekend, maar geen enkele leraar moet ervan staan te kijken als hij in elke klas wel een of twee dyslectische leerlingen heeft zitten. Einstein was dyslectisch, en Edison en Charlie Mingus ook.

Tengo wist niet of mensen met dyslexie over het algemeen dezelfde problemen ondervinden met schrijven als met lezen, maar in Fukaeri's geval leek dat wel zo te zijn. Zij vond het een al net zo moeilijk als het ander.

Wat zou Komatsu zeggen als hij dit hoorde? Tengo moest opeens zuchten. Dit zeventienjarige meisje had een aangeboren handicap die het haar vrijwel onmogelijk maakte om een boek te lezen of een lange

---

* *Een kroniek van oude zaken* (*Kojiki*, 712), het oudste overgeleverde Japanse boek, is een overwegend in het Chinees geschreven verzameling Japanse mythen en legenden. *Verhalen van de Taira* (*Heike monogatari*, 1371), een epos over de strijd tussen de Minamoto- en Taira-(of Heike-)clans aan het eind van de twaalfde eeuw, is een compilatie van mondeling overgeleverde verhalen. Voor meer informatie over de inhoud, zie p. 354.

tekst te schrijven. Als ze praatte (aangenomen dat ze het niet met opzet deed), zei ze nooit meer dan één zinnetje tegelijk. Het was zonder meer onmogelijk om van haar een beroepsauteur te maken, zelfs niet voor de grap. Ook al herschreef Tengo haar manuscript zo mooi dat ze er de Debutantenprijs mee won, ook al kreeg het boek nog zulke lovende recensies, de wereld zou zich niet voor eeuwig een rad voor ogen laten draaien. Aanvankelijk zou het misschien nog wel lukken, maar het stond als een paal boven water dat de mensen algauw zouden gaan denken dat er iets niet klopte. En als de feiten dan uitlekten, konden ze met z'n allen wel dag zeggen met hun handje. Dan was Tengo's schrijversloopbaan afgekapt nog voor hij goed en wel begonnen was.

Een plan zo vol gaten als dit kon gewoon niet goed gaan. Hij had al van het begin af aan gedacht dat ze zich op veel te dun ijs begaven, maar nu zag hij in dat dat nog zacht uitgedrukt was: het ijs had al gekraakt nog voor ze er voet op zetten. Wanneer hij thuiskwam, zat er niets anders op dan Komatsu te bellen met de boodschap dat hij, Tengo, zich terugtrok omdat het veel te gevaarlijk was. Dat was de enige weg die een eerlijk man kon nemen.

Maar als hij aan het manuscript dacht, wist hij het niet meer – dan was het of hij in tweeën werd gespleten. Komatsu's plannetje mocht dan nog zo riskant zijn, ophouden met het herschrijven van *Een pop van lucht* was meer dan Tengo over zijn hart kon verkrijgen. Misschien dat hij het had gekund voor hij eraan begonnen was, maar nu? Vergeet het maar! Hij zat nu helemaal in het verhaal. Zijn longen hadden zich aangepast aan de lucht van die wereld, en zijn lichaam was nu aan de zwaartekracht ervan gewend. Zijn ingewanden waren doordrenkt van de essentie van het verhaal. Het verhaal had erom gesmeekt om door Tengo te worden bewerkt, en Tengo had die smeekbede tot in zijn ziel gevoeld. Dit was een taak die alleen door hem kon worden verricht, het doen alleen was het al waard, het was iets wat hij móést doen.

Tengo sloot zijn ogen in een poging te beslissen hoe hij in het licht van al deze omstandigheden diende te handelen, maar zonder het minste succes. Je kunt van iemand die in tweeën is gespleten nu eenmaal geen eenduidige beslissing verwachten.

'Schrijft Azami altijd letterlijk op wat jij vertelt?' vroeg Tengo.

'Letterlijk,' zei Fukaeri.

'Dus jij vertelt, en zij schrijft.'

'Maar ik moet wel heel zachtjes praten.'

'Waarom moet je zachtjes praten?'

Fukaeri keek de wagon rond. Er waren bijna geen passagiers. Op de bank tegenover hen, maar een stukje bij hen vandaan, zat een moeder met twee kleine kinderen. Ze zagen er alle drie uit alsof ze op weg waren naar een plaats waar ze het heel leuk zouden hebben. Zulke gelukkige mensen bestaan er op deze wereld.

'Zodat *zij* het niet kunnen horen,' zei Fukaeri zacht.

'Zij?' vroeg Tengo. Toen hij naar haar ongefocuste ogen keek, kon hij zien dat ze daarmee niet op de moeder en haar kinderen doelde. Fukaeri had het over specifieke personen die niet hier waren, maar die ze heel goed kende – en Tengo niet.

'Wie zijn *zij*?' wilde Tengo weten. Hij was ook een beetje zachter gaan praten.

Fukaeri zei niets, maar tussen haar wenkbrauwen verscheen een kleine frons. Ze had haar lippen stijf op elkaar geperst.

'De Little People?' vroeg Tengo.

Geen antwoord.

'Ben je soms bang dat *zij* boos worden als je verhaal in druk verschijnt en iedereen erover gaat praten?'

Op die vraag gaf Fukaeri geen antwoord. Haar ogen waren echt nergens op gefocust. Toen hij na een poosje wachten nog steeds geen antwoord had gekregen, gooide Tengo het over een andere boeg.

'Kun je me niet iets meer over de professor vertellen? Wat is hij voor iemand?'

Fukaeri keek hem bevreemd aan, alsof ze wilde zeggen: 'Wat vraag je me nou?' Toen zei ze: 'Je krijgt hem zo meteen te zien.'

'Dat is zo,' zei Tengo. 'Je hebt helemaal gelijk! Ik zal hem zo meteen zien. Als ik hem persoonlijk ontmoet, kan ik immers zelf nagaan wat hij voor iemand is?'

In Kokubunji stapte er een groepje bejaarden in dat gekleed was om de bergen in te gaan. Ze waren alles bij elkaar met een stuk of tien – de helft mannen, de helft vrouwen – en hun leeftijd varieerde zo te zien van achter in de zestig tot voor in de zeventig. Ze hadden allemaal een rugzak om en een hoed op, en ze hadden net zoveel pret als een klas kinderen op een schoolreisje. Hun veldflessen hingen aan hun riem of staken in een zijvak van hun rugzak. Tengo vroeg zich af of hij ook zoveel plezier in het leven zou hebben als hij zo oud was. Hij schudde zachtjes zijn hoofd. Nee, dat zou er wel niet in zitten. Tengo stelde zich voor hoe deze bejaarden elkaar ergens op een bergtop trots toedronken met water uit hun veldfles.

> Hoewel de Little People erg klein zijn, drinken ze heel veel water. Geen leidingwater, want daar houden ze niet van. Hun voorkeur gaat uit naar regenwater, of water uit de dichtstbijzijnde beek. Daarom haalde het meisje overdag met een emmer water uit de beek en gaf dat de Little People te drinken. Als het regende zette ze de emmer onder de regenpijp, want al komen allebei de soorten water regelrecht uit de natuur, de Little People houden meer van regenwater dan van beekwater. Ze waren het meisje hier bijzonder dankbaar voor.

Tengo begon te merken dat het hem steeds zwaarder viel zijn gedachten op een rijtje te houden. Dat voorspelde niet veel goeds. Het zou wel komen doordat het vandaag zondag was. Er was in hem een soort chaos ontstaan. Ergens op de vlakte van zijn emoties had een onheilspellende zandstorm de kop opgestoken. Dat gebeurde op zondag wel vaker.
'Is er iets,' vroeg Fukaeri, zonder vraagteken. Ze leek aan te voelen dat Tengo gespannen was.
'Zou ik het kunnen?' zei Tengo.
'Wat.'
'Zou ik het goed kunnen vertellen?'
'Kunnen vertellen,' vroeg Fukaeri, die niet goed leek te begrijpen wat hij wilde zeggen.
'Aan de professor.'
'Wat aan de professor kunnen vertellen,' was Fukaeri's wedervraag.
Tengo aarzelde even, maar bekende toen wat hem op het hart lag. 'Ik heb zo'n gevoel dat ik het allemaal niet zo goed duidelijk kan maken en dat alles daardoor in het honderd zal lopen.'
Fukaeri ging verzitten op de bank zodat ze Tengo recht in het gezicht keek.
'Bang,' vroeg ze.
'Ben ik soms ergens bang van?' vertaalde Tengo.
Fukaeri knikte zwijgend.
'Misschien ben ik bang om iemand te ontmoeten die ik niet ken,' zei Tengo. 'Vooral op zondagochtend.'

'Waarom zondag,' vroeg Fukaeri.

Tengo begon te zweten onder zijn oksels. Hij had het gevoel alsof er een zwaar gewicht op zijn borst drukte. Een onbekende ontmoeten, iets onbekends in zijn handen gedrukt krijgen. De dreiging die dat inhield voor zijn huidige bestaan.

'Waarom zondag,' vroeg Fukaeri weer.

Tengo dacht terug aan zijn kinderjaren. Als ze de route die voor die dag was uitgestippeld helemaal hadden afgelopen, nam zijn vader hem mee naar een restaurantje bij het station en vertelde hem dat hij alles mocht bestellen wat hij maar lekker vond. Dat was als beloning bedoeld. Ze leidden maar een simpel leven, en dit was praktisch de enige keer in de week dat ze buitenshuis aten. Zijn vader nam dan een glaasje bier, hoewel hij anders nauwelijks dronk. Maar ondanks deze aansporing had Tengo helemaal geen eetlust. Normaal rammelde hij altijd van de honger, maar uitgerekend op zondag smaakte hem niets. Wat hij bestelde, moest hij beslist allemaal opeten, en het was een ware kwelling voor hem om alles weg te werken zonder iets over te laten. Soms kwam het eten hem bijna de keel uit. Zo waren Tengo's zondagen toen hij nog een jongetje was.

Fukaeri keek Tengo aan. Haar ogen zochten naar iets in de zijne. Toen stak ze haar hand uit en pakte de zijne vast. Tengo wist niet hoe hij het had, maar hij deed zijn best om zijn verbazing niet op zijn gezicht te laten blijken.

Tot de trein Kunitachi binnenreed, hield Fukaeri zijn hand losjes in de hare. Haar hand was onverwacht hard en droog, niet warm, maar ook niet koud. Hij was ongeveer half zo groot als de zijne.

'Niet bang zijn. Dit is geen gewone zondag,' zei het meisje, alsof ze iets vertelde dat iedereen wist.

Dit was misschien de eerste keer dat ze twee zinnetjes achter elkaar had gezegd, dacht Tengo.

9

Aomame: *Ander landschap, andere regels*

Aomame ging naar de openbare bibliotheek het dichtst bij haar flat en vroeg aan de balie of ze de kleinformaateditie van een krant kon inzien voor de periode van september tot en met november 1981.*

'We hebben de *Asahi*, de *Yomiuri*, de *Mainichi*, en de *Nihon Keizai*,' zei de bibliothecaresse. 'Welke wilt u?'

De bibliothecaresse was een vrouw van middelbare leeftijd met een bril op. Ze leek geen vaste kracht, maar eerder een huisvrouw die dit als bijbaantje deed. Hoewel ze niet bijzonder dik was, waren haar polsen gezwollen tot de grootte van een ham.

'Het geeft niet welke,' zei Aomame. 'Overal staat immers hetzelfde in?'

'Dat kan wel zijn, maar ik zou het toch op prijs stellen als u er een uitkoos,' zei de bibliothecaresse op een toon die geen tegenspraak duldde.

Aomame wilde geen ruziemaken en koos zonder een bepaalde reden voor de *Mainichi*. Ze ging ermee achter aan een tafel met een tussenschot zitten, opende het schrift dat ze voor dit doel had aangeschaft, en liep met een balpen in de hand alle artikelen een voor een na.

In de vroege herfst van 1981 was er niet zoveel gebeurd. In juli van dat jaar was prins Charles met Diana getrouwd, en de nasleep daarvan was nog steeds merkbaar in de vorm van artikelen over waar ze heen waren geweest, en wat voor kleren en juwelen Diana gedragen had. Natuurlijk wist Aomame dat Charles en Diana waren getrouwd, maar ze was daar nooit bijzonder in geïnteresseerd geweest. Ze kon er

---

*Een aantal nationale en regionale Japanse dagbladen wordt eens per maand uitgegeven op A4-formaat voor gebruik in bibliotheken.

gewoon niet bij dat de hele wereld zoveel belangstelling had voor het doen en laten van de Engelse kroonprins en zijn vrouw. Qua uiterlijk had Charles minder weg van een kroonprins dan van een leraar natuurkunde die last had van zijn darmen.

In Polen werd de confrontatie tussen Lech Wałęsa's onafhankelijke vakbond Solidariteit en de regering steeds ernstiger, en de Sovjet-Unie had zijn 'ernstige bezorgdheid' over de situatie uitgesproken. In duidelijker taal betekende dat: 'Als de Poolse regering de situatie zelf niet onder controle kan houden, sturen wij er tanks op af, net als bij de Praagse Lente van 1968.' Deze berichten kon Aomame zich ook nog herinneren. Ze wist ook dat de Sovjet-Unie er na veel dreigementen toch maar van af had gezien om in te grijpen. Ze hoefde die artikelen dus maar oppervlakkig te lezen. Alleen één ding viel haar op. President Reagan had verklaard, waarschijnlijk met het doel de Sovjet-Unie ervan te weerhouden zich in de binnenlandse aangelegenheden van Polen te mengen: 'Ik spreek de hoop uit dat de spanningen in Polen geen nadelige invloed zullen hebben op het plan van onze twee naties om een basis te bouwen op de maan.' Een basis op de maan? Daar had ze nog nooit van gehoord. Of nee, wacht eens even! Had het tv-journaal er laatst niet iets over gezegd? Die avond dat ze in dat hotel in Akasaka seks had gehad met die kalende zakenman uit Osaka? Ze dacht van wel.

Op 20 september had in Jakarta het grootste vliegerfestival ter wereld plaatsgevonden. Meer dan tienduizend mensen hadden zich daar verzameld om te vliegeren. Dat wist Aomame niet, maar dat verbaasde haar ook niet zo. Wie herinnert zich in godsnaam drie jaar oud nieuws over een vliegerfestival in Jakarta?

Op 6 oktober was president Sadat van Egypte vermoord door terroristen die lid waren van een extremistische islamitische beweging. Dit incident herinnerde Aomame zich wel degelijk, en ze had weer helemaal opnieuw met Sadat te doen. Ze had Sadats kalende schedel best opwindend gevonden, en verder had ze een gruwelijke hekel aan alle fundamentalisten van welke religie dan ook. Als ze alleen maar dacht aan hun bekrompen kijk op de wereld, hun arrogante superioriteitsgevoel en de gevoelloosheid waarmee ze anderen hun ideeën opdrongen, begon haar bloed al te koken. Dan kon ze zich nauwelijks meer beheersen van woede. Maar dat had weinig te maken met het probleem waarmee ze op dit ogenblik werd geconfronteerd. Aomame haalde een paar keer diep adem om te kalmeren en sloeg de bladzijde om.

Op 12 oktober was in een woonwijk in Itabashi, Tokyo, een 56-jarige collecteur voor de NHK in een woordenwisseling betrokken geraakt met een student die geweigerd had zijn kijkgeld te betalen, en hij had hem daarbij met een lang keukenmes, dat hij bij zich in zijn tas droeg, ernstige verwondingen in de buik toegebracht. De collecteur was door de toesnellende politie ter plaatse in hechtenis genomen. De man had wezenloos staan kijken met het bebloede mes in zijn handen en had geen verzet tegen zijn arrestatie geboden. Volgens een van zijn collega's was hij zes jaar geleden bij de NHK in vaste dienst gekomen en was er op zijn arbeidsethos nooit iets aan te merken geweest, terwijl zijn werk zelf niet anders dan uitmuntend kon worden genoemd.

Aomame wist niet dat zich zo'n incident had voorgedaan. Zijzelf was geabonneerd op de *Yomiuri*, en die pluisde ze elke dag van begin tot eind door. Artikelen met plaatselijk nieuws – vooral alles wat met misdaad te maken had – las ze extra zorgvuldig. En dit bericht nam bijna een halve bladzijde van de avondeditie in beslag. Het bestond niet dat ze zoiets over het hoofd had gezien! Hoewel, er was natuurlijk altijd een kleine mogelijkheid dat ze om de een of andere reden verzuimd had het te lezen. Een mogelijkheid zo klein dat hij bijna uitgesloten moest worden geacht, maar honderd procent uitsluiten kon ze het niet.

Met gefronst voorhoofd dacht ze even over deze mogelijkheid na. Toen noteerde ze datum en aard van het incident in haar schrift.

De collecteur heette Shinnosuke Akutagawa. Een prachtige naam. Een naam die van een groot schrijver had kunnen zijn.* Zijn foto stond er niet bij. Er was alleen een foto van de gewonde student, Akira Tagawa (21), derdejaars rechten aan de Nihon-universiteit, en tweede dan in kendo. Als hij zijn bamboezwaard bij zich had gehad, had hij zich waarschijnlijk niet zo makkelijk laten neersteken, maar gewone mensen staan een NHK-collecteur meestal niet te woord met een bamboezwaard in hun hand. En gewone NHK-collecteurs lopen meestal

---

*Ryūnosuke Akutagawa (1892-1927) is de jonggestorven auteur van 'Rashōmon' en andere meesterlijke verhalen, waarvan een aantal ook in het Nederlands is vertaald. De Akutagawa-prijs, waar Komatsu en Tengo op azen, is naar hem vernoemd.

niet hun ronde met lange, scherpe messen in hun tas. Aomame keek er alle kranten van de volgende paar dagen zorgvuldig op na, maar ze kon nergens een bericht vinden dat de gewonde student was overleden. Waarschijnlijk had hij het er dus levend afgebracht.

Op 16 oktober vond er een mijnramp plaats in Yūbari, Hokkaido. Duizend meter onder de grond brak er brand uit in een galerij, en meer dan vijftig mijnwerkers kwamen door verstikking om het leven. De brand verspreidde zich tot vlak onder de oppervlakte, en daar vonden nog eens tien mensen de dood. Om verdere uitbreiding van het vuur te voorkomen besloot de mijn om met pompen alle galerijen onder water te zetten, zonder de veiligheid te hebben kunnen controleren van de mijnwerkers die nog onder grond waren. Het aantal doden liep op tot drieënnegentig. Het was een hartverscheurend drama. Steenkool is een 'vuile' energiebron, en steenkool delven is gevaarlijk werk. De mijnonderneming had getreuzeld om te investeren in nieuw gereedschap en materiaal, en de arbeidsomstandigheden waren slecht. Er waren veel ongelukken, en je longen gingen er beslist aan. Maar juist omdat de prijs zo laag is, zijn er mensen en bedrijven die om steenkool blijven vragen. Deze ramp herinnerde Aomame zich nog heel goed.

Het incident waar ze naar zocht had plaatsgevonden op 19 oktober, toen de kranten nog volstonden met nieuws over de ramp in Yūbari. Tot Tamaru haar hier een paar uur eerder over had verteld, had ze er nog nooit over gehoord – en zoiets was godsonmogelijk. De kop van het artikel nam de hele breedte van de voorpagina in beslag, van de ochtendeditie nog wel. Het bestond eenvoudig niet dat ze zoiets over het hoofd had gezien.

VUURGEVECHT MET EXTREMISTEN IN BERGEN VAN YAMANASHI

Drie agenten gedood

Het artikel werd vergezeld van een grote luchtfoto, genomen boven de plaats waar het gevecht had plaatsgevonden, vlak bij het Motosumeer. Er stond ook een eenvoudig kaartje bij. Aan het meer was een stuk land ontgonnen voor vakantiehuizen, en daarachter, dieper de bergen in, was het gebeurd. Foto's van de drie gestorven agenten. De

Speciale Gewapende Luchtbrigade van de Zelfverdedigingsstrijdkrachten, kwamen aanvliegen in hun helikopters. Camouflagepakken, scherpschuttersgeweren met telescopen, machinegeweren met korte lopen.

Er vormden zich diepe groeven in Aomames voorhoofd. Om haar gevoelens op de juiste wijze te uiten, vertrok ze elke spier van haar gezicht zover hij maar wilde gaan. Gelukkig stonden er tussenschotten aan weerskanten van haar plaats aan de tafel, zodat niemand getuige hoefde te zijn van de buitengewone verandering in haar gelaatsuitdrukking. Toen haalde ze diep adem. Ze zoog de lucht om zich heen in één keer in en blies hem in één keer uit, zoals een walvis die opduikt om de lucht in zijn reusachtige longen te verversen. Een middelbare scholier, die met zijn rug naar haar toe zat te studeren, keerde zich bij dat geluid verbaasd om, maar zei natuurlijk niets. Hij keek alleen verschrikkelijk bang.

Nadat ze een tijdlang met zo'n grimas had gezeten, moest ze haar uiterste best doen om haar spieren te ontspannen tot het punt waarop ze weer gewoon keek. Toen dat haar eindelijk gelukt was, pakte ze haar balpen en tikte met het uiteinde daarvan een tijdlang tegen haar tanden, in een poging haar gedachten op een rijtje te zetten. Je zou denken dat er voor dit alles een reden is. Nee, er móét een reden zijn. Waarom zou een gebeurtenis die heel Japan heeft opgeschrikt aan mij voorbij zijn gegaan?

En het is niet alleen dit incident. Dat geval van die NHK-collecteur die die student neerstak – dat las ik ook voor het eerst. Heel merkwaardig allemaal. Eén zo'n incident over het hoofd zien, dat kan ik me ergens nog voorstellen, maar twee achter elkaar? Nooit van z'n leven! Ik mag mijn gebreken hebben, maar slordig en onoplettend ben ik niet. Ik zie verschillen van één millimeter, en mijn geheugen is ijzersterk. Anders had ik het toch nooit overleefd om die mensen naar de andere kant te sturen? Eén foutje was me fataal geweest. Ik lees elke dag zorgvuldig de krant, en als ik 'zorgvuldig de krant lezen' zeg, bedoel ik dat ik niet één bericht oversla dat ook maar iets te betekenen kan hebben.

Natuurlijk werd het drama aan het Motosu-meer nog dagenlang uitvoerig in de kranten besproken. De tien extremisten waren in de bergen ontkomen, en de Zelfverdedigingsstrijdkrachten en de politie van Yamanashi hadden een grootscheepse klopjacht op hen ingezet.

Drie vluchtelingen werden doodgeschoten, twee zwaargewond, vier (onder wie één vrouw) werden gearresteerd. En een verdween spoorloos. Er stond bijna niets anders in de hele krant. Verdere berichten over de collecteur die de student neerstak waren blijkbaar in rook opgegaan.

Bij de NHK moeten ze een zucht van verlichting hebben geslaakt, al lieten ze dat natuurlijk niet merken. Zonder dat grote drama zouden de media ongetwijfeld met grote hardnekkigheid en luidkeels hun twijfels hebben geuit over de huis-aan-huisbezoeken waarmee de NHK zijn kijkgelden inde, en misschien zelfs over de manier waarop de NHK als organisatie werd gerund. Aan het begin van dat jaar had de Liberaal-Democratische Partij geklaagd over een documentaire die de NHK had gemaakt over de Lockheed-affaire en had ze de omroep gedwongen de inhoud te veranderen.* Een paar mensen bij de NHK hadden politici van de regeringspartij de inhoud van het programma vóór de uitzending haarfijn uitgelegd en respectvol geïnformeerd 'of er bezwaar tegen bestond als ze dit op deze manier uitzonden'. Tot ieders verbazing bleek deze manier van doen zo'n beetje schering en inslag. Het budget van de NHK moet namelijk door het parlement worden goedgekeurd, en als ze de goodwill van de regeringspartij en de regering verloren (zo redeneerden de mensen aan de top), kon dat wel eens uiterst onaangename gevolgen hebben. In bepaalde kringen van de regeringspartij heerste bovendien de gedachte dat de NHK niet veel meer was dan een partijorgaan. Als het publiek met zijn neus op deze feiten was gedrukt, hadden de meeste Japanners hun vertrouwen in de neutraliteit en politieke integriteit van NHK-programma's verloren en was de campagne tegen het betalen van kijkgeld alleen maar sterker geworden.

Afgezien van het drama bij het Motosu-meer en het geval van de NHK-collecteur, kon Aomame zich alle gebeurtenissen, ongelukken en incidenten die zich in die tijd hadden voorgedaan nog heel goed herinneren. Met uitzondering van die twee incidenten had haar geheugen haar niet in de steek gelaten. Ze wist nog goed dat ze destijds elk kran-

---

* In de jaren 1950-1970 probeerde de Amerikaanse vliegtuigfabrikant Lockheed in verscheidene landen, waaronder in Nederland en Japan, vooraanstaande figuren om te kopen. In Japan waren daarbij vooral politici van de regerende Liberaal-Democratische Partij betrokken.

tenartikel zorgvuldig had gelezen, maar iets over een schietpartij bij het Motosu-meer of een ruzie over kijkgeld kon ze zich absoluut niet voor de geest halen. Hoe zou dat komen? Als er ergens in mijn hersens een storing is opgetreden, is het dan mogelijk dat alleen mijn herinneringen aan die twee gebeurtenissen zijn overgeslagen of uitgewist?

Aomame sloot haar ogen en drukte met haar vingertoppen hard tegen haar slapen. Nee, goed beschouwd is het niet onmogelijk. Misschien is er in mijn hersens een soort programma ontstaan dat de werkelijkheid probeert te veranderen. Misschien dat dat programma alleen bepaalde nieuwsberichten uitkiest en daar een zwarte doek overheen gooit, zodat ik die niet te zien krijg en ze ook niet in mijn geheugen blijven hangen: de nieuwe wapens en het nieuwe uniform van de politie, de bouw van een maanbasis door Amerika en de Sovjet-Unie, de student die werd neergestoken door een NHK-collecteur, en het vuurgevecht tussen de Zelfverdedigingsstrijdkrachten en de extremisten bij het Motosu-meer.

Maar wat hebben al die gebeurtenissen in vredesnaam met elkaar gemeen?

Hoe ze haar hersens ook pijnigde, het antwoord was telkens: niets.

Haar balpen tikte tegen haar voortanden. Haar brein draaide op volle toeren.

Dit duurde een heel lange tijd, maar toen kwam er opeens een gedachte bij haar op.

Kan ik het niet zó bekijken? Het probleem ligt niet in míj, het probleem ligt in de wereld om me heen. Er is geen stoornis ontstaan in mijn bewustzijn of in mijn gevoelsleven, maar onder invloed van een mysterieuze kracht is er een verandering opgetreden in de wereld waarin ik me bevind.

Hoe meer ze erover nadacht, hoe aannemelijker deze hypothese haar voorkwam. Ze had namelijk nergens het gevoel dat er echt een defect of een vertekening was opgetreden in haar bewustzijn.

Dus voerde ze deze hypothese nog een stapje verder.

Niet ik ben van slag, maar de wereld.

Aha, nu ben ik er!

Op een bepaald punt is de wereld zoals ik hem ken verdwenen of weggegaan, en in plaats daarvan is er een andere wereld gekomen – zoals een wissel dat is omgezet. Met andere woorden, mijn bewustzijn behoort nog tot de wereld zoals hij eerst was, maar de wereld zelf is al veranderd. Het aantal feiten dat in die wereld is veranderd, is tot nu toe vrij beperkt. Voor het overgrote deel is deze nieuwe wereld zonder meer overgenomen van de wereld die ik ken. Daarom ondervind ik geen noemenswaardige problemen in het dagelijkse leven – tot nu toe bijna niet, tenminste. Maar waarschijnlijk gaan die 'veranderde gedeelten' van nu af aan steeds meer invloed op mijn omgeving uitoefenen. De afwijkingen zullen langzaam maar zeker groter worden, en het kon best eens gebeuren dat ze op den duur de rationaliteit van mijn handelingen aantasten. En dan kon ik wel eens een fatale vergissing begaan. Letterlijk fataal.

Een parallelle wereld.

Aomames gezicht trok samen alsof ze haar tanden in iets heel zuurs had gezet, maar zo'n diepe frons als daarnet was het niet. Ze tikte hard met het uiteinde van haar balpen tegen haar tanden, en er kwam een zwaar gegrom van achter uit haar keel. De student achter haar deed wijselijk maar of hij het niet hoorde.

Het lijkt verdorie wel sciencefiction, dacht ze.

Zou het mogelijk zijn dat ik zo'n hypothese alleen uit zelfverdediging heb verzonnen? Misschien ben ik knettergek, en dénk ik alleen maar dat ik bij mijn volle verstand ben. Ik vind dat ik een gezonde kijk op alles heb. Maar zijn alle krankzinnigen er niet heilig van overtuigd dat zij het bij het rechte eind hebben en dat de wereld om hen heen gek is? Het bedenken van die absurde hypothese van een parallelle wereld is misschien alleen maar een vertwijfelde poging om mijn eigen krankzinnigheid te rechtvaardigen.

Ik moet nodig eens gaan praten met een onbevooroordeelde buitenstaander.

Maar ik kan niet naar een psychiater om me te laten analyseren. De omstandigheden zijn veel te ingewikkeld, en er zijn te veel feiten waar ik niet over praten kan. Neem nou het 'werk' dat ik de laatste tijd doe: dat is zonder meer tegen de wet. Hoe moet je het anders noemen als je in het geniep mannen met een ijspriem om zeep helpt? Daar kan ik bezwaarlijk tegen een dokter over beginnen. Zelfs niet als de man in kwestie een eindeloos lage, perverse kwal is om wie niemand een traan zal laten, ook al is het tien keer moord.

En stel dat ik erin slaag om het onwettige deel van mijn carrière te verdoezelen. Wat er overblijft is niet veel fraais, al is het niet tegen de wet. Het leven dat ik sinds mijn geboorte heb geleid, kun je met de beste wil van de wereld niet netjes noemen – zelfs niet als compliment. Het is als een koffer die je stijf volpropt met vuil wasgoed, tot het er aan alle kanten uitpuilt. Daar is genoeg materiaal bij om een mens van ontoerekeningsvatbaarheid mee te beschuldigen. Misschien wel twee of drie mensen. Met mijn seksuele leven is het al precies hetzelfde. Dat is iets waar ik tegenover anderen niet over kan praten.

Ik kan hier niet mee naar een dokter, dacht ze. Ik moet dit echt helemaal zelf oplossen.

Dus laat ik op mijn manier die hypothese nóg een stapje verder voeren.

Als dit echt is gebeurd – als de wereld waarin ik me nu bevind écht voor een andere in de plaats is gekomen –, dan moet het wissel zijn omgezet. Wanneer is dat gebeurd? Waar? Op welke manier?

Aomame concentreerde zich weer en liep haar herinneringen een voor een na.

De eerste keer dat ze iets had gemerkt van die veranderde wereld was een paar dagen geleden – de dag dat ze in dat hotel in Shibuya die oliespecialist had opgeruimd. Ze was op Shuto-snelweg no. 3 uit haar taxi gestapt en had de noodtrap naar rijksweg 246 genomen, en eenmaal beneden had ze een andere panty aangetrokken en was naar het Sangenjaya-station van de Tōkyū-lijn gelopen. Onderweg daarheen was ze een jonge politieagent tegengekomen, en toen had ze opgemerkt dat hij er iets anders uitzag dan agenten gewoonlijk doen. Dat was het begin geweest. En als dat zo was, moest het wissel van de wereld korte tijd daarvoor zijn omgezet, want de agent die ze diezelfde ochtend had gezien toen ze van huis ging, was nog gekleed in het oude uniform en had een revolver op zijn heup hangen.

Ze dacht terug aan het merkwaardige gevoel dat ze had gehad toen ze in de taxi in de file de openingsklanken van Janáčeks *Sinfonietta* hoorde – de gewaarwording alsof haar hele lichaam *verdraaid* werd. De componenten van haar lichaam werden verwrongen zoals je een vaatdoek uitwringt. Toen vertelde de chauffeur me over die noodtrap waarmee je van de snelweg kon komen, en heb ik mijn hoge hakken uitgedaan en ben ik die riskante trap af gelopen. En de hele tijd dat ik op mijn blote voeten en in die rukwinden naar beneden ging, klonk de openingsfanfare van de *Sinfonietta* me in de oren. Misschien was dát het begin.

En de taxichauffeur. Dat was ook een heel eigenaardige figuur. Ze herinnerde zich nog goed wat hij bij het afscheid tegen haar had gezegd, en ze reproduceerde het zo correct mogelijk in haar hoofd.

Als u zoiets doet, kan het gebeuren dat de dingen om u heen er een tikkeltje anders gaan uitzien dan eerst. Maar laat u door die schijn niet bedriegen. Er is altijd maar één realiteit.

Op dat moment had ze gedacht dat die chauffeur maar rare dingen zei. Maar ze had niet goed begrepen wat hij haar probeerde te vertellen, en ze had er ook niet te diep over nagedacht. Ze had haast gehad, en ze had geen tijd om aan dit soort raadseltjes te verspillen. Maar nu ze er nog eens op terugkeek, waren die woorden even onverwacht als merkwaardig. Je kon ze interpreteren als advies, maar ook als een verkapte waarschuwing. Wat had de chauffeur haar in godsnaam willen meedelen?

En dan was er de muziek van Janáček.

Hoe kwam het dat ik meteen wist dat het Janáčeks *Sinfonietta* was? Hoe wist ik dat hij die in 1926 had geschreven? De opening van de *Sinfonietta* is niet zo populair dat iedereen hem bij het horen van de eerste klanken onmiddellijk herkent. En bovendien ben ik tot nu toe nooit zo'n fan van klassieke muziek geweest. Ik kan Haydn en Beethoven niet eens uit elkaar houden! Hoe komt het dan dat ik, zodra ik hem op de radio van de taxi hoorde, tegen mezelf zei: dat is Janáčeks *Sinfonietta*? En wat is de reden dat die muziek mij zo'n harde lichamelijke schok gaf?

Ja, want het was een heel *persoonlijk* soort schok. Alsof een herinnering die lang had liggen sluimeren opeens onverhoeds wakker was geschrokken – zo'n gevoel was het. Het was alsof iemand me heel hard aan mijn schouder stond te schudden. En dat betekent dat ik misschien ooit in mijn leven veel met die muziek te maken heb gehad. De muziek komt uit de radio, het knopje gaat automatisch op *aan*, en ergens in me wordt een herinnering wakker. Zo is het misschien gegaan. Janáčeks *Sinfonietta* – ze schraapte haar geheugen af tot op de bodem, maar hoe ze ook zocht, ze vond geen enkele aanwijzing.

Aomame keek om zich heen, ze bestudeerde haar handpalmen en de vorm van haar nagels, en voelde voor de zekerheid met beide handen door haar bloes heen aan haar borsten. Er was geen verandering te bespeuren. De vorm en grootte ervan waren nog steeds hetzelfde. Ik ben dezelfde persoon als altijd, en de wereld is dezelfde wereld als altijd. Maar er was een verandering begonnen, dat voelde ze. Het was net als naar verschillen zoeken in een tekening. Je hebt twee tekeningen. Je hangt ze naast elkaar aan de muur om ze te vergelijken, en ze zien er precies hetzelfde uit. Maar als je goed op de details let, zie je een aantal minuscule verschilletjes.

Niet te lang aan denken! Ze bladerde de krant door en noteerde bijzonderheden van het vuurgevecht bij het Motosu-meer. Men vermoedde dat de vijf AK-47's van Chinees fabricaat het land waren binnengesmokkeld via het Koreaanse schiereiland. Het waren oudere geweren, waarschijnlijk afdankertjes van het leger, maar de kwaliteit was niet slecht. Munitie was er ook bij de vleet. De Japanse Zee heeft een lange kustlijn. Het is niet zo moeilijk om een schip op te tuigen als een vissersboot en onder dekking van de nacht wapens en munitie aan wal te zetten. Op die manier brengen ze drugs en wapens het land in en gaan met enorme hoeveelheden yen weer terug.

De politie van Yamanashi had niet geweten dat de extremisten zo zwaarbewapend waren. Met een bevel tot huiszoeking wegens mishandeling op zak – pro forma, welteverstaan – en verdeeld over twee politieauto's en een minibus, plus de wapens die ze altijd droegen, waren ze op weg gegaan naar de 'boerderij' waar het hoofdkwartier was gevestigd van de organisatie, die de naam Dageraad droeg. Ogenschijnlijk runde die daar een biologisch boerenbedrijf. De leden van de organisatie weigerden de politie op het bedrijf toe te laten om huiszoeking te doen. Vanzelfsprekend liep dat uit op een handgemeen, en op een gegeven ogenblik vielen er schoten en was het vuurgevecht begonnen.

Hoewel ze die uiteindelijk niet gebruikten, hadden de extremisten zelfs hoogst efficiënte Chinese handgranaten in hun arsenaal. De enige reden waarom ze de politie daarmee niet te lijf gingen, was dat ze die granaten nog niet zo lang hadden en er nog te weinig mee hadden geoefend om ze goed te kunnen gebruiken. Dat was echt een heel gelukkig toeval. Als ze met handgranaten waren gaan gooien, was het aantal slachtoffers aanzienlijk hoger geweest, zowel onder de politie als onder de Zelfverdedigingsstrijdkrachten. De agenten hadden aanvankelijk niet eens kogelvrije vesten gedragen. Later werd dit debacle geweten aan de laksheid waarmee de politieautoriteiten hun informatie hadden geanalyseerd, en aan de ouderwetse uitrusting van de agenten. Maar waar de wereld nog het meest van versteld stond, was dat er nog steeds functionerende paramilitaire extremistische eenheden bestonden en dat ze onder de oppervlakte nog zo actief waren. Men had algemeen aangenomen dat de roerige 'revolutionaire' relletjes van de jaren zestig allang verleden tijd waren en dat het laatste restje van de radicale studentenbeweging was vernietigd in het Asama Sansō-incident.*

Toen Aomame alle notities had gemaakt die ze nodig had, leverde ze de krant weer in bij de balie, nam bij de sectie Muziek een dik boek van de plank met de titel *Componisten van de gehele wereld*, en ging ermee terug naar haar tafel. Ze sloeg het open bij Leoš Janáček.

Leoš Janáček werd in 1854 geboren in een dorpje in Moravië en overleed in 1928. Het boek bevatte een foto van de componist op latere leeftijd. Hij was niet kaal, maar zijn schedel werd overdekt door een witte haardos zo weelderig als wild gras. Over de vorm van zijn hoofd vermeldde het boek niets. Hij componeerde zijn *Sinfonietta* in 1926. Janáčeks huwelijk was liefdeloos en ongelukkig, maar in 1917, toen hij drieënzestig jaar oud was, ontmoette hij een jonge getrouwde vrouw, Kamila. Hij werd tot over zijn oren verliefd, en die liefde werd beantwoord. Janáček, die net in een artistieke depressie verkeerde, hervond dankzij Kamila zijn drang tot componeren. Tijdens de laatste jaren van zijn leven schreef hij het ene meesterwerk na het andere.

Op een dag maakte hij samen met Kamila een wandeling door een park, toen hij in een muziektent een militaire kapel hoorde spelen. Hij bleef staan om te luisteren. Op dat moment werd hij overspoeld door een lichamelijke ervaring van intens geluk en kreeg hij de inspiratie voor zijn *Sinfonietta*. Later herinnerde hij zich dat er op dat

---

*Van 19 tot 28 februari 1972 belegerde de politie het vakantiehuis Asama Sansō in de bergen van de prefectuur Nagano. Vijf leden van een extremistische studentengroep hadden zich hier met een gijzelaar verschanst nadat ze tijdens een interne zuiveringsactie de dood van vijftien sympathisanten hadden veroorzaakt. Na een vuurgevecht waarbij twee agenten en een burger de dood vonden en zesentwintig politieagenten en een verslaggever werden verwond, werden de vijf studenten in hechtenis genomen. Hun gijzelaar overleefde het ook.

moment iets in zijn hoofd leek te exploderen dat hem in vervoering bracht. Toevallig had hij net het verzoek gekregen om een fanfare te schrijven voor een groot gymnastiekfestival, en uit het motief voor die fanfare en het thema dat hem in het park was geopenbaard werd de *Sinfonietta* geboren. 'De naam betekent "kleine symfonie", maar het werk heeft een uitgesproken onconventionele structuur, waarin een feestelijke fanfare voor blaasinstrumenten wordt gecombineerd met weelderige Midden-Europese melodieën voor strijkers om een geheel eigen sfeer te scheppen.' Aldus het naslagwerk.

Voor de zekerheid noteerde Aomame de biografische gegevens en muzikale uitleg in haar schrift. In het hele boek vond ze echter geen enkele aanwijzing over wat de muziek van de *Sinfonietta* met haarzelf te maken had, of zou kunnen hebben. Na de bibliotheek te hebben verlaten, dwaalde ze doelloos door de straten van de inmiddels alweer schemerende stad. Nu eens praatte ze tegen zichzelf, dan weer schudde ze alleen maar haar hoofd.

Natuurlijk is het allemaal maar een hypothese, dacht ze terwijl ze zo rondliep. Maar het is toevallig wel de hypothese die mij op het ogenblik het meest overtuigt. Tot er iets op het toneel verschijnt dat overtuigender klinkt, zal ik mijn gedrag dus op deze hypothese moeten afstemmen, anders kon het me nog wel eens flink opbreken. Daarom lijkt het me beter om de omgeving waarin ik me nu bevind een eigen naam te geven – ook om hem te kunnen onderscheiden van de vorige wereld, waarin politieagenten nog met revolvers rondliepen. Honden en katten hebben namen nodig, dus deze nieuwe, veranderde wereld zeker.

1q84, besliste Aomame. Qutienvierentachtig. Laat ik deze nieuwe wereld zo noemen.

De q staat voor *question mark* – vraagteken.

Al lopend knikte ze.

Of ik het nu leuk vind of niet, ik ben in het jaar 1q84 verzeild geraakt. Het jaar 1984 zoals ik het ken, bestaat nergens meer. Het is nu 1q84. De lucht is anders, het landschap is anders. Deze wereld is van een vraagteken voorzien, en ik moet zo snel mogelijk een manier zien te vinden om me eraan aan te passen, zoals een dier dat is losgelaten in een bos dat het niet kent. Om mezelf te beschermen en zo lang mogelijk in leven te blijven, moet ik de regels die hier gelden zo snel mogelijk zien te begrijpen en me daarnaar gaan gedragen.

In de buurt van het Jiyūgaoka-station stapte Aomame een platenwinkel binnen om te kijken of ze daar de *Sinfonietta* hadden. Janáček is geen erg populaire componist, dus de sectie die aan hem was gewijd was bijzonder klein, en van de *Sinfonietta* stond er maar één plaat in de bak – een opname van George Szell en het Cleveland Orchestra. Op de A-kant stond het *Concert voor orkest* van Béla Bartók. Wat het voor uitvoering was, wist ze niet, maar ze had weinig keus, dus ze kocht hem. Thuisgekomen pakte ze een fles chablis uit de koelkast, trok de kurk eruit, legde de plaat op de draaitafel, en liet de naald zakken. Onder het genot van een glas perfect gekoelde wijn luisterde ze aandachtig naar de muziek. De fanfare aan het begin schalde glorieus door de kamer. Het was precies dezelfde muziek als ze in de taxi had gehoord. Geen twijfel mogelijk. Ze sloot haar ogen en concentreerde zich volledig op de muziek. De uitvoering was lang niet slecht, maar er gebeurde niets. Er klonk muziek, dat was alles. Geen verdraaiing in haar lichaam, geen zintuiglijke verandering, niets.

Na de *Sinfonietta* tot het eind toe te hebben afgeluisterd, stopte ze de plaat terug in zijn hoes, ging met haar rug tegen de muur op de grond zitten, en nam een slokje wijn. Wijn die je drinkt terwijl je in je eentje zit te peinzen, smaakt bijna nergens naar. Ze liep naar de wastafel en waste haar gezicht met zeep, knipte met een schaartje haar wenkbrauwen bij, en maakte met een wattenstaafje haar oren schoon.

Of ik ben gek geworden, of de wereld is gek geworden – het is een van de twee. En ik weet niet wat het antwoord is. Het deksel en de pot passen niet bij elkaar. Misschien is het de schuld van het deksel, misschien van de pot, maar hoe je het ook bekijkt, het een past niet bij het ander. Aan dat feit valt niet te tornen.

Aomame deed de koelkast open en keek wat erin lag. Ze had de laatste paar dagen geen boodschappen gedaan, dus veel was het niet. Ze sneed een rijpe papaja doormidden en lepelde het vruchtvlees eruit. Daarna waste ze drie augurken onder de kraan en at ze op met mayonaise. Ze kauwde langzaam en zorgvuldig. Vervolgens dronk ze een glas sojamelk. Dat was haar hele avondmaal. Het was heel eenvoudig, maar wel ideaal om constipatie te voorkomen. Constipatie was een van de dingen waar Aomame op deze wereld het meest van gruwde. Samen met bekrompen geloofsfanaten en laffe slijmerds die hun vrouw aftuigden.

Na het eten trok ze haar kleren uit en nam een hete douche. Toen ze uit de douche kwam, droogde ze zich af met een handdoek en bestudeerde haar naakte lichaam in de spiegel aan de deur. Platte buik en stevige spieren. Ongelijke borsten – die lieten iets te wensen over. Schaamhaar dat deed denken aan een slecht bijgehouden voetbalveld. Terwijl ze naar zichzelf stond te kijken, herinnerde ze zich opeens dat ze over ongeveer een week dertig werd. Kwam die rotverjaardag nu alweer? Kun je het je voorstellen? Dertig worden in deze absurde, onbegrijpelijke wereld! Ze fronste haar wenkbrauwen.

1q84.

Dat was de plaats waar ze zich bevond.

10

Tengo: *Een echte revolutie waarin echt bloed wordt vergoten*

'Overstappen,' zei Fukaeri. Ze pakte Tengo weer bij de hand. Nog even en de trein zou Tachikawa binnenrijden.

Ze stapten uit, en zelfs terwijl ze de trap op en af gingen om bij het volgende perron te komen, liet Fukaeri zijn hand niet los. De mensen die hen zagen zullen wel gedacht hebben dat ze een bijzonder verliefd paartje waren. Tengo was heel wat ouder dan Fukaeri, maar hij zag er jonger uit dan hij was, en hun verschil in lichaamslengte kon alleen maar een glimlach opwekken. Een jongen en een meisje, samen uit, samen gelukkig, op een zondagochtend in de lente.

Maar de hand waarmee Fukaeri de zijne vasthield leek zich er niet van bewust dat hij tot het andere geslacht behoorde. De druk van haar hand veranderde niet. Haar vingers betastten hem beroepsmatig, zoals een dokter die een patiënt de pols opneemt. Misschien probeert ze om via haar vingers en handpalm informatie uit te wisselen die ze niet in woorden kan uitdrukken, dacht Tengo opeens. Maar zelfs als dat het geval was, dan kon je het geen uitwisseling noemen, maar eerder eenrichtingsverkeer. Misschien dat Fukaeri's handpalm iets absorbeerde of aanvoelde van wat er in Tengo's hart verborgen lag, maar omgekeerd kon hij niet in haar hart kijken. Tengo zat daar echter niet zo mee. Laat Fukaeri maar aflezen wat ze wilde. Informatie, gevoelens – hij had niets voor haar te verbergen.

Hoe het verder ook zij, ze mocht dan niet in hem als man geïnteresseerd zijn, maar ze was hem zeker niet slechtgezind. Dat voelde Tengo aan. Op z'n minst had ze geen slechte indruk van hem; want in dat geval had ze nooit zo lang zijn hand vastgehouden, wat haar opzet daarbij ook was.

Ze liepen naar het perron van de Ōme-lijn en stapten in de al klaarstaande trein. Die was drukker dan hij had verwacht voor een zondagochtend, met bejaarden en hele gezinnen in bergbeklimmerstenue. Ze konden niet eens zitten maar moesten naast elkaar staan, niet ver van de deur.

'Ik voel me net of ik een dagje uit ben,' zei Tengo terwijl hij in de wagon rondkeek.

'Mag ik je hand vast blijven houden,' vroeg Fukaeri. Ook nadat ze in de trein waren gestapt, had ze die niet losgelaten.

'Natuurlijk,' zei Tengo.

Klaarblijkelijk gerustgesteld bleef ze zijn hand in de hare houden. Haar vingers en handpalm voelden nog altijd droog aan, zonder een druppeltje zweet. Het leek nog steeds of ze naar iets zocht dat zich in hem bevond, iets waarvan ze zich wilde verzekeren.

'Ben je niet bang meer,' vroeg ze, zonder vraagteken.

'Nee, ik geloof van niet,' antwoordde Tengo. Dat was niet gelogen. De zondagochtendpaniek die hem had overvallen, had veel van zijn kracht verloren, waarschijnlijk doordat Fukaeri haar hand steeds om de zijne hield. Hij zweette niet meer, en zijn hart ging ook niet meer zo tekeer. Zijn hallucinatie was weggebleven. Zijn ademhaling was weer normaal.

'Gelukkig,' zei Fukaeri met haar vlakke stem.

Dat vond Tengo ook.

Na een snelle, beknopte aankondiging dat de trein zou vertrekken, volgde er een schudden en trillen alsof er zojuist een monster uit de oertijd wakker was geworden, en met overdreven lawaai gingen de deuren dicht. De trein leek eindelijk een besluit te hebben genomen en verwijderde zich langzaam van het perron.

Met zijn hand in die van Fukaeri staarde Tengo naar het uitzicht buiten het raam. Eerst bestond dat uit de vanzelfsprekende rijen huizen, maar naarmate ze verder kwamen, werd het vlakke landschap ten westen van Tokyo geleidelijk heuvelachtiger. Na het station van Higashi-Ōme lag er alleen enkelspoor. Daar stapten ze over in een treinstel van vier wagons, en daarna reden ze niet meer door heuvels, maar steeds meer door echte bergen. Ze hadden de slaapsteden van de hoofdstad nu ver achter zich gelaten. De hellingen waren nog gehuld in dorre winterkleuren, en daardoor sprong de frisse kleur van de altijdgroene bomen des te meer in het oog. Telkens als de trein in een station zijn deuren opende, merkte je dat de lucht anders rook. Geluiden klonken ook enigszins anders. Er waren meer akkers te zien langs het spoor, en meer huizen die eruitzagen als boerderijen. In plaats van personenauto's reden er meer pick-ups. We hebben een hele afstand afgelegd, dacht Tengo. Waar gaan we in vredesnaam naartoe?

'Maak je geen zorgen,' zei Fukaeri, alsof ze zijn gedachten had gelezen.

Tengo knikte zwijgend. Hij voelde zich als een jongeman die op weg is naar de ouders van zijn vriendin om hun om de hand van hun dochter te vragen.

Het kleine houten stationnetje waar ze uitstapten heette Futamatao – Tweekruisenhelling –, een merkwaardige naam die hem desondanks volslagen onbekend in de oren klonk. Er stapten maar vijf andere passagiers uit. Je kon zo aan hun kledij zien dat die naar Futamatao waren gekomen om in de frisse lucht door de bergen te dwalen, en niet om een voorstelling van *De man van La Mancha* bij te wonen, ruige discotheken te bezoeken, een kijkje te nemen in de showroom van Aston Martin, of *homard au gratin* te eten in een gerenommeerd Frans restaurant. Instappen deed er niemand.

In de buurt van het stationnetje was niets wat je een winkel zou kunnen noemen en mensen waren er evenmin, maar toch stond er een taxi te wachten. Die kwam daar waarschijnlijk altijd een kijkje nemen op tijden dat er een trein stopte. Fukaeri tikte zachtjes op het raampje. Het portier ging open en ze stapte in, met een gebaar naar Tengo dat hij hetzelfde moest doen. Het portier ging weer dicht, en Fukaeri noemde kort het adres waar ze heen wilde. De chauffeur knikte.

De rit duurde niet zo lang, maar de route was onbeschrijflijk ingewikkeld. Ze reden steile hellingen op en even steile hellingen af, over smalle weggetjes die alleen voor het gemak van de boeren leken te zijn aangelegd en waar tegenliggers elkaar slechts met de grootste moeite konden passeren. De weg zat vol bochten en kronkels, maar ook op zulke plekken minderde de chauffeur nauwelijks vaart. Tengo had het zo benauwd dat hij de hele rit de greep van het portier krampachtig vasthield. Na de bijna loodrechte helling van een soort skipiste op te zijn gereden, stopte de taxi eindelijk op de top van een lage berg. Dit was geen taxi meer, dit was een soort achtbaan. Tengo viste twee briefjes van duizend yen uit zijn portemonnee en nam het wisselgeld en een bonnetje in ontvangst.

Voor een oud, in Japanse stijl gebouwd huis stonden een zwarte

Mitsubishi Pajero (korte wielbasis) en een grote groene Jaguar geparkeerd. De Pajero was glanzend gepoetst, maar de Jaguar was een oud model en zo overdekt met wit stof dat het lastig was om te gissen wat voor kleur hij oorspronkelijk had gehad. Met zijn gore voorruit zag hij eruit alsof er in tijden niet mee was gereden. De lucht was verrassend fris, en overal heerste een doodse stilte – een stilte zo diep dat je je gehoor eraan moest aanpassen. De hemel was onvoorstelbaar hoog, en de warme stralen van de zon vielen zacht op blote plekjes huid. Af en toe klonk er het schrille gekwetter van een onbekende vogel, maar de vogel zelf bleef onzichtbaar.

Het was een grote, statige villa. Hij leek lang geleden te zijn gebouwd, maar hij was goed onderhouden. De bomen in de tuin waren ook mooi gesnoeid, sommige zelfs zo precies dat het leek alsof ze van plastic waren. Een grote den wierp een brede schaduw op de grond. Het uitzicht was weids, maar zo ver je kon kijken, zag je geen spoor van menselijke bewoning. Tengo vermoedde dat degene die op zo'n afgelegen, onhandige plek een huis had gebouwd ontzettend mensenschuw moest zijn geweest.

De voordeur was niet op slot en ratelde toen Fukaeri hem openschoof. Ze ging naar binnen en wenkte naar Tengo dat hij haar moest volgen. Niemand kwam hen begroeten. In de akelig grote en stille vestibule trokken ze hun schoenen uit en liepen door een glimmend geboende, kille gang naar de ontvangstkamer. Het raam van de kamer bood uitzicht op de bergen, en in de diepte kronkelde een rivier die glinsterde in de zon. Het was een prachtig panorama, maar Tengo was te gespannen om ervan te kunnen genieten. Fukaeri gebaarde dat hij op een grote bank moest gaan zitten en liep zonder een woord te zeggen de kamer uit. De bank rook naar vervlogen jaren, Tengo kon niet raden hoeveel.

De kamer was verschrikkelijk sober ingericht. Er was een lage tafel, met een blad uit één dikke plank, en die was helemaal kaal – geen asbak, geen kleedje, niets. Er hing niet één schilderij aan de muur, en ook geen klok of kalender. Er stond geen enkele bloemenvaas. Een dressoir was er ook niet, en er lagen geen tijdschriften of boeken. Het enige wat de kamer bevatte was een oud vloerkleed, zo vervaald dat je het oorspronkelijke patroon nog maar nauwelijks zag, en een bankstel dat ongeveer net zo oud moest zijn: de bank waarop Tengo zat, die zo groot was als een vlot, en verder drie fauteuils. De brede open haard vertoonde geen sporen dat er in een recent verleden een vuur in was aangelegd. Hoewel het al half april was, zat Tengo te vernikkelen. De winterkou leek wel in de muren getrokken. Vele jaren geleden moest deze kamer de beslissing hebben genomen dat hij voortaan geen enkele bezoeker een warm onthaal meer zou bieden, en sindsdien leek hij niet van gedachten te zijn veranderd. Fukaeri kwam terug en ging, nog steeds zwijgend, naast hem zitten.

Lange tijd zeiden ze geen van beiden een woord. Fukaeri trok zich terug in haar eigen raadselachtige wereldje, en Tengo probeerde zichzelf te kalmeren door stilletjes en diep adem te halen. Afgezien van de vogels die ze af en toe in de verte hoorden, was het doodstil in de kamer. Als hij zijn oren spitste, kreeg hij het gevoel alsof er in die stilte allerlei nuances besloten lagen. Dit was niet zomaar de afwezigheid van geluid. Het leek alsof de stilte iets over zichzelf vertelde. Zonder er iets bepaalds mee te bedoelen, keek hij op zijn horloge. Toen wierp hij een blik door het raam op het landschap buiten, en daarna keek hij weer op zijn horloge. De tijd was nauwelijks vooruit geschreden. Op zondagochtend verloopt de tijd alleen maar traag.

Na ongeveer tien minuten ging de deur opeens open en stapte er een magere man op haastige voeten de kamer binnen. Hij leek een jaar of vijfenzestig te zijn. Hij was ongeveer een meter zestig lang, met een goed postuur. Een sjofele indruk maakte hij niet. Zijn rug was zo recht alsof er een ijzeren staaf in stak, en zijn kin was ingetrokken zo ver het maar kon. Hij had weelderige wenkbrauwen, en hij droeg een bril met een montuur zo zwaar en zwart dat het leek of hij hem speciaal had laten maken om er mensen mee te intimideren. In al zijn bewegingen deed hij denken aan een precisie-instrument waarvan elk deeltje verkleind en compact is vervaardigd. Er was geen onderdeel te veel, en alles greep efficiënt in elkaar. Tengo wilde opstaan om zich voor te stellen, maar de man maakte een vlug gebaar dat hij moest blijven zitten. Tengo was al halverwege, maar hij zakte gehoorzaam terug op de bank, terwijl de man zo snel plaatsnam in een fauteuil alsof hij met Tengo een wedstrijd was aangegaan wie er het vlugst kon gaan zitten. Daarna keek hij Tengo een tijdlang zwijgend recht in zijn gezicht. Zijn ogen waren niet scherp, maar ze doorschouwden Tengo onafgebroken, tot in elk hoekje van zijn ziel. Af en toe vernauwde of vergrootte hij ze, zoals een fotograaf de opening van zijn lens bijstelt.

De man was gekleed in een donkergroene sweater over een wit overhemd en een donkergrijze wollen broek. Elk kledingstuk zag eruit alsof hij het tien jaar lang elke dag had gedragen: alle drie zaten ze hem als gegoten, maar ze maakten een enigszins doorleefde indruk. Het kon hem waarschijnlijk weinig schelen wat voor kleren hij aanhad. En dat wilde waarschijnlijk ook zeggen dat hij niemand om zich heen had die daar wél iets om gaf. Hij had een kalend hoofd, waardoor de (van voor naar achter) langwerpige vorm van zijn schedel des te beter uitkwam. Zijn wangen waren gladgeschoren en zijn kin was vierkant. Alleen de lippen, klein en vriendelijk als die van een kind, vielen bij het geheel uit de toon. Hier en daar stonden nog een paar haartjes die hij bij het scheren was vergeten, maar dat kon ook aan het licht liggen. Het zonlicht dat over de bergen door het raam naar binnen viel, leek een iets andere samenstelling te hebben dan het zonlicht waar Tengo aan gewend was.

'Het spijt me dat ik je zo'n lange reis heb moeten laten maken,' zei de man met een goed gemoduleerde stem, die verried dat hij het gewend was om lange tijd voor een groot gehoor te spreken – waarschijnlijk over heel logische onderwerpen. 'Er zijn omstandigheden die het mij moeilijk maken om hiervandaan te gaan, dus er zat niets anders op dan je te vragen om hier te komen.'

Dat hinderde helemaal niet, zei Tengo. Hij stelde zich voor en bood zijn verontschuldigingen aan dat hij geen kaartje bij zich had.

'Mijn naam is Ebisuno,' zei de man. 'Ik heb ook geen kaartje.'

'Ebisuno?' vroeg Tengo, om er zeker van te zijn dat hij het goed had gehoord.

'Maar iedereen noemt me "professor". Zelfs mijn eigen dochter doet het, vraag me niet waarom.'

'Met welke karakters schrijft u uw naam?'

'Het is een zeldzame naam. Je hoort hem heel weinig. Eri, laat eens zien hoe je hem schrijft.'

Fukaeri knikte. Ze pakte een soort agenda en schreef langzaam en zorgvuldig met een balpen op een witte bladzijde de naam 'Ebisuno' in karakters. Haar handschrift zag eruit alsof ze met een spijker iets op een baksteen had gekrast, maar toch had het wel iets.

'In het Engels zou je het vertalen als *Field of Savages* (Wildenveld). Ik heb in een grijs verleden ooit culturele antropologie gedaan, dus in dat opzicht is het een buitengewoon toepasselijke naam,' zei de professor. Er verspreidde zich een soort glimlach om zijn mond, maar de waakzaamheid in zijn ogen verslapte geen ogenblik. 'Maar achter mijn academische activiteiten heb ik al jaren geleden definitief een punt gezet. Ik doe nu iets wat daar helemaal niets mee te maken heeft. Ik ben omgeschakeld naar een ander "field of savages", en daar leef ik nu van.'

Het was inderdaad een heel zeldzame naam, maar hij was Tengo niet helemaal onbekend. Aan het eind van de jaren zestig was er een bekende geleerde geweest die zo heette en die een aantal boeken had geschreven die destijds vrij goed waren ontvangen. Tengo wist niet precies waar ze over gingen, maar de naam was blijven hangen. Opeens was hij echter uit de publiciteit verdwenen.

'Ik geloof dat ik uw naam wel eens heb gehoord,' liet hij een proefballonnetje op.

'Dat kan zijn,' zei de professor met een blik in de verte, alsof hij sprak over iemand die niet in de kamer aanwezig was. 'In elk geval, dat is allemaal verleden tijd.'

Tengo voelde Fukaeri naast zich ademhalen. Het was een stille, ongehaaste, diepe ademhaling.

'Tengo Kawana,' zei de professor, op een toon alsof hij een visitekaartje las.

'Tot uw dienst,' zei Tengo.

'Je hebt op de universiteit wiskunde gestudeerd, en nu geef je wiskunde op een bijlesinstituut in Yoyogi,' zei de professor. 'Maar anderzijds schrijf je ook romans. Dat heb ik allemaal van Eri gehoord, maar klopt het ook?'

'Helemaal,' zei Tengo.

'Je ziet er niet uit als een wiskundeonderwijzer, en ook niet als een schrijver.'

Tengo glimlachte als een boer met kiespijn.

'Nog maar een paar dagen geleden is me door iemand anders precies hetzelfde gezegd. Het zal mijn lichaamsbouw wel zijn.'

'Ik bedoel het niet in negatieve zin,' zei de professor. Hij zette een vinger op de brug van zijn zwarte montuur. 'Er niet uitzien als iets is helemaal geen schande. Je past nog niet in het vakje, vandaar dat ik het zei.'

'Dat is bijzonder vleiend van u, maar ik ben nog geen schrijver. Ik stel alleen maar pogingen in het werk om er een te worden.'

'Hoe bedoel je, "pogingen"?'

'Ik bedoel, met vallen en opstaan.'

'O, op die manier,' zei de professor. Hij wreef zich lichtjes in de handen, alsof hij de kou in de kamer voor het eerst opmerkte. 'Volgens de informatie die mij ter ore is gekomen, heb jij Eri's verhaal in handen gekregen en wil je dat zo herschrijven dat het een kans maakt op de debutantenprijs van een zeker literair tijdschrift. Je wilt dit kind als schrijfster aan de wereld verkopen. Is die interpretatie correct?'

Tengo koos zijn woorden met grote zorg: 'In principe is het zoals u zegt. Het oorspronkelijke voorstel komt van Komatsu, de redacteur van het tijdschrift. Of het plan enige realistische kans van slagen heeft, weet ik niet, en ook niet of het in ethisch opzicht wel door de beugel kan. De enige rol die ik in dit plan speel, is dat ik de stijl van *Een pop van lucht* grondig aanpas. Ik verleen zogezegd alleen technische hulp. De verantwoordelijkheid voor wat er daarna gebeurt ligt bij Komatsu.'

De professor zat even geconcentreerd te denken. In de doodse stilte van de kamer kon je zijn hersens bijna horen zoemen.

'Dus die redacteur, die Komatsu, is op dit idee gekomen, en jij hebt technische medewerking toegezegd.'

'Inderdaad.'

'Ik ben van oorsprong academicus, en eerlijk gezegd heb ik nooit veel belangstelling voor romans gehad. Ik ben dus niet op de hoogte van wat er in de literaire wereld wel of niet acceptabel is, maar wat jullie van plan zijn, klinkt me bepaald als een soort fraude in de oren. Of zie ik dat verkeerd?'

'Nee, u hebt volkomen gelijk. Mij klinkt het ook zo in de oren,' zei Tengo.

Er verscheen een lichte frons op het gezicht van de professor. 'Je koestert ethische twijfels inzake dit plan, en toch wil je er graag aan meewerken?'

'"Graag" is misschien te sterk uitgedrukt, maar ik ontken niet dat ik eraan mee wil werken.'

'En waarom wil je dat?'

'Dat is dezelfde vraag die ik mezelf deze hele week tot vervelens toe heb gesteld,' zei Tengo naar waarheid.

De professor en Fukaeri wachtten zwijgend tot hij verderging.

'Alle rationaliteit, gezond verstand en instinct die in me zijn, dringen er bij me op aan dat ik me zo snel mogelijk uit dit project terugtrek, zonder ook maar een seconde te verliezen. Van nature ben ik een uiterst behoedzaam mens. Van gokken en riskante avonturen hou ik niet. Als u wilt, mag u me zelfs laf noemen. Maar in dit geval... Toen Komatsu met dit gewaagde voorstel bij me aankwam, was ik gewoon niet in staat om nee te zeggen. En de enige reden is dat ik me onweerstaanbaar tot *Een pop van lucht* aangetrokken voel. Bij elk ander werk zou ik zonder aarzelen meteen hebben geweigerd.'

De professor staarde Tengo aan alsof hij iets heel merkwaardigs voor zich zag.

'Met andere woorden, je bent niet geïnteresseerd in de frauduleuze aspecten van dit project, maar je hebt wel grote belangstelling om het werk te herschrijven. Zeg ik dat zo goed?'

'Inderdaad. Maar het gaat dieper dan grote belangstelling. Als *Een pop van lucht* moet worden herschreven, wil ik dat ík dat doe, en niet iemand anders.'

'Op die manier,' zei de professor, met een gezicht alsof hij per ongeluk in iets heel zuurs had gebeten. 'Op die manier. Ik geloof dat ik jóúw gevoelens wel zo'n beetje begrijp. Maar die Komatsu – wat wil híj? Geld? Roem?'

'Komatsu's motieven begrijp ik eerlijk gezegd ook niet goed,' zei Tengo. 'Maar ik heb zo'n idee dat het hem om iets veel groters te doen is dan geld of roem.'

'Bijvoorbeeld?'

'Hijzelf zal het waarschijnlijk niet willen toegeven, maar Komatsu is een van die mensen die volledig in de ban van de literatuur zijn. Zulke mensen willen maar één ding: een onbetwistbaar meesterwerk vinden dat ze de wereld op een presenteerblaadje kunnen aanreiken, al is het maar één keer in hun leven.'

De professor keek Tengo een poosje zwijgend aan. 'Met andere woorden, jullie hebben allebei verschillende redenen waarom jullie dit doen,' zei hij uiteindelijk. 'Redenen die niets met geld of roem te maken hebben.'

'Daar komt het op neer, ja.'

'Maar even los van jullie drijfveren, dit is – je zegt het zelf – een erg gewaagd plan. Als het in enig stadium ooit uitlekt, wordt het onherroepelijk een schandaal. En dan zullen de aanvallen niet alleen op jullie twee worden gericht. Eri is nog maar zeventien, en als ze op deze leeftijd diep wordt gekwetst, kon dat wel eens fatale gevolgen voor haar hebben. Daar maak ik me eigenlijk nog het meest zorgen over.'

'Dat zou ik in uw geval ook doen,' knikte Tengo. 'Het is precies zoals u zegt.'

De afstand tussen de dikke zwarte wenkbrauwen werd ongeveer een centimeter smaller. 'En desalniettemin – zelfs als het Eri aan gevaar kan blootstellen –, desalniettemin wil je *Een pop van lucht* eigenhandig herschrijven.'

'Zoals ik u daarnet al zei, komt dat verlangen voort uit iets wat buiten het bereik ligt van rationaliteit en gezond verstand. Natuurlijk zou ik Eri het liefst voor de volle honderd procent in bescherming willen nemen, maar ik kan niet garanderen dat ze geen enkel gevaar loopt. Dat zou een leugen zijn.'

'Op die manier,' zei de professor, en hij schraapte zijn keel één keer, alsof hij een punt achter de kwestie wilde zetten. 'Je draait er in elk geval niet omheen, dat moet ik zeggen.'

'Ik doe zo veel mogelijk mijn best om in alles open en eerlijk te zijn.'

De professor keek naar zijn handen, die op de knieën van zijn broek lagen, alsof het twee vreemde voorwerpen waren. Eerst bestudeerde hij hun rug, toen draaide hij ze om en keek naar de palmen. Vervolgens keek hij op.

'En die redacteur, Komatsu, denkt die echt dat dit plannetje kans van slagen heeft?'

'Komatsu gaat uit van het principe dat alles twee kanten heeft,' zei Tengo. 'Een goede kant, en een kant die zo slecht nog niet is.'

De professor schoot in de lach. 'Dat is een unieke interpretatie. Of Komatsu is een optimist, of hij heeft veel vertrouwen in zichzelf. Welk van de twee is het, denk je?'

'Geen van beide. Hij is gewoon een cynicus.'

De professor schudde even zijn hoofd. 'Als zo'n figuur cynisch gaat doen, wordt hij optimistisch. Of hij krijgt meer zelfvertrouwen. Klopt dat?'

'Die neiging heeft hij misschien wel.'

'In elk geval, een gecompliceerd heerschap.'

'Heel gecompliceerd,' gaf Tengo toe. 'Maar een dwaas is hij niet.'

De professor ademde langzaam uit. Toen keerde hij zich naar Fukaeri. 'Wat vind jij van dit plannetje, Eri?'

Fukaeri staarde naar een anoniem punt in de verte. 'Ik vind het goed,' zei ze toen.

De professor vulde die beknopte uitspraak aan met de woorden die eraan ontbraken.

'Met andere woorden, je vindt het goed dat Tengo hier *Een pop van lucht* voor je herschrijft?'

'Ja,' zei Fukaeri.

'Maar dat kon wel eens heel onprettig voor je aflopen.'

Daarop gaf Fukaeri geen antwoord. Haar handen trokken de kraag van haar cardigan nog stijver dicht, maar dat gebaar benadrukte alleen maar hoe vast haar besluit stond.

'Eri heeft het waarschijnlijk bij het rechte eind,' zei de professor gelaten.

Tengo keek naar Fukaeri's twee kleine handen, die nu tot vuisten waren gebald.

'Maar er is nóg een probleem,' zei de professor. 'Jij en die Komatsu willen *Een pop van lucht* publiceren en Eri als auteur aan het publiek voorstellen, maar ze heeft een leerstoornis. Ze is dyslectisch. Wist je dat?'

'Ze heeft me er net in de trein het een en ander over verteld.'

'Het is waarschijnlijk aangeboren. Op school is ze daarom steeds behandeld alsof ze achterlijk is, terwijl het tegendeel het geval is. In werkelijkheid is ze juist hoogbegaafd. Maar ik vrees dat haar dyslexie op jullie project een – laat ik het heel voorzichtig uitdrukken –, een niet zo goede invloed zal uitoefenen.'

'Hoeveel mensen weten daar vanaf?'

'Afgezien van Eri zelf? In totaal drie,' zei de professor. 'Ikzelf, mijn dochter Azami, en nu jij. Verder niemand.'

'Weten haar leraren op school het dan niet?'

'Nee. Het is maar een kleine plattelandsschool. Ik geloof niet eens dat ze er de term "dyslexie" ooit gehoord hebben. En bovendien is ze maar een blauwe maandag op die school geweest.'

'In dat geval is er misschien wel een mouw aan te passen.'

De professor nam Tengo taxerend op.

'Eri lijkt een groot vertrouwen in je te hebben,' zei hij even later. 'Waarom weet ik niet. Maar...'

Tengo wachtte zwijgend tot hij verderging.

'... Maar ik geloof in Eri. Dus als zij denkt dat ze je dit werk kan toevertrouwen, kan ik niets anders doen dan me daarbij neerleggen. Maar als je werkelijk van plan bent om met dit project door te gaan, moet je een aantal dingen over haar weten.' De professor sloeg met zijn hand een paar maal licht op de rechterknie van zijn broek, alsof hij daar een draadje had gevonden. 'Waar en op welke manier ze haar kinderjaren is doorgekomen, welke omstandigheden ertoe hebben geleid dat ik haar als mijn eigen kind heb grootgebracht. Ik ben bang dat het een lang verhaal wordt.'

'Ik zou het graag horen,' zei Tengo.

Naast hem ging Fukaeri verzitten. Ze hield de kraag van haar cardigan nog met beide handen stijf om haar hals gesloten.

'Goed dan,' zei de professor. 'Het verhaal begint in de jaren zestig. Eri's vader en ik waren jarenlang de beste vrienden. Ik was tien jaar ouder dan hij, maar we gaven allebei college aan dezelfde universiteit – dezelfde faculteit zelfs. Onze karakters en kijk op de wereld waren heel verschillend, maar om de een of andere reden konden we het samen heel goed vinden. Allebei waren we laat getrouwd, en vlak na ons huwelijk hadden we allebei een dochtertje gekregen. Omdat we in dezelfde universiteitsflat woonden, kwamen onze gezinnen regelmatig bij elkaar over de vloer. Met ons werk ging het ook heel goed. We begonnen net naam te maken als "jonge, veelbelovende geleerden" en we lieten regelmatig ons gezicht in de media zien. Alles wat we deden was even interessant. Het was een gouden tijd.

Maar naarmate de jaren zestig hun einde naderden, begon er iets te smeulen in de maatschappij. In 1970 was het veiligheidsverdrag met de Verenigde Staten weer automatisch aan verlenging toe, en de studentenbewegingen rezen op om te protesteren. De universiteiten werden belegerd, er vonden botsingen met de oproerpolitie plaats, er waren bloedige interne twisten, er kwamen zelfs mensen om het leven. Het werd me allemaal veel te gecompliceerd, en ik nam ontslag bij de universiteit. Het academische wereldje had me eigenlijk nooit gelegen, en tegen die tijd was ik er dood- en doodziek van. Voor het systeem of tegen het systeem – ze zochten het maar uit! Als het eropaan kwam, was het niet meer dan een botsing tussen de ene organisatie en de andere. En organisaties mogen groot of klein zijn, ik vertrouw ze allemaal voor geen meter. Als ik jou zo eens bekijk, geloof ik niet dat je toen al naar de universiteit ging.'

'Toen ik begon, was de rust volledig teruggekeerd.'

'Je had het feest net gemist.'

'Daar komt het op neer, ja.'

De professor liet zijn handen even in de lucht zweven en legde ze toen terug op zijn knieën.

'Twee jaar nadat ik mijn ontslag had ingediend, ging Eri's vader ook bij de universiteit weg. Hij geloofde toen heilig in de revolutionaire ideeën van Mao Zedong en stond helemaal achter de Culturele Revolutie in China. Wat een wreed en onmenselijk gezicht die Culturele Revolutie had, was iets waarover wij toen namelijk nauwelijks informatie kregen. Zwaaien met het Rode Boekje werd voor sommige intellectuelen zelfs een soort mode.* Eri's vader organiseerde een aantal studenten in een radicale groep gemodelleerd naar de Rode Garde en nam deel aan een staking op de universiteit. Omdat ze in hem geloofden, meldden studenten van andere universiteiten zich ook aan bij zijn organisatie, die op deze manier een tijdlang een aanzienlijke omvang had. Op verzoek van het universiteitsbestuur greep de oproerpolitie in. Ze kwamen de campus op, waar hij zich met de studenten had verschanst, en arresteerden iedereen, hem ook. Hij werd in staat van beschuldiging gesteld en verloor zijn baan aan de universiteit. Eri was toen nog klein, dus ik denk niet dat ze zich daar iets van herinnert.'

Fukaeri zei niets.

'Nadat Tamotsu Fukada – zo heette Eri's vader – de universiteit had verlaten, meldde hij zich met een stuk of tien studenten, de kern van zijn Rode Garde, aan bij de Takashima Academie. Het merendeel van de studenten was van de universiteit gestuurd, dus ze hadden allemaal een toevluchtsoord nodig. De Takashima Academie was daarvoor geen slechte keus. Er werd destijds in de media de nodige ophef over gemaakt. Wist je dat?'

Tengo schudde zijn hoofd. 'Nee, dat hoor ik voor het eerst.'

'Fukada's gezin – dat wil zeggen, zijn vrouw en Eri – ging met hem mee. Ze sloten zich met z'n drieën bij de Academie aan. Weet je iets van de Takashima Academie?'

'Alleen heel in het algemeen,' zei Tengo. 'Een communeachtige organisatie die geheel gebaseerd is op een gemeenschappelijk leven en

---

* Het 'Rode Boekje', zoals *Citaten van voorzitter Mao Zedong* (1964) in de wandeling werd genoemd, is een bloemlezing van uitspraken van Mao Zedong en was gedurende de Culturele Revolutie verplicht studiemateriaal voor elke Chinees.

door landbouw in zijn levensonderhoud voorziet. Ze leggen zich ook toe op zuivelproductie en opereren op landelijke schaal. Particulier eigendom is strikt verboden, alle bezit moet worden gedeeld.'

'Precies. Ze zeggen dat Fukada in het Takashima-systeem naar Utopia zocht.' De professor trok een moeilijk gezicht. 'Nu hoef ik je nauwelijks te vertellen dat Utopia nergens ter wereld bestaat – net zomin als de steen der wijzen of het perpetuum mobile. Als je het mij vraagt, produceren ze bij Takashima alleen maar robotten die niet denken. Ze slopen het circuit uit je hoofd dat je in staat stelt om er je eigen gedachten op na te houden. Het is hetzelfde soort maatschappij als waar George Orwell in zijn roman over schrijft. Maar jij weet waarschijnlijk net zo goed als ik dat er niet weinig mensen op deze wereld rondlopen die de voorkeur geven aan zo'n hersendode toestand. Op die manier is alles immers een stuk makkelijker? Je hoeft niet langer over allerlei gecompliceerde zaken na te denken en alleen maar braaf te doen wat je wordt opgedragen. En je komt nooit van honger om. Voor mensen die naar zo'n omgeving verlangen, is de Takashima Academie misschien wel echt Utopia.

Maar zo iemand was Fukada niet. Hij was het soort mens dat altijd zelf diep nadenkt over alles. Dat was vroeger ook zijn vak geweest. Je dacht toch niet dat zo iemand voldoening kon vinden in een organisatie als Takashima? Fukada zelf had dat natuurlijk van het begin af aan begrepen. Maar hij was weggejaagd van de universiteit en de studenten die hij bij zich had, waren idealistische dromers. Waar kon hij anders naartoe? Hij moest een toevluchtsoord zien te vinden, en bovendien had hij de knowhow nodig van het Takashima-systeem. Ze moesten zo snel mogelijk boerenwerk leren doen. Zowel Fukada als zijn studenten waren opgegroeid in de grote stad en hadden met z'n allen net zoveel benul van hoe het er op een agrarisch bedrijf aan toegaat als ik verstand heb van raketwetenschap. Ze moesten helemaal van nul af aan beginnen en alle benodigde kennis en vaardigheid al doende leren. En dat niet alleen. De organisatie van het distributiesysteem, de mogelijkheden en onmogelijkheden van een zelfvoorzienend systeem, de concrete regels van een gemeenschappelijke levensstijl – er was zoveel waar ze nog niets van begrepen. Maar na twee jaar op de Takashima Academie te hebben gewoond, hadden ze alles geleerd wat je in die tijd leren kunt, want als ze zich eenmaal op iets toelegden, leerden ze heel snel. Ook hadden ze de sterke en zwakke punten van het Takashima-systeem heel zuiver geanalyseerd. En toen ging Fukada met zijn groepje bij Takashima weg en begon hij voor zichzelf.'

'Bij Takashima was het leuk,' zei Fukaeri.

'Voor kleine kinderen is het er ongetwijfeld leuk,' glimlachte de professor. 'Maar als ze eenmaal de leeftijd bereiken waarop ze zich bewust worden van zichzelf, wordt het leven bij Takashima voor veel kinderen een hel op aarde. Het natuurlijke verlangen om voor jezelf te denken wordt namelijk van hogerhand de kop ingedrukt. Hun hersens krijgen als het ware dezelfde behandeling als lotusvoetjes.'

'Lotusvoetjes,' vroeg Fukaeri.

'In China werden vroeger de voeten van jonge meisjes met geweld in veel te kleine schoentjes gestoken, om te voorkomen dat ze groot werden,' legde Tengo uit.

Fukaeri zei niets, maar ze probeerde zich zoiets voor te stellen.

'De kern van Fukada's splintergroep,' vervolgde de professor, 'werd natuurlijk gevormd door hemzelf en de studenten die hij als de Rode Gardisten had georganiseerd, maar er waren nog meer mensen die zich bij hem wilden aansluiten. Zijn beweging groeide als een rollende sneeuwbal en werd veel groter dan hij had verwacht. Onder de nieuwe leden waren er veel die zich aanvankelijk uit idealisme bij Takashima hadden aangemeld, maar die zich niet met de methoden daar hadden kunnen verenigen en ontmoedigd waren geraakt – mensen die streefden naar een hippieachtig communeleven en links-radicalen die na de universitaire onlusten gefrustreerd waren geraakt, maar ook mensen die bij de Takashima Academie hadden aangeklopt omdat ze teleurgesteld waren in de sleur van het dagelijks leven en zochten naar een nieuwe spirituele wereld. Sommigen waren niet getrouwd, anderen hadden een gezin zoals Fukada zelf. Je kon het misschien geen allegaartje noemen, maar het was wel een uiterst gemengd gezelschap. Fukada werd hun leider. Hij was dan ook een geboren leidersfiguur, net als Mozes, die de kinderen van Israël naar het Beloofde Land leidde. Hij was scherpzinnig en welbespraakt, en hij had een uitstekend inzicht. Je zou hem zelfs een charismatische persoonlijkheid kunnen noemen. Hij was groot van stuk – nu ik het zo eens bekijk ongeveer net zo groot als jij. Geen wonder dus dat ze hem het middelpunt van de groep maakten en alles aan zijn oordeel overlieten.'

De professor had zijn handen gespreid toen hij het over de grootte van Fukada's lichaam had. Fukaeri keek naar de afstand tussen beide handen en vervolgens naar Tengo. Ze zei echter niets.

'Fukada zag er heel anders uit dan ik, en hij had ook een heel ander karakter. Hij was van nature een leidersfiguur, ik ben van nature een *lone wolf*. Hij was een politiek mens, ik ben apolitiek tot in mijn botten. Hij was een grote vent, ik ben maar een klein misbaksel. Hij had een indrukwekkend voorkomen, ik ben maar een kamergeleerde met een merkwaardig gevormd hoofd. Maar ondanks dat alles waren we goede vrienden. We hadden respect voor elkaars standpunt en we vertrouwden elkaar. Het was zonder enige overdrijving een vriendschap zoals je die maar eens in je leven sluit.'

De groep geleid door Tamotsu Fukada vond in de bergen van Yamanashi een onderbevolkt dorpje dat aan hun doeleinden voldeed. De boeren daar hadden geen opvolgers kunnen vinden, en de ouden van dagen die in het dorp waren achtergebleven konden op eigen houtje het werk op het land niet meer aan. Het dorpje was bijna leeggelopen. Fukada's groep slaagde erin om akkers en huizen voor zo goed als niets in handen te krijgen, met een stuk of wat PVC-kasjes erbij. Het gemeentehuis verleende subsidie, op voorwaarde dat ze alle bouwland ook als zodanig bleven gebruiken. Zeker de eerste jaren konden ze rekenen op belastingaftrek, en bovendien had Fukada de beschikking over een particuliere bron van inkomsten. Wat voor soort geld het was en waar het vandaan kwam, was iets wat professor Ebisuno ook niet wist.

'Over dat geld hield hij altijd zijn mond stijf dicht. Dat was een geheim dat hij aan niemand vertelde. In elk geval had Fukada het geld dat nodig is om een commune op touw te zetten – en dat is niet zo'n beetje – *ergens* vandaan weten te halen. Dat gebruikten ze om landbouwwerktuigen en bouwmateriaal te kopen, en wat er overbleef legden ze opzij als reserve. De huizen stonden er al, dus die knapten ze eigenhandig op. Op deze manier stichtten ze een commune van ongeveer dertig leden. Dat was in 1974. De nieuwe commune kreeg de naam Voorhoede.'

Voorhoede? Tengo dacht dat hij die naam eerder had gehoord, maar hij kon zich niet herinneren waar. Zijn geheugen leek hem de toegang te weigeren, en dat irriteerde hem mateloos. De professor ging echter door.

'Fukada was erop voorbereid dat de eerste jaren van de commune wel eens ongewoon moeilijk konden worden, tot ze aan hun nieuwe woonplaats gewend waren, maar alles verliep veel soepeler dan hij had verwacht. Ze hadden geluk met het weer, en de omwonende dorpelingen hielpen een aanzienlijk handje mee. Ze hadden een bijzonder goede indruk van Fukada. Hij toonde zich een serieus en betrouwbaar leider, en de aanblik van de jongere leden van Voorhoede, die zwetend maar vol ijver het land bewerkten, riep hun bewondering op. Ze kwamen vaak langs om goede raad te geven. Op die manier deden de leden van Voorhoede kennis op in de praktijk en leerden ze samen met het land te leven.

In wezen gebruikte Voorhoede gewoon de kennis die ze bij de Takashima Academie hadden opgedaan, maar op sommige punten introduceerden ze hun eigen methoden. Zo schakelden ze bijvoorbeeld over op volledig biologische landbouw. Ze teelden groenten met uitsluitend biologische meststoffen en zonder chemische pesticiden te gebruiken. Ook begonnen ze een postorderbedrijf dat levensmiddelen verkocht aan rijke mensen in de grote steden, want op die manier kregen ze meer voor hun producten. Ze waren zogezegd de voorhoede van het ecologisch boeren. Ze hadden hun doelwit goed gekozen. De meeste leden waren in de grote stad opgegroeid en wisten dus precies waar stedelingen naar verlangden. Voor biologisch gekweekte verse groenten telden die graag wat meer geld neer. Door een contract met een expeditiebedrijf te sluiten vereenvoudigde Voorhoede zijn transportsysteem, en op die manier ontwikkelden ze hun eigen methode om levensmiddelen zo snel mogelijk van het land naar de klant in de grote stad te vervoeren. Zij waren de eersten die "groente zo van het land" omtoverden tot een product met commerciële waarde.'

'Ik heb Fukada diverse malen opgezocht bij zijn bedrijf om met hem te praten,' zei de professor. 'Hij woonde in een nieuwe omgeving waar hij nieuwe mogelijkheden uitprobeerde, en hij gloeide van levenslust. Misschien dat deze jaren de meest vredige, met hoop vervulde tijd van zijn leven waren. Zijn gezin leek ook aan het nieuwe leven gewend.

Hoe meer mensen over het agrarisch bedrijf van Voorhoede hoorden, hoe meer belangstelling ervoor kwam. Doordat ze postorders aannamen, was hun naam langzaam maar zeker bekend geworden, en de media hadden Voorhoede aangehaald als voorbeeld van een geslaagde commune. Er zijn voldoende mensen die genoeg hebben van het constante gehamer op geld en informatie van de grote wereld en die liever in het zweet huns aanschijns in de natuur werken, en zulke mensen voelden zich door Voorhoede aangetrokken. Als iemand zich aanmeldde, hadden ze een gesprek met hem en trokken zijn achtergrond na, en als ze dachten dat ze hem wel konden gebruiken, mocht hij lid worden. Het was niet zo dat ze iedereen maar toelieten. De kwaliteiten en het moreel van de leden mochten vooral niet zakken. De voorkeur ging uit naar mensen die ervaring hadden in de landbouw of gezonde mensen die eruitzagen alsof ze zwaar werk wel konden verdragen. Omdat het aantal vrouwen bijna net zo groot was als het aantal mannen, waren vrouwen ook welkom. Naarmate ze meer leden kregen, hadden ze ook meer land en huizen nodig, maar rond de commune waren er nog genoeg leegstaande huizen en braakliggende akkers, dus voorlopig stond niets verdere uitbreiding in de weg. Het werk op het agrarische bedrijf werd eerst hoofdzakelijk gedaan door ongetrouwde jonge mannen, maar geleidelijk aan kwamen daar meer mannen met een gezin bij. Onder de nieuwe leden waren er ook die een hogere opleiding hadden voltooid en een navenant beroep uitoefenden: artsen, ingenieurs, leraren, accountants en zo. Zulke mensen waren welkom bij de commune als geheel. Gespecialiseerde kennis komt namelijk altijd goed van pas.'

'Had de commune hetzelfde primitief-communistische systeem als de Takashima Academie?' vroeg Tengo.

De professor schudde zijn hoofd. 'Nee, Fukada verwierp collectief bezit. In politiek opzicht was hij misschien radicaal, maar tegelijkertijd was hij een koelbloedig realist. Wat hij beoogde was een veel gematigder commune. De mierenhoop was niet het model van de maatschappij dat hem voor ogen stond. De commune als geheel was verdeeld in een aantal eenheden, en binnen die eenheden werd een gematigde vorm van gemeenschappelijk leven geleid. Particulier eigendom was toegestaan, en tot op zekere hoogte werden er zelfs lonen uitbetaald. Als iemand ontevreden was over de eenheid waartoe hij behoorde, kon hij verhuizen naar een andere, en het was hem zelfs toegestaan Voorhoede helemaal te verlaten. Contact met de buitenwereld stond eenieder vrij, en indoctrinaties of hersenspoelingen kwamen nauwelijks voor. Zo'n open systeem resulteerde in een veel efficiëntere werkprestatie, dat had hij bij de Takashima Academie wel geleerd.'

Onder Fukada's leiding ging het met het management van het agrarische bedrijf heel goed, maar de commune als zodanig viel na een tijd in twee duidelijke kampen uiteen. Dat was ook onvermijdelijk, gezien de gematigde eenhedenstructuur waarin Fukada de commune had georganiseerd.

Het ene kamp, de radicale factie, was een revolutionaire groep waarvan de kern werd gevormd door de eenheid waartoe zijn eigen voormalige Rode Gardisten behoorden. Zij beschouwden hun leven in een agrarische commune uitdrukkelijk als niet meer dan het voorbereidende stadium van de revolutie. Ze wilden wel op het land werken, maar als de tijd kwam, zouden ze naar de wapens grijpen en in opstand komen – dat was hun onwrikbaar standpunt.

De gematigden, het andere kamp, deelden met de radicalen hun afkeer van het kapitalisme, maar wensten zich verre van de politiek te houden. Hun ideaal was om omgeven door de natuur een gemeenschappelijk bestaan op te bouwen waarin ze in al hun behoeften konden voorzien. De gematigden waren in de meerderheid op het agrarische bedrijf, en zij en de radicalen waren als water en vuur. Bij het werken op het land leverde dat nauwelijks problemen op, omdat beide kampen dezelfde doeleinden voor ogen stonden, maar als er beslissingen moesten worden genomen over richtlijnen voor de hele commune, vielen de meningen altijd in tweeën uiteen. Heel vaak bleek het onmogelijk om tot een compromis te komen, en op zulke momenten werd er bikkelhard gedebatteerd. De daadwerkelijke splitsing van de commune was slechts een kwestie van tijd.

Geleidelijk aan werd het steeds moeilijker om een neutrale positie in te nemen, tot uiteindelijk ook Fukada er niet langer omheen kon en partij moest kiezen. Tegen die tijd had ook hij zich wel gerealiseerd dat het Japan van de jaren zeventig geen plaats was waar je met succes een revolutie kon beginnen. Hij had zich trouwens zo'n revolutie alleen voorgesteld als een mogelijkheid – of preciezer gezegd: als een figuurlijke, hypothetische revolutie. Hij geloofde dat een gezonde maatschappij niet zonder een beweging kan die eropuit is de gevestigde orde omver te werpen – zoals een scherpe specerij goed is voor de gezondheid, om het zo maar eens uit te drukken. Maar wat zijn voormalige studenten wilden, was een echte revolutie waarin echt bloed werd vergoten. Natuurlijk was dat voor een groot gedeelte de schuld van Fukada zelf. Hij had zich door de stemming van die tijd laten verleiden om meeslepende toespraken te houden waarin hij deze absurde mythe in het hoofd van zijn studenten had gestampt, maar hij had er niet één keer bij gezegd dat hij het had over een revolutie tussen aanhalingstekens. Hij was een integer mens met een scherp verstand, hij was een eminent geleerde, maar jammer genoeg had hij de neiging om bedwelmd te raken door zijn eigen welsprekendheid, en op het meest fundamentele niveau schijnt het hem te hebben ontbroken aan zelfreflectie en beginselvastheid.

Op deze manier viel de commune in tweeën uit elkaar. De gematigden bleven als Voorhoede in het dorp, terwijl de radicalen verhuisden naar een ander ontvolkt dorpje ongeveer vijf kilometer daarvandaan, waar ze het hoofdkwartier van hun revolutionaire beweging vestigden. Fukada bleef, net zoals trouwens alle mannen met een gezin, in Voorhoede. In het algemeen verliep de splitsing vriendschappelijk. Het geld dat nodig was om een tweede commune te stichten had Fukada ergens kunnen vinden, en ook na de splitsing werkten beide agrarische bedrijven oppervlakkig met elkaar samen. Ze onderhandelden over de voorraden die ze nodig hadden en kwamen met elkaar overeen dat ze om financiële redenen dezelfde transportroute zouden gebruiken. Deze twee kleine communes konden alleen blijven voortbestaan als ze elkaar hielpen.

Maar de bezoekjes over en weer tussen de oude Voorhoede en de nieuwe splintergroep namen al snel af, tot ze in feite helemaal ophielden. De ideologische verschillen waren gewoon te groot. Fukada en de radicale studenten wier leider hij vroeger was geweest, bleven echter ook na de splitsing contact houden. Ten opzichte van hen voelde Fukada een buitengewoon grote verantwoordelijkheid. Dit waren immers de studenten die hij had georganiseerd en meegevoerd naar de bergen van Yamanashi. Hij kon ze nu niet gaan negeren omdat dat hem toevallig beter uitkwam. En bovendien, de splintergroep had het geheime geld nodig waarover Fukada beschikte.

'Je zou kunnen zeggen dat Fukada werd verscheurd,' zei de professor. 'Hij geloofde echt niet meer in de mogelijkheid en de romantiek van de revolutie. Uiteindelijk was hij ook niet in staat die helemaal te verloochenen. Want als hij de revolutie verloochende, verloochende hij ook alle jaren die hij tot dan toe had geleefd. Het betekende dat hij tegenover iedereen zou moeten bekennen dat hij het bij het verkeerde eind had gehad. En dat kon hij niet. Zijn trots stond het niet toe, en bovendien: hij was bang van de chaos die er onder zijn studenten zou ontstaan als hij zich terugtrok. In die tijd had Fukada namelijk nog een zeker gezag over hen.

Zo kwam het dat hij zijn tijd ging verdelen tussen Voorhoede en de nieuwe commune. Hij was de leider van Voorhoede, maar hij had ook de functie van adviseur aangenomen van de radicale splintergroep. Iemand die in zijn hart niet meer in de revolutie geloofde, bleef revolutionaire theorieën verkondigen. Als ze niet op het land werkten, volgden de leden van de splintergroep intensieve militaire training en indoctrinatie. Tegen Fukada's wil in werden ze in politiek opzicht steeds radicaler. Ze namen nu absolute geheimhouding in acht en lieten geen enkele buitenstaander meer binnen. En omdat ze gewapende revolutie predikten, begon de veiligheidsdienst een oogje op ze te houden.'

De professor staarde nogmaals naar de knieën van zijn broek. Toen keek hij op.

'Deze splitsing in Voorhoede vond plaats in 1976. Het volgende jaar liep Eri er weg en kwam zij bij mij wonen. Rond die tijd kreeg de splintergroep ook een naam: Dageraad.'

Tengo keek op, zijn ogen vernauwd tot spleetjes. 'Wacht even!' zei hij.

Dageraad? Die naam had hij eerder gehoord, dat wist hij zeker. Zijn geheugen was echter erg wazig. Het enige houvast dat hij had waren een paar sponzige fragmenten die waar léken.

'Is dat die Dageraad die een tijdje geleden zo in het nieuws was?'

'Precies,' zei professor Ebisuno. Hij keek Tengo aan met ogen die nog nooit zo ernstig hadden gestaan. 'Dezelfde Dageraad die in de bergen bij het Motosu-meer een vuurgevecht met de politie is aangegaan. Natuurlijk!'

Een vuurgevecht, dacht Tengo. Daar kan ik me iets van herinneren. Het was heel groot nieuws. Maar waarom kan ik me de details niet te binnen brengen? De volgorde van allerlei gebeurtenissen is veranderd. Toen hij zijn geheugen probeerde te forceren, had hij de gewaarwording alsof zijn hele lichaam werd verdraaid. Net zo'n gevoel alsof zijn bovenlichaam en zijn onderlichaam elk een andere kant uit werden geschroefd. Hij kreeg een vlijmende pijn in het midden van zijn hoofd, en de lucht om hem heen werd opeens ijl. Alle geluiden klonken dof,

alsof hij zijn hoofd in het water had. Het leek of hij elk ogenblik een aanval zou krijgen.
'Scheelt er iets aan?' vroeg de professor bezorgd. Zijn stem kwam van ontzettend ver weg.
Tengo schudde zijn hoofd en dwong zichzelf iets te zeggen.
'Nee, maakt u zich geen zorgen. Het gaat zo over.'

11

Aomame: *Het menselijk lichaam is een tempel*

Er zijn misschien mensen die harder trainen dan Aomame om een man voor zijn kloten te kunnen trappen, maar die kun je dan wel op de vingers van twee handen tellen. Elke dag oefende ze hoe hard en waar je ze moet raken, en ze verzuimde haar praktische training niet. Wat is het allerbelangrijkst als je zo'n trap inzet? Juist! Je mag absoluut niet aarzelen. Je valt je tegenstander aan waar zijn verdediging het zwakst is – genadeloos, furieus, bliksemsnel. Zoals Hitler alle neutraliteitsverklaringen aan zijn laars lapte, via Nederland en België door het zwakste deel van de Maginot-linie brak, en Frankrijk op zijn dooie gemak tot overgave dwong. Aarzelen is uit den boze! Een fractie van een seconde te laat, en je bent er geweest.

Voor verreweg de meeste vrouwen is dit de enige manier om een grote, sterke kerel in een persoonlijk gevecht te verslaan, daarvan was Aomame heilig overtuigd. In dat ene lichaamsdeel lag – of bengelde – het leven van een man. Daar was zijn zwakste punt. En in de meeste gevallen werd het slecht verdedigd. Het zou wel erg stom zijn om daar geen gebruik van te maken.

Hoe intens de pijn is als een man met inzet van alle krachten tegen zijn ballen wordt getrapt, kon Aomame als vrouw natuurlijk niet begrijpen. Ze kon er zelfs niet naar gissen. Maar dat hij heel erg moest zijn, kon ze zich op grond van de reactie en de gezichtsuitdrukking van haar tegenstanders wel voorstellen. Zelfs de sterkst gespierde krachtpatser leek niet tegen deze afschuwelijke pijn bestand. En het zelfrespect van zo'n vent was ook meteen naar de kloten.

Aomame had het ooit aan een man gevraagd, en die had een hele poos staan piekeren.

'Het is alsof het eind van de wereld voor de deur staat,' had hij uiteindelijk geantwoord. 'Beter kan ik het niet uitleggen. Met gewone pijn heeft het niets meer te maken.'

Aomame had lang over deze vergelijking nagedacht. Het eind van de wereld?

'Zou je dan omgekeerd kunnen zeggen dat het eind van de wereld aanvoelt alsof je hard in je zak wordt geschopt?' vroeg ze.

'Ik heb het eind van de wereld nooit meegemaakt, dus met zekerheid kan ik het niet zeggen, maar dat zou best eens kunnen zijn,' zei hij, en hij staarde met nietsziende ogen in de verte. 'Je bent volkomen machteloos. Alles om je heen wordt donker, je voelt een hartverscheurende ellende, en niets of niemand kan je helpen.'

Toevallig had ze een tijdje later op een avond laat *On the Beach* op de tv gezien, een Amerikaanse film van rond 1960. Er breekt een plotselinge oorlog uit tussen de Verenigde Staten en de Sovjet-Unie. Talloze kernraketten zwermen als scholen vliegende vissen over de oceaan en regenen neer op de continenten. In een handomdraai wordt de wereld vernietigd en de mensheid bijna helemaal uitgeroeid. Dankzij gunstige windstromen heeft de fall-out Australië, op het zuidelijk halfrond, nog niet bereikt, maar dat is slechts een kwestie van tijd. Het uitsterven van het menselijke ras is onafwendbaar. De overlevenden kunnen nergens heen en wachten hulpeloos het onvermijdelijke einde af. Iedereen doorleeft de laatste dagen van de mensheid op zijn eigen manier. Dat is de plot van deze sombere film, waarin de redding uitblijft. (En Aomame kwam eens te meer tot de overtuiging dat iedereen in de grond van zijn hart toch een beetje op het eind van de wereld zit te wachten.)

Hoe het ook zij, terwijl ze rond middernacht in haar eentje naar deze film zat te kijken, besefte Aomame dat dit het gevoel moest zijn dat een man heeft als hij een harde schop tegen zijn ballen krijgt. Ze voelde zich enigszins tevredengesteld.

Nadat ze was afgestudeerd aan de Academie voor Lichamelijke Opvoeding, had Aomame vier jaar lang gewerkt voor een bedrijf dat sportdrankjes, macrobiotisch voedsel en andere dingen vervaardigde die goed waren voor de gezondheid. Daar was ze de ster (en uiteraard clean-up hitter) geweest van het softbalteam. Ze hadden goede resultaten behaald en waren verscheidene keren doorgedrongen tot de kwartfinales van de nationale kampioenschappen, maar de maand nadat Tamaki Ōtsuka was gestorven, had Aomame haar ontslag ingediend en een punt achter haar softbalcarrière gezet. Ze kon zich er niet meer toe zetten om met softbal als wedstrijdsport verder te gaan. Ze wilde ook een heel nieuw leven beginnen, en dankzij een goed woordje van een oude studiegenoot was ze instructrice geworden bij een sportschool in Hiro'o, niet zo ver van het centrum.

Daar was ze hoofdzakelijk verantwoordelijk voor spiertraining en *martial arts*. Het was een bekende, exclusieve school met een heel hoog inschrijf- en lidmaatschapsgeld, die kon bogen op een groot aantal bekende leden. Aomame ontwikkelde verscheidene cursussen in zelfverdediging voor vrouwen, want dat was haar specialiteit. Ze maakte van canvas een pop zo groot als een forse man, naaide een zwarte handschoen in het kruis bij wijze van testikels, en liet de vrouwelijke leden daarmee oefenen. Om het nog realistischer te maken, had ze de handschoen gevuld met twee squashballen, waar vliegensvlug, meedogenloos en in hoog tempo tegenaan moest worden getrapt. De meeste dames hadden hier buitengewoon veel plezier in, en hun vaardigheid nam zienderogen toe, maar er waren ook leden (de meesten mannen natuurlijk) die zulke training met lede ogen aanzagen. 'Het mag dan nodig zijn, maar dit is toch wel een beetje té,' klaagden ze, en deze klacht kwam uiteindelijk de directie ter ore. Het resultaat was dat Aomame bij de manager werd geroepen en te horen kreeg dat ze voortaan haar klotentraptraining een beetje moest intomen.

'Maar zonder hem in het kruis te kunnen trappen is het voor een vrouw zo goed als onmogelijk zich te verdedigen als ze door een man wordt aangevallen,' protesteerde ze. 'Mannen zijn meestal veel groter en sterker. Een vlugge, goedgerichte trap tegen de testikels is de enige manier waarop een vrouw het kan winnen. Mao Zedong heeft het ook gezegd: het zwakke punt van je tegenstander zoeken en daar geconcentreerd een preventieve aanval op doen, is de enige kans die guerrilla's hebben om over een conventioneel leger te zegevieren.'

'Zoals jij ook wel weet, zijn wij een van de meest exclusieve sportscholen in centraal-Tokyo,' zei de manager met een zorgelijk gezicht. 'We hebben veel beroemdheden onder onze leden. We moeten daarom in alle opzichten onze waardigheid behouden. Ons image – daar gaat het om. Er zijn misschien uitstekende redenen om meisjes van huwbare leeftijd gillend en schreeuwend tegen het kruis van een pop te laten trappen, maar qua waardigheid schiet het een tikkeltje tekort. Er zijn mensen geweest die erover dachten om lid te worden maar hier eerst even een kijkje wilden nemen, en die gauw van dat voornemen terugkwamen toen ze toevallig een van jouw lessen zagen. Het kan me niet schelen wat Mao Zedong heeft gezegd, of Dzjengis Khan voor mijn part, bij zulke taferelen voelen veel mannen zich slecht op hun gemak, nerveus of zelfs misselijk.'

Het zou Aomame een zorg zijn dat de mannelijke leden zich slecht op hun gemak, nerveus of zelfs misselijk voelden. Vergeleken bij de pijn als je verkracht wordt, zonk die misselijkheid in het niet. Maar de instructies van haar manager kon ze niet naast zich neerleggen. De agressiviteit van haar lessen in zelfverdediging werd dus danig teruggeschroefd en het gebruik van de pop werd verboden. Hierdoor veranderde de training in een flauwe, mechanische vertoning. Aomame zelf vond dat natuurlijk helemaal niet leuk en de leden klaagden ook, maar ze was nu eenmaal een werkneemster van de sportschool, dus kon ze er weinig aan doen.

Als een man je met brute kracht aanviel en je kon je niet verdedigen door hem in zijn kruis te trappen, kon je volgens Aomame maar op weinig anders terugvallen. De aanvaller bij de arm pakken en die op zijn rug draaien was een greep voor gevorderden die in de praktijk bijna nooit werkte. In de werkelijkheid gaat het er anders aan toe dan in een film. In plaats van zulke kunstjes te proberen, kon je beter gewoon heel hard wegrennen.

In elk geval, Aomame had een stuk of tien verschillende manieren ontwikkeld waarop je een man effectief tegen zijn zak kunt schoppen. Die had ze uitgeprobeerd op jongere collega's met toques. 'Zelfs met zo'n ding om komen die trappen van jou verschrikkelijk hard aan. De volgende keer zoek je maar iemand anders,' hadden ze stuk voor stuk gejammerd. Als het nodig is, dacht ze, aarzel ik geen moment om alles wat ik geleerd heb in praktijk te brengen. Als iemand het in zijn botte hersens haalt om mij aan te vallen, krijgt hij het eind van de wereld te zien, in kleuren. Ik laat hem op de eerste rij zitten als het Koninkrijk komt. Ik trap hem regelrecht naar het zuidelijk halfrond, waar hij met kangoeroes en wallaby's kan ronddollen in de fall-out.

Aomame zat aan de bar van een café en nipte van haar Tom Collins terwijl ze nadacht over het komende Koninkrijk. Af en toe keek ze op haar horloge, alsof ze op iemand zat te wachten, maar dat was maar voor de show. In werkelijkheid had ze met niemand afgesproken. Ze was hier alleen om uit de klanten die hier kwamen een behoorlijke man te kiezen. Het was al halfnegen geweest. Onder een bruin jasje van Calvin Klein droeg ze een lichtblauwe bloes en een donkerblauw minirokje. Haar speciale ijspriem had ze deze keer niet bij zich. Die lag in een handdoek gewikkeld in vrede te rusten in een la van haar klerenkast.

Het café, een singlesbar, stond in Roppongi. Het was bekend omdat er zoveel ongetrouwde mannen kwamen op zoek naar ongetrouwde vrouwen – en omgekeerd. Buitenlanders kwamen er ook veel. Het was ingericht als een bar ergens op de Bahama's, zo'n bar waar Hemingway vaak rondhing, met zwaardvissen aan de muur en visnetten aan het plafond. Met foto's aan de muren van mensen die kanjers hadden gevangen, en zowaar een geschilderd portret van Hemingway, die vrolijke Papa Hemingway. Dat de schrijver op het eind van zijn leven zwaar aan de drank was en met een jachtgeweer zelfmoord had gepleegd, leek de clientèle niet zo te kunnen schelen.

Ook deze avond was ze door een aantal mannen aangesproken, maar ze waren geen van allen haar type. Twee studenten, echte playboys zo te zien, probeerden met haar aan te pappen, maar daar had ze geen zin in, dus die negeerde ze gewoon. Een louche kantoorbediende van een jaar of dertig wimpelde ze af omdat 'ze met iemand had afgesproken'. Jongere mannen vielen bij haar meestal niet in de smaak. Ze hadden veel praatjes en nog meer zelfvertrouwen, maar waren niet in staat een behoorlijk gesprek te voeren. In bed ging het wel van dik hout zaagt men planken, maar ze begrepen niet hoe je echt van seks kunt genieten. Nee, Aomames voorkeur ging uit naar enigszins vermoeide, zo mogelijk kalende mannen van middelbare leeftijd. Maar geen vulgaire types, hoor. Nette, schone mannen. En de vorm van hun hoofd was ook belangrijk. Maar zulk soort mannen vond je niet zo eenvoudig. Dus moest je ruimte overhouden voor een compromis.

Ze keek het café rond en slaakte een geluidloze zucht. Waarom was 'een behoorlijke man' in deze wereld zo moeilijk te vinden? Ze moest aan Sean Connery denken. Alleen al als ze zich zijn hoofd voorstelde, begon er diep in haar lichaam iets pijnlijk te tintelen. Als Sean Connery hier ook maar even zijn neus om de deur steekt, is hij van mij, dacht ze. Maar vanzelfsprekend liet Sean Connery in een nep-Bahama singlesbar in Roppongi zijn gezicht niet zien.

De grootbeeldtelevisie aan de muur liet beelden zien van Queen. Aomame hield niet zo van Queen. Ze keek dus zo weinig mogelijk die kant op en deed haar best ook niet naar de muziek te luisteren die uit de speakers kwam. Toen Queen eindelijk was afgelopen, veranderden de beelden in die van Abba. Wel verdorie, dacht Aomame. Dit kon wel eens een heel vervelende avond worden.

Op de sportschool waar ze werkte, had ze de Oude Dame van Huize Terwilgen leren kennen. Ze volgde een van haar zelfverdedigingslessen – die radicale les met de pop, die maar zo'n kort leven beschoren was. De Oude Dame was klein van stuk en ze was de oudste van de groep, maar ze bewoog zich erg makkelijk en haar trappen kwamen uiterst venijnig aan. Aomame had het onmiddellijk door: als het er echt op aan kwam, zou dit oude vrouwtje zonder enige aarzeling haar aanvaller beurs schoppen. Ze zei geen woord te veel en ging zonder omwegen op haar doel af, en dat waren dingen die Aomame bijzonder in haar aanspraken.

'Op míjn leeftijd hoef je jezelf eigenlijk niet meer te verdedigen,' zei ze na afloop van een les fijntjes glimlachend tegen Aomame.

'Je leeftijd is het probleem niet,' antwoordde Aomame droog. 'Het probleem is hóé je leeft. Je moet er altijd van uitgaan dat je jezelf uit alle macht moet verdedigen – dát is belangrijk. Als je je bij je rol als slachtoffer neerlegt, ben je verloren. Dan krijg je een gevoel van machteloosheid dat nooit meer verdwijnt en aan je blijft knagen tot er niets van je overblijft.'

De Oude Dame staarde Aomame een tijdlang zwijgend aan. Iets in wat Aomame had gezegd, of misschien iets in de toon van haar stem, leek diepe indruk op haar te hebben gemaakt. Toen knikte ze langzaam. 'Je hebt gelijk, zo is het precies. Je hebt er een heel goede kijk op.'

Een paar dagen later kreeg Aomame een envelop die was afgeleverd bij de receptie van de sportschool. Die bevatte een kort briefje in een prachtig handschrift, met de naam en het telefoonnummer van de Oude Dame en het verzoek om contact op te nemen zodra ze daar in haar drukke programma tijd voor kon vinden.

De telefoon werd beantwoord door een man, blijkbaar een soort secretaris. Zodra Aomame haar naam gaf, verbond hij haar zwijgend door met de Oude Dame. Die was haar heel erkentelijk dat ze de moeite had genomen om even te bellen. Als Aomame er geen bezwaar tegen had, wilde ze haar graag uitnodigen om een keer uit eten te gaan. Ze wilde eens rustig met Aomame over iets persoonlijks praten. Aomame nam de uitnodiging graag aan. Goed, wat dacht ze dan van morgenavond, vroeg de Oude Dame. Daar had Aomame niets op tegen. Ze vroeg zich naderhand alleen bevreemd af waar de Oude Dame het met haar over zou willen hebben.

Ze aten in een Frans restaurant in een rustige wijk van Azabu. De Oude Dame kwam hier blijkbaar al jaren, want ze werden meteen voorgegaan naar een goede tafel achterin en kregen een hoffelijke, al wat oudere kelner toegewezen, die haar van gezicht leek te kennen. De Oude Dame droeg een prachtig gesneden lichtgroene japon (zo te zien een creatie van Givenchy uit de jaren zestig) en een jaden halsketting. De maître d'hôtel kwam tussendoor ook nog even zijn opwachting maken. Er stonden veel groentegerechten op het menu, en alles smaakte even uitstekend en licht. Toevallig was de soep die dag gemaakt met aomame. De Oude Dame dronk een glaasje chablis, en Aomame volgde haar voorbeeld. De wijn was al net zo goed en elegant als het eten. Aomame bestelde gegrilde witte vis als hoofdgerecht, maar de Oude Dame hield het alleen bij groente. De manier waarop ze die at was zo mooi dat het een waar kunstwerk was om te zien.

'Als je eenmaal op mijn leeftijd bent, heb je niet veel eten nodig,' zei ze. 'Maar wel het lekkerste,' voegde ze eraan toe. Het was moeilijk te bepalen of ze dat echt als een grapje bedoelde.

Het persoonlijke onderwerp dat de Oude Dame wilde bespreken was dit: kon Aomame haar persoonlijke training geven? Twee, drie dagen in de week martial arts aan huis, met als het kon ook nog wat strekoefeningen voor de spieren.

'Natuurlijk kan dat,' zei Aomame. 'Ik moet het alleen wel bij de sportschool opgeven als privélessen aan huis.'

'Dat hindert niet,' zei de Oude Dame. 'Maar het schema bepaal ik rechtstreeks met jou. Als ik dat via iemand anders moet doen, kunnen er moeilijkheden ontstaan, en zoiets vermijd ik liever. Of heb je daar bezwaar tegen?'

'Nee hoor.'

'Goed, dan beginnen we volgende week,' zei de Oude Dame.

En daarmee was het formele gedeelte afgehandeld.

'Wat je laatst op de sportschool tegen me zei, was heel indrukwekkend,' zei de Oude Dame. 'Dat over die machteloosheid, bedoel ik. "Een gevoel van machteloosheid dat nooit meer verdwijnt en aan je blijft knagen tot er niets van je overblijft." Weet je dat nog?'

Aomame knikte. 'Jazeker.'

'Mag ik je iets vragen?' zei de Oude Dame. 'En om tijd te besparen ben ik bang dat het een erg vrijpostige vraag wordt.'

'Ga uw gang,' zei Aomame.

'Ben je feministe of lesbisch?'

Aomame begon te blozen. Toen schudde ze haar hoofd. 'Nee. Mijn gedachten over dat onderwerp zijn puur persoonlijk. Feministe ben ik niet, en lesbisch evenmin.'

'Dank je,' zei de Oude Dame. Alsof dat antwoord haar gerust had gesteld, bracht ze uiterst elegant een stukje broccoli naar haar mond, kauwde daar uiterst elegant op, en spoelde het weg met een heel klein slokje wijn.

'Als je feministe of lesbisch was geweest, had ik dat helemaal niet erg gevonden. Dat had aan mijn indruk niets veranderd. Maar als ik heel eerlijk moet zijn: het klinkt een beetje overtuigender als je het níét bent. Begrijp je wat ik bedoel?'

'Ik geloof van wel,' zei Aomame.

Twee keer in de week bezocht Aomame de villa van de Oude Dame om haar les te geven in martial arts. Haar dochter had op ballet gezeten toen ze nog klein was, en daarvoor had de Oude Dame een grote kamer ingericht met overal spiegels aan de muren. Daar deden ze hun oefeningen, nauwgezet en in de juiste volgorde. De Oude Dame was nog erg lenig voor haar leeftijd en maakte snel vorderingen. Haar lichaam was klein, maar ze had het in al die jaren geen ogenblik verwaarloosd. Behalve martial arts bracht Aomame haar de eerste beginselen van spierstrekoefeningen bij en masseerde haar spieren om ze wat losser te maken.

Spiermassage was Aomames specialiteit. Op de academie had ze voor dit onderwerp ook de beste cijfers gehad. Ze had de naam van elk spiertje of botje in het menselijk lichaam in haar hersens gegrift. Ze was bekend met de rol en de eigenschappen van elke spier, en ook met de manier waarop je hem moet ontwikkelen en in conditie houden. Het menselijk lichaam is een tempel, en datgene wat er in die tempel vereerd wordt, moet zo sterk en mooi en schoon zijn als je het maar kunt maken. Dat was haar onwrikbare overtuiging.

Omdat Aomame sportgeneeskunde alleen niet voldoende vond, had ze uit persoonlijke interesse ook acupunctuur geleerd. Ze had een paar jaar lang stage gelopen bij een Chinese specialist, die verbaasd stond over de snelheid waarmee ze vorderingen maakte en haar had gevraagd waarom ze geen eigen praktijk begon. Ze leerde snel en bezat een onverzadigbare nieuwsgierigheid naar de details van de menselijke anatomie. Maar meer nog: ze had ontzaglijk gevoelige vingertoppen. Zoals sommige mensen een absoluut gehoor hebben of het vermogen ondergrondse wateraders te vinden, zo kon Aomame met haar vingertoppen onmiddellijk die minuscule punten onderscheiden die het functioneren van het lichaam beïnvloeden. Dat was haar door niemand geleerd. Dat begreep ze van nature.

Als de training en de massage voorbij waren, dronken Aomame en de Oude Dame altijd een kopje thee en praatten over van alles en nog wat. Tamaru serveerde dan uit een theeservies op een zilveren dienblad. Omdat hij de eerste maand in het bijzijn van Aomame geen woord had gezegd, had ze op een gegeven ogenblik de Oude Dame zelfs gevraagd of hij misschien niet kon praten.

Op een dag vroeg de Oude Dame of Aomame de technieken die ze had ontwikkeld om mannen hard in de testikels te raken ooit in praktijk had gebracht.

'Eén keertje maar,' zei Aomame.

'En?' vroeg de Oude Dame.

'Het lukte,' antwoordde Aomame behoedzaam.

'Denk je dat je ze tegen Tamaru ook kunt gebruiken?'

Aomame schudde haar hoofd. 'Ik denk het niet. Tamaru kent die technieken. Als iemand met die kennis jouw bewegingen kan aflezen, kun je het wel vergeten. Trappen in het kruis zijn alleen effectief tegen mensen die het vechten niet gewend zijn – amateurs.'

'Dus je kunt zien dat Tamaru geen amateur is?'

Aomame koos haar woorden met zorg. 'Hij ziet er iets anders uit, ja.'

De Oude Dame schonk een scheutje room in haar thee en roerde die langzaam om met haar lepeltje.

'Dus je tegenstander was een amateur. Was het een grote vent?'

Aomame knikte, maar zei niets. Haar tegenstander was groot geweest, en sterk. Maar hij was ook arrogant, en hij was niet op zijn hoede geweest omdat hij maar een vrouw tegenover zich had. Hij was nog nooit door een vrouw in zijn kruis getrapt en had nooit gedacht dat dat hem een keer zou overkomen.

'Heb je hem ook verwond?' vroeg de Oude Dame.

'Nee, gewond was hij niet. Hij lag een poosje te creperen van de pijn, maar dat was alles.'

De Oude Dame was even stil. 'Heb je ooit zelf een man aangevallen?' vroeg ze toen. 'Niet alleen maar om hem pijn te doen, maar met de bewuste opzet hem te verwonden?'

'Ja,' antwoordde Aomame. Liegen was niet iets waarin ze uitblonk.

'Kun je erover praten?'

Aomame schudde kort van nee. 'U moet het me niet kwalijk nemen, maar dat is iets waar ik niet makkelijk over praat.'

'Dat is helemaal niet erg,' zei de Oude Dame. 'Natuurlijk praat je er niet makkelijk over. En dat hoef je ook niet.'

Ze dronken zwijgend hun thee, elk bezig met haar eigen gedachten.

Uiteindelijk was de Oude Dame degene die de stilte verbrak. 'Maar als er ooit een tijd komt dat je het er wél over kunt hebben, zul je me dan vertellen wat er is gebeurd?'

'Misschien dat ik daar ooit toe in staat zal zijn, misschien niet. Eerlijk gezegd weet ik het zelf niet.'

De Oude Dame keek Aomame een tijdlang aan. 'Ik vraag het niet uit nieuwsgierigheid.'

Aomame zei niets.

'Ik kan zien dat je ergens mee rondloopt, iets heel zwaars. Dat voelde ik al de eerste keer dat we elkaar ontmoetten. Je hebt zo'n vastberaden blik in je ogen. Om je de waarheid te zeggen, ben ik net als jij – ik draag ook een zware last met me mee. Daarom kon ik zien dat jij dat deed. Je hebt nog tijd, maar je moet hem ooit zien kwijt te raken. Ik zwijg als het graf, en ik heb een paar middelen tot mijn beschikking. Met een beetje geluk denk ik dat ik je wel zal kunnen helpen.'

Toen Aomame veel later bij de Oude Dame haar hart luchtte, opende ze daarmee een andere deur in haar leven.

'Wat is dat voor drankje?' klonk een vrouwenstem vlak bij haar oor.

Aomame kwam weer tot zichzelf en keek op. Een jonge vrouw met een paardenstaart zoals ze die in de jaren vijftig droegen was naast haar op een kruk gaan zitten. Ze droeg een jurk met een fijn bloemetjespatroon, en over haar schouder hing een Gucci-tasje. Haar nagels waren mooi lichtroze gelakt. Hoewel ze niet dik was, maakte ze met haar ronde gezicht toch een mollige indruk. Het was een uiterst vriendelijk gezicht. Ze had grote borsten.

Aomame wist even niet wat ze moest doen, want ze had niet verwacht door een vrouw te worden aangesproken. Dit was een plaats waar mannen dat met vrouwen deden.

'Een Tom Collins,' zei Aomame.

'Is hij lekker?'

'Niet bijzonder. Maar hij is niet al te sterk, en je doet er lang mee.'

'Waarom zou zoiets een Tom Collins heten?'

'Ik zou het echt niet weten,' zei Aomame. 'Het zal wel genoemd zijn naar de vent die hem voor het eerst heeft bedacht. Niet dat het zo'n verbazingwekkende uitvinding is.'

De vrouw gebaarde naar de barkeeper en bestelde ook een Tom Collins. Die kwam in een mum van tijd.

'Vind je het erg als ik naast je kom zitten?' vroeg de vrouw.

'Nee hoor. De kruk is vrij.'

En bovendien zit je al naast me, dacht Aomame, maar dat zei ze er niet bij.

'Je hebt hier toch niet met iemand afgesproken?' vroeg de vrouw.

Op die vraag gaf Aomame geen antwoord. In plaats daarvan nam ze de ander eens goed op. Ze zag eruit alsof ze een jaar of drie, vier jonger was dan zijzelf.

'Luister eens, dáárin ben ik bijna niet geïnteresseerd, dus maak je geen zorgen,' zei de vrouw op vertrouwelijke toon. 'Als je je tenminste zorgen maakt. Ik heb ook liever een man. Net als jij.'

'Net als ik?'

'Jij bent toch zeker ook hier om een leuke vent uit te zoeken?'

'Zie ik er zo uit?'

De ander vernauwde haar ogen tot spleetjes. 'Moet je dat nog vragen? Daarvoor zijn we toch allemaal hier? En we doen dit geen van beiden voor ons beroep.'

'Natuurlijk niet,' zei Aomame.

'Moet je horen: zou je er iets voor voelen om samen een team te vormen? Mannen lijken het makkelijker te vinden om twee vrouwen aan te spreken dan een vrouw alleen. Wij voelen ons ook prettiger als we met z'n tweeën zijn, en bovendien is het veiliger. Ik zie er meisjesachtig uit en jij eerder *boyish*, dus ik denk dat we samen een goed paar zullen vormen.'

Boyish, dacht Aomame. Dit is de eerste keer dat iemand mij boyish noemt!

'Maar we hebben misschien een heel verschillende smaak qua mannen. Ik vraag me af of we echt een goed team zouden vormen.'

De andere vrouw trok een bedachtzaam gezicht. 'Dat is waar. Daar had ik even niet bij stilgestaan. Smaak... Wat voor type man heb jij het liefst?'

'Mannen die al wat ouder zijn,' zei Aomame. 'Ik val niet zo op jonge jongens. Ik vind het opwindend als ze net een beetje beginnen te kalen.'

De ander leek onder de indruk. 'Oudere mannen, hè? Zelf heb ik het meer op gezonde jonge knullen die er een beetje leuk uitzien. In oudere mannen ben ik niet zo geïnteresseerd, maar goed, als jij die leuker vindt, wil ik best een keer met je meedoen. Je moet alles een keer uitproberen, zeggen ze. Maar is dat nou leuk, met zo'n oudere man? Ik bedoel natuurlijk seks.'

'Dat hangt van de man af,' zei Aomame.

'Dat spreekt vanzelf,' zei de andere vrouw. Ze vernauwde haar ogen tot spleetjes alsof ze een theorie wilde verifiëren. 'Natuurlijk kun je over seks niet generaliseren. Maar als het per se moest, wat zou je dan zeggen?'

'Slecht is anders. Het aantal keren is natuurlijk wat minder, maar ze gaan langer door. En ze haasten zich niet. Als je geluk hebt, kom je een paar keer klaar.'

Daar dacht de ander even over na. 'Als je het zo brengt, klinkt het wel interessant. Zou ik het eens moeten proberen, denk je?'

'Wat jij wilt,' zei Aomame.

'Hé, heb jij wel eens seks gehad met z'n vieren? Je weet wel, waarbij je tussendoor van partner wisselt?'

'Nee.'

'Ik ook niet, maar zou je er iets voor voelen?'

'Ik denk het niet,' zei Aomame. 'Maar moet je horen, ik wil in principe best een team met je vormen, maar voor we samen op stap gaan, al is het maar voor deze ene keer, wil ik toch een beetje meer van je weten. Anders krijgen we onderweg misschien misverstanden.'

'Mij best. Dat lijkt me een heel verstandig idee. Nou, wat zou jij bijvoorbeeld over mij willen weten?'

'Bijvoorbeeld... Wat doe je voor werk?'

De andere vrouw nam een slokje van haar Tom Collins en zette haar glas terug op het viltje. Met een papieren servetje bette ze haar lippen.

Toen inspecteerde ze de kleur van de lipstick die aan het papier was blijven kleven.

'Dit is toch eigenlijk wel heel lekker, zeg,' zei ze. 'Wat is de basis? Gin?'

'Gin, en verder citroensap en sodawater.'

'Het mag dan geen verbazingwekkende uitvinding zijn, maar het smaakt beslist niet slecht.'

'Dat doet me plezier.'

'Tja, wat doe ik voor de kost? Dat is een lastige vraag. Als ik hem eerlijk beantwoord, geloof je me misschien niet.'

'Nou, laten we dan bij mij beginnen,' zei Aomame. 'Ik ben instructrice op een sportschool. Ik doe hoofdzakelijk martial arts, en verder strek ik spieren.'

'Martial arts,' zei de ander bewonderend. 'Dus je bent een soort Bruce Lee?'

'Alleen maar een soort.'

'Ben je goed?'

'Niet slecht.'

De vrouw schonk Aomame een stralende glimlach en hief haar glas op alsof ze haar wilde toedrinken. 'Nou, als de nood aan de vrouw komt, kunnen we samen misschien een Dodelijk Duo vormen. Ik zie er misschien niet zo uit, maar ik heb jarenlang aan aikido gedaan. Ik ben namelijk politieagente.'

'Politieagente,' zei Aomame. Haar mond hing enigszins open, meer woorden kon ze niet uitbrengen.

'Ja. Ik werk op het hoofdbureau hier in Tokyo,' zei de ander. 'Dat zie je niet aan me af, hè?'

'Zeker niet,' zei Aomame.

'Maar toch is het zo, ik zweer het. Ik heet Ayumi.'

'En ik Aomame.'

'Aomame. Heet je echt zo?'

Aomame knikte moeizaam. 'Dus je bent bij de politie. Wil dat zeggen dat je in uniform en met een pistool op je heup in een politieauto door de straten patrouilleert?'

'Daarom ben ik bij de politie gegaan: omdat ik dat graag wilde doen. Maar dacht je dat ze me de kans geven?' zei Ayumi. Ze pakte een zoute pretzel uit het schaaltje op de bar en knabbelde die luidruchtig op. 'Ik moet er in een belachelijk uniform en een miniautootje op uit om te kijken of er ergens fout wordt geparkeerd. Voorlopig is dat mijn hoofdtaak. En natuurlijk geven ze me geen pistool mee. Ze zijn zeker bang dat ik waarschuwingsschoten ga lossen op een brave burger die zijn Toyota Corolla voor een brandkraan heeft neergezet. Op de schietbaan haal ik altijd de hoogste punten, maar daar kijken ze niet naar. Alleen omdat ik vrouw ben, doe ik dag in dag uit niks anders dan met een krijtje op een stok tijden en nummers op het asfalt schrijven.'

'Dat pistool is zeker een semiautomatische Beretta?'

'Ja. We hebben vandaag de dag allemaal zo'n ding. Maar Beretta's zijn mij een beetje te zwaar. Met vol magazijn wegen die dingen een kleine kilo.'

'Het wapen zonder ammunitie weegt 850 gram,' zei Aomame.

Ayumi staarde haar aan met de ogen van een pandjesbaas die een horloge staat te taxeren. 'Hoe weet je dat allemaal eigenlijk, Aomame?'

'O, ik ben altijd al in vuurwapens geïnteresseerd geweest. Niet dat ik ooit met zo'n ding geschoten heb, natuurlijk.'

'Op die manier.' Ayumi leek haar uitleg te geloven. 'Ik hou ook erg van pistoolschieten, moet ik je zeggen. De Beretta is inderdaad een beetje zwaar, maar de terugslag is niet zo groot als die van onze oude revolvers, dus als ze maar blijft oefenen, kan zelfs een kleine vrouw er zonder problemen mee overweg. Maar zo denken de hoge omes niet. Die denken dat vrouwen van pistolen helemaal geen kaas hebben gegeten. Alle grote pieten bij de politie zijn seksistische fascisten. Ook bij knuppelvechten hoor ik bij de allerbesten, de meeste mannen kunnen niet tegen me op. Maar denk je dat zoiets gewaardeerd wordt? Vergeet het maar! Het enige wat je te horen krijgt, zijn insinuerende opmerkingen. "Jij weet hoe je een knuppel vast moet houden, zeg! Als je wat meer wilt oefenen, geef je maar een seintje." En meer van dat soort flauwe grappen. Al die gasten liggen anderhalve eeuw achter in hun denken!'

Ayumi haalde een pakje Virginia Slims uit haar schoudertas, stak er met een geroutineerd gebaar een tussen haar lippen en gaf zichzelf een vuurtje met een platte gouden aansteker. Ze blies de rook langzaam omhoog naar het plafond.

'Maar waarom ben je dan bij de politie gegaan?' vroeg Aomame.

'Ik was oorspronkelijk eigenlijk helemaal niet van plan om bij de politie te gaan, maar zin in een gewoon kantoorbaantje had ik ook niet. Daar had ik trouwens ook helemaal geen kwalificaties voor, moet ik je eerlijk bekennen. Nou, dan heb je maar een heel beperkte keus, qua werkkring. Dus toen ik vierdejaars was, heb ik toelatingsexamen gedaan bij de politie van Tokyo. Daar komt nog bij dat er veel agenten in onze familie zijn. Mijn vader en mijn oudste broer zijn bij de politie, en een van mijn ooms ook. In wezen is de politie een familiebedrijf. Als je een familielid hebt dat bij de politie werkt, heb je automatisch een streepje voor als je er examen doet.'

'Dus je komt uit een echt politiegezin!'

'Precies. Maar weet je, tot ik er zelf ging werken, had ik nooit gedacht dat er een organisatie was waar vrouwen zo gediscrimineerd worden als bij de politie. Binnen de politie zijn vrouwelijke agenten niet meer dan tweederangsburgers. Bekeuringen uitdelen voor verkeersovertredingen, formulieren sorteren, verkeersles geven op lagere scholen, vrouwelijke arrestanten fouilleren – al dat dood- en doodsaaie werk krijgen wij op ons dak geschoven. Maar kerels die duidelijk minder kunnen dan ik, worden de een na de ander naar interessantere afdelingen overgeplaatst. Onze kopstukken hebben de mond wel vol over gelijke kansen voor mannen en vrouwen, maar dat zijn alleen maar mooie woorden. In werkelijkheid liggen de zaken niet zo eenvoudig. Het is fnuikend voor je moreel, dat begrijp je wel.'

Aomame was het roerend met haar eens.

'Over dat soort dingen kan ik toch zó nijdig worden!'

'Heb je dan geen vriend?' vroeg Aomame.

Ayumi fronste haar wenkbrauwen en staarde kwaad naar de rook die van de dunne sigaret tussen haar vingers omhoogkringelde. 'Als je als vrouw eenmaal bij de politie bent, kun je de liefde wel op je buik schrijven. De werktijden zijn onregelmatig, dus dat levert problemen op als de ander van acht tot vijf werkt, en daar komt nog bij: elke normale man die erachter komt dat ik bij de politie werk, gaat er meteen als een haas vandoor. Je ziet alleen het stofwolkje nog. Vind je dat niet deprimerend?'

Dat vond Aomame zeker.

'Nou, dan ligt er nog maar één weg voor je open, en dat is: het aanleggen met een collega. Maar dan kom je van een koude kermis thuis, hoor, dat kan ik je verzekeren. Schuine moppen kunnen ze nog wel tappen, maar voor de rest? Ho maar! Of ze zijn geboren met een gaatje in hun hoofd, of ze denken alleen aan hun promotie. Het is een van de twee. En zulke idioten moeten voor de veiligheid van onze samenleving zorgen! Het ziet er somber uit voor Japan!'

'En je hebt nog wel zo'n leuk gezicht! Ik zou denken dat mannen je best aardig zouden vinden.'

'Ach, dat doen ze ook wel – zolang ik ze maar niet vertel wat ik doe voor de kost. In een tent als deze zeg ik dus altijd maar dat ik voor een verzekeringsmaatschappij werk.'

'Kom je hier dan vaak?'

'Niet wat je noemt vaak. Af en toe,' zei Ayumi. Ze aarzelde even, maar ging toch op vertrouwelijke toon verder. 'Af en toe heb ik behoefte aan seks. Dan wil ik gewoon een vent. Dat heb je zo op z'n tijd, dat weet jij ook wel. Dan tut ik me lekker op en trek mijn pikantste ondergoed aan, en als ik hier een geschikte kerel aan de haak heb geslagen, ga ik een nachtje aan de rol. En dan ben ik er weer een poosje vanaf. Ik ben geen nymfomaan of zoiets, ik heb gewoon een gezond libido, en als ik me een keer helemaal heb kunnen uitleven, is dat voor mij voldoende. Meer verlang ik niet. Dan sta ik de volgende dag weer fris en vrolijk met mijn krijtje klaar om foutparkeerders te bekeuren. En jij?'

Aomame pakte haar Tom Collins en nam een bedachtzaam nipje. 'Ongeveer hetzelfde, zou ik zeggen.'

'Geen vriend of zo?'

'Bewust niet. Ik heb een hekel aan problemen.'

'En een vaste vriend is een probleem.'

'Nou ja...'

'Maar af en toe hou je het niet meer, en dan wil je het doen,' zei Ayumi.

'Ik geef de voorkeur aan de uitdrukking "me helemaal uitleven".'

'"Een aangename nacht doorbrengen", wat vind je daarvan?'

'Ook niet slecht.'

'In elk geval iets wat niet langer duurt dan één nacht, en geen seconde langer.'

Aomame knikte.

Ayumi plantte een elleboog op de bar, zette haar kin op haar hand en dacht even na.

'We hebben eigenlijk heel veel met elkaar gemeen.'

'Misschien wel,' gaf Aomame toe. Maar jij bent politieagente, en ik vermoord mensen. Jij opereert binnen de wet, ik erbuiten. Ik denk dat

dat wel eens een heel verschil zou kunnen maken.

'Waarom doen we het niet zo?' zei Ayumi. 'We werken allebei voor een verzekeringsmaatschappij waarvan we de naam liever niet noemen. Jij hebt er een jaar of wat langer gewerkt dan ik. Er is vandaag op kantoor iets vervelends gebeurd, en we zijn samen in deze tent wat gaan drinken om het uit ons hoofd te zetten. En nu hebben we 'm redelijk zitten. Zou dat scenario door de beugel kunnen, denk je?'

'Vast wel, alleen weet ik zo goed als niks over verzekeringen.'

'In smoesjes verzinnen ben ik altijd heel goed geweest, dus laat dat maar aan mij over.'

'Doe ik,' zei Aomame.

'Aan een tafel recht achter ons zitten twee oudere kerels te kijken naar al het lekkers dat hier rondloopt,' zei Ayumi. 'Kun je even nonchalant een blik over je schouder werpen om te zien of die wat voor ons zijn?'

Aomame deed wat haar gezegd was. Twee tafels achter hen zaten twee mannen van middelbare leeftijd. In hun pak met stropdas zagen ze er allebei uit als typische kantoorbedienden die aan het eind van de dag even behoefte hadden aan een opkikkertje. Hun pakken hingen er nog niet als zakken bij, en hun smaak qua stropdassen was ook niet slecht. Een onverzorgde indruk maakten ze in elk geval niet. De een zag eruit als achter in de veertig, de ander moest waarschijnlijk nog veertig worden. De eerste had een mager, ovaal gezicht en een wijkende haarlijn. Zijn jongere collega zag eruit alsof hij vroeger aan de universiteit veel aan rugby had gedaan, maar de laatste tijd door gebrek aan beweging wat zwaarder was geworden. Zijn gezicht had nog iets jongensachtigs, maar zijn kin zat al aardig in het vlees. Ze zaten gezellig wat te kletsen tijdens hun whisky-met-water, maar hun ogen dwaalden rusteloos door het café.

Ayumi analyseerde het tweetal. 'Voor zover ik het kan bekijken, zijn ze niet erg aan dit soort cafés gewend. Ze zijn gekomen voor een pleziertje, maar ze weten niet goed hoe ze een gesprek met een jonge vrouw moeten aanknopen. Verder zijn ze allebei waarschijnlijk getrouwd. Er hangt een schuldig sfeertje om ze heen.'

Aomame luisterde vol bewondering naar deze trefzekere beschrijving. Hoe had Ayumi tijd gevonden om dat allemaal op te merken terwijl ze met haar, Aomame, had zitten babbelen? Een echt politiegezin – het bloed kruipt waar het niet gaan kan.

'Jij houdt vast van die kalende, dus dan neem ik zijn forse vriend. Vind je dat goed zo?'

Aomame keek nog eens over haar schouder. Het hoofd van de kalende man kon er in elk geval mee door. Hij was lichtjaren verwijderd van Sean Connery, maar ze gaf hem een voldoende. Maar op een avond waarop je aan één stuk door naar Queen en Abba had moeten luisteren, kon je geen hoge eisen stellen.

'Mij best. Maar hoe krijgen we die twee zover dat ze ons uitnodigen?'

'We kunnen niet tot morgenochtend blijven wachten,' zei Ayumi. 'Het initiatief moet van ons uitgaan. Vrolijk, vriendelijk, en vooral: agressief.'

'Meen je dat?'

'Natuurlijk! Laat dat maar aan mij over. Blijf jij maar even hier zitten, dan loop ik naar ze toe om een babbeltje te maken.'

Ayumi nam een ferme teug van haar Tom Collins en wreef zich in de handen. Toen zwaaide ze haar Gucci-tasje over haar schouder en glimlachte stralend.

'Kom op, dames. Tijd voor een knuppelgevecht!'

12

Tengo: *Uw Koninkrijk kome*

De professor keerde zich naar Fukaeri. 'Kun jij even een kopje thee zetten, Eri? Alsjeblieft?'

Het meisje stond op en liep de kamer uit. Ze deed de deur zachtjes achter zich dicht. De professor wachtte zonder een woord te zeggen tot Tengo op de bank zijn adem onder controle kreeg en weer helemaal bij zijn positieven kwam. Hij zette zijn zwartgemontuurde bril af, haalde een niet erg schone zakdoek over de glazen, en zette hem weer op. Buiten het raam flitste een klein zwart voorwerp door de lucht. Misschien was het een vogel, misschien een ziel die naar de uiterste einden der aarde werd geblazen.

'Neemt u me niet kwalijk,' zei Tengo. 'Ik voel me al stukken beter. Er is niets aan de hand. Gaat u alstublieft door met uw verhaal.'

De professor knikte. 'Het vuurgevecht dat een eind maakte aan het bestaan van Dageraad vond plaats in 1981. Dat is drie jaar geleden – vier jaar nadat Eri hier is gekomen. Maar voor zover ik kan zien, heeft Dageraad niets te maken met de reden van je bezoek.

Eri was tien jaar oud toen ze bij ons kwam wonen. De Eri die volkomen onaangekondigd voor onze deur stond, was niet langer de Eri die ik van vroeger kende. Ze was altijd al een zwijgzaam kind geweest dat zich in het bijzijn van vreemden zelden blootgaf, maar toen ze klein was, wilde ze wel met me spelen, en ze babbelde ook veel tegen me. Maar toen ze hier kwam, kon ze tegen niemand een woord uitbrengen. Het leek alsof ze haar spraakvermogen helemaal was kwijtgeraakt. Als je iets tegen haar zei, knikte ze of schudde ze haar hoofd – tot meer was ze niet in staat.'

De professor was allengs vlugger gaan praten, en zijn stem klonk duidelijker. Blijkbaar wilde hij dit deel van het verhaal zo veel mogelijk verteld hebben voordat Fukaeri terugkwam.

'Het leek haar heel veel moeite te hebben gekost om deze bergtop te kunnen bereiken. Ze had wat geld en een papiertje met mijn adres erop, maar ze was opgegroeid in een omgeving waar ze altijd alleen was geweest en ze kon bovendien niet praten, dus je kunt wel nagaan. Toch was het haar gelukt om met dat papiertje in haar hand met het openbaar vervoer helemaal tot mijn deur te komen.

Ik zag in één oogopslag dat haar iets was overkomen – iets wat bepaald niet goed was. Azami en de vrouw die het huishouden voor me doet hebben zo veel mogelijk voor haar gezorgd, en toen ze na een dag of wat weer op verhaal was gekomen, belde ik Voorhoede op en vroeg of ik Fukada kon spreken. Die was nu even niet in staat om aan de telefoon te komen, werd me verteld. Waarom niet, vroeg ik, maar daarop kreeg ik geen antwoord. Goed, mevrouw Fukada dan, zei ik. Maar mevrouw Fukada kon ook niet aan de telefoon komen. Uiteindelijk heb ik met geen van beiden kunnen spreken.'

'En hebt u toen gezegd dat Eri bij u was?'

De professor schudde zijn hoofd. 'Nee. Als ik het niet rechtstreeks tegen Fukada kon zeggen, vond ik het beter om maar niet over Eri te beginnen. Vanzelfsprekend heb ik naderhand ettelijke malen geprobeerd om Fukada te spreken te krijgen. Ik heb alles in het werk gesteld, mag ik wel zeggen. Maar zonder succes.'

Tengo fronste zijn wenkbrauwen. 'Met andere woorden, u bent er in zeven jaar niet één keer in geslaagd om contact op te nemen met haar ouders?'

De professor knikte. 'Zeven jaar, en geen enkel teken van leven.'

'En haar ouders hebben in die zeven jaar niet één poging gedaan om hun dochter op te sporen?'

'Nee, en dat is nog het meest onbegrijpelijke van deze geschiedenis. Want zie je, haar ouders hielden zielsveel van haar. Ze zouden alles voor haar hebben gedaan. En behalve mij was er niemand die voor Eri kon zorgen. Haar vader en moeder hadden allebei het contact met hun ouderlijk huis verbroken, en Eri is opgegroeid zonder één keer de gezichten van haar grootouders te hebben gezien. In geval van nood had ze dus maar één toevluchtsoord, en dat was dit huis – dat hadden ze haar ook goed ingeprent. En desondanks in al die tijd geen woord. Het is onvoorstelbaar!'

'U zei daarnet toch dat Voorhoede een open commune was?' vroeg Tengo.

'Dat klopt. Sinds de oprichting had Voorhoede altijd gefunctioneerd als een open commune. Maar kort voor Eri er wegging, waren ze zich langzaam maar zeker van de buitenwereld gaan afsluiten. Daar merkte ik voor het eerst iets van toen het moeilijker werd om contact met Fukada op te nemen. Fukada en ik hadden altijd veel gecorrespondeerd. Hij stuurde me lange brieven, waarin hij uitgebreid inging op voorvallen in de commune en op wat hij daar zelf van vond. Maar op een gegeven moment kwam daar een eind aan. Als ik hem schreef, kreeg ik geen antwoord. Als ik hem opbelde, was het lastig om doorverbonden te worden, en als ik hem eindelijk aan de lijn kreeg, was ons gesprek kort en beperkt. En altijd praatte hij op een kortaffe toon, alsof hij wist dat hij werd afgeluisterd.'

De professor vouwde zijn handen boven zijn knieën.

'Ik heb Voorhoede bezocht. Meer dan eens zelfs. Ik moest het met Fukada over Eri hebben, en als het via brieven of de telefoon niet ging, dan maar rechtstreeks. Maar ze lieten me niet eens door de poort. Die werd letterlijk in mijn gezicht dichtgeslagen. Ik kon praten tot ik een ons woog, ze luisterden niet eens. Rond het terrein van Voorhoede was een hoge schutting verrezen, en elke buitenstaander werd de toegang geweigerd.

Het was onmogelijk om van buitenaf na te gaan wat er in de commune plaatsvond. Dat een radicale groep als Dageraad absolute geheimhouding in acht nam, was nog te begrijpen. Die streefden naar gewapende revolutie, dus die hadden iets te verbergen. Maar Voorhoede was een vreedzame organisatie die zich toelegde op biologische landbouw en die van het begin af aan vriendschappelijke contacten met de buitenwereld had onderhouden. Daarom genoten ze ook zo'n goede reputatie onder de omwonenden. Maar nu was de commune veranderd in wat je alleen een fort kunt noemen. Het gedrag en de gezichtsuitdrukking van de mensen binnen leken een totale verandering te hebben ondergaan. De mensen in het dorp wisten evenmin als ik hoe ze het hadden met deze nieuwe Voorhoede. Ik maakte me dan ook ernstig zorgen dat Fukada en zijn vrouw iets was overkomen, maar op dat tijdstip kon ik niets doen, behalve Eri een thuis geven en haar zo goed mogelijk opvoeden. En op die manier zijn er zeven jaar verstreken zonder dat er enige duidelijkheid in de situatie is gekomen.'

'En u weet niet eens of Eri's vader nog leeft?' vroeg Tengo.

De professor knikte. 'Precies. Ik heb geen enkele informatie. Ik wil niet meteen aan het ergste denken, maar zeven jaar zonder enige communicatie van Fukada of zijn vrouw is niet normaal te noemen. Ik kan alleen maar aannemen dat hun iets is overkomen.' Hier liet de professor zijn stem dalen. 'Misschien dat ze in de commune gevangen worden gehouden. Misschien is er iets veel ergers gebeurd.'

'Iets veel ergers?'

'Ik bedoel dat we het ergste niet mogen uitsluiten. Voorhoede is niet langer de vreedzame agrarische commune van vroeger.'

'Denkt u dat ze een gevaarlijke richting zijn ingeslagen?'

'Dat vrees ik, ja. Volgens de inwoners van het dorp is het aantal mensen dat Voorhoede bezoekt geweldig toegenomen. Veel mensen komen met auto's, heel vaak met een Tokyoos nummerbord. Er komen ook veel grote luxeauto's, en die zie je op het platteland niet veel. Het aantal leden van de commune lijkt ook plotseling te zijn gestegen. Er komen steeds meer gebouwen en faciliteiten bij, en die zijn allemaal even goed geoutilleerd. De commune koopt omliggende percelen tegen lage prijzen op, en daar sturen ze dan tractoren, bulldozers en betonmolens op af. Agrarische producten verkopen ze nog steeds; die zijn waarschijnlijk een belangrijke bron van inkomsten. "Voorhoede-groente" is een bekend merk geworden, en veel restaurants die bekendstaan vanwege hun natuurlijke ingrediënten kopen er rechtstreeks in. Ze hebben contracten gesloten met gerenommeerde supermarkten. Hun inkomen zal dus wel navenant zijn gestegen. Maar behalve landbouw doen ze er nóg iets. Dat kan niet anders. Het bestaat gewoon niet dat je alleen met groente en fruit zoveel geld verdient dat je op zulke schaal kunt uitbreiden. En wat ze binnen de muren van Voorhoede ook uitspoken, omdat ze er zo geheimzinnig over doen, is het waarschijnlijk iets wat het daglicht niet kan velen. Dat is tenminste de indruk die de dorpelingen hebben.'

'Denkt u dat ze zich weer met politiek bezig zijn gaan houden?' vroeg Tengo.

'Nee, dat denk ik niet,' antwoordde de professor onmiddellijk. 'Voorhoede heeft altijd om iets anders gedraaid, iets wat met politiek niets te maken heeft. Daarom moesten ze er op een gegeven ogenblik ook in toestemmen dat Dageraad zich afsplitste. Ze hadden geen keus.'

'Maar nadien is er in Voorhoede iets gebeurd dat Eri geen andere keus liet dan weg te lopen.'

'Er is zeker iets gebeurd,' zei de professor. 'Iets wat een diepe betekenis heeft. Zo diep dat een meisje haar ouders heeft achtergelaten en in haar eentje heeft geprobeerd een goed heenkomen te zoeken. Maar wat er gebeurd is, daar houdt Eri haar mond stijf over dicht.'

'Misschien was het een grote schok voor haar, zo erg dat ze het onmogelijk in woorden uit kan drukken?'

'Nee. Er was niets wat daarop wees. Ze leek geen schok te hebben ondergaan, of ergens bang van te zijn, of ongerust te zijn dat ze bij haar ouders vandaan was. Ze leek alleen onaandoenlijk, gevoelloos. Toch is ze moeiteloos aan het leven in ons gezin gewend geraakt. Verbluffend snel, eigenlijk.'

De professor keek even naar de deur. Toen richtte hij zijn blik weer op Tengo.

'Wat Eri ook was overkomen, ik wilde haar niet dwingen haar hart te openen. Wat dit kind nodig heeft, is tijd, dacht ik. Daarom heb ik haar bewust ook niets gevraagd en deed ik alsof ik het helemaal niet erg vond dat ze geen stom woord zei. Eri was altijd samen met Azami. Als Azami thuiskwam van school, sloten ze zich op in hun kamer, zelfs om te eten. Wat ze er deden, weet ik niet. Ik denk dat ze er op hun manier in slaagden om met elkaar te praten. Ik probeerde er ook niet achter te komen. Ik liet ze hun gang maar gaan. En afgezien van het feit dat ze niets zei, heb ik nooit ook maar enig probleem met Eri gehad. Ze is intelligent, en heel gehoorzaam. Azami en zij zijn nu boezemvriendinnen. Maar destijds ging ze niet naar school. Tja, ik kon een kind dat niet kon praten nu eenmaal bezwaarlijk naar school sturen.'

'En had u hier tot die tijd altijd alleen met Azami gewoond?'

'Mijn vrouw is ongeveer tien jaar geleden overleden,' zei de professor. Hij wachtte even voor hij verderging. 'Het was een auto-ongeluk. Ze was op slag dood. Een ver familielid woont hier niet ver vandaan, en die heeft het huishouden overgenomen. Voor de meisjes zorgt ze ook. De dood van mijn vrouw was een zware slag, zowel voor mij als voor Azami. Het was des te erger omdat het zo plotseling kwam. We hadden helemaal geen tijd om ons erop voor te bereiden. Daarom waren we juist blij dat Eri bij ons kwam wonen. Het kon ons niet schelen wat voor dingen eraan vooraf waren gegaan. Om een voorbeeld te geven: ook zonder een woord te zeggen bezorgde ze ons een merkwaardig gerust gevoel. En in die zeven jaar heeft Eri langzaam maar zeker geleerd om zich weer in woorden te uiten. Vergeleken bij toen ze hier voor het eerst kwam, is haar vermogen om een gesprek te voeren met sprongen vooruitgegaan. Op andere mensen maakt haar manier van praten een ongewone, misschien zelfs rare indruk, maar vanuit ons gezien is het een spectaculaire verbetering.'

'Gaat ze nu naar school?'

'Nee. Ze staat officieel wel ingeschreven, maar meer ook niet. Praktisch gesproken was het onmogelijk haar op school te houden. Daarom krijgt ze privéles – van mij, en van de studenten die hier komen als ze even tijd hebben. Maar het gaat maar bij stukjes en beetjes. Een systematische opleiding kun je het beslist niet noemen. Omdat ze problemen heeft met lezen, lees ik haar voor als de gelegenheid zich voordoet. Ik heb haar ook luisterboeken gegeven; die zijn op audiocassettes in de winkel verkrijgbaar. En dat is eigenlijk de hele opleiding die ze krijgt. Maar het is een wonderbaarlijk intelligent kind. Als ze eenmaal besloten heeft dat ze iets wil leren, leert ze het niet alleen snel, maar ook grondig. Daarin blinkt ze uit. Maar iets wat haar niet interesseert, keurt ze nauwelijks een blik waardig. Het verschil tussen het een en het ander is extreem groot.'

De deur van de kamer bleef nog steeds dicht. Het kost tijd om water te koken en thee in te schenken.

'En toen heeft Eri het verhaal van *Een pop van lucht* aan uw dochter Azami verteld,' zei Tengo.

'Zoals ik daarnet al zei, sloten die twee zich 's avonds altijd op in hun kamer. Wat ze er deden, weet ik niet. Dat is hun geheim. Maar blijkbaar werd op een gegeven ogenblik Eri's verhaal hun belangrijkste communicatiethema. Eri vertelde, en Azami schreef het op of nam het op op een band, en dat werkte ze dan later uit op de tekstverwerker in mijn studeerkamer. Ik geloof dat Eri rond die tijd ook weer wat van haar emoties terugvond. Tot dan toe was het of er een sluier van onverschilligheid over haar hing, maar die verdween. Haar gezicht kreeg weer een beetje uitdrukking, en ze begon weer wat op de Eri van vroeger te lijken.'

'Dus haar herstel dateert uit die tijd?'

'Ze is nog niet helemaal hersteld, maar slechts gedeeltelijk. Maar je hebt gelijk. Ik denk dat Eri is begonnen te herstellen door dat verhaal te vertellen.'

Tengo dacht daar even over na. Toen sneed hij een ander onderwerp aan.

'Hebt u contact opgenomen met de politie omdat u nooit meer iets van Fukada en zijn vrouw hebt gehoord?'

'Jazeker. Ik ben naar de plaatselijke politie gegaan. Ik heb ze niet over Eri verteld, maar alleen gezegd dat ik er al lange tijd niet in was geslaagd contact op te nemen met een vriend die in de commune woonde, en dat ik bang was dat hij tegen zijn zin werd vastgehouden. Maar destijds kon de politie er weinig aan doen. Het land van de commune was privé-eigendom, en zolang er geen overtuigend bewijs was geleverd dat er een misdaad had plaatsgevonden, kon de politie er niet naar binnen. Ik stond tegen dovemansoren te praten. En in 1979 werd het in feite ook onmogelijk om een onderzoek in te stellen naar wat er binnen de muren gebeurde.'

De professor schudde ettelijke malen zijn hoofd, alsof de gebeurtenissen van die tijd weer voor zijn geestesoog voorbijtrokken.

'Wat gebeurde er dan in 1979?' vroeg Tengo.

'Dat was het jaar dat Voorhoede werd erkend als religieuze corporatie.'

Tengo was met stomheid geslagen.

'Religieuze corporatie?' stamelde hij uiteindelijk.

'Ja, het is niet te geloven,' zei de professor. 'Opeens was de commune omgetoverd in de Religieuze Corporatie Voorhoede, officieel erkend door de gouverneur van Yamanashi. En als je eenmaal een religieuze corporatie bent, is het ontzettend moeilijk voor de politie om een inval bij je te doen. Dat druist namelijk in tegen de vrijheid van godsdienst, die door de grondwet gewaarborgd is. En het eerste wat Voorhoede blijkbaar deed, was een stuk of wat juristen in dienst nemen om dat eens grondig na te pluizen. Je moet nu van goeden huize komen om wettelijk iets tegen de corporatie te kunnen doen. De plaatselijke politie kan niets tegen ze ondernemen.

Toen ze me bij de politie het nieuws over die religieuze corporatie vertelden, stond ik werkelijk paf. Het was een donderslag bij heldere hemel. Ik kon mijn oren gewoon niet geloven. Zelfs toen ze me de papieren lieten zien en ik me met eigen ogen van de feiten had kunnen vergewissen, kon ik er nog niet bij. Fukada was een oude vriend. Ik kende zijn karakter, ik wist wat voor mens hij was. Doordat ik culturele antropologie deed, had ik veel met godsdiensten te maken gehad. Maar in tegenstelling tot mij, was hij in hart en nieren politicus. Daarmee bedoel ik dat hij zijn argumenten op logische basis ontwikkelde. Uiteindelijk was hij eerder iemand met een lichamelijke afkeer van alles wat ook maar naar godsdienst zweemt. Ik kan me niet voorstellen dat zo iemand, zelfs niet om strategische redenen, erkenning als religieuze corporatie zou aanvragen.'

'Zo'n aanvraag lijkt me trouwens heel wat voeten in de aarde te hebben.'

'Niet per se,' zei de professor. 'Je wordt flink aan de tand gevoeld of je wel aan alle eisen van een bonafide religieuze organisatie voldoet, en je moet allerlei ingewikkelde formulieren invullen – daar ontkom je niet aan. Maar met wat politieke druk van achter de schermen wordt die barrière iets makkelijker te nemen. Het is namelijk heel moeilijk te zeggen waar de grens ligt tussen een "echte" godsdienst en een sekte. Er bestaat geen waterdichte definitie, het is allemaal een kwestie van interpretatie. En als je ruimte hebt om te interpreteren, ontstaat er ook steevast ruimte voor politieke invloed en politieke belangen. Maar met een erkenning als religieuze corporatie op zak, krijg je allerlei belastingvoordelen en ben je ook juridisch goed beschermd.

In elk geval, Voorhoede is nu geen agrarische commune meer, maar een religieuze beweging. En wel een die heel gesloten is.

Een nieuwe religieuze beweging. Ofwel – laten we het beestje maar bij zijn naam noemen – een sekte.'

'Ik kan het allemaal niet goed volgen,' zei Tengo. 'Zo'n soort radicale omwenteling komt niet tot stand zonder dat er een sterke aanleiding voor is.'

De professor staarde naar de rug van zijn handen en naar de talloze krullende grijze haartjes die daarop groeiden.

'Precies. Er moet iets gebeurd zijn dat daartoe aanleiding gaf. Daar heb ik lang over nagedacht. Ik heb allerlei mogelijkheden overwogen, maar begrijpen doe ik het nog steeds niet. Wat kan die aanleiding zijn geweest? Ze nemen strikte geheimhouding in acht, en niemand mag weten wat er binnen de muren gebeurt. En de naam van Fukada, die toch hun leider was, wordt sindsdien niet meer genoemd.'

'En dan was er drie jaar geleden dat vuurgevecht dat een eind maakte aan Dageraad,' zei Tengo.

De professor knikte. 'Na Dageraad in feite te hebben afgestoten, bleef Voorhoede niet alleen voortbestaan, maar groeide als religieuze beweging zelfs nog meer.'

'Met andere woorden, u gelooft niet dat dat vuurgevecht een zware klap voor Voorhoede was.'

'Precies,' zei de professor. 'Het was juist goede reclame voor ze. De leiding van Voorhoede is ontzettend slim. Ze draait alles zo dat het in hun straatje past. Maar hoe het ook zij, dat vond allemaal plaats lang nadat Eri bij Voorhoede was weggegaan, dus ik denk niet dat die gebeurtenissen direct iets met haar te maken hebben.'

Dat leek een subtiele wenk om van onderwerp te veranderen.

'Hebt u *Een pop van lucht* gelezen?' vroeg Tengo.

'Vanzelfsprekend.'

'En wat vond u ervan?'

'Het is een interessant verhaal,' zei de professor. 'Het is ook bijzonder suggestief. Maar wat die suggesties allemaal precies betekenen – eerlijk gezegd begrijp ik daar niet veel van. De blinde geit, de Little People, de pop van lucht... Ik zou het niet durven zeggen.'

'Denkt u dat ze aanwijzingen zouden kunnen zijn voor concrete gebeurtenissen die Eri bij Voorhoede heeft meegemaakt of waarvan ze toen getuige is geweest?'

'Misschien wel. Maar het is moeilijk te bepalen waar de realiteit ophoudt en de fantasie begint. Het verhaal heeft iets mythisch, maar tegelijkertijd kun je het ook lezen als een subtiele allegorie.'

'Eri heeft ooit tegen me gezegd dat de Little People echt bestaan.'

Toen hij dat hoorde, trok de professor even een moeilijk gezicht. 'Dus jij gelooft dat het verhaal van *Een pop van lucht* echt is gebeurd?'

Tengo schudde zijn hoofd. 'Ik wil alleen maar zeggen dat het hele verhaal tot in de kleinste details heel realistisch is geschreven, en dat zoiets voor een roman of kort verhaal een groot pluspunt is.'

'En nu wil jij, door het verhaal in jouw stijl en volgens jouw literaire opvattingen te herschrijven, datgene wat erin gesuggereerd wordt een beetje duidelijker maken. Dat bedoel je toch?'

'Ik wil het in elk geval proberen.'

'Mijn specialisme is culturele antropologie,' zei de professor. 'Ik doe wel geen onderzoek meer, maar mijn hele manier van denken is erdoor gekleurd. Een van de doeleinden van deze wetenschap is de specifieke beelden die elk mens met zich meedraagt te relativeren, daarin universele elementen te vinden die alle mensen met elkaar gemeen hebben, en die informatie weer als feedback terug te koppelen naar de individuele mens. Op die manier kan de mens misschien voor zichzelf een positie verwerven waarin hij onafhankelijk is en toch ergens bij hoort. Begrijp je wat ik bedoel?'

'Ik geloof van wel.'

'Het is hetzelfde soort werk dat er nu waarschijnlijk van jou verlangd gaat worden.'

Tengo spreidde zijn handen op zijn knieën. 'Dat is een moeilijke opdracht,' zei hij.

'Maar de poging is de moeite waard.'

'Ik weet niet eens of ik daartoe wel in staat ben.'

De professor keek Tengo aan. Er gloeide een bijzonder licht in zijn ogen.

'Wat is Eri overkomen toen ze nog bij Voorhoede was? En Fukada en zijn vrouw, wat is er van hen geworden? Dat zou ik graag willen weten. Zeven jaar lang heb ik op mijn manier mijn best gedaan om dat uit te vinden, maar in wezen ben ik geen stap verder gekomen. De muren die in mijn weg staan, zijn daarvoor te dik en te hard. Misschien bevat *Een pop van lucht* de sleutel die dit raadsel kan oplossen. Ik weet het niet, maar zolang die mogelijkheid bestaat, wil ik die kans niet onbeproefd laten, al is hij nog zo klein. Ik kan niet zeggen of jij er al dan niet toe in staat bent, maar je hebt een hoge dunk van het verhaal. Je bent er weg van. Misschien is dat wel een teken dat je het kunt.'

'Er is één punt waarop ik graag een duidelijk antwoord van u zou krijgen,' zei Tengo. 'Met ja of nee. Daarvoor ben ik vandaag hier gekomen. Geeft u, professor Ebisuno, mij officieel toestemming om *Een pop van lucht* te herschrijven?'

De professor knikte. 'Ik wil jouw versie wel eens lezen. En Eri lijkt een groot vertrouwen in je te hebben. Dat heeft ze in niemand anders – afgezien dan van Azami en mezelf. Je mag het dus proberen. Ik vertrouw het hele werk aan jou toe. Mijn antwoord is: ja.'

Toen hij was uitgepraat, daalde er een zware stilte neer over de kamer, als een noodlot waar niet meer aan te tornen viel. Op dat ogenblik, alsof ze precies had uitgemeten wanneer hun gesprek afgelopen zou zijn, kwam Fukaeri binnen met de thee.

Op de terugreis was hij alleen. Fukaeri was de hond gaan uitlaten. Tengo had een taxi laten bestellen zodat hij de volgende trein kon halen en ging daarmee terug naar het station van Futamatao. In Tachikawa stapte hij weer over op de Chūō-lijn.

In Mitaka ging er een moeder tegenover hem zitten met haar dochtertje. Ze zagen er allebei keurig netjes uit. De kleren die ze aanhadden waren beslist niet duur, en nieuw waren ze ook niet, maar ze waren schoon en goed onderhouden. Het wit was nadrukkelijk wit, en ze waren keurig gestreken. Het meisje zal in de tweede of derde klas van de lagere school hebben gezeten. Ze had een mooi gezichtje met grote ogen. De moeder was mager en droeg haar haar in een knotje. Haar bril had een zwart montuur. Ze had een dikke canvas tas bij zich, met verschoten kleuren. De tas puilde bijna uit, zo vol was hij. Ook de moeder had een goedgevormd gezicht, maar aan haar oogen kon je zien dat ze geestelijk erg moe was. Dat was waarschijnlijk ook de reden dat je haar ouder zou schatten dan ze in werkelijkheid was. Hoewel het nog maar april was, had ze een parasol bij zich, zo stijf opgerold dat hij eruitzag als een verdroogde stok.

Vanaf het ogenblik dat ze gingen zitten, wisselden ze geen enkel woord met elkaar. De moeder leek bezig een schema op te stellen in haar hoofd; haar dochtertje naast haar zat zich te vervelen. Ze keek naar haar schoenen, naar de vloer, naar de advertenties die van het plafond hingen, en af en toe gluurde ze ook naar Tengo, aan de andere kant van het middenpad. Zijn grote lichaam en zijn bloemkooloren leken haar belangstelling te hebben opgewekt. Kleine kinderen keken wel vaker met zulke ogen naar hem, alsof hij een zeldzaam maar ongevaarlijk dier was. Het meisje bewoog nauwelijks met haar lichaam en hoofd. Alleen haar ogen stonden niet stil. Die observeerden alles om haar heen.

In Ogikubo stapte het tweetal weer uit. Toen de trein vaart begon te minderen, pakte de moeder haar parasol en stond zonder een woord te zeggen op van de bank – parasol in de linkerhand, canvas tas in de rechter. Haar dochtertje volgde haar voorbeeld onmiddellijk. Ze sprong op van de bank en stapte achter haar moeder de trein uit. Toen ze opstond, keek ze nog even in Tengo's richting. Eén ogenblik verscheen er een vreemde schittering in haar ogen, alsof ze iets van hem verlangde, een beroep op hem deed. Het duurde maar heel even, maar Tengo had het toch gezien. Dat meisje zendt een signaal uit, voelde hij. Maar zelfs als dat zo was, kon hij haar niet helpen – dat hoeft nauwelijks betoog. Hij wist niets van haar omstandigheden af en had geen enkele reden om zich in iets te mengen dat hem niet aanging. Het meisje en haar moeder stapten in Ogikubo uit, de deur sloot zich weer, en Tengo vertrok, op zijn bank gezeten, naar het volgende station. De plaats van het meisje werd ingenomen door een trio middelbare scholieren, die op weg naar huis waren van een proefexamen en nu luidruchtig zaten te kletsen. Toch bleef het beeld van het meisje daar nog een poosje stilletjes hangen.

Haar ogen hadden bij Tengo de herinnering aan een ander meisje opgeroepen. Een meisje met wie hij samen in de derde en vierde klas van de lagere school had gezeten. Ze had dezelfde ogen gehad als dat meisje van net. Haar ogen hadden in die van Tengo gestaard. En toen...

De ouders van dat meisje behoorden tot het Genootschap van Getuigen, een christelijke sekte die predikt dat het einde der tijden nabij is, grote nadruk legt op evangelisatie en de woorden van de Bijbel letterlijk interpreteert. Zo zijn bloedtransfusies bijvoorbeeld strikt verboden. Dat heeft als gevolg dat de overlevingskansen na een ernstig verkeersongeluk uiterst gering zijn. Ingrijpende operaties zijn zo goed als onmogelijk. Daar staat tegenover dat ze aan het eind van de wereld duizend jaar lang kunnen voortleven als Gods uitverkorenen, tot ook aan die periode van geluk een eind is gekomen.

Het meisje had mooie, grote ogen gehad, net als het meisje in de trein – indrukwekkende ogen. Ze had ook een regelmatig gevormd gezicht, maar daarover leek steeds een soort ondoorzichtig vlies te hangen. Dat was om niemand aan haar bestaan te herinneren. In de aanwezigheid van anderen zei ze alleen iets als het absoluut noodzakelijk was. Ze drukte haar gevoelens nooit uit in haar gezicht. Haar dunne lippen waren altijd in een rechte lijn op elkaar geperst.

Ze had voor het eerst Tengo's aandacht getrokken doordat ze elk weekend met haar moeder evangelisatiewerk deed. Zodra de kinderen van de Getuigen kunnen lopen, wordt er van hen verlangd dat ze samen met hun ouders getuigeniswerk doen. Vanaf een jaar of drie gaan ze van huis tot huis, meestal met hun moeder, om het pamflet *Voor de zondvloed* uit te delen en de leer van de Getuigen te prediken. In begrijpelijke taal leggen ze uit waarom er de laatste jaren zoveel tekenen zijn dat de wereld op zijn eind loopt. Hun naam voor God is 'ons Heer'. Natuurlijk worden ze bij de meeste huizen meteen weggestuurd. Ze krijgen de deur letterlijk in hun gezicht gesmeten. Hun leer is dan ook al te bekrompen, eenzijdig en van de werkelijkheid verwijderd – tenminste, verwijderd van de werkelijkheid zoals die in de ogen van de meeste mensen bestaat. Maar een doodenkele keer komt het voor dat iemand serieus naar hen luistert. Er zijn namelijk mensen in deze wereld die naar niets zo verlangen als naar iemand die met hen praat, over wat dan ook. En onder zulke mensen is er – weer een doodenkele keer – iemand die op hun vergaderingen verschijnt. Hopend op die kans van een op duizend gaan de Getuigen langs de huizen en drukken op de bel. Hun pogingen voortzetten om de wereld een heel klein beetje meer tot inzicht te doen komen – dat is de heilige plicht die hun is opgelegd. En hoe zwaarder die plicht, hoe hoger de drempel, des te glorieuzer het geluk dat voor hen is weggelegd.

Het meisje ging met haar moeder de huizen langs om getuigeniswerk te doen. In haar ene hand droeg haar moeder een canvas tas gevuld met *Voor de zondvloed*, en in de andere meestal een parasol. Het meisje liep een paar passen achter haar, haar lippen op elkaar geperst en haar gezicht zoals altijd van elke uitdrukking ontdaan. Wanneer Tengo er met zijn vader op uittrok om kijkgeld te innen, kwam hij op hun route het meisje vaak genoeg tegen. Hij herkende haar, en zij herkende hem, en elke keer dacht hij dat hij in haar ogen stiekem iets zag glinsteren. Maar natuurlijk zeiden ze niets tegen elkaar. Ze groetten elkaar niet eens. Tengo's vader had het te druk met het verbeteren van zijn resultaten voor de NHK, en haar moeder had het te druk met het prediken van het komende einde der tijden. Terwijl ze elkaar in de zondagse straten passeerden, vlug doorstappend om hun ouders te kunnen bijhouden, wisselden jongetje en meisje enkel een blik.

De hele klas wist dat het meisje tot de Getuigen behoorde. Ze nam 'om godsdienstige redenen' niet deel aan het kerstfeest op school, en evenmin aan uitstapjes en schoolreisjes waarop shintoschrijnen en boeddhistische tempels werden bezocht. Ze deed niet mee op de sportdag, en ze zong niet mee met het schoollied en het volkslied. Zulk gedrag kon alleen maar extreem worden genoemd, vonden haar klasgenootjes, en zo raakte ze op school steeds meer geïsoleerd. Voor het middageten moest ze altijd een speciaal gebed zeggen – hardop, zodat iedereen het kon horen –, en vanzelfsprekend vonden de kinderen die bij haar in de buurt zaten dat bidden maar een griezelige vertoning. Het meisje zelf had het vast liever ook niet gedaan waar iedereen bij zat, maar bidden voor het eten was er bij haar zo ingehamerd dat ze er niet mee kon stoppen, zelfs niet als er geen enkele andere gelovige in de buurt was. Want ons Heer hierboven ziet precies wat we allemaal doen.

Ons Heer in de hemelen, Uw Naam zij overal geheiligd. Uw Koninkrijk kome, voor ons en voor onze kinderen. Vergeef ons onze talrijke zonden, en verleen Uw Zegen ook aan het kleinste stapje dat wij nemen. Amen.

Het geheugen is een raar ding. Twintig jaar waren er voorbijgegaan, en hij kon zich die woorden nog letterlijk herinneren. **Uw Koninkrijk kome, voor ons en voor onze kinderen.** Telkens als hij haar dat hoorde zeggen, dacht Tengo: Wat voor koninkrijk is dat in vredesnaam? Zou daar een NHK bestaan? Vast niet. Als er geen NHK bestond, hoefde er natuurlijk ook geen kijkgeld te worden geïnd. Nou, in dat geval kon dat koninkrijk hem geen seconde te snel komen.

Tengo had nooit een woord met het meisje gewisseld. Ook al zaten ze in dezelfde klas, hij had nooit de gelegenheid gehad om rechtstreeks met haar te praten. Ze hield zich altijd van iedereen afzijdig en zei alleen iets als ze er echt niet onderuit kon. Dat lokte niet bepaald aan om speciaal naar haar toe te gaan om haar aan te spreken. Maar in zijn hart voelde Tengo met haar mee. Ze hadden iets raars gemeen: op vrije dagen werden ze allebei door hun ouders op sleeptouw genomen om van huis naar huis te gaan en op de bel te drukken. Hoewel er een groot verschil was tussen evangeliseren en geld innen, begreep Tengo heel goed hoe diep gekwetst een kind zich voelt als het deze rol wordt opgedrongen. Op zondag horen kinderen naar hartenlust met andere kinderen te kunnen spelen. Mensen bedreigen om geld te vangen, of bang maken met verhaaltjes over het einde van de wereld, is geen werk voor kinderen. Als zulk werk inderdaad nodig is, laat volwassenen het dan doen.

Maar één keer had Tengo, door een samenloop van omstandigheden, het meisje een helpende hand kunnen toesteken. Het was in de herfst van zijn vierde jaar op de lagere school. Tijdens de natuurkundeles werd ze uitgescholden door een klasgenoot aan dezelfde practicumtafel. Ze had zich in de volgorde vergist. Wat het voor vergissing was, kon hij zich niet meer goed herinneren. In elk geval, die jongen had haar getreiterd omdat ze evangelisatiewerk deed voor de Getuigen. Dat liep van het ene huis naar het andere met die stomme pamfletten, zei hij, en hij schold haar uit voor 'ons Heer'. Dit was eigenlijk heel ongewoon. In plaats van haar te jennen en te pesten, zwegen haar klasgenootjes haar normaal gesproken namelijk dood. Iedereen deed of ze niet bestond. Maar bij een gezamenlijke activiteit als een natuurkunde-experiment kon je haar niet alleen in een hoek laten staan. De opmerkingen die ze toen naar haar hoofd geslingerd kreeg, waren echter wel bijzonder hatelijk. Tengo stond in een ander groepje aan de tafel ernaast, en hij kon dit niet negeren. Hij wist niet waarom, maar hij was niet in staat net te doen of zijn neus bloedde.

Tengo ging naar haar tafel en zei tegen haar dat ze met zijn groepje mee kon doen. Hij deed het zonder erbij na te denken, maar ook zonder aarzelen, bijna als in een reflex. Daarna legde hij haar de aard van het experiment zorgvuldig uit. Het meisje luisterde aandachtig, en toen ze het eenmaal begrepen had, maakte ze die fout niet meer. Na twee jaar in dezelfde klas te hebben gezeten, was dit de eerste (en de laatste) keer dat hij iets tegen haar zei. Tengo had goede cijfers en hij was groot en sterk, dus iedereen had ontzag voor hem. Er was daarom niemand die hem uitlachte omdat hij het voor dat meisje had opgenomen – althans niet op dat moment. Maar vanwege het feit dat hij 'ons Heer' in bescherming had genomen, kelderde zijn reputatie in de klas behoorlijk. Omdat hij met haar gepraat had, was hij door haar besmet.

Tengo liet zich daar echter niets aan gelegen liggen. Hij wist namelijk maar al te goed dat zij een heel gewoon meisje was. Als haar vader en moeder geen Getuigen waren geweest, was ze heel normaal opgegroeid en door iedereen geaccepteerd. Dan had ze vast ook goede vriendinnen gehad. Maar alleen doordat haar ouders lid waren van de Getuigen, werd ze op school behandeld alsof ze onzichtbaar was. Niemand praatte met haar. Niemand keek zelfs naar haar. Tengo vond dat heel oneerlijk.

Tengo en het meisje wisselden daarna geen woord meer. Dat was nergens voor nodig, en ze kregen er de gelegenheid ook niet voor. Maar als hun blikken elkaar toevallig tegen kwamen, kwam er iets gespannens over haar gezicht. Het was nauwelijks merkbaar, maar Tengo zag het. Misschien nam ze het hem helemaal niet in dank af wat hij tijdens het natuurkunde-experiment voor haar had gedaan. Misschien had ze veel liever gehad dat hij haar alleen had gelaten. Was ze boos? Tengo kon er niet achter komen. Hij was nog maar een kind en had nog niet geleerd om gecompliceerde gevoelens van een gezicht af te lezen.

Toen, op een dag na schooltijd, pakte ze zijn hand. Het was een heldere middag, vroeg in december. Buiten het raam dreven strakke, witte wolken aan een hoge hemel. Toevallig waren Tengo en zij na het schoonmaken de enigen die nog in het klaslokaal waren. Verder was er niemand. Opeens, alsof ze een beslissing had genomen, kwam ze op snelle voetjes door het lokaal naar Tengo toe en bleef naast hem staan. Zonder een ogenblik te aarzelen pakte ze zijn hand en staarde omhoog, in zijn gezicht (hij was een centimeter of tien langer). Verbaasd keek Tengo haar aan. Hun ogen ontmoetten elkaar. Tengo ontwaarde in haar pupillen een diepte zo doorschijnend als hij nog nooit had gezien. Het meisje hield lange tijd zwijgend zijn hand vast. Heel stevig, zonder haar greep ook maar even te laten verslappen. Toen liet ze hem vallen en rende met wapperend rokje het klaslokaal uit.

Tengo wist niet wat hem was overkomen. Verbluft bleef hij een tijdje roerloos staan. De eerste gedachte die bij hem opkwam, was dat hij blij was dat niemand het had gezien. Hij moest er niet aan denken wat voor opschudding het zou veroorzaken als dit bekend werd. Hij keek om zich heen en slaakte een zucht van verlichting. Daarna voelde hij zich alleen maar heel verward.

Misschien waren de moeder en dochter die tussen Mitaka en Ogikubo tegenover hem hadden gezeten ook leden van de Getuigen, zoals elke zondag op weg naar hun evangelisatiewerk. De canvas tas leek propvol te hebben gezeten met exemplaren van *Voor de zondvloed*. De parasol in de hand van de moeder en het kortstondige licht dat in de ogen van het meisje had geschitterd, deden hem aan het zwijgzame meisje denken dat ooit bij hem in de klas had gezeten.

Nee, dat bestond niet. De twee in de trein waren geen Getuigen, ze waren gewoon een moeder en dochter op weg naar een bijles of zo. De tas had vast alleen maar volgezeten met pianopartituren of een kalligrafieset. Ik ben nerveus, dacht Tengo. Ik zie spoken. Hij deed zijn ogen dicht en probeerde zijn ademhaling in bedwang te krijgen. Op zondag verstrijkt de tijd op een rare manier en zien de dingen er vertekend uit.

Thuisgekomen flanste hij iets eenvoudigs in elkaar. Goed beschouwd had hij tussen de middag helemaal niets gegeten. Na het eten ging hij eerst Komatsu bellen, nam hij zich voor. Die zou beslist willen weten wat het gesprek had opgeleverd. Maar vandaag was het zondag.

Op zondag was Komatsu niet op kantoor, en Tengo had zijn nummer thuis niet. Niks aan te doen! Als hij wil weten hoe het gegaan is, belt hij zelf maar.

De klok wees aan dat het al na tienen was en Tengo zat er net over te denken om maar eens naar bed te gaan, toen de telefoon ging. Daar zul je Komatsu hebben, dacht hij, maar toen hij aannam, hoorde hij de stem van zijn oudere, getrouwde vriendin.

'Ik kan het niet lang maken,' zei ze, 'maar komt het gelegen als ik overmorgen in de middag even langswip?'

Op de achtergrond hoorde hij zachte pianomuziek. Blijkbaar was haar man nog niet thuis.

'En hoe!' zei Tengo.

Als zij kwam, betekende dat dat hij zijn werk aan *Een pop van lucht* even moest onderbreken, maar terwijl hij naar haar stem zat te luisteren, was Tengo gaan beseffen hoe ontzettend hij naar haar lichaam verlangde. Hij legde de telefoon neer en liep naar de keuken, waar hij zichzelf een glas Wild Turkey inschonk, dat hij bij de gootsteen staande opdronk – puur. Toen kroop hij in bed, las nog een paar pagina's, en viel in slaap.

Zo kwam er een eind aan Tengo's lange, vreemde zondag.

13

Aomame: *Een geboren slachtoffer*

Zodra ze haar ogen opendeed, wist ze dat ze een kater had, en wel een heel erge. Aomame had nooit een kater. Hoeveel ze ook dronk, de volgende ochtend was ze altijd in staat om met een fris hoofd meteen aan de taken van de nieuwe dag te beginnen. Daar was ze trots op. Maar vandaag? Ze had een vlijmende pijn in haar slapen, en over haar bewustzijn hing een dikke mist. Er zat een stalen band om haar hoofd geschroefd. De klok wees aan dat het al tien uur was geweest. Het lateochtendlicht priemde als naalden tot achter in haar ogen. Het geronk van een motorfiets op de weg voor haar flat scheurde als een brullend folterapparaat door de kamer.

Ze lag spiernaakt in haar eigen bed, maar ze kon zich bij god niet herinneren hoe ze de weg naar huis had gevonden. Op de vloer lagen de kleren die ze gisteravond had gedragen, zoals gebruikelijk in een wanordelijke hoop. Alles wees erop dat ze die zichzelf van het lijf had gerukt. Haar schoudertas stond op het bureau. Ze stapte over de berg kleren heen en liep naar de keuken, waar ze een heleboel glazen leidingwater achter elkaar naar binnen goot. In de badkamer hield ze haar gezicht onder de koude kraan en bestudeerde ze haar naakte lichaam in de grote spiegel. Ze onderwierp zichzelf aan een nauwkeurige inspectie, maar kon geen sporen ontdekken van wat dan ook. Ze slaakte een zucht van verlichting. Gelukkig! In haar onderbuik had ze nog vaag hetzelfde gevoel dat ze altijd had op de ochtend nadat ze aan ruige seks had gedaan: een zoete dofheid, alsof ze tot diep in haar lijf door elkaar was geroerd. Haar anus voelde ook niet aan zoals het hoorde. Mijn hemel, dacht Aomame, en ze drukte met haar vingertoppen tegen haar slapen. Hebben ze 'm daar ook in gestoken? En het ergste was dat ze zich er helemaal niets van kon herinneren.

Met haar bewustzijn nog steeds in witte nevelen gehuld en haar handen tegen de muur nam ze een hete douche. Ze waste zich over haar hele lichaam met zeep om elke herinnering – pardon: elke naamloze sensatie die dicht bij een herinnering kwam – aan de vorige nacht uit te wissen. Haar geslacht en anus gaf ze een extra goede beurt. Ze waste ook haar haar. Gruwend van de pepermuntlucht poetste ze haar tanden om de muffe smaak in haar mond weg te werken. Daarna raapte ze haar ondergoed en panty van de vloer van de slaapkamer en gooide ze met afgewende ogen in de wasmand.

Ze inspecteerde de inhoud van haar schoudertas op de tafel. Haar portemonnee was er nog. Haar creditcards en bankpasjes waren er ook nog allemaal. Er zat bijna net zoveel geld in haar portemonnee als ze zich herinnerde. Blijkbaar had ze gisteravond alleen de taxi naar huis betaald. Het enige wat ontbrak waren de condooms die ze er uit voorzorg in had gestopt. Daarvan miste ze er welgeteld vier. Vier? Op een memootje dat in haar portemonnee zat gevouwen, stond een telefoonnummer in Tokyo, maar ze had geen flauw idee van wie.

Ze kroop terug in bed en probeerde zich zo veel mogelijk weer voor de geest te halen wat er de vorige avond precies was gebeurd. Ayumi was naar de tafel van de twee mannen gegaan en had hen aangesproken, en toen hadden ze gezamenlijk wat gedronken, tot ze alle vier in een opperbeste stemming waren. Daarna was het het geijkte patroon geweest: in het City Hotel om de hoek hadden ze twee kamers genomen, en zoals afgesproken had Aomame seks gehad met de kalende man en Ayumi met zijn jongere, forsere vriend. De seks was bepaald niet slecht geweest. Ze hadden samen een bad genomen, en daarna eerst lang en grondig orale seks gehad. Voor de man 'm erin stak, was ze niet vergeten er een condoom om te doen.

Ongeveer een uur later kwam er een telefoontje. Het was Ayumi. Was het goed als ze even langskwamen? Dan konden ze met z'n allen nog wat drinken. Goed hoor, had Aomame gezegd, en even later stond Ayumi voor de deur met haar partner. Bij de roomservice bestelden ze een fles whisky en wat ijs, en die hadden ze met z'n vieren soldaat gemaakt.

Wat er daarna was gebeurd, herinnerde ze zich niet zo goed. Nadat Ayumi en de andere man zich bij hen hadden gevoegd, leek ze gauw dronken te zijn geworden. Het zou de whisky wel zijn (Aomame dronk normaal niet veel whisky). Of misschien was ze minder op haar hoede geweest. Ze was immers niet zoals anders met een man alleen, maar ze had een vriendin bij zich. In elk geval, ze kon zich vaag herinneren dat ze van partners waren gewisseld en nog een keer seks hadden gehad. Ik op het bed met die jongere vent, en Ayumi op de bank met de kale. Dat weet ik nog. Maar daarna... Daarna is het één dikke mist. Ik weet er echt niks meer van. Nou ja, hindert niet. Kan ik het vergeten zonder het me te hoeven herinneren. Dan heb ik me een keertje helemaal laten gaan en me suf geneukt – dat is alles. Die mannen komen we toch nooit meer tegen.

Maar had ze er de tweede keer wel een condoom om gedaan? Die vraag liet haar niet met rust. Het zou toch al te dol zijn als ze van zo'n stom stoeipartijtje zwanger werd of een geslachtsziekte opliep! Ach, waarschijnlijk liep het zo'n vaart niet. Al ben ik zo dronken dat ik niet meer helder kan denken, zoiets vergeet ik niet.

Moest ze vandaag naar haar werk? Nee, dat niet. Vandaag was het zaterdag, dan werkte ze niet. Of wacht eens! Toch wel. Ze had zich vergist. Vanmiddag om drie uur had ze een afspraak op Huize Terwilgen in Azabu om strekoefeningen te doen. Een paar dagen tevoren had ze bericht gehad van Tamaru: de Oude Dame moest naar de dokter voor een onderzoek, dus kon Aomame haar afspraak voor vrijdag naar zaterdag verschuiven? Dat was ze helemaal vergeten. Maar ze had nog vierenhalf uur de tijd. Dat moest toch voldoende zijn om van haar hoofdpijn af te komen en weer helder te kunnen denken.

Ze zette een pot hete koffie en dwong zichzelf een groot gedeelte daarvan diep in haar maag te gieten. Met alleen een badjas om haar blote lijf ging ze op bed liggen, op haar rug, met haar ogen naar het plafond, en in die houding bracht ze de rest van de ochtend door. Ze voelde zich niet in staat om iets te doen. Naar het plafond kijken, dat ging nog net. Daar was weliswaar niets interessants te zien, maar dat kon het plafond ook niet helpen. Plafonds zijn er nu eenmaal niet om mensen te amuseren. De klok wees het middaguur aan, maar ze had helemaal geen trek. Het geraas van motorfietsen en automotoren galmde nog rond in haar schedel. Zo'n erge kater had ze nog nooit gehad.

Toch scheen seks een goede invloed op haar lichaam te hebben. Door een man omhelsd te worden, je naakte lijf te laten bekijken, aan alle kanten gestreeld en gelikt en gebeten te worden, met een penis te worden doorboord, diverse malen tot een orgasme te komen – dat was de beste manier om van alle kregeligheid af te komen die zich in haar lichaam had opgehoopt. De kater was natuurlijk niet prettig, maar die werd meer dan goedgemaakt door het gevoel van bevrijding dat ze nu had.

Maar hoelang kan ik dit blijven doen, dacht Aomame. Hoelang kan ik dit nog volhouden? Over een paar dagen word ik dertig. De veertig komt algauw in zicht.

Ze besloot dit probleem uit haar hoofd te zetten. Daar denk ik een andere keer wel eens op mijn gemak over na. Daar hoef ik niet per se vandaag een antwoord op te vinden. Om daar serieus over na te denken, heb ik –

Op dat ogenblik ging de telefoon. Het klonk Aomame als een oorverdovend geloei in de oren. Alsof ze in een sneltrein zat die een tunnel uit kwam. Wankelend kwam ze uit haar bed en nam aan. De wijzers van de grote klok aan de muur stonden op halfeen.

'Aomame?' zei een ietwat hese vrouwenstem. Het was Ayumi.

'Ja,' zei Aomame.

'Voel je je wel goed? Je klinkt alsof je net door een bus bent overreden.'

'Daar komt het dicht bij in de buurt.'

'Heb je een kater?'

'En niet zo'n beetje ook,' zei Aomame. 'Hoe weet jij mijn telefoonnummer?'

'Weet je dat niet meer? Dat heb je zelf opgeschreven en aan mij gegeven. We moeten binnenkort nog eens afspreken, zei je. Mijn telefoonnummer moet ergens in je portemonnee zitten.'

'O ja? Ik kan me er niks meer van herinneren.'

'Ja, daar was ik al bang voor,' zei Ayumi. 'Vandaar dat ik nu even bel, om te zien of je veilig thuis bent gekomen. Ik heb je in Roppongi op het kruispunt in een taxi gezet en de chauffeur je adres gegeven, maar je weet maar nooit.'

Aomame zuchtte. 'Ik weet het absoluut niet meer, maar ik lijk te zijn gearriveerd. Toen ik wakker werd, lag ik tenminste in mijn eigen bed.'

'Gelukkig!'

'Wat ben jij nu aan het doen?'

'Ik ben aan het werk, wat dacht je anders?' zei Ayumi. 'Ik zit al vanaf tien uur in mijn minipolitieautootje op te letten dat er niet foutgeparkeerd wordt. Ik neem nu even pauze.'

'Ik snap niet dat je het kunt,' zei Aomame bewonderend.

'Ik moet toegeven dat ik vanochtend nog wel wat langer had willen slapen. Maar het was dolgezellig gisteravond. Het is de eerste keer dat ik zoveel pret heb gehad. Dat heb ik allemaal aan jou te danken.'

Aomame drukte met haar vingers tegen haar slapen. 'Om je de waarheid te zeggen herinner ik me niet zoveel van wat er later is gebeurd. Ik bedoel, nadat jullie naar onze kamer waren gekomen.'

'O, wat jammer nou!' zei Ayumi op serieuze toon. 'Daarna werd het juist opwindend. We hebben heel wat uitgeprobeerd met z'n viertjes. Je gelooft me niet als ik het je vertel. Het was net een pornofilm! Jij en ik hebben poedelnaakt een lesbische scène opgevoerd, en –'

'Hou daar maar over op!' onderbrak Aomame haar haastig. 'Wat ik wil weten is: heb ik een condoom gebruikt? Ik kan het me niet herinneren, en daar zit ik een beetje over in.'

'Natuurlijk heb je een condoom gebruikt! Ik heb daar heel streng op toegezien, dus daar hoef je niet bang voor te zijn. Ik let er namelijk niet alleen op dat de verkeersregels niet worden overtreden, ik loop ook de openbare middelbare scholen af, en als alle meisjes zich in de aula verzameld hebben, demonstreer ik tot in de kleinste details hoe ze op de juiste manier een condoom moeten omdoen.'

'Hoe ze een condoom moeten omdoen?' zei Aomame stomverbaasd. 'Waarom moet de politie dat aan middelbare scholieren leren?'

'Het eigenlijke doel van schoolbezoeken is de leerlingen te wijzen op de gevaren van *date rape*, wat je moet doen als iemand handtastelijk wordt in een volle trein, en hoe je seksuele misdrijven kunt voorkomen. Dat van die condooms heb ik er al doende aan toegevoegd – als persoonlijke boodschap, zogezegd. Zo van: "Dat jullie aan seks doen, daar is weinig tegen te beginnen, maar pas in godsnaam op dat je niet zwanger wordt of met allerlei smerige ziektes thuiskomt." Niet dat ik het in die woorden zeg waar de leraar bij staat, natuurlijk. Dus een condoom omdoen gaat bij mij automatisch, uit professioneel instinct. Hoe teut ik ook word, daar licht ik niet de hand mee. Nee, maak jij je maar geen zorgen. Jij bent blinkend schoon. VERBODEN TOEGANG ZONDER CONDOOM, dat is mijn motto.'

'Ontzettend bedankt, zeg! Dat is een pak van mijn hart!'

'Hé, zal ik je eens precies vertellen wat we gisteravond allemaal gedaan hebben?'

'Een volgende keer,' zei Aomame. Ze hoestte de duffe lucht uit die zich in haar longen had verzameld. 'Dan kun je het me in geuren en kleuren vertellen. Maar niet nu. Als ik het nu allemaal te horen krijg, splijt mijn hoofd in tweeën.'

'Oké, de volgende keer dan,' zei Ayumi opgewekt. 'Ik heb er trouwens constant aan lopen denken sinds ik vanochtend wakker werd, Aomame, maar wij zouden samen echt een heel goed team vormen! Mag ik je nog eens bellen? Ik bedoel, als ik weer eens zin krijg in zo'n stoeipartij als gisteravond?'

'Jij mag bellen, hoor,' zei Aomame.

'Fijn!'

'En bedankt voor je telefoontje.'

'Sterkte met je kater,' zei Ayumi, en ze verbrak de verbinding.

Tegen twee uur die middag kon ze een heel stuk helderder denken, dankzij hazenslaapjes en sloten zwarte koffie. Haar hoofdpijn was helemaal weg, dank u wel. Alleen lichamelijk voelde ze zich nog een beetje loom. Met haar sporttas in haar hand verliet ze haar flat. Natuurlijk zat haar speciale ijspriem er niet in – alleen schoon ondergoed en een paar handdoeken. Zoals altijd begroette Tamaru haar bij het portiek.

Hij ging haar voor naar het langwerpige solarium. De grote ramen stonden open naar de tuin, maar de vitrage was dichtgetrokken, zodat ze van buitenaf niet konden worden gezien. In de vensterbank stond een rij kamerplanten met grote groene bladeren. Door kleine speakers aan het plafond klonk rustige barokmuziek – een sonate voor blokfluit en klavecimbel. In het midden van het vertrek stond een massagebank. Gekleed in een witte badjas lag de Oude Dame al op haar buik te wachten.

Toen Tamaru de kamer uit was, kleedde Aomame zich om in iets waarin ze zich makkelijker kon bewegen. De Oude Dame op de bank draaide haar hoofd, zodat ze naar Aomame kon kijken terwijl ze haar kleren uittrok. Aomame kon het weinig schelen dat andere vrouwen haar naakte lichaam zagen. Voor sportmensen is zoiets een bijna dagelijkse gebeurtenis, en de Oude Dame was ook zo goed als naakt terwijl ze gemasseerd werd. Op die manier kon je de conditie van de spieren het best controleren. Aomame trok haar katoenen broek en haar bloes uit en schoot in haar trainingspak. Daarna vouwde ze de uitgetrokken kleren op en legde ze op een stapeltje in een hoek.

'Je hebt een prachtig gespierd lichaam,' zei de Oude Dame. Ze richtte zich op en deed haar badjas uit, zodat ze alleen nog gekleed was in haar zijden ondergoed.

'Dank u wel,' zei Aomame.

'Zo'n lichaam had ik vroeger ook.'

'Dat kan ik wel zien,' zei Aomame.

En ze meende het ook. De Oude Dame was de zeventig al gepasseerd, maar je kon je duidelijk voorstellen hoe ze er in haar jongere jaren moest hebben uitgezien. Haar postuur was nog recht en haar borsten bezaten nog iets van hun vroegere veerkracht. Weinig eten en dagelijkse lichaamsbeweging hadden haar natuurlijke schoonheid behouden. Aomame veronderstelde dat ze daarbij geholpen was door op zijn tijd een bescheiden cosmetische ingreep om haar rimpels of de slapheid rond oog- en mondhoeken weg te werken.

'En u hebt nog steeds een heel mooi lichaam,' zei Aomame.

De Oude Dame glimlachte. 'Dat is erg lief van je, maar het haalt het niet bij vroeger.'

Daarop gaf Aomame geen antwoord.

'Ik heb heel wat van dit lichaam genoten, en er ook anderen van laten genieten. Begrijp je wat ik bedoel?'

'Ik geloof van wel.'

'En jij? Geniet jij een beetje?'

'Soms,' zei Aomame.

'Soms is niet genoeg,' zei de Oude Dame, op haar buik liggend. 'Van zoiets moet je volop genieten terwijl je nog jong bent. Naar hartenlust! Later, als je oud bent en niet meer genieten kunt, houden de herinneringen je warm.'

Aomame moest aan gisteravond denken. Het gevoel dat er iets tussen haar billen zat gestoken, was nóg niet helemaal verdwenen. Zou zo'n herinnering haar echt warm houden op haar oude dag?

Ze legde haar handen op het lichaam van de Oude Dame en begon aan een serie grondige strekoefeningen. De loomheid die ze zojuist nog had gevoeld, was nu helemaal verdwenen. Vanaf het moment dat ze haar trainingspak had aangetrokken en de Oude Dame met haar vingers had aangeraakt, waren haar zintuigen weer net zo scherp als voorheen.

Alsof ze een wegennetwerk natrok op een kaart, zo verzekerden haar vingertoppen zich ervan hoe elke afzonderlijke spier van de Oude Dame door haar lichaam liep. Ze had zich zorgvuldig ingeprent hoe veerkrachtig en hoe hard zo'n spier was en hoeveel weerstand hij bood, zoals een pianist een lange partituur instudeert. Aomame had hetzelfde intense concentratievermogen, vooral waar het het menselijk lichaam betrof. Mocht zijzelf iets vergeten zijn, dan herinnerden haar vingertoppen het zich wel. Als een spier ook maar een klein beetje anders aanvoelde dan anders, behandelde ze hem van allerlei kanten, nu eens hard, dan weer zacht, en dan wachtte ze af hoe hij daarop reageerde: met pijn, met welbehagen, of helemaal niet. Harde, gespannen spieren maakte ze niet eenvoudig even wat losser, maar ze vertelde de Oude Dame hoe ze die zelf in beweging kon krijgen. Natuurlijk waren er ook plekken die met eigen kracht lastig te behandelen waren, en daar hielp Aomame mee met strekoefeningen. Maar waar spieren het meest van houden en naar uitzien, is elke dag zelf oefenen.

'Doet dit pijn?' vroeg Aomame. De spieren bij één lies waren veel en veel stijver dan normaal – griezelig stijf bijna. Ze duwde haar hand in een opening van het bekken en draaide de dij een heel klein beetje in een speciale hoek.

'Heel erg!' kreunde de Oude Dame, met een grimas van pijn op haar gezicht.

'Daar ben ik blij om. Als je pijn voelt, is het goed. Als je geen pijn voelt, heb je een groot probleem. Ik ga u nog een beetje pijn doen. Denkt u dat u ertegen kunt?'

'Natuurlijk,' zei de Oude Dame.

Aomame hoefde het niet eens te vragen. De Oude Dame kon heel veel verdragen, dat lag in haar karakter. Normaal zei ze niets en accepteerde alles. Haar gezicht mocht vertrekken, maar ze gaf geen kik. Aomame had grote, sterke mannen het vaak genoeg horen uitschreeuwen als ze van haar een massage kregen. De wilskracht van de Oude Dame dwong dus elke keer weer haar bewondering af.

Met haar elleboog als hefboom draaide Aomame de dij met haar rechterhand nog een beetje verder. Er klonk een scherpe knap, en het gewricht verschoof. De adem van de Oude Dame stokte, maar ze gaf geen kik.

'Kijk eens aan,' zei Aomame. 'Nu zal het wel beter voelen.'

De Oude Dame ademde diep uit, het zweet in parels op haar voorhoofd. 'Dankjewel,' zei ze met een dun stemmetje.

Een heel uur lang masseerde Aomame de Oude Dame, tot ze helemaal ontspannen was. Ze stimuleerde en strekte haar spieren en maakte haar gewrichten soepeler. Dat ging met een redelijke hoeveelheid pijn gepaard, maar zonder pijn kun je geen verbetering verwachten. Aomame wist het, en de Oude Dame wist het ook. Daarom zeiden ze allebei nauwelijks een woord. Toen de blokfluitsonate was afgelopen, zweeg de cd-speler. Behalve het tsjilpen van de vogels in de tuin was het doodstil in de kamer.

'Ik heb het gevoel alsof ik stukken lichter ben geworden,' zei de Oude Dame na een tijdje. Ze lag slap op haar buik. De grote badhanddoek die over de massagebank was gelegd, was drijfnat van het zweet.

'Zo mag ik het horen,' zei Aomame.

'Ik ben toch zo blij dat ik jou heb gevonden. Ik zou me zonder jou geen raad meer weten.'

'Maakt u zich geen zorgen. Voorlopig ga ik niet weg.'

De Oude Dame aarzelde even. 'Dit klinkt misschien alsof ik mijn neus in jouw zaken steek,' zei ze na een korte stilte, 'maar is er soms iemand van wie je houdt?'

'Ja,' zei Aomame.

'Daar ben ik blij om,' zei de Oude Dame.

'Maar jammer genoeg houdt hij niet van mij.'

'Het is misschien een beetje een rare vraag,' zei de Oude Dame, 'maar waarom niet? Objectief gezien ben je een buitengewoon aantrekkelijke jonge vrouw.'

'Hij weet niet eens dat ik besta.'

De Oude Dame liet even haar gedachten gaan over wat Aomame haar zojuist had gezegd.

'En jij van jouw kant voelt er niet voor om hem van je bestaan op de hoogte te brengen?'

'Op het ogenblik niet,' zei Aomame.

'Is er een bepaalde reden waarom je hem niet kunt benaderen?'

'Wel meer dan één. Maar het probleem ligt hoofdzakelijk bij mezelf.'

De Oude Dame keek Aomame aan alsof ze onder de indruk was.

'Weet je,' zei ze, 'ik heb in mijn leven allerlei merkwaardige mensen ontmoet, en nu begin ik zowaar te geloven dat jij er daar ook een van bent.'

Aomames mond ontspande zich een heel klein beetje. 'Zo merkwaardig ben ik niet. Ik ben alleen eerlijk tegen mezelf.'

'En als je eenmaal iets besloten hebt, wijk je daar nooit meer van af.'

'Dat klopt.'
'En je bent enigszins koppig, en ook opvliegend.'
'Ook dat kon wel eens waar zijn.'
'Maar gisteravond heb je jezelf even laten gaan.'
Aomame bloosde. 'Hoe weet u dat?'
'Dat kan ik aan je huid zien. Ik kan het ook ruiken. Je draagt de sporen van een man nog op je lichaam. Als je ouder wordt, ga je allerlei dingen begrijpen.'
Aomame keek enigszins geïrriteerd. 'Ik heb het nodig! Af en toe. En ik weet dat het niet iets is waarop ik trots kan zijn.'
De Oude Dame stak haar hand uit en legde die zachtjes op die van Aomame. 'Natuurlijk. Zulke dingen zijn op zijn tijd ook nodig. Je hoeft je er helemaal niet voor te schamen, en ik maak je ook helemaal geen verwijten. Maar ik vind dat je het verdient om op een *gewonere* manier gelukkig te worden. Met de man van wie je houdt. Een happy end en zo.'
'Dat zou fijn zijn, dat ben ik met u eens. Maar het zal moeilijk gaan.'
'Waarom?'
Op die vraag gaf Aomame geen antwoord. Dat was niet makkelijk uit te leggen.
'Als je ooit behoefte voelt om er met iemand over te praten, wil je dan bij mij komen?' vroeg de Oude Dame. Ze trok haar hand weg en veegde met een handdoek het zweet van haar gezicht. 'Wat het ook is! Ik kan je misschien helpen, zie je.'
'Dank u wel,' zei Aomame.
'Er zijn dingen die je niet oplost door af en toe uit de band te springen.'
'U hebt volkomen gelijk.'
'Je hebt niets gedaan waar je jezelf mee zou kunnen schaden,' zei de Oude Dame. 'Helemaal niets! Dat begrijp je zelf toch ook wel?'
'Ja,' zei Aomame. Het was waar, dacht ze. Ze had niets gedaan waar ze zichzelf mee zou kunnen schaden. Maar toch bleef er stilletjes iets achter. Zoals droesem op de bodem van een fles wijn.

Aomame dacht nog vaak terug aan de gebeurtenissen rond de dood van Tamaki Ōtsuka, en het idee dat ze haar nooit meer zou zien en met haar zou praten, gaf haar het gevoel alsof haar lichaam in tweeën was gescheurd. Tamaki was de eerste vriendin die Aomame in haar leven maakte. Ze konden overal met elkaar over praten, zonder iets te hoeven verbergen. Voor ze Tamaki leerde kennen, had ze niet één zo'n vriendin gehad, en naderhand had ze er ook geen meer gehad. Niemand kon haar plaats innemen. Als ze Tamaki niet had ontmoet, zou haar leven nog droeviger, nog somberder zijn dan nu.

Ze waren allebei even oud, en allebei zaten ze in het softbalteam van een openbare middelbare school in Tokyo. Vanaf haar eerste jaar op school had Aomame al haar energie in softbal gestoken. Ze was schoorvoetend lid geworden. Ze hadden haar gevraagd omdat er niet genoeg spelers in het team zaten, en aanvankelijk had ze alleen maar uit plichtsgevoel meegedaan, maar algauw werd het de hoofdreden van haar bestaan. Zoals iemand zich vastklampt aan een lantaarnpaal om niet door een rukwind omver te worden geblazen, zo vond zij houvast aan die sport. Ze had zoiets nodig. Aomame was zich er zelf ook niet van bewust, maar ze was een buitengewoon begaafd atlete. Zowel in de onderbouw als in de bovenbouw van de middelbare school was ze de ster van het team. Het was hoofdzakelijk aan haar te danken dat ze toernooien bleven winnen. Het gaf Aomame een soort zelfvertrouwen (het was niet precies zelfvertrouwen, maar iets wat er dichtbij kwam). Haar betekenis voor het team was groot, en hoewel het maar een klein wereldje was, had ze er een duidelijke positie in verworven – en om dat laatste was ze nog het meest blij. *Ik ben ergens nodig.*

Aomame was werper én vierde slagman, dus letterlijk de centrale figuur van het team. Tamaki, de tweedehonkman, was degene om wie het hele team draaide en fungeerde als aanvoerder. Ze was klein van stuk, maar had briljante reflexen en wist hoe ze haar hersens moest gebruiken. Ze was in staat om een situatie vliegensvlug en van alle kanten in te schatten. Bij elke worp wist ze precies in welke richting ze het zwaartepunt van haar lichaam moest verleggen, en zodra de bal in de lucht was, las ze af in welke richting hij zou vliegen en rende ze al naar het punt waarop ze het best dekking kon geven. Er zijn niet veel binnenvelders die zoiets kunnen. Het is onmogelijk te zeggen in hoeveel netelige situaties haar beoordelingsvermogen het verschil had uitgemaakt. Ze sloeg de bal wel niet zo ontzettend ver als Aomame, maar ze raakte hem hard en accuraat, en ze kon verschrikkelijk hard rennen. Ze was ook een uitstekend aanvoerder: ze verenigde het team, bedacht tactieken, en stak iedereen met haar bemoedigende woorden een hart onder de riem. Ze kon behoorlijk streng zijn als het moest, maar ze had het respect van de andere spelers. Onder haar leiding werd het team met de dag sterker, tot ze de finale van het kampioenschap van Tokyo bereikten. Ze kwamen zelfs uit in de Inter-High,* en de twee vriendinnen werden allebei gekozen voor het regionale team van de Kantō.

Aomame en Tamaki respecteerden elkaars bijzondere atletische gaven. Ze raakten als vanzelf bevriend, en voor ze het wisten waren ze onafscheidelijk. Als het team op tournee ging, brachten ze lange tijd in elkaars gezelschap door. Zonder iets te verbergen, vertelden ze elkaar over hun verleden. Aomame had de banden met haar ouders verbroken toen ze in de vijfde klas van de lagere school zat en was bij een oom van moederskant gaan wonen. Bij haar oom thuis had iedereen begrip getoond voor haar situatie en ze was er zo warm onthaald alsof ze altijd een lid van het gezin was geweest, maar het was toch niet hetzelfde als je eigen huis. Ze voelde zich eenzaam, en ze hunkerde naar liefde. Zonder enig idee waar ze de betekenis en het doel van haar leven in moest zoeken, kwam elke dag van haar bestaan haar als zinloos voor. Tamaki kwam uit een welgestelde, gerespecteerde familie, maar omdat haar ouders het bijzonder slecht met elkaar konden vinden, had ze in feite helemaal geen huiselijk leven. Haar vader kwam maar zelden thuis, en haar moeder leed aan veelvuldige depressies: soms had ze zo'n hoofdpijn dat er hele dagen voorbijgingen zonder dat ze haar bed uit kwam. Tamaki en haar jongere broer werden in feite aan hun lot overgelaten. Meestal aten ze in een restaurantje of snackbar in de buurt, of ze kochten ergens een kant-en-klaarmaaltijd. Aomame en Tamaki hadden allebei dus hun eigen reden waarom ze zo fanatiek aan softbal deden.

De twee eenzame meisjes met hun vele problemen hadden heel wat gespreksstof. Eén zomervakantie waren ze samen op reis gegaan, en toen ze tijdelijk even waren uitgepraat, hadden ze in hun hotelbed elkaars naakte lichamen betast. Het was nadrukkelijk een impulsieve en eenmalige affaire. Ze herhaalden hem niet en praatten er ook niet

---

*De razend populaire Inter-Highschool-Kampioenschappen zijn een jaarlijks sport- en atletiektoernooi waaraan in elke sport maar één team per prefectuur mag deelnemen. Voor middelbare scholieren is dit een van de hoogtepunten van het schooljaar.

over, maar door deze ervaring werd hun vriendschap nog dieper en vertrouwelijker.

Ook toen Aomame na de middelbare school naar de Academie voor Lichamelijke Opvoeding ging, bleef ze softbal spelen. Als een van de meest veelbelovende softbalspeelsters in Japan was ze door haar academie (een particuliere instelling) gescout en had er zelfs een studiebeurs gekregen. En ook in het team van de academie speelde ze weer een centrale rol. Maar terwijl ze softbal speelde, raakte ze geïnteresseerd in sportgeneeskunde en legde zich serieus op de studie daarvan toe. Ze kreeg ook belangstelling voor martial arts. Ze wilde haar jaren aan de academie gebruiken om zo veel mogelijk gespecialiseerde kennis en expertise op te doen. Tijd om te feesten had ze niet.

Tamaki daarentegen ging naar een gerenommeerde particuliere universiteit om rechten te studeren. Na de middelbare school speelde ze nooit meer softbal, tenminste niet als wedstrijdsport. Voor Tamaki met haar briljante cijfers was softbal eigenlijk nooit meer geweest dan een doorgangsstation. Ze wilde het advocaatexamen doen en jurist worden. Maar hoewel hun wegen zich hadden gescheiden, bleven de twee meisjes boezemvriendinnen. Aomame woonde in een studentenflat waarvoor ze geen huur hoefde te betalen, terwijl Tamaki elke dag van haar disfunctionele – maar welvarende – huis naar de campus ging. Elke week gingen ze echter minstens één avond samen uit eten, en dan kletsten ze honderduit. Maar hoe ze ook hun best deden, helemaal bijgepraat raakten ze nooit.

In de herfst van haar eerste jaar verloor Tamaki haar maagdelijkheid aan een tweedejaars van de tennisclub. Na een feestje had hij haar uitgenodigd op zijn kamer, en daar had hij haar min of meer verkracht. Ze had hem eigenlijk wel aardig gevonden – daarom was ze ook met hem meegegaan toen hij haar dat vroeg –, maar ze was diep geschokt door het geweld waarmee hij haar tot seks had gedwongen en door de onbehouwen zelfzuchtigheid die hij daarbij aan den dag had gelegd. Ze zei haar lidmaatschap van de tennisclub op en was een tijdlang erg terneergeslagen. Deze gebeurtenis leek een groot gevoel van machteloosheid bij haar te hebben achtergelaten. Ze verloor haar eetlust en viel in één maand maar liefst zes kilo af. Wat Tamaki van die jongen had verwacht, was een beetje begrip en consideratie. Als hij haar dat had getoond, en als hij haar wat tijd had gegeven om zich voor te bereiden, had ze het helemaal niet zo erg gevonden hem haar lichaam te geven. Tamaki kon er maar niet bij. Waarom moest hij per se geweld gebruiken? Dat was toch helemaal niet nodig geweest?

Aomame troostte haar zo goed en zo kwaad als dat ging en raadde haar aan om het hem betaald te zetten. Maar daar wilde Tamaki niet van horen. Het was haar eigen schuld, zei ze. Ze had beter moeten opletten, en nu was het te laat om ermee naar de politie te gaan. Een deel van de verantwoordelijkheid lag ook bij haar. Dan had ze maar niet in haar eentje met hem mee moeten gaan naar zijn kamer. Het beste was om het allemaal te vergeten. Maar Aomame begreep pijnlijk goed welke diepe wonden dit voorval in het hart van haar vriendin had achtergelaten. Het ging helemaal niet om iets oppervlakkigs als het verlies van haar maagdelijkheid. Het was niet haar lichaam, maar haar ziel die was geschonden. Niemand had het recht die met voeten te treden. En machteloosheid – machteloosheid knaagt aan een mens tot er niets meer van hem over is.

Dus besloot Aomame om een persoonlijke vergeldingsactie uit te voeren. Ze ontfutselde Tamaki zijn adres, verborg een softbalknuppel in een grote plastic buis waar je normaal landkaarten in stopt, en ging eropaf. Die dag was Tamaki in Kanazawa, helemaal aan de Japanse Zee, om een herdenkingsdienst voor een overleden familielid bij te wonen. Dat zou haar alibi zijn. Aomame had zich er van tevoren van verzekerd dat de jongen niet thuis was. Met een hamer en een schroevendraaier forceerde ze het slot en stapte naar binnen. Om zo weinig mogelijk lawaai te maken, wikkelde ze de knuppel in een paar handdoeken en sloeg alles in het appartement aan gruzelementen. Televisie, staande lamp, klok, grammofoonplaten, broodrooster, bloemenvazen – ze liet letterlijk niets heel. Ze knipte het snoer van de telefoon door met een schaar. Ze rukte de ruggen van de boeken en trok ze uit elkaar. Ze spoot de tubes tandpasta en scheerzeep zorgvuldig uit over het vloerkleed. Ze goot worcestersaus over het bed. Ze verscheurde de collegedictaten in de bureaula. Ze brak de pennen en potloden. Ze verbrijzelde alle gloeilampen. Gordijnen en kussens ging ze met een lang keukenmes te lijf. Ze zette de schaar in alle overhemden in de kast. De laden met ondergoed en sokken bewerkte ze rijkelijk met tomatenketchup. Ze trok de zekering uit de koelkast en keilde hem het raam uit. Ze trok de vlotter uit de stortbak van de wc en sloeg hem zo plat als een dubbeltje. Van de douchekop bleef ook niets heel. Ze sloeg geen hoekje of gaatje over. De vernietiging was totaal. De kamer leek nu nog het meest op een foto die ze een tijdje eerder in de krant gezien, van een appartement in Beirut na een bombardement.

Tamaki was een intelligent meisje (aan haar cijfers op school kon Aomame bij lange na niet tippen) en bij softbalwedstrijden ontging haar nooit iets. Als Aomame bij het werpen in de problemen zat, rende ze meteen naar haar toe met een paar korte maar doeltreffende woorden van advies, en dan gaf ze haar breed glimlachend een speels tikje op de billen met haar handschoen en rende terug naar haar positie bij het tweede honk. Ze had een brede kijk op de dingen, een warm hart en een groot gevoel voor humor. Op haar studie deed ze steeds haar best, en ze was een goed spreker. Als ze op deze manier was doorgegaan, was ze beslist een uitmuntend advocaat geworden.

Maar als het op mannen aankwam, liet haar oordeel haar in de steek op een manier die bijna bewondering afdwong, zo slecht. Tamaki hield van mooie mannen. Een knap gezicht ging bij haar voor alles. In Aomames ogen had die voorkeur bijna ziekelijke vormen aangenomen. Een man kon nog zulke bewonderenswaardige eigenschappen hebben en nog zo intelligent zijn, als zijn uiterlijk haar niet aanstond, peinsde Tamaki er niet eens over om met hem uit te gaan als hij haar dat vroeg. Om onnavolgbare redenen was ze uitsluitend geïnteresseerd in mannen met een tandpastasmile en weinig inhoud. Als het op mannen aankwam, was ze bovendien zo koppig als een ezel. Al Aomames waarschuwingen sloeg ze in de wind. Normaal gesproken luisterde ze gedwee naar Aomames mening en meestal gaf ze er wel gehoor aan, maar kritiek op haar vriendjes ging bij haar het ene oor in en het andere uit. Aomame had zich daar algauw bij neergelegd en waarschuwde haar al niet eens meer. Als ze over zulke dingen ruzie ging maken, kwam hun vriendschap misschien zelfs in gevaar. Het was per slot van rekening Tamaki's eigen leven. Ze moest maar doen wat ze niet laten kon. Zolang ze op de universiteit zat, had Tamaki de ene vriend na de andere, en altijd zat ze wel in de problemen, en dan voelde ze zich verraden en gekwetst, en op het laatst liep ze steevast een blauwtje. Op zulke momenten was ze half gek van verdriet. Tot twee keer toe had ze een abortus gehad. Als het op mannen aankwam, was Tamaki een geboren slachtoffer.

Aomame had geen vaste vriend. Als iemand haar vroeg, ging ze wel eens met hem uit, en daar waren best leuke knullen bij, maar een vaste relatie werd het nooit.

'Ben je soms van plan om je hele leven maagd te blijven, dat je geen vriend wilt?' vroeg Tamaki.

'Ik heb het veel te druk voor dat soort dingen,' zei Aomame. 'Ik kom maar net uit met mijn tijd. Wat moet ik dan met vriendjes beginnen?'

Na haar kandidaats ging Tamaki door voor haar doctoraal en bereidde zich voor op het advocaatexamen, en Aomame trad in dienst bij de sportdrankjes-en-macrobiotisch-voedselfabrikant en zette daar haar softbalcarrière voort. Tamaki reisde nog steeds op en neer van haar huis naar de campus, terwijl Aomame in een bedrijfsappartement in de buurt van het Yoyogi-Hachiman-station woonde. Net zoals toen ze allebei nog studeerden, gingen ze eens per week uit eten, en dan kletsten ze nog steeds honderduit.

Toen Tamaki vierentwintig was, trouwde ze met een man die twee jaar ouder was dan zijzelf. Toen ze zich verloofde, verliet ze de universiteit en gaf haar rechtenstudie op. *Hij* was daar namelijk op tegen. Aomame had hem maar één keer ontmoet. Zijn vader was rijk, en zoals ze al had verwacht, had hij een fraai uiterlijk waar helemaal niets achter zat. Zijn hobby was zeilen. Hij was een vlotte prater en bezat de intelligentie die daarvoor nodig is, maar als mens had hij weinig diepgang, en in zijn woorden ontbrak die geheel – typisch het soort man waar Tamaki voor viel. Waarom wist ze niet, maar hij gaf Aomame de kriebels. Ze kon hem van het begin af aan al niet uitstaan. Maar dat gevoel was misschien wederzijds.

'Dit gaat nooit goed!' had ze Tamaki gewaarschuwd. Ze wilde haar neus niet in andermans zaken steken, maar dit was per slot van rekening een huwelijk, en niet zomaar een losse scharrel! Als oude vriendin van Tamaki kon ze dit niet stilzwijgend aanzien. Dat was de eerste keer dat ze samen echt ruziemaakten. Tamaki werd hysterisch omdat Aomame tegen haar huwelijk was en maakte haar uit voor alles wat mooi en lelijk was, en daarbij gebruikte ze uitdrukkingen die Aomame tot in het diepst van haar hart kwetsten. Aomame kwam niet op de bruiloft.

Ze sloten echter bijna onmiddellijk alweer vrede. Tamaki was nog niet goed en wel terug van de huwelijksreis, of ze stond al onaangekondigd voor Aomames deur om haar excuses aan te bieden. Aomame moest alles wat ze haar had toegebeten onmiddellijk vergeten, zei ze.

Het verhaal van Aomame
en Tengo gaat verder in

1q84

Boek twee

www.harukimurakami.nl

een maand of wat met die wetenschap rond. Het was dus niet wat je noemt een splinternieuwe ontdekking.

'Maar het hindert niet, hoor. Je hoeft helemaal niets te snappen.' Zijn oudere vriendin draaide haar lichaam zo dat haar borsten tegen zijn lichaam drukten. 'Jij bent een dromerige onderwijzer aan een bijlesinstituut, die dag in dag uit lange romans schrijft. Blijf vooral zo. Ik hou heel erg van die piemel van je. De vorm, de grootte, de manier waarop hij aanvoelt in mijn hand. Slap of stijf, ziek of gezond. En voorlopig is hij even alleen van mij. Dat is toch zo, hè?'

'Ja,' bevestigde Tengo.

'Heb ik je ooit verteld dat ik een vreselijk jaloerse vrouw ben?'

'Dat heb je. Onredelijk jaloers.'

'Zo onredelijk dat het alle perken te buiten gaat! Dat ben ik altijd al geweest.' Langzaam begonnen haar vingers zich te bewegen, in alle mogelijke richtingen. 'Ik maak hem zo meteen nog een keer stijf. Ik hoop dat je daar geen bezwaar tegen hebt?'

'Nee, niet bepaald,' zei Tengo.

'Waar denk je nu aan?'

'Aan jou, toen je als studente aan de Japanse Vrouwenuniversiteit colleges volgde in de Engels letterkunde.'

'We moesten *Martin Chuzzlewit* lezen. Ik was achttien. Ik droeg schattige jurken met ruches, en een paardenstaart. Ik nam mijn studie bijzonder serieus en ik was nog maagd. Het lijkt wel of ik het over mijn vorige incarnatie heb. In elk geval, het verschil tussen *lunatic* en *insane* is de eerste kennis die ik aan de universiteit heb opgedaan. En? Windt dat beeld je een beetje op?'

'Vanzelfsprekend!'

Hij sloot zijn ogen en stelde zich een meisje voor in een schattige jurk met ruches en haar haar in een paardenstaart. Een maagd die haar studie bijzonder serieus nam. Maar jaloers op een manier die alle perken te buiten ging. De maan scheen over het Londen van Charles Dickens. Over de *lunatics* en *insane* die daar rondzwierven. Ze droegen allemaal een eendere hoed en hadden allemaal een eendere baard. Hoe kon je ze uit elkaar houden? Als hij zijn ogen sloot, kon Tengo niet langer met zelfvertrouwen zeggen tot welke wereld hij behoorde.

terkunde aan de Japanse Vrouwenuniversiteit.* *Readings in Dickens*, heette het. De docent was een beetje een eigenaardige man, die ons allerlei dingen vertelde die niets met de roman in kwestie te maken hadden. Maar wat ik eigenlijk wil zeggen: als één maan mensen al gek kan maken, wat voor malligheid krijg je dan als er twee aan de hemel staan? De getijden veranderen, en je krijgt meer vrouwen met een onregelmatige menstruatie. De ellende is volgens mij niet te overzien.'

Daar moest Tengo toch even over nadenken.

'Misschien heb je gelijk,' gaf hij toe.

'Raken de mensen in die wereld dan om de haverklap van de wijs?'

'Nee, dat niet. Ze doen niet gekker dan anders. Dat wil zeggen: ze doen ongeveer hetzelfde als wij hier.'

Ze kneep zacht in zijn penis. 'In de wereld die deze niet is, doen de mensen ongeveer hetzelfde als wij hier. Wat heeft het dan voor zin een wereld te zijn die deze niet is?'

'De zin van de wereld die deze niet is, is dat je het verleden van de wereld die deze wél is, kunt herschrijven,' zei Tengo.

'Je kunt het herschrijven zoveel en zoals je maar wilt?'

'Ja.'

'Wil jij het verleden dan herschrijven?'

'Wil jij dat dan niet?'

Ze schudde haar hoofd. 'Geen haar op mijn hoofd die eraan denkt om het verleden of de geschiedenis te herschrijven. Wat ik wil herschrijven, is het heden.'

'Maar als je het verleden herschrijft, herschrijf je het heden ook. Dat spreekt vanzelf. Het heden wordt gevormd door de som van de gebeurtenissen die in het verleden hebben plaatsgevonden.'

Ze zuchtte nog eens diep. Toen bewoog ze de hand waarop Tengo's penis lag een paar keer op en neer, alsof ze een lift een proefritje liet maken. 'Eén ding weet ik wel: je was ooit een wonderkind in wiskunde, je hebt een hoge dan in judo, je schrijft lange romans, en toch, hè... En toch snap jij niets van deze wereld. Niet ene jota!'

Dit botte oordeel verbaasde Tengo niet in het minst, want hij liep al

* De Japanse Vrouwenuniversiteit (Nihon Joshi Daigaku) bestaat echt. Het is een particuliere universiteit opgericht in 1901, met haar hoofdkwartier in Tokyo.

niet is, heeft bijvoorbeeld twee manen. Op die manier hou je ze uit elkaar.'

Het idee van een wereld waarin twee manen aan de hemel stonden, had hij ontleend aan *Een pop van lucht*. Tengo was bezig over die wereld een langer, complexer verhaal te schrijven – zijn eigen verhaal, en niet dat van Fukaeri. Het feit dat de setting hetzelfde was, kon wel eens problemen opleveren, maar hij wilde met alle geweld over die wereld met twee manen schrijven. De rest was van later zorg.

'Met andere woorden,' zei ze, 'als je 's avonds omhoogkijkt en je ziet twee manen aan de hemel, dan zeg je tegen jezelf: "O, dit is de wereld die deze niet is"?'

'Ja. Want dat is het bewijs.'

'En die twee manen overlappen elkaar nooit?' vroeg ze.

Tengo schudde zijn hoofd. 'Waarom weet ik niet, maar de afstand tussen de twee manen blijft altijd hetzelfde.'

Tengo's vriendin dacht even over het idee van zo'n wereld na. Haar vinger tekende een diagram op zijn naakte borstkas.

'Weet jij wat in het Engels het verschil is tussen *lunatic* en *insane*?' vroeg ze.

'Het zijn allebei bijvoeglijke naamwoorden die een abnormale geestestoestand uitdrukken, maar het precieze onderscheid is me onbekend.'

'*Insane* wordt gebruikt voor een conditie die waarschijnlijk aangeboren is – een die deskundige hulp vereist. Maar *lunatic* drukt uit dat iemand op gezette tijden onder de invloed van de maan – *luna* – zijn gezond verstand verliest. In de negentiende eeuw werd in Engeland de straf voor mensen die erkend waren als *lunatic* en een strafbaar feit hadden gepleegd, met één graad verzacht. De reden was dat ze onder de invloed van het maanlicht niet helemaal toerekeningsvatbaar waren. Je gelooft het vast niet, maar zo'n wet bestond echt! Met andere woorden, het feit dat de maan bepaalde mensen gek maakt, was juridisch erkend.'

'Hoe weet je zulke dingen?' vroeg Tengo verbluft.

'Je hoeft heus niet zo verbaasd uit je ogen te kijken, hoor. Ik heb ongeveer tien jaar langer geleefd dan jij, dus het is helemaal niet raar als ik ook meer weet.'

Dat was inderdaad zo, moest Tengo toegeven.

'Om precies te zijn: dat heb ik geleerd in mijn college Engelse let-

bijna nooit, dat zei ik daarnet toch al? Vooral de laatste tijd niet.'

'Je zult best een béétje dromen. Er is niemand ter wereld die helemaal niet droomt. Als je zulke dingen zegt, bezorg je doctor Freud nog een hartaanval.'

'Ik droom misschien wel, maar zodra ik wakker word, ben ik het alweer vergeten. Zelfs als ik het gevoel heb dat ik heb gedroomd, kan ik me niet herinneren waarover.'

Ze legde zijn slap geworden penis op de palm van haar hand en woog hem zorgvuldig. Zo zorgvuldig dat het leek of zijn gewicht haar iets heel belangrijks vertelde.

'Goed, geen dromen dus. Vertel me dan over de roman waar je nu aan werkt.'

'Mijn roman? Daar wil ik het liever niet over hebben.'

'Moet je horen, Tengo. Ik vraag je niet om de hele plot van a tot z uit de doeken te doen. Zoiets verlang zelfs ík niet van je. Voor iemand van jouw omvang ben je een heel gevoelige knul, dat weet ik best. Een algemeen idee is al voldoende, of een episode die met het verhaal zelf niets te maken heeft. *Maar vertel eens wat!* Ik wil dat je mij iets vertelt wat nog niemand anders in de hele wereld weet. Je hebt daarnet zóiets ergs tegen me gezegd, en nu wil ik dat je het goedmaakt. Begrijp je wat ik bedoel?'

'Ik geloof het wel,' zei Tengo met een stem waar weinig zelfvertrouwen uit sprak.

'Goed. Vertel op.'

Met zijn penis op haar hand stak Tengo van wal. 'Het gaat over mezelf. Of over iemand voor wie ik model heb gestaan.'

'Dat dacht ik al,' zei zijn vriendin. 'En kom ik soms ook in dat verhaal voor?'

'Nee. De wereld waarin ik me bevind, is deze wereld niet.'

'En in de wereld die deze niet is, besta ik niet?'

'Niet alleen jij niet. Niemand van de mensen in deze wereld bestaat in de wereld die deze niet is.'

'Maar wat is het verschil tussen deze wereld en de wereld die deze niet is? Kun je meteen zien in welke wereld je bent?'

'Ik wel. Ik ben de schrijver.'

'Ik bedoel niet jou persoonlijk. Ik heb het over alle andere mensen. Stel dat ik op de een of andere manier in die wereld verzeild raak.'

'Ik denk dat je het wel kunt zien,' zei Tengo. 'De wereld die deze

eten dampt nog net zo hard als toen ik binnenkwam. Uren zijn er verstreken, maar het eten is nog steeds gloeiend heet. Dan begin ik het echt raar te vinden. Er is iets niet in de haak. En dan word ik wakker.'

'En je weet niet wat er daarna gebeurt?'

'Ik denk dat er beslist iets gebeurt,' zei ze. 'Ga maar na: het wordt donker, ik weet de weg terug niet, en ik ben in mijn eentje in dat mysterieuze huisje. Er staat iets te gebeuren, en ik heb zo'n gevoel dat het niet iets prettigs is. Maar altijd op dat moment loopt die droom af. En ik heb hem al meer keren gezien dan ik kan tellen!'

Ze haalde haar hand van zijn ballen en vlijde haar wang tegen zijn borst. 'Ik geloof dat die droom me iets wil vertellen.'

'Zoals wat?'

Ze gaf geen antwoord. In plaats daarvan stelde ze een wedervraag. 'Wil je weten wat me in deze droom het bangst maakt, Tengo?'

'Ja.'

Ze ademde lang en diep uit. De lucht uit haar longen blies langs zijn tepels als een hete wind die een nauwe zeestraat over komt gewaaid.

'Dat is het idee dat ikzelf misschien wel het monster ben. Op een gegeven ogenblik kwam het bij me op. Zodra die mensen mij aan zagen komen, lieten ze hun eten staan en vluchtten het bos in. En zolang ik in hun huis ben, kunnen ze niet terug. Maar toch moet ik al die tijd in hun huis blijven wachten tot ze terugkomen. Als ik dat bedenk, slaat me de angst om het hart. Want dan is er immers geen redding meer mogelijk?'

'Maar dít is ook een mogelijkheid,' zei Tengo. 'Het is je eigen huis, en je hebt jezelf naar buiten gejaagd, en nu zit je te wachten tot je terugkomt.'

Zodra de woorden zijn mond uit waren, besefte hij dat hij het niet had moeten zeggen. Maar eenmaal gesproken woorden kunnen niet meer worden ingeslikt.

Ze was heel lang stil. Toen kneep ze met al haar kracht in zijn ballen, zo hard dat hem de adem werd afgesnoerd.

'Waarom zeg je zoiets ergs tegen me?'

'Ik bedoelde er niets mee,' kreunde Tengo met gesmoorde stem. 'Het kwam zomaar bij me op.'

Ze ontspande de hand om zijn ballen en haalde diep adem. 'En nu vertel je me over jouw dromen, Tengo. De dromen die jij hebt.'

Tengo had eindelijk zijn adem weer onder controle. 'Maar ik droom

komt geen antwoord. Dus ik klop nog eens, ditmaal een beetje harder, en dan gaat de deur vanzelf open. Hij zat zeker niet goed dicht. Ik ga dus naar binnen, maar ik roep wel eerst: "Goeiemiddag! Is er iemand thuis? Ik kom binnen, hoor!"'

Nog steeds zijn ballen strelend, keek ze hem aan. 'Vertel ik het goed zo? Voel je het sfeertje?'

'En hoe!'

'Het is een huisje met maar één kamer. Het is heel simpel gebouwd. Er is een keukentje en een eethoek, en er staan bedden. In het midden van de kamer staat een houtkachel, en op tafel staat eten voor vier personen geserveerd. De damp slaat nog van de borden. Maar er is niemand. Het is net of er op het ogenblik dat ze aan tafel wilden gaan iets vreemds is gebeurd – er verscheen opeens een monster, bijvoorbeeld –, waardoor ze allemaal in paniek naar buiten zijn gerend. Toch staan de stoelen nog netjes om de tafel. Alles is vredig en huiselijk, op het merkwaardige af. Er zijn alleen geen mensen.'

'Wat voor eten stond er op tafel?'

Ze hield haar hoofd nadenkend schuin. 'Dat herinner ik me eigenlijk niet. Nu je het zegt – wat zou het voor eten geweest zijn? Maar daar gaat het nu niet om. Het gaat erom dat het nog gloeiend heet is, net van het fornuis. In elk geval, ik ga op een stoel zitten wachten tot het gezin dat hier woont weer terugkomt. Op dat ogenblik was er iets wat het voor mij noodzakelijk maakte op die mensen te wachten. Waarom dat noodzakelijk was, weet ik niet. Het is nu eenmaal een droom, dus je kunt niet overal tekst en uitleg verwachten. Misschien wilde ik de weg naar huis vragen, of ik had iets van die mensen nodig – weet ik veel? Dus ik zit te wachten tot ze terugkomen, en ik wacht maar en ik wacht maar. Maar hoe ik ook wacht, er komt niemand. En het eten op tafel blijft maar dampen. Als ik dat zie, krijg ik opeens vreselijke trek. Maar al rammel ik nog zo van de honger, ik kan toch moeilijk die mensen hun eten opeten terwijl ze er zelf niet zijn? Zou jij dat ook niet vinden?'

'Waarschijnlijk wel,' zei Tengo. 'Maar dit is een droom, dus honderd procent zeker kan ik het ook niet zeggen.'

'Maar terwijl ik zit te wikken en te wegen, wordt het avond. In het huisje begint het te schemeren. In het bos eromheen valt de duisternis. Ik wil een lamp aansteken, maar ik weet niet hoe dat moet. Ik begin me zachtjesaan zorgen te maken. En dan valt me iets vreemds op: het

warme gloed van de seks. Om haar ringvinger droeg ze een trouwring met een kleine, maar prachtige fonkelende diamant. Haar woorden doelden op een fles Wild Turkey, die een hele tijd had staan verstoffen op de plank. Zoals zoveel rijpe vrouwen die in een seksuele relatie zijn verwikkeld met een jongere man, merkte ze het meteen op als er ergens een kleine verandering plaatsvond.

'Ach, ik word de laatste tijd nogal eens midden in de nacht wakker,' zei Tengo.

'Je bent toch niet verliefd, hè?'

Tengo schudde zijn hoofd. 'Nee, dat niet.'

'En gaat het goed met je werk?'

'Tot nu toe wel. Het gaat tenminste ergens heen, al is het misschien niet de goede kant.'

'Toch lijkt het wel of je iets dwars zit.'

'Ik zou niet weten wat. Ik kan gewoon niet goed slapen, dat is alles. Dat overkomt me maar zelden. Eigenlijk ben ik iemand die altijd slaapt als een os.'

'Arme Tengo,' troostte ze terwijl ze zijn ballen zachtjes masseerde met de hand waar geen ring aan zat. 'Heb je soms nare dromen?'

'Ik droom bijna nooit,' zei Tengo. Dat was waar.

'Ik wel. Heel veel zelfs. En vaak heb ik ook dezelfde droom. Zo vaak dat ik in mijn droom tegen mezelf zeg: "Deze heb ik al eens gezien." Vind je dat niet raar?'

'Wat voor droom, bijvoorbeeld?'

'Bijvoorbeeld... Ik droom van een huisje in een bos.'

'Een huisje in een bos,' zei Tengo. Hij dacht aan alle mensen die er in een bos waren. Giljaken, Little People – en dan Fukaeri. 'Wat voor huisje?'

'Wil je het echt weten? Luisteren naar de dromen van anderen – is dat niet vreselijk saai?'

'Ik vind het helemaal niet saai,' zei Tengo naar waarheid. 'Vertel op!'

'Nou, ik loop in mijn eentje door een bos. Niet zo'n diep, akelig bos als waar Hans en Grietje in verdwaalden, maar een lichtgewicht soort bos, waar de zon door de bomen schijnt. Het is een lekker warme middag en ik ben heerlijk aan de wandel, en daar zie ik opeens in de verte een huisje staan. Het heeft een schoorsteen en een klein portiek, en er hangen ruitjesgordijnen voor de ramen. Vanbuiten ziet het er dus best vriendelijk uit. Ik klop op de deur en roep: "Goeiemiddag!" Maar er

'Het spijt me dat ik je hierbij betrokken heb, Tengo. Dat meen ik echt,' zei Komatsu op vlakke toon.

'Zit u over mij maar niet in. Ik heb niets belangrijks te verliezen. Ik heb geen gezin. Ik heb geen status op te houden, en mijn toekomst was toch al niet briljant. Waar ik me wél zorgen over maak, is Fukaeri. Ze is nog maar zeventien!'

'Natuurlijk maak ik me zorgen over haar! Hoe zou ik dat níet kunnen? Maar wij kunnen haar nu niet helpen, Tengo, al pijnigen we onze hersens nog zo hard. Voorlopig moeten we naar iets zoeken waar we ons stevig aan vast kunnen binden voor we door deze wervelwind worden meegezogen. Ik zou vanaf vandaag de krant maar heel zorgvuldig lezen!'

'Dat doe ik al een hele tijd!'

'Ga zo door,' zei Komatsu. 'Heb je tussen haakjes nog steeds geen idee waar Fukaeri zou kunnen uithangen? Helemaal geen enkel?'

'Helemaal geen,' zei Tengo. Hij was geen goede leugenaar, en Komatsu zag merkwaardig goed door leugens heen. Deze keer leek hij echter de lichte trilling in Tengo's stem niet op te merken. Hij zou wel te druk zijn met zijn eigen zaken.

'Ik bel wel weer als er iets is,' zei Komatsu, en hij verbrak de verbinding.

Het eerste wat Tengo deed nadat hij de telefoon had neergelegd, was een glas pakken en dat vullen met twee centimeter bourbon. Komatsu had gelijk gehad. Na dit gesprek had hij een fikse borrel nodig.

Die vrijdag kwam zijn vriendin zoals altijd op visite. De regen was gestopt, maar de lucht was nog altijd overdekt met grijze wolken, zonder één stukje blauw ertussen. Na een lichte snack doken ze meteen in bed. Maar ook tijdens het stoeien kwamen er allerlei gedachten in flarden bij hem op, al deed dat aan de genoegens van de geslachtsdaad niets af. Met de seksuele begeerte die zich gedurende de hele week bij hem had opgestapeld, wist zijn vriendin zoals altijd wel raad, en energiek ook, en al doende werd zijzelf ook volledig bevredigd, zoals een goede accountant intens plezier ervaart bij de ingewikkelde manipulatie van cijfers in een grootboek. Toch had zij natuurlijk ook wel door dat Tengo er niet voor de volle honderd procent bij was met zijn gedachten.

'Het whiskypeil daalt de laatste tijd behoorlijk,' zei ze. Haar hand rustte op zijn brede borstkas, waar ze kon nagenieten van de laatste

Tengo zag voor zijn geestesoog een klein bootje omringd door een school hongerige haaien. Het kwam hem echter alleen maar voor als een spotprent zonder een bevredigende tekst. 'Je moet vinden wat de Little People niet hebben,' had Fukaeri gezegd. Maar wat was dat in 's hemelsnaam?

'Ja maar, meneer Komatsu, is dit niet precies wat professor Ebisuno wilde bereiken?'

'Misschien,' zei Komatsu. 'Misschien heeft hij slim gebruik van ons gemaakt. Maar wij wisten tot op zekere hoogte van tevoren wat hij van zins was. Hij heeft zijn plannen nooit onder stoelen of banken gestoken. In die zin is hij... nou ja, laten we zeggen: altijd open en eerlijk tegenover ons geweest. Wij hadden altijd tegen hem kunnen zeggen: "Nee, professor, dat is ons te link, daar doen we niet aan mee!" Een fatsoenlijke redacteur had dat ook ongetwijfeld gedaan. Maar zoals jij ook wel weet, Tengo, ben ik geen fatsoenlijke redacteur. De raderen hadden zich toen al in beweging gezet, en bovendien had ik zo mijn eigen plannetjes. Misschien heb ik toen mijn flank iets te veel blootgegeven.'

Er viel een stilte aan de telefoon. Een korte, maar intensieve stilte.

Tengo verbrak hem. 'Met andere woorden, het plannetje dat u had gesmeed is onderweg door professor Ebisuno gekaapt?'

'Zo zou je het ook kunnen zeggen. Zíjn doeleinden zijn iets sterker naar voren gekomen dan de mijne.'

'Denkt u dat professor Ebisuno in staat is om met al die problemen een veilige landing te maken?' vroeg Tengo.

'Hijzelf denkt dat ongetwijfeld. Hij heeft een heel scherpe kijk op de dingen en een rotsvast vertrouwen in zichzelf. Misschien lukt het hem inderdaad. Maar als deze opschudding groter is dan waar hij op had gerekend, kon het wel eens zijn dat hij het niet meer in de hand houdt. Er zijn nu eenmaal grenzen aan wat één mens vermag, hoe begaafd ook. Ik zou dus mijn veiligheidsriem maar goed vastmaken.'

'Meneer Komatsu, in een neerstortend vliegtuig kunt u uw veiligheidsriem zo strak aantrekken als u wilt, maar u hebt er helemaal niks aan.'

'Maar het geeft me toch een rustiger gevoel.'

Tengo glimlachte onwillekeurig – maar het was een glimlach zonder kracht. 'Dus dat is in het kort uw verhaal? Het verhaal dat minder plezierig was, maar waar ik misschien een zeker paradoxaal genoegen aan zou kunnen beleven?'

overeind en nam de telefoon aan bij de keukentafel.

'Avond, Tengo,' zei Komatsu. 'Zat je iets te drinken?'

'Nee, ik ben helemaal nuchter.'

'Als je hoort wat ik je nu ga vertellen, zul je wel een glaasje lusten,' zei Komatsu.

'Dat moet dan wel een bijzonder plezierig verhaal zijn.'

'Daar zou ik maar niet te zeker van zijn. Volgens mij is het minder plezierig. Hoewel je er misschien een zeker paradoxaal genoegen aan zou kunnen beleven.'

'Zoals bij een kort verhaal van Tsjechov.'

'Precies,' zei Komatsu. 'Zoals bij een kort verhaal van Tsjechov. Heel treffend uitgedrukt. Jouw opmerkingen zijn altijd scherp en in de roos, Tengo.'

Tengo zei niets. Komatsu ging verder.

'Het begint een beetje vervelend te worden. De politie heeft professor Ebisuno's opsporingsverzoek gekregen, en nu hebben ze een officieel onderzoek ingesteld. Niet dat ik ook maar even geloof dat ze erg hun best zullen doen. Ik bedoel, er heeft nog niemand om losgeld gevraagd. De politie denkt gewoon van: als we helemaal niks doen en later blijkt er toch iets aan de hand te zijn, dan staan we voor joker, dus nu moeten we even laten zien dat we het serieus nemen. Maar de media zijn veel hardnekkiger. Ik ben al gebeld door diverse kranten. Ik zeg natuurlijk braaf dat ik van niets weet. En dat weet ik natuurlijk ook niet. Helemaal niks! Ik neem aan dat de heren van de pers intussen al alle feiten over de relatie tussen Fukaeri en professor Ebisuno hebben opgeduikeld, en ook over de revolutionaire antecedenten van haar ouders. Dat komt langzamaan allemaal aan het licht. Nee, het echte probleem zijn de weekbladen. Of het nu freelanceschrijvers zijn of journalisten, als die eenmaal bloed ruiken, schieten ze er als haaien op af. Het zijn stuk voor stuk bekwame lui, en als ze eenmaal hun tanden in iets hebben gezet, laten ze niet meer los. Hun bestaan hangt er nu eenmaal van af. Ze geven dan ook geen lor om privacy, en van consideratie voor andermans gevoelens hebben ze nog nooit gehoord. Dit zijn ook schrijvers, Tengo, maar wel van een heel ander soort dan gedweeë literaire jongelui zoals jij!'

'Met andere woorden: wees op je hoede?'

'Precies! Ik zou maar vast in de verdediging gaan. Je weet nooit van welke kant je wordt aangevallen.'

gen om dit bandje in te spreken – dat hoorde je meteen aan haar stem en manier van praten. Aan het begin klonk ze misschien een beetje gespannen, maar afgezien daarvan had ze vrijelijk voor de microfoon zitten vertellen wat ze dacht.

De professor beschikt over grote macht en intelligentie. Maar de Little People doen in intelligentie en macht niet voor hem onder. Wees op je hoede in het bos. In het bos is iets belangrijks maar de Little People zijn er ook. Als je niet wilt dat de Little People je kwaad doen moet je vinden wat de Little People niet hebben. Op die manier kom je veilig het bos weer uit.

Tengo speelde dat gedeelte nog eens af. Fukaeri had hier iets sneller gesproken, en de pauze tussen de ene zin en de andere was een minuscuul beetje korter. De Little People waren een bestaansvorm die bij machte was om Tengo of professor Ebisuno kwaad te doen. Maar uit haar toon op te maken beschouwde ze de Little People niet als slecht. Haar woorden suggereerden eerder dat ze een neutrale bestaansvorm waren, die zowel de goede als de slechte kant uit kon gaan.

Er was nog een passage die Tengo enigszins zorgen baarde:

De Little People konden wel eens boos zijn dat ik over ze heb geschreven.

Als de Little People echt boos waren, waren ze uiteraard ook boos op Tengo. Hij was een van de hoofdschuldigen aan het feit dat hun bestaan nu in gedrukte vorm over de wereld bekend was gemaakt. Hij kon zich wel verdedigen door te zeggen dat hij het niet kwaad had bedoeld, maar hij betwijfelde of ze hem zouden geloven.

Wat was het voor kwaad dat de Little People een mens konden aandoen? Dat wist Tengo natuurlijk niet. Hij spoelde het cassettebandje nog een keer terug, stak het in de envelop, en stopte die in een la. Toen trok hij zijn regenjas weer aan, zette zijn pet op, en stapte naar buiten om in de druipende regen zijn boodschappen te doen.

Die avond na negenen belde Komatsu op. Ook deze keer wist Tengo al voor hij opnam dat het Komatsu was. Hij lag in bed een boek te lezen. Toen het toestel drie keer was overgegaan, kwam hij ongehaast

ten luisteren naar Fukaeri's typische verhalende stem. Maar hij hoefde ook niets op te schrijven. De hoofdpunten van Fukaeri's boodschap waren overduidelijk:

1. Ze was niet ontvoerd, maar hield zich alleen tijdelijk schuil. Hij hoefde zich geen zorgen om haar te maken.
2. Ze was niet van plan een ander boek te schrijven. Haar verhaal diende mondeling te worden overgeleverd en was niet geschikt om op schrift te worden gesteld.
3. De Little People beschikten over een macht en intelligentie die niet onderdeden voor die van professor Ebisuno. Hij moest op zijn hoede zijn.

Deze drie punten had ze hem willen vertellen. En verder dat verhaal over de Giljaken – de mensen die niet over een brede weg wilden lopen.

Tengo ging naar de keuken om koffie te zetten, en terwijl hij zijn koffie dronk, staarde hij doelloos naar het bandje. Toen speelde hij het nog eens helemaal van begin af aan af. Deze keer drukte hij af en toe op de pauzeknop en noteerde voor de zekerheid de hoofdpunten. Daarna las hij nog eens door wat hij geschreven had. Hij ontdekte er niets nieuws in.

Had Fukaeri eerst een paar notities gemaakt die ze bij haar boodschap had gevolgd? Hij dacht van niet. Zo'n type was ze niet. Ze was zonder enige twijfel voor de microfoon gaan zitten en had de hele boodschap in één keer opgenomen (zonder zelfs op de pauzeknop te drukken), precies zoals het haar inviel.

Op wat voor plek zou ze zitten? Tengo was niet veel wijzer geworden van de achtergrondgeluiden die tegelijk met de boodschap waren opgenomen. Een deur die in de verte dicht wordt geslagen. Roepende kinderstemmen die door een open raam naar binnen lijken te komen. Een kleuterschool? Het toeteren van een zware vrachtauto. Hoe je het ook bekeek, Fukaeri hield zich niet diep in een bos schuil. Het leek eerder op een wijk ergens in een grote stad. Het was waarschijnlijk laat in de ochtend geweest, of kort na de middag. Misschien wees het slaan van de deur erop dat ze niet alleen was.

Eén ding stond als een paal boven water, en dat was dat ze uit eigen beweging op die plek was ondergedoken. Niemand had haar gedwon-

hebt mijn verhaal heel mooi op schrift gesteld en ik geloof niet dat iemand het beter had kunnen doen. Maar mijn verhaal is het niet meer. Maar maak je geen zorgen. Jouw schuld is het niet. Ik loop alleen niet over een brede weg maar ernaast.

Hier laste Fukaeri weer een pauze in. Tengo stelde zich het meisje voor, zwijgend voortlopend naast een brede weg.

De professor beschikt over grote macht en intelligentie. Maar de Little People doen in intelligentie en macht niet voor hem onder. Wees op je hoede in het bos. In het bos is iets belangrijks maar de Little People zijn er ook. Als je niet wilt dat de Little People je kwaad doen moet je vinden wat de Little People niet hebben. Op die manier kom je veilig het bos weer uit.

Fukaeri had deze paar zinnen bijna zonder onderbreking uitgesproken en zweeg nu even om diep adem te halen. Dat deed ze zonder haar gezicht van de microfoon af te wenden, zodat er het geluid klonk van een rukwind die plotseling tussen twee hoge kantoorgebouwen heen raast. Toen dat was weggestorven, hoorde je van verre het toeteren van een auto. Het was het diepe misthoorngeluid dat typisch is voor grote vrachtauto's. Twee keer, kort. De plaats waar ze zich verborgen hield, kon niet ver weg zijn van een drukke verkeersweg.

(Kuchje) Ik ben een beetje schor. Dankjewel dat je je zoveel zorgen om me hebt gemaakt. Dankjewel dat je de vorm van mijn buste zo mooi vond en me bij je hebt laten logeren en me je pyjama hebt geleend. Het kon wel eens een poosje duren voor we elkaar weer zien. De Little People konden wel eens boos zijn dat ik over ze heb geschreven. Maar maak je geen zorgen. Ik ben aan het bos gewend. Tot ziens.

Op dat punt hoorde hij een klik. De opname was afgelopen.

Tengo drukte op een knop, zette het bandje stop en spoelde het helemaal terug naar het begin. Luisterend naar de regendruppels die van de dakgoot vielen, haalde hij een paar keer diep adem en draaide hij de plastic balpen in zijn hand om en om en om. Toen legde hij hem terug op tafel. Hij had geen enkele notitie gemaakt. Hij had alleen stil zit-

bezorgen. Het is niet goed om het met de post te sturen. Ik moet heel voorzichtig zijn. Wacht even. Ik kijk even of dit allemaal wordt opgenomen.
(Lichte bons, korte pauze, dan weer geluid)
Het is in orde hij neemt op.

Van ver weg klinken kinderstemmen die naar elkaar roepen. Vage muziek ook. Waarschijnlijk geluiden die door een open raam naar binnen komen. Misschien is er een kleuterschool in de buurt.

Nog bedankt dat ik laatst bij je heb mogen logeren. Dat was toen nodig. Het was ook nodig dat ik je beter leerde kennen. Dankjewel dat je me hebt voorgelezen. Ik voel me erg tot de Giljaken aangetrokken. Waarom zouden ze door het moeras ploeteren hoewel er een brede weg is.
(Hier zette Tengo stilletjes een vraagteken.)
Een weg is handiger maar de Giljaken voelen zich meer op hun gemak door hem te vermijden en door het bos te lopen. Om over de weg te kunnen lopen moeten ze een nieuwe manier van lopen leren. En behalve een nieuwe manier van lopen moeten ze andere dingen ook opnieuw leren. Ik zou nooit kunnen leven zoals de Giljaken. Ik voel er niets voor om steeds door de mannen geslagen te worden. Ik heb ook een hekel aan smerige woonruimtes vol maden. Maar ook ik vind het niet leuk om over een brede weg te lopen. Ik neem weer een slokje water.

Fukaeri nam weer een slokje water. Er was een korte pauze, gevolgd door de bons van een glas dat weer op tafel werd gezet. Daarna een paar seconden om met haar vingers haar mond af te vegen. Zou dit meisje weten dat een cassetterecorder een pauzeknop heeft?

Misschien levert het problemen op dat ik opeens ben verdwenen. Maar ik ben niet van plan om schrijver te worden of verder nog boeken te schrijven. Ik heb Azami de Giljaken laten nakijken. Ze is naar de bibliotheek gegaan om dat voor me te doen. De Giljaken wonen op Sachalin en kennen geen letters net zomin als de Ainu of de indianen in Amerika. Ze laten geen geschriften na. Ik ook niet. Zodra iets neergeschreven wordt, is het mijn verhaal niet meer. Jij

hij notities moest maken. Na om zich heen te hebben gekeken om zich ervan te verzekeren dat hij alleen was, drukte hij op de afspeelknop.
Aanvankelijk hoorde hij niets. Het bandje draaide, maar zonder dat er geluid kwam. Hij begon zich juist af te vragen of Fukaeri hem een lege tape had gestuurd, toen hij opeens het gestommel en gerommel van achtergrondlawaai hoorde. Het was een stoel die achteruit werd geschoven, gevolgd door het zachte geluid van iemand die haar keel schraapte (of iets wat daarop leek), en toen, opeens, Fukaeri's stem.
'Tengo,' zei ze, blijkbaar om haar taperecorder te testen. Voor zover Tengo zich kon herinneren, was dit de eerste keer dat ze zijn naam uitsprak.
Ze schraapte nogmaals haar keel. Ze leek een beetje nerveus.

Ik zou eigenlijk een brief moeten schrijven maar daar ben ik niet zo goed in dus stuur ik maar een bandje. Dan kan ik vrijer praten dan over de telefoon. Bij een telefoon weet je nooit of je wordt afgeluisterd. Even wachten ik neem een slokje water.

Er volgde het geluid van Fukaeri die een glas pakte, een slokje water nam en het glas (waarschijnlijk) weer terugzette op tafel. Haar typische manier van praten – toonloos en zonder leestekens – klonk op een bandje nog merkwaardiger dan in een direct gesprek. Onwerkelijk – dat was misschien een goed woord. Maar wat ze in een gewoon gesprek niet deed en op dit bandje wel, was in meerdere zinnen tegelijk spreken:

Je zult wel gehoord hebben dat ik verdwenen ben. Je maakt je misschien zorgen. Maar dat is nergens voor nodig ik ben voorlopig nog veilig. Dat wilde ik je even laten weten. Eigenlijk had ik dit niet mogen doen maar ik vond het beter zo.
(Tien seconden pauze)
Ze hebben me gewaarschuwd het tegen niemand te zeggen. Dat ik hier ben. De professor heeft een opsporingsverzoek ingediend. Maar de politie onderneemt geen actie. Kinderen lopen vaak van huis weg. Daarom blijf ik voorlopig stilletjes hier.
(Vijftien seconden pauze)
De plaats waar ik ben is ver weg en zolang ik niet naar buiten ga zal niemand me vinden. Heel ver weg. Azami zal je dit bandje

24

Tengo: *De zin van een wereld die deze niet is*

Die donderdagochtend regende het. Niet zo verschrikkelijk hard weliswaar, maar wel verschrikkelijk hardnekkig. De vorige dag was het na de middag begonnen, en het was sindsdien niet één keer opgehouden. Net als je dacht dat het nu wel zou stoppen, werden de druppels weer dikker. Hoewel juli al voor de helft voorbij was, leek het regenseizoen maar niet te willen eindigen. De hemel was zo donker alsof er een deksel op zat, en de hele wereld leek in vochtigheid gedompeld.

Hij had zijn regenjas aangetrokken en zijn pet opgezet, en hij stond op het punt de deur uit te gaan om boodschappen te doen toen hij zag dat er een dikke manillabruine gevoerde envelop in zijn brievenbus stak. Er zat geen frankeerstempel op, en ook geen postzegel. Er stond geen adres op. De naam van de afzender ook niet. Op het midden van de envelop stond alleen met kleine, houterige, in balpen geschreven karakters: TENGO. Ze zagen eruit alsof ze met een spijker op gedroogde klei waren gekrast. Het kon niet Fukaeri-achtiger. Toen hij de envelop openmaakte, vond hij een uiterst zakelijk uitziend TDK-cassettebandje met een speeltijd van zestig minuten. Verder geen brief, geen blocnotevelletje, niets. Het bandje zat niet in een doosje en er was ook geen etiket op geplakt.

Na enig aarzelen besloot Tengo om zijn boodschappen maar op een later tijdstip te doen en terug te gaan naar de kamer om het bandje te beluisteren. Hij hield het tegen het licht en schudde het een paar keer, maar ondanks zijn raadselachtige oorsprong leek het toch niet meer dan een doodgewoon massaproduct. Niets wees erop dat het zou exploderen als hij het afspeelde.

Hij trok zijn regenjas uit en zette zijn radiocassetterecorder op de keukentafel. Hij haalde het bandje uit de envelop en stak het in het cassettevak. Hij legde een blocnote en een balpen klaar voor het geval

Er volgde een korte stilte – een zware stilte, zoals je bij een zware verantwoordelijkheid zou verwachten.

'Morgen om halfvijf,' zei Aomame.

'Morgen om halfvijf,' herhaalde Tamaru. Toen legde hij zachtjes de telefoon neer.

De tuin was ermee bezaaid. Ik heb haar met een keukenrol bij elkaar moeten rapen. Haar lichaam leek wel binnenstebuiten te zijn gekeerd. Alsof iemand een kleine bom in haar maag had gestopt.'

'Wat vreselijk!'

'De hond, daar is niets aan te doen,' zei Tamaru. 'Die is dood en komt niet terug. Een andere waakhond vind ik wel weer. Nee, wat ík graag wil weten is: wat is daar gebeurd? Dit is niet iets waartoe zomaar iedereen in staat is. Een hond een bom in haar maag stoppen – dat alleen al. Als deze hond iemand aan zag komen die ze niet kende, ging ze tekeer alsof ze tienduizend duivels voor zich had. Dit was echt niet zo eenvoudig.'

'Nee, zeker niet,' zei Aomame droog.

'De vrouwen in het vluchthuis zijn ook erg geschrokken en weten zich geen raad van angst. De vrouw die haar elke dag haar eten gaf, vond haar vanochtend. Eerst braakte ze haar eigen ingewanden uit, en toen belde ze mij op. Ik heb het iedereen gevraagd. Hebben jullie vannacht een verdacht geluid gehoord? Maar niks hoor. Zelfs niet het geluid van een explosie, en dat is toch over het algemeen zo'n herrie dat een normaal mens er beslist van wakker schrikt, laat staan vrouwen die in angst en beven een zo teruggetrokken mogelijk leven leiden. Met andere woorden, dit was een geluidloze explosie. Niemand heeft de hond ook horen blaffen. Het was een buitengewoon rustige nacht. En toch, toen het ochtend werd, vonden ze de hond keurig binnenstebuiten gekeerd en haar ingewanden over de hele tuin gespat. De kraaien uit de buurt hadden al vanaf 's ochtends vroeg plezier. Maar mij bevalt het natuurlijk helemaal niet.'

'Er is iets vreemds aan de hand.'

'En hoe!' beaamde Tamaru. 'Er is iets vreemd aan de hand, en mijn voorgevoel zegt me dat dit nog maar het begin is.'

'Heb je de politie gebeld?'

'Ben je belazerd?' Tamaru snoof minachtend. 'De politie is een stelletje stumpers. Die doen alleen maar de stomste dingen in de stomste plaatsen en maken alles hopeloos ingewikkeld.'

'En Madame, wat zegt die ervan?'

'Die zegt helemaal niets. Toen ik het haar vertelde, knikte ze alleen maar. Ze laat de bewaking helemaal aan mij over, van begin tot eind. Dat is nu eenmaal mijn werk.'

'Wat prachtig!' zei Ayumi. 'Het Tibetaanse levensrad!'*
Ze pakte haar glas wijn en dronk het helemaal leeg.

Twee dagen later, om acht uur 's avonds, belde Tamaru op. Zoals altijd liet hij de gebruikelijke plichtplegingen achterwege en kwam hij meteen ter zake.

'Heb je morgenmiddag iets op je programma?'

'Morgenmiddag heb ik helemaal niets, dus ik kan langskomen wanneer het jullie schikt.'

'Komt halfvijf uit?'

'Jazeker.'

'Goed, dat is dan afgesproken,' zei Tamaru. Aomame hoorde zijn balpen krassen terwijl hij de tijd in zijn agenda noteerde. Hij leek hard op zijn pen te drukken.

'Tussen haakjes,' vroeg ze, 'hoe maakt Tsubasa het?'

'O, goed, geloof ik. Madame gaat elke dag naar haar toe om voor haar te zorgen. Het kind is zich erg aan haar gaan hechten.'

'Dat is fijn.'

'Ja. Maar anderzijds is er iets gebeurd dat minder leuk is.'

'Minder leuk?' vroeg Aomame. De toon van Tamaru's stem verried duidelijk dat het helemaal niet leuk was.

'De hond is dood.'

'De hond? Je bedoelt Boef toch niet?'

'Ja. De malle Duitse herder die zo dol was op spinazie. Ze is gisteravond gestorven.'

Daar keek Aomame erg van op. Boef was vijf, hoogstens zes jaar oud – geen leeftijd om dood te gaan.

'En toen ik haar laatst zag, leek ze nog zo gezond!'

'Ze is niet gestorven omdat ze ziek was,' zei Tamaru met vlakke stem. 'Vanochtend vonden ze haar in kleine brokjes.'

'In kleine brokjes?'

'Ze moet uit elkaar zijn gebarsten. Haar ingewanden lagen overal.

* De velg van het Tibetaanse levensrad of levenswiel bestaat uit twaalf secties die alle aspecten van het aardse leven uitbeelden. De ruimte tussen de zes spaken is gevuld met zes symbolische werelden, maar de as die het wiel ronddraait, bestaat uit de drie wortels van het kwaad. Aomames interpretatie is niet correct, maar drukt haar gevoelens wel heel mooi uit.

'Ik heb er nog geen goede verklaring voor, maar wat mij betreft liggen die feiten helemaal niet voor de hand.'

'O nee?' zei Ayumi. Ze klonk onder de indruk. 'Nou, ik begrijp de omstandigheden niet, of misschien is het de manier waarop je het allemaal aanvoelt, maar dit weet ik wel: welk jaar het ook is en waar je op dit ogenblik ook bent, jij hebt iemand van wie je zielsveel houdt. Vanuit mijn standpunt bekeken, is dat iets om ontzettend jaloers op te zijn. Zelfs zo iemand heb ik niet.'

Aomame zette haar wijnglas terug op tafel. Ze bette haar mond met haar servet. Toen zei ze: 'Misschien heb je daar wel gelijk in. Het kan me niet schelen welk jaar het is of waar ik ben, ik wil hem zien! Ik wil hem zo ontzettend graag zien! Dat lijkt het enige in mijn leven waarvan ik zeker ben. Dat is het enige wat ik met zekerheid kan zeggen.'

'Wil je dat ik er de politiedossiers eens op nasla? Als je zijn persoonlijke gegevens voor me hebt, kom ik er misschien wel achter waar hij nu is en wat hij doet.'

Aomame schudde haar hoofd. 'Ga niet zoeken. Alsjeblieft. Ik geloof dat ik het je al eens eerder heb gezegd, maar ik loop hem ooit ergens zomaar tegen het lijf. Bij toeval. En tot dat moment blijf ik geduldig wachten.'

'Net als bij zo'n sentimentele soapserie op de tv!' zei Ayumi bewonderend. 'Daar ben ik nou zo dol op, hè! Ik krijg er gewoon kippenvel van!'

'Je moet het zelf maar eens meemaken, dan weet je wel hoe erg het is.'

'Dat het erg is, wil ik graag geloven,' zei Ayumi. Ze drukte zachtjes een vinger tegen haar slaap. 'Maar hoewel je zo vreselijk veel van hem houdt, ga je toch met wildvreemde kerels naar bed.'

Aomame tikte met haar nagel zachtjes op de rand van haar wijnglas. 'Ik ben een mens van vlees en bloed. Dat heb ik nodig om niet uit mijn evenwicht te raken.'

'Maar verlies je dan de liefde niet die je in je hebt?'

'Het is net als bij het Tibetaanse levensrad,' zei Aomame. 'Als het rad rondwentelt, gaan de waarden en gevoelens aan de velg omhoog en weer omlaag. Ze blinken op en ze verzinken weer in duisternis. Maar echte liefde is aan de as van het wiel verbonden en beweegt niet.'

'Om je de waarheid te zeggen, had ik ergens verwacht dat jij wel een soortgelijke ervaring zou hebben gehad,' zei Ayumi.

'Waarom denk je dat?'

'Ik kan het niet goed uitleggen, maar dat kwam zomaar bij me op. Misschien dat je daarom af en toe voor één nacht met vreemde mannen aan de rol gaat. En in jouw geval gaat dat met woede gepaard, dat zie ik wel. Woede, kwaadheid – hoe je het ook wilt noemen. Normale – ik bedoel, de mééste mensen vinden een vaste vriend of vriendin met wie ze uitgaan of gaan eten en dan hebben ze als vanzelf alleen seks met diegene, maar volgens mij ben jij daar niet toe in staat. Net zomin als ik, trouwens.'

'Dus jij dacht dat ik de gewone wegen niet kan bewandelen omdat ik lastig ben gevallen toen ik klein was?'

'Die indruk had ik,' zei Ayumi. Ze schokte even met haar schouders. 'Wat mezelf betreft, ik ben bang van mannen. Of liever: ik ben bang om met één speciale man een diepere relatie te beginnen. En om alles wat hij met zich meebrengt te moeten accepteren. Ik griezel als ik eraan denk. Maar soms is alleen-zijn niet te verdragen. Dan wil ik een man zijn armen om me heen hebben, hem in me voelen. Dan word ik zo geil dat ik me nauwelijks kan beheersen. Op zulke momenten voel ik me veel meer op mijn gemak als ik de man helemaal niet ken. Stukken meer.'

'Je bent bang?'

'Ja. Heel erg zelfs.'

'Ik geloof niet dat ik bang ben van mannen,' zei Aomame.

'Is er iets waar jij wel bang van bent, Aomame?'

'Natuurlijk wel,' zei Aomame. 'En het bangst ben ik van mezelf. Omdat ik niet weet wat ik nú weer ga doen. Omdat ik niet goed begrijp waar ik mee bezig ben.'

'En waar ben je nu mee bezig?'

Aomame bestudeerde het wijnglas in haar hand. 'Als ik dat eens wist,' zei ze. Ze keek op. 'Maar dat weet ik niet. Ik kan niet eens met zekerheid zeggen in welke wereld ik me bevind, of welk jaar dit is.'

'Het is 1984, en je bent in Tokyo, in Japan.'

'Ik wou dat ik dat met dezelfde overtuiging kon zeggen als jij.'

'Doe niet zo mal,' lachte Ayumi. 'Die feiten zijn zo klaar als een klontje. Daar heb je toch geen zekerheid of overtuiging voor nodig?'

ander soort dochter gewild, een slank en snoezig poppetje dat naar balletles ging, en dat was ik niet en zou ik ook nooit worden.'
'Dus je wilde haar niet nog meer teleurstellen?'
'Precies. Als ik haar vertelde wat mijn broer met me had gedaan, had ik zo'n vermoeden dat ze het míj kwalijk zou nemen en een nog grotere hekel aan me zou krijgen. Zo van: "Dan zul jij het wel hebben uitgelokt!" In plaats van mijn broer op zijn kop te geven.'
Aomame had de vingers van allebei haar handen nodig om de rimpels in haar gezicht weer glad te krijgen. Toen ík tien was, vertelde ik mijn moeder dat ik van mijn geloof was gevallen, en sindsdien heeft ze nooit meer een woord tegen me gezegd. Als het echt niet anders kon, gaf ze me een boodschap op een blocnotevelletje. Maar praten? Nooit weer! Ik was haar dochter niet meer. Ik was niet meer dan een 'afvallige'. En toen ben ik van huis weggelopen.
'Maar staken ze 'm er niet in?' vroeg ze aan Ayumi.
'Nee,' zei die. 'Dat zou zo'n pijn hebben gedaan, dat ging niet. Bovendien hebben ze het ook nooit geprobeerd.'
'En zie je je broer en die oom nog wel eens?'
'Sinds ik ben gaan werken en uit huis weg ben, nauwelijks. Maar ze zijn nu eenmaal familie van me en ook nog eens collega's, dus af en toe kom ik er niet onderuit. Bij die gelegenheden doe ik maar net of mijn neus bloedt. Ik rakel het in elk geval niet op. Ik geloof niet eens dat ze het zich nog herinneren.'
'O nee?'
'Zíj kunnen het vergeten,' zei Ayumi. 'Ik niet.'
'Natuurlijk niet!' zei Aomame.
'Het is net als bij de volkerenmoorden uit de geschiedenis.'
'Volkerenmoorden?'
'De moordenaars kunnen sluitende redenen vinden om hun daden te rationaliseren of zelfs te vergeten. Die kunnen hun ogen afwenden van wat ze niet willen zien. Maar de slachtoffers kunnen niet vergeten. Die kunnen hun ogen niet afwenden. De herinneringen worden van ouder op kind overgeleverd. Weet je, Aomame, de wereld is gewikkeld in een eindeloze strijd tussen de ene herinnering en de tegenovergestelde.'
'Dat is hij zeker,' beaamde Aomame. Toen fronste ze licht haar voorhoofd. Een eindeloze strijd tussen de ene herinnering en de tegenovergestelde?

je libido? De seksmanie van geestelijken is algemeen bekend. Bij de politie rekenen we heel wat kerels in voor prostitutie of omdat ze in de trein vrouwen lastigvallen, en dat blijken dan heel vaak priesters of onderwijzers te zijn.'

'Kan zijn, maar ík heb wat dat betreft nooit ergens last van gehad. En er was om me heen ook niemand die zoiets deed.'

'Dan heb je geluk gehad,' zei Ayumi. 'Gefeliciteerd!'

'Bedoel je dat jij...?'

Ayumi aarzelde even, toen haalde ze kort haar schouders op. 'Vaak genoeg. Toen ik nog klein was.'

'Door wie?'

'Mijn broer en mijn oom.'

Aomames gezicht betrok. 'Je broer en je oom?'

'Ja. En die zijn nu allebei bij de politie. Mijn oom heeft laatst zowaar een lintje gekregen, "voor dertig jaar trouwe dienst en zijn grote bijdrage aan de beveiliging van de samenleving en de verbetering van het milieu". Hij heeft ook ooit in de krant gestaan omdat hij een stomme hond met haar jong tussen de slagbomen van een overweg heeft weggehaald.'

'Maar wat deden ze met je?'

'O, ze voelden aan mijn kruis en ik moest aan hun pik likken.'

De frons in Aomames voorhoofd werd steeds dieper. 'Je eigen broer en je oom?'

'Niet alle twee tegelijk natuurlijk. Ik was tien, en mijn broer zal vijftien zijn geweest. Dat met mijn oom was veel eerder – twee of drie keer toen hij bij ons kwam logeren.'

'En heb je dat aan iemand verteld?'

Ayumi schudde langzaam haar hoofd. 'Ik keek wel uit. Ze hadden tegen me gezegd dat ik het aan niemand mocht vertellen en me gedreigd met van alles en nog wat als ik dat toch zou doen. Maar die dreigementen waren niet eens nodig. Ik had zo'n gevoel dat als ik het vertelde, niet zij het op hun brood zouden krijgen, maar ik. En daar was ik zo bang voor dat ik mijn mond wel hield.'

'Kon je het zelfs niet aan je moeder vertellen?'

'Voorál niet aan mijn moeder,' zei Ayumi. 'Die had mijn broer altijd al voorgetrokken. Ik was namelijk een geweldige teleurstelling voor haar: ik was onhebbelijk, lelijk, te dik, en mijn cijfers op school waren ook al niet om over naar huis te schrijven. Mijn moeder had een heel

worden 's ochtends naar de wei geleid en 's avonds weer naar de stal, en zo brengen ze elke dag vredig door. Ze zien verlangend uit naar de dag dat ze bevorderd worden tot zo'n hoge positie dat ze Big Brother in eigen persoon mogen ontmoeten, maar die dag komt natuurlijk nooit. De gewone leden zijn nauwelijks op de hoogte van hoe het systeem van Voorhoede in elkaar zit, dus als ze de organisatie verlaten, kunnen ze de buitenwereld ook niets vertellen wat echt van belang is. Ze hebben niet eens het gezicht van de Leider gezien.'

'Zijn er dan geen eliteleden die de sekte verlaten?'

'Voor zover ik heb kunnen nagaan, is dat nog nooit voorgekomen.'

'Dus als je eenmaal bent ingewijd in de geheimen van de organisatie, laten ze je niet meer gaan.'

'Ik denk dat er heel dramatische dingen gebeuren als het ooit zover komt.' Ayumi zuchtte. 'Maar jij had het er laatst over dat er jonge meisjes zouden worden verkracht. In hoeverre is dat zeker?'

'Bijna honderd procent, alleen kunnen we nog geen concrete bewijzen leveren.'

'En vinden die verkrachtingen systematisch binnen de sekte plaats?'

'Ook dat weten we nog niet. Maar er is op z'n minst één slachtoffer. Ik heb haar ontmoet. Ze is er heel erg aan toe.'

'En ze is verkracht? Er heeft penetratie plaatsgevonden?'

'Zonder de minste twijfel.'

Ayumi trok haar mond schuin en dacht na. 'Goed. Ik zal het op mijn manier verder uitpluizen.'

'Hartstikke bedankt. Maar doe geen moeilijke dingen!'

'Dat ben ik ook niet van plan,' zei Ayumi. 'Ik zie er misschien niet naar uit, maar ik weet wat ik doe.'

Ze waren klaar met eten, en de kelner had hun borden opgeruimd. Ze zagen af van een dessert, maar namen in plaats daarvan nog een glaasje wijn.

'Je hebt me laatst toch verteld dat jij als jong meisje nooit door mannen bent lastiggevallen?' begon Ayumi.

Aomame bestudeerde het gezicht van haar vriendin voor ze knikte. 'Ze waren bij mij thuis heel godsdienstig, en over seks werd gewoon niet gepraat. In andere gezinnen die we kenden ging het al net zo. Seks was taboe.'

'Ja, maar of je gelovig bent of niet heeft toch niets te maken met

'Kun je geen informatie lospeuteren uit mensen die Voorhoede hebben verlaten? Ik neem tenminste aan dat er wel een páár mensen zullen zijn die teleurgesteld zijn in de sekte zelf of die de religieuze discipline niet aankonden.'

'Natuurlijk zijn er mensen die de sekte verlaten. Als je mensen hebt die zich ertoe bekeren, heb je er ook die hun geloof erin verliezen. In principe staat het iedereen vrij de sekte vaarwel te zeggen. Wanneer ze toetreden, moeten ze een groot bedrag doneren als "vergoeding voor levenslang gebruik van de faciliteiten", en bij die gelegenheid ondertekenen ze een verklaring waarin ze afzien van al hun aanspraken op teruggave ingeval ze de sekte weer verlaten. Zolang ze er dus in toestemmen om helemaal uitgekleed te worden, mogen ze uittreden. Er is een vereniging van voormalige leden, en die houden bij hoog en bij laag vol dat Voorhoede een gevaarlijke, tegen de maatschappij gerichte sekte is die zich schuldig maakt aan fraude en zwendel. Ze hebben een paar zaken aanhangig gemaakt en ze geven een blaadje uit, maar hun stem is maar heel zwak en heeft nauwelijks invloed op de publieke opinie. Voorhoede heeft een team van voortreffelijke advocaten, die een waterdicht verdedigingssysteem hebben georganiseerd, dus die doen voor een aanklacht geen stap achteruit.'

'Hebben de voormalige sekteleden ooit iets gezegd over de Leider of over de kinderen van de volgelingen binnen de muren?'

'Ik heb hun blaadje niet gelezen, dus dat durf ik niet te zeggen,' zei Ayumi. 'Maar voor zover ik het in de gauwigheid heb kunnen nagaan, waren zulke ontevreden elementen in het algemeen gewone leden voor ze wegliepen. Ze waren niet belangrijk. Voorhoede mag dan stoer alle seculiere waarden verwerpen, maar gedeeltelijk is het een klassenmaatschappij zoals het seculiere leven die nauwelijks kent. Er is een duidelijke verdeling tussen kaderleden en leden van lagere rang. Alleen diegenen met een hogere opleiding of gespecialiseerde kennis kunnen kaderlid worden. De eer om de Leider te mogen ontmoeten om direct van hem richtlijnen te ontvangen en zo een centrale rol te kunnen spelen in de organisatie van de sekte, is uitsluitend weggelegd voor de elite van het kader. De grote massa van de leden betaalt zich blauw voor het privilege om in de frisse lucht te versterven, op het land te werken, van de meditatieruimtes gebruik te maken, en zo hun gedesinfecteerde dagen door te brengen – dat is alles. Het is net een kudde schapen: ze luisteren braaf naar de herder en zijn honden, ze

bouw, frisse lucht en een gezond vegetarisch dieet... Het is allemaal precies een goed uitgekiende publiciteitsfoto. Het verschilt in niets van die glimmende reclamefolders van vakantieappartementen die altijd met de krant van zondag in de bus vallen. De verpakking is bijzonder mooi, maar het geeft me het gevoel dat daaronder iets gaande is waar echt een luchtje aan zit. Een gedeeltelijk illegaal luchtje, of ik moet me wel heel erg vergissen. Ik heb allerlei documenten doorgelezen, en dat is mijn eerlijke indruk.'

'Maar op dit ogenblik doet de politie niets.'

'Misschien doen ze wel iets achter de schermen, maar dat zou ik niet kunnen zeggen. Maar volgens mij houdt de politie van Yamanashi wel degelijk een oogje op de sekte. Dat maak ik tenminste op uit de toon waarop de man die destijds met het onderzoek belast was over ze sprak. Voorhoede is en blijft nu eenmaal de moederorganisatie van Dageraad, en er is nog niets bekend over de route waarlangs die de Chinese kalasjnikovs in handen hebben gekregen die ze bij dat vuurgevecht hebben gebruikt. Er is wel een vermoeden dat die via Noord-Korea het land zijn binnengekomen, maar het fijne weten we er nog steeds niet van. Vandaar dat ik denk dat Voorhoede tot op zekere hoogte in de gaten wordt gehouden. Maar ze zijn een religieuze corporatie, dus je moet goed uitkijken hoe je ze aanpakt. We hebben al eens huiszoeking gedaan, en daarbij is duidelijk geworden dat ze met dat vuurgevecht niets te maken hebben gehad, in elk geval niet direct. Wat het Bureau voor Openbare Veiligheid doet, weet ik natuurlijk niet.* Die lui nemen de striktste geheimhouding in acht, en het heeft tussen hen en de gewone politie nooit geboterd.'

'Ben je al iets meer te weten gekomen over die kinderen die niet langer naar de lagere school gaan?'

'Dat ook niet. Als die kinderen eenmaal stoppen met naar school gaan, schijnen ze niet meer buiten de muur van de sekte gezien te worden. En wij als politie kunnen daar geen navraag naar doen. Tenzij er concrete redenen zijn om te vermoeden dat er kindermishandeling plaatsvindt, want dat verandert de hele zaak. Maar tot nu toe is dat niet het geval.'

---

* Het Bureau voor Openbare Veiligheid is een onderdeel van de hoofdstedelijke politie dat zich voornamelijk met zaken van staatsveiligheid bezighoudt.

geld in het laatje, dat spreekt vanzelf. Als je me vraagt waarom díé sekte zoveel mensen aantrekt, dan komt het volgens mij in de eerste plaats doordat hij zo weinig religieus aandoet. Het ziet er allemaal heel *clean*, intellectueel en systematisch uit. Kortom, niet armoedig. Jongere mensen die gespecialiseerd werk of onderzoek doen, voelen zich door zoiets aangetrokken. Hun intellectuele nieuwsgierigheid wordt erdoor geprikkeld. Het geeft ze een gevoel van voldaanheid dat ze in de materiële wereld niet krijgen – een voldaanheid die ze met de hand kunnen beetpakken en betasten. Dit soort intellectuele volgelingen functioneert net als de eliteofficieren in een leger en vormt het brein van de sekte, een brein met heel veel macht.

Bovendien schijnt de goeroe van de sekte, degene die zij "Leider" noemen, een heel charismatische persoonlijkheid te zijn. De sekteleden hebben ontzettend veel eerbied voor hem. Het bestaan van deze man functioneert zogezegd als de kern van hun leer. Dit is als het ware een godsdienst in zijn beginstadium. Het christendom moet aanvankelijk ongeveer net zo zijn begonnen. Maar déze man verschijnt helemaal niet in het openbaar. Niemand weet hoe hij eruitziet, en zelfs zijn naam en leeftijd zijn onbekend. Officieel wordt de sekte bestuurd door een college, en de positie van president van dat college wordt bekleed door iemand anders. Bij officiële gelegenheden is de president het gezicht van de sekte, maar volgens mij is hij niet meer dan een stroman. Nee, het middelpunt van de sekte is die raadselachtige Leider, dat kan niet anders.'

'Die man lijkt wel héél erg zijn best te doen om zijn identiteit geheim te houden,' zei Aomame.

'Ik weet niet of hij echt iets te verbergen heeft of dat hij niet zegt wie hij is om een mysterieus sfeertje te scheppen.'

'Misschien is hij wel ontzettend lelijk.'

'Dat zou ook kunnen. Een gedrocht dat niet van deze wereld is...' Ayumi gromde laag in haar keel om een monster te imiteren. 'In elk geval, behalve de goeroe zijn er wel meer dingen in de sekte die het daglicht niet kunnen velen. Veel te veel zelfs. Daar zijn die landaankoopactiviteiten waar ik het laatst aan de telefoon over had maar een deel van. Wat je van de sekte te zien krijgt, is niet meer dan een façade. Mooie gebouwen, smaakvolle advertenties, intelligente theorieën, uit de elite afkomstige volgelingen, stoïcijnse verstervingen, yoga en gemoedsrust, de verwerping van het materialisme, biologische land-

politieautootje rondtuffen om foutparkeerders op de bon te slingeren. Ik denk dat ik me daarom ook zo tot jou aangetrokken voel, Aomame.'

'Zie ik eruit als een outlaw?'

Ayumi knikte. 'Ik vind wel dat je zoiets uitstraalt, al haal je het niet bij Faye Dunaway met haar machinegeweer.'

'Ik heb helemaal geen machinegeweer nodig,' zei Aomame.

'Je vroeg me toch laatst iets over die sekte Voorhoede?' zei Ayumi.

Ze waren neergestreken bij een klein Italiaans restaurant in Iikura dat tot laat open was, en daar zaten ze nu chianti te drinken met een hapje erbij – salade met tonijn voor Aomame, en gnocchi met pesto voor Ayumi.

'Ja?' zei Aomame.

'Dat wekte mijn interesse, en toen ben ik in mijn eentje eens verder gaan snuffelen. En hoe verder ik snuffel, hoe viezer het ruikt. Ze noemen zich wel een religieuze beweging, en ze zijn ook als zodanig erkend, maar ik mag doodvallen als ik er iets godsdienstigs in zie. Hun leer is zo gedeconstrueerd, of hoe noem je dat, dat hij gewoon een grabbelton van religieuze *images* is geworden. Voeg daar nog wat new-age-spiritualisme aan toe, wat modieus academisme en terug-naar-de-natuur, wat antikapitalisme en een snufje occultisme, en klaar is Kees. Maar dat is ook alles. Ik heb niets substantieels kunnen vinden. Of beter gezegd: de substantie van deze sekte is dat hij zo onsubstantieel is. Om met McLuhan te spreken: "*The medium is the message.*" Nou, en als je dat cool vindt, dan is het dat ook.'

'McLuhan?'

'Ik lees ook wel eens een boek,' zei Ayumi een beetje kribbig. 'McLuhan was zijn tijd ver vooruit. Hij was een poosje in de mode, en misschien wordt er nu daarom wat schamper over hem gedaan, maar de dingen die hij zei klopten grotendeels wel.'

'De inhoud is niet meer dan een onderdeel van de verpakking. Bedoelde hij dat niet?'

'Precies. De verpakking bepaalt de inhoud, niet andersom.'

Aomame dacht hier even over na.

'Met andere woorden,' zei ze, 'de inhoud van Voorhoede is onduidelijk, maar dat hindert niet, want hun volgelingen komen toch wel.'

Ayumi knikte. 'Verbazend veel zijn het er misschien niet, maar toch nog altijd een respectabel aantal. En al die nieuwe leden brengen weer

De twee mannen die Aomame en Ayumi de vorige keer hadden uitgekozen, zagen eruit alsof ze midden in de dertig of voor in de veertig waren. Allebei hadden ze een weelderige haardos, maar in dat opzicht had Aomame water bij de wijn gedaan. Ze handelden in onroerend goed, zeiden ze. Uit hun pakken van Hugo Boss en stropdassen van Missoni Uomo kon je echter opmaken dat ze waarschijnlijk niet werkten voor grote firma's als Mitsubishi of Mitsui, maar voor een agressiever bedrijf, waar ze veel meer vrijheid hadden om eigen initiatief te ontplooien. Een buitenlands bedrijf, waarschijnlijk. In elk geval geen bedrijf met pietepeuterige regels, oude tradities en lang voortslepende vergaderingen. Als je niet uit het juiste hout gesneden was, hield je het er nooit uit, maar was je dat wel, dan verdiende het formidabel. Een van de mannen had de sleutel van een spiksplinternieuwe Alfa Romeo. Ze zeiden dat er veel te weinig kantoorruimte was in Tokyo. De economie was de oliecrisis van 1979 weer te boven gekomen en vertoonde tekenen van razendsnelle groei, en het kapitaal circuleerde steeds sneller op de geldmarkt. Je kon nog zoveel hoge kantoorgebouwen neerzetten, en toch kwam je tekort.

'De makelaars van tegenwoordig lijken goed te boeren,' zei Aomame.

'Ja, als je een beetje geld overhebt, Aomame, moet je het investeren in onroerend goed,' zei Ayumi. 'In een stad als Tokyo is de hoeveelheid grond beperkt, maar er komen reusachtige kapitalen binnen, dus de grondprijs gaat omhoog, al doe je er niks mee. Als je nu koopt, maak je nooit verlies. Het is net als wanneer je bij het paardenrennen wedt op een paard waarvan je weet dat het gaat winnen. Jammer genoeg zijn lagere beambten zoals ik daar financieel niet toe in staat. Doe jij trouwens aan beleggen en zo, Aomame?'

Aomame schudde haar hoofd. 'Ik geloof alleen in baar geld.'

Ayumi schoot in de lach. 'Dat is een criminele mentaliteit, weet je dat?'

'En hoe! Ik slaap met de poen onder mijn matras, en als de smerissen voor de deur staan, spring ik ermee het raam uit.'

'Ja, precies!' lachte Ayumi, en ze knipte met haar vingers. 'Net als in *The Getaway*. Je weet wel, die film met Steve McQueen. Geweren en dikke rollen bankbiljetten. Dat vind ik toch zo leuk!'

'Leuker dan de wet te helpen handhaven?'

'Persoonlijk, hè,' zei Ayumi met een brede grijns. 'Persoonlijk zou ik veel liever een *outlaw* zijn. Dat trekt me stukken meer dan in een

Aomame fronste haar wenkbrauwen. 'Over? Hoe kan dat nou? Je klaagt altijd dat je zo weinig verdient!'

Ayumi wreef met haar wijsvinger langs haar neus. 'Heb ik de vorige keer van míjn partner gekregen, toen we elkaar gedag zeiden. Dat was voor de taxi, zei hij. Je weet wel, een van die twee die in onroerend goed deden.'

'En dat heb je zomaar aangenomen?' vroeg Aomame stomverbaasd.

'Ja. Hij dacht zeker dat we semiberoeps waren,' giechelde Ayumi. 'Geen haar op zijn hoofd die eraan gedacht zal hebben dat hij een politieagente en een martialartsinstructrice voor zich had. Maar dat hindert toch niet? Makelaars verdienen bakken met geld, die kunnen het best missen. Ik had het opzijgelegd om ooit weer eens met jou zo heerlijk te gaan eten. Zulk inkomen bij je gewone huishoudgeld stoppen, dat stuit me toch ergens tegen de borst.'

Aomame zei niet wat ze ervan dacht. Van onbekende kerels geld aannemen voor een avondje losse seks – het kwam haar bijzonder onwerkelijk voor. Het wilde er bij haar niet in dat zij hetzelfde zou doen. Het was of ze voor een lachspiegel stond te kijken naar een vervormd beeld van zichzelf. Maar vanuit een moreel standpunt viel moeilijk te zeggen wat beter was: geld aannemen om mannen te vermoorden, of geld aannemen om met ze naar bed te gaan.

'Vind je het verkeerd om geld van mannen aan te nemen?' informeerde Ayumi bezorgd.

Aomame schudde haar hoofd. 'Verkeerd, verkeerd... Ik vind het een beetje raar. Ik had gedacht dat een politieagente meer weerstand zou voelen tegen een daad die verdacht veel op prostitutie lijkt.'

'Helemaal niet, hoor,' zei Ayumi met heldere stem. 'Daar zit ik helemaal niet mee. Prostituees bepalen het bedrag vóór ze seks hebben, en ze staan erop om vooruit te worden betaald. Dat is hun principe: "Eerst het geld op tafel, en dan de broek omlaag." Als je naderhand van je klant te horen krijgt: "Ik heb geen geld bij me", hoe kun je dan je brood verdienen? Maar als je niet over een prijs hebt gesjacherd en naderhand gewoon wat geld krijgt toegestoken "voor de taxi", dan is dat gewoon niet meer dan je waardering tonen, en dat is iets heel anders dan beroepsprostitutie. Daar is een duidelijk verschil tussen.'

En daar zat inderdaad iets in.

noir. Als ze het eenmaal zover geschopt hadden, liep de rest van een leien dakje. Dan was het gewoon een kwestie van verhuizen naar een geschikte ruimte waar ze (in Ayumi's onomwonden taalgebruik) 'er lekker op los konden rammen'. Het moeilijkste was nog om de juiste partners te vinden. Idealiter dienden de mannen met z'n tweeën te zijn, schoon, en tot op zekere hoogte presentabel. Enige mate van ontwikkeling was gewenst, maar het mochten ook weer geen echte intellectuelen zijn, anders werd het gesprek zo saai dat de hele avond naar de bliksem ging. Economische draagkracht was ook een factor die meespeelde bij de beoordeling, want vanzelfsprekend waren het de mannen die voor de bar of de club betaalden en de hotelkamer voor hun rekening namen.

Toen ze tegen het eind van juni weer een bescheiden seksfeestje wilden houden (naar later zou blijken, de laatste activiteit voor het tweetal), konden ze echter met geen mogelijkheid een paar geschikte mannen vinden. Ze namen er de tijd voor, ze veranderden ettelijke malen van setting, maar zonder resultaat. Hoewel het een vrijdagavond aan het eind van de maand was, waren alle bars van Roppongi tot Akasaka zo goed als uitgestorven. Uit zo'n dooie boel konden ze geen mannen kiezen. De hemel was grauw en bewolkt, en in de straten hing een sfeer alsof de hele stad Tokyo zwaar in de rouw was.

'Vanavond wordt het niks. Laten we er maar mee uitscheiden,' zei Aomame. Haar horloge wees al halfelf aan.

Ayumi stemde schoorvoetend met haar in. 'Ik heb nog nooit zo'n dooie vrijdagavond meegemaakt! En ik heb nog wel zulk sexy paars ondergoed aan, verdikkie.'

'Nou, dan ga je toch naar huis om jezelf in de spiegel te bewonderen?'

'Zelfs ik heb niet het lef om zoiets te doen in de gezamenlijke badkamer van een politieflat.'

'In elk geval, laten we het voor vanavond maar voor gezien houden. We nuttigen samen een beschaafd drankje, en dan is het naar huis en naar bed.'

'Ja, daar hebben we misschien net zoveel aan,' mopperde Ayumi. Toen zei ze opeens: 'Dat is waar ook, Aomame! Waarom gaan we niet nog even iets eten voor we naar huis gaan? Ik heb nog dertigduizend yen over.'

23

Aomame: *Dit is nog maar het begin*

Voor een knus maar bijzonder erotisch nachtelijk feestje waren Aomame en Ayumi wel de ideale combinatie. Ayumi was klein van stuk met een stralende glimlach. Ze was niet verlegen en niet op haar mondje gevallen; als ze zich er eenmaal van had overtuigd dat het geen kwaad kon, bekeek ze de meeste dingen van de positieve kant, en bovendien had ze een gezond gevoel voor humor. Bij haar vergeleken schoot de slanke, gespierde Aomame qua gezichtsuitdrukking misschien iets tekort en kwam ze ook een beetje gereserveerd over. Ze vond het moeilijk om meteen aardig te doen tegen mannen die ze voor het eerst ontmoette. Het was maar heel zwak, maar als je goed luisterde, had haar manier van praten iets cynisch en agressiefs. Diep in haar ogen brandde, ternauwernood zichtbaar, een afkeurend licht. Maar als ze wilde, was ze heel goed in staat een coole aura te projecteren waar mannen als vanzelf op af kwamen. Het had iets weg van de seksueel stimulerende geur die bepaalde dieren en insecten afgeven als dat nodig is. Dit is niet iets wat je je bewust of door oefening eigen kunt maken. Het is waarschijnlijk aangeboren. Of nee, misschien had ze die geur in een bepaald stadium van haar leven op de een of andere manier verkregen. Hoe het ook zij, haar aura had een merkwaardig stimulerend effect, niet alleen op mannen, maar ook op haar partner Ayumi, en maakte dat ze nog actiever probeerden op te vallen.

Wanneer ze een paar geschikte mannen hadden gevonden, ging Ayumi eerst in haar eentje op verkenning uit, om met haar natuurlijke goedmoedigheid de basis te leggen voor een vriendschappelijke verstandhouding. Even later, als de tijd rijp was, voegde Aomame zich bij haar om voor harmonie en diepte te zorgen. Deze formule leidde tot een typisch sfeertje dat een mengeling was van operette en film

wanneer hij weer belde, was het resultaat hetzelfde. Hij nam aan dat de lijn na Fukaeri's debuut roodgloeiend had gestaan met telefoontjes van journalisten en dat het nummer was veranderd.

De hele week daarna gebeurde er niets bijzonders. *Een pop van lucht* bleef gestaag verkopen en stond nog steeds boven aan de nationale bestsellerlijst. Niemand nam contact met Tengo op. Hij belde een paar keer naar Komatsu's uitgeverij, maar Komatsu was altijd afwezig (wat overigens niet zo ongebruikelijk voor hem was). Hij liet een boodschap achter bij de secretaresse met het verzoek of Komatsu hem terug wilde bellen, maar hij hoorde verder niets (wat ook niet ongebruikelijk was). Tengo speurde zonder ook maar een dag over te slaan de krant door, maar hij vond nergens nieuws over een verzoek tot opsporing van Fukaeri. Had professor Ebisuno dat verzoek dan tóch niet ingediend? Of had hij het wel ingediend, maar had de politie het geheimgehouden om achter de schermen de zaak beter te kunnen onderzoeken? Of hadden ze het niet serieus genomen omdat tienermeisjes zo vaak van huis weglopen?

Zoals altijd gaf Tengo drie dagen in de week les op het bijlesinstituut, en op andere dagen zat hij aan zijn bureau aan zijn roman te schrijven, behalve op vrijdag, want dan kwam zijn vriendin naar zijn flat en dan hadden ze intensieve, namiddagse seks. Maar wat hij ook deed, hij kon zijn gedachten er niet bij houden. De hele dag liep hij rond met een vaag, oncomfortabel gevoel in zijn maag, zoals iemand die bij vergissing een dik stukje wolk heeft ingeslikt. Zijn eetlust werd ook gaandeweg minder. Op de onmogelijkste uren van de nacht werd hij wakker, en daarna kon hij de slaap niet meer vatten. Slapeloos dacht hij aan Fukaeri. Waar zou ze nu zijn, wat deed ze daar? Wie was er bij haar? Wat was haar overkomen? Hij stelde zich alle mogelijke scenario's voor. Ze verschilden weliswaar van elkaar, maar ze waren allemaal even somber. En in allemaal droeg ze een nauwsluitende dunne zomertrui waarin de vorm van haar borsten prachtig uitkwam. Bij die aanblik kreeg Tengo het altijd benauwd en ging zijn hart steevast nog heftiger tekeer.

Hij moest wachten tot de donderdag van de zesde week dat *Een pop van lucht* aan de top van de bestsellerlijst stond voor hij eindelijk iets van Fukaeri hoorde.

geheim bekend werd, hadden ze Fukaeri moeten ontvoeren om haar de mond te kunnen snoeren. Haar verdwijning zou misschien verdenkingen opwekken, maar zelfs dat risico liet hun geen andere keus dan hun toevlucht te nemen tot geweld.

Maar vanzelfsprekend was dat niet meer dan een theorie. Tengo had geen concrete gegevens waarop hij hem kon baseren, en bewijzen kon hij hem nog minder. Hij kon wel de straat op gaan en hard gaan schreeuwen: 'De Little People en de pop van lucht bestaan echt!', maar wie zou hem serieus nemen? Trouwens, wat betekende dat precies, 'echt bestaan'? Dat begreep Tengo zelf ook niet goed.

Of zou Fukaeri alleen maar al die bestsellerheisa zat zijn geworden en in haar eentje ergens zijn ondergedoken? Die mogelijkheid bestond natuurlijk ook. Het was zo goed als onmogelijk precies te voorspellen wat het kind nú weer ging doen. Maar in dat geval had ze beslist een boodschap achtergelaten voor professor Ebisuno en diens dochter Azami dat ze zich niet ongerust hoefden te maken. Er was geen enkele reden waarom ze dat níét zou doen.

Maar als Fukaeri echt door de sekte was ontvoerd, kon Tengo zich levendig voorstellen dat ze in groot gevaar verkeerde. Als het even tegenzat, hoorden ze nooit meer iets over haar, net zoals ze al jaren niets meer over haar ouders hadden gehoord. Zelfs als duidelijk werd in welke relatie Fukaeri en Voorhoede met elkaar stonden (en dat zou waarschijnlijk vrij snel zijn) en al gaven de media daar nog zoveel ruchtbaarheid aan, was alle moeite voor niets geweest als de politie 'vanwege gebrek aan concreet bewijs' geen onderzoek instelde. Dan zat Fukaeri misschien voor altijd gevangen achter die hoge muur rond het terrein van de sekte. Als het daarbij bleef, want het kon nog veel en veel erger. Had professor Ebisuno dát in overweging genomen toen hij zijn plannetjes maakte?

Tengo wilde professor Ebisuno opbellen om dat allemaal met hem te bespreken, maar het was na twaalven. Het moest wachten tot morgen.

De volgende morgen belde hij professor Ebisuno's huis op het nummer dat hij indertijd had gekregen, maar hij kreeg geen gehoor. Hij kreeg alleen een ingesproken boodschap van het telefoonbedrijf: 'Dit telefoonnummer is niet langer in gebruik. Gelieve u van het nummer te verzekeren voor u weer belt.' Dat deed Tengo ook, maar elke keer

de aandacht, en die kunnen we missen als kiespijn. Nee, waar wij zo langzamerhand aan moeten denken, is een plekje waar we veilig kunnen landen.'
'Veilig kunnen landen?' vroeg Tengo.
Aan de telefoon maakte Komatsu een geluid alsof hij iets denkbeeldigs doorslikte. Toen schraapte hij zachtjes zijn keel. 'Ja, maar daarover hebben we het een andere keer nog wel eens, op ons gemak, tijdens een etentje. Eerst moet deze opschudding achter de rug zijn. Welterusten, Tengo. Slaap lekker.'
Na die woorden verbrak Komatsu de verbinding. Ze moesten als een vloek hebben gewerkt, want Tengo sliep daarna helemaal niet. Hij had wel slaap, maar kon die niet vatten.
'Slaap lekker.' Je kunt de pot op, dacht Tengo. Hij ging aan de keukentafel zitten om wat te schrijven, maar hij kreeg geen karakter op papier. Hij pakte een fles whisky uit de kast, schonk zichzelf een glas in, en dronk het met kleine teugjes leeg, puur.

Misschien had Fukaeri haar rol als lokaas vervuld en was ze echt door Voorhoede ontvoerd. Tengo achtte die mogelijkheid beslist niet uitgesloten. Ze hielden de flat in Shinanomachi in de gaten, en zodra Fukaeri daar verscheen, trokken ze haar met een paar man in een auto en reden weg. Als ze het snel deden en het juiste moment uitkozen, was het beslist niet onmogelijk. Toen Fukaeri tegen hem had gezegd dat ze liever niet naar Shinanomachi terugging, had ze misschien zoiets aangevoeld.
De Little People en de pop van lucht bestonden echt, had ze tegen Tengo gezegd. Ze had in een commune die Voorhoede heette een blinde geit bij vergissing dood laten gaan, en terwijl ze daarvoor gestraft werd, had ze de Little People leren kennen. Daarmee had ze 's nachts een pop van lucht gemaakt, en als resultaat was haar lichamelijk iets overkomen dat grote betekenis had. Ze had die gebeurtenissen de vorm van een verhaal gegeven, en Tengo had dat verhaal herschreven als novelle. Met andere woorden, hij had er een commercieel artikel van gemaakt. Dat commerciële artikel vloog (om Komatsu's uitdrukking te gebruiken) als warme broodjes over de toonbank. Misschien kwam dat Voorhoede slecht uit. Misschien was het verhaal van de Little People en de pop van lucht een groot geheim dat nooit naar buiten had mogen uitlekken. Om te voorkomen dat er nog meer van dat

'Hoe de politie erop reageert, weet ik natuurlijk niet, maar Fukaeri staat momenteel in het middelpunt van de belangstelling. Ze is niet zomaar een tiener die van huis is weggelopen. Ik denk niet dat ze dit verborgen kunnen houden.'

En daar is het professor Ebisuno misschien juist om begonnen, dacht Tengo: Fukaeri als lokaas gebruiken om opschudding te veroorzaken, en er zo achter te komen wat Voorhoede met haar ouders had gedaan en waar zij zich bevonden. Als dat vermoeden juist was, verliep alles volgens plan. Maar begreep de professor echt hoe gevaarlijk dit voor Fukaeri was? Waarschijnlijk wel. Professor Ebisuno was niet op zijn achterhoofd gevallen. Diep nadenken was zijn eigenlijke werk. En er was beslist heel wat belangrijke informatie over Fukaeri die hij Tengo niet had verteld. Tengo had, om het zo maar eens te zeggen, de opdracht gekregen een puzzel te leggen zonder dat ze hem alle stukjes hadden gegeven. Een verstandig mens had van begin af aan geweigerd om zich met zoiets in te laten.

'Heb je enig idee waar ze zou kunnen zijn?'

'Op dit moment niet.'

'Jammer,' zei Komatsu. Zijn stem klonk vermoeid. Het kwam hoogstzelden voor dat hij zich van een zwakke kant liet zien. 'Het spijt me dat ik je uit bed heb gebeld.'

Het kwam nog minder voor dat hij zich ergens voor verontschuldigde.

'Dat hindert niet,' zei Tengo. 'De omstandigheden in aanmerking genomen.'

'Als het aan mij had gelegen, had ik je het liefst niet bij al dit geharrewar betrokken. De enige rol die ik jou had toebedacht was de tekst helemaal te herschrijven, en daar heb je je op een fantastische manier van gekweten. Maar in deze wereld gaat het nooit precies zoals je denkt. Ik heb het je al eens gezegd, maar we zitten in hetzelfde schuitje, en nu worden we meegesleept door de stroomversnelling.'

'Samen uit, samen thuis,' vulde Tengo werktuiglijk aan.

'Precies!'

'Maar meneer Komatsu, als de verdwijning van Fukaeri in het nieuws komt, betekent dat niet dat *Een pop van lucht* nog beter zal verkopen?'

'Het verkoopt al goed genoeg,' zei Komatsu gelaten. 'Meer reclame hebben we niet nodig. Schandalen ook niet. Die trekken alleen maar

Tengo probeerde zich te herinneren of er in de afgelopen drie dagen iets was gebeurd dat licht op deze zaak kon werpen, maar hij kon niets bedenken.

'Ik heb geen idee waar ze uit zou kunnen hangen, en toen vroeg ik me af of ze misschien contact met jou had opgenomen.'

'Nee, ik heb niets van haar gehoord,' zei Tengo. Die ene nacht die ze bij hem had gelogeerd was welgeteld al meer dan vier weken geleden. Bij die gelegenheid had ze tegen hem gezegd dat ze die avond liever niet naar Shinanomachi ging. Ze leek het daar niet helemaal pluis te vinden. Tengo aarzelde even of hij dat aan Komatsu moest vertellen, maar uiteindelijk hield hij het maar voor zich. Hij wilde niet tegen Komatsu zeggen dat ze toen bij hem was blijven slapen.

'Ze is een raar kind,' zei Tengo. 'Misschien is ze gewoon op eigen houtje ergens heen gegaan zonder dat aan iemand te vertellen.'

'Dat kan ik maar moeilijk geloven. Fukaeri mag dan een beetje vreemd doen, maar ze houdt zich altijd aan de regels. Ze laat steevast weten waar ze is. Ze belt telkens trouw op om te vertellen waar ze is en hoe laat ze waarheen gaat. Dat weet ik van professor Ebisuno. Drie dagen lang geen nieuws is echt niet gewoon. Ik ben bang dat er iets is gebeurd.'

Tengo kreunde zachtjes. 'Iets gebeurd?'

'De professor en zijn dochter maken zich allebei grote zorgen,' zei Komatsu.

'In elk geval, als ze echt zoek is, komt u in een lastige positie.'

'Ja. Als de politie erbij wordt gehaald, zijn de problemen niet te overzien. "Beeldschone jonge schrijfster van bestseller spoorloos." Ik zie de media al likkebaarden. En dan zullen ze mij, haar redacteur, links en rechts achter de vodden zitten voor commentaar. Nou, daar bedank ik feestelijk voor. Ik blijf het liefst in de schaduw, de schijnwerpers kunnen me gestolen worden. Bovendien, het risico is levensgroot dat er dan uitlekt wat er allemaal achter de schermen is gebeurd.'

'Wat zegt professor Ebisuno ervan?'

'Die gaat morgen naar de politie om een opsporingsverzoek in te dienen,' zei Komatsu. 'Ik heb heel hard moeten bidden en smeken om hem zover te krijgen dat hij tot morgen wachtte, maar langer ging echt niet.'

'En als de media er lucht van krijgen dat er zo'n verzoek is ingediend, vliegen ze er natuurlijk meteen op af.'

ageren, maar Tengo hield zijn mond stijf dicht. Komatsu ging dus gewoon verder.

'En het zijn niet alleen de verkoopcijfers. De reacties zijn ook geweldig! Iets heel anders dan die flutromannetjes die de eerste de beste jonge auteur uit zijn mouw schudt. De inhoud, daar gaat het om, en de inhoud is fantastisch! En natuurlijk is dat allemaal alleen maar mogelijk gemaakt door jouw solide, prachtige stijl. Nee, dat was echt een perfect stukje werk dat je me daar hebt geleverd!'

Allemaal alleen maar mogelijk gemaakt. Tengo negeerde Komatsu's lovende woorden en drukte met zijn vingers tegen zijn slaap. Als Komatsu iets bejubelde dat Tengo had gedaan, kon je er donder op zeggen dat hij een minder goed bericht voor hem in petto had.

'En wat is het slechte nieuws, meneer Komatsu?' zei hij.

'Hoe wist je dat ik slecht nieuws had?'

'Als u me op dit uur opbelt, kan dat alleen zijn omdat er slecht nieuws is. Waar of niet?'

'Waar,' zei Komatsu op bewonderende toon. 'Daar heb je helemaal gelijk in. Wat voel je het toch goed aan, Tengo!'

Niks aanvoelen, dacht Tengo. Schade en schande komt meer in de buurt! Maar hij zei niets en wachtte tot de ander doorging.

'Maar het klopt. Ik heb helaas een nieuwtje dat niet zo prettig is,' zei Komatsu. Hij zweeg veelbetekenend. Tengo kon door de telefoon aanvoelen dat zijn twee ogen in het donker schitterden als die van een mangoest.

'Ik neem aan dat het nieuwtje betrekking heeft op de auteur van *Een pop van lucht*?' zei Tengo.

'Je hebt alweer gelijk. Het gaat over Fukaeri. Ik zit er eerlijk gezegd een beetje mee. Zie je, ze is al een poosje zoek.'

Tengo's vingers bleven tegen zijn slaap drukken. 'Een poosje? Hoe lang is een poosje?'

'Drie dagen geleden, op woensdagmorgen, is ze uit Futamatao weggegaan. Professor Ebisuno heeft haar naar het station gebracht. Ze ging naar Tokyo, zei ze, maar waar in Tokyo zei ze er niet bij. Later belde ze op om te zeggen dat ze niet terug zou gaan naar Futamatao, maar in de flat in Shinanomachi zou slapen. De dochter van professor Ebisuno zou daar die avond ook overnachten. Maar Fukaeri is nooit in de flat komen opdagen, en sindsdien heeft niemand meer iets van haar gehoord.'

wanneer Komatsu opbelde, hoorde hij dat altijd meteen. Zijn manier van bellen had iets typisch. Zoals een tekst een bepaalde stijl heeft, zo ging de telefoon op een bepaalde manier over als Komatsu aan de lijn was.

Tengo stapte zijn bed uit en liep naar de keuken om op te nemen. Het liefst had hij de telefoon gewoon laten liggen om rustig te gaan slapen. Dromen over de Iriomote-kat, het Panama-kanaal, de ozonlaag, Matsuo Bashō – het kon niet schelen wat, zolang het maar zo ver mogelijk hiervandaan was.* Maar als hij nu niet opnam, rinkelde hetzelfde belletje over een kwartiertje of een halfuur weer in zijn oren. Voor Komatsu bestond het begrip tijd nauwelijks, en aan consideratie voor mensen die een normaal leven leiden ontbrak het hem ten enen male. Dan was het maar beter om meteen aan te nemen.

'Hé, Tengo. Sliep je al?' begon Komatsu op zijn gebruikelijke nonchalante toon.

'Bijna,' zei Tengo.

'Nou, dat spijt me dan,' zei Komatsu, op een toon die allesbehalve spijtig klonk. 'Ik wilde je alleen even vertellen dat *Een pop van lucht* verkoopt als een trein.'

'Ik ben blij dat te horen.'

'Ja, ze vliegen als warme broodjes over de toonbank. De drukker kan het niet bijhouden, en bij de binder werken ze 's nachts door, de zielenpoten. Nou ja, had ik niet van begin af aan voorspeld dat het boek goed zou lopen? Een verhaaltje geschreven door een bloedmooie meid van zeventien, iedereen praat erover – dat kan niet fout gaan.'

'In tegenstelling tot een roman van een dertigjarige onderwijzer aan een bijlesinstituut die er bovendien nog uitziet als een beer.'

'Je slaat de spijker op zijn kop! Al kun je dit moeilijk een boek noemen dat overloopt van amusementswaarde. Geen seksscènes, geen sentimentele passages waarbij je onmiddellijk de tranen in de ogen springen... Eerlijk gezegd had ik geen idee dat het zó goed zou verkopen.'

Komatsu zweeg even, alsof hij Tengo de kans wilde geven om te re-

---

* De Iriomote-kat is een van de primitiefste en zeldzaamste kattensoorten ter wereld en leeft alleen op het afgelegen eiland Iriomote in de prefectuur Okinawa. Matsuo Bashō (1644-1694) is een van de grootste haikudichters uit de Japanse literatuur.

meisjes verloren. Geen haar op zijn hoofd die eraan dacht om aan hun pyjama's te ruiken.

Fukaeri is nu eenmaal een bijzonder wezen, dacht Tengo voor de zoveelste keer. Je kunt haar niet vergelijken met andere meisjes. Ik weet zeker dat ze voor mij iets betekent, al weet ik nog niet wat. Ze is een... Ik weet niet hoe ik het moet zeggen... Ze is een integrale boodschap die aan mij is gericht. Waarom kan ik die boodschap dan niet ontcijferen?

Het is beter om me niet langer met Fukaeri te bemoeien. Dat was de ondubbelzinnige conclusie waartoe hij door rationeel doordenken was gekomen. De stapels exemplaren van *Een pop van lucht* in de etalages, de ondoorgrondelijke professor Ebisuno, die in verontrustende raadsels gehulde sekte – het was maar het best om er allemaal zo weinig mogelijk mee te maken te hebben. En met Komatsu idem dito. Die moest hij voorlopig ook op een afstand zien te houden, anders liep hij het risico steeds verder in een richting te worden geduwd waar hij helemaal niet heen wilde. Dan werd hij in een gevaarlijke hoek gedrongen waar de logica volkomen zoek was, maar waar hij met geen mogelijkheid uit zou kunnen ontsnappen.

Tengo begreep echter ook heel goed dat het in dit stadium niet eenvoudig zou zijn om zich aan dit web van intriges te ontworstelen. Hij had dáár al aan meegedaan. Hij was niet argeloos bij een intrige betrokken geraakt, zoals de hoofdfiguur uit een Hitchcock-film. Hij had zichzelf erbij betrokken, in de volle wetenschap dat er een zeker risico mee gemoeid was. De machine was in werking gesteld. Het proces was al op gang en kon nu niet meer stil worden gezet, en bovendien: Tengo was zonder enige twijfel een tandwiel in de machine – en wel een heel belangrijk tandwiel. Hij kon het zachte grommen van de machine horen, hij voelde in zijn eigen lichaam hoe onstuitbaar het zich voortbewoog.

Een paar dagen nadat *Een pop van lucht* twee weken achter elkaar aan de top van de literaire bestsellerlijst had gestaan, belde Komatsu op. Na elf uur 's avonds ging de telefoon. Tengo lag in zijn pyjama op zijn buik in bed een boek te lezen en wilde net het leeslampje uitdoen om te gaan slapen. Uit de manier waarop de telefoon rinkelde maakte hij al op dat het Komatsu was. Hij kon niet goed uitleggen waarom, maar

die hij ervoor moest doen in aanmerking genomen, betaalde het niet slecht. En verder ging hij zoals altijd drie keer per week naar het bijlesinstituut om wiskundeles te geven. Om alle vervelende dingen te vergeten die hem waren overkomen – en die hadden voor het merendeel te maken met *Een pop van lucht* en Fukaeri – begroef hij zich dieper in de wiskunde dan ooit tevoren. Wanneer hij de wereld van de wiskunde binnenging, schakelden zijn hersenen zachtjes knetterend om. Zijn mond uitte een ander soort woorden, zijn lichaam gebruikte een ander soort spieren. De toon van zijn stem veranderde, en zelfs zijn gezichtsuitdrukking werd iets anders. Tengo hield van de gewaarwording die zo'n omschakeling hem bezorgde. Het was dezelfde soort gewaarwording als je krijgt wanneer je van de ene flat naar een andere verhuist, of wanneer je van het ene paar schoenen in een ander stapt.

Als hij de wereld van de wiskunde binnenging, voelde hij zich meer ontspannen dan in het dagelijks leven of wanneer hij aan een roman zat te werken. Hij was ook welsprekender. Maar tegelijkertijd had hij ook het gevoel dat hij een beetje opportunistischer was geworden. Hij kon niet beoordelen welke persoonlijkheid zijn ware was, maar hij slaagde er altijd in om volkomen natuurlijk, en vooral zonder het zichzelf bewust te zijn, deze omschakeling te maken. Hij begreep dat hij hem in meerdere of mindere mate nodig had.

Wanneer hij als wiskundeonderwijzer voor de klas stond, stampte hij er bij zijn leerlingen in hoe gretig wiskunde naar logica verlangt. In de wiskunde heeft iets wat je niet kunt bewijzen ook niets te betekenen, maar als je eenmaal iets hebt kunnen bewijzen, vallen alle raadsels van de wereld je als malse oesters in de hand. Zijn lessen waren ongebruikelijk enthousiast, en onwillekeurig raakten zijn leerlingen in de ban van zijn betoog. Terwijl hij praktisch en effectief demonstreerde hoe je wiskundige problemen kunt oplossen, ontvouwde hij ook in geuren en kleuren wat voor romantiek er in elk vraagstuk besloten lag. Wanneer hij het leslokaal rondkeek, was hij zich ervan bewust dat de ogen van verscheidene zeventien- of achttienjarige meisjes respectvol op hem rustten. Hij was zich er ook van bewust dat hij de wiskunde gebruikte om hen te verleiden. Zijn welbespraaktheid was een soort intellectueel seksueel voorspel. Hij streelde hen met functies over hun rug, theorema's bliezen warme adem in hun oren. Maar nadat hij Fukaeri had ontmoet, had hij zijn seksuele belangstelling voor zulke

van het omslag een kleinere foto van Fukaeri, waarschijnlijk genomen tijdens de persconferentie: dunne zomertrui (die had Tengo eerder gezien) en goedgevormde borsten, sluik lang haar tot op de schouders, raadselachtige zwarte ogen die recht op de camera waren gericht. Het was of die ogen door de lens heen neutraal en vriendelijk naar iets in het hart van de lezer staarden – iets waarvan hij zich normaal gesproken niet bewust was dat hij het met zich meedroeg. De zelfverzekerde blik van het zeventienjarige meisje vertederde de harten van degenen die ze aankeek, maar tegelijkertijd gingen ze zich er enigszins ongemakkelijk door voelen. Het was maar een klein zwartwitkiekje, maar velen zouden alleen al bij de aanblik ervan zin krijgen om het boek te kopen.

Een paar dagen na de verschijningsdatum arriveerde er een envelop van Komatsu met twee exemplaren van *Een pop van lucht*, maar Tengo maakte ze niet eens open. Zeker, het proza dat op die bladzijden gedrukt stond, was door hem geschreven, en het was natuurlijk de eerste keer dat er iets van hem in boekvorm verscheen, maar hij taalde er niet naar om het boek ter hand te nemen en het te lezen. Hij voelde niet eens de neiging om er vlug zijn ogen overheen te laten gaan. De aanblik van het boek vervulde hem niet met blijdschap. Al waren de woorden honderd keer door hem geschreven, het verhaal was van begin tot eind van Fukaeri. Het was aan haar bewustzijn ontsproten. Zijn bescheiden rol als ghostwriter was uitgespeeld, en wat voor lot het boek ook beschoren was, met Tengo had het niets meer te maken. En dat mocht het ook niet hebben. Hij haalde het plastic folie er niet eens af, maar stopte de twee boeken meteen weg op een onopvallende plaats in zijn boekenkast.

Na de nacht die Fukaeri op zijn flat had doorgebracht, leidde Tengo een tijdlang een vreedzaam leven, zonder dat er iets bijzonders gebeurde. Het regende veel, maar dat deerde hem niet. Het weer stond ergens onder aan zijn lijst van prioriteiten. Van Fukaeri had hij sindsdien taal noch teken ontvangen. Geen nieuws betekende waarschijnlijk goed nieuws.

Behalve dat hij elke dag aan zijn roman sleutelde, schreef hij ook een aantal korte dingetjes op verzoek van tijdschriften. Het was anoniem broodwerk dat door iedereen gedaan had kunnen worden, maar het was een welkome afwisseling met zijn roman, en de moeite

pen omgeslagen. Hij haalt de pyjama uit de wasmachine, brengt hem naar zijn neus, ruikt eraan.

Met een ruk komt Tengo weer tot zichzelf. Niet aan denken! Vooral niet aan denken! Maar het is al te laat.

Met lange, oneindige stralen kwam hij klaar in de mond van zijn vriendin. Die ving het allemaal tot het laatste druppeltje op, waarna ze uit bed stapte om naar de wastafel te gaan. Hij hoorde hoe ze de kraan opendraaide en haar mond spoelde. Toen kwam ze terug naar bed alsof er niets aan de hand was.

'Neem me niet kwalijk,' zei Tengo.

'Je kon je weer eens niet beheersen, hè?' zei zijn vriendin. Ze streelde met haar vingers over zijn neus. 'Hindert niet, hoor. Vertel eens: was het zó lekker?'

'Heel lekker!' bevestigde hij. 'En als je even geduld hebt, geloof ik beslist dat het me weer lukt.'

'Dat zou ik ontzettend fijn vinden,' zei ze. Ze vlijde een wang tegen zijn naakte borst, sloot haar ogen en was even stil. Hij voelde de zachte adem uit haar neus tegen zijn tepels.

'Weet je waar je borstkas me altijd aan doet denken?' vroeg ze.

'Ik zou het niet weten.'

'Aan een kasteelpoort. Je weet wel, zoals in die films van Akira Kurosawa.'

'Een kasteelpoort,' herhaalde Tengo terwijl hij haar rug streelde.

'Ach, je kent die oude zwart-witfilms toch wel? *Troon van bloed*, *De geheime vesting* en zo?* Daar komt altijd zo'n grote, zware kasteelpoort in voor, met overal van die enorme klinknagels. Daar moet ik altijd aan denken. Zo stevig, zo dik...'

'Ik heb alleen nergens klinknagels,' zei Tengo.

'Dat had ik niet eens in de gaten,' zei ze.

Twee weken na publicatie drong *Een pop van lucht* door tot de bestsellerlijst, en na drie weken prijkte het aan de top van de sectie Literatuur. Alle kranten in de lerarenkamer van Tengo's bijlesinstituut gingen in op de vraag waarom dit boek een bestseller was geworden. Tot twee keer toe stond er een grote advertentie in de krant, met naast een foto

---

* Twee films uit respectievelijk 1957 en 1958 van de vooraanstaande Japanse regisseur Akira Kurosawa (1910-1998).

ten. Dan voelde hij zich als de schipper van een klein bootje dat bij ruwe zee van wal is gestoken. Hij moest het roer vasthouden en de zeilen in de gaten houden, en de barometer en de windvaan mocht hij ook niet vergeten. Hij moest zichzelf beheersen en het vertrouwen van de bemanning in hem zien te vergroten, want de kleinste misser of vergissing kon een ramp tot gevolg hebben. Zoiets was geen seks meer, zoiets kwam dichter bij de uitvoering van een plicht. Het resultaat was dat hij van spanning op het verkeerde moment klaarkwam of niet hard werd als dat nodig was. En dan begon hij steeds meer aan zichzelf te twijfelen.

Bij zijn oudere vriendin hoefde hij echter niet bang te zijn dat hij dat soort flaters zou slaan. Zij had een heel hoge dunk van zijn seksuele talenten. Ze prees hem voortdurend en moedigde hem aan. Tengo was maar één keer te vroeg klaargekomen, en sindsdien had zij het angstvallig vermeden witte onderjurken te dragen. En niet alleen onderjurken. Er zat geen draadje wit ondergoed meer aan haar lijf.

Vandaag was ze ook van boven en van onder in het zwart gehuld. Ze begon hem intensief te pijpen en genoot naar hartenlust van de hardheid van zijn pik en de zachtheid van zijn ballen. Tengo kon zien hoe haar borsten in het zwarte kant van haar beha op en neer deinden op het ritme van haar mond. Om niet voortijdig klaar te komen, sloot hij zijn ogen en dacht aan de Giljaken:

Ze hebben geen rechtbank en weten niet wat rechtspraak inhoudt. Hoe moeilijk het voor hen is ons te begrijpen is al duidelijk doordat ze de zin van wegen nog niet helemaal begrijpen. Zelfs daar waar al wegen zijn aangelegd, reizen ze nog door het bos. Vaak zie je hoe ze met hun gezin en honden op een rij voortploeteren door het moeras vlak langs een weg.

Tengo zag armoedig geklede Giljaken met hun vrouwen en honden in een rij zwijgzaam door het oerbos langs de weg lopen. In hun begrip van tijd, ruimte en mogelijkheid bestonden geen wegen. Het stille ploeteren door het bos, hoe onpraktisch ook, maakte hun waarschijnlijk de betekenis van hun bestaan duidelijker dan lopen over een weg.

'Wat zielig, die Giljaken,' zei Fukaeri.

Tengo denkt aan haar slapende gezicht. Ze ligt in bed in zijn pyjama, die veel te groot voor haar is. Ze heeft de lange mouwen en broekspij-

deze vloedgolf kunnen ontkomen. Deze herinnering heeft je karakter bepaald, je leven gevormd, en hij draagt je mee naar *de plaats die voor jou is voorbestemd*. Je kunt tegenstribbelen wat je wilt, aan deze kracht ontkom je niet.'

En toen moest hij opeens aan de pyjama denken die Fukaeri had gedragen. Toen ik die uit de wasmachine haalde en naar mijn neus bracht om eraan te ruiken, zocht ik toen misschien naar de geur van mijn moeder? Hij dacht van wel. Maar waarom moest hij het beeld van zijn verdwenen moeder zoeken in de lichaamsgeur van een zeventienjarig meisje? Hij had toch andere plaatsen waar hij kon zoeken? Zoals het lichaam van zijn oudere vriendin?

Tengo's vriendin was tien jaar ouder dan hij en had mooie, volle borsten, die erg leken op de borst van zijn moeder in zijn herinnering. Ze zag er ook goed uit in een witte onderjurk. Maar om de een of andere reden zocht hij nooit naar zijn moeder in haar. De geur van haar lichaam deed hem niets. Ze was wonderwel in staat om de begeerte die hij een week lang had opgeslagen uit zijn lichaam te peuren, en Tengo slaagde er (bijna altijd) in om haar te bevredigen. Dat waren natuurlijk heel belangrijke prestaties. Maar veel dieper ging hun verhouding niet.

Tijdens het overgrote deel van de geslachtsdaad had zij de regie in handen. Tengo hoefde nauwelijks te denken, hij hoefde alleen maar te doen wat zij zei. Hij hoefde geen keuzes te maken, en hij hoefde geen beslissingen te nemen. Wat er van hem verlangd werd, waren slechts twee dingen: zijn penis alvast stijf maken en zich niet vergissen in de timing van zijn ejaculatie. Als zij zei van: 'Nee, nee, nog niet! Hou het nog even in', dan hield hij het met alle macht nog even in. En als zij in zijn oor kreunde: 'Ja! Nu! Vlug!', dan kwam hij op hetzelfde moment met precisie en zo heftig mogelijk klaar. Dan prees zij hem. Dan streelde ze zijn wangen en fluisterde: 'Tengo, jij bent de beste die er is.' En het nastreven van precisie was een onderwerp waar Tengo een natuurlijke aanleg voor had. Het is een onderwerp waartoe ook het juiste plaatsen van leestekens behoort, en het vinden van een formule om de kortste afstand uit te rekenen.

Maar als hij seks had met een vrouw die jonger was dan hijzelf, ging het bepaald niet zo. Dan moest hij van begin tot eind allerlei dingen verzinnen, keuzes maken, beslissingen nemen. Daar baalde Tengo van. Allerlei verantwoordelijkheden kwamen dan op zijn schouders te rus-

Kan een herinnering van toen hij anderhalf, hoogstens twee jaar oud was een getrouwe weergave zijn van iets wat hij met eigen ogen heeft gezien? Dat is een vraag die Tengo zichzelf vaak stelt. Zijn moeder in haar onderjurk, haar borst aanbiedend aan een man die niet zijn vader is. Haar armen om het lichaam van de man geslagen. Is een peuter van een of twee in staat om zulke details te onderscheiden? Kan hij zich zo'n tafereel echt zo nauwkeurig en levendig herinneren? Is het geen valse herinnering, die hij later heeft gefantaseerd om zichzelf te beschermen?

Dat zou kunnen. Om te bewijzen dat hij niet het biologische kind is van degene die zich zijn vader noemt, hebben Tengo's hersenen ooit onbewust een herinnering vervaardigd aan een andere man (mogelijk zijn echte vader), en daarna hebben ze geprobeerd 'degene die zich zijn vader noemt' uit de kring van naaste bloedverwanten te stoten. Ze hebben de beelden van een ergens nog in leven zijnde moeder en een hypothetische echte vader in hem vastgezet, in een poging een nieuwe deur te openen in zijn beperkte, benauwde bestaan.

Maar de herinnering is zo onthutsend echt! Hij bezit zwaarte, geur, diepte. Tengo kan er zelfs in voelen. Als een oester op een scheepswrak, zo onwrikbaar heeft die herinnering zich vastgezet op de wand van zijn geheugen. Hoe hij ook schudt en wast en boent, hij is er nooit in geslaagd hem kwijt te raken. Tengo kan eenvoudig niet geloven dat deze herinnering niet meer is dan een hersenschim, vervaardigd door zijn onderbewustzijn omdat hij hem op een gegeven ogenblik nodig had. Daarvoor is hij te realistisch, te hardnekkig.

Laten we eens aannemen dat hij authentiek is – dus dat het allemaal echt is gebeurd.

Tengo was nog maar heel klein, dus toen hij dit vlak naast zich zag gebeuren, was hij beslist erg bang. Iemand anders zoog nu aan zíjn borst! Iemand anders, die groter en sterker was dan hij. En zijn moeder zag eruit alsof ze hem even volkomen was vergeten. Deze situatie bedreigde de basis van zijn kwetsbare bestaan. Misschien had de oervrees die hij op dat ogenblik voelde deze scène op het fotopapier van zijn bewustzijn gebrand.

De herinnering aan die vrees spoelde op de meest onverwachte ogenblikken als een stortvloed over hem heen en bezorgde hem een gevoel dat nog het meest op paniek leek. Het sprak tot hem, het waarschuwde hem: 'Waar je ook bent en wat je ook doet, je zult nooit aan

22

Tengo: *Hoe de tijd in een verwrongen vorm kan verstrijken*

Tengo denkt na over zijn hersenen. En hij heeft veel om in dat verband over na te denken.

De menselijke hersenen zijn over de afgelopen tweeënhalf miljoen jaar in omvang ongeveer verviervoudigd. Hoewel ze maar twee procent van ons totale lichaamsgewicht in beslag nemen, verbruiken ze ongeveer veertig procent van onze lichaamsenergie (stond er in een boek dat hij laatst had gelezen). Wat de mensheid door de dramatisch snelle ontwikkeling van dit orgaan heeft verkregen, zijn de begrippen tijd, ruimte en mogelijkheid.

De begrippen tijd, ruimte en mogelijkheid.

Dat de tijd in een verwrongen vorm kan verstrijken, weet Tengo. De tijd zelf heeft een gelijkmatige structuur, maar die wordt in het gebruik verwrongen. Sommige tijd is ontzettend lang en zwaar, andere tijd juist kort en licht. Soms keert tijd begin en eind om, in het ergste geval verdwijnt hij helemaal. En soms voegt hij dingen toe die er eigenlijk niet zijn. De mens stelt de tijd bij zoals dat hem uitkomt, en op die manier stelt hij waarschijnlijk de betekenis van zijn eigen bestaan bij. Met andere woorden, daardoor behoudt hij waarschijnlijk op het nippertje zijn gezond verstand. Als een mens de tijd die hij net achter de rug heeft gelijkmatig en in de juiste orde moest accepteren, was hij daar geestelijk beslist niet tegen bestand. Zijn bestaan zou gelijkstaan aan één lange foltering. Dat vindt Tengo tenminste.

Door de vergroting van de menselijke hersenen heeft de mensheid mét het begrip tijd ook de mogelijkheid verworven om de tijd te veranderen en bij te stellen. Mensen verbruiken voortdurend tijd, maar tegelijkertijd reproduceren ze voortdurend de tijd zoals die door hun bewustzijn is bijgesteld. En dat is bepaald geen makkelijk werk. Geen wonder dat de hersenen ongeveer veertig procent van onze totale lichaamsenergie verbruiken.

wordt het natuurlijk anders, maar dat zie ik voorlopig niet gebeuren.'

'Nee, ik ook niet,' zei Aomame. 'Maar in elk geval bedankt, zeg. Je hebt me ontzettend geholpen. Wat kan ik voor jou doen?'

'Dat zit wel goed. Maar laten we binnenkort weer in Roppongi aan de rol gaan! Al onze zorgen even vergeten!'

'Afgesproken,' zei Aomame.

'Zo mag ik het horen,' zei Ayumi. 'Tussen haakjes, Aomame: heb jij misschien belangstelling voor handboeispelletjes?'

'Ik geloof het niet,' zei Aomame. Handboeispelletjes?

'O, wat jammer!' zei Ayumi teleurgesteld.

geeft ze zelf wel les, dus over hun studie hoeft de school zich geen zorgen te maken. Zeggen ze.'

Aomame probeerde zich haar eigen lagereschooltijd voor de geest te halen. Ze kon zich levendig voorstellen dat de kinderen van communeleden niet graag naar school gingen. Daar waren ze vreemde eenden in de bijt en werden ze toch alleen maar gepest of doodgezwegen.

'Ze voelen zich waarschijnlijk slecht thuis op die lokale school,' zei ze. 'Het komt wel meer voor dat kinderen niet naar school gaan.'

'Maar volgens de leraren worstelen de meeste communekinderen, zowel jongens als meisjes, met psychische problemen. Eerst zijn het heel normale, opgewekte kinderen, maar naarmate ze overgaan naar hogere klassen, worden ze steeds zwijgzamer. Hun gezichten krijgen minder uitdrukking, ze zitten er als zoutzakken bij, en uiteindelijk komen ze niet meer opdagen. De meeste kinderen die van Voorhoede komen, maken dezelfde stadia door en leggen dezelfde symptomen aan den dag. De leraren vinden het niet alleen vreemd, ze maken zich ook zorgen. Kinderen die niet meer op school verschijnen en steeds binnen de commune worden gehouden, in wat voor omstandigheden verkeren die? Maken ze het wel goed? Maar ze krijgen ze nooit te spreken, omdat leken alle toegang tot het complex wordt geweigerd.'

Tsubasa vertoont dezelfde symptomen, ging het door Aomame heen. Volledige apathie, geen enkele uitdrukking op haar gezicht, extreme zwijgzaamheid.

'Je had een vermoeden dat er binnen Voorhoede kindermishandeling plaatsvindt – systematisch. En dat kinderen daarbij waarschijnlijk ook verkracht worden,' zei Ayumi.

'Maar de politie reageert niet op de ongegronde vermoedens van gewone burgers, toch?'

'Nee. Dat komt doordat de politie een onverbeterlijk bureaucratische instelling is. Onze top denkt alleen maar aan zijn eigen carrière. Er zijn natuurlijk uitzonderingen, maar het overgrote deel heeft geen groter ideaal dan zijn loopbaan tot een probleemloos einde te brengen, om daarna voor veel geld in dienst te treden bij een semi-officiële organisatie of een groot bedrijf in de privésector. Daarom zullen ze nooit een vinger uitsteken naar iets waar ze hun vingers aan kunnen branden. Soms geloof ik wel eens dat zulke gasten nooit pizza eten voordat hij helemaal koud is geworden. Als iemand zich met naam en toenaam aanmeldt als slachtoffer en voor de rechter van zich afbijt,

maar het is nog net niet zover, en dus kunnen ze niet openbaar worden gemaakt. En misschien dat de sekte als de nood aan de man komt zijn toevlucht neemt tot krachtiger middelen. Als een politicus zich ermee gaat bemoeien, weet de politie meestal wel hoe ze zich moeten gedragen. Alleen als de zaak zulke vormen aanneemt dat er een onderzoek naar criminele activiteiten moet worden gedaan, ligt dat natuurlijk even anders.'

'Dus wat betreft hun economische activiteiten is Voorhoede niet zo onschuldig als ze wel lijken?'

'Over de gewone leden kan ik niets zeggen, maar voor zover ik uit de aankopen van onroerend goed kan opmaken, geloof ik niet dat de bestuursleden die de fondsen beheren pasgeboren lammetjes zijn. Dit geld wordt niet gebruikt om de leden in staat te stellen grotere spirituele zuiverheid te bereiken. Dat kun je er met de beste wil van de wereld niet van maken. Daar komt bij: ze hebben niet alleen bezittingen in Yamanashi. In het centrum van Tokyo en Osaka hebben ze ook land en gebouwen opgekocht, overal op eersteklas locaties. Shibuya, Aoyama, Shōtō... Alles wijst erop dat Voorhoede van zins is om zich over het hele land uit te breiden. Tenzij ze van plan zijn om het geloof eraan te geven en over te schakelen naar de makelarij.'

'Maar Voorhoede hamert er steeds op dat het haar hoogste doel is om de leden in staat te stellen zich te midden van de natuur te kunnen louteren door strenge religieuze discipline. Wat moet zo'n organisatie dan midden in de grote steden beginnen?'

'En waar komen de enorme bedragen vandaan die dat mogelijk maken?' deed Ayumi een duit in het zakje. 'Zulke sommen geld krijg je niet bij elkaar door rammenas en peentjes te verkopen.'

'Ze dwingen hun leden donaties te geven.'

'Dat ook misschien, maar dan nog lijkt het me niet voldoende. Ze hebben vast ergens een route waarlangs ze grote bedragen in handen krijgen. Maar ik heb andere informatie die me niet bevalt en waar jij misschien in bent geïnteresseerd. Binnen de sekte zijn er vrij veel leden met kinderen. Die gaan in principe naar de plaatselijke lagere school, maar de meeste kinderen komen daar na een poosje niet meer opdagen. Nu zijn die kinderen leerplichtig, dus de school heeft de commune dringend verzocht om erop toe te zien dat ze ook inderdaad naar school gaan, maar de commune wimpelt dat af door te zeggen dat de kinderen in kwestie een grote hekel aan school hebben. De commune

'Over Voorhoede?'

'Ja. Terwijl ik zat te piekeren, schoot me te binnen dat een collega die tegelijk met mij in dienst is gekomen een oom heeft bij de politie in Yamanashi, en zowaar in een vrij hoge positie. Dus heb ik het via die collega geprobeerd. Ik speldde hem iets op de mouw over een dochter van een familielid, een jong ding nog, die zich bij Voorhoede had aangesloten en dat liep niet goed, maar haar familie wist niet wat ze eraan moest doen, dus was ik nu informatie over Voorhoede aan het verzamelen. Ik wist dat hij het druk had, en het speet me echt heel erg, maar kon hij me alsjeblieft helpen? In zulke verzoekjes ben ik vrij goed, al zeg ik het zelf.'

'Hartstikke bedankt, zeg!'

'Dus mijn collega belt zijn oom in Yamanashi op en legt uit waar het om gaat, en zijn oom zegt dat hij in dat geval wel wil meewerken en geeft hem het telefoonnummer van de man die de huiszoeking bij Voorhoede heeft geleid. En via al die omwegen heb ik direct met die man kunnen praten.'

'Geniaal!'

'Dat dacht ik ook. In elk geval, ik heb een lang gesprek met hem gevoerd en zo ben ik allerlei dingen over Voorhoede aan de weet gekomen, maar wat er in de kranten over is geschreven weet jij ook, neem ik aan, dus dat laat ik maar achterwege. Ik vertel je nu alleen de dingen die níét algemeen bekend zijn. Oké?'

'Oké!'

'Goed dan, daar gaat-ie. In de eerste plaats heeft Voorhoede al diverse malen juridische problemen veroorzaakt. Er zijn al ettelijke civiele procedures tegen ze aangespannen, die bijna allemaal iets te maken hadden met de aankopen van land. Die godsdienstige beweging moet wel bulken van het geld, want ze slokken links en rechts aangrenzende percelen op. Op het platteland zijn de landprijzen vanzelfsprekend lager, zul je zeggen, maar toch! En in de meeste gevallen gaat dat niet erg netjes. Onder de dekmantel van een dummymaatschappij, zodat de mensen niet weten dat Voorhoede erbij is betrokken, kopen ze onroerend goed op, en dan komen ze vaak in conflict met de eigenaar en de gemeente. Ze gebruiken agressieve methoden om landeigenaars tot verkoop te dwingen. Maar op dit moment is geen van die civiele procedures tot het stadium gevorderd dat de politie erbij betrokken moet worden. Het scheelt weliswaar niet veel,

'Goed. In dat geval probeer ik iets te bedenken. Kun je me drie dagen de tijd geven?'

'Goed. Bel jij mij?'

Daarna praatten ze nog even over ditjes en datjes tot Ayumi zei dat ze maar weer eens aan het werk moest.

Na de telefoon te hebben neergelegd, ging Aomame in de leesfauteuil bij het raam zitten en staarde een poosje naar haar rechterhand. Lange, slanke vingers, kortgeknipte nagels. Haar nagels waren goed bijgehouden, maar niet gelakt. Terwijl ze ernaar zat te kijken, werd de gedachte steeds sterker dat haar bestaan eigenlijk maar heel kortstondig en fragiel was. Neem nou de vorm van mijn nagels. Die heb ik niet zelf bepaald. Dat heeft iemand voor me gedaan, en ik heb dat maar gelaten geaccepteerd. Of ik het nou mooi vond of niet. Maar wie was dat? Wie heeft bepaald dat mijn nagels er zo uit moesten zien?

De Oude Dame had haar laatst verteld dat haar ouders nog steeds vrome Getuigen waren. Als dat waar was, liepen ze ook nog steeds van deur tot deur om net als vroeger hun geloof te verkondigen. Aomame had een broer die vier jaar ouder was dan zij, een heel gezeglijke jongen. Toen zij besloot om het huis uit te gaan, had hij zijn ouders gehoorzaamd en was het geloof trouw gebleven. Hoe zou hij het nu maken? Toch was ze totaal niet nieuwsgierig naar nieuws over haar familie. Ze behoorden tot een deel van haar leven dat voorgoed afgesloten was. Ze had haar banden met hen verbroken.

Aomame had lange tijd haar best gedaan om alle gebeurtenissen van haar eerste tien levensjaren uit haar geheugen te wissen. Mijn echte leven begon pas toen ik tien was. Alles wat er daarvoor is gebeurd, is niet meer dan een ellendige droom. Ik wil die herinneringen allemaal kwijt! Maar wat ze ook probeerde, telkens werd ze teruggeroepen naar de wereld van die ellendige droom. Het kwam haar voor of bijna alles wat ze had wortel had geschoten in die donkere grond en daar zijn voeding uit opzoog. Al ga ik nog zo ver weg, dacht ze, ik ben gedoemd er altijd weer naar terug te keren.

Ik moet die Leider naar de andere wereld helpen verhuizen, besloot ze. Ook voor mezelf.

Drie dagen later belde Ayumi 's avonds op.

'Ik heb het een en ander ontdekt,' zei ze.

men. Arme stakkers! Maar met dat incident had Voorhoede niets te maken. We hebben er naderhand huiszoeking gedaan, maar ze waren brandschoon. Hoezo?'

'Ik wil weten of Voorhoede naderhand geen problemen heeft veroorzaakt – criminele of civiele. Maar als leek weet ik niet hoe ik dat moet aanpakken. Ik kan moeilijk alle kleinformaatkranten van a tot z doorpluizen. Dus ik dacht zo: misschien heeft de politie wel een manier om zoiets te achterhalen.'

'Dat is doodeenvoudig. Je drukt even op de toets van een computer en de zaak is gepiept... zou ik willen zeggen, maar jammer genoeg zijn ze bij de Japanse politie nog niet zo ver met computers. Het duurt nog wel een paar jaar voor we daar in de praktijk gemak van hebben. Als je nu iets over Voorhoede wilt weten, zal ik waarschijnlijk de politie in Yamanashi moeten vragen of ze alle relevante documenten willen kopiëren en opsturen. Daarvoor moet ik eerst een schriftelijke aanvraag invullen, en die moet mijn chef weer goedkeuren. Natuurlijk zal ik ook precies moeten omschrijven waarom ik die papieren nodig heb. Wij zijn nu eenmaal een officiële instantie en wij worden betaald om alles moeilijker te maken dan nodig is.'

'Op die manier,' verzuchtte Aomame. 'Dus zo gaat het niet.'

'Maar waar heb je die informatie voor nodig? Is er iemand die je kent betrokken bij iets waar Voorhoede mee te maken heeft?'

Aomame aarzelde even of ze dit wel zou doen, maar besloot toch de waarheid te vertellen.

'Je bent warm. Het is een geval van verkrachting. In dit stadium kan ik je de details nog niet precies geven, maar het gaat om de verkrachting van jonge meisjes. Ik heb informatie die doet vermoeden dat dit systematisch binnen de organisatie plaatsvindt onder het mom van een religieus ritueel.'

Je kon door de telefoon heen voelen hoe Ayumi's wenkbrauwen zich fronsten.

'Pffff! Verkrachting van jonge meisjes? Dat kan echt niet door de beugel!'

'Natuurlijk niet,' zei Aomame.

'En hoe jong zijn die meisjes?'

'Tien. Misschien jonger. In elk geval zo jong dat ze hun eerste menstruatie nog niet hebben gehad.'

Het was even stil aan de telefoon. Toen zei Ayumi op vlakke toon:

doorgebracht. Ze hebben een aantal nette meditatieruimtes te zien gekregen, de lunch bestond uit verse groenten, ze kregen een mooie preek te horen over de verlichting van de ziel, en toen zijn ze tevreden weer naar huis gegaan. Maar wat er achter de schermen gebeurt, daar hebben ze niets van gezien.

Aomame verliet de bibliotheek en stapte een koffieshop binnen. Na haar bestelling te hebben gedaan, maakte ze van de telefoon gebruik om naar het bureau te bellen waar Ayumi werkte. 'Op dit nummer kun je me altijd bereiken,' had ze gezegd. Een van haar collega's nam op en zei dat ze nu dienst had, maar over een uur of twee terug werd verwacht. Aomame gaf haar naam niet. 'Rond die tijd bel ik wel weer,' zei ze.

Ze ging terug naar haar flat en belde een uur of twee later nog eens naar hetzelfde nummer. Ditmaal nam Ayumi op.

'Hé, Aomame! Hoe gaat-ie?'

'Goed. Met jou ook?'

'Ik maak het ook best, alleen qua mannen kon het stukken beter. Er is in geen velden of wegen een leuke knul te bekennen. En bij jou?'

'Van hetzelfde laken een pak,' zei Aomame.

'Het is een hemeltergend schandaal!' zei Ayumi. 'Als twee aantrekkelijke jonge vrouwen als wij, met overvloedige en gezonde seksuele gevoelens, op deze manier tegen elkaar klagen, dan is er duidelijk iets mis met de wereld. Hier moet iets aan gedaan worden!'

'Vind ik ook! Maar, eh... kom je niet in de problemen als je zo hard praat? Ik bedoel, je zit nu op je werk en zo. Is er niemand bij je in de buurt?'

'Niemand,' zei Ayumi. 'Je kunt tegen me zeggen wat je wilt.'

'Ik wilde je iets vragen – als het kan, tenminste. Ik kan niemand anders bedenken die me kan helpen.'

'Ga je gang. Ik weet niet of je bij mij aan het juiste adres bent, maar als ik je kan helpen...'

'Je kent Voorhoede toch? Je weet wel, die religieuze groep? Ze hebben hun hoofdkwartier in Yamanashi.'

'Voorhoede, hè?' Ayumi was een seconde of tien stil terwijl ze haar geheugen raadpleegde. 'Ja, daar heb ik wel eens van gehoord. Dat is toch die religieuze commune waar Dageraad toe behoorde voor ze zich afsplitsten? Bij die schietpartij zijn drie politieagenten omgeko-

dige bejaarden tussen zag), en ze hadden allemaal een mooie, heldere oogopslag. Ze spraken netjes en beleefd. De meeste leden waren niet geneigd om veel over hun verleden te vertellen, maar de meerderheid leek zeker een goede opleiding te hebben genoten. Het middageten dat de journalisten kregen voorgeschoteld was eenvoudig (ongeveer hetzelfde, scheen het, als wat de leden elke dag te eten kregen), maar het kwam vers van eigen land en het smaakte navenant goed.

Dat verklaart waarom de meeste media de revolutionaire groep die naar Dageraad was overgegaan afschilderden als 'duivelsgebroed' dat door de spirituele waarden nastrevende Voorhoede ooit onvermijdelijk moest worden afgestoten. In het Japan van de jaren tachtig waren marxistisch georiënteerde revolutionaire idealen allang achterhaald. De jongelui die zich tien, vijftien jaar daarvoor enthousiast hadden laten maken door radicale politieke idealen, waren in dienst getreden bij grote bedrijven en gingen nu in de voorste gelederen van het slagveld van de economie met elkaar op de vuist. Of anders hadden ze het gekrakeel en de competitie van de werkelijke wereld op een gepaste afstand gehouden en streefden ze ieder vanaf hun eigen plaats hun eigen persoonlijke waarden na. In elk geval, de wereld was veranderd, en de tijd dat politiek populair was, behoorde tot een ver verleden. Het incident met Dageraad was een uitzonderlijk bloedige, tragische gebeurtenis, maar op de lange termijn gezien was het niet meer dan een onverwachte episode waarin geesten uit een lang vervlogen verleden voor even weer hun gezicht hadden laten zien. Het doek was definitief gevallen voor een tijdperk – meer mocht je er niet in zien, was de algemene conclusie van de dagbladpers. Voorhoede belichaamde een hoopvolle keuze voor een nieuwe wereld, Dageraad was nooit een toekomst beschoren geweest.

Aomame legde haar balpen neer en haalde diep adem. Ze dacht aan Tsubasa's doffe, uitdrukkingsloze ogen. Die ogen waren op mij gericht, maar ze zagen niets. Er ontbrak iets heel belangrijks aan.

Maar zo eenvoudig ligt dit niet, dacht ze. Voorhoede is echt niet zo onschuldig als de kranten schrijven. Ze hebben een duistere kant, die niet in de openbaarheid komt. Volgens de Oude Dame hebben ze een 'Leider', die onder het mom van een godsdienstig ritueel jonge meisjes verkracht, sommige nauwelijks tien jaar oud. Daarvan zijn de media niet op de hoogte. Die hebben hooguit een halve dag bij Voorhoede

der aan bij de poort van onze gemeenschap, op zoek naar een ander coördinatenstelsel dat hun leven meer diepgang geeft. Onder hen zijn er niet weinig die een goede opleiding hebben genoten en zich gespecialiseerde kennis hebben eigengemaakt, mensen die een zekere maatschappelijke status hebben verworven. Wij wensen niet over één kam te worden geschoren met de zogenoemde "nieuwe religieuze bewegingen". Wij zijn geen "fastfoodgodsdienst" die de wereldlijke problemen waar mensen mee worstelen maar eventjes overneemt en daarvoor een algemene oplossing vindt, en die kant willen wij ook niet op. Natuurlijk is het belangrijk dat de zwakkere leden van de samenleving ook verlost worden, maar óns doel is in de eerste plaats om een passende plaats te bieden aan diegenen die sterk genoeg gemotiveerd zijn om verlossing voor zichzelf te zoeken en hun alle steun te verlenen die zij daarbij nodig hebben. Ziet u ons maar als een soort godsdienstige doctoraalcursus. Dan slaat u de plank waarschijnlijk niet ver mis.

Tussen de leden van Dageraad en onszelf ontstonden er op een gegeven ogenblik grote meningsverschillen over het managementbeleid, en een tijdlang was er zelfs sprake van een werkelijke confrontatie. Maar na onderling overleg zijn we tot de conclusie gekomen dat we elk onze eigen weg moesten gaan. Zij streefden op hun manier een zuiver en sober ideaal na, en dat dit tot zo'n bedroevend resultaat heeft geleid, kan alleen maar tragisch worden genoemd. Zij werden zo dogmatisch dat ze het contact met de werkelijke, levende maatschappij verloren – dat is hiervan de grootste oorzaak. Ook wij dienen dit als een waarschuwing ter harte te nemen. Wij moeten deze gelegenheid aangrijpen om nog striktere zelfdiscipline uit te oefenen en ons te bezinnen op de noodzaak om de deur tussen onze gemeenschap en de buitenwereld altijd open te houden. Met geweld los je niets op. Wat wij vooral willen dat u begrijpt, is dat wij onze godsdienstige overtuiging aan niemand opdringen. Wij proberen niet om bekeerlingen te maken, en wij vallen andere religieuze groeperingen ook niet aan. Aan mensen die zoeken naar spirituele verlichting en geestelijke steun, stellen wij een daartoe geëigende en effectieve communale omgeving ter beschikking. Meer doen wij niet.'

De pers ging naar huis met een overwegend gunstige indruk van de sekte. Zowel de mannelijke als de vrouwelijke leden waren allemaal mooi slank, ze waren ook betrekkelijk jong (alhoewel je er ook de no-

zelfde als de politie had gezien. Het was geen rondleiding, zoals zo vaak gebeurt. De journalisten konden gaan en staan waar ze wilden zonder dat er iemand bij was, en de gesprekken die ze met de bewoners voerden, mochten ze vrijelijk gebruiken. Er was echter wel een overeenkomst gesloten dat er, om de privacy van de leden te waarborgen, geen foto's of beelden mochten worden opgenomen zonder toestemming van de commune. Een aantal bestuursleden in religieuze gewaden beantwoordde vragen van de journalisten in een ruime aula en legde uit hoe de commune was ontstaan en wat hun leer en managementbeleid was. Ze gaven beleefd en vooral eerlijk antwoord. De propagandistische toon van zoveel godsdienstige groepen was geheel afwezig. Hun presentatie was zo perfect dat ze meer weg hadden van het hogere echelon van een reclamebureau dan van het bestuur van een religieuze beweging. Alleen hadden ze een ander pakje aan.

'Onze beweging heeft geen duidelijke leer,' legden ze uit. 'Een gecodificeerd handboek of iets dergelijks vinden we nergens voor nodig. Wij bestuderen de principes van het vroege boeddhisme en praktiseren de religieuze verstervingen zoals die destijds werden beoefend. Ons streven is om door zulke praktijken een spirituele verlichting te bereiken die niet gebaseerd is op de starre letter van een leer, maar een vloeiender karakter heeft. De spontane verlichting van elk individueel lid draagt collectief bij tot een verdere verfijning van datgene waar wij in geloven. Zo kunt u het beschouwen, als u wilt. Geen verlichting gebaseerd op dogma, maar juist andersom: eerst ervaren onze leden spirituele verlichting, en als resultaat daarvan ontstaat op natuurlijke wijze de leer die onze levensbeginselen bepaalt. Dat is het principe van de weg die wij volgen. In die zin verschillen wij inderdaad erg van gevestigde godsdiensten.

Wat onze inkomsten betreft, op dit ogenblik zijn wij net als veel andere religieuze groeperingen voor een gedeelte afhankelijk van de vrijwillige bijdragen van onze leden. Maar ons einddoel is om hoofdzakelijk door middel van de landbouw in onze eigen, simpele levensbehoeften te voorzien, zonder ons op zulke bijdragen te moeten verlaten. "Weten wanneer je genoeg hebt" is het motto voor onze levensstijl, en op deze manier streven wij ernaar onszelf lichamelijk te louteren en geestelijk te harden, en zo zielenrust te verkrijgen. Mensen die geleerd hebben hoe leeg het materialisme en de moordende competitie zijn waarop de maatschappij is gebaseerd, melden zich de een na de an-

hand die suggereerden dat Voorhoede op enigerlei wijze bij dit incident betrokken zou zijn geweest. Het viel echter niet te ontkennen dat Voorhoede de moederorganisatie van Dageraad was, en als de autoriteiten het noodzakelijk achtten om in verband met dit incident Voorhoede nader te onderzoeken, zegde hij graag hun onvoorwaardelijke en algehele medewerking toe, ook al omdat dit zou helpen onnodige misverstanden te voorkomen. Voorhoede was een sociaal ingestelde, open gemeenschap die zich strikt aan de wet hield en absoluut niets te verbergen had. Als zij in het bezit waren van informatie waarvan het noodzakelijk werd geacht die in de openbaarheid te brengen, zouden ze daar zover dat in hun vermogen lag aan voldoen.

Een paar dagen later moest hij zijn woord nakomen. De politie van Yamanashi bezocht Voorhoede met een bevel tot huiszoeking in de hand. Een hele dag lang onderwiepen ze het uitgestrekte terrein, de gebouwen die daarop stonden, en allerlei mogelijke en onmogelijke documenten aan een uiterst nauwkeurige inspectie. Een aantal bestuursleden werd ook scherp aan de tand gevoeld. Ondanks de verklaring dat Dageraad volledig onafhankelijk was geweest, vermoedde de politie namelijk dat er ook na de splitsing contacten tussen beide organisaties hadden bestaan en dat Voorhoede achter de schermen bij de activiteiten van Dageraad betrokken was geweest. Ze vonden echter geen enkel bewijs dat zulke vermoedens ondersteunde. Het enige wat ze zagen was een prachtig bebost landschap, bezaaid met houten gebouwtjes waar grote aantallen mensen in simpele religieuze gewaden mediteerden of zichzelf aan strenge discipline onderwierpen. Behalve hun godsdienstige plichten beoefenden de leden ook de landbouw, en de politie vond alleen goed onderhouden werktuigen en machines – niets wat op een wapen leek of geweld deed vermoeden. Alles was ordelijk en schoon. Er was een kleine, knusse eetzaal, een woongebouw, zelfs een eenvoudige (maar goed geoutilleerde) ziekenzaal. De bibliotheek was één verdieping hoog en bezat een uitgebreide collectie soetra's en andere boeddhistische geschriften, maar ook gespecialiseerde studies en vertalingen. Het geheel had minder weg van het hoofdkwartier van een religieuze instelling dan van de campus van een kleine particuliere universiteit. De politie ging met stille trom en bijna lege handen weer naar huis.

Een paar dagen daarna werden de pers en tv uitgenodigd om een kijkje te komen nemen, maar wat zij daar zagen was ongeveer het-

waar deze uitbreiding mee bekostigd werd, en hoe ze het voor elkaar hadden gekregen om in zo'n korte tijd als religieuze corporatie erkend te worden.

Nadat ze waren verhuisd, gebruikte de radicale groep het nieuwe land niet alleen voor de landbouw, maar ook voor gewapende training, die daar in het geheim plaatsvond. Ze veroorzaakten ook problemen met de omwonende boeren. Een daarvan betrof de waterrechten op een beekje dat door het land van Dageraad stroomde. Dat beekje was altijd gemeenschappelijk gebruikt om ieders velden te irrigeren, maar nu verbood Dageraad de omwonende boeren om voet op hun terrein te zetten. Dit conflict sleepte enkele jaren voort, tot een dorpeling, die bezwaar had aangetekend tegen de afrastering van prikkeldraad die Dageraad had aangebracht, door een aantal leden van de commune zwaar werd afgetuigd. De politie van Yamanashi kreeg een bevel tot huiszoeking wegens geweldpleging en vertrok naar het hoofdkwartier van Dageraad om een onderzoek in te stellen, zonder te weten dat dit bezoek zou uitlopen op een tragische confrontatie.

    Nadat Dageraad door dat felle gevecht in de bergen in feite was vernietigd, liet Voorhoede er geen gras over groeien om een officiële verklaring af te leggen. De woordvoerder van de commune – een knappe, jonge man in een net pak – las hem voor tijdens een persconferentie. Het was duidelijk waar het om ging. Wat voor relatie er in het verleden ook tussen Dageraad en Voorhoede had bestaan, op dit ogenblik hadden beide organisaties niets meer met elkaar te maken. Nadat Dageraad zich had afgesplitst, was er, afgezien van enig zakelijk contact, nauwelijks meer verkeer geweest tussen beide communes. De leden van Voorhoede waren stuk voor stuk personen die de wet respecteerden en alleen maar hun land wilden bebouwen en streefden naar een vreedzame wereld, en toen ze tot de conclusie waren gekomen dat ze niet langer konden samenwerken met de gewapende-revolutie-predikende leden van wat later Dageraad zou worden, waren beide partijen op vriendschappelijke voet uit elkaar gegaan. Daarna was Voorhoede juridisch erkend als religieuze corporatie. Namens het bestuur en alle leden sprak hij zijn afschuw uit over dit bloedige incident en wilde hij zijn diepste leedwezen betuigen aan de nabestaanden van de politieagenten die zo tragisch waren omgekomen tijdens het uitoefenen van hun plicht. Tegelijkertijd wees hij echter alle geruchten van de

dan ook leergierige, serieuze mensen, en hun leiders hadden hen goed georganiseerd. De naam van de commune was Voorhoede.

Er verscheen een diepe frons op Aomames gezicht. Haar mond vulde zich met speeksel, en toen ze het doorslikte, klokte het in haar keel. De balpen in haar hand tikte hard tegen het oppervlak van de tafel.

Ze las verder.

Maar hoewel de economische situatie van Voorhoede zich had gestabiliseerd, werd het steeds duidelijker dat de commune bezig was zich in tweeën te splitsen. De extremistische 'radicale factie' beoogde een marxistisch georiënteerde revolutie in guerrillastijl. Daarnaast had je de betrekkelijk gematigde 'communefactie', die het feit had geaccepteerd dat een gewelddadige revolutie in het Japan van die dagen geen realistische optie was, maar die de kapitalistische mentaliteit verwierp en streefde naar een natuurlijke levensstijl in harmonie met het land dat ze bebouwden. Het verschil tussen de twee facties werd gaandeweg groter, tot in 1976 de numeriek grotere communefactie de radicalen uit Voorhoede stootte.

Dat wil echter niet zeggen dat dit met geweld gebeurde. Als je de kranten mocht geloven, stelde de commune aan de radicalen ter compensatie nieuw land beschikbaar en ook een zekere hoeveelheid kapitaal, bij wijze van 'minnelijke schikking'. De radicalen gingen op dit aanbod in en organiseerden op hun nieuwe land hun eigen commune: Dageraad. Op een goed moment leken ze wapens in handen te hebben gekregen, en wel heel moderne. Het was nog niet duidelijk via welke route of met welk geld ze die hadden gekocht.

Anderzijds ontwikkelde de agrarische commune Voorhoede zich tot een religieuze beweging, maar noch de politie, noch de pers wist met zekerheid precies wanneer dat proces zich had voltrokken, hoe dat in zijn werk was gegaan, of wat daartoe de aanleiding was geweest. Misschien was het al eerder begonnen, maar na zich zonder noemenswaardige problemen van de radicale factie te hebben ontdaan, kreeg de commune snel een steeds godsdienstiger karakter, tot ze in 1979 werden erkend als religieuze corporatie. Ze kochten steeds meer land op in de omgeving en gebruikten dat als bouwland en om er faciliteiten neer te zetten. Er verrees een hoge muur om hun gebouwen, en buitenstaanders werden niet langer toegelaten. 'Dat zou onze religieuze activiteiten verstoren,' was het excuus dat telkens werd gegeven. Het was nooit duidelijk geworden waar het kapitaal vandaan kwam

raakten er zwaargewond (een daarvan overleed drie dagen later in het ziekenhuis, en wat er later met de andere gewonde was gebeurd, maakten de krantenartikelen niet duidelijk), en vier waren gearresteerd zonder of met lichte verwondingen. De luchtbrigade en de politie hadden hoogwaardige kogelvrije vesten gedragen, dus die waren er ongedeerd af gekomen, op één agent na, die tijdens de achtervolging in een ravijn was gestort en een been had gebroken. Slechts één van de extremisten had weten te ontsnappen en was nu spoorloos. Ondanks een grootscheepse zoekactie leek hij van de aardbodem verdwenen.

Toen de lezers van de eerste schok van het vuurgevecht waren bekomen, wijdden de kranten de nodige artikelen aan het ontstaan van deze extremistische groep. Die was een bijproduct van de studentenonlusten van rond 1970. Meer dan de helft van de leden was betrokken geweest bij de massale demonstraties aan de Nihon-universiteit of de bezetting van het Yasuda Auditorium aan de universiteit van Tokyo.* Nadat hun 'forten' waren gevallen door de hardhandige methoden van de oproerpolitie, werden ze van de universiteit gestuurd, en met een aantal studenten en docenten die zich gefrustreerd voelden in hun politieke activiteiten op de campussen in de grote steden, vormden ze een beweging die hun politieke verschillen overbrugde en begonnen ze een agrarische commune in Yamanashi. Eerst hadden ze zich aangesloten bij de Takashima Academie, een commune die zich specialiseerde in landbouw, maar dat leven bevredigde hen toch niet. Met een aantal nieuwe leden splitsten ze zich weer af, kregen voor bijzonder weinig geld een stuk land in handen in een zieltogend dorpje diep in de bergen, en daar stichtten ze hun eigen commune. Eerst hadden ze het behoorlijk zwaar, maar na verloop van tijd kregen steeds meer mensen in de grote steden belangstelling voor biologisch gekweekt voedsel, dus richtten ze een postorderbedrijf op dat zulke groente verkocht. Nu hadden ze de wind in de zeilen: ze kochten wat meer land op en breidden de schaal van hun operaties langzaam uit. Ze waren

* De demonstraties aan de Nihon-universiteit, de grootste in Japan, begonnen in mei 1968. De eerste onlusten aan de elitaire universiteit van Tokyo begonnen al in januari 1968 en culmineerden in de bezetting van het Yasuda Auditorium op 18 en 19 januari 1969. Bij de ontruiming werden meer dan 600 personen gearresteerd.

21

Aomame: *Al ga ik nog zo ver weg*

Aomame ging naar de openbare bibliotheek, en na dezelfde procedure te hebben gevolgd als de vorige keer, zat ze nu aan een tafel met een stuk of wat kranten in kleinformaateditie open voor zich. Ze wilde het vuurgevecht tussen de extremisten en de politie, dat drie jaar geleden in de herfst in Yamanashi had plaatsgevonden, nóg eens onderzoeken. Het hoofdkwartier van Voorhoede, die religieuze beweging waar de Oude Dame het over had gehad, was in de bergen van Yamanashi gevestigd. En die schietpartij had ook in de bergen van Yamanashi plaatsgevonden. Misschien was dat niet meer dan toeval. Maar in dit geval geloofde Aomame niet zo in toeval. Misschien bestond er wél verband tussen het een en het ander. De uitdrukking die de Oude Dame had gebruikt – 'dat ernstige incident' – had ook op de mogelijkheid van zo'n verband gezinspeeld.

Het vuurgevecht had plaatsgevonden op 19 oktober 1981, drie jaar geleden (dus drie jaar voor 1q84, om het in Aomames hypothese uit te drukken). Over de details van de confrontatie had ze tijdens haar vorige bezoek aan de bibliotheek al gelezen, dus daarvan was ze grotendeels op de hoogte. Daar las ze deze keer dus vlug overheen. Ditmaal ging het haar om artikelen die op een later tijdstip waren verschenen maar met het onderwerp verband hielden, en om artikelen die het incident vanuit alle mogelijke gezichtspunten analyseerden.

Bij de eerste uitwisseling van schoten werden drie agenten gedood en twee zwaargewond met vijf Chinese kalasjnikovs. Daarna waren de extremisten met hun wapens de bergen in gevlucht en hadden gewapende politie-eenheden een grote klopjacht ingezet. Tegelijkertijd was de Luchtbrigade van de Zelfverdedigingsstrijdkrachten er met volledige bewapening op af gestuurd. Als gevolg daarvan waren er drie extremisten gedood omdat ze weigerden zich over te geven, twee

Tengo schudde zijn hoofd en stond op van de tafel. Vandaag kwam zijn vriendin op bezoek. Eerst moest hij de was doen en stofzuigen. Denken kwam later wel.

den in de badkamer, deed het licht in de keuken uit, en ging onder een deken op de bank liggen om te zien of hij de slaap kon vatten. Achter in zijn oren klonk nog het luide geraas van de branding. Toch zakte hij steeds dieper weg, tot hij eindelijk verzonk in een bodemloze slaap.

Toen hij wakker werd, was het acht uur in de ochtend. Fukaeri lag niet meer in bed. De pyjama die hij haar had geleend, zat in de wasmachine in de badkamer, in een bal gedraaid met de mouwen en broekspijpen nog omgeslagen. Op de keukentafel lag een met balpen geschreven briefje: 'Hoe zou het tegenwoordig met de Giljaken zijn Ik ga naar huis.' Het handschrift was klein, hard en hoekig, en deed niet natuurlijk aan – alsof ze het met een schelpje op nat zand had geschreven en hij er vanuit de lucht op neerkeek. Hij vouwde het briefje op en stopte het weg in een bureaula. Om elf uur kwam zijn vriendin, en als die dit vond, was de ellende niet te overzien.

Tengo maakte het bed netjes op en zette Tsjechovs werk, het resultaat van zoveel inspanning, terug in de kast. Daarna zette hij koffie en roosterde hij een paar sneetjes brood, en terwijl hij daarmee ontbeet, voelde hij dat er iets zwaars in zijn hart had postgevat. Het duurde even voor hij wist wat het was: het kalme gezicht van de slapende Fukaeri.

Ben ik soms verliefd op haar geworden? Nee, dat bestaat niet, vertelde Tengo zichzelf. Ze heeft alleen iets wat bij mij toevallig een lichamelijke reactie heeft opgeroepen en mijn hart aan het dansen heeft gezet. Maar waarom moet ik dan telkens aan de pyjama denken die ze vannacht heeft gedragen? Waarom heb ik die (zonder erbij na te denken) naar mijn neus gebracht om eraan te ruiken?

Er waren te veel vraagtekens. 'Een schrijver is niet iemand die problemen oplost, maar ze voorlegt.' Was dat ook niet van Tsjechov? Het was raak gezegd, maar Tsjechov bracht het ook in praktijk – niet alleen in zijn werken, maar ook in zijn eigen leven. Daarin kreeg hij allerlei problemen voorgelegd zonder dat ze werden opgelost. Hoewel hij wist dat hij aan een ongeneeslijke longziekte leed (hij was arts, dus hoe kon hij dat níet weten?), deed hij zijn uiterste best om dat feit te negeren, en tot hij op zijn doodsbed lag, weigerde hij te geloven dat hij stervende was. Bloed spuwend ging hij het eind van zijn nog vrij jonge leven tegemoet.

dat de suiker zo duur was. Nu is er van deze izba's geen spoor meer, en wanneer je rondkijkt in deze woestenij, lijkt de knappe, rijzige soldatenvrouw een mythe. Nu zijn ze hier een nieuw huis aan het bouwen, een bewakerswoning of een station, en dat is het. De zee ziet er koud en troebel uit, gaat tekeer, en hoge grijze golven slaan tegen het zand alsof ze wanhopig willen zeggen: 'God, waarom hebt ge ons geschapen?' Hier is de Grote of Stille Oceaan al. Op deze oever van Najboetsji kun je horen hoe de dwangarbeiders met bijlen het nieuwe huis aan het bouwen zijn, en aan de verre, denkbeeldige overkant ligt Amerika. Links in de nevels zijn de Sachalinse klippen zichtbaar, rechts zijn ook klippen... en in de verre omtrek is geen levende ziel, geen vogel, geen vlieg te bekennen, en het is een raadsel voor wie die golven hier brullen, wie hier 's nachts naar luistert, wat ze willen en ten slotte voor wie ze zullen brullen als ik weg zal zijn. Hier aan de kust overheersen geen gedachten, maar mijmeringen; het is griezelig, en tegelijk wil je eindeloos blijven staan, naar de eentonige golfbewegingen kijken en naar hun dreigend gebulder luisteren.

Fukaeri leek nu toch wel helemaal te zijn ingeslapen. Als Tengo goed luisterde, kon hij haar zachtjes horen ademhalen. Hij deed het boek dicht en legde het op het nachtkastje. Toen stond hij op en deed het licht uit. Ten slotte keek hij nog één keer. Ze lag vredig te slapen, haar gezicht naar het plafond, haar lippen in een rechte lijn gesloten. Tengo deed de deur achter zich dicht en ging terug naar de keuken.

Maar hij was niet meer in staat om verder te gaan met zijn eigen werk. Tsjechovs beschrijving van het troosteloze Sachalinse kustlandschap liet hem niet meer los. Hij kon het bruisen van de golven horen. Als hij zijn ogen sloot, zag hij zichzelf staan, alleen bij de verlaten branding van de Zee van Ochotsk, diep in gedachten verzonken. Hij kon Tsjechovs frustraties en droefgeestigheid met hem delen. Wat hij aan het randje van de wereld had gevoeld, was een overweldigend gevoel van machteloosheid geweest. Een Russische schrijver te zijn aan het eind van de negentiende eeuw stond waarschijnlijk gelijk met het dragen van een onontkoombaar, schrijnend noodlot. Hoe meer zulke schrijvers aan Rusland probeerden te ontvluchten, des te meer Rusland hen opslokte.

Tengo spoelde zijn wijnglas om onder de kraan, poetste zijn tan-

loof ingezegend. Een speer, een boot of een hond ruilt een Giljaak voor een meisje, hij neemt haar zijn joert in om met haar op het berenvel te gaan liggen; dat is alles. Polygamie wordt toegestaan, maar is niet wijdverbreid, hoewel er blijkbaar meer vrouwen dan mannen zijn. De minachting voor de vrouw als voor een inferieur wezen of voor een ding gaat bij een Giljaak zo ver dat hij zelfs slavernij in de letterlijke en grove betekenis van dit woord niet afkeurenswaardig vindt. Blijkbaar is de vrouw voor hen een handelsartikel, als tabak of katoen. De Zweedse schrijver Strindberg, de bekende vrouwenhater die graag wilde dat de vrouw alleen slavin was, overgeleverd aan de grillen van de man, is in wezen een geestverwant van de Giljaken; als hij op Noord-Sachalin zou komen, zouden ze hem ongetwijfeld langdurig omhelzen.

Hier pauzeerde Tengo weer even, maar Fukaeri zei niet wat ze ervan vond. Ze zweeg alleen maar. Hij las dus maar gewoon verder:

Ze hebben geen rechtbank en weten niet wat rechtspraak inhoudt. Hoe moeilijk het voor hen is ons te begrijpen is al duidelijk doordat ze de zin van wegen nog niet helemaal begrijpen. Zelfs daar waar al wegen zijn aangelegd, reizen ze nog door het bos. Vaak zie je hoe ze met hun gezin en honden op een rij voortploeteren door het moeras vlak langs een weg.

Fukaeri had haar ogen gesloten en ademde heel zachtjes in en uit. Tengo keek een tijdlang naar haar gezicht, zonder echter te kunnen vaststellen of ze sliep of niet. Hij sloeg het boek dus open op een andere bladzijde en las door, deels omdat hij haar (als ze al sliep) nog vaster wilde laten slapen, maar deels ook omdat hij Tsjechovs proza hardop wilde blijven lezen:

Aan de monding van de Najba lag eens de bestuurspost Najboetsji, die in 1866 werd gesticht. Mitsoel zag hier achttien gebouwen, sommige voor bewoning, een kapel en een opslagplaats voor proviand. Een correspondent die in 1871 Najboetsji bezocht, schrijft dat er twintig soldaten verbleven onder commando van een kadet. In een van de izba's kreeg hij verse eieren en bruinbrood van een knappe, rijzige soldatenvrouw. Zij vond het leven hier goed en klaagde alleen

naasten leven. Als er nieuwe mensen arriveerden, stelden ze zich altijd wantrouwend op, bang voor wat er met hen zou gebeuren, maar ze bejegenden hen steeds weer vriendelijk, zonder het geringste protest. Hoogstens logen ze door Sachalin in sombere kleuren af te schilderen, om zo vreemdelingen van hun eiland weg te houden. Kroezensjterns reisgenoten werden door hen omhelsd, en toen Schrenck ziek werd, deed het bericht snel de ronde onder de Giljaken en waren ze oprecht verdrietig. Zij liegen alleen als ze handel drijven of praten met een verdachte of naar hun mening gevaarlijke persoon, maar voordat ze een leugen vertellen, kijken ze elkaar aan, zoals kinderen. Van een leugen of opschepperij die niet in de zakelijke sfeer ligt, moeten ze niets hebben.

'Schitterend, die Giljaken,' zei Fukaeri.

Opdrachten voeren Giljaken netjes uit en het is nog nooit voorgekomen dat een Giljaak halverwege post weggooide of andermans spullen verduisterde. Ze zijn actief, snel van begrip, opgewekt, ongedwongen en tonen geen enkele gêne in het bijzijn van sterke en rijke mensen. Zij erkennen geen enkele macht boven zich en het schijnt dat ze zelfs de begrippen 'hoger in rang' en 'lager in rang' niet kennen. Je hoort en leest ook dat de Giljaken ouderdom binnen het gezin evenmin respecteren. Een vader denkt er niet bij na dat hij ouder is dan zijn zoon en een zoon heeft geen eerbied voor zijn vader, maar leeft maar zoals hij wil; een oude moeder heeft in de joert niet meer overwicht dan een meisje in de puberteit. Bosjnjak schrijft dat hij meerdere malen heeft gezien hoe een zoon zijn eigen moeder sloeg en naar buiten joeg zonder dat iemand hem iets durfde te zeggen. De mannelijke gezinsleden zijn onderling gelijk; als je Giljaken op wodka trakteert, moet je het ook de jongsten aanbieden.

De vrouwelijke gezinsleden zijn echter allemaal even rechteloos, of het nu een grootmoeder, een moeder of zogende dochter is; zij worden uit de hoogte behandeld, als huisdieren, als een ding dat je weg kunt gooien, verkopen, schoppen als een hond. Honden strelen de Giljaken nog, maar hun vrouwen nooit. Het huwelijk beschouwen ze als een nutteloze zaak, onbelangrijker bijvoorbeeld dan een drinkgelag, en het wordt met geen enkel ritueel van geloof of bijge-

'Ik wil meer over de Giljaken weten.'
'Nou, dan lezen we toch gewoon verder?'
'Vind je het erg als ik naar bed ga,' vroeg Fukaeri.
'Niks hoor,' zei Tengo.
Dus verhuisden ze naar de slaapkamer. Fukaeri kroop in bed, en Tengo zette een stoel neer. Toen las hij verder:

De Giljaken wassen zich nooit, zodat het zelfs voor etnografen moeilijk is hun eigenlijke huidskleur te bepalen; hun ondergoed wassen ze niet en hun pelskleding en schoenen zien eruit alsof het net van een dode hond is gestroopt. De Giljaken zelf verspreiden een zware, wrange lucht en je weet dat hun woningen in de buurt zijn door de afschuwelijke, soms nauwelijks te verdragen stank van gedroogde vis en rottend visafval. Bij iedere joert staat gewoonlijk een drooghut die tot de rand gevuld is met opengesperde vis, die van verre op koraalmos lijkt, vooral als de zon erop schijnt. Bij deze drogerijen zag Kroezensjtern een massa kleine wormen, waarmee de grond een duim dik bedekt was.

'Kroezensjtern,' vroeg Fukaeri.
'Ik geloof dat dat een van de eerste ontdekkingsreizigers was. Tsjechov was heel studieus en had alles gelezen wat er in het verleden over Sachalin geschreven was.'
'Lees verder.'

's Winters hangt er in de joert een bijtende rook, die van de haard komt, en waarbij de Giljaken, hun vrouwen en zelfs hun kinderen ook nog tabak zitten te roken. Over ziekten en het sterftecijfer bij de Giljaken is niets bekend, maar we moeten ervan uitgaan dat die ongezonde, onhygiënische toestand een slechte invloed op hun gezondheid heeft. Mogelijk zijn hun kleine postuur, pafferige gezicht, indolentie en trage bewegingen aan die toestand te wijten.

'Wat zielig, die Giljaken,' zei Fukaeri.

Over het karakter van de Giljaken lopen de meningen van de auteurs uiteen, maar allen zijn het erover eens dat ze niet oorlogszuchtig zijn, niet van ruzie en vechten houden en vreedzaam met hun

door de Japanners uit Hokkaido verdrongen. Tsjechov heeft de door de russificatie van Sachalin snel verdwijnende cultuur van de Giljaken van dichtbij geobserveerd en zijn best gedaan om een zo nauwgezet mogelijke beschrijving vast te leggen.'

Tengo opende het boek bij het hoofdstuk over de Giljaken en begon te lezen. Hier en daar liet hij stukken weg of paste hij ze aan ze om voor zijn toehoorster makkelijker begrijpbaar te maken:

De Giljaak is fors en gedrongen gebouwd; hij heeft een gemiddelde tot zelfs geringe lichaamslengte. Een lang lichaam zou hem in de dichte bossen in de weg zitten. Zijn dikke beenderen onderscheiden zich door een sterke ontwikkeling van alle uitsteeksels, kammen en knobbels waaraan spieren zijn vastgehecht; dat doet stevige, sterke spieren vermoeden en een voortdurende, intense strijd met de natuur. Zijn lichaam is mager, pezig, zonder vetplooien: dikke, vette Giljaken kom je niet tegen. Blijkbaar wordt al het vet in warmte omgezet, waarvan het lichaam van een Sachaliner zoveel moet produceren ter compensatie van het verlies dat wordt veroorzaakt door de lage temperatuur en de uitzonderlijke luchtvochtigheid. Vandaar dat de Giljaak zoveel vet in zijn voeding gebruikt. Hij eet vet zeehondenvlees, zalm, steur- en walvisvet, bloederig vlees, en dat allemaal in grote hoeveelheden, rauw, gedroogd en vaak bevroren, en doordat hij grof voedsel eet, zijn de aanhechtingsplaatsen van zijn kauwspieren bijzonder ontwikkeld en alle tanden sterk afgesleten. Ze eten alleen dierlijk voedsel en bij uitzondering, alleen als ze thuis zijn of bij een braspartij, eten ze Mantsjoese knoflook of bessen bij het vlees en de vis. Volgens Nevelskoj beschouwen de Giljaken het als een grote zonde de grond te bewerken: wie in de bodem gaat wroeten of iets plant, zal beslist doodgaan. Maar het brood waarmee de Russen hen bekend hebben gemaakt, eten ze graag, als een lekkernij, en tegenwoordig kom je niet zelden in Aleksandrovsk of in Rykovskoje een Giljaak tegen met een groot rond brood onder zijn arm.

Hier pauzeerde Tengo om even adem te scheppen. Hij keek Fukaeri, die de hele tijd had zitten luisteren, aan om te zien wat zij ervan vond, maar kon geen reactie van haar gezicht aflezen.

'Zal ik doorgaan? Of wil je toch maar liever een ander boek?' vroeg hij.

tie? Toentertijd was de reis van Moskou naar Sachalin natuurlijk een onderneming die het voorstellingsvermogen ver te boven ging, dus in Tsjechovs geval geloof ik dat hij ook andere redenen kan hebben gehad.'

'Bijvoorbeeld.'

'Behalve schrijver was Tsjechov ook arts. Misschien dat hij uit wetenschappelijke nieuwsgierigheid het zieke gedeelte van het enorme land dat Rusland heet met eigen ogen wilde inspecteren. Hij voelde zich onbehaaglijk omdat hij in Moskou een gevierd schrijver was. Hij had genoeg van de literaire elite daar, en hij voelde zich ook niet thuis bij zijn geborneerde literaire kameraden, die elkaar in de wielen reden als ze maar even de kans kregen. En voor zijn kwaadaardige critici voelde hij alleen maar haat. Misschien was zijn reis naar Sachalin een soort pelgrimage die al dat literaire stof van hem af moest spoelen. En toen hij er aankwam, werd hij in alle mogelijke betekenissen van het woord overweldigd. Daarom denk ik dat hij nooit een verhaal of toneelstuk heeft geschreven dat op deze reis was gebaseerd. Het is ook geen onderwerp dat je maar even voor een verhaal kunt gebruiken. Dat zieke deel van Rusland was als het ware deel van zijn eigen lichaam geworden. Misschien was dat zelfs wat hij al die tijd had gewild.'

'Is het een interessant boek,' vroeg Fukaeri.

'Ik heb het met veel belangstelling gelezen. Er staan nogal wat cijfers en statistieken in, dus zoals ik daarnet al zei maakt het een weinig literaire indruk. In plaats daarvan laat Tsjechov zich van zijn wetenschappelijke kant zien. Maar dat zijn juist de plaatsen waaruit ik kan aflezen wat een moedige beslissing Tsjechov als mens had genomen. En vermengd tussen al dat zakelijke proza stuit je op observaties van mensen die hij ontmoet en beschrijvingen van het landschap waar hij doorheen reist, en die maken daardoor des te meer indruk. Trouwens, zelfs het zakelijke proza, waarin hij alleen maar de feiten vertelt zoals ze zijn, is helemaal niet slecht. Soms is het zelfs uitstekend. Neem nou bijvoorbeeld het hoofdstuk over de Giljaken.'

'Giljaken,' zei Fukaeri.

'De Giljaken zijn een volk dat al op Sachalin woonde lang voordat de eerste Russische kolonisten zich er vestigden. Oorspronkelijk woonden ze in het zuidelijke gedeelte, maar ze werden naar het midden verdrongen door de Ainu, die vanuit Hokkaido naar het noorden kwamen. Niet dat je de Ainu veel kunt verwijten, want die werden weer

nen waarom deze stadsbewoner besluit om in z'n eentje naar Sachalin, aan het uiteinde van de aarde, te vertrekken en daar enige tijd door te brengen, zijn niemand bekend. Sachalin was voornamelijk ontwikkeld om te dienen als strafkolonie, en de meeste mensen die de naam hoorden, kregen meteen visioenen van onheil en ellende. Omdat de Trans-Siberische Spoorlijn dan nog niet bestaat, moet Tsjechov meer dan vierduizend kilometer afleggen met paard-en-wagen door streken waar het bitterkoud is en ontberingen ondergaan waardoor hij met zijn zwakke gestel genadeloze pijn lijdt. Na acht maanden beëindigt hij eindelijk zijn reis naar het Verre Oosten, maar *De reis naar Sachalin*, het boek dat daarvan het resultaat is, stelt vele lezers voor een raadsel. Alle literaire aspiraties zijn onderdrukt; de zakelijke toon suggereert eerder een officieel rapport of een aardrijkskundig verslag. Waarom heeft Tsjechov op dit belangrijke punt in zijn schrijversloopbaan zo'n nutteloze, zinloze reis gemaakt? vragen zijn kennissen zich af. Eén recensent noemt het zelfs 'een publiciteitsstunt'. 'Hij wist niet meer waar hij over moest schrijven en heeft die reis gemaakt om nieuwe onderwerpen te vinden,' is een andere opinie.

Tengo liet met behulp van de kaarten in het boek aan Fukaeri zien waar Sachalin precies ligt.

'Waarom ging Tsjechov naar Sachalin,' vroeg ze.

'Je bedoelt: waarom denk ík dat hij erheen gegaan is?'

'Ja. Jij hebt het boek toch gelezen.'

'Dat heb ik zeker!'

'Dus wat denk je.'

'Volgens mij wist Tsjechov zelf ook niet precies waarom hij naar Sachalin ging,' zei Tengo. 'Dat wil zeggen, misschien wilde hij er gewoon heen om er eens een kijkje te nemen. Hij zag het eiland op een kaart, en opeens moest en zou hij erheen. Zoiets. Zelf heb ik iets dergelijks. Er is een aantal plaatsen waarvan ik denk als ik ze op de kaart zie: daar wil ik met alle geweld naartoe! En dat zijn meestal plaatsen die ver weg liggen en lastig te bereiken zijn. Gek, hè? Hoe het landschap eruitziet, wat er allemaal gebeurt – op dat moment zijn dat allemaal dingen die je koste wat het kost wilt weten. Zo'n bevlieging is net als de mazelen: je krijgt hem opeens, en als hij voorbij is, vergeet je hem ook weer meteen. Daarom kan ik niet zeggen waarom anderen het opeens op dezelfde manier op hun heupen krijgen. Nieuwsgierigheid in de zuiverste zin van het woord? Een vlaag onverklaarbare inspira-

'De geschiedenis herschrijven.'

'Door mensen van hun ware geschiedenis te beroven, beroof je ze van een deel van hun persoonlijkheid. Dat is misdadig.'

Fukaeri dacht daar even over na.

'Onze herinneringen zijn een combinatie van persoonlijke herinneringen en collectieve herinnering,' zei Tengo. 'Die twee zijn heel nauw met elkaar verweven. "Geschiedenis" is een andere naam voor collectieve herinnering. Als je dat iemand afneemt of het herschrijft, maak je het hem onmogelijk om zijn eigenlijke persoonlijkheid – de juiste persoonlijkheid, die hij had móéten hebben – te handhaven.'

'Jij herschrijft ook.'

Tengo nam lachend een slokje wijn. 'Ik heb jouw verhaal alleen *bewerkt*, omdat dat toevallig beter uitkwam. Dat is iets heel anders dan de geschiedenis herschrijven!'

'Maar dat boek over Big Brother heb je niet hier,' vroeg ze.

'Nee, jammer genoeg niet. Dus ik kan je er ook niet uit voorlezen.'

'Dan maar een ander boek.'

Tengo liep naar zijn boekenkast en bestudeerde de ruggen. Tot dan toe had hij heel veel boeken gelezen, maar hij had er maar betrekkelijk weinig in zijn bezit. Hij hield er gewoon niet van om in zijn eigen flat te veel dingen om zich heen te hebben, van welke aard ook. Zodra hij een boek had gelezen, bracht hij het daarom naar de tweedehandsboekhandel, of het moest wel iets heel bijzonders zijn. In principe kocht hij alleen boeken om meteen te lezen, en als daar een belangrijk boek bij was, las hij het heel aandachtig en prentte de inhoud in zijn geheugen. Voor alle andere boeken die hij nodig had, ging hij naar de dichtstbijzijnde bibliotheek.

Het duurde even voordat hij een boek had uitgekozen. Hij was het namelijk niet gewend om hardop te lezen, dus hij wist niet precies welk boek zich daarvoor leende. Na lang aarzelen pakte hij *De reis naar Sachalin* van Anton Tsjechov van de plank. Dat had hij vorige week net gelezen, en hij had de meest interessante passages aangegeven met Post-its om ze meteen te kunnen vinden.

Voor hij begon te lezen, legde hij eerst in het kort de geschiedenis van het boek uit. In 1890, wanneer Tsjechov zijn reis naar Sachalin maakt, is hij dertig jaar oud. Hij heeft dan al een reputatie opgebouwd als een veelbelovende jonge schrijver van de generatie na Tolstoj en Dostojevski, en leidt een kleurrijk leven in Moskou. De precieze rede-

'Zal ik verdergaan,' vroeg Fukaeri.

'Nee, dit is wel genoeg. Dankjewel,' zei Tengo verbluft. Nu kon hij begrijpen dat de journalisten er stil van waren geworden. 'Maar hoe heb je zo'n lange tekst uit je hoofd kunnen leren?'

'Ik heb veel naar de bandjes geluisterd.'

'Maar een gewoon mens lukt dat nooit, al speelt hij de bandjes wel duizend keer af,' zei Tengo.

Op dat moment kreeg hij een idee. Dit meisje kon nauwelijks lezen. Was het mogelijk dat dat werd gecompenseerd door het vermogen om auditieve informatie te onthouden? Had ze daardoor misschien zo'n abnormaal goed geheugen ontwikkeld? Zoals kinderen die lijden aan het savantsyndroom in staat zijn om enorme hoeveelheden visuele informatie in één ogenblik in zich op te nemen?

'Wil je me uit een boek voorlezen.'

'Goed hoor. Heb je nog een bepaalde voorkeur?'

'Heb je het boek waar de professor het vanavond over had,' vroeg Fukaeri. 'Dat boek waar Big Brother in voorkomt.'

'*1984*? Nee, dat heb ik niet.'

'Wat is het voor verhaal.'

Tengo probeerde zich te herinneren waar het boek over ging. 'Ik heb het heel vroeger ooit in de bibliotheek op school gelezen, dus ik weet het niet precies meer, maar het verscheen in 1949, en toen lag 1984 nog ver in de toekomst.'

'Dat is het dit jaar.'

'Klopt. Dit jaar is het precies 1984. Ook de toekomst wordt eens werkelijkheid, en gaat dan weer meteen in het verleden over. In zijn boek beschrijft George Orwell de toekomst als een grauwe samenleving die onder een totalitair bewind staat. Een dictator die Big Brother wordt genoemd, houdt iedereen streng in de gaten. De mensen krijgen maar heel beperkt informatie, en de geschiedenis wordt voortdurend herschreven. Als ik het me goed herinner, werkt de hoofdpersoon ergens op een ministerie, op een afdeling waar hij losse woorden moet herschrijven. Wanneer de geschiedenis wordt veranderd, wordt alle oude geschiedenis namelijk weggegooid. Daarbij wordt de taal aangepast, en woorden die nu gebruikt worden, krijgen een nieuwe betekenis. Omdat de geschiedenis zo vaak wordt herschreven, weet op den duur niemand meer wat de waarheid is, zelfs niet wie vijand is en wie vriend. Dat is zo'n beetje het verhaal.'

> Keert u daarna naar het westen, richt uw bede tot Amida,*
> opdat Hij met Zijn gevolg mag nederdalen
> en u naar het Reine Land geleidt.
> Dit land is een oord vol lijden en verdriet,
> maar ik neem u mee naar het Paradijs!'
> De keizer hulde zich in een groenblauw gewaad,
> zijn haar werd opgestoken met lussen aan weerskanten.
> Met tranen in de ogen
> bracht hij zijn welgevormde handjes samen,
> knielde neer, bad tot de Grote Schrijn van Ise;
> toen wendde hij zich naar het westen, riep Amida aan.
> Vervolgens nam zijn grootmoeder hem op de arm
> En sprak hem troostend toe.
> 'Onder de golven zul je ook een hoofdstad vinden.'
> Toen sprong ze met hem in het bodemloze diep.

Terwijl hij met gesloten ogen zat te luisteren, kwam het Tengo voor alsof hij het recitatief aanhoorde van een van de rondtrekkende blinde luitspelers die dit droevige verhaal in oude tijden zongen. Hij besefte ook veel sterker dat dít epos bedoeld was om mondeling te worden voorgedragen. Anders was Fukaeri's manier van spreken vlak en eentonig, met nauwelijks enig waarneembaar accent of stembuiging, maar zodra ze met het verhaal begon, won haar stem verbazend aan kracht en uitdrukkingsvermogen. Het klonk bijna alsof er iets van haar bezit had genomen. De heroïsche zeeslag die in 1185 had plaatsgevonden in de Straat van Shimonoseki tussen Honshu en Kyushu kwam weer helemaal tot leven. De nederlaag van de Taira staat vast; Kiyomori's weduwe Tokiko springt de zee in, met de jeugdige keizer Antoku in haar armen; de hofdames gruwen van het lot dat hun deel zal zijn als ze in handen vallen van de krijgers uit het oosten en volgen haar; Tomomori onderdrukt zijn eigen hartzeer om met een grapje de hofdames ertoe aan te zetten de dood te kiezen. Op deze manier komen jullie in een levende hel terecht, het is beter om zelf een einde aan je leven te maken.

* Amida (Amitābha) is de naam van een belangrijke boeddha, wiens eredienst tot doel heeft om zijn volgelingen na de dood naar een paradijs te voeren dat 'het Reine Land' heet en in het westen ligt.

veegde en zwabberde, maakte het schip vast schoon
in voorbereiding om te kunnen sterven.
'Hoe verloopt de strijd? Hoe gaat het? Excellentie?'
vroegen de hofdames.
'Jullie krijgen straks bezoek van fraaie gasten uit het oosten,'
lachte hij.
'Hoe kunt u er zo de spot mee drijven!'
jammerden de vrouwen.

De weduwe van Kiyomori* zag wat er ging gebeuren,
en wist wat ze in dat geval moest doen.
Ze trok haar grauwe rouwkleed over haar hoofd,
schortte haar glanzende zijden rokken op,
stak het heilige kroningsjuweel onder haar arm,
hing het heilige zwaard om haar middel,
en nam de jonge keizer in haar armen.
'Ik mag niet meer zijn dan een vrouw,' zei zij,
'maar ik wil niet in handen van de vijand vallen.
Ik ga mee met Zijne Majesteit.
Laat allen die hem trouw blijven snel volgen!'
Zo sprekend liep ze naar de rand van het schip.

De keizer was maar zes jaar oud,
maar zag er oud en wijs uit voor zijn leeftijd.
Zijn gezicht straalde licht, zo schoon was hij,
en zijn ravenzwarte lokken vielen tot zijn middel.
'Waar brengt u me heen, grootmoeder?' vroeg hij onthutst.
Ze keek de knaap aan, trachtte haar tranen te bedwingen.
'Begrijpt u niet wat er aan de hand is, Majesteit?
Omdat u de tien voorschriften van de Boeddha
in uw voorgaand leven deugdzaam hebt gevolgd,
bent u met de verheven rang van keizer gezegend.
Maar nu laat uw goede fortuin u in de steek,
een kwaadaardig karma heeft u in zijn greep.
Keert u naar het oosten, naar de Grote Schrijn van Ise,
en neem afscheid van de Zonnegodin, die daar woont.

* Dus de grootmoeder van keizer Antoku.

ken. In de zegevierende Minamoto-familie begint een dodelijke broedertwist. Dat gedeelte?'

'Ja.'

'Wat kun je nog meer voordragen?'

'Zeg maar wat je wilt horen.'

Tengo probeerde zich de verschillende episoden uit *Verhalen van de Taira* te herinneren. Het was een erg lang boek, met heel veel episoden. 'De Slag bij Dan-no-ura,' zei hij op goed geluk.*

Fukaeri was ongeveer twintig seconden stil om zich te concentreren en begon.

De boten van de Taira waren overrompeld door de Minamoto,
matrozen en roergangers doodgeschoten, neergesabeld,
schepen onbestuurbaar, soldaten in paniek
wierpen zich tegen de bodem van hun schip.
Vice-raadsheer Tomomori** sprong in een klein schuitje
en stak over naar het keizerlijke schip.
'Het is voorbij! Gooi alles wat bezoedeld is in zee!'
riep hij. Zelf liep hij van voor- tot achtersteven,

* Het hoofdmotief van *Verhalen van de Taira* is de machtsstrijd tussen de Taira- en Minamoto-clans, die culmineerde in een burgeroorlog tussen 1180 en 1185. Rond 1160 wist het hoofd van de Taira, Kiyomori (1118-1181), de macht te grijpen, en in 1180 plaatste hij zijn eenjarige kleinzoon Antoku op de troon. Hiertegen kwam oppositie vanuit de keizerlijke familie, en de hulp van de Minamoto werd ingeroepen. De Minamoto stonden onder leiding van Yoritomo (1147-1199), die zijn basis had in Kamakura (nabij het huidige Tokyo, dat toen echter nog niet bestond) en die werd bijgestaan door zijn halfbroer, het militaire genie Yoshitsune (1159-1189). In 1185 versloeg Yoshitsune de Taira in de zeeslag bij Dan-no-ura, en de zesjarige keizer Antoku verdronk. Yoritomo vertrouwde de populaire Yoshitsune echter niet. Acht maanden later stuurde hij een leger naar Kyoto om hem gevangen te nemen, waarop Yoshitsune de hoofdstad verliet om een opstand tegen zijn broer te organiseren. 'De Slag bij Dan-no-ura' is een locus classicus in de Japanse literatuur.

** Taira no Tomomori (1152-1185) was een generaal die veel veldslagen had gewonnen, maar die bij Dan-no-ura zelfmoord pleegde door een anker aan zijn voeten te binden en in zee te springen.

'Ga je gang maar. Ik heb ook nog geen slaap.'

Tengo's pyjama was veel te groot voor haar, dus ze had de mouwen en broekspijpen omgeslagen. Wanneer ze zich vooroverboog, was de welving van haar borsten duidelijk te zien in de halsopening. Het gezicht van Fukaeri in zijn eigen pyjama benam hem bijna de adem. Hij deed de koelkast open en schonk het laatste bodempje wijn uit in een glas.

'Heb je geen trek?' vroeg hij. Onderweg naar zijn flat waren ze in de buurt van het Kōenji-station bij een restaurantje binnengelopen om wat spaghetti te eten. Het was niet veel geweest, en er waren sindsdien alweer wat uurtjes verstreken. 'Iets eenvoudigs, een sandwich of zo, kan ik altijd voor je klaarmaken.'

'Ik heb geen trek. Lees me liever iets voor wat je geschreven hebt.'

'Je bedoelt: uit wat ik daarnet zat te schrijven?'

'Ja.'

Tengo pakte zijn balpen weer op en draaide hem rond in zijn vingers. In zijn kolenschoppen van handen leek het maar een piepklein dingetje.

'Tot het verhaal helemaal af is en ik het hele manuscript heb herzien, laat ik het aan niemand zien. Dat is een soort *jinx*.'

'Jinx,' vroeg ze.

'Een persoonlijke regel om te voorkomen dat er iets fout mee gaat.'

Fukaeri keek hem een poosje aan. Toen trok ze de hals van haar pyjama dicht. 'Lees me dan maar iets voor uit een boek.'

'Als iemand je uit een boek voorleest, val je dan in slaap?'

'Ja.'

'Dus professor Ebisuno heeft je heel vaak voorgelezen?'

'De professor gaat niet naar bed voor het ochtend is.'

'En las hij je ook voor uit *Verhalen van de Taira*?'

Fukaeri schudde haar hoofd. 'Die heb ik op een bandje gehoord.'

'En zo heb je ze uit je hoofd geleerd. Dat moet wel een erg lang bandje zijn geweest.'

Ze hief haar hand op om te laten zien hoe hoog de stapel bandjes was. 'Heel lang.'

'Welk gedeelte heb je tijdens de persconferentie voorgedragen?'

'"Yoshitsune verliest de hoofdstad."'

'Na de Taira-clan te hebben verslagen, wordt Minamoto no Yoshitsune door zijn broer Yoritomo belaagd en moet uit Kyoto wegtrek-

een bevredigende (en weinig eisen stellende) sekspartner, en in zijn overvloedige vrije tijd schreef hij verhalen. Hij was Komatsu tegengekomen, die zijn literaire mentor was geworden en hem regelmatig schrijfwerk bezorgde. Geen van zijn verhalen had het daglicht nog gezien, maar voorlopig zat hij niet om geld verlegen. Hij had geen intieme vrienden en ook geen vriendin die op een belofte zat te wachten. Tot nu toe was hij uitgegaan met een stuk of tien vrouwen met wie hij ook seksuele relaties had gehad. Die hadden weliswaar geen van alle lang geduurd, maar hij had tenminste zijn vrijheid.

Nadat hij echter Fukaeri's manuscript in handen had gekregen, waren er kleine scheurtjes verschenen in dat vreedzame bestaan. Om te beginnen was hij ondanks al zijn protesten betrokken geraakt bij het riskante plannetje dat Komatsu had gesmeed. De schoonheid van het jonge meisje had zijn hart vanuit een rare hoek geraakt. En door het herschrijven van haar manuscript leek hij ook een innerlijke verandering te hebben ondergaan, en daardoor was hij nu bezeten van het verlangen om een verhaal te schrijven dat helemaal van hemzelf was. Dat was natuurlijk een verandering ten goede. Maar het was eveneens een feit dat de bijna perfecte niet-gebonden levensstijl die hij voor zichzelf had opgebouwd en zo lang had onderhouden, nu onder zware druk was komen te staan.

Hoe dat verder ook zij, morgen was het vrijdag. Zijn vriendin kwam op bezoek. Voor die tijd moest hij Fukaeri zien te lozen.

Toen Fukaeri uit haar bed kwam, was het al twee uur geweest. In haar pyjama opende ze de deur en kwam de keuken binnen, waar ze naar de kraan ging en een groot glas water dronk. Daarna wreef ze zich in de ogen en ging tegenover Tengo aan tafel zitten.

'Ben ik je tot last,' vroeg ze, zoals altijd het vraagteken weglatend.

'Nee hoor. Helemaal niet.'

'Wat schrijf je.'

Tengo sloeg het manuscript dicht en legde zijn balpen neer.

'O, niks bijzonders,' zei hij. 'Ik zat er net over te denken er voor vanavond maar mee op te houden.'

'Mag ik even bij je blijven zitten,' vroeg ze.

'Ja hoor, gerust. Ik neem een glaasje wijn. Wil jij ook iets drinken?'

Ze schudde haar hoofd, ten teken dat ze niets nodig had. 'Ik wil nog even opblijven.'

van andere vrouwen komen – dat was eigenlijk alles wat ze van hem wilde. Ze hield veel van haar gezin, en ze was niet van plan dat voor Tengo op het spel te zetten. Alleen, seks met haar man was bijzonder onbevredigend.

Hun vereisten kwamen dus min of meer overeen. Tengo had weinig belangstelling voor andere vrouwen. Wat hij liever dan wat ook wilde was vrijheid, rust, en vrede. Hij stelde geen andere eisen aan een vrouw dan dat hij regelmatig seks met haar kon hebben. Vrouwen van dezelfde leeftijd ontmoeten, verliefd worden, een seksuele relatie aangaan, met alle onvermijdelijke verantwoordelijkheden van dien – dat was niets voor hem. De psychologische stappen die je moest nemen, de subtiele suggesties over wat mogelijk was en wat niet, de bijna onvermijdelijke botsing tussen haar verwachtingen en de jouwe... Het was allemaal zo lastig, en als het even kon, wilde hij al die ballast niet.

Het idee van verplichtingen had hem altijd afgeschrokken. Altijd deinsde hij terug. Zijn hele leven lang had hij behendig alle verhoudingen ontweken die wel eens met verplichtingen gepaard konden gaan. Niet verstrikt raken in gecompliceerde menselijke verhoudingen, zo veel mogelijk vermijden om door regels gebonden te worden, nooit iets van of aan iemand lenen, in alle rust en vrijheid zijn eigen leven leiden. Ziedaar wat hij altijd consequent had gezocht. En om dat te bereiken, was hij bereid heel veel vrijheid in te leveren.

Om aan verplichtingen te ontkomen, had Tengo al vroeg in zijn leven manieren geleerd om niet op te vallen. Hij deed zich dommer voor dan hij was, gaf nooit zijn eigen mening, nam nooit initiatief, hield zich altijd zo klein mogelijk. Van jongs af aan had hij in omstandigheden verkeerd die het noodzakelijk maakten om zich in zijn eentje te redden, zonder zich op anderen te verlaten. Maar in de praktijk is een kind daartoe niet in staat. Als er dus opeens een storm opstak, moest hij zich achter iets verschuilen of zich aan iets vastklampen om te voorkomen dat hij werd weggeblazen. Zoals de weeskinderen in de romans van Dickens, moest hij er voortdurend rekening mee houden dat dat wel eens nodig kon zijn.

Je zou kunnen zeggen dat tot dusver alles voor Tengo voorspoedig was gelopen. Hij had elke verplichting weten te omzeilen. Hij was niet doorgegaan voor zijn doctoraal, had geen vaste baan gevonden en was niet getrouwd, maar hij deed werk dat hem betrekkelijk vrijliet, had

buiten. Het dikke kapokken wolkendek dat over de hoofdstad hing, leek elk overtollig geluid te absorberen.

Hij pakte zijn pen weer op en zette nog meer woorden op papier. Terwijl hij zat te schrijven, herinnerde hij zich opeens dat zijn oudere vriendin morgen op bezoek zou komen. Die kwam telkens op vrijdagochtend rond elf uur. Voor die tijd moest hij Fukaeri het huis uit zien te werken. Het was maar goed dat ze geen parfum of eau de cologne gebruikte. Als zo'n geurtje in het bed bleef hangen, zou zijn vriendin het meteen opmerken. Tengo wist heel goed hoe achterdochtig en jaloers ze was. Dat zij op z'n tijd seks had met haar man hinderde niet, maar als Tengo met een andere vrouw uitging, werd ze spinnijdig.

'Seks tussen man en vrouw ligt anders,' had ze hem uitgelegd. 'Dat is een andere boekhouding.'

'Een andere boekhouding?'

'Ja. Het wordt anders afgeboekt.'

'Bedoel je dat je een ander deel van je gevoelens gebruikt?'

'Precies! Al is het lichaamsdeel hetzelfde, mijn gevoelens zijn dat niet. Daarom mag het. Als rijpere vrouw kan ik dat doen. Maar als jij met iemand anders slaapt, vergeef ik je dat niet.'

'Maar dat doe ik ook helemaal niet!' protesteerde Tengo.

'Zelfs als je geen seks met haar hebt,' zei zijn vriendin. 'Ik zou het al vernederend vinden als je er alleen maar over denkt!'

'Als ik er alleen maar over denk?' vroeg Tengo verbaasd.

'Jij begrijpt niet veel van de gevoelens van een vrouw, hè? En dat noemt zich schrijver!'

'Het lijkt me anders heel oneerlijk verdeeld!'

'Daar heb je misschien gelijk in. Maar ik zal je er goed voor compenseren,' zei ze. En dat was niet gelogen.

Tengo was heel tevreden over zijn relatie met zijn oudere vriendin. Ze was geen schoonheid in de algemeen geaccepteerde zin van het woord. Haar gezicht was eerder uniek te noemen. Er waren misschien zelfs mensen die haar uitgesproken lelijk vonden. Maar om de een of andere reden had Tengo zich onmiddellijk tot haar gezicht aangetrokken gevoeld. Als sekspartner liet ze niets te wensen over. Ze stelde geen hoge eisen aan Tengo: één keer in de week drie of vier uur samen doorbrengen voor intensieve seks, als het kon twee keer, en niet in de buurt

20

Tengo: *Wat zielig, die Giljaken!*

Tengo kon de slaap niet vatten. Fukaeri lag in zijn bed, in zijn pyjama, en sliep als een roos. Hij had een paar lakens en een deken op de korte bank in de huiskamer gegooid (hij deed daar vaak genoeg een middagdutje, dus daar zat hij niet mee), maar toen hij was gaan liggen, wilde de slaap maar niet komen. Uit wanhoop was hij daarom maar aan de keukentafel verder gaan werken aan zijn roman. Omdat zijn tekstverwerker in de slaapkamer stond, schreef hij met balpen op velletjes gelinieerd papier. Ook daar zat hij niet mee. Wat snelheid en geheugen betreft, was een tekstverwerker natuurlijk veel handiger, maar op de ouderwetse manier met je vingers karakters op papier zetten, dat was iets waar hij wel van hield.

Het gebeurde eigenlijk vrij weinig dat Tengo 's nachts zat te schrijven. Hij werkte liever als het nog licht was en er buiten overal mensen rondliepen. Als alles om hem heen in duisternis gehuld was en de stilte te snijden was, wilden zijn zinnen wel eens te ondoorzichtig worden. Het kwam vaak genoeg voor dat hij gedeelten die hij 's nachts had geschreven bij helder daglicht van begin af aan moest herzien. Als hij dacht aan de tijd die dat kostte, was het beter om voortaan alleen overdag te schrijven.

Maar nu hij voor het eerst in lange tijd weer eens zijn balpen over het papier liet glijden, merkte hij dat zijn hoofd veel helderder werkte. Zijn fantasie nam de vrije loop, en zijn verhaal vloeide vanzelf. Het ene idee leidde als vanzelf tot het andere, en de vaart waarmee hij schreef werd eigenlijk nauwelijks onderbroken. Zonder te rusten bewoog het puntje van zijn pen zich koppig ritselend over het witte papier. Toen zijn rechterhand moe werd, legde hij de pen neer en bewoog hij zijn vingers in de lucht als een pianist die denkbeeldige toonladders oefent. De klok wees nu bijna halftwee aan. Het was merkwaardig stil

Het werk ging een paar uur door, maar de vijf Little People zeiden al die tijd geen woord en concentreerden zich volledig op hun arbeid. Hun teamwerk was uiterst precies en nauwkeurig. Al die tijd sliepen Tsubasa en de Oude Dame als rozen, zonder een enkele beweging te maken. Ook de andere vrouwen in het vluchthuis lagen elk in hun eigen bed en sliepen zeldzaam vast. De Duitse herder lag zeker te dromen op het gazon, want diep vanuit haar onderbewustzijn drong een gesmoord geluid naar buiten.

Hoog aan de hemel verlichtten de twee manen als bij afspraak de wereld met hun merkwaardige schijnsel.

om zich zo klein mogelijk te maken. De Oude Dame was met haar kleren aan in slaap gevallen in de fauteuil. Ze had een deken over haar knieën gespreid. Ze was van plan geweest om weg te gaan zodra Tsubasa sliep, maar ze was zelf ook ingeslapen. Het huis stond achteraf op een heuvel, en het was doodstil in de omgeving. Van de grote weg, hier ver vandaan, klonk het schrille geronk van motoren die hun snelheid opvoerden, en af en toe het loeien van een ambulancesirene. Ook de Duitse herder lag opgekruld te slapen bij de voordeur. De dichtgetrokken gordijnen blonken wit in het schijnsel van de kwiklamp. Door een kier in het wolkendek gluurden zo nu en dan twee manen. Zeeën over de hele wereld pasten hun getijden daaraan aan.

Tsubasa sliep met één wang stijf tegen haar kussen gedrukt en haar mond een klein stukje open. Haar ademhaling had niet rustiger kunnen zijn, en haar lichaam bewoog zich nauwelijks. Alleen haar schouders trilden af en toe even. Haar haren hingen over haar ogen.

Na een poosje zakte haar mond verder open, en daaruit kwamen, de een na de ander, de Little People tevoorschijn. Voorzichtig om zich heen kijkend, de omgeving verkennend, eerst een, en daarna nog een. Als de Oude Dame wakker was geworden, had ze ze kunnen zien, maar ze lag vast te slapen. Die deed voorlopig geen oog open, dat wisten de Little People. Er waren in totaal vijf Little People. Op het moment dat ze uit Tsubasa's mond naar buiten kwamen, waren ze ongeveer zo groot als haar pink, maar toen ze er eenmaal goed en wel uit waren, schudden ze hun lijfjes als waren het uitvouwbare werktuigen, tot ze ongeveer dertig centimeter groot waren. Allemaal droegen ze identieke, anonieme kleren. Ook hun gezichten waren onopvallend en onderscheidden zich in niets van elkaar. Het was onmogelijk ze uit elkaar te houden.

Ze klommen zachtjes van het bed naar de vloer en trokken vanonder het bed een rond, plat voorwerp ongeveer zo groot als een pasteitje tevoorschijn. Ze gingen er in een kring omheen staan en gingen er serieus mee aan het werk. Het ding was wit en veerde mee. De Little People staken hun handen omhoog, plukten met geoefende vingers halfdoorzichtige witte draden uit de lucht, en maakten het donzige ding daarmee stukje bij beetje groter. De draden leken daarvoor precies genoeg te kleven. In een oogwenk waren de Little People gegroeid tot zestig centimeter. Als de omstandigheden dat vereisen, zijn Little People in staat om de lengte van hun lichaam vrijelijk te veranderen.

ovaal gezicht en een enigszins wijkende haarlijn. De vorm van zijn schedel was ook niet slecht. Hij had een gezonde, rode blos en droeg een smalle bril met een chic zwart montuur. Zijn kledingsmaak mocht er ook zijn. Hij droeg een zomercolbert met een dun streepje over een wit poloshirt en had een leren aktetas op zijn knieën. Zijn schoenen waren bruine instappers. Aan zijn uiterlijk te zien werkte hij op een kantoor, maar niet van een bedrijf met strikte kledingvoorschriften. Een redacteur bij een uitgeverij, een architect bij een klein bouwbedrijf, of misschien iemand uit de kledingindustrie – daar leek hij nog het meest op. Hij was verdiept in een pocketboek met een bruin kaftje erom.

Als het aan haar had gelegen, was ze ergens met hem heen gegaan om wilde seks met hem te hebben. Ze stelde zich voor dat ze zijn harde penis stevig vasthad met haar ene hand, zo stevig dat de bloedsomloop bijna was gestremd. Haar andere hand kneedde zachtjes zijn ballen. Haar handen lagen ongeduldig in haar schoot. Haar vingers openden en sloten zich onbewust. Haar schouders schokten bij elke ademhaling, en het puntje van haar tong streelde langzaam langs haar lippen.

Maar in Jiyūgaoka moest ze eruit. De man bleef zitten, zonder zich bewust te zijn dat hij de hoofdrol had gespeeld in een erotische dagdroom, en las onverdroten verder in zijn boek. Het leek hem geen zier te interesseren wat voor vrouw ertegenover hem zat. Op het moment dat Aomame uitstapte, kreeg ze ontzettende zin om dat stomme pocketboek uit zijn vingers te rukken, maar natuurlijk gaf ze daar geen gehoor aan.

Om één uur die nacht lag Aomame vast te slapen. Ze had een erotische droom. Ze droomde dat ze een paar mooie borsten had, zo groot als grapefruits, en met dezelfde vorm. Haar tepels waren hard en groot. Ze drukte met haar borsten tegen het onderlichaam van een man. Haar kleren lagen op de grond waar ze ze uitgetrokken had, en ze sliep naakt, met haar benen wijd gespreid. De slapende Aomame kon het natuurlijk niet weten, maar op dat ogenblik stonden er twee manen naast elkaar aan de hemel – een grote maan, de maan van vroeger, en een nieuwe, kleinere maan.

Tsubasa en de Oude Dame lagen in dezelfde kamer te slapen. Tsubasa had een gestreepte pyjama aan en lag in bed, haar lichaam gekromd

mannen haten... Wat hadden genen aan zulke levens? Kregen ze soms een kick van zulke kronkelige levenspaden? Hadden ze een speciaal doel waar ze zulke levens voor gebruikten?

Aomame begreep er niets van, of het moest zijn dat het nu te laat was om een ander leven uit te kiezen. Er zit niks anders op: ik moet dit leven uitleven. Ik kan het niet terugbrengen naar de winkel om het te ruilen. Hoe raar en misvormd het ook mag zijn, ik ben er de drager van.

Ik hoop dat de Oude Dame en Tsubasa gelukkig kunnen worden, dacht ze onder het lopen. En zelfs: als ze echt samen gelukkig kunnen worden, wil ik me daar best voor opofferen. Ik heb toch geen toekomst om over naar huis te schrijven. Maar als ze eerlijk moest zijn, betwijfelde ze of hun een vredig en voldaan bestaan – of op z'n minst een normaal bestaan – beschoren zou zijn. In mindere of meerdere mate lijken we alle drie op elkaar. We hebben in de loop van ons leven een veel te zware last te dragen gekregen. Zoals de Oude Dame al zei: we vormen een gezin. Een *extended family*, waarvan alle leden diepe emotionele wonden met zich meedragen, met een gemis worstelen, en gewikkeld zijn in een gevecht zonder einde.

Terwijl deze dingen door haar hoofd speelden, was ze verschrikkelijk naar het lichaam van een man gaan verlangen, besefte ze opeens. Nou moe! Waarom moet ik uitgerekend nú geil worden? Ze liep hoofdschuddend verder. Ze kon niet beoordelen of haar seksuele opwinding veroorzaakt werd door psychologische spanning, of dat de stem van de natuur haar vertelde dat er een opgespaarde eicel was vrijgekomen, of dat haar genen een pervers geintje met haar uithaalden. Maar haar verlangen ging heel diep. 'Tijd om eens lekker uit de band te springen,' zou Ayumi zeggen. Wat zou ze doen, overlegde Aomame bij zichzelf. Ze kon natuurlijk naar haar gebruikelijke bar gaan en een geschikt uitziende vent oppikken. Roppongi was maar één station verder. Maar ze was te moe, en bovendien was ze er niet op gekleed om kerels te verleiden. Ze had zich niet opgemaakt, en ze liep op gympies en droeg een plastic sporttas. Nee, ze ging naar huis, besloot ze. Een fles rode wijn opentrekken, masturberen, en naar bed. Dat was verreweg het beste. En niet langer aan de maan denken, verdorie!

De hele weg van Hiro'o tot Jiyūgaoka zat ze in de trein tegenover een man die zo te zien haar type wel was: halverwege de veertig, met een

Aomame liet de Oude Dame met het meisje Tsubasa achter in de kamer en verliet in haar eentje het huis. De Oude Dame had gezegd dat ze bij Tsubasa wilde blijven tot ze in slaap was gevallen. In de huiskamer beneden zaten vier vrouwen om de ronde tafel te fluisteren met hun hoofden dicht bij elkaar. Het kwam Aomame niet voor als een werkelijk tafereel, maar als een tableau uit een denkbeeldig schilderij, dat misschien de titel zou kunnen dragen *Vrouwen die een geheim met elkaar delen*. Zelfs toen ze langs hen heen liep op weg naar de voordeur, veranderden ze niet van houding.

Buiten ging ze even op haar hurken zitten om de Duitse herder te aaien. De hond kwispelde blij met haar staart. Telkens als ze een hond zag, vond ze het weer vreemd dat honden zo onvoorwaardelijk blij kunnen zijn. In haar hele leven had Aomame geen hond, geen kat, geen kanarie, geen enkel huisdier gehad. Ze had zelfs nooit een kamerplant gekocht. Opeens keek ze omhoog, naar de hemel, maar die was gehuld in het egale grauwe wolkendek dat de komst van het regenseizoen aankondigt, dus ze kon de maan niet zien. Het was een stille, windstille nacht. Door de wolken heen kon ze nog wel maanlicht zien, maar niet hoeveel manen er aan de hemel stonden.

Op weg naar het station van de ondergrondse liet ze haar gedachten gaan over de rare manier waarop de wereld in elkaar zat. Als wij echt niet meer dan dragers zijn voor de genen, zoals de Oude Dame zegt, waarom leiden zovelen van ons dan zulke merkwaardige levens? Je zou denken dat de genen hun doel om hun DNA door te geven aan volgende generaties ruimschoots bereiken als alle mensen op een simpele manier een simpel bestaan konden leiden, zonder zich onnodige zorgen te hoeven maken, en als ze zich rustig konden wijden aan de instandhouding en voortplanting van het leven. Maar nee, mensen leiden gecompliceerde en gebroken levens, soms zelfs levens die je met de beste wil van de wereld niet anders dan abnormaal kunt noemen. Zouden genen daar iets mee opschieten?

Mannen die er plezier aan beleven om prepuberale jonge meisjes te verkrachten, uit de kluiten gewassen homoseksuele lijfwachten, vrome mensen die vrijwillig de dood kiezen door bloedtransfusies te weigeren, vrouwen die zelfmoord plegen als ze zes maanden zwanger zijn, vrouwen die problematische mannen vermoorden door een scherpe naald in hun nek te steken, mannen die vrouwen haten, vrouwen die

Tsubasa bij u in huis te nemen en zelf groot te brengen?'

'Natuurlijk! Ik denk erover om haar officieel te adopteren.'

'Officieel? U weet dat de wettelijke procedure niet makkelijk zal zijn, zeker niet onder deze ingewikkelde omstandigheden.'

'Natuurlijk, maar daar heb ik me al op voorbereid,' zei de Oude Dame. 'Ik zal doen wat ik kan. Ik zal geen middel onbeproefd laten. Dit kind sta ik niet af – aan niemand.'

Er klonk pijn door in haar stem. Zo duidelijk had ze in Aomames bijzijn haar emoties niet eerder getoond, en dat stemde Aomame enigszins zorgelijk. De Oude Dame leek die vrees van haar gezicht af te lezen.

'Ik heb dit tot nu toe aan niemand verteld,' begon ze met veel zachtere stem. 'Ik heb het steeds voor mezelf gehouden. Het was te pijnlijk om erover te praten. Mijn dochter was zwanger toen ze zichzelf het leven benam. Zes maanden zwanger. Ik denk dat ze zijn kind niet ter wereld wilde brengen. Daarom nam ze haar kindje met haar mee toen ze er een eind aan maakte. Als het geboren was, was ze nu ongeveer even oud geweest als Tsubasa. Ik heb toen twee levens verloren die me zó dierbaar waren...'

'Wat verschrikkelijk voor u,' zei Aomame.

'Maar wees gerust. Dit soort persoonlijke omstandigheden zal mijn oordeelsvermogen niet beïnvloeden. Ik zal je niet onnodig aan gevaar blootstellen. Jij bent voor mij ook een dochter, en net zo dierbaar. Vormen wij samen niet al een gezin?'

Aomame knikte zwijgend.

'Er zijn belangrijker banden dan die van bloed,' zei de Oude Dame zacht.

Aomame knikte weer.

'Die man moet koste wat het kost worden gedood.' De Oude Dame klonk alsof ze het tegen zichzelf had. Toen keek ze Aomame aan. 'Hij moet zo snel mogelijk naar de andere wereld verhuizen. Voor hij de kans krijgt anderen te kwetsen.'

Aomame bestudeerde het gezichtje van Tsubasa, aan de andere kant van de tafel. Haar ogen waren niet op een bepaalde focus gericht, ze blikten slechts vaag in de ruimte. Op Aomame maakte het meisje zelfs de indruk van de lege huid van een insect.

'Maar tegelijkertijd moeten we ook weer niet té veel haast maken,' zei de Oude Dame. 'We moeten voorzichtig zijn. En geduldig.'

niet heeft gedaan. Er is nu eenmaal een mensenleven mee gemoeid.'

'Hij verschijnt bijna nooit in het openbaar, zei u toch?'

'Ja. En als hij dat wel doet, wordt hij zwaar bewaakt.'

Aomame vernauwde haar ogen tot spleetjes en dacht aan de speciale ijspriem die achter in een la van haar klerenkast lag. Aan die vlijmscherp gepunte naald.

'Dat gaat lastig worden,' zei ze.

'Héél lastig,' beaamde de Oude Dame. Ze haalde haar hand van die van Tsubasa af en drukte haar middelvinger tegen een wenkbrauw. Dat was een – overigens weinig voorkomend – teken dat ze diep nadacht.

'Nee,' zei Aomame. 'In m'n eentje de bergen van Yamanashi in trekken, een streng bewaakt terrein binnendringen, de Leider opruimen, en dan weer ongezien naar buiten glippen... Dat klinkt niet erg realistisch. Het is per slot van rekening geen ninjafilm.'

'Ik denk er dan ook voor geen seconde over om zoiets van je te vragen,' zei de Oude Dame serieus. Toen plooiden haar lippen zich tot een flauwe glimlach, alsof ze nu pas doorhad dat Aomame een grapje maakte. 'Natuurlijk niet! Wie heeft het daar nu over?'

'Maar er is nog iets wat me niet bevalt.' Aomame keek de Oude Dame recht in de ogen. 'De Little People. Wie of wat zijn dat in vredesnaam? Wat hebben zíj Tsubasa aangedaan? Ik denk dat we meer informatie over de Little People nodig hebben.'

De Oude Dame hield haar vinger nog steeds tegen haar wenkbrauw. 'Nee, dat bevalt mij ook niet. Tsubasa zegt nauwelijks iets, maar zoals ik daarnet al zei, heeft ze het al een paar keer over de Little People gehad. Ik denk dat ze iets heel belangrijks voor haar betekenen, maar ze vertelt nooit wat die Little People precies zijn. Zodra ik erover begin, slaat ze dicht. Maar als je me nog wat tijd geeft, zal ik zien of ik wat over ze aan de weet kan komen.'

'Bent u van plan om nog preciezere informatie over Voorhoede in te winnen?'

'Er is niets concreets op deze wereld wat niet voor geld te koop is,' zei de Oude Dame met een milde glimlach. 'En ik ben bereid te betalen, zeker in dit geval. Het kan even duren, maar ik weet zeker dat ik alle informatie kan krijgen die we nodig hebben.'

Maar er zijn dingen die nog niet voor al het geld in de wereld te koop zijn, dacht Aomame. Zoals de maan.

Ze besloot van onderwerp te veranderen. 'Bent u echt van plan

meisjes in staat zouden zijn op deze manier zuivere verlichting te vinden. De felle pijn waarmee het gepaard zou gaan, was een poort waar ze doorheen moest om een hogere graad van bewustzijn te bereiken. Tsubasa's ouders geloofden dit zonder meer. De stommiteit waartoe sommige mensen in staat zijn is echt ontstellend! Maar Tsubasa is niet het enige geval. Volgens onze informatie is andere meisjes binnen de sekte hetzelfde aangedaan. De goeroe is iemand met een perverse seksuele voorkeur, daar bestaat geen enkele twijfel over! Zijn sekte en zijn leer zijn niet meer dan dekmantels voor zijn verziekte seksuele fantasie.'

'Heeft die goeroe ook een naam?'

'Daar heb ik jammer genoeg niet achter kunnen komen. Ik weet alleen dat ze hem "Leider" noemen. Ik weet niet wat hij voor man is, waar hij vandaan komt of hoe hij eruitziet. Ik heb van alles geprobeerd, maar die informatie kon ik niet in handen krijgen. Die is volledig geblokkeerd. Ik weet alleen dat hij op het hoofdkwartier van de sekte woont, in de bergen van Yamanashi, en dat hij bijna nooit in het openbaar verschijnt. Ook van zijn volgelingen zijn er maar heel weinig die hem ooit te zien krijgen. Ze zeggen dat hij normaal gesproken in een donkere ruimte zit te mediteren.'

'En wij kunnen zo'n vent niet gewoon los laten lopen.'

De Oude Dame wierp een blik op Tsubasa en knikte langzaam. 'Nee, we mogen hem niet nog meer slachtoffers laten maken. Vind je ook niet?'

'Met andere woorden, we moeten er iets aan doen.'

De Oude Dame stak haar hand uit en legde hem over die van Tsubasa. Korte tijd liet ze haar lichaam aan de stilte over. Toen deed ze haar mond open: 'Je hebt gelijk.'

'Staat het helemaal vast dat hij die psychotische misdaden bij herhaling pleegt?' vroeg Aomame aan de Oude Dame.

De Oude Dame knikte. 'Ik heb onomstotelijke bewijzen dat hij systematisch jonge meisjes verkracht.'

'Als dat waar is, is het inderdaad onvergeeflijk,' zei Aomame met kalme stem. 'U hebt gelijk: we mogen hem niet nog meer slachtoffers laten maken.'

In het hart van de Oude Dame leken verscheidene ideeën met elkaar te worstelen. Toen zei ze: 'We moeten een nog grondiger, nog dieper onderzoek instellen naar de Leider, tot we precies weten wat hij wel of

ze steeds groter en sterker. Hoewel ze op een bepaalde manier betrokken waren bij *dat ernstige incident*, heeft hun imago daar niet in het minst onder geleden. Het werkte bijna als reclame, zo verbazend slim hebben ze het aangepakt.'

De Oude Dame laste even een korte pauze in om op adem te komen.

'Heel weinig mensen weten dit, maar de sekte heeft een goeroe, die "Leider" wordt genoemd en aan wie speciale gaven worden toegeschreven waarmee hij zware ziekten geneest, in de toekomst kan zien en allerlei bovennatuurlijke fenomenen veroorzaakt. Natuurlijk is het allemaal niet meer dan boerenbedrog, maar het is een van de redenen waarom hij zoveel volgelingen aantrekt.'

'Bovennatuurlijke fenomenen?'

De Oude Dame fronste haar fraai gevormde wenkbrauwen. 'Ik weet niet precies wat ze daarmee bedoelen. Maar ik moet je eerlijk zeggen dat ik totaal niet geïnteresseerd ben in dat soort occulte zaken. Al van oudsher is het altijd dezelfde zwendelarij, die tot in alle hoeken en gaten van de wereld wordt herhaald. Zelfs de methodes zijn altijd dezelfde. En toch komt er aan dat schaamteloze gedoe maar geen eind! En waarom? Omdat de overgrote meerderheid van de mensen niet gelooft in de feiten zoals ze zijn, maar in de feiten zoals ze graag zouden willen dat ze waren. Zulke mensen kunnen rondlopen met ogen als schoteltjes, maar ze zien helemaal niets. Zelfs een kind is in staat om hun een rad voor ogen te draaien.'

'Voorhoede.' Aomame probeerde de naam uit. Hij klonk niet bepaald als de naam van een religieuze beweging, dacht ze. Eerder als die van een voetbalclub.

Zodra ze de naam 'Voorhoede' hoorde, sloeg Tsubasa haar ogen neer, alsof ze reageerde op een speciale klank die in dat woord verborgen lag. Maar het volgende ogenblik staarde ze alweer recht voor zich uit, met hetzelfde uitdrukkingsloze gezicht als voorheen. Het was of er opeens een soort kleine draaikolk in haar was ontstaan, die echter meteen weer stil was geworden.

'De goeroe van Voorhoede is degene die Tsubasa heeft verkracht,' zei de Oude Dame. 'Hij heeft het afgedwongen onder het voorwendsel dat hij haar op die manier spirituele verlichting zou schenken. Haar ouders werd meegedeeld dat dit ritueel moest plaatsvinden voor een meisje gaat menstrueren, omdat alleen nog niet met bloed bezoedelde

moesten worden, was het eerste wat de Getuigen hun kinderen inprentten. Als ze tegen Gods wil in bloed ontvingen, gingen ze naar de hel, maar als ze rein naar lichaam en ziel doodgingen, werden ze meteen in het paradijs opgenomen, en daar zouden ze oneindig veel gelukkiger zijn. Zo leerden ze dat aan hun kinderen. Dit laat geen ruimte over voor een compromis. Het is een van de twee: of je gaat naar de hel, of naar het paradijs. Kinderen kunnen nog niet kritisch denken. Hoe kunnen zij weten of dit soort logica algemeen maatschappelijk geaccepteerd wordt of wetenschappelijk juist is? Kinderen kunnen niet anders dan geloven wat hun ouders hun leren. Als ik als kind in een situatie terecht was gekomen waarin een bloedtransfusie absoluut noodzakelijk was, had ik vast gedaan wat mijn ouders me voorhielden en die geweigerd, en zo had ik voor een onmiddellijke dood gekozen en was ik vervoerd naar het paradijs of een soortgelijke onverklaarbare plaats.

'Is het een bekende sekte?' vroeg Aomame.

'Hij heet Voorhoede. Je hebt er vast wel eens van gehoord. Er was een tijd dat je geen krant kon opslaan zonder die naam te lezen.'

Volgens haar hoorde Aomame die naam voor het eerst, maar ze zei niets en knikte vaag. Dat was volgens haar het best. Ze realiseerde zich eens te meer dat ze niet langer leefde in haar eigen 1984, maar in de wereld van 1q84, waarin het een en ander veranderd was. Dat was nog niet meer dan een hypothese, maar een die wel met de dag reëler werd. En het kwam haar voor dat er in de wereld van 1q84 nog veel meer dingen waren waar ze nog geen weet van had. Ze moest altijd en overal op haar hoede zijn.

'Voorhoede was oorspronkelijk een kleine agrarische commune,' vervolgde de Oude Dame. 'Hij werd geleid door een kern van linkse radicalen die de steden waren ontvlucht, maar op een gegeven ogenblik veranderde hij opeens van koers en werd hij omgetoverd in een religieuze beweging. Het is niet duidelijk wat de reden was voor die ommekeer, of welke omstandigheden ertoe hebben geleid. Eigenlijk is het maar een raar verhaal. In elk geval, het resultaat was dat de meeste leden gewoon lid bleven. Nu zijn ze erkend als religieuze corporatie, maar wie ze zijn of wat ze doen, daarover is nauwelijks iets bekend. In principe schijnen ze te behoren tot het esoterisch boeddhisme, maar als je het mij vraagt, is de inhoud van hun leer niet meer dan schone schijn. Toch krijgen ze in razend tempo steeds meer leden en worden

als je zo zwaar bent gefolterd als dit kind, is de terugweg misschien wel afgesloten. Dan krijg je je natuurlijke gevoelens misschien nooit meer terug. Het was of er een steek door haar hart ging. Wat zij in Tsubasa zag, was hoe ze zelf had kunnen zijn.

'Aomame,' zei de Oude Dame op berouwvolle toon, 'ik zal het je maar eerlijk bekennen: ik weet dat ik er het recht niet toe had, maar ik heb je achtergrond nagetrokken.'

Dit bracht Aomame weer tot zichzelf. Ze staarde de ander aan.

'Het was vlak nadat we ons eerste gesprek in dit huis hadden gehad. Ik hoop dat je het me niet kwalijk neemt.'

'Maakt u zich geen zorgen,' zei Aomame. 'In uw plaats had ik waarschijnlijk hetzelfde gedaan. Wat wij doen, kun je nu eenmaal niet gewoon noemen.'

'Daar heb je gelijk in. Wij bewandelen een uiterst smal pad. Daarom ook moeten we elkaar volledig kunnen vertrouwen. Maar wie het ook is, als je van de ander niet weet wat je weten moet, kun je hem of haar dat vertrouwen niet schenken. Daarom heb ik je helemaal laten natrekken, van heden tot verleden. Nou ja, bijna helemaal. Niemand kan volledig op de hoogte zijn van het leven van een ander. Zelfs God waarschijnlijk niet.'

'Of de duivel.'

'Of de duivel,' herhaalde de Oude Dame. Er verscheen een flauwe glimlach op haar gezicht. 'Ik weet dat jij in je hart nog de wonden meedraagt van de tijd die je zelf als jong meisje in een sekte hebt doorgebracht. Je ouders waren vrome Getuigen en zijn dat nog steeds. Ze hebben het je nooit vergeven dat je hun geloof hebt verlaten. Daar heb je nu nog veel verdriet van.'

Aomame knikte woordeloos.

'Als ik eerlijk mag zeggen wat ik ervan vind,' vervolgde de Oude Dame, 'moet ik bekennen dat ik het Genootschap van Getuigen geen echte godsdienst vind. Als jij als kind zwaargewond was geraakt, of je was zo ziek geworden dat je geopereerd moest worden, was je misschien zonder meer doodgegaan. Een godsdienst die de woorden van de Bijbel zo letterlijk interpreteert dat de volgelingen ervan zelfs operaties weigeren, ook als die de enige manier zijn om iemands leven te redden, kan alleen maar een sekte worden genoemd. Dat misbruik van dogma gaat een stapje te ver.'

Aomame knikte. De reden waarom bloedtransfusies geweigerd

Aomame keek een poosje beurtelings van de Oude Dame naar het meisje.
'En weet u wie de man is die haar seksueel heeft mishandeld? Heeft hij dat alleen gedaan?'
'Ja, ik weet wie het is, en hij heeft het alleen gedaan.'
'Maar aanklagen kunt u hem niet?'
'Die man heeft heel veel invloed,' zei de Oude Dame. 'Ontzettend veel directe invloed. Tsubasa's ouders waren onder die invloed, en dat zijn ze nog steeds. Ze doen geen stap tenzij hij het beveelt. Het zijn mensen zonder eigen persoonlijkheid of oordeelsvermogen. Alles wat híj zegt, beschouwen ze als de opperste waarheid. Toen ze te horen kregen dat hij hun dochter nodig had, waren ze dan ook niet in staat om te protesteren. Ze slikten alles voor zoete koek en waren zelfs blij dat ze hem hun kind konden geven – ook al wisten ze wat er met haar zou gebeuren.'
Het duurde een tijdje voor Aomame kon begrijpen wat de Oude Dame zojuist had gezegd. Eerst moest ze alle mogelijke moeite doen om het te verwerken.
'Bedoelt u dat het is gebeurd in een commune of zo?'
'Precies! Een commune van mensen met een bekrompen, verziekte geest.'
'Zoals een religieuze sekte?' vroeg Aomame.
De Oude Dame knikte. 'Ja. En wel een heel boosaardige, gevaarlijke sekte.'
Vanzelfsprekend. Zoiets kon alleen in een sekte plaatsvinden. Mensen die precies doen wat hun opgedragen wordt. Mensen zonder eigen persoonlijkheid of oordeelsvermogen. Aomame beet op haar lip. *Hetzelfde had mij ook kunnen overkomen*, ging het door haar heen.
Natuurlijk was ze bij de Getuigen nooit werkelijk verkracht. In elk geval was haar nooit seksueel geweld aangedaan. De 'broeders en zusters' om haar heen waren stuk voor stuk zachtaardige, oprechte mensen. Mensen die serieus over hun geloof nadachten en de geboden strikt in acht namen – soms met gevaar voor eigen leven. Maar goede wil leidt niet altijd tot goede resultaten. En verkrachting geldt niet altijd het lichaam. Geweld is niet altijd zichtbaar, en wonden druipen niet altijd van het bloed.
Als ze naar Tsubasa keek, zag Aomame zichzelf weer toen ze net zo oud was. Ik ben erin geslaagd om op eigen houtje te ontsnappen. Maar

'Maar waar zijn haar ouders?'

De Oude Dame trok een moeilijk gezicht en tikte met haar nagels op het tafelblad.

'Ik weet waar haar ouders zijn. Maar het zijn haar ouders die deze verschrikkelijke daad hebben toegestaan. Dit kind is van haar ouders weggelopen.'

'Bedoelt u dat haar ouders erin hebben toegestemd dat iemand hun eigen dochter verkrachtte?'

'Ze hebben er niet alleen in toegestemd, ze hebben het zelfs aangemoedigd!'

'Hoe konden ze zoiets –' begon Aomame. De rest van haar woorden kreeg ze haar mond niet uit.

De Oude Dame schudde haar hoofd. 'Het is vreselijk. Het is echt onvergeeflijk! Maar het is ook heel gecompliceerd. En het is niet zomaar een geval van huiselijk geweld. De dokter vertelde me dat hij het bij de politie moest aangeven, maar ik heb hem gevraagd dat niet te doen, en omdat hij een vriend is, heeft hij me uiteindelijk mijn zin gegeven.'

'Waarom?' wilde Aomame weten. 'Waarom gaat u niet naar de politie?'

'Wat dit kind is aangedaan, is onmenselijk en kan door de maatschappij absoluut niet worden getolereerd. Dit laffe misdrijf moet zwaar gestraft worden, dat spreekt vanzelf.' De Oude Dame koos haar woorden met grote zorg. 'Maar als ik ermee naar de politie ga, wat denk je dan dat ze eraan kunnen doen? Zoals je zelf kunt zien, doet het kind amper haar mond open. Ze kan niet eens behoorlijk uitleggen wat er is gebeurd en wat haar is overkomen. En zelfs als ze dat wel zou kunnen, is ze niet in staat te bewijzen dat het ook echt zo gebeurd is. Als de politie zich over haar ontfermt, wordt ze misschien zelfs meteen naar haar ouders teruggestuurd. Ze kan nergens anders naartoe, en belangrijker nog: het ouderlijk gezag berust bij haar ouders. En als ze teruggaat naar haar ouders, begint de hele ellende weer van voren af aan. Zoiets kunnen we haar toch niet aandoen?'

Aomame knikte.

'Ik zal dit kind zelf grootbrengen,' zei de Oude Dame laconiek. 'Ik stuur haar nergens heen. Ik sta haar aan niemand af, aan haar ouders niet, aan geen mens. Als ze hier komen, verberg ik haar ergens anders, maar ík neem de zorg voor haar op me.'

zich nergens meer innestelen, want alles is stukgescheurd. Volgens de dokter zal ze, ook als ze volwassen is, wel nooit zwanger kunnen worden.'

Het leek wel of de Oude Dame deze akelige beschrijving half met opzet gaf waar het meisje bij zat. Tsubasa hoorde alles zonder een woord te zeggen aan. Op haar gezicht viel niet de minste verandering te bespeuren. Af en toe bewoog haar mond even, maar er kwam geen geluid uit. Ze had net zo goed beleefd kunnen zitten luisteren naar twee vrouwen die zaten te praten over iemand die ver weg was en die ze niet kende.

'En dat is nog niet alles,' ging de Oude Dame zachtjes verder. 'In het hoogst onwaarschijnlijke geval dat haar baarmoeder zich ooit herstelt, zal dit kind waarschijnlijk nooit met iemand seksuele omgang willen hebben. De penetratie die zulke vreselijke verwondingen heeft veroorzaakt, moet ontzettend pijn hebben gedaan, en hij is ettelijke malen herhaald. Zulke pijn wis je niet makkelijk uit je geheugen. Begrijp je wat ik bedoel?'

Aomame knikte. De vingers van haar handen waren stijf verstrengeld op haar schoot.

'Met andere woorden, de eicellen die in haar lichaam klaarliggen, hebben hun doel verloren. Ze...' De Oude Dame wierp een korte blik op Tsubasa en vervolgde: 'Ze kunnen geen vrucht meer dragen.'

Aomame wist niet in hoeverre Tsubasa dit allemaal had kunnen volgen. Maar hoeveel ze er ook van begreep, haar levende emoties leken elders te zijn – in elk geval niet hier. Haar hart leek ergens anders te zijn, opgesloten in een klein, donker hok.

De Oude Dame ging verder. 'Ik wil heus niet beweren dat moederschap het enige is wat een vrouwenleven de moeite waard maakt. Het staat iedereen vrij zijn leven zo te leiden als hij of zij dat wenst. Maar dat iemand met geweld een vrouw berooft van datgene waar ze als vrouw een natuurlijk recht op heeft – dat is onvergeeflijk, hoe je het ook bekijkt.'

Aomame knikte zwijgend.

'Onvergeeflijk!' herhaalde de Oude Dame. Aomame hoorde dat haar stem enigszins was gaan beven. Ze kon haar emoties steeds minder de baas. 'Dit kind is érgens vandaan ontsnapt. In haar eentje. Op welke manier weet ik niet. Maar behalve dit huis kan ze nergens heen. Omdat ze nergens anders veilig is.'

19

Aomame: *Vrouwen die een geheim met elkaar delen*

Aomame keek het meisje aan. 'De Little People?' vroeg ze vriendelijk. 'Wie zijn dat, de Little People?'

Maar Tsubasa zei verder niets. Haar mond bleef dicht en haar ogen werden weer wazig, alsof ze voor die paar woorden het grootste gedeelte van haar energie had moeten gebruiken.

'Zijn het kennissen van je?' vroeg Aomame.

Geen antwoord.

'Ze heeft die term al vaker gebruikt,' zei de Oude Dame. 'De Little People. Ik weet niet wat ze ermee bedoelt.'

De woorden 'Little People' hadden een onheilspellende klank. Aomame meende in hun flauwe echo het verre rommelen van de donder te kunnen horen.

'Zouden die Little People degenen zijn die haar hebben mishandeld?' vroeg ze aan de Oude Dame.

Die schudde haar hoofd. 'Ik weet het niet. Maar het is wel duidelijk dat degenen die zij "Little People" noemt een heel grote betekenis voor haar hebben.'

Het meisje had haar handjes naast elkaar op tafel gelegd en staarde roerloos en met doffe ogen naar een punt in de ruimte.

'Wat is er in vredesnaam met haar gebeurd?' vroeg Aomame aan de Oude Dame.

De toon waarop de Oude Dame antwoordde kon misschien het best als droog worden omschreven. 'Er zijn aanwijzingen dat ze verkracht is. Niet één keer, maar diverse malen. Ze heeft een aantal vreselijke rijtwonden op haar vulva en in haar vagina, en de binnenkant van haar baarmoeder heeft ook verwondingen opgelopen. In die nog onvolgroeide, kleine baarmoeder heeft een volwassen man zijn harde geslachtsorgaan gestoken. De bevruchte eicellen kunnen

'We hebben samen een boek geschreven.'

Tengo voelde de druk van haar vingers tegen zijn handpalm – niet sterk, maar gelijkmatig verdeeld.

'Dat klopt. We hebben samen *Een pop van lucht* geschreven. En als de tijger komt, worden we samen opgegeten.'

'Er komt geen tijger.' Bij hoge uitzondering viel er een emotie in Fukaeri's stem te horen: ernst.

'Daar ben ik blij om,' zei Tengo. Maar in zijn hart was hij verre van blij. Er kwam misschien geen tijger, maar wat dan wel?

Ze stonden voor de kaartjesautomaat in het station. Fukaeri keek Tengo aan, haar hand nog steeds om de zijne. De mensenmassa stroomde als een onstuimige rivier om hen heen.

'Goed, hoor. Als jij vanavond bij mij wilt logeren, dan mag dat,' zei Tengo op gelaten toon. 'Ik slaap wel op de bank.'

'Dankjewel,' zei Fukaeri.

Dat was de eerste keer dat hij haar voor iets had horen bedanken, realiseerde Tengo zich. En als het niet de eerste keer was, kon hij zich bij god niet herinneren wanneer hij zulke woorden eerder uit haar mond had gehoord.

zich in drommen naar het station, maar het was nog niet donker. De hoofdstad lag gehuld in een vroegzomers licht. Nadat ze zoveel tijd ondergronds hadden doorgebracht, maakte het licht een merkwaardig kunstmatige indruk.

'Was je van plan om ergens heen te gaan?' vroeg Tengo.

'Niet speciaal,' zei Fukaeri.

'Zal ik je dan naar huis brengen?' vroeg Tengo. 'Ik bedoel, naar de flat in Shinanomachi. Daar slaap je vanavond toch?'

'Daar ga ik niet heen.'

'Waarom niet?'

Ze gaf geen antwoord.

'Heb je het idee dat je daar beter niet heen kunt gaan?' vroeg Tengo.

Fukaeri knikte zwijgend.

Eigenlijk had Tengo willen vragen waarom ze dat idee had, maar hij had het gevoel dat hij toch geen bevredigend antwoord zou krijgen.

'Ga je dan terug naar het huis van de professor?'

'Futamatao is te ver.'

'Kun je ergens anders heen?'

'Ik blijf bij jou logeren,' zei Fukaeri.

'Dat kon wel eens minder goed uitkomen.' Tengo formuleerde zijn antwoord zo voorzichtig mogelijk. 'Het is maar een klein flatje en ik woon er alleen, dus ik weet zeker dat de professor het niet goed zou vinden.'

'De professor zit daar niet over in,' zei Fukaeri. Ze maakte een schokschouderende beweging. 'Ik ook niet.'

'Maar ik misschien wel,' zei Tengo.

'Waarom?'

'Omdat...' Maar hij kon zijn zin niet afmaken. Het wilde hem niet te binnen schieten wat hij van plan was te zeggen. Dat kwam vaker voor wanneer hij met Fukaeri praatte; dan was hij opeens de context kwijt, alsof er tijdens een concert een rukwind kwam die zijn partituur verstrooide.

Fukaeri stak haar rechterhand uit en pakte Tengo troostend bij zijn linker.

'Jij begrijpt het niet goed,' zei ze.

'Wat niet?'

'Wij zijn één.'

'Wij zijn één?' zei Tengo stomverbaasd.

draaikolk is stil, dus zij hoeft niet te bewegen. Dat doen de dingen om haar heen wel.'

Tengo zei niets, maar luisterde zwijgend.

'Als ik die verontrustende beeldspraak van jou gebruik, zou dat betekenen dat niet alleen Eri, maar wij allemaal als lokaas fungeren.' De professor vernauwde zijn ogen tot spleetjes en keek Tengo aan. 'Jij ook.'

'Ik hoefde *Een pop van lucht* alleen maar te herschrijven – als een soort technicus die het vuile werk opknapt. Dat was het verhaal waarmee Komatsu in het begin bij mij aankwam.'

'Aha!'

'Maar gaandeweg veranderde dat verhaal,' zei Tengo. 'Komt dat misschien doordat u Komatsu's oorspronkelijke plannetje hebt gewijzigd?'

'Niet dat ik weet. Komatsu probeert alleen zíjn doel te bereiken, en ik het mijne. En voorlopig liggen beide doelen in elkaars verlengde.'

'Dus nu zit u allebei op de rug van hetzelfde paard en probeert u zo uw doel te bereiken.'

'Zo zou je het kunnen stellen.'

'Maar u wilt elk ergens anders naartoe. Tot op een zeker punt kunt u dezelfde route volgen, maar wat er daarna gebeurt is onduidelijk.'

'Dat is heel goed uitgedrukt. Je kunt wel merken dat jij schrijver bent.'

Tengo zuchtte. 'Ik kan niet zeggen dat ik de toekomst met veel vertrouwen tegemoetzie. Maar terug kunnen we ook niet.'

'En als we dat wél kunnen, is het verdraaid moeilijk om terug te keren naar waar we begonnen zijn,' zei de professor.

Daarmee was het gesprek beëindigd. Tengo kon niet bedenken wat hij verder nog zou moeten zeggen.

Professor Ebisuno stond als eerste op. Hij had hier in de buurt nog iets te doen, zei hij. Fukaeri ging niet met hem mee. Tengo en zij zaten een tijdlang zwijgend tegenover elkaar.

'Wil je iets eten?' vroeg Tengo.

'Niet speciaal,' zei zij.

Omdat de koffieshop vol begon te lopen, stonden ze allebei spontaan op en gingen naar buiten. Samen dwaalden ze wat door de straten van Shinjuku. Het liep al tegen zessen en de meeste mensen haastten

'Juist,' zei de professor. 'De Little People, of iets wat daarop lijkt. Maar welk van de twee, dat weet ik ook niet. Maar door de Little People in *Een pop van lucht* ten tonele te voeren, probeert Eri ons volgens mij iets heel belangrijks te vertellen.'

Hij staarde een tijdlang naar zijn handen. Toen keek hij weer op.

'Zoals je wel weet, komt er in George Orwells roman *1984* een dictator voor die hij "Big Brother" noemt. Natuurlijk is dat boek een satire op het stalinisme. Sindsdien heeft de term "Big Brother" steeds gefungeerd als een maatschappelijk icoon. Dat is Orwells grote verdienste geweest. Maar nu, in het echte 1984, is Big Brother te beroemd geworden en te gemakkelijk te doorzien. Als er nu een Big Brother zou verschijnen, wezen we hem meteen met onze vinger aan: "Pas op! Dat is Big Brother!" Met andere woorden, in de werkelijke wereld verschijnt Big Brother niet meer ten tonele. In plaats van Big Brother hebben we nu de Little People. Interessant trouwens, vind je niet, die twee termen naast elkaar?'

Professor Ebisuno staarde Tengo strak aan. Om zijn lippen zweefde iets wat op een glimlach leek.

'De Little People zijn onzichtbaar. Of ze goed zijn of slecht, of ze een vaste vorm hebben of niet, zelfs dat weten we niet. Maar het lijkt er verdacht veel op dat ze bezig zijn de grond onder onze voeten weg te graven.' Hij zweeg even. 'Om aan de weet te komen wat er met de Fukada's is gebeurd of wat Eri is overkomen, moeten we denk ik eerst aan de weet komen wat de Little People precies zijn.'

'Dus als ik het goed begrijp, probeert u de Little People uit hun tent te lokken,' vroeg Tengo.

'Zijn wij wel in staat om iets uit zijn tent te lokken waarvan we niet eens weten of het vaste vorm heeft?' De glimlach zweefde nog om de professors mond. 'Dan geloof ik dat ik meer kans heb bij die grote tijger van jou.'

'Maar dat doet er allemaal niets aan af dat u Eri als lokaas gebruikt.'

'Ik vind "lokaas" eigenlijk niet de meest geschikte term. Ik zou liever het beeld van een draaikolk gebruiken. Dat komt er dichterbij. Ik probeer een draaikolk te veroorzaken. Vroeg of laat zullen de dingen eromheen met de draaikolk mee gaan draaien. En daar wacht ik op.'

De professor draaide met zijn wijsvinger langzaam een paar rondjes in de lucht. Toen ging hij verder.

'Het middelpunt van de draaikolk is Eri. Het centrum van een

een fenomeen verbonden aan die periode en heeft op bepaalde plaatsen nog steeds een charismatische klank. Als Fukada uit de organisatie trad, zouden zijn uitlatingen en acties zonder enige twijfel veel publieke aandacht trekken. Zelfs als Fukada en zijn vrouw er weg wilden, wil dat nog niet zeggen dat Voorhoede hen zomaar kon laten gaan.'

'Dus als u die publieke aandacht kunt mobiliseren door Tamotsu Fukada's dochter Eri te laten debuteren als de schrijfster van de sensationele bestseller *Een pop van lucht*, denkt u dat u indirect de impasse kunt doorbreken.'

'Zeven jaar is een lange tijd,' zei professor Ebisuno, 'en niets wat ik in die tijd heb geprobeerd heeft resultaat opgeleverd. Als ik nu geen drastische stappen onderneem, blijft hun lot misschien altijd een raadsel.'

'U gebruikt Eri als aas om een enorme tijger uit het struikgewas te lokken.'

'Niemand weet wat er uit het struikgewas komt. Het hoeft helemaal geen tijger te zijn.'

'Maar uit uw woorden maak ik op dat u wel degelijk rekening houdt met iets gewelddadigs.'

'Die mogelijkheid bestaat,' zei de professor bedachtzaam. 'Dat weet jij waarschijnlijk ook wel. Binnen een hermetisch gesloten groep van gelijkdenkenden kan er van alles gebeuren.'

Er viel een zware stilte. Toen deed Fukaeri haar mond open.

'Eerst kwamen de Little People,' zei ze zacht.

Tengo keek naar Fukaeri, naast de professor. Haar gezicht stond net zo uitdrukkingsloos als altijd.

'Eerst kwamen de Little People, en daarna is er in Voorhoede iets veranderd. Bedoel je dat?' vroeg hij.

Fukaeri antwoordde niet. Haar vingers speelden met het bovenste knoopje van haar bloes.

Alsof hij haar van de stilte wilde verlossen, zei de professor: 'Wat de Little People waar Eri over schrijft te betekenen hebben, weet ik niet. En zij kan ook niet in woorden uitleggen wat de Little People zijn. Of misschien kan ze het wel, maar wil ze het niet. Maar hoe dan ook, het lijkt wel zeker dat de Little People een rol hebben gespeeld bij de gebeurtenissen die Voorhoede zo snel veranderden van een agrarische commune in een religieuze beweging.'

'De Little People, of iets wat daarop lijkt,' zei Tengo.

die hun land omgeeft, is nog sterker geworden.'

'En de naam van Tamotsu Fukada, hun oorspronkelijke leider, wordt opeens niet meer genoemd.'

'Precies. Het is allemaal heel onnatuurlijk. En heel ongeloofwaardig,' zei professor Ebisuno. Hij keek even naar Fukaeri en richtte zich daarna weer tot Tengo. 'Voorhoede houdt een groot geheim verborgen. Op een bepaald moment heeft zich daar een seismische verschuiving voorgedaan. Wat voor een, dat weet ik niet, maar het heeft de agrarische commune in een godsdienstige beweging veranderd. Een beweging die altijd zachtaardig was en openstond voor de wereld, onderging een gedaanteverwisseling en werd een grimmige groep mensen die absolute geheimhouding betrachten.

Volgens mij is er toen binnen Voorhoede een soort coup d'état gepleegd, en het zou me niets verbazen als Fukada daar het slachtoffer van is geworden. Zoals ik al eerder heb gezegd, had Fukada geen druppeltje religieus bloed in zijn aderen. Hij was een door de wol geverfd materialist. Hij was ook niet het soort figuur dat met zijn armen over elkaar zou toezien hoe de gemeenschap die hij had opgericht een godsdienstige weg insloeg. Hij zou eerder alles in het werk stellen om dat te verhinderen. Ik vrees dan ook dat hij bij de machtsstrijd die er toen binnen Voorhoede moet zijn ontbrand aan het kortste eind heeft getrokken.'

Tengo dacht hier even over na. 'Ik begrijp waarom u dat zegt, maar als dat zo was, hadden ze hem toch gewoon uit Voorhoede kunnen zetten, net zoals ze dat met Dageraad hadden gedaan? Die leden mochten zich afsplitsen. Dan waren ze van hem af geweest. Het is toch nergens voor nodig om hem gevangen te houden?'

'Je hebt volkomen gelijk. Onder normale omstandigheden doe je zoiets niet, dat levert veel te veel problemen op. Maar ik denk dat Fukada iets over Voorhoede aan de weet was gekomen – een soort geheim, dat hen in grote verlegenheid zou brengen als het in de openbaarheid kwam. In dat geval konden ze er niet mee volstaan hem simpelweg uit de beweging te verbannen.

Als de oorspronkelijke oprichter van de gemeenschap had Fukada lange tijd gefungeerd als de feitelijke leider. Hij moet op de hoogte zijn geweest van alles wat er in de groep had plaatsgevonden. Misschien was hij op den duur te veel te weten gekomen. En Fukada had ook een buitengewoon grote reputatie. De naam van Tamotsu Fukada is

ook maar half, dus ik geloof niet dat ik een goed vertegenwoordiger van de buitenwereld ben.'

'Nou, jij bent anders heus de enige niet die er niets van weet. Zij bewegen zich onopvallend, zodat er zo weinig mogelijk over hen bekend wordt. Alle andere nieuwe religies timmeren juist zo veel mogelijk aan de weg om maar een zieltje meer te winnen, maar Voorhoede niet. Het is namelijk niet hun doel om nieuwe leden te werven. Voor andere religieuze organisaties wel: hoe meer zielen, hoe meer inkomsten. Maar alles wijst erop dat Voorhoede geen inkomsten nodig heeft. Zij mikken niet op geld, maar op een bepaald slag mensen: gezonde, jonge leden met hoge idealen en gespecialiseerde kennis op allerlei gebied. Dáárom proberen ze niet met geweld bekeerlingen te maken. Niet iedereen kan zomaar lid van Voorhoede worden. Alleen een gedeelte van de mensen die zich aanmelden wordt uitgenodigd voor een gesprek, en alleen een gedeelte daar weer van wordt aangenomen. Als ze al rekruteren, is het hun om mensen met een speciale vaardigheid te doen. Als resultaat is het nu een religieuze beweging van hoog gemotiveerde, strijdbare topmensen die een ogenschijnlijk strenge godsdienstige training ondergaan terwijl ze de grond bewerken.'

'Op welke beginselen is hun leer dan gebaseerd?'

'Ik geloof niet dat ze zich op een bepaalde schriftuur beroepen. Als ze er al een heilig boek op na houden, zal dat wel een eclectisch allegaartje zijn. Heel in het algemeen is het een sekte verwant aan het esoterisch boeddhisme, maar arbeid en religieuze training hebben een grotere plaats in hun leven dan allerlei godsdienstige regeltjes. En die training is heel rigoureus, daar mag je vooral niet te licht over denken. Jongere mensen op zoek naar zulk soort geestelijk leven horen erover en komen er uit het hele land op af. Het is een heel gesloten organisatie met een strikte zwijgplicht tegenover buitenstaanders.'

'Hebben ze een godsdienstig leider?'

'Officieel niet. Ze zeggen dat ze persoonsverering verwerpen en dat het bestuur van de sekte in handen is van een collectief leiderschap. Maar hoe het er in feite aan toegaat is verre van duidelijk. Ik probeer zo veel mogelijk informatie in te winnen, maar wat er door de muren naar buiten komt is maar een heel klein beetje. Maar twee dingen kan ik je vertellen: de sekte groeit gestaag, en ze zwemmen in het geld. De hoeveelheid land in het bezit van Voorhoede breidt zich steeds meer uit, en hun faciliteiten worden steeds beter. De muur

'Dan heb je het grotendeels goed geraden,' zei de professor. 'Als het boek een bestseller wordt, zwermen de media er allemaal tegelijk op af, als karpers in een vijver. Om je de waarheid te zeggen, is het al begonnen. Sinds de persconferentie word ik bedolven onder verzoekjes om interviews van tijdschriften en televisieprogramma's. Ik weiger ze natuurlijk allemaal, maar ik heb zo'n idee dat deze drukte nog niets is vergeleken bij wat er komen gaat als het boek eenmaal uit is. Maar als ík ze niet met Eri laat praten, zullen de media alles in het werk stellen om via andere wegen iets over haar achtergrond aan de weet te komen. En vroeg of laat komen ze erachter wie ze werkelijk is. Wie haar ouders zijn, en waar en hoe ze is opgegroeid. En ook wie er nu voor haar zorgt. Dat is vast allemaal heel interessant nieuws.

Ik doe dit echt niet omdat ik het allemaal zo leuk vind. Ik leid een onbezorgd leven in de bergen, en ik heb er allerminst behoefte aan om nu nog de aandacht op me te vestigen. Zoiets levert me geen cent op. Maar door de media te voeren, hoop ik hun belangstelling te verschuiven naar Eri's ouders. Naar waar die nu zijn en wat ze nu doen. Met andere woorden, ik wil de media laten doen wat de politie niet kan of niet wil. Als het even lukt, kan ik daar gebruik van maken om Eri's ouders te redden. Fukada en zijn vrouw zijn heel belangrijk voor me, en voor Eri natuurlijk nog veel meer. Ik heb al die tijd niets van ze gehoord, en ik kan ze zo niet aan hun lot overlaten.'

'Maar stel dat Eri's ouders daar nog zijn,' zei Tengo, 'wat voor reden kan hun organisatie dan hebben om ze zeven jaar vast te houden? Dat is veel te lang!'

'Dat weet ik niet. Daar kan ik ook alleen maar naar gissen,' zei professor Ebisuno. 'Zoals ik laatst al heb uitgelegd, is Voorhoede begonnen als een revolutionaire agrarische commune, maar nadat de radicale Dageraad zich had afgesplitst, begon Voorhoede steeds minder op een commune te lijken en steeds meer op een religieuze beweging. De politie heeft ze onderzocht in verband met het Dageraad-incident, maar kon alleen vaststellen dat Voorhoede daar niets mee te maken had gehad. Sindsdien heeft Voorhoede als religieuze beweging langzaam maar zeker aan kracht gewonnen. Langzaam maar zeker? In vliegende vaart, kan ik beter zeggen. Toch is er in de buitenwereld nauwelijks iets bekend over de werkelijke aard van de activiteiten van de beweging. Jij weet er toch ook niets van?'

'Helemaal niets!' zei Tengo. 'Maar ik kijk geen tv, en de krant lees ik

de beste uitdrukking voor wat we aan het doen zijn. Van nu af aan zijn er waarschijnlijk ook nog aanzienlijke sommen geld mee gemoeid, en de leugens zullen toenemen met de snelheid van een rollende sneeuwbal. De ene leugen maakt de volgende noodzakelijk, de relatie tussen al die verschillende leugens wordt hoe langer hoe onoverzichtelijker, en de kans is groot dat het op den duur volledig uit de hand loopt. Als de ware gang van zaken openbaar wordt, zal iedereen die erbij betrokken is – inclusief Eri hier – het zwaar moeten ontgelden. In het ergste geval komen we er nooit meer bovenop. Maatschappelijk gezien zijn we dood en begraven. Dat bent u toch met me eens?'

Professor Ebisuno bracht een hand naar het montuur van zijn bril. 'Hoe zou ik dat niet kunnen zijn?'

'En desalniettemin hebt u, als ik Komatsu mag geloven, erin toegestemd om directeur te worden van de nieuwe firma die hij in verband met *Een pop van lucht* wil opzetten. Met andere woorden, u doet regelrecht met hem mee. U wentelt uzelf willens en wetens in het slijk.'

'Dat is misschien het resultaat, ja.'

'Zover ik kan nagaan, bent u een buitengewoon intelligent mens met een brede visie en een unieke kijk op de wereld. Toch hebt ook u geen idee hoe dit allemaal gaat aflopen. U zegt zelf dat u niet weet wat u om de volgende hoek te wachten staat. Hoe is iemand als u in staat om zich in zo'n onzekere, absurde situatie te begeven? Dat is iets waar ik niet goed bij kan.'

'Je indruk van mijn capaciteiten doet me veel te veel eer aan. Maar dat terzijde gelaten...' Professor Ebisuno hield even stil. 'Ik begrijp heel goed waar je heen wilt.'

Stilte.

'Niemand weet wat er gaat gebeuren,' zei Fukaeri plotseling. Toen verviel ze weer in haar oude stilzwijgen. Haar kopje chocola was leeg.

'Precies,' zei de professor. 'Niemand weet wat er gaat gebeuren. Eri heeft volkomen gelijk.'

'Maar ik neem aan dat u er wel iets mee op het oog hebt,' zei Tengo.

'Dat heb ik inderdaad,' bevestigde professor Ebisuno.

'En mag ik eens raden wat dat is?'

'Natuurlijk.'

'Door *Een pop van lucht* de wereld in te sturen, komt misschien aan het licht wat er met Eri's ouders is gebeurd. Hebt u daarom dat rotsblok in de vijver gegooid?'

gaan omdat ze haar terug willen. Dat Eri al die jaren geleden is ontsnapt, alleen om nu tegen haar wil weer teruggevoerd te worden. Heb ik gelijk?'

'Ja. Dat is nog iets wat ik niet goed begrijp.'

'Dat is een uiterst redelijke bedenking. Maar vergeet niet dat er dwingende redenen zijn waarom zij bezwaarlijk in de openbaarheid kunnen komen. Hoe meer Eri in de schijnwerpers staat, hoe meer het de aandacht zal trekken als ze nu iets tegen haar ondernemen. En aandacht is precies waar ze niet op zitten te wachten.'

'*Zij*,' zei Tengo. 'Doelt u daarmee op Voorhoede?'

'Precies,' zei de professor. 'Op de Religieuze Corporatie Voorhoede. Zeven jaar heb ik voor Eri gezorgd. Ik heb haar grootgebracht. Dat kun je niet zomaar wegcijferen. En Eri zelf heeft duidelijk te kennen gegeven dat ze niet bij me weg wil. Wat de omstandigheden ook waren, Eri's eigen ouders hebben haar zeven jaar lang aan haar lot overgelaten. En dan moet ik haar zomaar zonder meer teruggeven? Die vlieger gaat echt niet op.'

Tengo had even tijd nodig om alles op een rijtje te zetten.

'Goed,' zei hij toen. 'Dus laten we aannemen dat *Een pop van lucht* een bestseller wordt. Eri wordt een bekende persoonlijkheid. Dat maakt het voor Voorhoede lastiger om iets te ondernemen. Tot zover kan ik het volgen. Maar wat gebeurt er dan, volgens u?'

'Dat weet ik ook niet,' zei de professor luchthartig. '"Dan" is terra incognita, voor iedereen. Er bestaan geen kaarten van. Wat je om de volgende hoek te wachten staat, kom je alleen aan de weet door die hoek om te slaan. Wat er dan gebeurt? Ik heb geen idee.'

'Geen idee?' vroeg Tengo.

'Nee. Het mag onverantwoordelijk klinken, maar deze hele geschiedenis staat in het teken van "geen idee". We hebben een rotsblok in een diepe vijver gegooid. *Plons!* De hele omgeving galmt er nog van na. En nu staan we met een hart dat bonst in onze keel af te wachten wat er gaat gebeuren.'

Er viel een korte stilte. Alle drie stelden ze zich de cirkels voor die zich over het wateroppervlak verspreidden. Tengo wachtte tot de denkbeeldige cirkels enigszins tot rust waren gekomen voor hij zijn mond weer opendeed.

'Zoals ik u in het begin al heb gezegd,' begon hij kalm, 'zijn we nu met een soort fraude bezig. Of een "asociale daad" – dat is misschien

wat dit project betreft, besta ik eigenlijk niet,' zei Tengo. 'En iemand die eigenlijk niet bestaat, kan ook geen prestaties leveren.'

De professor wreef boven de tafel in zijn handen alsof hij het koud had.

'Kom, kom, dat is ál te bescheiden. Wat we er in het publiek ook over zeggen, in feite besta je wel degelijk. Als je dat niet had gedaan, was het allemaal nooit zo soepel gelopen en waren we nooit zo ver gekomen. Nee, jouw bijdrage heeft van *Een pop van lucht* een superieur werk gemaakt, met een veel diepere en rijkere inhoud dan ik me had voorgesteld. Maar dat had ik kunnen weten. Komatsu heeft een uitstekende kijk op mensen.'

Naast hem dronk Fukaeri van haar chocola als een jong poesje dat haar melk oplikt. Ze had een eenvoudig wit bloesje aan met korte mouwen en een vrij korte donkerblauwe rok. Zoals altijd droeg ze geen enkel sieraad. Wanneer ze zich vooroverboog, ging haar gezicht schuil achter haar lange sluike haar.

'Dat wilde ik je vooral persoonlijk zeggen, en daarom heb ik gevraagd of je ons hier wilde ontmoeten,' zei de professor.

'En dat stel ik ook bijzonder op prijs, maar die moeite had u gerust achterwege kunnen laten. Het herschrijven van dit verhaal heeft voor mij heel veel betekend.'

'Maar ik vond toch dat ik je daarvoor persoonlijk moest bedanken.'

'Dat hebt u dan bij dezen gedaan,' zei Tengo. 'Maar als u uw dankbaarheid echt wilt laten blijken, zou u het dan erg vinden als ik u een paar persoonlijke vragen stel in verband met Eri hier?'

'Natuurlijk niet. Als het vragen zijn die ik kan beantwoorden...'

'Bent u haar wettige voogd?'

De professor schudde zijn hoofd. 'Nee, juridisch gezien niet, al zou ik niets liever willen. Zoals ik je al heb gezegd, is het volkomen onmogelijk om contact op te nemen met haar ouders. In juridisch opzicht kan ik geen enkel recht op Eri doen gelden. Ik heb haar alleen in huis genomen toen ze zeven jaar geleden opeens op de stoep stond, en ik heb haar al die jaren grootgebracht.'

'Zou het voor iemand in uw positie dan niet normaler zijn om zo weinig mogelijk ruchtbaarheid aan haar bestaan te geven? Nu ze zo in de schijnwerpers staat, zou dat wel eens problemen kunnen opleveren. Ze is nog minderjarig.'

'Met andere woorden, je bent bang dat haar ouders naar de politie

'Jazeker.'

'Dezelfde plaats als laatst,' vroeg Fukaeri.

'Goed hoor,' zei Tengo. 'Om vier uur ga ik naar de koffieshop in Shinjuku waar we elkaar de laatste keer ontmoetten. Tussen haakjes, je staat heel mooi op de foto in de kranten. Ik bedoel, die van na de persconferentie.'

'Ik had dezelfde trui aan,' zei ze.

'Hij stond je heel goed,' zei Tengo.

'Omdat ze van de vorm van mijn buste houden.'

'Misschien. Maar wat in dit geval veel belangrijker is: je maakt op deze manier een goede indruk.'

Fukaeri was een poosje stil. Het was een stilte alsof ze iets op een plank dicht bij haar zette en daar lang naar bleef staren. Misschien dacht ze na over de relatie tussen de vorm van iemands borsten en het maken van een goede indruk. Hoe meer Tengo zelf over dit onderwerp nadacht, hoe minder hij inzag wat die twee dingen eigenlijk met elkaar te maken hadden.

'Vier uur,' zei Fukaeri. Ze hing op.

Toen hij even voor vieren de koffieshop binnenliep, zat Fukaeri er al. Naast haar zat professor Ebisuno. Hij droeg een lichtgrijs overhemd met lange mouwen en een donkergrijze broek, en hij zat nog steeds zo recht als een standbeeld. Tengo stond even raar te kijken toen hij de professor zag. Had Komatsu niet gezegd dat hij maar zelden van zijn bergtop afdaalde?

Tengo ging tegenover hen zitten en bestelde een kopje koffie. Hoewel het regenseizoen nog moest beginnen, was het die dag zo heet dat je je hartje zomer waande. Toch zat Fukaeri net als de vorige keer met kleine teugjes van een kopje warme chocola te nippen. De professor had ijskoffie voor zich staan, maar hij had deze nog niet aangeraakt. De ijsblokjes waren gaan smelten en hadden het bovenste laagje in zijn glas doorzichtig gemaakt.

'Dankjewel dat je hebt willen komen,' zei de professor.

Toen de koffie gebracht werd, nam Tengo meteen een slok.

'Alles verloopt tot nu toe naar wens,' zei de professor langzaam, alsof hij zijn stem wilde uitproberen. 'Je hebt een geweldige prestatie geleverd. Echt geweldig. Daar wil ik je eerst heel hartelijk voor bedanken.'

'Dat is heel vriendelijk van u, professor Ebisuno, maar zoals u weet:

de uitgeverij iets uitmaakte. Ook als het uitverkocht was, legden ze er nog op toe.

Komatsu belde speciaal om Tengo van de laatste ontwikkelingen op de hoogte te brengen.

'Het kon niet beter,' zei hij. 'Als het blad uitverkocht is, krijgen de mensen nog meer belangstelling voor *Een pop van lucht*, en dan willen ze met eigen ogen lezen wat voor werk het is. De drukker werkt zich nu in het zweet om het als boek uit te brengen. Absolute voorrang, onmiddellijke publicatie! Op deze manier hóéven we de Akutagawa-prijs niet eens meer te winnen. Het boek verkopen nu het nog heet is, dat is veel belangrijker! Want vergis je niet, dit wordt een bestseller. Dat garandeer ik je. Ik zou er maar alvast aan gaan denken wat je met al dat geld gaat doen, Tengo.'

De volgende zaterdag wijdde een avondblad in de kunstrubriek een heel artikel aan *Een pop van lucht*. De kop vermeldde dat het tijdschrift waarin de novelle was verschenen in een mum van tijd was uitverkocht. Verder gaf een aantal recensenten hun oordeel over het werk. Dat was in het algemeen uiterst welwillend. Een trefzekere stijl, een scherp observatievermogen en een uitbundige verbeeldingskracht die je niet van een zeventienjarig meisje zou verwachten. Een werk dat *misschien* de belofte van een nieuwe literaire vorm inhield. Eén recensent merkte op dat 'haar fantasie bij tijd en wijle zulke vluchten nam dat het gevaar niet geheel denkbeeldig was dat het contact met de werkelijkheid uit het oog werd verloren', maar dat was de enige negatieve opmerking die Tengo kon ontdekken. Dezelfde recensent besloot zijn beschouwing echter complimenteus met: 'Wij wachten met de grootste belangstelling af welke richting deze jonge schrijfster met haar volgende werk zal inslaan.' Voorlopig leek de wind alleen maar uit de goede hoek te komen.

Vier dagen voor het boek zou verschijnen, belde Fukaeri op. Het was negen uur 's ochtends.

'Was je al wakker,' vroeg ze. Nog steeds die vlakke toon, nog steeds geen vraagteken.

'Natuurlijk was ik al wakker,' zei Tengo.

'Ben je vanmiddag vrij.'

'Na vieren heb ik wel tijd, ja.'

'Kan ik je zien.'

had de nodige publiciteit gekregen en leek op weg om een bestseller te worden. Die gedachte bezorgde hem een vreemd gevoel. Enerzijds was hij er oprecht blij om, maar aan de andere kant vervulde het hem ook met zorg. Hij was er niet gerust op. Het resultaat was zoals ze hadden gewenst, maar kon je verwachten dat alles echt zo simpel en probleemloos zou aflopen?

Nog terwijl hij stond te koken, kwam hij tot de ontdekking dat hij helemaal geen trek meer had. Daarnet had hij nog zo'n honger gehad, maar nu voelde hij dat hij geen hap door zijn keel kon krijgen. Hij dekte de gerechten waar hij aan begonnen was af met plasticfolie en zette ze in de ijskast. Toen ging hij op een keukenstoel zitten en dronk stilletjes zijn bier, terwijl hij naar de kalender aan de muur staarde. Het was een kalender die hij van een bank had gekregen, met foto's erop van de Fuji-berg in alle vier seizoenen. Tengo had de Fuji nog niet één keer beklommen. Hij was niet eens tot de top van de Tokyotoren gekomen.* Zelfs het dak van een hoog kantoorgebouw had hij nooit bezocht. Van jongs af aan was hij niet in hoge plaatsen geïnteresseerd geweest. Waarom eigenlijk niet, dacht hij. Kon het zijn omdat hij zijn leven lang steeds naar de grond had gekeken?

Komatsu had in de roos geschoten met zijn voorspelling. Toen zijn blad uitkwam met het nummer van *Een pop van lucht*, was het op de eerste dag al bijna uitverkocht. Het was in geen enkele winkel meer te krijgen. Literaire tijdschriften raken nooit uitverkocht. Ze verschijnen wel trouw elke maand, maar hun uitgevers staan onveranderlijk in het rood. Het doel van zulke bladen is de verhalen en feuilletons die erin verschijnen later apart als boek uit te geven en door middel van literaire prijzen jonge auteurs te ontdekken. Niemand verwacht veel van de verkoop, laat staan dat ze winst maken. Het nieuws dat een literair tijdschrift in één dag is uitverkocht, trekt daarom ongeveer net zoveel aandacht als berichten over sneeuwval in Okinawa.** Niet dat het voor

---

* De Tokyotoren is een 333 meter hoog bouwwerk dat is gebaseerd op de Eiffeltoren in Parijs. Het is gebouwd als zendmast, maar trekt per jaar miljoenen toeristen.
** Okinawa, de zuidelijkste prefectuur van Japan, bestaat uit verscheidene groepen subtropische eilanden die dichter bij Taiwan liggen dan bij Tokyo. Het sneeuwt er nooit.

uitdrukken. Ditmaal hebben mijn gedachten toevallig de vorm van een novelle aangenomen, maar ik kan niet voorspellen dat ze dat de volgende keer ook zullen doen.' Tengo kon zich nauwelijks voorstellen dat Fukaeri deze lange zinnen in één keer had uitgesproken. Hij nam aan dat de journalist haar korte zinnetjes vernuftig aan elkaar had gebreid en de gaatjes zo goed en zo kwaad als het ging had gestopt om er één vloeiend geheel van te maken. Anderzijds, wie weet had ze het allemaal écht zelf gezegd. Wat Fukaeri betreft, kon je niets met absolute zekerheid voorspellen.

Op de vraag van welk literair werk ze het meest hield, was haar antwoord natuurlijk *Verhalen van de Taira* geweest. Hierop had een journalist gevraagd welk deel van dat werk ze het mooist vond, en toen had ze een fragment uit haar hoofd voorgedragen. Het was een lang fragment, en het duurde ongeveer vijf minuten voor ze ermee klaar was. Alle aanwezigen waren met stomheid geslagen, en aan het eind van haar voordracht was het dan ook even stil gebleven. Gelukkig (moest je wel zeggen) had niemand haar gevraagd wat haar favoriete muziek was.

'Wie was er het meest blij dat u de Debutantenprijs hebt gewonnen?' Op deze vraag bleef ze een hele poos stil (Tengo zag het gewoon voor zich) voor ze antwoordde: 'Dat is een geheim.'

Voor zover hij uit de krantenberichten kon opmaken, had Fukaeri in dit spel van vraag en antwoord niet één keer gelogen. Alles wat ze had gezegd, was waar. De kranten hadden ook foto's van haar afgedrukt, en daarop zag ze er nog mooier uit dan Tengo zich herinnerde. Als hij in levenden lijve tegenover haar zat, werd zijn aandacht afgeleid van haar gezicht naar de manier waarop haar lichaam zich bewoog of haar gezichtsuitdrukking veranderde, of naar de woorden die uit haar mond kwamen, maar nu hij haar bewegingsloos op een foto zag, realiseerde hij zich eens te meer wat een schoonheid dit meisje wel was. Zelfs op de kleine foto's die tijdens de persconferentie waren genomen (het was inderdaad de trui die ze tijdens hun laatste ontmoeting had gedragen), leek ze te zijn gehuld in een soort gloed. Misschien was dat wat Komatsu had bedoeld toen hij zei dat ze 'iets bijzonders' had.

Nadat Tengo de avondkranten had dichtgevouwen en weggelegd, ging hij naar de keuken om onder het genot van een blikje bier een simpele maaltijd klaar te maken. Een werk dat hij had herschreven was unaniem verkozen tot de winnaar van de Debutantenprijs; het

'Een dat haar borsten goed liet uitkomen?'

'Ja, nu je het zegt, je kon haar borsten prachtig zien. Net warm uit de oven, zogezegd,' zei Komatsu. 'Maar moet je horen, Tengo: als geniale jonge schrijfster gaat dit kind het helemaal maken. Ze ziet er goed uit, en al praat ze een beetje raar, ze is verdomd niet op haar achterhoofd gevallen. Ze heeft iets bijzonders, dat voel je meteen als je haar ziet. Ik heb in mijn tijd heel wat schrijvers zien debuteren, maar dit kind is speciaal. En als ík "speciaal" zeg, kun je ervan uitgaan dat ze dat ook is. Over een week ligt ons blad met *Een pop van lucht* in de winkels, en ik durf er mijn linkerhand en mijn rechterbeen om te verwedden dat binnen drie dagen alle exemplaren zijn uitverkocht.'

Tengo bedankte hem dat hij speciaal had opgebeld om verslag uit te brengen en hing op. Hij was wel wat opgelucht. De eerste horde was in elk geval genomen. Al wilde dat niet zeggen dat hij wist hoeveel er nog in het verschiet lagen.

De volgende dag stonden er verslagen van de persconferentie in alle avondbladen. Op de terugweg van het bijlesinstituut kocht Tengo op het station vier kranten tegelijk, die hij bij thuiskomst met elkaar vergeleek. Qua inhoud verschilden de artikelen weinig van elkaar. Bijzonder lang waren ze eigenlijk niet, maar als je bedenkt dat het om de debutantenprijs van een literair tijdschrift ging, kon je het met een gerust hart een uitzonderlijke behandeling noemen, want normaal werd dit soort prijzen in vijf regeltjes afgedaan. Zoals Komatsu had voorspeld, waren de media erop afgevlogen toen ze hoorden dat een zeventienjarig meisje de prijs had gewonnen. De vier man sterke jury had eenstemmig *Een pop van lucht* als de prijswinnaar gekozen, schreven de kranten. Er was niet eens discussie over gevoerd, de beslissing was in een kwartiertje genomen, en zoiets kwam uiterst zelden voor. Vier actieve schrijvers, elk met een sterke persoonlijkheid, die het allemaal roerend met elkaar eens zijn, was om te beginnen al iets wat je niet voor mogelijk houdt. In literaire kringen bezat het werk dan ook al een zekere reputatie. Tijdens de bescheiden persconferentie gehouden in een zaaltje van het hotel waar de prijsuitreiking had plaatsgevonden, gaf de winnares 'glimlachend en verhelderend' antwoord op de vragen van de verzamelde journalisten.

Op de vraag of ze van plan was door te gaan met schrijven, had ze geantwoord: 'Fictie is slechts één manier waarop je je gedachten kunt

18

Tengo: *Big Brother verschijnt niet meer ten tonele*

Na de persconferentie belde Komatsu om te rapporteren dat alles op rolletjes was verlopen.

'Ze heeft het fantastisch gedaan!' Je kon de opwinding in zijn stem horen, en dat kwam bij Komatsu maar hoogstzelden voor. 'Ik had nooit gedacht dat ze zich zó kranig zou weren. Haar antwoorden waren buitengewoon schrander, en ze heeft op iedereen die erbij was een uitstekende indruk gemaakt.'

Dat verraste Tengo allerminst. Hij had er geen speciale reden voor, maar over die persconferentie had hij niet bijzonder ingezeten. Hij had wel zo'n gevoel gehad dat Fukaeri het in haar eentje heel goed zou weten te redden. Alleen die opmerking over een 'uitstekende indruk' – dat klonk niet bepaald als Fukaeri.

'Dus ze heeft geen rare dingen gezegd?' vroeg hij voor de zekerheid.

'Nee. Ik heb het allemaal zo kort mogelijk gehouden, en ongelegen vragen heb ik mooi weten te omzeilen. En bovendien, echt lastige vragen waren er niet bij. Nou ja, als je een leuk kind van zeventien voor je hebt zitten, ga je haar als journalist niet met opzet zitten pesten. Althans, voorlopig niet – dat voorbehoud moeten we wel maken. Hoe het er in de toekomst aan toe zal gaan, moeten we maar afwachten. In deze wereld kan de wind elk ogenblik van richting veranderen.'

Tengo kreeg een visioen van Komatsu die met een ernstig gezicht op een hoge rots een natte vinger omhoogstak.

'En ik moet je nog bedanken, want dat komt allemaal doordat jij van tevoren met haar hebt geoefend. Je zult morgen het verslag van de prijsuitreiking en het verloop van de persconferentie wel in de avondbladen kunnen lezen.'

'Wat had ze aan?'

'Kleren, bedoel je? Heel gewone. Een spijkerbroek en een dun truitje, dat haar als gegoten zat.'

ven wij vrouwen op een manier die ons beperkte aantal eicellen het best beschermt. Jij, ik, en dit kind ook.' Er speelde een glimlach om haar mond. 'In mijn geval moet ik natuurlijk zeggen: leef*de*.'

Dat betekent dat ik nu al ongeveer tweehonderd eicellen kwijt ben, rekende Aomame pijlsnel uit in haar hoofd. De andere helft zal ik nog wel binnen in me meedragen. Die zijn waarschijnlijk allemaal voorzien van een etiketje met GERESERVEERD.

'Maar háár eicellen zullen nooit bevrucht worden,' zei de Oude Dame. 'Verleden week heb ik haar laten onderzoeken door een dokter die ik ken. Ze is van binnen helemaal verwoest.'

Aomame staarde de Oude Dame met gefronste wenkbrauwen aan. Toen draaide ze haar nek een heel klein beetje en keek naar het meisje. De woorden wilden maar niet komen.

'Verwoest?'

'Ja, verwoest,' zei de Oude Dame. 'Zelfs met een operatie komt het nooit meer goed.'

'Maar wie heeft zoiets gedaan?' wilde Aomame weten.

'Het fijne weet ik er niet van,' zei de Oude Dame.

'De Little People,' zei het meisje.

nen. Parijs is adembenemend mooi in elk seizoen, maar de indrukken die het op mij naliet zijn met bloed doordrenkt. De loopgravenoorlog aan het front breidde zich steeds verder uit, en soldaten die een arm of een been of een oog hadden verloren, zwierven als verdoemde geesten door de straten. Het wit van hun zwachtels en het zwart van de rouwbanden om de armen van de vrouwen waren de enige twee kleuren die in het oog sprongen. Paard-en-wagens vervoerden talloze nieuwe doodskisten naar de kerkhoven, en telkens als zo'n vracht kisten voorbijkwam, wendden de mensen op straat hun ogen af en persten hun lippen op elkaar.'

De Oude Dame reikte over de tafel. Het meisje dacht even na en haalde toen een hand van haar schoot en legde hem op de hand van de Oude Dame. Die pakte hem stevig vast. Toen de Oude Dame een jong meisje was, had haar vader of moeder vast op dezelfde manier haar hand vastgegrepen als er op straat weer zo'n wagen geladen met doodskisten voorbijkwam. En dan hadden ze haar getroost: maak je geen zorgen, jij bent veilig, jij hoeft nergens bang voor te zijn.

'Een man produceert elke dag ettelijke miljoenen zaadcellen,' zei de Oude Dame tegen Aomame. 'Wist je dat?'

'Van de fijnere details was ik niet op de hoogte,' zei Aomame.

'Ik sla er natuurlijk ook maar een slag naar, maar het zijn er in elk geval ontzaglijk veel. En die ontladen ze allemaal in één keer. Maar het aantal rijpe eicellen dat een vrouw produceert, is beperkt. Weet je hoeveel dat er zijn?'

'Niet precies, nee.'

'Niet meer dan een stuk of vierhonderd in haar hele leven,' zei de Oude Dame. 'Eicellen worden niet elke maand opnieuw geproduceerd, maar liggen al klaar op het moment van de geboorte. Elke maand nadat een vrouw haar eerste menstruatie heeft gehad, komt er zo'n eicel tot rijping en maakt zich los. Ook het lichaam van dit kind is al voorzien van zulke cellen, en omdat ze nog niet heeft gemenstrueerd, zijn ze nog bijna ongerept. Ze liggen netjes opgeslagen in hun vakje. En ik hoef je nauwelijks te vertellen dat het doel van eicellen is om met een zaadcel samen te gaan en zo bevrucht te worden.'

Aomame knikte.

'De meeste verschillen in de mentaliteit tussen vrouwen en mannen lijken te kunnen worden teruggevoerd tot dit verschil in hun voortplantingssysteem. Vanuit een puur fysiologisch standpunt bezien, le-

'Dit is Tsubasa,' stelde de Oude Dame het meisje voor. 'Hoelang ben je nu bij ons, Tsubasa?'

Het hoofdje bewoog weer heel licht, minder dan een centimeter, ditmaal heen en weer, als om te zeggen: dat weet ik niet.

'Zes weken en drie dagen,' zei de Oude Dame. 'Jij telt de dagen misschien niet, maar ik wel, hoor. En weet je waarom?'

Het meisje schudde weer bijna onwaarneembaar van nee.

'Omdat tijd soms heel belangrijk is,' legde de Oude Dame uit. 'En dan kan alleen het tellen van de dagen al veel te betekenen hebben.'

In Aomames ogen was Tsubasa een doodgewoon tienjarig meisje. Ze was lang voor haar leeftijd, maar mager, en haar borstjes waren nog niet begonnen te zwellen. Ze leek chronisch ondervoed te zijn. Haar gezichtje was niet onaardig, maar ze maakte erg weinig indruk. Haar ogen deden denken aan beslagen ruiten: je kon er niet door naar binnen kijken, hoe graag je dat ook zou willen. Af en toe bewogen haar droge, dunne lippen zenuwachtig, alsof ze probeerde woorden te vormen, maar als dat zo was, slaagde ze er niet in om ze te uiten.

Uit de papieren zak die ze had meegebracht, haalde de Oude Dame een doosje met op de voorkant een Zwitsers berglandschap. Het bevatte twaalf bonbons, elk anders van vorm. Eerst liet ze Tsubasa kiezen, daarna Aomame, en vervolgens stopte ze er zelf een in haar mond. Aomame volgde haar voorbeeld. Pas nadat ze dat had gezien, stak Tsubasa ook haar bonbon in haar mond. Een tijdlang zaten ze zwijgend te kauwen.

'Kun jij je nog herinneren dat je tien was?' vroeg de Oude Dame aan Aomame.

'Heel goed,' zei Aomame. Op die leeftijd had ze een jongen bij de hand gepakt en tegen zichzelf gezworen dat ze eeuwig van hem zou blijven houden. Een paar maanden later was ze voor het eerst ongesteld geworden. Dat had veel voor haar veranderd: ze was haar geloof kwijtgeraakt en had besloten de banden met haar ouders te verbreken.

'Ik weet het ook nog heel goed,' zei de Oude Dame. 'Toen ik tien was, nam mijn vader me mee naar Parijs, en daar bleven we ongeveer een jaar wonen. Mijn vader was in die tijd namelijk in diplomatieke dienst. We woonden in een oud *appartement* (ze gebruikte het Franse woord) vlak bij de Jardin du Luxembourg. De Eerste Wereldoorlog liep op zijn einde, en de stations waren tjokvol gewonde militairen – soldaten zo jong dat ze nog kinderen leken, maar ook bejaarde man-

breien, of met hun hoofden dicht bij elkaar fluisterend gesprekken te voeren. Sommigen deden de hele dag niets anders dan tekenen. Het was een merkwaardige ruimte. Het licht was er flets en mat, alsof dit een tijdelijke plaats was tussen de echte wereld en de wereld na de dood. Het kon buiten helder zijn of bewolkt, dag of nacht, maar hier heerste altijd hetzelfde soort licht. Telkens als Aomame deze kamer bezocht, kreeg ze het gevoel dat ze hier eigenlijk niet thuishoorde, dat ze een botte indringer was. Deze vrouwen vormden een club waarvoor je speciale kwalificaties moest hebben om er lid van te kunnen worden. De eenzaamheid waaraan zij ten prooi waren, was van een heel andere orde van grootte dan de eenzaamheid die Aomame voelde.

Er zaten drie vrouwen in de kamer, maar toen ze de Oude Dame zagen, stonden ze meteen op. Je kon in één oogopslag zien hoeveel respect ze voor haar hadden.

'Alsjeblieft,' zei de Oude Dame, 'blijf zitten! Ik wilde alleen even met Tsubasa praten.'

'Tsubasa? Die is op haar kamer,' zei een van de vrouwen, zo te zien van ongeveer dezelfde leeftijd als Aomame. Ze had lang, sluik haar.

'Ja, samen met Saeko. Ze lijkt nog niet in staat om naar beneden te komen,' zei een iets oudere vrouw.

'Daar zal ze nog wat meer tijd voor nodig hebben,' zei de Oude Dame mild.

De drie vrouwen knikten zwijgend. Ze begrepen heel goed wat dat betekende: tijd nodig hebben.

Ze liepen de trap op en gingen een kamer binnen. Saeko bleek een kleine, onbeduidende vrouw te zijn. Toen de Oude Dame haar verzocht om hen even alleen te laten, ging ze met een flauwe glimlach de kamer uit, trok de deur achter zich dicht en liep naar beneden. Zo bleven ze achter met de tienjarige Tsubasa. In de kamer stond een kleine eettafel waaraan ze met z'n drieën gingen zitten: het meisje, de Oude Dame, en Aomame. Het dikke gordijn was stijf dichtgetrokken.

'Dit is Aomame,' zei de Oude Dame tegen het meisje. 'Ze werkt voor mij, dus je hoeft niet bang te zijn.'

Het meisje keek Aomame heel even aan en knikte nauwelijks waarneembaar, met een beweging zo miniem dat je hem gemakkelijk over het hoofd had kunnen zien.

lag een Duitse herder vastgebonden. Toen ze mensen hoorde naderen, begon ze te grommen, en daarna blafte ze een paar keer. Niemand wist wie de hond had afgericht en op welke manier, maar als er een man in de buurt kwam, ging ze geweldig tekeer. Toch was ze nog het meest aan Tamaru gehecht.

Toen de Oude Dame dichterbij kwam, hield de hond op met blaffen en jankte blij door haar neus, terwijl haar staart met grote zwiepende slagen heen en weer ging. De Oude Dame boog zich over haar heen en klopte haar een paar maal zachtjes op haar kop. Aomame krabde haar achter haar oren. De hond kende haar van gezicht. Ze was een heel intelligent beest, dat om een onverklaarbare reden verzot was op rauwe spinazie. Toen pakte de Oude Dame haar sleutel en deed de voordeur open.

'Een van de vrouwen hier zorgt voor het kind,' zei de Oude Dame tegen Aomame. 'Ze slaapt met haar op dezelfde kamer en laat haar zo weinig mogelijk uit het oog. We vonden het namelijk te vroeg om haar helemaal alleen te laten.'

In het vluchthuis zorgden de vrouwen dagelijks voor elkaar, en ze werden stilzwijgend aangemoedigd om elkaar te vertellen over hun eigen verschrikkelijke ervaringen en om hun pijn met elkaar te delen. Heel vaak gebeurde het dat hun wonden op die manier vanzelf heelden. De vrouwen die hier al langer woonden, leerden de laatkomers de regels van het huis en gaven hun wat ze in het dagelijks leven nodig hadden. Schoonmaken en koken deden ze om de beurt in ploegen. Natuurlijk waren er ook bij die het liefst alleen bleven of die niets over hun ervaringen wilden vertellen, en hun verlangen naar alleen-zijn en stilzwijgen werd gerespecteerd. Maar de meesten zochten uit eigen beweging naar een gelegenheid om open en eerlijk te praten met lotgenoten. In het huis mocht niet gedronken of gerookt worden, en mensen die daarvoor geen toestemming hadden, kwamen geen stap over de drempel, maar verder waren er eigenlijk geen regels.

Het hele huis had maar één telefoon en één televisietoestel, die allebei in de gezamenlijke huiskamer naast het halletje stonden. Daarnaast bevatte de huiskamer ook nog een oud bankstel en een eettafel met stoelen. De meeste vrouwen brachten minstens de halve dag wel in deze kamer door. De tv was echter bijna nooit aan, en als hij wel aanstond, stond het geluid zo zacht dat het bijna niet te horen was. De vrouwen hielden er meer van om boeken of kranten te lezen, te

achter in haar keel. Haar ogen glansden op een manier die voor haar ongebruikelijk was.

'Zes weken geleden werd ze door het adviesbureau naar ons toe gestuurd. Vier weken lang heeft ze geen stom woord gezegd. Ze leek volkomen versuft. In elk geval, haar spraakvermogen was ze helemaal kwijtgeraakt. Het enige wat we van haar wisten waren haar naam en haar leeftijd. Iemand had haar gevonden op een station, waar ze lag te slapen in een toestand die met geen pen te beschrijven valt. Ze werd meteen voor haar eigen veiligheid in hechtenis genomen en van het kastje naar de muur gestuurd, tot ze uiteindelijk bij ons terechtkwam. Het heeft me heel wat tijd gekost, maar ik heb haar zover gekregen dat ze een paar woorden wilde zeggen. Het duurde even voor ze kon geloven dat ze hier veilig was en niets te vrezen had. Nu praat ze weer, maar heel beperkt. In haar verwarring kan ze niet meer uitbrengen dan flarden van zinnen, maar door die aan elkaar te passen, heb ik grofweg een idee gekregen van wat haar is overkomen. Het is iets zo ontstellends dat ik me er nauwelijks toe kan brengen erover te praten. Het is in- en intragisch.'

'Haar man, natuurlijk!'

'Nee,' zei de Oude Dame met droge stem. 'Ze is nog maar tien.'

De Oude Dame en Aomame liepen door de tuin naar een houten hekje, dat van het slot moest worden gedaan, en zo naar het vluchthuis op het aangrenzende perceel. Het was een klein, niet onaantrekkelijk houten gebouw, dat vroeger, toen de villa veel meer personeel had, hoofdzakelijk werd bewoond door de mensen die voor de Oude Dame werkten. Het had één verdieping en was met vrij goede smaak gebouwd, maar het was nu te vervallen om nog commercieel te kunnen worden verhuurd. Voor vrouwen die geen ander toevluchtsoord konden vinden, was het echter nog allezins bruikbaar. Een oude eik strekte zijn dikke takken beschermend uit over het dak, en de ruitjes in de voordeur waren gemaakt van decoratief sierglas. Er waren alles bij elkaar tien appartementen. Soms was het er druk, soms minder, maar door de bank genomen leidden hier vijf of zes vrouwen een zo stil mogelijk bestaan. Op dit ogenblik was ongeveer de helft van de ramen verlicht. Met uitzondering van af en toe een kinderstemmetje, was het er altijd akelig stil, net alsof het gebouw zelf zijn adem inhield. Geen enkel geluid wees erop dat hier mensen woonden. Bij de vooringang

'Helemaal,' beaamde Aomame. En dat was ook zo. Ze pakte haar instrument en begaf zich naar de aangewezen plaats. Alle omstandigheden waren van tevoren al piekfijn uitgekiend. Ze hoefde alleen maar haar vlijmscherpe naald één keer op een bepaalde plek achter in de nek van de man te steken en te controleren of hij echt naar 'een andere plek was verhuisd', en dan kon ze weer weg. Tot nu toe was het altijd vlot en systematisch verlopen.

'Maar deze keer zal het niet zo eenvoudig gaan. Het valt me moeilijk dit tegen je te zeggen, maar ik ben bang dat ik je deze keer iets heel gevaarlijks moet verzoeken. Het schema staat nog helemaal niet vast en er zijn nog veel onzekere factoren, dus het is heel goed mogelijk dat je zult moeten werken onder condities die minder perfect zijn dan je gewend bent. Maar de omstandigheden zijn dan ook wel even anders dan anders.'

'In welke opzichten?'

De Oude Dame koos haar woorden met de grootste zorg. 'Deze man neemt geen gewone plaats in. Ik zal er geen doekjes om winden: hij heeft altijd een zware lijfwacht om zich heen.'

'Is hij dan politicus of zo?'

De Oude Dame schudde haar hoofd. 'Nee, hij is geen politicus. Maar daar hebben we het later nog wel een keer over. Ik heb lang en hard gezocht naar een oplossing waarbij ik jou er niet op uit hoefde te sturen, maar ze lijken allemaal tot mislukken gedoemd. Op mijn gewone manier kom ik nergens. Dus het spijt me verschrikkelijk, maar ik denk niet dat ik het deze keer zonder jouw hulp kan stellen.'

'Is er haast bij?' vroeg Aomame.

'Nee, dat niet. Het is geen karwei dat voor een bepaalde datum gedaan moet zijn. Maar hoe langer we wachten, hoe meer slachtoffers er vallen. En de kans die we hebben, is maar beperkt. Ik durf niet te voorspellen wanneer we weer zo'n gelegenheid zullen krijgen.'

Buiten het raam was de duisternis gevallen. Het solarium was in diepe stilte gehuld. Zou de maan aan de hemel staan, vroeg Aomame zich af. Maar vanaf de plek waar ze zat, kon ze niet naar buiten kijken.

'Ik zal de omstandigheden zo volledig mogelijk uitleggen,' zei de Oude Dame. 'Maar eerst moet je iemand ontmoeten. We gaan nu naar haar toe.'

'Woont ze hier in het vluchthuis?' vroeg Aomame.

De Oude Dame ademde langzaam in en maakte een klein geluidje

opende ze haar mond weer. 'Als ik u ergens mee kan helpen, zal ik dat graag doen.'

De Oude Dame stak beide handen uit en pakte die van Aomame stevig vast. En vanaf dat ogenblik was Aomame niet alleen deelgenoot geworden van haar geheimen, maar ook van haar opdracht en dat 'iets' wat op krankzinnigheid leek. Nee, misschien was het wel echte krankzinnigheid. Aomame was echter niet in staat een duidelijke grens te trekken tussen de ene toestand en de andere. En bovendien, ze had de mannen die ze met de Oude Dame naar een verre wereld stuurde van alle kanten bestudeerd, en geen van hen had aangetoond dat hij genade verdiende.

'Het is nog niet zo lang geleden dat je in dat hotel in Shibuya die man naar de andere wereld hebt helpen verhuizen,' zei de Oude Dame kalm. Uit haar mond klonk 'naar de andere wereld helpen verhuizen' net of het om een bankstel ging.

'Over vier dagen wordt het precies twee maanden,' zei Aomame.

'Er zijn nog niet eens twee maanden overheen gegaan,' vervolgde de Oude Dame. 'Het is dus veel te vroeg om je nu al te vragen voorbereidingen te treffen voor je volgende karwei. Als het even kan, houd ik een tussenpoos van minstens een halfjaar aan. Als de tijd tussen zulke klusjes korter wordt, wordt jouw psychologische last navenant zwaarder. Hoe zal ik het zeggen? Wat jij doet, is namelijk niet gewoon. Bovendien zullen de mensen zich misschien gaan afvragen hoe het komt dat er onder de mannen die betrokken zijn bij mijn vluchthuis opeens zoveel aan een hartaanval overlijden.'

Aomame lachte kort. 'Sceptici heb je overal,' zei ze.

De Oude Dame glimlachte. 'Zoals je weet, ga ik altijd uiterst voorzichtig te werk. Op factoren als toeval, waarschijnlijkheid of geluk verlaat ik me nooit. Ik zoek tot het allerlaatst naar een vreedzame oplossing, en alleen wanneer ik tot de conclusie kom dat zo'n oplossing niet bestaat, neem ik mijn toevlucht tot drastischer middelen. Als het echt onvermijdelijk is om daartoe over te gaan, elimineer ik eerst alle mogelijke risico's. Ik bestudeer het probleem nauwgezet en van alle kanten, ik tref mijn voorbereidingen tot ze perfect zijn, en alleen als ik ervan overtuigd ben dat alles tot in de puntjes is geregeld, roep ik jouw hulp in. Vandaar dat we tot nu toe nooit iets hebben gehad dat op een probleem leek. Heb ik gelijk?'

Het is nodig om op te staan en tot actie over te gaan – niet uit persoonlijke gevoelens van wraakzucht, maar om erop toe te zien dat het recht nog universeler zijn loop krijgt. Wat zeg je ervan? Zou je bereid zijn mij bij die taak te helpen? Ik heb een begaafd medewerker nodig die ik in alle opzichten kan vertrouwen. Iemand met wie ik mijn geheimen kan delen en die me bij kan staan in het vervullen van mijn opdracht.'

Het duurde even voor Aomame de woorden van de Oude Dame helemaal had begrepen en verwerkt. Dit was een onvoorstelbare bekentenis, en een onvoorstelbaar voorstel. Het duurde nog langer voor Aomame haar gevoelens over dit voorstel op een rijtje had gezet. Maar al die tijd zat de Oude Dame roerloos in haar stoel en staarde haar zwijgend aan. De Oude Dame had geen haast. Ze leek bereid om eeuwig te blijven wachten.

Ze is beslist krankzinnig, dacht Aomame. Maar alleen in een heel bepaalde betekenis van het woord. Gek is ze niet, en geestesziek evenmin. Integendeel. Haar geestestoestand is zo stabiel dat niets de kille logica van haar oordeel aan het wankelen kan brengen. Geestelijk wordt ze ook door de feiten ondersteund. In plaats van aan krankzinnigheid, kan ik misschien beter zeggen dat ze lijdt aan 'iets wat op krankzinnigheid lijkt'. Aan 'een juist vooroordeel' – dat komt er misschien dichterbij. En nu verlangt ze van mij dat ik die krankzinnigheid, dat vooroordeel, met haar deel. Met dezelfde kille logica. Ze gelooft dat ik dat kan en mag.

Hoelang had ze wel niet zitten denken? Ze had zo diep bij zichzelf overlegd dat ze alle gevoel voor tijd leek te zijn verloren. Alleen haar hart klopte hard en ritmisch door. Aomame bezocht een aantal kleine kamertjes in haar binnenste. Zoals een vis een rivier op zwemt, zo ging zij terug in de tijd. Ze zag gebeurtenissen die ze herkende, ze rook geuren die ze lang vergeten was. Ze voelde tedere herinneringen en stekende pijn. Opeens verscheen er ergens vandaan een dunne straal licht die haar lichaam doorboorde. Ze had de merkwaardige gewaarwording dat ze doorzichtig was geworden. Ze stak haar hand in die straal om hem te onderscheppen, maar ze keek er dwars doorheen. Haar lichaam voelde plotseling lichter aan. En op dat ogenblik dacht ze: als ik me nu overgeef aan die krankzinnigheid en dat vooroordeel, en mijn lichaam wordt vernietigd en de wereld houdt op te bestaan, wat heb ik dan verloren?

'Ik begrijp het,' zei Aomame. Na even op haar lip te hebben gebeten,

beter dan Tamaru hoe je zulke problemen snel en effectief de kop in kon drukken.

'Maar alleen met Tamaru kan ik de problemen niet aan,' zei de Oude Dame. 'Er zijn gevallen bij waarin geen enkele wet praktische uitkomst biedt.'

Aomame merkte op dat het gezicht van de Oude Dame donkerder en roder werd naarmate ze langer aan het woord was. De anders zo milde en verfijnde indruk verdween, om plaats te maken voor iets wat simpele woede of haat ver overschreed. Iets wat waarschijnlijk in het diepst van haar ziel huisde: een kleine, harde, naamloze kern. Toch verloor haar stem niets van zijn beheerstheid.

'Als de man er niet meer is, kan de scheidingsprocedure worden vermeden en zijn levensverzekering betaalt ook prompt, maar natuurlijk mag een menselijk leven nooit uitsluitend van zulke praktische redenen afhankelijk zijn. Alle aspecten worden onbevooroordeeld en nauwgezet onder de loep genomen, en alleen wanneer de conclusie onafwendbaar is dat déze man geen genade verdient, wordt er tot onvermijdelijke stappen overgegaan. Parasieten die alleen in leven kunnen blijven door het warme bloed op te zuigen van zwakkere slachtoffers. Kerels met een ziel zo door-en-door verrot dat redding onmogelijk is, zonder het minste verlangen hun leven te beteren, in wie het onmogelijk is íéts te bespeuren dat het nog waard maakt ze in leven te laten...'

De Oude Dame staarde Aomame aan met een blik die scherp genoeg was om een rotswand te doorboren. Toen ging ze weer verder, nog altijd met diezelfde milde, beheerste stem.

'Bij zulke mensen zit er niets anders op dan ze te laten verdwijnen. Maar altijd op een manier die geen aandacht trekt.'

'Bestaan er zulke manieren?'

'Mensen verdwijnen op allerlei manieren,' zei de Oude Dame, haar woorden met zorg kiezend. Ze zweeg even. 'Ik ben in staat één zo'n manier te arrangeren. Dat vermogen heb ik.'

Aomame vroeg zich af waar de Oude Dame op kon zinspelen, maar haar woorden waren ál te vaag.

'Allebei hebben we op een afschuwelijke manier iemand verloren die ons dierbaar was,' vervolgde ze. 'Dat heeft een diepe wond in ons hart achtergelaten, die waarschijnlijk nooit zal helen. Maar het zou verkeerd zijn om altijd maar naar die wond te blijven zitten staren.

niet bang te zijn dat hij zichzelf van kant maakt, want daar heeft hij de moed niet voor. Dat is míjn manier van wraak nemen. Vermoorden is te goed voor hem. Onophoudelijk, genadeloos kwellen, zo dat hij nét niet doodgaat. Zoals je iemand levend vilt. Nee, degene die ik heb laten verdwijnen, is iemand anders. En ik had goede, praktische redenen waarom ik hem naar een andere plaats moest laten verhuizen.'

De Oude Dame zette haar uitleg aan Aomame voort. Het jaar nadat haar dochter zelfmoord had gepleegd, stelde ze uit haar eigen middelen een huis ter beschikking aan vrouwen die eveneens het slachtoffer waren geworden van huiselijk geweld. Ze bezat een klein appartementengebouw dat grensde aan haar villa in Azabu en leegstond omdat ze van plan was geweest het binnenkort te slopen. Met wat eenvoudige reparaties kon dat mooi dienen als vluchthuis voor vrouwen die nergens anders terechtkonden. Een groepje advocaten in Tokyo had het initiatief genomen voor een 'Adviesbureau Huiselijk Geweld', waar vrijwilligers elkaar aflosten aan de telefoon of als counselors. Daarvandaan werd er contact opgenomen met de Oude Dame. Vrouwen die dringend veilig onderdak nodig hadden, werden naar het vluchthuis verwezen. Heel vaak hadden die vrouwen kleine kinderen bij zich, maar er waren ook tienermeisjes bij die door hun vader seksueel waren misbruikt. Zulke vrouwen konden in het vluchthuis blijven tot ze een veilig adres hadden gevonden. Ze hoefden zich voorlopig geen zorgen te maken over levensmiddelen en kleding of andere dingen die ze in het dagelijks leven nodig hadden, en ze stonden elkaar bij. Op deze manier leidden de vrouwen een soort gemeenschappelijk leven. Het geld dat daarvoor nodig was, verschafte de Oude Dame uit haar eigen zak.

De advocaten en de counselors kwamen op gezette tijden bij het vluchthuis langs om voor de vrouwen te zorgen en met hen te overleggen wat hun volgende stap moest zijn. Ook de Oude Dame bezocht hen wanneer ze maar even tijd had. Dan maakte ze met allemaal een persoonlijk praatje en voor zover dat in haar vermogen lag gaf ze ook advies. Soms zocht ze naar werkgelegenheid of een permanent onderduikadres. Als er zich problemen voordeden waarbij fysiek ingrijpen noodzakelijk was, ging Tamaru eropaf. Het kwam bijvoorbeeld wel eens voor dat een man achter het adres van het vluchthuis kwam en pogingen in het werk stelde zijn vrouw eruit te halen. Niemand wist

haar lichaam waren uitgedoofd. Beide polsen vertoonden littekens die aantoonden dat ze hardhandig was vastgebonden. Klaarblijkelijk hield haar man ervan om touw te gebruiken. Haar tepels waren misvormd. Haar man werd bij de politie ontboden en verhoord. Hij gaf tot op zekere hoogte toe dat hij geweld tegen haar had gebruikt, maar benadrukte dat dat niet meer was dan een onderdeel van hun seksuele leven en dat zijn vrouw erin had toegestemd – nee, het zelfs fijn had gevonden.

Het resultaat was al net als bij Tamaki: de politie bleek niet in staat om haar man in staat van beschuldiging te stellen. Zijn vrouw had nooit een klacht ingediend, en ze was al overleden. Haar man had een hoge maatschappelijke positie en een gewiekste advocaat. Er was ook geen enkele reden om eraan te twijfelen dat zijn vrouw zichzelf om het leven had gebracht.

'Hebt u hem vermoord?' vroeg Aomame recht op de man af.

'Nee, hem heb ik niet vermoord,' zei de Oude Dame.

Aomame begreep niet hoe het verhaal in elkaar stak en keek de Oude Dame zwijgend aan.

'De voormalige man van mijn dochter, die afschuwelijke vent, loopt nog op deze wereld rond,' zei die. 'Elke ochtend slaat hij in zijn eigen bed zijn ogen op, en hij gaat op zijn eigen twee benen over straat. Maar vermoorden doe ik hem niet.'

De Oude Dame zweeg even, tot haar woorden tot Aomame waren doorgedrongen.

'Wat ik mijn voormalige schoonzoon heb aangedaan, is dit: ik heb hem vernietigd. Ik heb hem helemaal in de grond gestampt. Voor de rest van de wereld bestaat hij niet meer. Ik mag dan lichamelijk niet sterk zijn, maar dat vermogen heb ik toevallig wél. Hij is een zwak mens. Hij is niet dom en hij is een goede prater, en hij genoot dan ook een zekere reputatie, maar in wezen is hij een zwak en min individu. Alle mannen die de hand opheffen tegen hun vrouw of kinderen hebben een zwak karakter. En juist omdat ze zwak zijn, kunnen ze niet buiten een prooi die nog zwakker is dan zijzelf. Het was een koud kunstje om hem te gronde te richten, en als zo'n vent eenmaal op de grond ligt, komt hij geen tweede keer overeind. Al die jaren sinds mijn dochter is gestorven, heb ik hem in het oog gehouden. Telkens als hij een poging waagt om op te staan, kom ík tussenbeide. Ik sta het niet toe. Hij leeft nog, maar hij had net zo goed dood kunnen zijn. En je hoeft

'Natuurlijk heb ik het niet eigenhandig gedaan,' vervolgde de Oude Dame. 'Daar ben ik niet sterk genoeg voor, en verder heb ik niet de speciale technieken geleerd die jij beheerst. Maar ik heb hem laten verdwijnen op een van de manieren die tot mijn beschikking staan. Daar is echter geen enkel concreet bewijs voor. Als ik nu naar de politie ga en mezelf aangeef, kan ik op geen enkele manier aantonen dat het werkelijk zo is gegaan als ik zeg – net als bij jou. Als we na onze dood echt geoordeeld worden, zal ik me tegenover God moeten verantwoorden. Dat vooruitzicht boezemt me echter totaal geen angst in. Ik heb niet fout gehandeld. Ik kan tegenover iedereen trots de waarheid uit de doeken doen.'

De Oude Dame zuchtte. Was het een zucht van verlichting? Toen ging ze verder.

'Zo, nu kennen we elk een belangrijk geheim van elkaar. Nietwaar?'

Maar Aomame begreep nog steeds niet precies wat de Oude Dame haar zojuist had verteld. Laten verdwijnen? Heen en weer geslingerd tussen diepe onzekerheid en hevige schok, dreigde haar gezicht zijn balans te verliezen. Om Aomame weer tot rust te laten komen, legde de Oude Dame met kalme stem uit wat er gebeurd was.

Haar eigen dochter had net als Tamaki, en onder gelijke omstandigheden, een eind aan haar leven gemaakt. Ze was met de verkeerde man getrouwd. De Oude Dame had van het begin af aan voorzien dat het geen goed huwelijk zou worden. Voor haar was het zonneklaar dat de man een verwrongen ziel had. Hij had al een paar keer problemen veroorzaakt, en de oorzaak daarvan lag waarschijnlijk heel diep. Niemand was echter in staat om het huwelijk te voorkomen, en zoals de Oude Dame al gevreesd had, werd haar dochter het slachtoffer van huiselijk geweld in zijn verschrikkelijkste vorm. Langzamaan verloor ze haar zelfrespect en zelfvertrouwen, en ze werd steeds verder in het nauw gedreven, tot ze uiteindelijk ten prooi viel aan een zware depressie. De kracht om op eigen benen te staan was haar ontroofd, en zoals een mier die in de kuil van een mierenleeuw valt, worstelde ze tevergeefs om eraan te ontkomen. Tot ze op een dag een enorme hoeveelheid slaapmiddelen innam en die met behulp van whisky in haar maag liet glijden.

Bij de autopsie werden sporen van geweld vastgesteld – kneuzingen, striemen, oude botbreuken, brandplekken van sigaretten die op

Aomame opeens de deuren van haar hart, die ze zo lang gesloten had gehouden, wagenwijd open.

Ze vertelde over haar boezemvriendin, die jarenlang zo door haar eigen man was mishandeld dat ze haar geestelijk evenwicht had verloren en een eind aan haar leven had gemaakt omdat ze niet in staat was geweest een andere uitweg uit haar lijden te vinden; en hoe zij, Aomame, na een jaar gewacht te hebben, een smoes had verzonnen om bij de man van haar vriendin langs te gaan en hem had vermoord door een scherpe naald achter in zijn nek te zetten. Ze had maar één keer hoeven steken. De naald had geen sporen achtergelaten, en er had ook geen bloed gevloeid. Het was afgehandeld als een natuurlijke dood; de man was blijkbaar ziek geweest. Niemand had enige argwaan gekoesterd. Aomame was er toen van overtuigd geweest dat ze juist had gehandeld, en dat was ze nu nog. Haar geweten kwelde haar totaal niet. Maar dat deed niets af aan het feit dat ze een medemens willens en wetens van het leven had beroofd, en die last rustte zwaar op haar.

De Oude Dame luisterde geduldig naar Aomames lange bekentenis. Tot Aomame, met een brok in haar keel, haar hele verhaal van begin tot eind had gedaan, zei ze geen woord. Toen Aomame was uitgesproken, stelde ze een paar vragen over gedeeltes die ze niet goed had begrepen, en toen stak ze haar handen uit en hield die van Aomame lange tijd in de hare geklemd.

'Je hebt juist gehandeld,' zei de Oude Dame langzaam maar dringend. 'Als hij was blijven leven, had hij uiteindelijk een andere vrouw hetzelfde aangedaan. Mensen als hij vinden altijd wel ergens een slachtoffer. Ze doen het telkens weer, zo zitten ze in elkaar. Jij hebt het kwaad met wortel en tak uitgeroeid. Dit was geen individuele wraakoefening, daar kun je gerust op zijn.'

Aomame zat met haar gezicht in haar handen te snikken. Haar tranen golden Tamaki. De Oude Dame pakte haar zakdoek en veegde haar tranen af.

'Wat een merkwaardige samenloop van omstandigheden,' zei de Oude Dame. Haar stem klonk kalm en vertoonde geen spoor van aarzeling. 'Om praktisch dezelfde redenen heb ik ook iemand laten verdwijnen.'

Aomame hief haar gezicht op en keek de Oude Dame aan. Ze wist niet wat ze moest antwoorden. Waar had dit oude vrouwtje het in godsnaam over?

geoefende hand twee glazen in. De Oude Dame en Aomame proefden allebei: een voortreffelijke neus en perfect gekoeld. De maaltijd bestond uit gekookte witte asperges, een salade niçoise en een omelet gevuld met krab, met daarnaast een broodje met wat boter. Alles was gemaakt met de meest verse ingrediënten, en het smaakte voortreffelijk. De hoeveelheid was ook precies goed: niet te veel, maar vooral niet te weinig. In elk geval at de Oude Dame zoals gewoonlijk maar een heel klein beetje. Met mes en vork elegant gehanteerd bracht ze voortdurend kleine hapjes naar haar mond, zoals een vogeltje eet. Al die tijd stond Tamaru te wachten in de verste hoek van de kamer. Aomame stond er telkens weer van te kijken dat iemand die zo compact gebouwd was als hij in staat was haar zo lang zijn aanwezigheid in de kamer te doen vergeten.

Terwijl ze zaten te eten, spraken ze alleen bij tussenpozen. Ze concentreerden zich allebei op de gerechten op hun bord. Er speelde zachte muziek – een celloconcert van Haydn, ook een van de favoriete werken van de Oude Dame.

De tafel werd afgeruimd en de koffie opgediend. Tamaru schonk in, en toen hij weer naar zijn hoek in de kamer terug wilde gaan, stak de Oude Dame een vinger op.

'Dankjewel, Tamaru. Dat is alles voor vanavond.'

Tamaru maakte een korte buiging en verliet de kamer op zijn gebruikelijke geruisloze wijze. De deur ging zachtjes dicht. Terwijl ze hun koffie opdronken, kwam de cd tot een eind en werd de kamer vervuld van een nieuwe stilte.

'Jij en ik vertrouwen elkaar, nietwaar?' zei de Oude Dame terwijl ze Aomame recht aankeek.

Aomame bevestigde dit kort maar krachtig.

'Wij delen samen een belangrijk geheim,' zei de Oude Dame. 'Met andere woorden: we zijn van elkaar afhankelijk.'

Aomame knikte zwijgend.

Dit was de kamer waarin ze de Oude Dame haar geheim had verteld. Aomame herinnerde het zich nog goed. Ze moest haar hart een keer tegen iemand luchten, ze moest van die zware last af. Ze had hem al die tijd alleen gedragen, in haar eigen boezem verborgen gehouden, maar nu was ze aan het eind van haar krachten. Toen de Oude Dame dan ook liet doorschemeren dat haar geheim bij haar veilig was, zette

hadden de grootste moeite om hun kostje bij elkaar te scharrelen en leefden in een wereld die met gevoeligheid en een rijke ziel bitter weinig te maken had. De straten in de steden vloeiden over van kreupelen, bedelaars en criminelen. De maan bewonderen, genieten van de toneelstukken van Shakespeare of luisteren naar de mooie muziek van Dowland was iets wat maar voor een heel kleine minderheid was weggelegd.'

'Wat ben jij toch een interessante vrouw,' glimlachte de Oude Dame.

'Ik ben maar een heel gewone vrouw,' zei Aomame. 'Ik hou alleen van lezen, het meest van boeken die iets met geschiedenis te maken hebben.'

'Ik houd ook van geschiedenis, en wat ik van zulke boeken heb geleerd, is dat we niets veranderd zijn vergeleken bij vroeger. Onze kleding en ons dagelijks leven mogen even anders zijn, maar in onze manier van denken en doen is maar weinig verandering te bespeuren. In de grond van de zaak is de mens niet meer dan een drager via welke de genen zich kunnen voortplanten. Ze berijden ons zoals een paard tot we niet verder kunnen, en dan nemen ze een ander, van generatie tot generatie. En genen bekommeren zich er niet om wat goed is of wat kwaad. Het zal hun een zorg zijn of wij gelukkig worden of ongelukkig. Voor hen zijn wij niet meer dan een middel. Het enige wat zij belangrijk vinden, is wat voor henzélf het efficiëntste is.'

'Maar dat wil nog niet zeggen dat wíj niet over goed en kwaad hoeven na te denken. Dat bedoelt u toch?'

De Oude Dame knikte. 'Je slaat de spijker op de kop. Mensen moeten daarover nadenken. We kunnen niet anders. Maar het zijn onze genen die bepalen hoe wij leven. Vanzelfsprekend krijg je dan tegenstrijdigheden,' zei ze met een glimlach.

Meer spraken ze niet over geschiedenis. Ze dronken hun kruidenthee op en begonnen aan hun training.

Die avond at Aomame een hapje mee in de villa.

'Het wordt maar iets heel eenvoudigs. Ik hoop dat dat geen bezwaar is?' zei de Oude Dame.

'Natuurlijk niet,' zei Aomame.

Tamaru kwam de maaltijd op een karretje brengen. Het eten werd waarschijnlijk klaargemaakt door een kok, maar serveren was Tamaru's werk. Hij haalde een fles witte wijn uit de ijsemmer en schonk met

De Oude Dame keek haar enigszins verbaasd aan. Toen knikte ze. 'Dat is waar, daar heb je gelijk in. Als je het op die manier bekijkt, is het misschien niet zo vreemd dat mensen die vierhonderd jaar van elkaar gescheiden zijn naar dezelfde muziek luisteren.'

'Misschien had ik moeten zeggen: bíjna dezelfde maan.'

Aomame keek de Oude Dame aan terwijl ze dit zei, maar haar woorden leken niet de minste reactie op te roepen.

'De muziek op deze cd is een authentieke uitvoering,' zei de Oude Dame. 'Hij wordt gespeeld op dezelfde instrumenten als toen, en volgens de aanwijzingen in de originele partituur. Met andere woorden, de klank van de muziek is ongeveer dezelfde als destijds. Net als de maan.'

'Maar al is het *ding* hetzelfde,' zei Aomame, 'de manier waarop de mensen erop reageren is misschien heel anders. De nachtelijke duisternis was toen stukken dieper en donkerder, dus de maan moet destijds ook stukken helderder hebben geschenen. En toentertijd hadden de mensen natuurlijk nog geen grammofoonplaten, bandjes of cd's. Als ze zin hadden in een stukje muziek, konden ze niet meteen zomaar even iets opzetten, zoals vandaag de dag. Dat was voor hen altijd iets heel speciaals.'

'Daar heb je gelijk in,' gaf de Oude Dame toe. 'Wij leven in een wereld die van alle gemakken is voorzien, dus onze gevoeligheid zal wel zijn afgestompt. De maan aan de hemel mag dan dezelfde zijn, de maan die we zíén is misschien anders. Vierhonderd jaar geleden stond onze ziel wellicht dichter bij de natuur en was daarom een stukje rijker.'

'Maar het was ook een wrede wereld,' bracht Aomame daartegen in, 'met chronische epidemieën en voedseltekorten, die ervoor zorgden dat meer dan de helft van alle kinderen doodging voor ze volwassen konden worden. Polio, tbc, pokken, mazelen – de mensen stierven bij bosjes. Ik denk dat er maar weinig gewone burgers waren die ouder werden dan veertig. Omdat ze zoveel kinderen baarden, verloren vrouwen hun tanden al als ze een jaar of dertig waren, zodat ze op die leeftijd al op hun grootmoeder leken. Om in leven te kunnen blijven, namen mensen vaak hun toevlucht tot geweld. Al van jongs af aan deden kleine kinderen zulk zwaar werk dat hun botten zich misvormd ontwikkelden, en prostitutie van jonge meisjes was doodnormaal – en prostitutie van jonge jongens ook. De meeste mensen

'O ja?' zei Aomame.

'Ja. Nadat jij erover was begonnen, liet het me niet met rust. Maar als je hem een hele poos niet hebt gezien, is zo'n maan eigenlijk best mooi. Hij stemt je tot rust.'

'Heb je er samen met je partner naar gekeken?'

'Zoiets,' zei Tamaru. Hij legde zijn wijsvinger langs zijn neus. 'Nou, wat is er met de maan?'

'Echt, niks hoor,' zei Aomame. En daarna, behoedzaam: 'Ik moet de laatste tijd alleen veel aan de maan denken. Waarom weet ik zelf niet.'

'Zonder dat je daar een speciale reden voor hebt?'

'Ja,' zei Aomame.

Tamaru knikte zwijgend, maar hij keek haar speculerend aan. Deze man gelooft niet in dingen zonder reden, dacht ze. Hij vroeg echter niet verder, maar ging haar zoals altijd voor naar het solarium. De Oude Dame zat met haar trainingspak al aan in een fauteuil een boek te lezen terwijl ze luisterde naar de pavanecyclus *Lachrimae* van John Dowland. Dit was een van haar favoriete muziekwerken. Aomame had het ook vele malen gehoord en herkende de melodie.

'Neem me niet kwalijk dat ik gisteren pas belde,' zei de Oude Dame. 'Ik had veel eerder een afspraak moeten maken, maar deze tijd was opeens beschikbaar.'

'O, maakt u zich daar maar geen zorgen over,' zei Aomame.

Tamaru kwam een dienblad brengen met daarop een pot kruidenthee, die hij inschonk in twee elegante kopjes. Daarna ging hij de kamer weer uit en sloot de deur achter zich. De Oude Dame en Aomame dronken stilletjes hun thee terwijl ze naar Dowland luisterden en uitkeken op de azalea's in de tuin, die in gloeiende pracht stonden te bloeien. Dit was een speciale wereld, dacht Aomame elke keer dat ze hier kwam. De lucht was zwaarder, en de tijd leek er op een speciale manier te verstrijken.

'Soms wanneer ik deze muziek hoor, krijg ik opeens de raarste gevoelens over de tijd,' begon de Oude Dame, alsof ze Aomames gedachten had gelezen. 'Vierhonderd jaar geleden luisterden er mensen naar dezelfde muziek als wij nu. Als je op die manier denkt, wordt het je dan niet vreemd te moede?'

'Daar hebt u gelijk in,' zei Aomame. 'Maar als je het zo bekijkt, is het even vreemd dat ze vierhonderd jaar geleden naar dezelfde maan keken als wij.'

'Prima,' zei Tamaru. 'Tot morgenmiddag na vieren dan.'

'Even wachten, Tamaru. Heb jij de laatste tijd naar de maan gekeken?'

'Zei je "maan"?' vroeg Tamaru. 'Niet "maand", maar de maan die aan de hemel staat?'

'Ja.'

'Niet bewust, nee. Althans, dat geloof ik niet. Hoezo? Is er iets met de maan aan de hand?'

'Nee, niets hoor,' zei Aomame. 'Tot morgen een uur of vier.'

Tamaru wachtte een paar tellen voor hij de verbinding verbrak.

Die avond was de tweede maan er nog steeds. Beide manen waren bijna vol, het scheelde nog een dag of twee. Met een glaasje cognac in haar hand staarde Aomame naar de manen, de kleine en de grote, als naar een puzzel waarvan de oplossing haar ten enen male ontging. Hoe meer ze ernaar keek, des te raadselachtiger die combinatie werd. Als het had gekund, had ze het het liefst aan de maan zelf gevraagd: 'Hoe komt het dat je er opeens die kleine groene metgezel bij hebt gekregen?' Maar natuurlijk geeft de maan geen antwoord.

De maan heeft onze wereld langer dan wie ook gadegeslagen, en van heel dichtbij. Alles wat er ooit op deze aarde is gebeurd, alle handelingen die er zijn verricht, heeft de maan waarschijnlijk gezien. Maar hij houdt er zijn mond over dicht. Koud en correct als altijd draagt hij dat zware verleden met zich mee. Op de maan is geen lucht, en ook geen wind. Een vacuüm leent zich er uitstekend toe herinneringen onbeschadigd te bewaren. Niemand is in staat om het hart van de maan te verzachten. Aomame pakte haar glas en dronk de maan toe.

'Ben je de laatste tijd nog met iemand naar bed geweest?' vroeg ze aan de maan.

De maan gaf geen antwoord.

'Heb je vrienden?' vroeg Aomame.

De maan gaf geen antwoord.

'Word je het niet zat om altijd zo cool door het leven te gaan?'

De maan gaf geen antwoord.

Tamaru kwam haar zoals gebruikelijk bij het portiek tegemoet.

'Ik heb naar de maan gekeken, hoor, gisteravond,' was het eerste wat hij zei.

van Yamanashi heeft een hevig vuurgevecht plaatsgevonden tussen een eenheid van de politie en een groep extremisten. Dat is allemaal buiten mijn medeweten gebeurd. En dan is er dat nieuwsbericht over Amerika en de Sovjet-Unie, die gezamenlijk aan een basis op de maan werken. Zou er verband bestaan tussen dat project en het feit dat er een maan bij is gekomen? Ze probeerde zich te herinneren of de kleinformaatkrant in de bibliotheek artikelen had bevat die betrekking hadden op deze nieuwe maan, maar er wilde haar niets te binnen schieten.

Het zou mooi zijn als ze iemand ernaar kon vragen, maar wie en op welke manier? Dat zag Aomame niet. Want hoe zou ze dat moeten inkleden? 'Hé, ik geloof dat er twee manen aan de hemel staan! Kun jij ook even kijken?' Dat was een idiote vraag, hoe je het ook bekeek. Als die tweede maan er echt was, zou het verdomde raar lijken dat ze daar nu pas achter kwam. En als er zoals altijd maar één maan aan de hemel stond, zouden ze eraan gaan twijfelen of ze ze allemaal wel op een rijtje had.

Ze zonk neer op haar aluminium stoel, zette haar voeten op de leuning van het balkon, en bedacht minstens tien verschillende manieren waarop ze zo zoiets zou kunnen vragen. Ze probeerde ze zelfs uit. Maar allemaal klonken ze ongeveer even zot. Niets aan te doen! De hele situatie was abnormaal. Daar kon ze onmogelijk een steekhoudende vraag over stellen, dat sprak vanzelf.

Het probleem van de tweede maan schoof ze even op de lange baan. Ze keek het even aan. Voorlopig had ze van die tweede maan geen last. En wie weet? Misschien verdween hij weer net zo snel als hij gekomen was.

De volgende middag ging ze naar de sportschool om twee groepslessen in martial arts te geven en één privéles. Toen ze daarna bij de receptie langsliep, lag daar voor het eerst sinds tijden een boodschap voor haar te wachten van de Oude Dame in Azabu. Of Aomame wilde opbellen als ze even haar handen vrij had.

Zoals altijd nam Tamaru op.

Zag ze kans om in de loop van morgenmiddag langs te komen voor het gebruikelijke programma, vroeg hij. En daarna verzocht Madame haar gezelschap voor een lichte maaltijd.

'Morgenmiddag na vieren heb ik tijd, en natuurlijk neem ik de uitnodiging graag aan,' zei Aomame.

17

Aomame: Of wij gelukkig worden of ongelukkig

De volgende avond stonden er nog steeds twee manen aan de hemel. De grote was dezelfde maan als altijd. Hij zag er over zijn hele lichaam merkwaardig bleek uit, alsof hij zojuist door een hoop as was gekropen, maar los daarvan was het de oude, vertrouwde maan – dezelfde als die waarop Neil Armstrong in die gloeiend hete zomer van 1969 dat kleine, maar gigantische eerste stapje zette. En daarnaast, klein en groen en misvormd, dreef een andere maan, als een stumperig kind dat beschroomd zo dicht mogelijk tegen zijn ouder aan wil kruipen.

Er is beslist iets met me aan de hand, dacht Aomame. Er is nooit meer dan één maan geweest, en er moet er ook nu maar één zijn. Als er opeens een maan bij was gekomen, had dat allerlei praktische gevolgen gehad voor het leven hier op aarde. Eb en vloed zouden er op slag door zijn beïnvloed, en dat zou overal grote consternatie hebben veroorzaakt. Ik mag dan een sufkop zijn, maar dat had ik vast en zeker gemerkt. Dat is iets heel anders dan een krantenartikel over het hoofd zien.

Maar is dat echt zo? Kan ik dat voor de volle honderd procent met zekerheid zeggen?

Ze fronste haar voorhoofd in een poging om na te denken. De laatste tijd gebeuren er allerlei rare dingen om me heen. Terwijl ik even niet keek, is de wereld op eigen houtje doorgegaan – zoals bij een spelletje waarbij iedereen zich alleen mag bewegen als ik mijn ogen dicht heb. In dat geval is het misschien niet zo raar dat er nu twee manen aan de hemel staan. Terwijl mijn bewustzijn even sliep, kwam hij misschien uit het heelal gevlogen, met een gezicht alsof hij een verre neef van onze maan was, en is hij in het zwaartekrachtveld van de aarde blijven steken.

De politie draagt nieuwe uniformen en vuurwapens. In de bergen

bleef hij als een amoebe van gedaante veranderen. Er kwam niets van terecht, maar dan ook helemaal niets. Toen kwam Fukaeri opeens ergens vandaan en pakte zijn linkerhand. Daardoor veranderde Tengo niet langer van gedaante. De wind ging opeens liggen, en de partituur dwarrelde niet meer door de lucht. Gelukkig, dacht hij. Maar de tijd die hem was gegeven, was bijna op. 'Het is afgelopen,' zei Fukaeri met zachte stem. Ze sprak nog steeds niet meer dan één zinnetje. De tijd stopte plotseling, en op hetzelfde ogenblik kwam de wereld ten einde. Het draaien van de aarde kwam langzaam tot stilstand, en alle geluid en licht verdwenen.

Toen hij de volgende ochtend wakker werd, draaide de wereld nog altijd door. De ontwikkelingen hadden ook niet stilgestaan. Raderen hadden zich reeds in beweging gezet, zoals van die enorme wagen uit de Indische mythologie, die alle levende dingen op zijn pad verbrijzelt.

gericht en ze speelden er geen muziek, en dat beviel Tengo wel. Hij zat in z'n eentje aan de bar en staarde zonder aan iets te denken onafgebroken naar zijn linkerhand – de hand die Fukaeri een paar minuten geleden nog in de hare had gehouden. De druk van haar vingers was nog niet helemaal verdwenen. Daarna moest hij aan haar borsten denken. Die waren heel fraai gevormd. Ze waren zo mooi en volmaakt dat ze hun seksuele betekenis praktisch volledig hadden verloren.

Terwijl hij zo zat te peinzen, bekroop hem de bijna onweerstaanbare lust om zijn oudere vriendin op te bellen. Het kon hem niet schelen waarover ze wilde praten. Klachten over haar kinderen, de populariteit van de regering-Nakasone – alles was oké, zolang hij haar stem maar kon horen. Als het even kon, sprak hij ergens met haar af en dook hij meteen met haar in bed. Maar het kon nu eenmaal niet om haar thuis op te bellen. Stel je voor dat haar man opnam. Of een van haar kinderen. Hij belde nooit op – zo hadden ze dat afgesproken.

Tengo bestelde nog een gin-tonic, en terwijl hij daarop wachtte, kreeg hij een visioen van zichzelf in een klein bootje dat met woeste vaart door een stroomversnelling voer. Wat had Komatsu ook weer gezegd, aan de telefoon? 'Als we over het randje van de waterval gaan, dan gaan we samen, in stijl!' Maar kon je zonder meer geloven wat Komatsu zei? Wie kon garanderen dat Komatsu niet vlak voor de waterval op een nabije rots zou springen, met een excuus als: 'Sorry, Tengo, maar ik moet eerst nog even iets doen. Ik laat het allemaal aan jou over.' Degene die in stijl over het randje van de waterval ging, kon wel eens alleen hijzelf zijn. Dat was niet alleen niet onmogelijk. Het was zelfs heel góéd mogelijk.

Thuisgekomen viel hij in slaap en had een droom. Het was de eerste keer in lange tijd dat hij zo'n verbazend heldere droom had. Hij was een minuscuul stukje in een enorme legpuzzel. Geen stukje met een vaste vorm, maar een dat elk moment van gedaante veranderde. Daarom was er geen enkele plaats waarin hij precies paste. Dat was nogal wiedes. Maar het werd nog mooier: in dezelfde tijd die hem was gegeven om zijn plaats in de puzzel te vinden, moest hij ook een paukenpartituur bij elkaar zien te grabbelen. Die was door een rukwind weggeblazen en links en rechts weer neergedwarreld. Al die bladzijden moest hij een voor een oprapen, daarvan het paginanummer controleren en op volgorde leggen. En al die tijd dat hij daarmee bezig was,

voor ondergoed aanhad. Daarna staarde ze een knalrode Tengo aan met een blik alsof hij iets heel merkwaardigs was.

'Ik zal het doen,' zei ze even later.

'Dankjewel,' zei Tengo. Dat was het eind van het gesprek van die avond.

Tengo bracht Fukaeri naar het station van Shinjuku. De meeste mensen liepen over straat met hun jasje over hun arm. Sommige vrouwen hadden zelfs hun armen helemaal bloot. Het geroezemoes van de mensen vermengde zich met het grommen van automotoren tot het bevrijde geluid dat zo typerend is voor de grote stad. Een zacht lentebriesje woei door de straten. Waar zou die wind vandaan komen, dat hij die heerlijke geur met zich meedroeg naar Shinjuku? Tengo vond het maar vreemd.

'Ga je vanavond nog terug naar huis?' vroeg Tengo aan Fukaeri. De treinen waren tjokvol, en het zou uren duren voor ze haar bergtop bereikte.

Fukaeri schudde haar hoofd. 'We hebben een flat in Shinanomachi.'

'O, dat is maar tien minuten hiervandaan. Dus als het laat wordt, slaap je daar?'

'Ja. Futamatao is te ver weg.'

Op weg naar het station hield Fukaeri net als de vorige keer Tengo's linkerhand vast. Het was net of er een klein meisje aan de hand van een volwassene liep. Desalniettemin klopte Tengo's hart van opwinding, want Fukaeri was geen klein meisje, ze was een mooie jonge vrouw.

Bij het station aangekomen liet ze zijn hand los en kocht een kaartje naar Shinanomachi aan de automaat.

'Maak je over de persconferentie maar geen zorgen,' zei Fukaeri.

'Dat doe ik ook niet.'

'Het lukt me best.'

'Dat weet ik,' zei Tengo. 'Ik zit nergens over in. Het loopt vast op rolletjes.'

Zonder verder iets te zeggen liep Fukaeri door de controle en verdween in de mensenmassa.

Na afscheid te hebben genomen van Fukaeri, liep Tengo een cafeetje binnen en bestelde een gin-tonic. Het was een café waar hij wel vaker kwam, niet ver van de boekhandel Kinokuniya. Het was ouderwets in-

'Ik heb één persoonlijk verzoek. Als je er niets op tegen hebt, tenminste.'

'Wat voor verzoek.'

'Kun je voor die persconferentie dezelfde kleren aantrekken die je nu draagt?'

Fukaeri keek Tengo aan alsof ze hem niet goed begreep. Toen liep ze al haar kleren na, op een manier die deed vermoeden dat ze tot dan toe zelf niet had geweten wat ze aanhad.

'Moet ik deze kleren dan ook dragen,' vroeg ze.

'Precies. Je moet de kleren die je nu aanhebt ook op de persconferentie dragen.'

'Waarom.'

'Omdat ze je heel goed staan. Ik bedoel, je buste komt er prachtig in uit, en dit is natuurlijk maar een persoonlijke gedachte, maar ik heb zo'n idee dat al die journalisten hoofdzakelijk daarnaar zullen kijken en je weinig echt lastige vragen zullen stellen. Maar als je er een hekel aan hebt, moet je het vooral niet doen. Je bent het niet verplicht alleen omdat ik het vraag.'

'Mijn kleren kiest Azami altijd voor me uit,' zei Fukaeri.

'Jij niet?'

'Het kan mij niet schelen wat ik draag.'

'Dus wat je nu aanhebt, is ook door Azami gekozen?'

'Ja.'

'Nou, het staat je anders heel goed.'

'Komt mijn buste goed uit in deze kleren,' vroeg ze zonder vraagteken.

'Zo zou je het kunnen stellen, ja. Hij valt – hoe zal ik het zeggen? – hij springt in het oog.'

'Deze trui combineert goed met mijn beha.'

Onder Fukaeri's voortdurende blik voelde Tengo dat hij begon te blozen.

'Van combinaties begrijp ik niet zoveel. Ik heb alleen zo'n voorgevoel dat je hier goede resultaten mee kunt boeken,' zei hij.

Fukaeri keek hem nog steeds recht in de ogen. Toen vroeg ze ernstig: 'Kijken ze hoofdzakelijk hiernaar.'

'Dat kan ik niet ontkennen,' antwoordde Tengo voorzichtig.

Fukaeri trok haar trui bij de hals open en stak er bijna haar neus in om naar binnen te kijken. Waarschijnlijk wilde ze zien wat ze vandaag

hij een wel bijzonder idiote vraag had gesteld.

'Laten we er maar mee ophouden,' zei hij terwijl hij de lijst weer in zijn aktetas stopte. 'We weten toch niet wat voor vragen er komen. Geef op alles maar antwoord zoals jou dat goed lijkt. Dat kun je wel, dat weet ik zeker.'

'Gelukkig,' zei Fukaeri gerustgesteld.

'Je denkt vast dat het nutteloos is om je op de vragen van een interview voor te bereiden.'

Fukaeri haalde kort haar schouders op.

'Ik ben het roerend met je eens. Ik doe dit ook niet omdat ik het zo leuk vind, maar omdat Komatsu het me heeft gevraagd.'

Fukaeri knikte.

'Alleen één ding,' zei Tengo. 'Je mag aan niemand vertellen dat ik *Een pop van lucht* heb herschreven. Dat begrijp je zelf zeker ook wel.'

Fukaeri knikte twee keer. 'Ik heb het in m'n eentje geschreven.'

'*Een pop van lucht* is het werk van jou alleen, en van niemand anders. Dat hebben we van het begin af aan gezegd.'

'Ik heb het in m'n eentje geschreven,' herhaalde Fukaeri.

'Heb je gelezen wat ik ervan heb gemaakt?'

'Azami heeft het voorgelezen.'

'Wat vond je ervan?'

'Je schrijft heel mooi.'

'Betekent dat dat het je goedkeuring kan wegdragen?'

'Het lijkt wel of ik het zelf heb geschreven.'

Tengo keek Fukaeri aan. Ze bracht haar kopje chocola naar haar mond en nam een slokje. Er was inspanning voor nodig om zijn ogen niet naar de welvingen van haar borsten te laten afdwalen.

'Dat doet me erg goed,' zei Tengo. 'Ik heb het boek met verschrikkelijk veel plezier herschreven. Natuurlijk heb ik er ook het nodige mee te stellen gehad – om het feit dat dit jouw boek is geen geweld aan te doen. Daarom was het voor mij ontzettend belangrijk om te weten of je het resultaat echt mooi vond.'

Fukaeri knikte zwijgend en bracht haar hand naar een fraai gevormd oorlelletje, alsof ze zich ergens van wilde vergewissen.

De serveerster kwam langs om hun glazen bij te vullen met koud water. Tengo nam een teug om zijn keel te smeren, en toen trok hij de stoute schoenen aan en verwoordde de gedachte die hem al een paar minuten bezighield.

Wat was BWV 244 ook weer? Tengo kon het zich niet meteen herinneren. Hij dacht het nummer wel eens eerder te hebben gehoord, maar de titel van het werk wilde hem niet te binnen schieten.

Fukaeri begon te zingen.

Buß' und Reu',
Buß' und Reu'
Knirscht das Sündenherz entzwei.
Buß' und Reu',
Buß' und Reu'
Knirscht das Sündenherz entzwei,
Knirscht das Sündenherz entzwei.
Buß' und Reu',
Buß' und Reu'
Knirscht das Sündenherz entzwei.
Buß' und Reu'
Knirscht das Sündenherz entzwei.
Daß die Tropfen meiner Zähren,
Angenehme Spezerei,
Treuer Jesu, dir gebären.

Tengo was even sprakeloos. Fukaeri was niet helemaal toonvast, maar haar uitspraak van het Duits was duidelijk en verbazend accuraat.

'Dat is uit de *Matthäuspassion*!' zei Tengo. 'Je kent de tekst vanbuiten!'

'Die ken ik niet,' zei het meisje.

Tengo wilde iets zeggen, maar de woorden kwamen niet. Hulpeloos wierp hij een blik op de notities die hij had gemaakt en ging over naar de volgende vraag.

'Hebt u een vaste vriend?'

Fukaeri schudde haar hoofd.

'Waarom niet?'

'Ik wil niet zwanger worden.'

'Maar ook met een vaste vriend hoef je niet zwanger te worden!'

Fukaeri zei niets. Ze knipperde alleen een paar keer stil met haar ogen.

'Waarom wil je niet zwanger worden?'

Fukaeri hield haar lippen stijf op elkaar. Tengo kreeg het gevoel dat

om het helemaal mooi te maken, waren al haar antwoorden zo gegeven dat niemand ook maar kon vermoeden wat er zich achter de schermen had afgespeeld. Dat was precies wat Tengo wilde: een oprechte indruk maken terwijl ze de pers om de tuin leidde.

'Wat is uw favoriete roman?'

'*Verhalen van de Taira.*'

Wat een prachtig antwoord, dacht Tengo. 'Welk gedeelte?'

'Alles.'

'En verder?'

'*Verhalen van lang geleden.*'*

'Leest u geen moderne literatuur?'

Fukaeri dacht even na. '*Sanshō de baljuw.*'

Prachtig! Schitterend! *Sanshō de baljuw* is een roman van bijna zeventig jaar geleden. En dat noemt zij 'moderne literatuur'!**

'Wat zijn uw hobby's?'

'Ik luister naar muziek.'

'Wat voor muziek?'

'Ik hou van Bach.'

'Wat in het bijzonder van Bach?'

'BWV 846 tot BWV 893.'

Tengo dacht even na voor hij zei: '*Das wohltemperierte Klavier*, boek 1 en boek 2.'

'Ja.'

'Waarom antwoordde je met nummers?'

'Die zijn makkelijker te onthouden.'

Voor wiskundigen is *Das wohltemperierte Klavier* letterlijk hemelse muziek. Elk boek bestaat uit vierentwintig preludes en fuga's in alle twaalf toonsoorten, gelijkzwevend gestemd zowel in majeur als mineur. De twee boeken samen – met andere woorden, de volledige cyclus – bevatten dus achtenveertig composities.

'En verder?'

'BWV 244.'

---

* *Verhalen van lang geleden* (*Konjaku monogatari*) is een verzameling verhalen die waarschijnlijk te boek zijn gesteld in de twaalfde eeuw.

** *Sanshō de baljuw* (*Sanshō dayū*) is een nog niet in het Nederlands vertaalde roman van Ōgai Mori (1862-1922) uit 1915. Het is een hervertelling van een middeleeuwse legende.

Fukaeri knikte weer.

'Waar hebt u het verhaal van *Een pop van lucht* vandaan?'

'Van de blinde geit.'

'"Blind" is niet zo goed,' zei Tengo. 'Je kunt beter zeggen "visueel gehandicapt".'

'Waarom.'

'"Blind" is een discriminerend woord. Als je zulke woorden gebruikt, loop je het gevaar dat je een of twee journalisten een hartverzakking bezorgt.'

'Wat is een discriminerend woord.'

'Het duurt te lang om dat allemaal uit te leggen. In elk geval, kun je in plaats van "de blinde geit", "de visueel gehandicapte geit" zeggen?'

Na een korte stilte zei Fukaeri: 'Dat heb ik van de visueel gehandicapte geit.'

'Heel goed!' zei Tengo.

'Mag "blind" niet,' vroeg Fukaeri nog eens voor de zekerheid.

'Nee, "blind" kan echt niet door de beugel. Maar het antwoord op zich is prima.'

Tengo ging verder met zijn vragen. 'Wat zeggen uw vrienden en vriendinnen op school ervan dat u deze prijs hebt gewonnen?'

'Ik ga niet naar school.'

'En waarom gaat u niet naar school?'

Geen antwoord.

'Bent u van plan nog meer verhalen te schrijven?'

Stilte.

Tengo dronk zijn koffie op en zette het kopje terug op het schoteltje. Uit de verzonken speakers in het plafond klonk zacht een liedje uit *The Sound of Music*, gearrangeerd voor strijkorkest. 'Raindrops on roses and whiskers on kittens...'

'Zijn mijn antwoorden niet goed,' vroeg Fukaeri.

'Jawel hoor,' zei Tengo. 'Die zijn prima. Ga gewoon zo door.'

'Gelukkig,' zei Fukaeri.

Tengo had het echt gemeend. Hoewel ze maar één zinnetje tegelijk zei en de meeste leestekens wegliet, waren haar antwoorden in zekere zin perfect. Het beste was nog dat ze ogenblikkelijk antwoord gaf en daarbij de vragensteller recht aankeek, zonder zelfs met haar ogen te knipperen. Dat was een bewijs dat ze niet zat te liegen en niet zomaar korte antwoorden gaf om de spot te drijven met de vragensteller. En

'Wat voor vragen.'

'Allerlei vragen. Over het boek, over jezelf, je privéleven, je hobby's, je plannen voor de toekomst. Dus je kunt er beter nu maar vast over gaan nadenken hoe je op die vragen zult antwoorden.'

'Waarom.'

'Dat is veiliger. Dan zit je niet te hakkelen en te stotteren, en je zegt ook geen dingen die verkeerd kunnen worden uitgelegd. Het kan nooit kwaad om je daar tot op zekere hoogte op voor te bereiden. Proefdraaien, zogezegd.'

Fukaeri dronk zwijgend haar chocola, maar ze keek Tengo aan met een blik die duidelijk zei: 'Ik heb totaal geen belangstelling voor dat soort dingen, maar als jij het nodig vindt...' Af en toe waren haar ogen welsprekender dan haar mond. Op z'n minst spraken ze met meer zinnen. Maar alleen met blikken hield je geen persconferentie.

Tengo deed zijn aktetas open en haalde er een vel papier uit, waarop hij alle vragen had geschreven die volgens hem op een persconferentie gesteld konden worden. De avond tevoren had hij zijn hersens gepijnigd om die lijst op te stellen.

'Goed. Ik stel jou een vraag, en dan doe jij alsof ik een journalist ben, en geef je daarop antwoord. Lukt dat?'

Fukaeri knikte.

'Hebt u tot nu toe veel geschreven?'

'Ja,' zei Fukaeri.

'Wanneer bent u met schrijven begonnen?'

'Al heel lang geleden.'

'Dat gaat lekker,' zei Tengo. 'Kort maar krachtig, en vooral niet te veel zeggen. Heel goed. Wat je eigenlijk bedoelt, is dat Azami al lang geleden begonnen is het voor je op te schrijven, nietwaar?'

Fukaeri knikte.

'Dat vertel je ze dus niet. Dat blijft tussen jou en mij.'

'Dat vertel ik ze niet,' zei Fukaeri.

'Toen u het manuscript inzond, had u er toen enig vermoeden van dat u deze prijs zou winnen?'

Ze glimlachte, maar deed haar mond niet open. Er viel een stilte.

'Daar wil je liever niet op antwoorden, hè?' vroeg Tengo.

'Nee.'

'Hindert niet. Wanneer je niet wilt antwoorden, zeg je gewoon niks en lach je vriendelijk. Het zijn toch allemaal stomme vragen.'

Tengo drukte met zijn vingers tegen zijn slaap. Toen gaf hij het op.

'Goed dan,' zei hij gelaten. 'Overmorgen om zes uur 's avonds ontmoet ik Fukaeri in onze koffieshop in Shinjuku, en dan zal ik haar het een en ander uitleggen over de komende persconferentie. Bent u nu tevreden?'

'Het tafeltje is al besproken,' zei Komatsu. 'En til er niet te zwaar aan, hè Tengo? We laten ons met de stroom meedrijven. Zulke dingen komen in een mensenleven niet zo vaak voor. Het is de wereld van een uitbundige schelmenroman, moet je maar denken. We bereiden ons op het ergste voor en snuiven de zware lucht van het kwaad met genoegen op. We genieten van de stroomversnelling. En als we over het randje van de waterval gaan, dan gaan we samen, in stijl!'

Twee avonden later, in de koffieshop in Shinjuku, had Tengo zijn afspraak met Fukaeri. Ze droeg een dunne zomertrui die de vorm van haar borsten goed liet uitkomen, en een spijkerbroek met smalle pijpen. Haar haar was lang en sluik, en haar huid glansde. Alle mannen aan de omringende tafels wierpen tersluikse blikken in haar richting. Tengo kon hun ogen voelen, maar Fukaeri zelf leek zich nergens van bewust. Komatsu had gelijk: als bekend werd dat dit meisje de Prijs voor Literair Debutanten in de wacht had gesleept, zou je eens wat zien.

Fukaeri had al gehoord dat haar verhaal de prijs had gewonnen, maar ze leek niet bijzonder blij of opgewonden. De hele prijs liet haar koud. Hoewel het een zomerse dag was, had ze warme chocola besteld, en nu zat ze die langzaam en aandachtig te drinken, met haar handen om het kopje heen. Ze had nog niet over de persconferentie gehoord, maar toen Tengo haar erover vertelde, reageerde ze hoegenaamd niet.

'Je weet toch wat een persconferentie is, hè?'

'Persconferentie,' herhaalde ze.

'Jij zit op een verhoging, en dan stellen de journalisten van de kranten en weekbladen je vragen. Foto's nemen ze ook. Misschien zijn er zelfs wel televisiecamera's. Jouw antwoorden worden over het hele land verslagen. Het komt maar zelden voor dat een meisje van zeventien de Debutantenprijs wint, dus dat is groot nieuws. En dan het feit dat de jury unaniem was in zijn oordeel – dat maakt het nog groter. Dat komt namelijk ook weinig voor.'

'Stellen ze vragen,' vroeg Fukaeri.

'Zij stellen vragen, en daarop moet jij antwoord geven.'

'Precies. Dus waarom zou hij zich inlaten met dit heikele project? Wat is zijn belang hierbij?'

'Ja, dat weet ik ook niet. Hij is nu eenmaal een ondoorgrondelijk figuur.'

'Als zelfs u hem niet kunt doorgronden, meneer Komatsu, wil dat zeggen dat hij een wel heel diepe bodem heeft.'

'Hmmm,' bromde Komatsu. 'Hij ziet er op het eerste gezicht wel uit als een onschuldige ouwe opa, maar in feite is het een mysterieus heerschap.'

'In hoeverre is Fukaeri van dit alles op de hoogte?'

'Van wat wij achter de schermen uitspoken weet ze niets, en ze hoeft ook niets te weten. Ze stelt het grootste vertrouwen in Ebisuno, en ze heeft ook een goede indruk van jou. Vandaar dat ik je nu om een gunst sta te smeken.'

Tengo pakte de hoorn over in zijn andere hand. Hij moest koste wat het kost proberen om de ontwikkelingen voor te blijven.

'Maar professor Ebisuno is geen geleerde meer. Hij heeft ontslag genomen bij zijn universiteit, en boeken schrijft hij ook niet meer.'

'Ja, met de wetenschap heeft hij alle banden verbroken. Hij was ooit een begaafd geleerde, maar volgens mij is hij er niet rouwig om dat hij de academische wereld vaarwel heeft gezegd. Hij heeft nooit goed overweg gekund met autoriteiten en organisaties. In wezen is hij een non-conformist.'

'Waar leeft hij nu dan van?'

'Hij is effectenmakelaar,' zei Komatsu. 'Of als je die term te ouderwets vindt, hij is "beleggingsadviseur". Hij trekt kapitaal van buiten aan, belegt dat, en strijkt de winstmarge op. Hij daalt zelden van zijn bergtop af. Al zijn instructies om te kopen of te verkopen geeft hij vanaf daar. Hij heeft een griezelig goede intuïtie, maar zijn analyses zijn ook uitstekend, en hij heeft zijn eigen systeem ontwikkeld. Eerst deed hij het alleen als hobby, maar nu is het in feite zijn werk. Dat is het zo'n beetje. In beurskringen moet hij beroemd zijn. Eén ding kun je met zekerheid van hem zeggen, en dat is dat hij niet om geld verlegen zit.'

'Ik zou niet weten wat culturele antropologie met de effectenhandel te maken heeft.'

'Dat weet niemand. Behalve hij.'

'En u vindt hem ondoorgrondelijk.'

'Precies.'

prijs heeft gewonnen, en ik zal mijn uiterste best doen om haar op de persconferentie voor te bereiden, maar met die nieuwe maatschappij wil ik niets te maken hebben – dat is me veel te link. Dat is niets anders dan georganiseerde oplichterij.'

'Je kunt niet meer terug, Tengo,' zei Komatsu. 'Georganiseerde oplichterij? Als je het zo stelt, heb je misschien gelijk. Zo kun je het zien, dat klopt. Maar dat wist jij ook, nog voor je eraan begon. Fukaeri bestond helemaal niet, ze was een halve illusie, en wij hebben een auteur van haar gemaakt, in de eerste plaats om de wereld te belazeren. Waar of niet? Vanzelfsprekend is daar ook geld bij betrokken, en om dat naar behoren te regelen, heb je een goed georganiseerd systeem nodig. Dit is geen spelletje voor kleine kinderen! Je kunt wel zeggen van: "Ik ben bang, ik wil er niets meer mee te maken hebben. Geld hoef ik niet", maar daar luistert niemand naar. Als je uit de boot wilde stappen, had je dat veel eerder moeten doen, toen het water nog kalm was. Nu is het te laat. Om juridisch een nieuwe zaak te kunnen opzetten, heb je een zeker aantal mensen nodig, al is het alleen maar in naam, en je kunt hier bezwaarlijk mensen bij betrekken die niets van de omstandigheden af weten. Je móét meedoen, Tengo. Je kunt geen nee meer zeggen. De boot vaart verder, en met jou aan boord.'

Het duizelde Tengo, maar er wilde niet één goed idee bij hem opkomen.

'Eén vraag,' zei hij. 'Als ik u zo hoor, is professor Ebisuno van plan zijn volledige medewerking aan dit project te geven. Hij lijkt er ook al in te hebben toegestemd om directeur te worden van de nieuwe maatschappij, al bestaat die alleen op papier.'

'Als Fukaeri's voogd is Ebisuno van alle omstandigheden op de hoogte. Niet alleen dat, maar hij is het er ook mee eens en heeft zelfs het startsignaal gegeven. Na dat verhaal van jou over je bezoek aan zijn huis heb ik hem meteen opgebeld. Natuurlijk wist hij nog precies wie ik was. Hij wilde alleen uit jouw mond horen wat jouw indruk van me was. Volgens hem was je oordeel over mijn karakter bijzonder scherpzinnig. Wat heb je hem precies over me verteld?'

'Wat voor voordeel hoopt professor Ebisuno erbij te behalen door hieraan mee te werken? Ik kan me niet voorstellen dat het hem om het geld te doen is.'

'Daar heb je gelijk in. Hij is er de man niet naar om zich druk te maken voor een hongerloontje als dit.'

heb zelfs nooit een persconferentie bijgewoond!'

'Jij wilt toch schrijver worden? Nou, gebruik dan je fantasie! Je iets voorstellen dat je nog nooit gezien hebt – is dat niet het werk van een schrijver?'

'Maar nadat ik *Een pop van lucht* had ingeleverd, hoefde ik toch niets meer te doen? Ik kon teruggaan naar de bank en op mijn gemak toekijken hoe het spel verderging – dat hebt u verdorie zelf gezegd!'

'Tengo, als dit iets was dat ik zelf kon doen, deed ik het ook, en met liefde. Dacht je soms dat ík het leuk vind om anderen telkens iets te vragen? Maar dit kan ik niet, en daarom doe ik dit verzoek aan jou. Het is als een boot die met een noodvaart een stroomversnelling af gaat. Ik heb allebei mijn handen nodig om het roer vast te houden, dus ik laat de peddel aan jou over. Als jij niet in staat bent om te peddelen, kapseist de boot, en dan komen we met z'n allen in het water terecht – Fukaeri incluis. En dat wil je toch niet?'

Tengo slaakte nog eens een zucht. Hoe kwam het toch dat hij altijd in een situatie verzeild raakte waarin hij niet kon weigeren?

'Goed, meneer Komatsu, ik zal zien wat ik kan doen. Maar u begrijpt zeker wel dat ik niets kan beloven?'

'Dat is voldoende, Tengo. Ik zal je eeuwig dankbaar zijn. Fukaeri lijkt zich nu eenmaal vast te hebben voorgenomen alleen met jou te praten,' zei Komatsu. 'O, nog één ding. We beginnen een nieuwe zaak.'

'Een nieuwe zaak?'

'Ja. Bureau, kantoor, productie... De naam doet er niet toe. In elk geval, een maatschappij die Fukaeri's literaire activiteiten regelt. Natuurlijk bestaat hij alleen op papier. Officieel zal Fukaeri al haar honoraria van de maatschappij ontvangen. Professor Ebisuno wordt directeur, en jij komt ook op de loonlijst. In wat voor functie, dat maken we later wel uit, maar in elk geval krijg je een salaris uitbetaald. Zelf doe ik ook mee, maar zonder dat mijn naam in de openbaarheid komt. Als de mensen horen dat ík erbij betrokken ben, levert dat namelijk problemen op. Op die manier verdelen we de winst. Jij hoeft alleen maar je stempel op wat formulieren te zetten, en ik zorg voor de rest. Een van mijn kennissen is een heel goede jurist.'

Tengo dacht even na. 'Zou u het heel erg vinden om mijn naam van die lijst te schrappen, meneer Komatsu? Geld wil ik niet. Ik heb *Een pop van lucht* met plezier herschreven, en ik heb er al doende heel wat van opgestoken. Ik vind het ontzettend fijn voor Fukaeri dat ze de

uitreiking. Als we dat zonder kleerscheuren overleven, gaat de rest van een leien dakje. Absolute discretie! "Het spijt ons verschrikkelijk, maar de schrijfster heeft er een hekel aan om in het publiek te verschijnen." Zolang we die tactiek maar consequent volgen, wordt niemand er ook maar iets wijzer van.'

Tengo probeerde zich voor te stellen hoe het eraan toe zou gaan als Fukaeri in de zaal van een hotel een persconferentie bijwoonde. Rijen microfoons, een vuurwerk van flitslampjes. Bij nader inzien gaf hij de poging maar op.

'Bent u echt van plan om een persconferentie te houden?'

'Als we dat niet doen, slaan we een erg raar figuur.'

'Dat wordt een ramp! Let op mijn woorden.'

'Daarom moeten we er ook voor zorgen dat het géén ramp wordt. En dat is jouw werk, Tengo.'

Tengo gaf geen antwoord. Onheilspellend donkere wolken stapelden zich op aan de horizon van zijn bewustzijn.

'Hé, ben je er nog?' vroeg Komatsu.

'Ja,' zei Tengo. 'Wat bedoelt u in godsnaam met "mijn werk"?'

'Nogal wiedes. Jij moet Fukaeri coachen in hoe het er bij een persconferentie aan toegaat. De vragen die er gesteld worden, zijn allemaal zo'n beetje hetzelfde. Daar bereid je dus de antwoorden op voor, en die stamp je er bij Fukaeri in. Je bent onderwijzer op een bijlesinstituut, zoiets moet jij toch kunnen!'

'En dat moet ík doen?'

'Ja. Fukaeri vertrouwt je nu eenmaal. Als jij iets zegt, luistert ze. Ik hoef het niet te proberen. Ik heb haar nog niet eens mogen ontmoeten.'

Tengo zuchtte. Het liefst had hij met het hele probleem van *Een pop van lucht* niets meer te maken gehad. Hij had zijn opdracht uitgevoerd, en nu wilde hij zich helemaal aan zijn eigen werk wijden. Maar hij had een voorgevoel gehad dat dit niet zo makkelijk zou gaan als hij dacht, en boze voorgevoelens komen veel vaker uit dan rooskleurige.

'Heb je overmorgen 's avonds tijd?' vroeg Komatsu.

'Ja.'

'Goed. Ga dan naar de koffieshop in Shinjuku waar wij altijd afspreken. Fukaeri zal er ook zijn.'

'Het spijt me, meneer Komatsu, maar dit is te veel gevraagd. Ik weet zelf ook niet hoe het er bij zo'n persconferentie aan toegaat. Ik

Misschien, maar dat moest hij eerst maar eens bewijzen.

Tengo scheurde al zijn oude manuscripten kapot en begon aan een volledig nieuw werk. Hij sloot zijn ogen en luisterde lang en aandachtig naar wat dat bronnetje in hem te vertellen had. Toen welden de woorden vanzelf in hem op. Tengo zette ze ongehaast en met kleine beetjes tegelijk op papier.

Begin mei kreeg hij voor het eerst in lange tijd een telefoontje van Komatsu. Het was bijna negen uur 's avonds.

'Nou, gefeliciteerd!' zei Komatsu met een stem waarin je als je goed luisterde een zekere mate van opwinding kon ontdekken. Bij Komatsu kwam zoiets hoogstzelden voor.

Tengo kon aanvankelijk niet begrijpen waar Komatsu het over had. 'Waarmee?'

'Moet je dat nog vragen? *Een pop van lucht* heeft de Prijs voor Literair Debutanten gewonnen! Een unanieme beslissing van de jury. Er hoefde nauwelijks over gediscussieerd te worden. Nou ja, vind je het vreemd, met zo'n sterk boek? In elk geval, er is weer beweging in de situatie gekomen, en omdat jij en ik allebei in hetzelfde schuitje zitten, moeten we elk onze rol naar behoren vervullen.'

Tengo wierp een blik op de muurkalender. Natuurlijk! Vandaag was de jury van de Debutantenprijs bijeengekomen. Hij was zo opgegaan in zijn eigen roman dat hij de tijd helemaal was vergeten.

'Dus wat gebeurt er nu?' vroeg Tengo. 'Ik heb het nu over het tijdsschema.'

'Morgen komt de uitslag in de krant. Alle landelijke dagbladen wijden er wel een stukje aan, misschien zelfs met foto. Een mooi meisje van zeventien – alleen dat al zal de nodige beroering veroorzaken. Je moet het me niet kwalijk nemen, maar dat is wel even ander nieuws dan wanneer de Debutantenprijs was gewonnen door, laten we zeggen, een dertigjarige wiskundeonderwijzer op een bijlesinstituut die eruitziet als een beer die net uit zijn winterslaap is ontwaakt.'

'Een verschil van dag en nacht,' zei Tengo.

'De prijsuitreiking vindt plaats op 16 mei, in een hotel in Shinbashi. En die wordt gevolgd door een persconferentie.'

'En is Fukaeri daarbij aanwezig?'

'Dat zal wel. Deze ene keer tenminste. De winnares van de Prijs voor Literair Debutanten kan bezwaarlijk wegblijven van haar eigen prijs-

begreep Tengo zelf niet, maar hij had duidelijk een gevoel alsof er een zwaar deksel eindelijk opzij was geschoven. Hij voelde zich lichter geworden. Het was alsof hij uit een benauwde ruimte naar buiten was gekomen en vrijelijk zijn armen en benen kon bewegen. Hij nam aan dat *Een pop van lucht* iets in hem had wakker geroepen dat altijd in hem had gesluimerd.

Tengo besefte ook dat er een ambitie in hem was geboren, en dat was hem tot nu toe maar heel zelden overkomen. Op de middelbare school en op de universiteit hadden zijn judocoach en zijn oudere clubgenoten het zo vaak tegen hem gezegd: 'Je hebt talent, je bent sterk, je oefent veel, maar je wil gewoon niet.' Daar hadden ze zeker gelijk in gehad. De wil om te winnen was bij hem maar heel zwak aanwezig. Daarom bracht hij het telkens tot de halve finales, of de finales zelf, maar als het er echt op aankwam, liet hij het meestal afweten. En niet alleen in judo, in alles eigenlijk. Misschien was hij gewoon te aardig. In elk geval ontbrak het hem aan verbetenheid. Met schrijven was het al precies hetzelfde. Zijn stijl was beslist niet slecht, en hij was best in staat om een interessant verhaal te vertellen, maar de kracht om desnoods met gevaar voor eigen leven een beroep op de lezer te doen bezat zijn werk niet. Als je was uitgelezen, voelde je dat het ergens tekortschoot. Dat verklaart waarom hij het telkens tot de laatste ronde schopte, maar de Debutantenprijs zelf nooit won. Komatsu's advies was een schot in de roos geweest.

Maar nadat hij *Een pop van lucht* had herschreven, voelde Tengo voor het eerst van zijn leven een zekere ergernis. Terwijl hij ermee bezig was, had hij voor niets anders oog gehad. Hij schreef maar door en schreef maar door zonder ergens anders aan te denken. Toen hij echter het voltooide manuscript bij Komatsu had ingeleverd, werd hij overweldigd door een ontzettend gevoel van onmacht, en toen hij daar enigszins overheen was, door iets wat verdacht veel op woede leek en dat uit het centrum van zijn lichaam kwam opborrelen. De woede was tegen hemzelf gericht. Heb ik me daar het verhaal van iemand anders geleend en dat als een gewone oplichter herschreven! En met nog wel veel meer enthousiasme dan een van mijn eigen verhalen! Tengo schaamde zich rot als hij eraan dacht. Een echte schrijver zoekt in zichzelf naar het verhaal dat daar verborgen ligt en drukt dat in de juiste bewoordingen uit! Wat ben jij toch voor lamstraal? Als je even je best doet, kun jij ook zo'n verhaaltje schrijven. Zo is het toch?

16

Tengo: *Ik ben blij dat je het mooi vindt*

Nadat Tengo zich tien dagen lang uit de naad had gewerkt om *Een pop van lucht* te herschrijven zodat het er splinternieuw uitzag en hij het resultaat bij Komatsu had ingeleverd, leek de storm uitgewoed en brak er voor hem een vreedzame tijd aan. Drie dagen in de week gaf hij zijn lessen aan het bijlesinstituut, één keer in de week ontmoette hij zijn getrouwde vriendin, en de rest van zijn tijd besteedde hij aan het huishouden, aan wandelen en aan het schrijven van zijn eigen roman. Op die manier ging april voorbij. De kersenbloesems vielen, het nieuwe blad verscheen aan de bomen, de magnolia's bloeiden, het seizoen schreed gestaag voort. De dagen gleden voorbij met de grootste regelmaat en zonder dat er iets noemenswaardigs gebeurde. Dit was het leven zoals Tengo het eigenlijk het liefst zag: de ene week automatisch overvloeiend in de andere zonder dat je er een grens tussen kon trekken.

Eén verandering merkte hij echter op – een goede verandering. Terwijl hij aan zijn eigen roman werkte, realiseerde hij zich dat er in hem een nieuwe bron was ontsprongen. Het was geen bron waaruit het water klaterend voortgutste. Het was eerder een bescheiden bronnetje dat tussen de rotsen opwelde. Maar hoe weinig water het ook gaf, het droogde nooit op. Tengo haastte zich niet, hij raakte niet in paniek, hij wachtte geduldig tot zich in het holletje tussen de rotsen voldoende water had vergaard om het er met zijn hand uit te kunnen scheppen. Daarna was het alleen een kwestie van aan zijn bureau gaan zitten en opschrijven wat hij geschept had. Op die manier ging het verhaal vanzelf vooruit.

Terwijl hij geconcentreerd en zonder aan iets anders aandacht te besteden aan *Een pop van lucht* had zitten werken, was het rotsblok er misschien af gewenteld dat de bron altijd had afgedekt. Hoe het kwam

de keukentafel en probeerde niet te denken aan het tafereel buiten het gordijn.

Misschien, dacht ze, is dit echt het begin van het eind van de wereld.

'En dan komt het Koninkrijk!' prevelde ze.

'Hoe eerder, hoe beter,' hoorde ze ergens iemand zeggen.

die ze tot dan toe elke nacht had gezien. Er had een verandering in plaatsgevonden. Iets waar ze moeilijk de vinger op kon leggen, maar dat net zo moeilijk uit te wissen was.

Het duurde een hele tijd voor ze besefte waar 'm dat verschil in zat. En toen ze het eenmaal besefte, had ze er de grootste moeite mee om het als werkelijkheid te aanvaarden. Haar ogen zagen het wel, maar haar bewustzijn weigerde het te accepteren.

Aan de hemel stonden twee manen. Een kleine maan, en een grote. Naast elkaar dreven ze door de lucht. De grote maan was dezelfde vertrouwde maan als altijd – een gele maan, bijna vol. Maar daarnaast hing nog een maan, een andere maan. Een maan met een ongewone vorm. Enigszins verwrongen, met een kleur alsof hij overgroeid was met dun groen mos. Dat was het tafereel dat ze aanschouwde.

Ze kneep haar ogen half toe en sloeg de twee manen lange tijd gade. Toen deed ze haar ogen helemaal dicht, wachtte een aanzienlijke tijd, haalde diep adem, en deed ze weer open. Ze had gehoopt dat alles weer terug was bij het oude en dat er maar één maan aan de hemel stond. Er was echter niets veranderd. Het was geen speling van het licht, en haar gezichtsvermogen was ook niet aangetast. Aan de hemel schenen onmiskenbaar, onaanvechtbaar, twee manen naast elkaar. Een gele, en een groene.

Ze overwoog even Ayumi wakker te maken om haar te vragen of er echt twee manen aan de hemel stonden. Maar van die gedachte kwam ze gauw terug. Misschien zou Ayumi zeggen: 'O, dat is doodnormaal. Sinds vorig jaar hebben we er een maan bij.' Of: 'Nou moet je niet kletsen, Aomame. Ik zie maar één maan. Ik zou mijn ogen maar eens laten nakijken.' In elk geval, een oplossing voor haar probleem kreeg ze op die manier niet. Het werd er hoogstens erger op.

Ze sloeg haar handen over de onderste helft van haar gezicht en staarde lange tijd naar de twee manen. Er is geen twijfel mogelijk, dacht ze. Er staat iets te gebeuren. Ze voelde haar hart sneller kloppen. Of er was iets met de wereld aan de hand, of met haar – het was een van de twee. Was er iets fout met de pot, of was er iets fout met het deksel?

Ze ging de kamer weer in, deed de glazen schuifdeur op slot en trok het gordijn dicht. Ze pakte een fles cognac uit de kast en schok zichzelf een glas in. In het bed lag Ayumi vredig te slapen. Terwijl Aomame naar haar keek, nipte ze aan haar cognac. Ze zette haar ellebogen op

Aomame zei niets.

'Wat voor jou het allerbelangrijkste is, dat bewaar je zorgvuldig voor die jongen, hè?' fluisterde Ayumi. 'Dat maakt me zo jaloers – iemand te hebben voor wie je iets bewaart.'

Dat is misschien wel zo, dacht Aomame, maar wat is voor mij het allerbelangrijkste?

'Ga slapen,' zei ze. 'Ik zal je in mijn armen houden tot je slaapt.'

'Dankjewel,' zei Ayumi. 'En sorry, hè, dat ik je zo lastig heb gevallen.'

'Je hoeft je nergens voor te verontschuldigen,' zei Aomame, 'en je hebt me helemaal niet lastiggevallen.'

Een hele poos voelde ze Ayumi's warme ademhaling tegen haar zij. In de verte blafte een hond, iemand sloeg een raam met een klap dicht, en al die tijd streelde ze Ayumi's haar.

Toen Ayumi eindelijk sliep, kwam Aomame uit haar bed. Alles wees erop dat zijzelf de nacht op de bank moest doorbrengen. Ze haalde een fles mineraalwater uit de koelkast en dronk daar twee glazen van. Toen stapte ze het smalle balkon op, ging op een aluminium stoel zitten en keek uit over de stad. Het was een zachte lentenacht. Van de verre snelweg kwam een kunstmatig ruisen als van de zee overgewaaid op de flauwe nachtbries. Het was na middernacht, en de neonreclames schitterden iets minder fel.

Ik voel beslist een soort genegenheid voor Ayumi. Als het even kan, wil ik haar niet verliezen. Toen Tamaki doodging, besloot ik dat ik nooit meer met iemand zo'n hechte relatie aan zou gaan, en dat heb ik al die tijd ook volgehouden. Ik heb ook nooit gedacht dat ik een nieuwe vriendin wilde. Maar tegenover Ayumi kan ik op een natuurlijke manier mijn hart openen. Tot op zekere hoogte kan ik haar eerlijk vertellen wat er door me heen gaat. Maar ze is natuurlijk heel anders dan jij, zei Aomame tegen Tamaki, diep in haar. Jij neemt een speciale plaats in. Ik ben samen met jou opgegroeid. Jij bent met niemand anders te vergelijken.

Aomame wierp haar hoofd in haar nek en keek omhoog, naar het firmament. Haar ogen staarden naar de hemel, maar haar geheugen dwaalde langs verre herinneringen. De tijd die ze met Tamaki had doorgebracht, de dingen die ze elkaar hadden toevertrouwd. Die keer dat ze elkaars lichamen hadden betast... Opeens realiseerde ze zich dat de nachtelijke hemel waarnaar ze nu staarde, verschilde van de hemel

volle borsten drukten tegen Aomames armen. Haar adem rook naar alcohol en tandpasta.

'Vind je niet dat mijn tieten veel te groot zijn, Aomame?'

'Niks hoor. Ze zijn heel mooi van vorm.'

'Maar met grote tieten zie je er zo dom uit. Ze deinen op en neer met hardlopen, en als je je beha buiten te drogen hangt, is het net of er twee slaschaaltjes naast elkaar aan de waslijn bengelen. Ik schaam me steeds rot.'

'Mannen lijken er anders geen enkel bezwaar tegen te hebben.'

'En dan mijn tepels. Die zijn ook veel te groot.'

Ayumi knoopte haar pyjama los, haalde er een borst uit en liet de tepel aan Aomame zien.

'Moet je kijken wat een joekel. Vind je het niet raar?'

Aomame bestudeerde de tepel. Die was niet bepaald klein, maar de afmetingen waren beslist niet iets waar je je zorgen om hoefde te maken. Hij was maar iets groter dan de tepel van Tamaki.

'Die ziet er toch schattig uit? Wie heeft je verteld dat hij te groot was?'

'Een man. Zulke enorme tepels had hij nog nooit gezien, zei hij.'

'Dan heeft hij er beslist niet veel gezien. Dit is normaal. Die van mij, die zijn te klein.'

'Maar ik vind jouw tieten best mooi, Aomame. Ze hebben een mooie vorm. Ze maakten een intellectuele indruk op me.'

'Maak dat de kat wijs. Ze zijn te klein, en de linker is groter dan de rechter. Het is elke keer weer een crime om een passende beha te kopen.'

'Zo zie je maar weer: iedereen gaat gebukt onder zijn eigen problemen.'

'Precies,' zei Aomame. 'En nu, slapen!'

Ayumi bewoog haar hand naar omlaag en probeerde haar vingers in Aomames pyjama te steken. Aomame pakte die hand vast en hield hem tegen.

'Schei uit. Je hebt het daarnet toch beloofd? Je zou geen gekkigheid uithalen, zei je.'

'Sorry,' zei Ayumi, en ze haalde haar hand weer weg. 'Je hebt gelijk, dat heb ik beloofd. Ik heb vast te veel gedronken. Maar ik geloof dat ik een beetje verkikkerd op je ben, Aomame. Als een schoolmeisje met van die grote kalfsogen.'

dat ik zoiets deed, echt waar! Maar ik had 'm ook behoorlijk zitten, en ik dacht: het is maar voor de grap, en met Aomame kan zoiets voor een keertje geen kwaad. En jij?'

'Ik ben ook niet lesbisch. Ik heb maar één keer iets dergelijks gedaan, en dat was op de middelbare school, met een goede vriendin. We waren het niet van plan, maar van het een kwam het ander.'

'Ja, dat kan gebeuren, lijkt me. En ben je toen klaargekomen?'

'Ja,' zei Aomame eerlijk. 'Maar bij die ene keer is het gebleven. Ik had het gevoel dat het iets was wat eigenlijk niet mocht, dus ik heb het geen tweede keer gedaan.'

'Lesbisch mag niet?'

'Nee, ik bedoel niet dat lesbisch verkeerd is, of smerig of zo. Ik voelde dat ik met háár zo'n verhouding niet mocht aangaan – zo bedoel ik het. Onze vriendschap was heel belangrijk voor me, en die wilde ik niet in zoiets veranderen.'

'O, op die manier,' zei Ayumi. 'Maar moet je horen, Aomame, vind je het erg als ik vannacht bij je blijf logeren? Ik wil nu even niet terug naar die politieflat. Als ik dat doe, is de elegante stemming die we vanavond hebben opgebouwd in één keer verstoord, en dat zou zonde zijn.'

Aomame dronk het laatste restje van haar daiquiri op en zette het glas op de bar. 'Oké, je mag blijven slapen, maar geen gekkigheid alsjeblieft.'

'Daar is het me ook helemaal niet om begonnen. Ik wilde gewoon wat langer bij je zijn. Het hindert niet waar je me onderbrengt. Ik slaap overal, al was het op de vloer. Morgen heb ik geen dienst, dus morgenochtend hoef ik me niet te haasten.'

Via één overstapje op de ondergrondse arriveerden ze in Jiyūgaoka. Het was even voor elven. Ze hadden allebei net genoeg gedronken om behoorlijk slaap te hebben. Aomame spreidde lakens en een deken uit op de bank en leende Ayumi een pyjama.

'Mag ik éven bij je in bed kruipen?' vroeg Ayumi. 'Ik wil even lekker tegen je aan kruipen. Maak je geen zorgen, gekkigheid haal ik niet uit. Dat beloof ik.'

'Vooruit dan maar,' zei Aomame. Hoe was het mogelijk, dacht ze. Iemand die drie mannen vermoord heeft, in bed met een levensechte politieagente. Het was een malle wereld.

Ayumi klom in bed en sloeg haar armen om Aomame heen. Haar

'Dat weet ik wel. Ik wou het alleen even zeggen.'

'De volgende keer.'

Ayumi keek Aomame aan. 'Wil je daarmee zeggen dat je me de volgende keer weer gezelschap houdt? Ik bedoel, als ik op mannenjacht ga?'

'Best hoor,' zei Aomame. 'We trekken er samen weer op uit.'

'Daar ben ik blij om. Met jou erbij heb ik het idee alsof ik de hele wereld aankan.'

Aomame nam een slokje van haar daiquiri, Ayumi van haar Tom Collins.

'Toen je me de ochtend na de eerste keer opbelde,' zei Aomame, 'had je het erover dat wij samen een lesbische scène hadden opgevoerd. Wat hebben we toen precies gedaan?'

'O, dat?' zei Ayumi. 'Nou, niks bijzonders, hoor. We hebben alleen een beetje lesbisch gedaan om de stemming wat te verhogen. Kun je het je echt niet herinneren? Jij was er anders best voor te porren.'

'Ik weet er totaal niks meer van,' zei Aomame. 'Maar dan ook helemaal niks.'

'Nou, we waren allebei naakt, en toen hebben we een beetje aan elkaars tieten gevoeld en elkaar dáár gekust –'

'*Elkaar dáár gekust?*' Zodra ze de woorden eruit had geflapt, keek Aomame zenuwachtig om zich heen, want het was een rustige bar en ze had onnodig hard gesproken. Gelukkig leek niemand haar te hebben gehoord.

'O, alleen maar voor de vorm, hoor! We hebben onze tongen niet gebruikt.'

'Nou moe!' verzuchtte Aomame, haar vingers tegen haar slapen gedrukt. 'Wat heb ik in 's hemelsnaam gedaan?'

'Het spijt me,' zei Ayumi.

'Je hoeft je echt niet te verontschuldigen, hoor. Het is mijn eigen schuld. Had ik maar niet zo dronken moeten worden.'

'Maar jij bent dáár best schattig, Aomame. Het ziet er zo goed als nieuw uit.'

'Dat komt doordat het ook zo goed als nieuw ís,' zei Aomame.

'Je maakt er alleen af en toe gebruik van?'

Aomame knikte. 'Precies. Niet om het een of ander, maar heb jij misschien lesbische neigingen?'

Ayumi schudde haar hoofd. 'Dat was de eerste keer van mijn leven

'Maar naderhand heb je bij allebei spijt!'

Ze barstten alle twee in lachen uit.

'Maar of het nu maaltijden zijn of mannen, of wat dan ook,' zei Aomame, 'we denken wel dat we zelf een keus maken, maar misschien is dat helemaal niet zo. Misschien staat alles van het eerste begin al vast, en lijkt het alleen maar of we kiezen. Af en toe bekruipt me de gedachte dat vrije wil misschien alleen in onze verbeelding bestaat.'

'Als dat waar is, is het leven maar een sombere zaak.'

'Wat je zegt!'

'Maar als je iemand van ganser harte lief kunt hebben, al is hij nog zo'n snertvent en al houdt hij helemaal niet van jou, dan is het leven tenminste geen hel. Ook al is het een beetje somber.'

'Precies!'

'Maar weet je,' zei Ayumi, 'volgens mij zit deze wereld niet logisch in elkaar en moet je vriendelijkheid met een lantaarntje zoeken.'

'Daar kon je wel eens gelijk in hebben,' zei Aomame. 'Maar het is nu te laat om terug te gaan naar de winkel om hem te ruilen.'

'Ja, de termijn is allang verstreken,' zei Ayumi.

'En we hebben met onze stomme kop het bonnetje weggegooid.'

'Dat ook!'

'Maar wat kan ons dat schelen?' zei Aomame. 'Dit soort wereld loopt toch zo meteen op zijn eind.'

'Lijkt me enig!'

'En dan komt het Koninkrijk.'

'Hoe eerder, hoe beter,' zei Ayumi.

Ze aten hun dessert, dronken een kopje espresso, en betaalden elk de helft van de rekening (die verbazend laag was). Daarna gingen ze naar een bar in de buurt om nog even een cocktail te drinken.

'Hé, Aomame, die vent die daar zit, zou die niks voor jou zijn?'

Aomame wierp een blik in de richting die Ayumi aanwees. Aan het andere eind van de bar zat een lange man van middelbare leeftijd in z'n eentje een martini te drinken. Hij zag eruit als een middelbare scholier die zowel in studie als in sport uitblonk, en ongemerkt ouder was geworden. Zijn haar was al wat aan de dunne kant, maar zijn gezicht was nog jong.

'Zou kunnen, maar vanavond wil ik geen mannen aan mijn lijf,' zei Aomame droogweg. 'En bovendien, dit is een nette bar.'

Aomame staarde naar de rode wijn in haar glas. 'Misschien. Misschien ben ik bang, ja. Maar op z'n minst heb ik iemand van wie ik houd.'

'Zelfs als hij nooit van jou heeft gehouden?'

'Als je erin slaagt om zielsveel van iemand te houden, al is het maar van één mens, is er redding voor je in dit leven. Zelfs als je nooit samen met hem hebt kunnen zijn.'

Ayumi liet hier even haar gedachten over gaan. De kelner verscheen om hun glazen bij te vullen. Aomame nam een slokje en dacht: Ayumi heeft gelijk. Iemand die zulke fantastische wijn terugstuurt, is echt niet goed snik.

'Ik vind het geweldig dat je het zo filosofisch kunt bekijken, Aomame.'

'Die bedoeling heb ik helemaal niet. Zo denk ik er echt over.'

'Ik heb ook ooit van iemand gehouden,' biechtte Ayumi op. 'De eerste man met wie ik naar bed ging, vlak nadat ik van de middelbare school af was gekomen. Hij was drie jaar ouder dan ik. Maar hij vond algauw iemand anders. Daarna heb ik van de weeromstuit een tijdje een heel ongeregeld leven geleid, want die klap was hard aangekomen. Dat ik een blauwtje had gelopen, daar had ik me al bij neergelegd, maar ik was erg diep gekwetst, dus het duurde even voor ik eroverheen was. Hij was een waardeloze zak, altijd in bed met iemand anders, altijd vol praatjes, maar ik hield van hem.'

Aomame knikte. Ayumi pakte haar glas en nam een slok wijn.

'Zelfs nu belt hij nog wel eens op. Hij wil me even zien, zegt hij dan. Het enige wat hij wil zien is mijn blote lijf natuurlijk, dat weet ik best. Daarom zeg ik ook altijd nee, want als ik daarop inga, begint de ellende weer van voren af aan. Maar al begrijp ik het met mijn hoofd, mijn lichaam reageert er anders op. Dat zou zich het liefst in zijn armen storten. En als dat een poosje heeft geduurd, wil ik wel eens lekker uit de band springen. Kun je dat begrijpen?'

'Jazeker!' zei Aomame.

'Het is echt een snertvent – heel bekrompen en krentenkakkerig, en in bed is hij ook lang niet zo goed als hij zich verbeeldt. Maar hij is tenminste niet bang van me, en toen we nog met elkaar omgingen, behandelde hij me als een prinses.'

'Je kunt zulke gevoelens niet uitkiezen,' zei Aomame. 'Ze overweldigen je ongevraagd. Het is wel even iets anders dan een maaltijd bestellen.'

lijkt mij bijzonder klein. En daar komt bij, je hebt hem in twintig jaar niet meer gezien, dus hij ziet er nu waarschijnlijk heel anders uit. Denk je nou echt dat je hem herkent als je hem op straat tegenkomt?'

Aomame schudde haar hoofd. 'Ik haal hem er onmiddellijk uit, al is zijn gezicht nog zo veranderd. Daar vergis ik me echt niet in.'

'Op die manier.'

'Ja, op die manier.'

'Dus jij gelooft dat het Noodlot dit inderdaad heeft voorbeschikt, en daarom blijf je al die tijd zitten wachten?'

'En kijk ik altijd scherp om me heen terwijl ik over straat loop.'

'Hmmm,' bromde Ayumi. 'Maar hoewel je zo intens van hem houdt, zie je er geen been in om met andere mannen naar bed te gaan. Vanaf je zesentwintigste, tenminste.'

Aomame dacht even na. 'Dat zijn maar heel vluchtige affaires. Daar blijft niets van hangen.'

Even concentreerden ze zich allebei in stilte op hun eten. Toen zei Ayumi: 'Het is misschien opdringerig dat ik het vraag, maar is er soms iets met je gebeurd toen je zesentwintig was?'

Aomame knikte. 'Er is iets ín me gebeurd, en daardoor ben ik helemaal veranderd. Maar je moet het me niet kwalijk nemen, daar wil ik nu niet verder op ingaan.'

'Natuurlijk niet!' zei Ayumi. 'Sorry dat ik je zo heb zitten uithoren. Ik hoop dat ik je niet heb beledigd.'

'Helemaal niet,' zei Aomame.

De soep werd opgediend, en terwijl ze die opaten, lag het gesprek even stil. Het werd hervat nadat ze allebei hun lepel hadden neergelegd en de kelner de tafel had afgeruimd.

'Maar ben je niet bang, Aomame?'

'Waarvan?'

'Nou, misschien zie je hem wel nooit weer. Een toevallige ontmoeting kan natuurlijk altijd, en ik hoop voor je dat het zo loopt. Van harte zelfs. Maar realistisch gezien is de mogelijkheid dat jullie elkaar nooit meer tegenkomen ontzettend groot. En zelfs als je hem weer ziet, is hij misschien al met iemand anders getrouwd en heeft hij al een of twee kinderen. Weet jij veel? In dat geval moet jij de rest van je leven in je eentje door zien te komen, zonder ooit verenigd te zijn met de enige man ter wereld van wie je houdt. Die gedachte – maakt die je niet bang?'

'Niet één?'

'Niet één,' bevestigde Aomame. Ze aarzelde even voor ze verderging. 'Om je de waarheid te zeggen, ben ik tot mijn zesentwintigste maagd gebleven.'

Ayumi was even sprakeloos. Ze legde haar mes en vork neer, veegde haar mond af met haar servet en staarde Aomame verbluft aan.

'Echt waar? Een moordgriet als jij? Daar kan ik niet bij!'

'Ik had totaal geen belangstelling voor dat soort dingen.'

'Voor mannen, bedoel je?'

'Er is voor mij maar één man,' zei Aomame. 'Ik ben van hem gaan houden toen ik tien was, en toen heb ik zijn hand vastgehouden.'

'Je bent van een jongen gaan houden toen je tien was, en dat is alles?'

'Ja.'

Ayumi pakte haar mes en vork weer op en sneed bedachtzaam een garnaal in stukjes. 'En waar is die jongen nu? Wat doet hij?'

Aomame schudde haar hoofd. 'Dat weet ik niet. Op de lagere school in Ichikawa – dat is in Chiba – zaten we samen in de derde en vierde klas, maar in de vijfde ben ik naar een andere school gegaan, hier in Tokyo, en sindsdien heb ik nooit meer iets van hem gezien of gehoord. Het enige wat ik van hem weet is dat hij nu negenentwintig moet zijn – als hij nog leeft. Deze herfst wordt hij waarschijnlijk dertig.'

'En heb je er dan nooit over gedacht om uit te zoeken waar hij nu is en wat hij doet? Dat lijkt me toch niet zo'n onmogelijke opgave?'

Aomame schudde gedecideerd weer haar hoofd. 'Dat heb ik nooit gewild.'

'Dat vind ik maar raar, hoor. In jouw plaats had ik geen middel onbeproefd gelaten tot ik wist waar hij woonde. Als je zo van hem houdt, moet je zoeken tot je hem vindt en hem dan recht in zijn gezicht zeggen wat je voor hem voelt.'

'Maar dat wil ik juist niet,' zei Aomame. 'Wat ik wil, is dat we elkaar op een dag toevallig weer tegenkomen, ergens op straat, of in de bus.'

'Een soort voorbeschikking van het Noodlot?'

'Zoiets, ja,' zei Aomame. Ze nam nog een slokje wijn. 'En als dat gebeurt, zal ik het hem eerlijk zeggen: jij bent de enige van wie ik ooit heb gehouden.'

Ayumi keek of ze haar oren niet kon geloven. 'Nou, dat is allemaal heel romantisch en zo,' zei ze, 'maar de kans dat zoiets echt gebeurt

Dat had ze allemaal van Tamaki geleerd. Hoe je je dient te gedragen als je een chic restaurant binnengaat, op welke manier je gerechten moet uitkiezen zonder dat de kelner je voor een boerentrien aanziet, hoe je wijn bestelt en hoe een dessert, hoe je met het bedienend personeel moet omgaan, het juiste gebruik van het bestek – Tamaki wist het allemaal en zorgde dat Aomame het ook aan de weet kwam. Ze had Aomame eveneens bijgebracht hoe je de juiste kleding en sieraden moest kiezen en op de juiste wijze make-up moest aanbrengen. Voor Aomame was alles nieuw en vreemd, maar Tamaki was opgegroeid in een welgesteld gezin in een welvarende wijk van Tokyo. Haar moeder bewoog zich in gegoede kringen en was bijzonder streng wat goede manieren en fatsoenlijke kleren betreft, vandaar dat Tamaki dit soort wereldlijke kennis als middelbare scholiere al helemaal onder de knie had. Plaatsen die door volwassenen werden bezocht, bezocht zij ook, en met de grootste gelijkmoedigheid. Aomame nam zulke knowhow gretig in zich op. Als ze niet tegen een goede lerares als Tamaki aan was gelopen, was ze vast een heel ander mens geworden. Af en toe kreeg ze zelfs het idee dat Tamaki nog in leven was en zich in haar had verscholen.

Ayumi leek aanvankelijk een tikkeltje gespannen, maar toen ze wat meer wijn dronk, raakte ze al snel op haar gemak.

'Ik wilde je eigenlijk iets vragen,' zei ze. 'Je hoeft niet te antwoorden, hoor, als je niet wilt, maar ik wilde het in elk geval vragen. Word je niet boos?'

'Nee hoor.'

'Het mag een vreemde vraag lijken, maar ik bedoel er niets kwaads mee. Dat mag je niet vergeten. Ik ben gewoon nieuwsgierig. Maar er zijn mensen die me dat ontzettend kwalijk nemen.'

'Maak je geen zorgen, daar hoor ik niet bij.'

'Echt? Dat zeggen ze allemaal, en toch worden ze boos.'

'Ik ben een uitzondering. Vraag op!'

'Heb jij als klein meisje ooit rare ervaringen met mannen gehad?'

Aomame schudde haar hoofd. 'Niet dat ik me kan herinneren. Hoezo?'

'Ik wilde het gewoon even weten. Des te beter als het niet zo is,' zei Ayumi. Toen veranderde ze van onderwerp. 'Heb jij ooit een vriend gehad? Ik bedoel, een vaste?'

'Nee.'

'En? Heb je een keus kunnen maken?' vroeg Aomame.

'Zo'n beetje, ja,' zei Ayumi.

'Wat neem je?'

'De soep met mosselen, de salade van drie soorten prei, en dan kalfshersens uit Iwate gestoofd in bordeaux. En jij?'

'De linzensoep, het assortiment warme lentegroenten, en zeeduivel *en papillot* met polenta. Het past misschien wel niet bij rode wijn, maar we hoeven er niet voor te betalen, dus klagen doen we ook niet.'

'Vind je het erg als we alles samen delen?'

'Tuurlijk niet!' zei Aomame. 'En wat zou je ervan zeggen als we als hors d'oeuvre samen een portie *fritti* van garnalen bestelden?'

'Heerlijk!' zei Ayumi.

'Dat doen we dan,' zei Aomame. 'Maar als je een keus gemaakt hebt, kun je je menukaart beter dichtdoen, anders komt de kelner nooit.'

'Dat is zo.' Met een spijtige blik sloot Ayumi haar menukaart en legde het op tafel, en meteen kwam er een kelner om hun bestelling op te nemen.

'Telkens wanneer ik in een restaurant iets besteld heb, krijg ik het idee dat ik me heb vergist,' zei Ayumi toen de kelner weer weg was. 'Heb jij dat ook?'

'Nou, en dan héb je je vergist, wat dan nog? Het is toch maar eten? Vergeleken bij andere vergissingen die je in je leven maakt, valt dit in het niet!'

'Natuurlijk, dat is wel zo,' zei Ayumi, 'maar voor mij is het toch heel belangrijk. Dat heb ik al sinds ik een klein meisje was. Altijd, altijd had ik spijt: "Had ik maar garnalenkroketten besteld in plaats van een hamburger!" Ben jij altijd zo cool geweest, Aomame?'

'Bij mij thuis maakten de omstandigheden het onmogelijk om uit eten te gaan. Volslagen onmogelijk! Zover ik me kan herinneren, heb ik als kind nooit één voet in een restaurant gezet. Een menu pakken en daaruit iets kiezen wat ik lekker vond – die ervaring had ik voor het eerst toen ik al groter was. Dag in dag uit at ik alleen maar wat me werd voorgezet. Het mocht vies smaken en weinig zijn, ik mocht er nog zo'n hekel aan hebben, maar klagen mocht ik niet. En om eerlijk te zijn kan het me nog steeds weinig schelen wat ik eet.'

'O ja? Ik ken de omstandigheden natuurlijk niet, maar daar zie je niet naar uit. Ik had kunnen zweren dat je van kinds af aan bij dit soort gelegenheden over de vloer kwam.'

'Maar aan ons kun je dat wel?'
De chef knipoogde. 'Daar durf ik om te wedden!'
'En dat zou je winnen ook,' zei Aomame. 'Natuurlijk hebben we er geen bezwaar tegen.'
'Helemaal niet!' viel Ayumi haar bij.
'En wie is deze schone jongedame?' vroeg de chef aan Aomame. 'Je zuster?'
'Lijkt ze zoveel op me?' vroeg Aomame.
'Niet in haar gezicht, maar er gaat hetzelfde sfeertje van jullie uit,' zei de chef.
'Nee, dit is een vriendin,' zei Aomame. 'Ze werkt bij de politie.'
'Dat meen je niet!' De chef staarde Ayumi met een ongelovig gezicht aan. 'Zo iemand die met een pistool over straat patrouilleert?'
'Ik heb er nog nooit iemand mee neergeschoten,' verzekerde Ayumi hem.
'Ik heb toch hopelijk niets verkeerds gezegd?' vroeg de chef.
Ayumi schudde haar hoofd. 'Nee hoor! Helemaal niet!'
Met een glimlach vouwde de chef zijn handen voor zijn borst. 'Dit is een bourgogne die ik iedereen, het kan niet schelen wie, met een gerust hart durf aan te bevelen. Een historisch domein, een uitstekend jaar – normaal rekenen we hier tienduizenden yen voor.'
Er verscheen een kelner, die hun allebei inschonk. Aomame en Ayumi hieven hun glas, en toen ze klonken, was het of er ver in de hemel een belletje rinkelde.
'Zalig! Zulke wijn heb ik nog nooit gedronken!' verzuchtte Ayumi na het eerste slokje, haar ogen halfdicht van verrukking. 'Welke idioot kan hier nou iets op aan te merken hebben?'
'Je kunt het zo gek niet verzinnen of er is wel iemand die erover klaagt,' zei Aomame.
Daarna bestudeerden ze het menu. Zoals een gewiekst advocaat met adelaarsogen een belangrijk contract nauwkeurig doorneemt, zo las Ayumi de beschrijving van elk gerecht op het menu twee keer door. Had ze iets gewichtigs over het hoofd gezien, was er ergens een slim achterdeurtje om door te ontsnappen? Elke voorwaarde, elke bepaling liep ze in gedachten nog een keer na op elk mogelijk effect die ze zouden kunnen hebben. Winst en verlies werden zorgvuldig tegen elkaar afgewogen. Van de andere kant van de tafel sloeg Aomame haar met belangstelling gade.

om het helemaal mooi te maken, was degene met wie ze een afspraak had gemaakt ook nog eens een heuse politieagente in actieve dienst. Aomame zuchtte. Ze leefde in een rare wereld!

Aomame droeg een blauwgrijze jurk met korte mouwen met daaroverheen een kleine, witte cardigan. Haar hoge hakken waren van Ferragamo. Ze had oorbellen in en een dunne gouden armband omgedaan. De schoudertas die ze altijd bij zich had, had ze deze keer thuisgelaten (de ijspriem natuurlijk ook), en in plaats daarvan droeg ze een handtasje van La Bagagerie. Ayumi was gekleed in een eenvoudig zwart jasje van Comme des Garçons over een laag uitgesneden geel T-shirt en een klokkende rok met een bloempjespatroon. Verder droeg ze dezelfde Gucci-tas als de vorige keer. Ze had parels in haar oren en lage bruine schoenen aan haar voeten. Ze zag er nog aantrekkelijker uit dan een paar weken geleden – chiquer ook. Niemand zou haar voor een politieagente hebben versleten.

Ze hadden afgesproken in de bar, waar ze een mimosaatje dronken voor ze naar hun tafel werden geleid. Het was beslist geen slechte tafel. De chef kwam even uit de keuken om een praatje met Aomame te maken. Hun wijn ging vergezeld van de complimenten van het restaurant, zei hij.

'Alleen is de fles al ontkurkt en is er een beetje uit voor het proeven, maar ik hoop dat je dat over het hoofd kunt zien. Gisteren hadden we namelijk iemand die hem terugstuurde omdat hij verkeerd zou smaken, maar er is absoluut niets mee aan de hand. De klant was een bekend politicus die in die wereld doorgaat voor een wijnkenner, maar om je de waarheid te zeggen: hij begrijpt er geen bal van. Hij stuurde deze fles alleen terug om indruk te kunnen maken. Zo van: "Deze bourgogne is een beetje wrang!" Nu ja, hij is wie hij is, dus wat moet je zeggen? "U hebt volkomen gelijk, meneer, hij is inderdaad een tikje wrang. Hij zal in het magazijn van de importeur wel niet goed behandeld zijn. Ik zal onmiddellijk een andere fles brengen. Maar wat proeft u dat goed! Nou ja, iemand van uw reputatie!" En dan zet je maar een andere fles op tafel. Op die manier vermijd je problemen. We passen de rekening er ook creatief aan aan, hoor, daar hoef je niet bang voor te zijn, maar dat blijft onder ons. Hij trekt het toch af als representatiekosten. Maar als restaurant kun je een fles die eenmaal is teruggestuurd niet aan andere gasten serveren, dat spreekt vanzelf.'

'Nee, zo bedoel ik het niet. Ik woon in een politieflat en de maaltijden zijn bij de huur inbegrepen, dus we eten altijd met een hele kluit, en dat is een herrie van jewelste. Maar af en toe heb ik er behoefte aan om ergens rustig te kunnen eten, als het even kan in een chic restaurantje met een goede kaart. Maar dat wil ik niet in m'n eentje doen. Snap je?'

'Natuurlijk.'

'Maar er is niemand om me heen die ik kan vragen om me gezelschap te houden – mannen niet, en vrouwen ook niet. Mijn collega's zijn allemaal meer van het type dat naar eetcafés gaat. En toen dacht ik: zou Aomame zin hebben om mee te gaan? Maar misschien komt het ongelegen.'

'Nee, dat zeker niet,' zei Aomame. 'Goed, ik doe mee. Het is voor mij ook tijden geleden dat ik ergens lekker ben gaan eten.'

'Echt waar?' vroeg Ayumi. 'Daar ben ik verschrikkelijk blij om.'

'Dus jij dacht aan overmorgen?'

'Ja, want de dag daarna heb ik geen dienst. Weet jij ergens een goed restaurant?'

Aomame noemde de naam van een Frans restaurant in Nogizaka.

Ayumi slaakte een kreetje van verbazing. 'Maar dat is toch een ontzettend beroemde tent, Aomame? Het eten is er peperduur en je moet minstens twee maanden van tevoren reserveren, heb ik ergens in een tijdschrift gelezen. Met mijn salaris kan ik me dat echt niet veroorloven!'

'Maak je geen zorgen, de eigenaar-chef is lid van onze sportschool. En dat niet alleen, ik ben bovendien zijn persoonlijk trainer, én ik geef hem advies over de voedingswaarde van zijn menu. Als ik het vraag, schuift hij ons wel ergens tussen, en een fikse korting geeft hij ons ook nog wel. Alleen moet je misschien niet de beste tafel verwachten.'

'O, dat hindert niet! Al zet hij me in de hangkast!'

'Maar vergeet niet je flink op te tutten!' waarschuwde Aomame.

Na de telefoon te hebben neergelegd, vroeg Aomame zich enigszins verbaasd af hoe het kwam dat ze zich zo aangetrokken voelde tot deze jonge politieagente. Sinds Tamaki was gestorven, had ze nooit meer van zulke gevoelens gehad, tegenover niemand. Natuurlijk was dit iets heel anders dan de vriendschap die ze met Tamaki had gehad. Maar toch was het jaren geleden dat ze samen met iemand ergens iets was gaan eten, of zelfs het gevoel had gehad dat ze zoiets wel zou willen. En

Aomame dacht even na, maar uiteindelijk knikte ze. 'Ik begrijp het nog niet helemaal, maar ik zal doen wat u zegt.'

De Oude Dame glimlachte en nam een slokje kruidenthee. 'Ik zou het maar niet op je bankrekening zetten. De belastingen zouden er raar van staan te kijken als ze het vinden. Huur een kluis bij een bank en stop het daarin. Het komt vast een keer van pas.'

'Dat zal ik doen,' zei Aomame.

Ze was terug van de sportschool en stond net eten te koken, toen de telefoon ging.

'Ben jij dat, Aomame?' vroeg een vrouwenstem – een ietwat hese vrouwenstem. Het was Ayumi.

Met de telefoon aan haar oor stak Aomame een hand uit om het gas laag te draaien. 'Hé, hoe gaat-ie? Lukt het politiewerk een beetje?'

'Ik slinger zoveel foutparkeerders op de bon dat iedereen hard wegrijdt als hij me alleen maar ziet aankomen. Zonder één man om me heen ga ik toch fris en vrolijk door met de arbeid.'

'Zo mag ik het horen.'

'Wat ben je aan het doen, Aomame?'

'Ik sta te koken.'

'Ben je overmorgen vrij? Ik bedoel, 's avonds?'

'Jazeker ben ik vrij, maar ik ben niet van plan om me te gaan misdragen zoals laatst. Voorlopig kan ik wel even zonder.'

'Nou, ik ook, moet ik je eerlijk zeggen. Ik dacht alleen: ik heb Aomame al zo'n tijd niet gezien, ik vraag me af of ze tijd vrij kan maken om gezellig wat te kletsen.'

Aomame dacht even na, maar kon niet meteen een besluit nemen.

'Moet je horen, ik sta net iets te roerbakken, en daar moet ik bij blijven,' zei ze. 'Vind je het erg om over een halfuurtje terug te bellen?'

'Nee hoor! Tot over een halfuurtje dan.'

Aomame legde de telefoon neer en ging door met koken. Toen ze klaar was met roerbakken, maakte ze misosoep met sojakiemen en at alles op met bruine rijst. Ze dronk er slechts een half blikje bier bij; de rest goot ze door de gootsteen. Daarna deed ze de afwas, en net toen ze op de bank was gaan zitten om bij te komen, belde Ayumi weer.

'Als het je uitkomt, wil ik samen uit eten gaan,' zei Ayumi. 'In je eentje eten is altijd zo saai.'

'Ben je dan altijd alleen als je eet?'

het pakje in haar kluis in de bank. Ze had nu al twee van zulke pakjes, hard en compact als bakstenen.

Aomame had zelfs al te veel aan haar maandsalaris, en haar spaarrekening was navenant hoog. Ze had het geld in die pakjes dus nergens voor nodig. Dat had ze de eerste keer ook tegen de Oude Dame gezegd.

'Het is maar voor de vorm,' had de Oude Dame haar zachtjes berispt. 'Zo hoort het, moet je maar denken. Je moet het aannemen. Als je het geld niet nodig hebt, gebruik je het gewoon niet. En als ook dat je tegen de borst stuit, geef je het anoniem aan een goed doel. Wat je ermee doet, staat je helemaal vrij. Maar als ik je een goede raad mag geven: blijf er voorlopig van af, bewaar het ergens op een veilige plaats.'

'Maar ik wil hiervoor helemaal geen geld ontvangen,' zei Aomame. 'Daar doe ik het niet voor.'

'Dat begrijp ik. Maar doordat jij die beroerde kerels zo mooi hebt helpen "verhuizen", hoeven hun vrouwen geen moeite te doen om te scheiden of ruzie te maken over welke ouder het kind krijgt.* Ze hoeven ook niet langer in angst te leven dat hun ex opeens voor de deur staat om hun gezicht onherkenbaar te verbouwen. Ze krijgen hun levensverzekering uitbetaald, en ook hun weduwepensioen. Dit geld dat je krijgt, moet je maar beschouwen als de vorm die de dank van die vrouwen aanneemt. Je hebt juist gehandeld, daar is geen twijfel over mogelijk. Maar voor niets mag zoiets niet worden gedaan. Begrijp je waarom niet?'

'Eigenlijk niet,' bekende Aomame naar waarheid.

'Omdat je geen engel bent, en ook geen god. Ik begrijp heel goed dat je uit zuivere gevoelens hebt gehandeld. Daarom begrijp ik ook dat je er geen geld voor wilt aannemen. Maar ook het zuiverste gevoel kan gevaarlijk zijn. Het is geen gemakkelijke opgave voor een menselijk wezen om met zoiets door het leven te gaan. Daarom dien je het stevig met de begane grond te verbinden, alsof het een luchtballon is die je verankert. Daar dient het geld voor. Al is een zaak nog zo rechtvaardig en zijn je gevoelens nog zo zuiver, dat wil nog niet zeggen dat je daarom maar kunt doen wat je wilt. Begrijp je dat?'

---

* Bij een Japanse echtscheiding krijgt slechts één ouder het ouderlijk gezag toegewezen. De andere ouder kan hoogstens hopen op bezoekrechten, en meestal verdwijnt hij of zij helemaal uit het leven van het kind.

ze bij haar ouders weg kon en haar eigen leven kon leiden. Ze wilde haar buik vol eten met dingen die zij lekker vond en haar geld uitgeven zoals zij dat wilde. Kleren kopen die zij leuk vond, schoenen dragen die haar pasten, plaatsen bezoeken waar zij heen wilde. Heel veel vriendinnen maken, en elkaar prachtig ingepakte cadeautjes geven.

Maar toen ze volwassen werd, kwam Aomame tot de ontdekking dat een matige en sobere manier van leven haar nog het best lag. In plaats van in haar mooiste kleren met iemand ergens naartoe te gaan, bracht ze het liefst haar tijd door in haar trainingspak, alleen op haar kamer.

Na Tamaki's dood nam Aomame ontslag bij de sportdrankjesfabriek en verhuisde van het bedrijfsappartement waar ze tot dan toe had gewoond naar een flatje in Jiyūgaoka. Het had twee kamers en een keuken, dus je kon het echt niet groot noemen, en toch maakte het een lege indruk. Keukengerei had ze genoeg, maar aan meubilair alleen het allernoodzakelijkste. Ze had weinig bezittingen. Ze hield van lezen, maar als ze een boek uit had, verkocht ze het aan een tweedehandsboekenzaak. Ze hield van muziek, maar ze verzamelde geen grammofoonplaten. Ze vond het zelfs pijnlijk om haar aardse bezit voor haar ogen te zien toenemen. Telkens als ze een winkel binnenging om iets te kopen, voelde ze zich schuldig. Dan dacht ze: *dit heb ik eigenlijk helemaal niet nodig!* Ze kreeg het zowaar benauwd wanneer ze naar de nette kleren en schoenen in haar klerenkast keek. Het mag paradoxaal klinken, maar deze beelden van vrijheid en welvaart riepen haar kindertijd weer bij haar op, toen ze nog arm was en geen vrijheid had en haar ouders haar nooit iets gaven.

Ze vroeg zich vaak af wat het betekende om vrij te zijn. Je kon er op een slimme manier wel in slagen om uit de ene gevangenis te ontsnappen, maar betekende dat niet dat je alleen maar in een grotere gevangenis terechtkwam?

Elke keer als ze de man die haar was aangewezen naar de andere wereld had helpen verhuizen, kreeg ze van de Oude Dame in Azabu een beloning. In een postbus op het postkantoor lag een stapel bankbiljetten te wachten, stijf ingepakt in papier waarop noch de naam van de afzender, noch die van de geadresseerde stond vermeld. Aomame kreeg de sleutel van Tamaru, haalde het pakje uit de bus, en gaf daarna de sleutel terug. Zonder zelfs maar de inhoud te controleren, stopte ze

ogenblik dat ze zich bewust werd van de wereld om haar heen, waren die woorden haar ingeprent. Bij haar thuis hadden ze nooit iets gehad dat niet absoluut noodzakelijk was. 'Het is zonde,' was bij hen de zinsnede die het meest in de mond werd genomen. Ze hadden geen televisie, ze lazen geen krant. Bij haar thuis was zelfs nieuws 'niet noodzakelijk'. Vlees of vis verscheen zelden op tafel, en Aomame kreeg de meeste voedingsstoffen die ze nodig had om op te groeien uit de maaltijden die op school werden verstrekt. Andere kinderen lieten soms dingen staan omdat ze 'vies' waren, maar wat haar betreft had ze ook die best wel willen opeten.

De kleren die ze droeg waren allemaal afdankertjes. Binnen de organisatie van gelovigen was er een vereniging die overtollige kleding inzamelde en omruilde. Met uitzondering van dingen zoals trainingspakken, die door de school werden voorgeschreven, hadden haar ouders dan ook niet één keer nieuwe kleren voor haar gekocht, en ze kon zich niet herinneren ooit kleding of schoenen te hebben gedragen die precies pasten. Ook de kleuren en dessins combineerden altijd walgelijk slecht. Als haar ouders zo arm waren geweest dat ze zich niets anders konden veroorloven, had Aomame zich er nog bij neer kunnen leggen, maar dat was niet het geval. Haar vader had een baan als ingenieur en verdiende een normaal salaris en had een normale hoeveelheid spaargeld. Ze hadden alleen voor hun sobere levenswijze gekozen omdat hun geloof dat vereiste.

Maar hoe het ook zij, het leven dat zij leidde verschilde ál te veel van dat van de gewone kinderen om haar heen, en om die reden was het haar lange tijd onmogelijk om ook maar één vriendje of vriendinnetje te maken. Ze had geen kleren waarin ze samen met andere kinderen ergens heen kon gaan. Ze kon het zich trouwens ook niet veroorloven, want haar ouders gaven haar geen zakgeld. Als iemand haar ooit op een verjaardag had gevraagd (gelukkig – of niet – was dat nooit gebeurd), zou ze niet in staat zijn geweest om ook maar het kleinste cadeautje te kopen.

Daarom had ze een gruwelijke hekel aan haar ouders en koesterde ze een diepgewortelde haat jegens de wereld waartoe ze behoorden en het gedachtegoed dat ze aanhingen. Wat zij wilde, was een gewoon leven, net als iedereen. Het was haar niet om luxe of rijkdom te doen. Een doodgewoon, alledaags leven – dat was voldoende. Verder hoefde ze helemaal niks. Ze wilde zo gauw mogelijk volwassen worden, zodat

Op dit moment zat er geen onsje overtollig vet aan haar lichaam – alleen spieren. Elke dag kleedde ze zich poedelnaakt uit voor de spiegel, en dan controleerde ze nauwkeurig of dat nog steeds zo was. Niet dat ze grote bewondering had voor haar eigen lichaam. Het was eerder het tegenovergestelde. Haar borsten waren te klein, en om het nog een graadje erger te maken, was de linker groter dan de rechter. Haar schaamhaar stond erbij als een grasveld waar zojuist een bataljon infanterie overheen is gemarcheerd. Ze kon haar lichaam niet zien zonder haar voorhoofd te fronsen. Maar vetrollen zag ze niet. Haar vingers kregen nergens houvast.

Aomame leidde een sober leven. Het meeste geld gaf ze nog uit aan eten, en dat deed ze bewust. Ze was nooit te beroerd om daar een stuiver meer voor neer te leggen als ze boodschappen deed, en ze dronk ook alleen maar goede wijn. De enkele keer dat ze uit eten ging, koos ze een restaurant waar de maaltijden met zorg werden toebereid en geserveerd. Maar verder was er bijna niets waar ze belangstelling voor had.

Kleren, make-up en sieraden interesseerden haar niet bijzonder. Als ze naar de sportschool ging voor haar werk, had ze aan een spijkerbroek en trui voldoende. Zodra ze daar was aangekomen, bracht ze toch de hele dag door in een trainingspak, en sieraden droeg ze daar vanzelfsprekend niet bij. Gelegenheden waarvoor ze zich moest optutten, zoals een avondje uit, kwamen bij haar zelden voor. Ze had geen vriend, en ze maakte nooit afspraakjes. Toen Tamaki trouwde, had ze ook geen vriendin meer met wie ze af en toe uit eten kon gaan. Als ze op zoek ging naar een sekspartner, maakte ze zich op en trok ze iets leuks aan, maar dat was hooguit één keer in de maand. Veel kleren had ze dus niet nodig.

Als de nood aan de man kwam, liep ze de boetieks in Aoyama af op zoek naar een *killer dress*, en als ze daarbij een of twee accessoires kocht en een paar hoge hakken, was dat voldoende. In de regel liep ze rond op lage schoenen en bond ze haar haar naar achteren in een staart. Ze waste haar gezicht altijd zorgvuldig met zeep, en als ze daar een beetje foundation op aanbracht, zag ze er aantrekkelijk genoeg uit. Met een schoon en gezond lichaam moest je tevreden zijn.

Vanaf haar vroegste kinderjaren had ze een simpel leven geleid, zonder opsmuk en tierelantijnen. Soberheid, versterving – vanaf het

15

Aomame: *Zo stevig als een verankerde luchtballon*

Aomame was heel kieskeurig in wat ze elke dag at. Alle maaltijden die ze klaarmaakte, bestonden hoofdzakelijk uit groente, en dan schelpdieren en vis – voornamelijk witte. Vlees at ze maar heel weinig, hoogstens af en toe een stukje kip. Ze kocht alleen de meest verse ingrediënten en gebruikte zo weinig mogelijk specerijen. Vet voedsel kocht ze nooit, en koolhydraten beperkte ze tot het absolute minimum. Over haar sla goot ze geen slasaus, maar alleen een mengsel van olijfolie, zout en citroen. Maar het was niet simpelweg een kwestie van zo veel mogelijk groenvoer eten. Ze had de voedingswaarde van elke groente nauwkeurig bestudeerd en at een zo goed mogelijk uitgebalanceerde combinatie. Ze had haar eigen menu ontwikkeld, en als de leden van de sportschool erom vroegen, gaf ze daar ook les in. 'Vergeet dat calorieën tellen nou maar,' hield ze haar studenten altijd voor. Als je eenmaal gevoel had ontwikkeld voor wat het juiste voedsel was en hoeveel je daarvan mocht eten, hoefde je je over die cijfertjes geen zorgen meer te maken.

Niet dat ze de hele tijd op zo'n ascetisch dieet leefde. Af en toe hield ze het niet langer uit, en dan vloog ze een restaurant binnen om daar een dikke biefstuk of een lamsboutje te bestellen. Aomame was van mening dat je lichaam je op zulke momenten een teken gaf dat het zulk voedsel nodig had. Het was de stem van de natuur, en daar moest je gehoor aan geven.

Ze hield erg van wijn en sake, maar om haar lever te beschermen en haar suikergehalte laag te houden, had ze drie alcoholvrije dagen per week ingelast. Aomames lichaam was voor haar een tempel die haar heilig was en die ze zo schoon mogelijk moest houden, zonder één stofje of vlekje. Wat ze daar aanbad, was iets anders. Daar dacht ze later wel over na.

drie complete maaltijden per dag. Daar hoef je bij de harmonie niet om te komen.'

'Je wilt zo weinig mogelijk afhankelijk zijn van je vader, hè?'

'Nou ja, u weet hoe hij is,' zei Tengo.

Zijn oude juffrouw glimlachte. 'Ik ben maar wat jaloers, hoor. Jij hebt zoveel talent!'

Tengo keek op de kleine onderwijzeres neer. Hij moest terugdenken aan de avond toen ze hem in haar flat had laten overnachten. Hij zag het uiterst zakelijke, kleine flatje waar ze woonde weer voor zich. Vitrage en een paar bloempotten, een strijkplank en een halfgelezen boek, een kleine roze jurk op een hanger aan de muur, de geur van de bank waarop hij had geslapen. En nu stond diezelfde juffrouw voor hem te schuifelen als een jong meisje. Hij realiseerde zich dat hij geen slap jongetje van tien jaar meer was, maar een grote, sterke knul van zeventien, met een gespierde borstkas, een zware baard en een onverzadigbaar libido. En het was vreemd hoe hij tot rust kwam in het bijzijn van een oudere vrouw.

'Ik ben blij je nog eens gezien te hebben,' zei de onderwijzeres.

'En ik u,' zei Tengo. Hij meende het ook. Maar hoe hij zijn hersens ook pijnigde, haar naam wilde hem maar niet te binnen schieten.

eindeloze mogelijkheden verborgen. Wat de harmonie op dat ogenblik repeteerde, was een selectie uit Janáčeks *Sinfonietta*, gearrangeerd voor een blazersensemble. Dat was hun 'vrije keuze' voor het concours. De *Sinfonietta* is een duivels moeilijk werk voor middelbare scholieren, en in de openingsfanfare zijn de pauken gewoon niet weg te denken. De muziekleraar, die tevens adviseur was voor het harmonieorkest, had dit werk juist gekozen met het idee dat hij zijn eigen, begaafde paukenisten zou kunnen gebruiken, maar nu die om de zojuist genoemde redenen allebei opeens niet beschikbaar waren, zat hij met zijn handen in het haar. Het hoeft dus geen betoog dat de rol die Tengo als invaller vervulde uiterst belangrijk was. Maar Tengo voelde die druk helemaal niet en had het tijdens de uitvoering alleen maar naar zijn zin.

Na afloop van het concours (ze wonnen niet, maar kregen wel een eervolle vermelding) kwam zijn oude onderwijzeres op hem toe gelopen en complimenteerde hem met zijn schitterende spel.

'Ik wist meteen dat jij het was, Tengo,' zei ze (haar naam wilde hem maar niet te binnen schieten). 'Wat speelt die paukenist mooi, dacht ik, en toen ik goed naar zijn gezicht keek, was jij het! Je mag dan een stukje gegroeid zijn, maar ik herkende je onmiddellijk. Sinds wanneer doe je aan muziek?'

Tengo legde in het kort uit hoe hij bij de harmonie terecht was gekomen.

Ze was vol bewondering. 'Wat ben jij toch begaafd!'

'Ik vind judo anders een stuk makkelijker,' lachte Tengo.

'Tussen haakjes, hoe is het met je vader?'

'O, die maakt het best,' antwoordde Tengo. Ja, wat moest hij anders zeggen? Hoe zijn vader het maakte, interesseerde hem geen biet, en veel meer wilde hij er ook niet over weten. Op dat tijdstip was Tengo allang het huis uit. Hij woonde nu op het internaat van de judoclub van de school en had zijn vader al in tijden niet meer gesproken.

'Maar hoe komt het dat u dit concours bijwoont?' vroeg hij.

'Mijn nichtje zit bij het harmonieorkest van een andere school, en die speelt vandaag een klarinetsolo. Ze vroeg of ik kwam luisteren,' zei ze. 'Ben je van plan om met muziek door te gaan?'

'Nee, zodra mijn been beter is, ga ik weer judoën. Zolang ik judo, kom ik niet van de honger om. Onze school heeft een sterke judoclub, en de leden kunnen op het internaat wonen en krijgen coupons voor

bracht. Toch dacht hij af en toe aan de onderwijzeres terug. Niet alleen had ze hem een nacht bij haar thuis laten slapen, ze had ook zijn vader weer tot rede gebracht, en zijn vader was de koppigste man die hij kende. Zoiets vergeet je niet zomaar.

Hij zag haar voor het eerst terug toen hij in de vijfde klas van de middelbare school zat. Tengo maakte destijds deel uit van de judoclub, maar vanwege een blessure aan zijn kuit mocht hij twee maanden niet trainen. In die tijd viel hij in als slagwerker voor het harmonieorkest van de school. Het muziekconcours voor middelbare scholieren kwam zienderogen dichterbij, en van de twee slagwerkspelers was er een opeens verhuisd en de andere leed aan een kwaadaardige griep, en nu zag de harmonie zich gedwongen de hulp in te roepen van iedereen die ook maar twee stokken kon vasthouden. Toevallig zag de muziekleraar Tengo voorbijlopen met een geblesseerd been en twee lege handen, en op voorwaarde dat ze hem rijkelijk te eten zouden geven en het verslag dat hij op het eind van het trimester moest inleveren met een welwillend oog zouden bekijken, liet hij zich ter plekke meeslepen naar de repetitie.

Tengo had nog nooit eerder slagwerk gespeeld. Hij had er nooit veel belangstelling voor gehad, maar nu hij het eens probeerde, bleek het wonderwel te passen bij de speciale talenten die hij bezat. Door de tijd eerst in kleine fragmenten te verdelen, die opnieuw op te bouwen en dan om te zetten in een effectieve reeks klanken, ervoer hij een natuurlijke blijdschap. Alle geluiden werden diagrammen die visueel in zijn hersenen naar boven kwamen drijven. Zoals een natuurspons water opzuigt, zo leerde hij het systeem van de diverse slagwerkinstrumenten begrijpen. De muziekleraar introduceerde hem bij iemand die slagwerk speelde in een symfonieorkest, en deze man bracht hem de eerste beginselen van het paukenspelen bij. Na een paar uur les te hebben gehad, had hij het mechanisme en de speelwijze van dit instrument grotendeels onder de knie. Omdat de partituur op een wiskundeformule leek, kostte het hem niet veel moeite die te leren lezen.

De muziekleraar was blij verrast dat hij Tengo's muzikale talent had ontdekt. 'Jij hebt een aangeboren gevoel voor complexe ritmes,' zei hij. 'Je hebt ook een uitstekend muzikaal gehoor. Als je je hierin gaat specialiseren, kun je er misschien je beroep van maken.'

Pauken zijn moeilijke instrumenten, maar ze hebben een speciale diepte en overredingskracht, en in de textuur van hun klank zitten

gebeurd, en ook dat hij die avond geen plek had waar hij kon slapen. Hij legde uit hoe zwaar het hem viel om er elke zondag met zijn vader op uit te gaan om geld te innen voor de NHK. De juffrouw was midden dertig en ongetrouwd. Je kon haar bepaald geen schoonheid noemen en ze droeg een afschuwelijke bril met een dik montuur, maar ze was eerlijk en ze had een hart van goud. Ze was klein van stuk en in de regel zei ze weinig en was ze altijd vriendelijk, maar je moest je door die schijn niet laten bedriegen, want ze kon enorm uit haar slof schieten, en als ze eenmaal kwaad was, veranderde ze helemaal en kon niemand haar meer tegenhouden. Iedereen stond ervan versteld hoe anders ze dan opeens was. Maar Tengo vond die juffrouw heel aardig. Ook al werd ze nog zo kwaad, hij was niet echt bang van haar.

De juffrouw luisterde naar zijn verhaal en toonde groot begrip. Ze had zo met hem te doen dat ze hem die avond bij haar in haar flat liet overnachten, onder wat dekens die ze voor hem op de bank had uitgespreid. De volgende ochtend maakte ze ook ontbijt voor hem klaar, en die avond gingen ze samen naar Tengo's vader voor een lang gesprek.

Tengo werd de kamer uit gestuurd, dus hij wist niet precies hoe het gesprek verliep, maar uiteindelijk had zijn vader weinig keus: hij moest inbinden. Hij kon niet zomaar een tienjarig kind op straat zetten omdat hij in zijn wiek geschoten was. Zo staat het ook in de wet: ouders hebben de plicht voor hun kinderen te zorgen.

Het gevolg van een en ander was dat Tengo de zondag mocht doorbrengen zoals hij zelf wilde. Op zondagochtend moest hij huishoudelijke karweitjes opknappen, maar daarna had hij de tijd voor zichzelf. Dat was de eerste keer van zijn leven dat Tengo zijn vader een concreet recht had afgedwongen. Zijn vader was nog steeds boos en praatte een tijdlang niet tegen hem, maar dat liet Tengo koud. Hij had iets verworven dat daar ruimschoots tegen opwoog: zijn eerste stap in de richting van vrijheid en onafhankelijkheid.

Nadat hij naar de middelbare school was gegaan, had hij jarenlang geen contact meer met die onderwijzeres gehad. Als hij naar een van de reünies was gegaan waarvoor hij op z'n tijd werd uitgenodigd, had hij haar misschien kunnen treffen, maar Tengo voelde er niets voor om bij die gelegenheden te verschijnen. Hij had nauwelijks één aangename herinnering aan de jaren die hij op de lagere school had doorge-

Naarmate hij ouder werd, kreeg Tengo steeds meer belangstelling voor de manieren waarop een verhaal zulke suggesties kan doen. Ook nu hij volwassen was, verschafte wiskunde hem ontzaglijk plezier. Als hij voor de klas stond in het bijlesinstituut, borrelde dezelfde blijdschap bij hem op die hijzelf had ervaren toen hij een kind was. Hij wilde de vreugde die je voelt als je in volledige vrijheid kunt denken met anderen delen. Zoiets was geweldig mooi. Maar hij was niet langer in staat om zich zomaar te verliezen in de wereld van cijfers en formules. Hij had namelijk ingezien dat hij die tot in de verste uithoeken kon afspeuren zonder ooit het antwoord te vinden waar hij naar zocht.

Toen hij in de vijfde klas van de lagere school zat, vertelde Tengo zijn vader na lang en diep nadenken wat hij ervan vond.

'Op zondag wil ik niet meer met u langs de deuren om kijkgeld te innen. Die tijd wil ik gebruiken om te studeren, te lezen, of ergens te gaan spelen. Net zoals u úw werk hebt, heb ik het mijne. Ik wil hetzelfde normale leven leiden als iedereen.'

Dat was alles wat hij zei – kort, maar logisch.

Natuurlijk werd zijn vader ontzettend kwaad. 'Het kan me niet schelen wat ze bij anderen thuis doen, en dat heeft er ook niks mee te maken. Wíj doen het op onze manier,' zei hij. 'Wat voor soort leven is normaal? Je moet je mond houden over dingen waar je geen verstand van hebt! Hoe weet jij wat een normaal leven is?'

Tengo zei niets terug. Hij liet het allemaal zwijgend over zich heen komen. Hij wist namelijk van tevoren dat het niets zou uitmaken wat hij zei.

'Maar als je dat zo graag wilt, mij best!' zei zijn vader. 'Als jij niet naar je vader wilt luisteren, hoef ík je geen eten te geven. Mijn huis uit, en gauw!'

Tengo deed wat hem gezegd was: hij pakte zijn spulletjes en ging het huis uit. Zijn besluit had van tevoren al vastgestaan, en zijn vader kon razen en tieren en hem uitschelden voor alles wat mooi en lelijk was, hij kon hem zelfs slaan (niet dat het echt zover kwam), Tengo was helemaal niet bang van hem. Hij was eerder opgelucht dat hij eindelijk toestemming had gekregen om zijn gevangenis te verlaten.

Dat was allemaal goed en wel, maar een kind van tien kan bezwaarlijk voor zichzelf zorgen. Omdat Tengo geen andere oplossing zag, vertelde hij na schooltijd eerlijk aan de juffrouw wat er allemaal was

Aan het einde van de lagere en het begin van de middelbare school ging hij helemaal op in de wereld van de wiskunde. Hij voelde zich mateloos aangetrokken door de duidelijkheid en de absolute vrijheid die daar heersten, en hij had die ook nodig om te kunnen blijven leven. Maar vanaf het begin van zijn tienertijd groeide bij hem gaandeweg het besef dat hij aan wiskunde alleen misschien niet genoeg had. Zolang hij de wereld van de wiskunde bezocht, bestond er geen probleem: alles ging precies zoals hij zich had voorgesteld, er was niets wat hem in de weg stond. Maar als hij eenmaal terug was in de realiteit (en hij kon er bezwaarlijk wegblijven), bevond hij zich weer in dezelfde miserabele kooi als altijd, in omstandigheden die er geen haar beter op waren geworden. Soms leken zijn boeien hem zelfs zwaarder toe. En als dat zo was, waar was wiskunde dan eigenlijk goed voor? Was het dan gewoon niet alleen een manier om tijdelijk aan de werkelijkheid te ontsnappen? Maakte het de werkelijkheid eigenlijk niet nog zwaarder dan hij al was?

Naarmate die twijfels groter werden, begon Tengo bewust een zekere afstand te scheppen tussen zichzelf en de wereld van de wiskunde, en tegelijkertijd werd de aantrekkingskracht die het bos op zijn hart uitoefende steeds sterker. Natuurlijk, lezen was ook een manier om aan de werkelijkheid te ontsnappen. Als hij zijn boek dichtdeed, moest hij onherroepelijk weer terug. Maar op zeker ogenblik besefte hij dat het een minder grote schok was om terug te keren uit de wereld van een verhaal dan uit de wereld van de wiskunde. Waarom zou dat zijn? Na lang en diep nadenken kwam hij tot de volgende conclusie: in het bos der verhalen mag de onderlinge samenhang der dingen nog zo duidelijk zijn, maar je krijgt er nooit een duidelijk antwoord op je vragen. Dat was het grote verschil met wiskunde. Heel in het algemeen gezegd drukt een verhaal een probleem uit in een andere vorm. Dat is de rol van een verhaal. En een verhaal suggereert manieren waarop dat probleem kan worden opgelost door de kwaliteit en de richting van die verandering. Met zulke suggesties in zijn hand keerde Tengo terug naar de werkelijke wereld. Zo'n suggestie was als een onbegrijpelijke toverspreuk op een vodje papier. Soms was hij vrij onsamenhangend, en hij kon hem nooit onmiddellijk gebruiken, maar altijd lag er een mogelijkheid in besloten. Ooit zou Tengo er misschien in slagen zo'n toverspreuk te ontcijferen. Die mogelijkheid gloeide diep in zijn hart en hield het warm.

deld als een stuk vee. Tengo moest niet denken dat hij thuis maar wat kon rondlummelen alleen omdat hij af en toe met een goed rapport thuiskwam! Op die manier kon Tengo's vader eindeloos doorgaan, en dat deed hij dan ook vaak.

Die man is jaloers, besefte Tengo op een dag. Hij benijdt me om wat ik ben, of misschien om de plaats die ik inneem. Maar hoe kan een vader nu afgunstig zijn op zijn eigen zoon? Tengo was nog maar een kind, dus natuurlijk kon hij op zo'n moeilijke vraag geen antwoord geven. Maar de kleingeestigheid die sprak uit zijn vaders woorden en daden kon hem nauwelijks ontgaan, en hij had er een lichamelijke afkeer van. Dit is geen gewone afgunst, voelde Tengo vaak. Deze man koestert een wrok tegen iets in zijn eigen zoon. Zijn vader had geen hekel aan Tengo als persoon, maar aan iets wat hij met zich meedroeg. Iets wat zijn vader hem niet kon vergeven.

Wiskunde bood Tengo een effectieve ontsnappingsroute. Door zijn toevlucht te zoeken in de wereld van formules, kon hij wegkomen uit de ellendige gevangenis van de realiteit. Hij was er al op heel jonge leeftijd achter gekomen dat hij het knopje in zijn hoofd maar op *aan* hoefde te zetten om zich moeiteloos naar die wereld te kunnen verplaatsen. En zolang hij dat eindeloos logische gebied maar bleef verkennen, was hij helemaal vrij. Hij liep door de kronkelende gangen van een enorm gebouw en opende de ene genummerde deur na de andere. En telkens als zich een nieuw vergezicht voor zijn ogen ontrolde, werden de littekens die hij in de werkelijke wereld had achtergelaten vager, tot ze op den duur helemaal verdwenen. De wereld die door formules wordt geregeerd, was voor hem een legitieme en volledig veilige schuilplaats. Tengo begreep beter dan wie ook hoe de kaart van deze wereld in elkaar zat, dus hij kon feilloos de juiste route kiezen, en niemand was in staat hem daar te volgen. Zolang hij in deze wereld vertoefde, kon hij de regels en lasten die de werkelijkheid hem oplegde mooi vergeten en negeren.

Als wiskunde een schitterend fantasiegebouw was, kon de wereld van verhalen zoals die van Dickens worden vergeleken met een diep, betoverd bos. Als wiskunde eindeloos optorende naar omhoog, strekte het bos zich zwijgend voor zijn ogen uit, met zwarte, sterke wortels die diep in de aarde wroetten. Hier was geen kaart, hier waren ook geen genummerde deuren.

persoonlijkheid uit de genen van deze kleinzielige, onontwikkelde man zou zijn samengesteld.

Zijn echte vader was ergens anders. Dat was de conclusie waartoe hij tijdens zijn jongensjaren al was gekomen. Door een mysterieuze samenloop van omstandigheden was hij grootgebracht door deze man die hij wel vader noemde, maar die geen enkele bloedverwantschap met hem had – net als een van die onfortuinlijke kinderen waar Dickens in zijn romans vaak over schrijft.

Die mogelijkheid was voor de jonge Tengo een boze droom, maar hij putte er ook hoop uit. Hij verslond Dickens. Het eerste boek dat hij van hem las was *Oliver Twist*, en daarna was hij aan Dickens verslaafd. Hij las bijna alle boeken die hij van hem in de bibliotheek kon vinden. Terwijl hij in diens wereld ronddwaalde, stelde hij zich van alles en nog wat voor over zijn eigen afkomst. Die voorstellingen (of waanvoorstellingen) namen hoe langer hoe grotere en ingewikkelder vormen aan. Het patroon was altijd hetzelfde, maar de variaties waren oneindig. 'In elk geval, ik hoor hier niet thuis,' fluisterde Tengo tegen zichzelf. 'Ik ben per abuis in deze gevangenis opgesloten, maar ooit op een dag zullen mijn echte ouders door het toeval naar me toe worden geleid, en dan zullen ze me uit deze benauwde, lelijke kooi bevrijden en me meenemen naar de plaats waar ik eigenlijk thuishoor. En daar zal elke zondag mooi en vredig zijn, en ik zal hem kunnen doorbrengen zoals ik zelf wil.'

Tengo's vader was blij dat hij op school zo'n uitblinker was. Daar liet hij zich zelfs op voorstaan. Hij schepte erover op tegen de buren. Anderzijds waren er echter ook tekenen dat hij diep in zijn hart de intelligentie en de begaafdheid van zijn zoon minder prettig vond. Wanneer Tengo aan zijn bureau zat te studeren, kwam hij hem vaak storen – waarschijnlijk met opzet. Hij gaf hem huishoudelijke karweitjes te doen, en als Tengo het volgens hem niet goed deed, ook al was het klusje nog zo onbelangrijk, kreeg hij een lange, lange preek te horen. De inhoud was altijd hetzelfde. Hij werkte zich elke dag uit de naad. Elke dag liep hij kilometers ver de deuren af om geld te innen. Soms werd hij uitgemaakt voor rotte vis. Wist Tengo wel hoe goed hij het had, en hoe makkelijk, bij zijn vader vergeleken? Toen híj zo oud was als Tengo, moest hij thuis werken als een slaaf. Alles moest hij doen! Altijd gaven zijn vader of zijn broers hem ervan langs met hun staalharde vuisten. Hij kreeg niet eens behoorlijk te eten, hij werd behan-

stond het gezicht van zijn vader altijd nerveus en kon je zijn krenterige karakter ervan aflezen. Veel mensen die hen naast elkaar zagen staan, hadden opgemerkt dat je hen niet voor vader en zoon zou houden.

Maar Tengo was niet zozeer vanwege zijn uiterlijk aan zijn vader gaan twijfelen als wel om psychologische redenen. Hij kon in zijn vader niets constateren wat in de verste verte op intellectuele nieuwsgierigheid leek. Het was waar: zijn vader had nooit een behoorlijke schoolopleiding gevolgd. Hij was geboren in een arm gezin en had nooit de gelegenheid gehad om systematisch iets te leren. In dat opzicht had Tengo met hem te doen. Maar desalniettemin ontbrak het de man aan elk verlangen om wat algemene ontwikkeling op te doen – en dat beschouwde Tengo als een natuurlijke honger die in elk mens in mindere of meerdere mate aanwezig is. Hij bezat voldoende praktische kennis om in leven te kunnen blijven, maar de ambitie om die naar een hoger niveau te brengen en zodoende een grotere, wijdere wereld te kunnen zien, die leek hij geheel en al te missen.

Zijn enige ambitie was de bekrompen regels van zijn begrensde wereldje te volgen, en het scheen nooit bij hem op te komen dat die bedompte lucht wel eens slecht voor hem zou kunnen zijn. Tengo had hem thuis nooit een boek ter hand zien nemen. Zelfs de krant las hij niet (hij zei altijd dat hij aan het NHK-journaal voldoende had). Hij was totaal niet geïnteresseerd in muziek of film. Hij ging zelfs nooit op reis. Het enige waar hij nog een beetje belangstelling voor kon opbrengen, was de route die hem door de NHK was toegewezen. Hij had een kaart van de omgeving gemaakt waarop hij met een pen in allerlei kleuren tekentjes had aangebracht, en als hij even een vrij moment had, bestudeerde hij die zoals een bioloog die chromosomen sorteert.

Tengo daarentegen werd van jongs af aan al als een wonderkind in de wiskunde beschouwd. Zijn cijfers voor rekenen staken met kop en schouders boven die van zijn klasgenootjes uit. In de derde klas van de lagere school loste hij al wiskundeproblemen op van de bovenbouw van de middelbare school. Ook in andere vakken blonk hij uit zonder dat hij daar noemenswaardige moeite voor hoefde te doen. En in zijn vrije tijd zat hij altijd met zijn neus diep in een boek. Hij was bijzonder leergierig, en zoals een graafkraan grond opschept, zo absorbeerde hij efficiënt allerlei brokjes diverse kennis. Als hij naar zijn vader keek, wilde het er daarom eenvoudig niet bij hem in dat de helft van zijn

sioen. Op dat ogenblik voelde hij een lichte duizeling. Er daalde een nevel neer voor zijn ogen en even wist hij niet meer waar hij was of wat hij er deed. Hij ervoer een loomheid in zijn onderlichaam die razendsnel sterker werd, en toen hij weer bij zijn positieven kwam, was hij trillend over zijn hele lichaam aan het ejaculeren.

'Wat heb je toch? Kom je nu al klaar?' vroeg ze verbaasd.

Tengo begreep niet wat er was gebeurd. Maar zijn zaad zat aan haar onderjurk, ongeveer ter hoogte van haar heupen.

'Sorry,' zei Tengo. 'Dat was niet de bedoeling.'

'Hindert niet, hoor,' zei zijn vriendin troostend. 'Dit gaat er met even wassen wel weer uit. Dit is toch wel het gewone spul, hè? Want als je sojasaus of rode wijn hebt gespoten, heb ik een probleem.'

Ze trok de onderjurk uit en liep naar de wasbak om de besmeurde plek onder de kraan te houden. Daarna hing ze hem te drogen over de roede van het douchegordijn.

'Dat was blijkbaar een tikkeltje te pikant,' zei ze met een tedere glimlach. Met haar vlakke hand streelde ze Tengo over zijn buik. 'Dus jij wordt geil van witte onderjurken, Tengootje?'

'Dat ook weer niet,' zei Tengo. Maar hij was niet in staat haar de ware reden voor zijn verzoek te vertellen.

'Als je nog meer van zulke fantasietjes hebt, kun je het rustig zeggen, hoor. Ik doe overal aan mee. Zelf ben ik ook dol op fantaseren. Zonder een beetje fantasie kan een mens nu eenmaal niet leven, vind je ook niet? Dus. Zal ik de volgende keer weer een witte onderjurk aantrekken?'

Tengo schudde zijn hoofd. 'Reuze bedankt, maar nee, laat maar. Eén keer is genoeg.'

Tengo had zich dikwijls afgevraagd of de jonge man die hij in zijn visioen aan zijn moeders borst zag zuigen misschien zijn biologische vader was. De man die voor zijn vader doorging – de eminente NHK-collecteur – leek namelijk op allerlei punten helemaal niet op hem. Tengo was groot en forsgebouwd, met een breed voorhoofd, een smalle, rechte neus en ronde bloemkooloren. Zijn vader was klein en gedrongen, en zijn verschijning was weinig indrukwekkend: zijn voorhoofd was smal, zijn neus plat en breed, en zijn oren waren gepunt als die van een paard. Zijn gezicht was een bijna volledig contrast met dat van Tengo. Terwijl Tengo ontspannen en gul uit zijn ogen keek,

rede, wil en begeerte?' vroeg Tengo. 'Was dat ook Aristoteles?'

'Nee, dat was Plato. Aristoteles en Plato zijn ongeveer even verschillend als Mel Tormé en Bing Crosby,' zei Komatsu. 'Vroeger ging alles er anders heel wat eenvoudiger aan toe. Rede, Wil en Begeerte in vurig debat om een tafel gezeten – vind je het niet leuk om je zoiets voor te stellen?'

'Ik kan me alleen voorstellen wie het debat beslist níét gaat winnen.'

'Wat me zo in jou bevalt, Tengo,' zei Komatsu met opgestoken wijsvinger, 'is je gevoel voor humor.'

Dit is helemaal geen humor, dacht Tengo. Maar dat zei hij niet.

Naderhand liep Tengo even langs bij Kinokuniya om een paar boeken te kopen, die hij in een café om de hoek inkeek met een biertje in zijn hand. Normaal gesproken voelde hij zich dan het meest op zijn gemak: een pasverschenen boek oppikken bij de boekhandel, ergens een café binnengaan, en dan onder het genot van een drankje de pagina's omslaan.

Vanavond kon hij zich echter niet op zijn lectuur concentreren. De gedaante van zijn moeder uit het visioen verscheen als een schim voor zijn ogen en wilde maar niet weggaan. Ze laat een bandje van haar witte onderjurk zakken en ontbloot een fraai gewelfde borst, die ze aan een man aanbiedt om aan te zuigen. De man is zijn vader niet. Hij is groter en forser, en ook knapper om te zien. In het ledikantje ligt de kleine Tengo zoet te slapen, oogjes toe. Terwijl de man aan zijn moeders borst zuigt, verschijnt er een extatische uitdrukking op haar gezicht – een uitdrukking die hem herinnert aan het gezicht van zijn oudere vriendin als ze een orgasme krijgt.

Tengo had haar uit nieuwsgierigheid ooit gevraagd om een witte onderjurk aan te doen. 'Goed hoor,' had ze lachend gezegd. 'De volgende keer trek ik zo'n ding aan, als je dat lekker vindt. Is er nog meer dat je opwindt? Zeg het maar gerust. Je hoeft je nergens voor te schamen.'

'Trek dan een witte bloes aan, als dat kan. De eenvoudigste die je kunt vinden.'

En vorige week was ze bij hem langsgekomen, in een witte bloes en een witte onderjurk. Hij liet haar de bloes uittrekken en een bandje van haar onderjurk losmaken, en zoog aan de borst die daaronder lag – op dezelfde manier en onder dezelfde hoek als de man in zijn vi-

'Natuurlijk herinner ik me die!'

'Als ik je mijn eerlijke mening mag geven: dat van die twee manen komt niet helemaal uit de verf. Het overtuigt niet. Ik had graag een nauwkeuriger beschrijving gezien, met meer details. Dat is de enige aanmerking die ik heb.'

'U hebt gelijk, die beschrijving is inderdaad een beetje kaal. Maar ik wilde de vaart van Fukaeri's verhaal niet vertragen door te veel tekst en uitleg te geven.'

Komatsu stak een hand op, zijn sigaret tussen zijn vingers. 'Je moet het zó bekijken, Tengo. De lezers hebben talloze keren één maan aan de lucht zien staan. Waar of niet? Maar twee manen naast elkaar? Dat geloof ik haast niet. Als je in een verhaal of een roman dingen introduceert die de lezer waarschijnlijk nooit eerder heeft gezien, moet je die zo volledig en zo treffend mogelijk beschrijven. Dingen die hij waarschijnlijk wél eerder heeft gezien, daarvan kun je de beschrijving met een gerust hart weglaten – en soms móét je dat zelfs doen.'

'Goed,' zei Tengo. Wat Komatsu zei, klonk overtuigend genoeg. 'De beschrijving van die twee manen zal ik nog wat oppoetsen.'

'Dankjewel. Dat zal het werk perfect maken,' zei Komatsu terwijl hij zijn sigaret uitdoofde in de asbak. 'Meer verlang ik niet.'

'Ik ben altijd ontzettend blij als u mijn werk goed vindt,' zei Tengo, 'maar deze ene keer ben ik dat niet van ganser harte.'

'Jij gaat met reuzenstappen vooruit,' zei Komatsu. Hij laste met opzet een kleine pauze tussen de woorden in, om ze meer nadruk te geven. 'Als schrijver, als auteur, ben je ontzettend gegroeid. En daar mag je wél van ganser harte blij om zijn. Door *Een pop van lucht* te herschrijven, heb je veel geleerd over het schrijven van fictie. Ik denk dat je daar de volgende keer dat je zélf iets schrijft veel profijt van zult trekken.'

'Als er tenminste een volgende keer komt.'

Komatsu grijnsde. 'Maak je geen zorgen. Jouw werk is gedaan, en nu ben ik aan slag. Ga jij maar terug naar de bank en kijk op je gemak toe hoe het spel verdergaat.'

De serveerster kwam om hun glazen op te vullen met koud water. Tengo dronk het zijne voor de helft leeg. Toen hij het eenmaal binnen had, realiseerde hij zich dat hij eigenlijk helemaal geen zin had gehad in water.

'Wie zei er ook weer dat de menselijke ziel een mengeling is van

om op zijn tijd een onverwachte zet te doen, maar als het er echt op aankwam, trok hij een lijn waar hij geen voet overheen zette als hij het even kon voorkomen. In dat opzicht mocht je hem zelfs bijgelovig noemen. Het overgrote deel van alle boosaardige dingen die hij zei of deed was niet meer dan uiterlijk vertoon.

Hij was voorzichtig genoeg om ervoor te zorgen dat hij altijd op diverse manieren gedekt was. Zo schreef hij bijvoorbeeld een literaire rubriek voor een avondkrant waarin hij allerlei schrijvers ophemelde of afkraakte. Vooral zijn kritische stukjes waren genadeloos scherp. In dat soort proza blonk hij uit. De rubriek was anoniem, maar de hele letterkundige wereld wist wie de auteur was. Vanzelfsprekend wordt niemand graag in een krant afgekraakt, dus de schrijvers pasten heel goed op dat ze Komatsu niet tegen zich in het harnas joegen. Als zijn tijdschrift hun om een bijdrage verzocht, zeiden ze in principe dan ook altijd 'ja', of op z'n minst toch wel één op de zoveel keer. Zo niet, dan viel niet te zeggen wat er in die rubriek over hen werd geschreven.

Tengo had nooit veel bewondering voor Komatsu's berekenende kant kunnen opbrengen. Aan de ene kant maakte hij het literaire establishment belachelijk, maar anderzijds gebruikte hij het systeem voor zijn eigen doeleinden als dat hem zo uitkwam. Als redacteur had hij een feilloze intuïtie, en hij had Tengo altijd uitstekend behandeld. Zijn suggesties over het schrijven van fictie sloegen meestal de spijker op de kop. Toch wilde Tengo het liefst een zekere afstand tussen hemzelf en Komatsu houden. Als hij te nauw bij dit project betrokken raakte en de aap kwam uit de mouw, liep het niet met een sisser af. In dat opzicht was Tengo net zo voorzichtig als Komatsu zelf.

'Zoals ik al zei: jouw herziene versie van *Een pop van lucht* is bijna perfect,' vervolgde Komatsu. 'Maar alleen op één plaats – één plekje maar – had ik graag dat je iets veranderde, als dat zou kunnen. Niet meteen, hoor. Voor de Debutantenprijs is dit werk meer dan voldoende. Nee, als de buit eenmaal binnen is en we publiceren het hele verhaal in ons tijdschrift, dan is het nog vroeg genoeg om die verandering erin aan te brengen.'

'Welke plaats is dat?'

'Wanneer de Little People een pop van lucht maken, komt er een maan bij. Het meisje kijkt omhoog, en daar staan twee manen aan de hemel. Herinner je je die passage?'

felen. Dat zou naar mijn bescheiden mening misdadig zijn. En verder is het zoals ik net al zei: de raderen zijn in beweging gezet.'

'Misdadig?' zei Tengo. Hij keek Komatsu recht in de ogen.

'Ken je deze woorden?' vroeg Komatsu. '"Alle kunst, elke kunde, ieder onderzoek en evenzo iedere handeling en ieder bewust streven is, naar men aanneemt, op een bepaald goed gericht; wij kunnen daarom de aard van het goede correct definiëren door te kijken naar het doel waarop alles is gericht."'*

'Wat is dát nu weer?'

'Aristoteles. De opening van de *Ethica Nicomachea*. Heb je Aristoteles ooit gelezen?'

'Nauwelijks.'

'Dat moet je dan toch eens doen. Hij zal jou best aanspreken. Als ik niks meer te lezen heb, lees ik Griekse filosofie. Daar krijg je nooit genoeg van. Je steekt er altijd wel weer iets nieuws van op.'

'Maar wat wil dit citaat precies zeggen?'

'Alles resulteert in het goede. Het goede is het totaal van alle mogelijke resultaten. En laten we tot morgen wachten voor we hierover gaan twijfelen,' zei Komatsu. 'Dat is het punt.'

'En wat zegt Aristoteles over de Holocaust?'

De driedaagse maan rond Komatsu's mondhoeken kreeg nog scherpere punten.

'Aristoteles heeft het hier hoofdzakelijk over kunst, wetenschap en technische vaardigheid.'

Tengo kende Komatsu al wat langer dan vandaag, en in die tijd had hij diens gezichtsuitdrukking ook leren kennen, evenals wat daarachter verborgen ging. Komatsu maakte de indruk van een *lone wolf*, iemand die door het leven gaat zonder zich iets aan anderen gelegen te laten liggen. Heel veel mensen trapten daar ook in. Maar als je de omstandigheden goed in je hoofd hield en zorgvuldig oplette, zag je dat alles wat hij deed nauwkeurig berekend was. Om het in schaaktermen uit te drukken: hij dacht verscheidene zetten vooruit. Zeker, hij hield ervan

---

* Komatsu vertaalt Aristoteles blijkbaar zoals dat in zijn kraam te pas komt. In de versie van Charles Hupperts en Bartel Poortman luidt het eind van dit citaat: '[...] daarom heeft men wel met recht gezegd, dat het goede datgene is waarop alles is gericht.'

hebben opgelicht,' zei Komatsu. Toch verdween de glimlach om zijn mond niet.

'Dus wat doen we? Stoppen we ermee?'

'Stoppen?'

'Ja. Het is ons allemaal boven het hoofd gegroeid. Het is te gevaarlijk. Ik vind dat we het oorspronkelijke manuscript moeten gebruiken.'

'Maar zo makkelijk gaat dat niet. Jouw herschreven versie ligt al bij de drukker, en zodra de drukproeven klaar zijn, gaan ze naar de hoofdredacteur, het hoofd Publicatie en de vier juryleden. Wat wil je dat ik zeg? "Neem me niet kwalijk, heren, het was een vergissing. Geeft u dit alstublieft terug en vergeet dat u het gezien hebt"? Daar is het nou een beetje te laat voor.'

Tengo slaakte een diepe zucht.

'Er is niets aan te doen. We kunnen de tijd niet terugdraaien.' Komatsu stak een Marlboro tussen zijn lippen, vernauwde zijn ogen tot spleetjes, en gaf zichzelf een vuurtje met een lucifer van de koffieshop. 'Maar ik zal goed over de volgende stap nadenken. Jij hoeft je nergens zorgen over te maken. Als *Een pop van lucht* als prijswinnaar uit de bus komt, zal ik Fukaeri zo veel mogelijk op de achtergrond houden. Ik presenteer haar als "een raadselachtige, mensenschuwe jonge schrijfster". Daar trappen ze vast in. Als haar redacteur fungeer ik ook als haar spreekbuis, dus de rest kun je met een gerust hart aan mij overlaten.'

'Ik twijfel niet aan uw capaciteiten, meneer Komatsu, maar u moet niet vergeten dat Fukaeri niet zomaar een gewoon meisje is. Ze is niet het type dat braaf doet wat haar gezegd wordt. Als zij zich eenmaal iets in het hoofd heeft gehaald, gebeurt het ook, wat anderen er ook van mogen zeggen. Iets wat haar niet bevalt, merkt ze gewoon niet op. Zo eenvoudig als u denkt gaat het echt niet.'

Zonder een woord te zeggen, speelde Komatsu met het luciferdoosje op de tafel.

'Luister nou eens, Tengo. Nu de zaken zo ver zijn gevorderd, moeten we onze kiezen op elkaar zetten en doorgaan. Er is echt geen andere weg. Om te beginnen is jouw herziene versie van *Een pop van lucht* een meesterwerk. Het heeft mijn stoutste verwachtingen overtroffen. Het is bijna perfect, echt waar. Het gaat zonder enige twijfel de prijs winnen, en dan praat iedereen erover. Zoiets mag je nu niet meer wegmof-

'Wel wis en waarachtig heb ik dat gelezen! Moet je zoiets nog vragen? Ik heb het met de grootste aandacht bekeken. Het is – hoe zal ik het noemen? – een uiterst ingewikkelde samenloop van omstandigheden. Het had uit een dikke familieroman gegrepen kunnen zijn. Maar dat even terzijde. Weet je waar ík van sta te kijken? Dat uitgerekend professor Ebisuno haar voogd is geworden! We leven in een kleine wereld. Heeft hij iets over mij gezegd?'

'Over u?'

'Ja, over mij.'

'Nee, niet in het bijzonder.'

'Dat is toch raar!' zei Komatsu, enigszins bevreemd. 'Hij en ik hebben vroeger samengewerkt. Ik ben vaak genoeg naar zijn bureau op de universiteit gegaan om manuscripten in ontvangst te nemen – heel vroeger, toen ik nog maar een groen redacteurtje was.'

'Als het zo lang geleden was, is hij het vast vergeten. Hij vroeg me alleen wat u voor iemand was.'

'Nee.' Komatsu trok een moeilijk gezicht en schudde zijn hoofd. 'Dat bestaat niet. Volkomen onmogelijk. Ebisuno vergeet nooit iets. Hij heeft een ongelofelijk goed geheugen, en we hebben destijds allerlei interessante gesprekken gevoerd... Nou ja, Ebisuno is een sluwe ouwe vos. Die is niet voor één gat te vangen, dus laten we daar maar over ophouden. Volgens dat rapport van je zijn de omstandigheden waarin onze Fukaeri verkeert bepaald gecompliceerd te noemen.'

'"Bepaald gecompliceerd" is nog zacht uitgedrukt. We hebben een bom in onze handen die elk ogenblik kan exploderen. Fukaeri is niet normaal, in allerlei betekenissen van het woord. Ze is niet simpelweg een aantrekkelijk meisje van zeventien. Ze is dyslectisch en kan geen boeken lezen, en schrijven kan ze ook nauwelijks. Ze lijdt aan een of ander trauma dat verantwoordelijk lijkt voor het gedeeltelijke verlies van haar geheugen. Ze is opgegroeid in een soort commune en heeft amper een gewone school bezocht. Haar vader was de leider van een extreem linkse revolutionaire organisatie en schijnt indirect iets te maken te hebben gehad met dat vuurgevecht tussen de politie en de leden van Dageraad. Daarna is ze onder de hoede gekomen van een destijds bekende cultureel antropoloog. Als dit boek ooit in de publiciteit komt, zullen de media op haar af vliegen en allerlei "interessante" feiten oprakelen. Dit kan echt heel erg worden.'

'Ja, het zal een opschudding geven alsof we het deksel van de hel

14

Tengo: *Waarin iets wordt geïntroduceerd dat de lezer waarschijnlijk nooit eerder heeft gezien*

Komatsu en Tengo hadden zoals gebruikelijk afgesproken in de koffieshop vlak bij het station van Shinjuku. Een kopje koffie was er niet goedkoop, maar er was voldoende afstand tussen de tafels om je geen zorgen te hoeven maken dat je buren meeluisterden. De lucht was er betrekkelijk schoon, en uit de speakers klonk zachte, onschuldige muziek. Zoals altijd kwam Komatsu twintig minuten te laat. Komatsu kwam nooit op tijd, Tengo altijd – dat was inmiddels een ijzeren regel geworden. Komatsu had een leren aktetas bij zich en was gekleed in een bekend uitziend tweedjasje en een donkerblauw poloshirt.

'Sorry dat ik je heb laten wachten,' zei Komatsu, zonder de indruk te wekken dat het hem bijzonder speet. Hij leek in een beter humeur te zijn dan anders. Rond zijn mondhoeken hing een glimlach als de driedaagse maan bij dageraad.

Tengo knikte zwijgend.

'Het spijt me dat ik je zo achter de vodden heb gezeten,' zei Komatsu terwijl hij tegenover Tengo plaatsnam. 'Ik ben bang dat je je helemaal uit de naad hebt moeten werken.'

'Ik wil niet overdrijven, maar die tien dagen wist ik nauwelijks of ik nog leefde of al dood was,' zei Tengo.

'Maar je hebt het fantastisch gedaan! Je hebt toestemming van Fukaeri's voogd weten los te peuteren en je hebt het manuscript helemaal herschreven. Petje af, hoor! Een prachtig resultaat voor iemand die normaal gesproken niet uit zijn ivoren toren komt. Ik heb mijn indruk van je radicaal herzien!'

Tengo liet die loftuitingen langs zich heen gaan. 'Hebt u het verslag gelezen dat ik over Fukaeri's achtergrond heb geschreven? Dat lange, bedoel ik.'

Ongehaast, maar o zo zorgvuldig smeedde Aomame haar plan. Ze had al geleerd dat als je een scherpe naald onder een bepaalde hoek in een bepaald punt van de nek steekt, dit ogenblikkelijk de dood ten gevolg heeft. Natuurlijk was niemand tot zoiets in staat. Maar zij wel. Er was grote vaardigheid voor nodig om dat minuscule puntje in korte tijd te vinden, maar dat was een kwestie van oefenen. Ze moest ook een instrument in handen zien te krijgen dat voor dit doel geschikt was. Ze zocht het benodigde gereedschap bij elkaar en maakte daarmee – o, ze nam er de tijd voor! – een instrument dat eruitzag als een kleine, dunne ijspriem. Ze sleep de punt tot hij zo scherp en koud was als een meedogenloos idee. Daarmee oefende ze, op alle mogelijke manieren en met volledige concentratie. Pas toen ze helemaal tevreden was over haar kunnen, ging ze tot actie over. Zonder enige aarzeling, koel en precies, liet ze het Koninkrijk over het hoofd van de man neerkomen. Toen het afgelopen was, zei ze zelfs een gebed. De woorden rolden als in een reflex haar mond uit:

Ons Heer in de hemelen, Uw Naam zij overal geheiligd. Uw Koninkrijk kome, voor ons en voor onze kinderen. Vergeef ons onze talrijke zonden, en verleen Uw Zegen ook aan het kleinste stapje dat wij nemen. Amen.

Aomames regelmatige en onbedwingbare verlangen naar het lichaam van een man dateert vanaf dit ogenblik.

een vergissing, dat weet ik ook wel. Je had volkomen gelijk. Maar het grootste probleem is niet mijn man of mijn leven met hem, het grootste probleem ligt in mezelf. Alle pijn die ik voel, heb ik verdiend. Ik kan niemand verwijten maken. Jij bent de enige vriendin die ik heb, jij bent de enige op de hele wereld die ik kan vertrouwen. Maar voor mij is er geen hulp meer. Zul je af en toe nog eens aan me denken? Ik wou dat we altijd samen softbal hadden kunnen blijven spelen.

Nog terwijl Aomame deze brief las, raakte ze ontzettend overstuur. Haar lichaam trilde onbedaarlijk. Vertwijfeld probeerde ze Tamaki op te bellen, maar er nam niemand op. Ze kreeg alleen het antwoordapparaat. Ze pakte de trein en ging naar Okusawa in Setagaya, waar Tamaki woonde. Het was een grote villa met een hoge muur eromheen. Ze drukte op de bel van de intercom bij de poort, maar er kwam geen antwoord. Binnen blafte alleen een hond. Er zat niets anders op dan onverrichter zake terug te keren. Natuurlijk kon Aomame dit niet weten, maar op dat ogenblik was Tamaki al niet meer in leven. Ze hing eenzaam aan het touw dat ze aan de trapleuning had gebonden. In het doodstille huis rinkelde de telefoon en luidde de deurbel tevergeefs.

Aomame keek er nauwelijks van op toen ze werd gebeld met het nieuws dat Tamaki dood was. Ze had zich er al op voorbereid. Ze voelde ook geen droefheid. Ze antwoordde zakelijk, legde de telefoon neer, en zakte neer op een stoel. Na daar zo een hele tijd te hebben gezeten, werd ze opeens overweldigd door het gevoel dat er allerlei vochten uit haar lichaam opborrelden. Lange tijd was ze niet in staat om van haar stoel op te staan. Ze belde naar kantoor om te zeggen dat ze zich niet goed voelde en een paar dagen ziekteverlof nam, en daarna bleef ze binnenshuis. Ze staarde alleen maar wezenloos voor zich uit. Ze at niet, ze sliep niet, zelfs water dronk ze nauwelijks. Ze ging ook niet naar de begrafenis. Er was iets uit haar verdwenen, maar daarvoor was iets anders in de plaats gekomen, zo plotseling dat je het geratel bijna kon horen. En ze had het sterke gevoel: vanaf vandaag ben ik niet langer degene die ik was.

Op dat ogenblik nam Aomame zich voor dat de man gestraft moest worden. Ze zou er koste wat het kost op toezien dat hij het eind van de wereld ervoer. Zo niet, dan kon je er zeker van zijn dat hij een volgende keer iemand anders op precies dezelfde manier zou behandelen.

zielig of zo. Het was veel te pijnlijk om een diepere persoonlijke relatie op te bouwen. Dan maar liever alleen!

Op een winderige dag laat in de herfst, drie dagen voor haar zesentwintigste verjaardag, maakte Tamaki een eind aan haar leven. Ze hing zichzelf op in haar huis. De volgende avond vond haar man haar dode lichaam toen hij thuiskwam van een zakenreis.

'We hadden geen enkel probleem samen, en ik heb haar nooit horen klagen. Ik kan geen enkele reden bedenken waarom ze zelfmoord zou hebben gepleegd,' zei hij tegen de politie, en zijn ouders bevestigden dit.

Maar dat was een leugen. Vanwege het constante huiselijk geweld dat ze onderging, was Tamaki lichamelijk en geestelijk een wrak geworden. De manier waarop haar man zich gedroeg grensde aan het paranoïde, en zijn ouders waren er grotendeels van op de hoogte. Na de autopsie had ook de politie zijn vermoedens, maar die kwamen nooit in de openbaarheid. Haar man moest wel naar het politiebureau voor een paar vragen, maar de doodsoorzaak was duidelijk zelfmoord en haar man was in Hokkaido toen het gebeurde. Hij werd niet in staat van beschuldiging gesteld. Dat hoorde Aomame later van Tamaki's broer.

Vanaf het moment dat ze trouwden had haar man geweld tegen haar gebruikt, zei hij, en dat was hoe langer hoe erger geworden, tot het gruwelijke vormen had aangenomen. Tamaki was echter niet bij machte zich uit die nachtmerrie los te rukken. Tegen Aomame had ze er nooit met een enkel woord over gerept. Ze wist namelijk maar al te goed wat voor antwoord ze zou krijgen. 'Ga onmiddellijk bij hem vandaan!' Dat stond als een paal boven water. *Maar dat kon ze juist niet.*

Vlak voor ze er een eind aan maakte, op de laatste ogenblikken van haar leven, schreef ze Aomame een lange brief. Zij had zich van het begin af aan vergist, en Aomame had van het begin af aan gelijk gehad – zo begon hij. En hij eindigde als volgt:

Elke dag leef ik in een hel. Maar ik ben niet in staat aan die hel te ontsnappen. Ik weet namelijk niet waar ik heen moet als het me lukt. Ik zit gevangen in een afschuwelijke kerker van machteloosheid. Ik ben er uit eigen beweging in gegaan, en ik heb de deur zelf op slot gedaan en de sleutel ver weggegooid. Mijn huwelijk was

Ze wist niet wat er over haar gekomen was. De hele huwelijksreis had ze alleen aan Aomame gedacht. Aomame zei dat ze het zich niet zo moest aantrekken. Ze kon het zich niet eens meer herinneren. En toen vielen ze elkaar weer in de armen. Ze lachten tegen elkaar en maakten zelfs grapjes.

Maar toch, na Tamaki's trouwen verminderde de frequentie waarmee ze elkaar zagen dramatisch snel. Ze schreven elkaar vaak, en bellen deden ze ook, maar Tamaki leek er de grootste moeite mee te hebben om tijd vrij te maken voor een afspraak. Ze had het ook zo ontzettend druk, was haar excuus. Ze was maar een huisvrouw, maar je kon je niet voorstellen hoe druk die het hadden. Haar toon verried echter dat haar man liever niet had dat ze buitenshuis met iemand afsprak. Bovendien woonde ze vlak naast haar schoonouders, en dat maakte het nog moeilijker om er op eigen houtje tussenuit te trekken. Ze vroeg Aomame nooit om een keertje langs te komen.

Het beviel haar uitstekend om getrouwd te zijn, verzekerde ze Aomame gevraagd en ongevraagd. Haar man was heel lief voor haar, en haar schoonouders waren ontzettend aardige mensen. Financieel hoefden ze zich ook geen zorgen te maken. Soms gingen ze een weekendje zeilen. Ze was er helemaal niet rouwig om dat ze haar rechtenstudie eraan had gegeven, want de constante druk waaronder je staat als je voor het advocaatexamen zit te blokken, die moet je niet onderschatten. Nee, een gewoon, alledaags leventje – daar leek ze toch het meest voor geschikt. En als ze eenmaal een kindje kreeg, werd ze zo'n typische, saaie moeder dat Aomame beslist niets meer met haar te maken wilde hebben. Tamaki klonk altijd opgewekt aan de telefoon, en er was geen reden om aan haar woorden te twijfelen. 'Daar ben ik blij om,' zei Aomame altijd, en dat meende ze ook. Het is immers veel beter om een boos voorgevoel niet te zien uitkomen dan wel? Tamaki was eindelijk op haar pootjes terechtgekomen, dacht ze – wílde ze denken.

Omdat Aomame eigenlijk geen andere vrienden had, waren haar dagen een stuk leger nu ze geen regelmatig contact meer had met Tamaki. Ze merkte dat ze ook niet meer in staat was om zich zo op softbal te concentreren als voorheen. Haar belangstelling voor de sport leek tanende nadat Tamaki zich uit haar leven had teruggetrokken. Aomame was nu vijfentwintig, maar ze was nog maagd. Af en toe had ze het te kwaad en dan masturbeerde ze, maar ze vond zichzelf niet